# LA CUISINIÈRE DE CASTAMAR

Titre original : *La Cocinera de Castamar*


Traduit de l'espagnol par Marta de Tena


10, place des Cinq-Martyrs-du-Lycée-Buffon
75015 Paris – France
www.editionscharleston.fr

ISBN : 978-2-36812-844-2

Maquette : Patrick Leleux PAO

**Charleston s'engage pour une fabrication écoresponsable !** Amoureux des livres, nous sommes soucieux de l'impact de notre passion et choisissons nos imprimeurs avec la plus grande attention pour que nos ouvrages soient imprimés sur du papier issu de forêts gérées durablement.

Pour suivre notre actualité, rejoignez-nous sur Facebook (Éditions.Charleston), sur Twitter (@LillyCharleston) et sur Instagram (@LillyCharleston) !

# LES LECTRICES ONT AIMÉ !

« Cette histoire m'a beaucoup plu. Un saut dans le passé avec des petits complots entre l'aristocratie et les domestiques. Un roman qui nous embarque avec plaisir dans un pays et une époque différents des nôtres. »
Caroline, de @cacobouquine

« Ce que j'ai préféré avec ce roman, c'est qu'il donne faim ! Vous allez également entrevoir, au fil des pages, toutes les émotions par lesquelles passe l'être humain : l'amour, l'envie, le désir, la haine, le mépris… Je le recommande donc si vous souhaitez lire un roman qui mélange *Orgueil et Préjugés*, vie de manoir en Espagne et bons petits plats. »
Julie, de @julie_jelis

« Si vous cherchez un roman historique addictif pour l'été, alors voici le titre parfait pour vous ! Dans la lignée de ses prestigieux prédécesseurs tels que *Downton Abbey, Angélique, marquise des anges, La Chronique des Bridgerton* ou encore *Poldark, La Cuisinière de Castamar* offre son lot d'intrigues, de trahisons, de secrets et de romance. J'ai été emportée par ce livre. »
Léa, de @leatouchbook

« Je n'ai pas pu lâcher ma lecture ! L'histoire est magique. C'est une œuvre avec beaucoup d'intrigues, d'amour, de passions et de sentiments, dans laquelle la protagoniste est courageuse, forte et avec un immense cœur. »
Joanna, de @joanna_in_books_wonderland

« J'ai bien aimé ce livre qui nous emporte dans des complots et des trahisons. Si vous êtes fan de lectures historiques, ce livre est fait pour vous. »
Cindy, de @_enlivresque_

Pour en savoir plus sur les Lectrices Charleston,
rendez-vous sur :
www.editionscharleston.fr/lectrices-charleston

Fernando J. Múñez

# LA CUISINIÈRE DE CASTAMAR

*Roman*

Traduit de l'espagnol
par Marta de Tena

CHARLESTON

*À ma femme, le souffle que je respire,*
*la mer qui berce, qui emplit tout mon univers.*

*À ma mère, qui m'a poussé la première à écrire ce livre.*

*À mon père, de qui j'apprends chaque jour.*

# PREMIÈRE PARTIE

10 octobre 1720 – 19 octobre 1720

# 1

*Le 10 octobre 1720 au matin*

— La douleur éternelle n'existe pas. *Ni les joies perpétuelles. La douleur éternelle n'existe pas. Ni…*

Clara chuchotait les mots comme une formule magique pour garder l'espoir que ce mauvais moment, comme tous les autres avant lui, finirait par passer. Sauf que, à force de répétitions, l'adage n'avait plus de sens et ne servait qu'à souligner la détresse dans laquelle elle pataugeait depuis dix ans. Elle avait l'impression d'être une poupée de chiffon dont les coutures s'effilochaient, condamnée à recoudre, chaque matin, les bouts de son esprit. Malgré tout, elle avait réussi à tenir bon, elle s'était endurcie et aguerrie, accrochée à son caractère rebelle pour ne pas sombrer.

— Personne ne pourra dire que j'ai été lâche, murmura-t-elle.

Cachée sous une cargaison de paille qui la recouvrait complètement, elle concentrait son attention sur les gouttes de pluie glissant sur les tiges afin d'ignorer la lumière opalescente qui filtrait entre les brins comme à travers une jalousie. Car si elle n'y prenait pas garde, son regard captait le ciel ou un élément du paysage, et alors elle prenait conscience de l'espace immense que traversait cette route qui menait au domaine de Castamar et tout à coup son souffle s'accélérait jusqu'à lui faire tourner la tête, comme toujours lorsqu'elle n'était pas entre les murs d'une maison. À plusieurs occasions, elle s'était même évanouie à cause de ces attaques de panique. Oh, qu'elle détestait cette vulnérabilité ! Cette faiblesse qui s'abattait sur elle comme une punition biblique, la laissant en proie à une lassitude soudaine. C'était d'ailleurs la peur de subir une crise qui l'avait fait hésiter lorsque Mme Moncada lui avait parlé de ce poste. L'imposante cheffe de l'infirmerie était venue lui dire que l'un de ses amis, don Melquíades Elquiza, le majordome du domaine de Castamar, cherchait à pourvoir un poste de garçon d'office dans leurs cuisines. Mais ils se satisferaient d'une femme car c'était urgent.

— Cela pourrait être une chance pour toi, Clara, avait-elle dit.

Clara savait bien que c'était une chance unique et qu'elle devait la saisir. Pourtant, elle tremblait à l'idée d'abandonner la protection de l'hôpital où elle travaillait et logeait en tant que garde-malade. Pire encore, rien qu'à s'imaginer dans les rues de Madrid, traversant la Plaza Mayor comme elle le faisait jadis avec son père, elle commençait à suffoquer et se retrouvait trempée en sueur et vidée de ses forces. Pourtant elle avait pris son courage à deux mains et, les yeux bandés, avait voulu marcher toute seule jusqu'à l'Alcazar, mais à peine avait-elle mis un pied hors de l'hôpital qu'elle avait dû rentrer, prise de panique. Mme Moncada avait eu la gentillesse de se faire son avocate auprès de M. Elquiza pour louer ses grandes qualités de cuisinière. Apparemment, leur amitié datait du temps de leur jeunesse lorsqu'ils accompagnaient des parties de campagne alors qu'elle servait chez le comte-duc de

Benavente et que lui était déjà chez le duc de Castamar. Mme Moncada avait donc rapporté à son vieil ami que Clara tenait son savoir-faire culinaire de sa mère, la cheffe de cuisine du cardinal Giulio Alberoni. Elle était entrée à son service avant que le prélat ne tombe en disgrâce et, lorsque le roi Philippe V avait renvoyé celui-ci à Gènes, elle n'avait eu d'autre choix que de partir avec lui.

Clara, qui était devenue sa première commise, fut obligée de rester car seule la cheffe avait le droit de suivre l'ancien ministre. Sur le moment, elle avait cru qu'elle trouverait rapidement un poste dans une grande maison, mais dès que les chefs s'avisaient que ses références avaient été écrites par sa propre mère, ils ne lui accordaient aucun crédit, d'autant qu'ils se méfiaient des filles trop cultivées. Elle avait donc dû revoir ses aspirations à la baisse et, en attendant de retrouver un poste en cuisine, quel qu'il soit, elle gagnait sa vie en prenant soin des pauvres malheureux à l'hospice de Notre-Dame-de-l'Annonciation.

Quel dommage que la soigneuse éducation que son père, le très respecté docteur Armando Belmonte, s'était efforcé de donner à ses filles se retourne à présent contre elle, son aînée. Mais comment aurait-il pu le prévoir ? Il avait agi comme l'homme des Lumières qu'il avait été jusqu'au jour de sa mort, le 14 décembre 1710. « Tant d'études pour rien », songeait souvent Clara avec regret.

Depuis leur plus jeune âge, les deux sœurs avaient été soumises à la discipline de fer de Francisca Barroso, leur institutrice. Grâce à elle, toutes les deux avaient acquis des connaissances dans des matières qui allaient des travaux de couture aux mathématiques en passant par la grammaire, les langues classiques et modernes – français et anglais. Elles avaient reçu des cours de piano, de chant et de danse, sans mentionner le grand appétit de lectrice de Clara. Malheureusement, toute cette éducation ne leur avait pas évité de dégringoler sur l'échelle sociale après la mort de leur père. Ironiquement, le pilier de survie de la petite famille avait été la passion pour la cuisine que mère et fille partageaient, cette passion dont leur père et mari s'était toujours plaint.

— Ma chère Cristina, nous avons une cuisinière à demeure pour une raison, se plaignait-il. Je ne veux pas savoir ce qu'on dirait à la cour si on apprenait que vous passez vos journées aux fourneaux alors que nous avons plus de domestiques qu'il n'en faut.

C'est ainsi que, depuis toujours, Clara avait eu accès à des livres de cuisine, et même à des traductions d'ouvrages arabes et séfarades, dont une grande partie avait été mise à l'Index en Espagne. Elle avait dévoré goulûment *Le Livre des ragoûts, viandes et potages* du cuisinier Rupert de Nola ou les quatre livres sur l'art de la confiserie de Miguel de Baeza, sans parler des mille et une recettes tombées dans ses mains ou celles de sa mère. Déjà enfant, elle accompagnait Mme Cano, leur cuisinière, à la halle centrale, où elle avait appris à choisir les meilleurs choux et salades, les légumes secs, les tomates, les fruits, les différentes sortes de riz. Oh, qu'elle aimait trier, dans ces jours de son enfance, les lentilles et les pois chiches mis à tremper ! Quel grand plaisir que de se voir offrir pour le goûter un bol de bouillon de poule, ou un carré de ce chocolat si bon et si amer que son père obtenait grâce à ses entrées à la cour ! Elle regrettait avec une nostalgie douloureuse ces heures passées auprès de sa mère à confectionner des quatre-quarts, des tourtes, des confitures, des compotes. Elle se souvenait avec une tendresse particulière de leurs grandes manœuvres pour convaincre son père de faire construire un four en terre dans lequel on pouvait tout cuire. Il avait d'abord refusé mais, comme toujours, avait fini par céder sous prétexte de couvrir les besoins de la maisonnée.

Après plusieurs échanges avec Mme Moncada, M. Melquíades avait fini par l'embaucher. Pour Clara, Castamar représentait la première marche dans l'échelle de ses ambitions, le retour vers sa véritable passion. Travailler au service du duc de Castamar – brave parmi les plus braves au service du roi pendant la guerre – revenait à s'assurer une carrière pour la vie. La maison était particulière car, alors qu'elle réunissait le plus de grands d'Espagne sous un seul blason, le nombre de domestiques était à peine le tiers de celui auquel on pouvait s'attendre dans une maison ducale. On disait aussi que le maître, don Diego, s'était cloîtré après le décès de son épouse, et qu'il ne réapparaissait que depuis peu dans les réunions de la cour.

Avant son départ, Clara avait écrit à sa mère et à sa sœur. Grâce à la décision du roi Philippe qui avait voulu que, désormais, tous ses sujets – et non plus seulement les officiers de la Couronne, l'aristocratie et les négociants – puissent utiliser le courrier postal, elle avait pu leur annoncer la grande nouvelle, même si elle avait dû y passer ses pauvres économies. L'usage voulait que ce soit le destinataire du pli qui paie, mais elle avait préféré en assumer les frais pour les leur épargner.

Clara dut attendre encore toute une journée que Pedro Ochando, le chef des écuries et acheteur du haras de Castamar, ait fini ses commissions et reparte à l'aube avec ses fardeaux de paille. Par chance, comme le temps était à la pluie, l'homme eut la gentillesse de venir la chercher devant la porte cochère de l'hôpital.

— Je préfère monter à l'arrière si cela ne vous dérange pas, dit-elle. Ainsi, je pourrai m'abriter de la pluie

Ils roulaient depuis plus de trois heures sur le chemin de Boadilla sous une pluie torrentielle. À chaque cahot, elle paniquait à l'idée que son abri de paille ne se déplace et la laisse à ciel ouvert. Cependant, il n'en fut rien. Peu de temps après, les muscles fourbus par les secousses, la gerbière s'arrêta et M. Ochando annonça qu'ils étaient arrivés.

Elle le remercia et descendit de la charrette sans rouvrir les yeux. Des gouttes glacées se glissèrent par le col brodé de sa robe, lui donnant un frisson. Elle attendit, le cœur serré, que le grincement des roues se soit éloigné suffisamment et ceignit un bandeau à ses tempes pour couvrir ses yeux. Grâce au mince interstice qui lui permettait de voir le sol à ses pieds, elle avança, le cœur serré, vers la courette qu'elle devinait à quelques mètres. Mais elle respirait trop vite et ses membres commençaient à fourmiller. Elle franchit une petite arche et entendit des rires féminins quelque part à sa gauche, sans doute des bonnes qui ramassaient du linge sur les cordes des étendages.

L'étroite ouverture sous ses yeux ne l'aidait pas à s'orienter, elle savait juste qu'elle n'avait plus sous les pieds la terre du chemin mais des pavés. Penchant la tête en arrière, elle la tourna lentement jusqu'à percevoir un portail, sous un auvent en bois. Les volets semblaient encore fermés, mais ça ne l'arrêta pas. Le corps tremblant, ses forces défaillantes, elle s'y précipita en priant pour ne pas tomber par terre ou dans les pommes. Une fois sous l'auvent, elle enleva le bandeau et posa le front contre le chambranle en s'efforçant de ne pas penser à l'espace vertigineux derrière elle. Puis, elle toqua désespérément.

— Qu'est-ce que tu fais là, gamine ?

La voix avait un timbre autoritaire qui la fit frissonner davantage encore. Clara se tourna en tentant de garder une contenance et se trouva face à une femme d'un peu plus de cinquante ans au visage sévère.

— Je suis Clara Belmonte, la nouvelle chargée d'office, dit-elle d'une voix entrecoupée en sortant ses références de sa manche.

La femme déplia le document avec mépris. Le bref instant parut éternel à Clara qui, se sentant défaillir, chercha discrètement le soutien du mur. La femme, s'en apercevant, la cloua du regard comme si elle pouvait plonger jusqu'au fond de son âme.

— Pourquoi es-tu si pâle ? demanda-t-elle. Tu n'es pas malade, au moins ?

Clara fit non de la tête. Ses jambes flageolaient, mais elle savait pertinemment qu'avouer son incapacité à rester à ciel ouvert la ferait renvoyer aussitôt. Elle n'avait d'autre choix que de serrer les dents et d'essayer de contrôler son souffle.

— M. Melquíades m'a dit qu'il avait engagé une fille d'office avec de l'expérience, reprit la femme froidement en lui rendant ses références. Tu n'es pas un peu jeune ?

Avec une petite révérence pour montrer qu'elle était au fait de l'étiquette, Clara répondit qu'elle avait tout appris de sa mère chez son éminence le cardinal Alberoni. La femme, impassible, sortit un trousseau de clés et ouvrit la porte.

— Suis-moi, ordonna-t-elle.

Infiniment soulagée, Clara s'engouffra dans le couloir et s'efforça de suivre le pas empressé de la femme. La galerie lui sembla sans fin, mais elle pouvait à présent prendre appui sur ses murs blancs et nus. La femme, sans se tourner, expliquait sèchement que la porte qu'elles venaient de franchir devait toujours rester fermée et que l'entrée de la cuisine se trouvait à l'autre bout de la cour. Clara se garda bien de dire qu'elle n'avait aucune intention de sortir où que ce soit.

Elles rencontrèrent trois bonnes qui discutaient, plusieurs filles qui, en voyant la femme approcher, rajustèrent leur tablier et firent demi-tour, deux larbins aux yeux fatigués. La femme ne daigna adresser la parole à personne jusqu'à ce qu'elles croisent deux hommes auxquels elle accorda un sec hochement de tête assorti de leurs noms – Jacinto Suárez, le rôtisseur, chargé des achats de denrées au marché central pour toute la maisonnée, et Luis Fernández, l'intendant de bouche, responsable des différents caves et celliers : le garde-manger pour viandes et poissons frais et secs, le potager pour tout ce qui était végétal, la remise à charbon, où l'on stockait aussi le bois et le suif pour les bougies. Tous deux la saluèrent à leur tour, et c'est comme ça que Clara apprit son nom. Doña Úrsula Berenguer.

Elles continuèrent par le dédale de couloirs, où elles virent des valets chandeliers s'affairer autour d'un lustre ; un peu plus loin, une fille enrobée avec un sourire tout en fossettes, Galatea Borca, portait un plateau de fioles tandis que la saucière, Matilde Marrón, la sommait de bien rincer ces burettes en gesticulant nerveusement. Tous ces gens, sans faute, à la vue de Mme Berenguer, se redressèrent et baissèrent la tête, en un geste empreint de crainte. Deux blanchisseuses se serrèrent contre le mur pour les laisser passer.

— Tu resteras à l'essai aussi longtemps que je l'estimerai nécessaire, dit-elle à Clara. Si ton travail ou ton dévouement ne correspondent pas à mes exigences, je te renvoie aussitôt. Tes gages sont de six réaux de billon par jour, tu as droit à trois repas quotidiens et un jour de repos par semaine, le dimanche le plus souvent – tu auras en tout cas le temps d'aller à la messe. Pour l'instant, tu dormiras dans le cagibi de la cuisine.

Clara acquiesça. Si elle avait été un homme, elle aurait pu rester à la cour et sa solde approcherait les onze réaux, mais Castamar, tout en étant l'une des plus importantes maisons d'Espagne, n'était pas l'Alcazar. Et bien sûr, elle n'était pas un garçon. Cependant, elle faisait partie des domestiques les mieux payées et s'estimait chanceuse – il y avait des filles qui récuraient les sols pour moins de deux réaux par jour. Elle, au moins, pouvait mettre de l'argent de côté pour être à l'abri si les choses tournaient mal.

— Je ne tolère pas la fainéantise ni les relations secrètes parmi le personnel, et encore moins, bien entendu, que l'on reçoive des hommes sous ce toit, poursuivit la gouvernante.

Elles marchaient à présent sous un beau plafond à caissons et arrivèrent devant une double porte en merisier sur le linteau de laquelle un écriteau annonçait « Fourneaux ».

Soudain, une camérière surgit avec un plateau en argent où était disposé un petit déjeuner : du consommé de volaille, du chocolat et du lait dans deux brocs, du pain grillé beurré saupoudré de sucre et de cannelle, des œufs à la coque, des petits pains frais et quelques tranches de poitrine grillée. Avec son nez fin et son œil avisé, Clara devina un excès d'épices dans le consommé et le manque de temps dans la cuisson des miches. Il n'y avait que la poitrine qui semblait correctement préparée, finement tranchée et dorée dans son gras. Mais c'est la présentation qui l'étonna le plus. Le motif de la vaisselle était aussi élégant que les couverts – dont une fourchette à quatre points, très rare –, mais on n'avait pas mis dans la présentation le soin qui seyait chez un grand d'Espagne. Rien n'était à la bonne distance, le napperon brodé débordait de guingois et, pire encore, on avait omis d'agrémenter le plateau de quelques fleurs, détail indispensable au petit déjeuner. Sans parler de l'absence criante des cloches d'argent qui auraient permis de garder au chaud les différents mets.

La camérière ne bougeait plus, un simple regard de la gouvernante l'avait figée sur place. Doña Úrsula replaça chaque élément sur le plateau et les aligna avec une précision mathématique. Au moins, songea Clara, même si elle ignorait les sophistications versaillaises que l'arrivée de Philippe V et de son entourage avait introduites à la cour, la gouvernante connaissait son métier,

— Que rien ne bouge, Elisa, ordonna doña Úrsula d'un timbre effrayant. Tu peux disposer.

— À votre service, madame Berenguer.

Lorsqu'elles entrèrent dans la cuisine, chacun cessa de travailler pour faire une petite révérence. Clara rendit la politesse. La gouvernante, comprit-elle, régnait aussi sur la cuisine et toutes les dépendances en rapport avec le service de bouche. D'un petit geste, doña Úrsula remit tout le monde au travail. Clara observa la façon habile dont deux filles plumaient des chapons, tandis qu'une troisième salait distraitement deux coquelets, le tout sous le regard oblique d'une grosse femme qui remuait une sauce aux champignons de Paris – sans doute pour accompagner les volailles.

La brigade de cuisine semblait de petite taille pour une maison du prestige de Castamar. Clara calcula qu'il manquait au moins trois commis et leurs deux aides, plus des apprentis et des garçons d'office, et bien sûr des galopins pour faire la plonge, balayer et plumer. Cependant, d'après Mme Moncada, Monsieur vivait seul avec son frère sur le domaine, et si, visiblement, le faste en souffrait, quatre personnes aux cuisines devaient arriver à couvrir ses besoins.

Ce qui l'intriguait le plus, c'était qu'une gouvernante puisse détenir autant de pouvoir. Généralement, dans une maison de cette catégorie, la gouvernante supervise le personnel féminin, des camérières et femmes de chambre et de charge, jusqu'aux filles d'office et aux lavandières. Mais Mme Berenguer paraissait avoir la mainmise aussi sur les hommes. On aurait dit plutôt une sorte de contrôleur, le plus important poste à la cour après le majordome, ou, dans certaines maisons, l'intendant – des termes pour désigner l'homme responsable de la maintenance des lieux et de la gestion de la dépense domestique. Clara savait qu'à la cour, le bureau, présidé par l'intendant en charge de l'administration générale, était composé de nobles de haut rang au service du roi. À Castamar cependant, le bureau devait comporter des gens du commun. Jusque-là, Clara avait pu identifier Melquíades Elquiza, le majordome, et cette imposante femme. Elle se demanda quels rapports entretenaient ces deux-là.

— Dans une semaine aura lieu la fête annuelle de Castamar. Ce sont des festivités à la mémoire de doña Alba, feu l'épouse très aimée de Monsieur – expliqua doña Ursula d'un ton solennel. L'événement est de la plus haute importance pour Monsieur et c'est un rendez-vous incontournable pour toute l'aristocratie madrilène. Ses Majestés le roi et la reine nous honorent de leur présence. Nous nous devons d'être à la hauteur.

La gouvernante s'adressa alors sèchement à la cuisinière :

— Mme Escrivá, voici la nouvelle fille d'office, Mlle Clara Belmonte. Vous lui expliquerez tout ce qu'elle doit savoir.

Sur ce, doña Ursula partit, laissant derrière elle un silence tendu. La grosse marmitonne scruta Clara de ses yeux porcins comme si elle était un bout de viande.

Clara sentait tous les regards sur elle tandis que le sien examinait la pièce. Sa mère lui avait toujours dit que l'état d'une cuisine disait tout des qualités d'une cuisinière. Le potager était noir de suie – normal car on venait d'y préparer le petit déjeuner de Monsieur –, mais le four et le manteau de la cheminée avaient besoin d'être nettoyés en profondeur ; il y avait toutes sortes d'ingrédients en désordre sur les tables ; des relents du cloaque indiquaient qu'il était bouché tandis que les couvercles du puits étaient impudemment ouverts. Sur les étagères du fond, les boîtes à épices, avec leurs noms incrustés en métal sous une épaisse couche de crasse, étaient fermées à clé et elle fut incapable de déterminer sous quel critère on les avait rangées. À la base du buffet à farines pendaient des filaments de gras couleur ambre. La verrière double qui donnait sur le patio côté nord laissait à peine passer la lumière ; sur les comptoirs, des taches de sang, vin, épices et autres restes divers couvraient la couleur du frêne, ce qui voulait dire que personne ne les brossait comme il convient chaque jour.

— Me voilà bien servie avec ce moineau malingre, grogna la cuisinière.

Sa voix fit sursauter Clara qui, en reculant d'un pas, sentit quelque chose craquer sous sa bottine. Elle se pencha pour examiner sa semelle et y découvrit un cafard.

— Eh ben, tu t'es déjà rendue utile, ricana Mme Escrivá. Ça nous en fait un de moins, c'est une vraie plaie.

Tout le monde rit à son commentaire.

— Je suis Asunción Escrivá, la cuisinière en chef de Castamar, et celles-ci, ce sont María et Emilia, les deux galopines. Carmen del Castillo, que tu vois parer deux coquelets, c'est ma première. Et cette pauvre créature, c'est Rosalía, elle est complètement fêlée. Monsieur la garde ici par charité.

Clara découvrit ainsi une cinquième personne sous la table. Rosalía, dont elle aurait été incapable de dire l'âge, la regardait bouche bée en bavant. Puis, elle lui offrit un sourire chagrin et un cafard.

— J'aime comme ils craquent, articula Rosalía avec beaucoup d'effort.

Clara lui rendait son sourire lorsque Mme Escrivá l'attrapa brusquement par le bras.

— Il faut éplucher ces oignons, cria-t-elle. Grouille-toi, gamine, que tu es venue travailler et pas regarder l'autre niaise !

La cuisinière lui faisait penser à une vieille laie bien grasse couinant dans sa porcherie et Clara perdit tout espoir de travailler sous les ordres d'un grand chef. Rien qu'à ses ongles noirs de suie, elle devinait que Mme Escrivá n'avait rien à lui apprendre. De toute évidence, le seigneur de Castamar s'était laissé aller à la routine des repas sans décorum ni propreté. Aucune maison aristocratique digne de ce nom n'aurait permis un tel relâchement.

*10 octobre 1720, midi*

Les hommes aimaient toujours tenir les rênes en toutes circonstances, mais Úrsula avait appris, à ses dépens, à ne jamais permettre, sous aucun prétexte, que quiconque fasse plier sa volonté. C'est pourquoi l'arrivée de cette fille, qu'on lui imposait, l'avait mise en colère. Melquíades Elquiza essayait parfois de la défier, mais c'était elle qui gérait le personnel à Castamar, et le majordome n'avait pas intérêt à l'oublier. Il savait très bien que, s'il la provoquait, elle pouvait lui faire perdre son poste et bien plus. En vérité, il aurait mieux valu pour tous qu'il soit parti depuis longtemps en emportant avec lui son sombre secret. Elle aurait pu ainsi tout diriger et Castamar tournerait comme une horloge bien ajustée.

Ces pensées à l'esprit, la gouvernante prit l'escalier qui menait aux étages et parvint devant le bureau du majordome. Elle toqua deux coups doux pour ne pas trahir son bouillonnement intérieur. La voix profonde d'Elquiza lui indiqua d'entrer. Elle s'exécuta, ferma la porte derrière elle et, par respect du protocole, inclina la tête et l'appela par son nom. Il était en train d'écrire dans un de ses carnets aux couvertures rouges que personne ne lirait jamais. Elle était persuadée que sa prose était déplorable et qu'il utilisait des mots compliqués pour se donner des airs de fin lettré. Il devait remplir ses journaux avec toutes sortes de détails pour laisser une preuve écrite de son zèle en tant que majordome. Un dévouement qui, avec le temps, s'était bien émoussé.

Elle attendit dans un de ces silences pesants qui s'installaient souvent entre eux et qui l'agaçaient tant. Finalement, il daigna lever les yeux et, sans même s'arrêter d'écrire, lança, laconique :

— Ah, c'est vous.

— Je venais vous informer de l'arrivée de la nouvelle fille d'office à la cuisine, dit-elle, d'une voix neutre. J'imagine qu'elle a les qualifications nécessaires et que…

— Absolument. Vous n'avez qu'à lire ses références, doña Úrsula, coupa-t-il, le nez dans ses brouillons.

Elle se tut et il haussa ses gros sourcils, comme s'il ne comprenait pas pourquoi elle était encore là. Elle le regarda fixement comme un prédateur qui guette sa proie dans l'ombre, et prolongea délibérément le silence afin de l'humilier pour avoir tenté de lui imposer sa volonté. Sans succès une fois de plus.

— Il faudrait peut-être préparer l'un des salons de l'aile est pour le dîner annuel, fit-elle.

Il continua à écrire. Il devait se sentir puissant et voulait savourer le moment, alors qu'ils savaient tous les deux qu'elle pouvait se passer de sa permission.

— À votre guise, doña Úrsula, répondit-il enfin. À votre guise.

Très bien. Il l'aurait voulu. Elle se pencha sur le bureau et le fixa comme s'il était un cafard en disant de son ton le plus courtois :

— Don Melquíades, auriez-vous la gentillesse de cesser d'écrire un instant et de m'accorder votre attention ?

— Oh, mais bien sûr, doña Úrsula ! Je vous prie de m'excuser, répondit-il d'un air distrait.

Elle s'approcha encore pour qu'il se sente encore plus petit et rabougri, puis, d'une voix suave, égrena des mots choisis exprès pour blesser sa fierté d'homme et de domestique :

— Don Melquíades, vous êtes le majordome de Castamar, je vous prie de vous comporter en tant que tel...

L'homme se redressa, piqué au vif.

— ... surtout, en ma présence, conclut-elle.

Le majordome tremblait comme un flan qu'on vient de démouler. Elle attendit qu'il essaie de répondre pour lui couper la parole en ajoutant :

— Ou bien je serai obligée de faire part à Monsieur de votre secret.

Don Melquíades, sachant qu'il n'avait rien à opposer à une telle menace, se défendit avec le seul recours qui lui restait un regard offensé, plein de reproche.

Elle esquissa à peine un sourire dédaigneux. C'était la victoire habituelle, celle qu'elle remportait depuis des années mais qu'elle aimait renouveler de temps en temps ; une victoire sur le pouvoir masculin et sur la société répressive qui lui avait fait tant de mal. Úrsula tourna les talons pour partir, mais une fois à la porte, se dit que ce regard de défi méritait tout de même un autre camouflet :

— N'en prenez pas ombrage, Melquíades. Nous savons tous les deux qui dirige la maison. Vous et moi, nous sommes comme un ménage malheureux : nous ne faisons que sauver les apparences.

Don Melquíades se lissa la moustache, son visage reflétant la tristesse des âmes vaincues. Quand Úrsula sortit, un bruit lourd lui donna une dernière satisfaction : le majordome de Castamar s'était lourdement affalé sur son trône de cendre.

# 2

*Le 11 octobre 1720 au matin*

CLARA SE LEVA AU CŒUR DE LA NUIT ET, pendant plus de quatre heures, elle nettoya les casseroles, les poêles, les hachoirs. Elle récura l'établi, frotta les murs et le sol souillés de suie, les carreaux retrouvèrent leur aspect original grâce à ses efforts et un savant mélange de cendres et de cristaux de soude. Les cafards fuirent en débandade dans la cour.

Ensuite elle briqua les tiroirs à épices, qu'elle rangea par ordre alphabétique. Elle retrouva la beauté de la terre cuite de la jarre de miel et des cruches après les avoir frottées sans relâche. Comme les tomettes du sol, d'un rouge qui faisait chaud au cœur une fois lavées à grande eau dont elle avait tiré quatre seaux du puits de la cuisine. Quand elle eut fini de rincer les chiffons et les bacs, personne n'était encore levé. Elle était consciente que son initiative risquait de se retourner contre elle, mais il lui était impossible de travailler dans un lieu à ce point envahi par la crasse. À tout moment, le maître de maison pouvait tomber malade à cause de la malpropreté de la cuisine.

Contrairement à ce qu'elle avait prévu, la première personne à entrer dans la cuisine fut doña Úrsula. Clara garda la tête baissée après avoir fait la petite génuflexion de rigueur, mais elle put percevoir du coin de l'œil l'expression de surprise sur le visage d'habitude imperturbable. La gouvernante fit lentement le tour de la pièce, admirant le travail qui lui avait pris la moitié de la nuit, lui lançant des regards inquisiteurs, comme pour déceler le motif qui l'avait poussée à un tel branle-bas de combat. Elle passa le doigt sur les brûleurs, sur les queues des casseroles, même sur les réchauds. Elle s'attarda sur l'étagère à épices sans pour autant décocher un mot. Finalement, elle la scruta avec son halo d'autorité, et plissa les lèvres en un demi-sourire impossible à déchiffrer.

À cet instant, la porte s'ouvrit et la grosse Mme Escrivá s'arrêta net sur le seuil. Son visage montrait clairement qu'elle ne reconnaissait pas la cuisine qu'elle avait quittée la veille, puis son étonnement se mua en une expression de terreur lorsqu'elle rencontra les yeux de doña Úrsula.

— Madame Escrivá, je vois que vous avez tenu votre promesse de nettoyer et ranger la cuisine correctement, dit la gouvernante en quittant les lieux. Je veux qu'elle soit toujours ainsi.

La cuisinière, l'air toujours sous le choc, regardait autour d'elle, essayant de retrouver ses odeurs rances, ses marmites crasseuses, ses fourneaux peints à la suie. Puis ses yeux se posèrent sur Clara, et, en deux enjambées indignées, elle s'approcha et lui flanqua une gifle. Clara sentit une douleur intense à la lèvre, le goût salé du sang. Les dents serrées, elle se retint pour ne pas rendre le coup, mais ne put empêcher sa main de se porter d'instinct sur la raclette du pétrin. Mme Escrivá recula d'un pas, la menaçant de l'index :

— À cause de toi, on va devoir trimer encore plus ! Eh bien, pas question ! Tu l'as voulue, la corvée du nettoyage quotidien, elle est pour toi ! Et si tu ne laisses pas la cuisine tous les jours comme aujourd'hui, je te rouerai de coups !

La cuisinière tourna les talons et Clara commença à préparer la barde pour les rôtis. Du coin de l'œil, elle perçut quelqu'un dans l'entrebâillement de la porte : c'était doña Úrsula qui avait suivi la scène. Elle resta là encore un court instant, avant de repartir, probablement satisfaite.

Clara, la joue encore en feu, regarda dehors. De lourds nuages s'amoncelaient, héraut d'une tempête, et elle songea que son temps à Castamar s'annonçait aussi très sombre. Une fois l'agneau préparé, elle arrosa de miel chaud et d'amandes quelques pâtisseries pour le petit déjeuner du maître.

Son esprit se porta vers des souvenirs d'un temps plus doux, quand sa vie était simple et calme, que son père subvenait à ses besoins. Lorsqu'elle se remémorait son visage rond, avec la moustache parfaitement dessinée, sa démarche leste les jambes un peu arquées, elle pouvait presque croire que rien n'avait changé. Paradoxalement, c'était à cette époque-là qu'elle avait été le plus heureuse, en dépit de la guerre sanglante qui se jouait pour le trône d'Espagne et l'hégémonie sur l'Europe au nom du roi Philippe V ou de l'archiduc Charles. Son père, qui avait beaucoup voyagé dans sa jeunesse, avait été un homme cultivé, un amoureux des livres qui aspirait à la paix. En tant que médecin, il attachait une importance capitale au serment d'Hippocrate, *primum non nocere*, « d'abord, ne pas nuire », qui le liait au devoir incontournable de préserver la vie humaine. Pour lui, en tant qu'homme instruit, la guerre était contraire à toute raison, et bien sûr à Dieu. Mais s'il était devenu l'un des médecins les plus réputés de Madrid, ce n'était pas à grâce à ses idéaux, mais à sa passion pour l'étude et pour son métier. Sa position lui avait permis de côtoyer aussi bien la haute aristocratie espagnole que celle arrivée de France avec le roi Philippe. Le brave homme avait toujours espéré que ses filles parviendraient à se marier dans la noblesse. C'était sa plus grande ambition pour elles, toujours de concert avec sa chère épouse Cristina. Et si Clara ne voyait pas les choses du même œil, les aspirations paternelles avaient déteint sur sa sœur Elvira qui, plus naïve et moins indépendante, ne rêvait que d'être présentée en société et de trouver un bon mari : riche, beau, et qui l'aimerait au moins autant que ses parents s'aimaient. Malheureusement, la guerre avait anéanti ses espoirs en emportant tous les possibles prétendants, et chaque fois qu'on leur annonçait le décès d'un jeune de leur connaissance, son corps de ballerine semblait encore plus menu tandis qu'elle errait dans la maison, hagarde, comme une âme en peine.

— À ce rythme, il ne restera plus aucun jeune homme à marier, se lamentait la pauvre, dix ans plus tôt.

Clara savait qu'elle était faite d'une autre étoffe. Elle préférait la compagnie des livres et des fourneaux plutôt que de passer son temps à pourchasser un mari. Trouver un mari ne l'intéressait pas, ce qu'elle voulait, c'était trouver le bon mari. À l'époque, elle pensait qu'après la victoire des Bourbons, des nobles partisans du camp vaincu reviendraient à Madrid et qu'ils envisageraient peut-être d'épouser les filles du docteur Belmonte, afin de regagner les faveurs de ce roi qui appréciait tant le physicien distingué. Par ailleurs, bien que l'objectif principal de son père ait été de leur trouver un bon parti, l'autre était de leur fournir une éducation appropriée.

— Je crois avoir bien réussi dans ce domaine, lui avait-il confié un soir devant des sablés tout juste sortis du four. Tu sais que je voulais un fils qui suive mes pas dans la médecine, mais le Seigneur m'a béni avec vous deux.

Et s'il ne vous est pas possible de devenir médecins, votre féminité, ma chérie, ne vous empêche en rien de vous servir de votre esprit comme les hommes.

Son père, en tant qu'homme de sciences qui avait bâti sa vie sur les préceptes de l'expérimentation et le pouvoir de la raison, affirmait que rien ne prouvait que l'esprit féminin était incapable d'étudier et de comprendre. Il estimait qu'une bonne éducation contribuait à forger de bonnes mères et de meilleures épouses, et s'opposait catégoriquement à ceux qui prétendaient que l'étude rendait les femmes folles. Il n'allait pas cependant jusqu'à défendre qu'elles puissent exercer dans des domaines pour lui résolument masculins, tels que les finances, l'armée ou les affaires d'État. Encore moins en politique, pour laquelle, disait-il, la capacité de raisonnement des femmes était entravée par leur nature sensible, peu apte à trouver des solutions à des problèmes concrets. Sans parler des métiers purement physiques, où une femme ne pouvait rivaliser avec l'habileté et la dextérité d'un homme pour des raisons anatomiques avérées.

— Alors, père, vous n'êtes pas tout à fait d'accord avec Poullain de La Barre ? avait répondu Clara non sans malice, puisque les écrits du Français défendaient l'égalité des sexes au sens large.

— De La Barre est un calviniste converti, ce qui, à mon sens, le rend suspect d'avoir le jugement obscurci en quelque sorte, avait grommelé son père en dissimulant un sourire.

— C'est l'Anglaise Mary Astell qui le dit, se rappelait-elle avoir dit. Les femmes devraient être éduquées de la même manière que les hommes afin de faire les mêmes choses que les hommes.

— Les mêmes choses, cette pauvre égarée ! C'est une théorie qui n'a que peu, voire aucun sens commun !

Malgré ces affirmations, il avait fini par reconnaître que, en ce qui concernait l'entendement, les différences entre les hommes et les femmes étaient minimes.

— Prenons le point de vue religieux : le fait que Dieu ait créé Adam à son image et qu'Ève soit née de la côte d'Adam n'implique nullement qu'Ève ait moins d'esprit pour les savoirs et la compréhension, avait-il ajouté d'un ton docte.

De plus, lorsqu'il tenait salon chez lui, il aimait à dire à ses invités que ses propres filles étaient la preuve de ses théories, en particulier Clara, qui aimait lire toutes sortes de livres. Leurs filles avaient donc reçu la meilleure éducation qu'on pouvait souhaiter grâce à ces principes que leur mère, femme elle-même fort cultivée, soutenait aussi.

Quelques jours avant sa mort inattendue, son père lui avait avoué qu'il ne regrettait absolument pas de ne pas avoir eu de fils ; que Dieu avait été plus que généreux avec lui, et qu'il voyait en Elvira un prolongement de lui-même, et en Clara un prolongement de leur mère. De fait, la cadette avait hérité de l'esprit calme et plus conformiste de leur père, alors qu'elle-même était animée d'un esprit vif et résolu comme celui de leur mère. À présent que les sœurs menaient des vies si différentes, il fallait peut-être en conclure que leurs chemins n'étaient que le résultat de ces tempéraments hérités. Peut-être que la vie de chacun n'était finalement que la résultante de ces agissements de l'âme qui, comme les lames d'un château de cartes, tombaient peu à peu les unes sur les autres vers un destin inéluctable.

Clara concassa les amandes pour les gâteaux de Monsieur en s'interrogeant sur la vie d'Elvira dans ces terres froides et lointaines où elle vivait désormais. Oh, qu'elle avait le cœur lourd de nostalgie avec ces souvenirs qui s'écoulaient comme les heures du jour : irrépressibles, incessantes, fugaces. Pourtant, il était tellement réconfortant de s'y bercer ! Son sourire revenait quand elle songeait au bon vieux temps, avant que le ministre don José de Grimaldo ne convoque son père pour servir dans l'armée du roi. Tout semblait à nouveau en ordre, comme si dix ans ne s'étaient pas écoulés depuis ce midi du 2 décembre 1710, où tout Madrid se préparait à recevoir l'entrée du roi Philippe, et qu'elles attendaient leur père. Il rentrerait fatigué après sa tournée auprès de riches patients, des aristocrates restés dans la capitale. Ce jour-là, elle et sa mère lui avaient préparé une *olla podrida* qui avait mijoté pendant des heures. Leur recette incluait des pieds et des queues de porc, des jarrets de bœuf, des cuisses et filets de chapon, du chorizo, du boudin frais, un os de jambon de Jabugo, des pois chiches tendres, des choux, des navets, des carottes, une bonne farce avec de la chapelure, de l'ail, des dés de jambon, un brin de persil puis, leur touche spéciale : de bonnes pommes de terre épluchées.

Lorsque son père était rentré, il lui avait suffi de humer les alléchantes odeurs qui flottaient dans la maison pour comprendre qu'elles avaient passé la journée aux fourneaux. Il avait râlé pour la forme, répétant encore une fois que c'était contre la bienséance que des femmes de leur rang passent leur temps dans les marmites. En vain. Elles ne savaient que trop bien qu'il n'avait pas le cœur de leur refuser quoi que ce soit et que, par-dessus le marché, il adorait leurs concoctions. Ainsi, lorsqu'il avait feint l'indignation, son épouse lui avait répondu :

— Eh oui, mon cher, nous avons cuisiné. Mais rien d'ordinaire, tu verras : que de l'extraordinaire.

Clara lui avait embrassé la joue en la lui pinçant avec affection. Sa mère disait vrai. Et son père, dont l'odorat n'était pas particulièrement affûté, après vingt-six ans de mariage parvenait à deviner depuis le salon ce qu'elles avaient préparé : estouffade de mouton, oie aux coings, pieds de cochon gratinés, turbot au four, tortilla de pommes de terre, potage de morue et, bien entendu, leur *olla podrida.* Lorsqu'il en humait l'odeur, un sourire lui montait aux lèvres et il devait faire un effort pour garder son sérieux.

Clara se rappelait son sourire ce jour-là, au moment où il avait demandé comment elle avait obtenu un goût aussi intense et qu'elle avait répondu que c'était, entre autres, grâce à la pomme de terre.

— Grand Dieu, mon enfant ! s'était-il exclamé en écarquillant les yeux. Mais c'est bon pour les cochons, l'artichaut des Indes !

Ce déjeuner-là était la dernière image heureuse qu'elle avait de cette époque. Peu après, Venancio, le majordome, avait apporté le pli de don José de Grimaldo où le secrétaire à la Guerre commandait à son père d'intégrer les troupes bourbonnaises. Les souvenirs qui s'ensuivaient étaient amers et douloureux. C'est pour cela que Clara chérissait cet épisode et y retournait quand la tristesse assiégeait son esprit. La plupart du temps, elle résistait à l'envie de replonger dans le passé, mais parfois, au cœur de la nuit, elle n'en avait pas la force. Blottie dans sa cave, elle inspirait profondément en tentant de retrouver la senteur des huiles essentielles de rose et de lavande du coûteux parfum de son père, cadeau d'une patiente reconnaissante, avec lequel on l'avait enterré.

*11 octobre 1720, midi*

Diego chevauchait depuis les premières heures du matin. C'était le seul remède qui éveillait son esprit émoussé, et encore plus les jours où il était agité. Il se plaignait constamment et de tout ; aussi, pour combattre l'apathie, avait-il pris le courrier arrivé de Madrid au point du jour. Il avait laissé de côté les lettres mondaines pour ne garder que celle de doña Mercedes, sa mère. Il l'avait mise dans la manche de sa casaque et était sorti de la maison pour ne pas passer ses nerfs sur son frère ou sur un valet. Depuis la mort tragique de sa femme, Castamar était le reflet de son état d'esprit, il en était conscient. Et si le passage du temps avait atténué son chagrin, à l'approche des neuf ans de sa mort, il se sentait encore plus irascible. Il se connaissait et savait que sa colère était aussi fulgurante qu'injuste.

Après avoir atteint l'une des hauteurs du domaine, il en contempla l'étendue, la limite à l'est avec les hauteurs de Boadilla et au nord avec les terres du majorat d'Alarcón et la ville de Pozuelo. Voilée par la distance, la chaîne de Guadarrama se dessinait nébuleuse à l'horizon, couronnée par la Maliciosa, les Siete Picos et Peñalara. Il inspira profondément dans la brise froide qui descendait des montagnes. « L'hiver approche. Un de plus sans elle », songea-t-il.

Il fit volter son cheval palomino et contempla le château de Castamar et, plus loin, Madrid et son Alcazar au bord du Manzanares. Au-delà, Guadalajara, Brihuega et Villaviciosa de Tajuña.

Beaucoup d'hommes bons étaient tombés là-bas. Des deux côtés. À Brihuega, les troupes de Philippe d'Anjou, sous le commandement du duc de Vendôme, avaient déjà remporté une belle victoire contre celles de la Grande Alliance, mais c'était à Villaviciosa, le 10 décembre 1710, qu'il était devenu évident que les fidèles des Bourbons pouvaient gagner la guerre. Diego revit les visages fatigués, hagards, les blessés sur les brancards qui se vidaient de leur sang. Il avait entendu des cris de douleur qu'il n'oublierait jamais. Il se voyait encore, derrière la batterie de canons qui tonnaient contre les troupes ennemies qui approchaient, il se voyait encore charger avec la cavalerie, avec Philippe qui observait depuis l'arrière-garde, dans un mouvement qui avait brisé le flanc gauche des Alliés, le marquis de Valdecañas à leur tête. Ils les avaient repoussés et dispersés et, le temps qu'ils se regroupent, les siens avaient pris le reste du contingent par-derrière. S'ils n'avaient pas été si rapides, la bataille aurait pu prendre un autre tournant. Mais lui, l'un des trois capitaines du Corps des gardes, le favori de Sa Majesté, avait cavalé sur le champ de bataille en brisant des crânes et en amputant des membres.

Il n'en tirait aucune fierté, même s'il était un soldat. La guerre est un monstre qui peut tout emporter, y compris honneur et dignité, si l'on n'y prend garde. Ce jour-là, il avait tué sans faire de quartier, semant le ressentiment parmi les troupes ennemies qui s'étaient battues avec autant de bravoure qu'eux. Après la bataille, on avait dit de lui qu'il avait été le bouclier de Dieu envoyé pour protéger les Bourbons, et que, si le grand-père du monarque, Louis XIV, avait eu vent de ses prouesses, il l'aurait emmené à Versailles pour être le capitaine de sa garde personnelle. Après la bataille, les troupes de l'archiduc, sous le commandement de l'Autrichien Guido von Starhemberg, s'étaient vues très diminuées et forcées de battre en retraite. Harcelées sans relâche par leurs adversaires, leur repli vers la Catalogne n'avait pas été facile, et finalement, après le siège et la prise de Gérone, Barcelone avait capitulé. Trois ans s'étaient écoulés depuis la bataille décisive de Villaviciosa. Pourtant, Diego n'avait pu savourer cette victoire, car sa femme avait trouvé la mort, écrasée par son propre cheval, le 2 octobre 1711, un an seulement après Villaviciosa. Lc roi, faisant preuve d'une grande mansuétude, avait accédé à sa demande de se retirer du service actif.

— Partir au combat dans l'état où tu es ne peut que t'amener la mort, mon cousin, lui avait-il dit.

Il avait raison. Il était loin, le temps où il était le rempart du roi Philippe, repoussant les attaques contre lui. Il se souvenait encore du matin où il avait découvert une petite fiole de poison parmi les mets du petit déjeuner de Sa Majesté. Les assassins, déguisés en valets de chambre, avaient perdu la vie sous sa lame et celles de ses gardes. Quelques jours plus tard, on avait prouvé que Beltrán Burgaleta, l'un de ses lieutenants, était corrompu. Ce succès et bien d'autres avaient valu à Diego le qualificatif de « meilleure lame d'Espagne ». Il n'avait jamais pris cela au sérieux, car en duel, comme à la guerre, une mauvaise journée pouvait conduire n'importe qui à la tombe. Oui, le roi avait été sage de lui permettre de prendre sa retraite après la mort d'Alba.

Depuis la disparition de sa bien-aimée, il n'avait plus été le même. Son esprit vagabondait, peignant les couloirs du château de la couleur de la cendre et du chagrin. Il était devenu l'ombre du Diego d'avant, rieur et optimiste ; une silhouette brisée depuis neuf ans.

Les premiers mois après le drame avaient été insoutenables. Chaque fois qu'il croisait son propre reflet, avec sa barbe trop longue, le temps lui paraissait une pierre tombale, et lui-même, sa propre épitaphe mal écrite. Il s'était dit que sa tristesse ne s'estomperait qu'avec le passage de la vie qui, dans un goutte-à-goutte cruel et pervers, lui murmurait : « La voie de la survie passe par le fleuve de l'oubli. » Puis il y avait cette autre voix qui se rebellait contre cela et lui disait qu'il n'oublierait jamais.

Après la tragédie, il s'était retiré du monde, refusant même les visites de ses amis les plus proches, Francisco Marlango et Alfredo de Carrión. Il avait également tourné le dos à son bon aumônier, Antonio Aldecoa, et, jusqu'à ce jour, il n'était pas retourné à la messe, en dépit de l'insistance persévérante du prêtre et de son propre frère. Il avait renvoyé plus de la moitié des domestiques, fermé des pièces entières du palais, y compris la chambre de son épouse, fermé les cortijos en Andalousie, les maisons de Madrid et Valladolid, comme celles des autres villes.

Seuls son frère et sa mère osaient l'importuner, non pas parce qu'il désirait leur présence, mais parce qu'ils refusaient de le laisser se claquemurer dans sa solitude. Depuis ce jour fatidique, il se demandait inlassablement pourquoi Dieu s'était montré si cruel avec lui. Ainsi, pour garder ensemble les lambeaux de ce tableau déchiré, il continuait à célébrer l'anniversaire d'Alba. C'était elle qui avait institué cette tradition en invitant toute la cour d'Espagne à Castamar, car elle adorait les *dîners*, ces réunions mondaines qui duraient l'après-midi entier. Alba adorait ce qui était festif. Pour elle et avec elle, la vie était un jeu, et chacun à la cour, homme et femme, voulait la fréquenter car elle était l'incarnation même de la distinction, de l'esprit et de la beauté. Elle rendait unique le moindre moment du quotidien. Selon ses désirs, chaque matin, la salle du petit déjeuner débordait de fleurs, elle montait à cheval chaque jour, lisait pendant des heures, tenait à changer de toilette deux ou trois fois par jour, trouvait une nouvelle coiffure pour chaque occasion. Elle aimait jouer du piano, parler français le matin et, bien sûr, chanter. Dès qu'elle n'y prenait garde, une mélodie lui échappait des lèvres.

Pourtant, cette Alba mondaine et légère n'était qu'une facette de la femme sincère et profonde qu'il connaissait. Car Alba aimait la vie, et l'aimait, lui, avec passion. Certaines nuits, elle venait se glisser dans son lit et le réveillait en lui murmurant des mots enflammés qu'elle avait mis en vers. Épouse dévouée qui possédait une force d'âme exceptionnelle, elle aurait été capable de tous les exploits au nom des siens. Il sourit au souvenir de sa mine boudeuse lorsqu'elle voyait ses souhaits contrariés. Qui pourrait oublier cela ? C'était pourtant ce que sa mère et ses amis avaient espéré qu'il fasse une fois passés les premiers temps du deuil, et son refus de suivre la bienséance avait été la cause de disputes houleuses avec sa mère. Celle-ci voyait dans son obstination un acte d'égoïsme irresponsable. Sans doute à raison. Pour la société, son devoir envers le blason de sa famille était au-dessus de son chagrin, au-dessus même de la mémoire d'Alba. Sa mère semblait plus rassurée dernièrement. Elle avait dû voir une lueur d'espoir en apprenant qu'il se rendait à certaines soirées à l'Alcazar, à des réunions chez des amis, au théâtre. Force était d'admettre que quelque chose avait changé. Presque sans s'en rendre compte, il avait de nouveau éprouvé l'envie de sortir, de retrouver le commerce de certaines personnes. Le temps commençait-il donc à apaiser sa douleur ? La question lui rappela la lettre de sa mère dans le revers de sa manche. Il sortit le pli et le décacheta :

*Cher fils,*

*Quand ce mot te parviendra, je serai déjà en route pour Castamar. Je t'écris pour t'informer que j'ai pris la liberté d'inviter don Enrique de Arcona, dont je t'ai déjà parlé, aux réjouissances de la semaine prochaine. Je veux espérer que vous deviendrez bons amis car je suis persuadée que sa compagnie te ferait le plus grand bien : c'est un homme hardi et plein de bonté, comme pourrait le confirmer ma bonne amie, doña Emilia de Arcas, que tu connais.*
*J'en veux pour preuve l'action d'éclat qui les a fait se rencontrer voici quelques jours. Voyant la voiture de mon amie enlisée au milieu du chemin en plein orage, don Enrique l'a vaillamment tirée de ce bourbier et a tenu ensuite à l'escorter jusqu'à son manoir. Bien sûr, mon amie ne pouvait que rendre la politesse en lui proposant de se restaurer dans sa demeure jusqu'à ce que la pluie cesse. C'est ainsi qu'elle a appris que don Enrique se rendait à Valladolid pour venir me chercher et m'accompagner à Castamar et elle lui a naturellement fait part de l'amitié qui nous lie.*
*Comme tu te doutes bien, elle m'a écrit aussitôt pour me conter son aventure, et sans doute aussi pour se donner de l'importance à mes yeux (bien que rien n'y paraisse, elle est plus jeune que moi). Tu vois donc qu'Enrique possède un fin jugement et des manières exquises. Je n'en dis pas plus. J'ai hâte de te retrouver. Embrasse Gabriel, que j'ai tout autant envie de revoir.*

*Ta mère, qui t'aime*

Diego replia la lettre avec un sourire. Sa mère ne manquait jamais de l'amuser. Au trot, il guida son cheval vers le caveau des Castamar. Il franchit le Cabeceras, la petite rivière qui irriguait son domaine, et s'approcha de la châtaigneraie séculaire qui abritait le tombeau. De l'autre côté du bosquet se trouvait l'aumônerie dirigée par le père Antonio Aldecoa, connu pour son dévouement envers les plus pauvres et nécessiteux. Il avait même créé une petite salle de classe, où il apprenait à lire aux enfants, en dépit des plaintes des parents qui avaient besoin des bras des petits pour les aider dans leurs corvées.

Il mit le cheval au pas pour réduire le bruit des sabots et éviter de croiser le saint homme, puis mit pied à terre devant la clôture qui entourait le mausolée, un îlot de granit et de jaspe. Après avoir ouvert le portail en ferronnerie, il avança sur la petite allée dallée de noir jusqu'à poser les mains sur la porte au centre des quatre colonnes. Il ne la franchit pas, comme à son habitude. Il y avait trop de souvenirs douloureux derrière – pas seulement d'Alba, de son père aussi. Le front posé contre une colonne, il parla tout bas à sa femme, lui rappelant que son anniversaire était dans cinq jours et que Castamar allait briller de cet éclat éblouissant qu'elle aimait tant. Il resta ainsi quelques instants, caressant doucement la pierre comme si c'était le corps de son aimée. Il lui raconta les visites reçues et rendues, les nouvelles du domaine et de la cour. Quand il prit congé des lieux, il avait le cœur chagrin et l'esprit ravagé par les griffes de la nostalgie.

— Je me demandais si nous allions vous revoir bientôt par ici, Diego.

Diego se tourna et retrouva le visage rond comme un pain du fidèle aumônier qui officiait pour sa famille depuis l'époque de son père, Abel de Castamar. Antonio Aldecoa, d'une bonté hors du commun, avait sans doute attendu qu'il ait fini son dialogue avec feu sa femme pour l'interpeller.

— Je dirais que vous avez encore fait un détour par le bosquet pour m'éviter, poursuivit don Antonio.

— En effet. Mais vous savez que vous n'en êtes pas la véritable cause, mon père.

En présence du père, il se sentait à la fois embarrassé et vulnérable. Il lui rappelait que, dans sa querelle avec le Seigneur, lui seul était en colère. Le prête incarnait la patience de Dieu, sa compréhension, son amour infini, et Diego avait beau savoir que le pauvre prêtre n'était pour rien dans la mort d'Alba, sa colère contre Dieu rejaillissait sur lui. Il n'avait pas besoin de Dieu, ni de son amour ni de son pardon. Ni de son ministre. Chaque dimanche où il n'avait pas assisté à la messe, où il ne s'était pas confessé, où il n'avait pas communié, était un jour où il avait péché par orgueil contre le Très-Haut, et pire encore, il n'en avait que faire.

— Vous savez que Dieu et moi sommes en froid, ajouta-t-il.

— Et vous savez aussi que je n'aurai de cesse de vous voir réconciliés. On ne peut pas rester en colère contre Dieu toute une vie.

— Peut-être bien, mon père, répondit-il en posant sa main sur son épaule. Peut-être bien.

Le père Antonio hocha la tête, cherchant ses mots.

— Vous savez, don Diego, un jour vous comprendrez le véritable sens de la mort de doña Alba, dit-il enfin. Et ce jour-là, vous verrez que toute la douleur, toute la rage que l'injustice de sa mort a provoquée en vous perdra le sien. Dieu pardonne qu'on le blâme, même s'Il n'est pas coupable.

— Vous connaissez le fond de ma pensée, mon père. J'apprécie vos efforts, mais c'est Lui qui me l'a enlevée. Il n'aurait pas dû le faire s'Il voulait que je reste auprès de Lui.

Le duc hocha la tête avec respect et remonta sur son cheval. Dans son dos, l'aumônier lui répéta encore une fois que la patience du Seigneur serait plus grande que sa rancœur. Diego, sans se retourner, lui fit un signe d'adieu.

Il talonna sa monture. Francisco Marlango, comte de Armiño, devait être arrivé et il n'avait aucune envie de le faire attendre.

# 3

*Le 12 octobre 1720 au matin*

CLARA OBSERVAIT DOÑA ÚRSULA qui passait de nouveau la cuisine en revue. La simple présence de la gouvernante établissait sans ambages que tout changement, aussi subtil soit-il, devait recevoir sa validation : elle fit glisser un doigt sur les surfaces pour en vérifier la propreté, scruta les coffres à épices sur les étagères comme elle l'avait déjà fait la veille, jeta un rapide coup d'œil à Clara, qui avait la désagréable sensation d'être jugée dans un tribunal. Elle imita Mme Escrivá, qui se tenait raide, la tête aussi basse que si elle avait été en présence du duc lui-même. Seule la pauvre Rosalía observait la scène, souriant dans le vide, le sempiternel fil de bave au menton.

— Venez dans mon bureau dès que vous aurez fini ici, madame Escrivá, ordonna la gouvernante d'un ton aussi dédaigneux que son regard.

La cuisinière acquiesça nerveusement et la gouvernante tourna les talons sans un mot de plus. Son absence rendit son charme à la pièce, comme si on avait retiré un lourd rideau pour laisser entrer la lumière et Rosalía éclata de rire.

Clara mettait en place une étamine pour filtrer un appareil de jaunes d'œufs, amidon et sucre lorsque Mme Escrivá s'en approcha, le nez frémissant comme un groin.

— T'as pas intérêt à m'avoir encore mise dans le pétrin, menaça-t-elle en jetant des coups d'œil prudents vers l'entrée.

Clara la fixa sans rien dire. La cheffe se retourna et donna un coup de pied dans un seau plein d'eau sale.

— Rends-toi utile et va voir dehors ce qui se passe avec l'égout, c'est bouché, aboya-t-elle.

Clara se figea, prise de frissons. Si elle sortait, elle allait inévitablement trahir sa maladie. Ce qui donnerait l'excuse parfaite à la cuisinière pour la renvoyer sans références.

— Tu vas y aller, oui ? grogna Mme Escrivá, rageuse.

Clara ramassa le seau en bois, terrifiée à l'idée de se lancer dans le vide vertigineux qui l'attendait de l'autre côté de la porte. Elle maudit la mauvaise fortune qui l'avait laissée à la merci de la grosse cuisinière. Carmen del Castillo, l'aide de cuisine, et les deux galopines étaient au marché de Madrid pour prêter main-forte à Jacinto Suárez, le rôtisseur. Elle contourna Rosalía, qui s'amusait à peindre en l'air avec ses cheveux et approcha d'un pas lourd la porte de la cour. Son pouls s'accéléra, la nausée lui tordit le ventre. L'eau sale dans le seau tanguait comme une marée inquiétante. Rosalía dit quelques mots, mais Clara ne la voyait plus, elle fixait la porte, le cœur battant à tout rompre. Elle posa la main sur la poignée, prit une grande inspiration, fit appel à toute sa volonté et… La porte s'ouvrit tout à coup de l'extérieur, heurtant le seau et renversant une partie de l'eau par terre.

— Prends garde ! hurla la cuisinière en faisant claquer sa langue.

Rosalía pointait Clara du doigt en riant aux éclats avec une grimace grotesque, comme un personnage dans une comédie de Lope de Vega. Clara recula pour laisser entrer le nouvel arrivant, un homme corpulent d'un âge avancé. Elle s'inclina poliment et il enleva son chapeau, révélant des cheveux gris. L'âge ne l'avait pas épargné, mais son corps gardait de beaux restes de la force qu'il avait dû posséder dans sa jeunesse. Il avait de grands bras et d'énormes mains aux doigts noueux avec des ongles noircis par la terre et le fumier. Clara devina qu'il était le jardinier, car une brouette surmontée d'un râteau se trouvait derrière lui. Encore un peu pantelante, elle contempla son visage ouvert et attachant d'homme vivant en plein air. Le sourire aimable qu'il lui adressa l'apaisa comme l'aurait fait une décoction de valériane.

— Oh là, que je suis maladroit, dit-il en désignant le seau du menton. Laissez-moi vous aider… La canalisation est toujours bouchée ? Il faudrait la faire déboucher au fur et à mesure, Mme Escrivá, vous éviteriez les odeurs…

— Ce n'est pas mon travail, mais celui des ouvriers.

Le vieil homme soupira, prit le seau d'eau sale et alla le verser dans le cloaque de la cour. Clara remercia Dieu pour sa fortune, et lorsque l'homme revint et lui tendit le seau, elle lui sourit.

— Clara Belmonte, dit-elle en s'inclinant gracieusement, comme le voulait l'étiquette. Merci pour votre peine.

— Simón Casona, le jardinier en chef, et ma foi, ne me remerciez pas, ce n'est rien, répondit-il, quelque peu déconcerté.

— C'était un plaisir de vous rencontrer, monsieur Casona. Et je vous prie de m'excuser, bredouilla-t-elle, incapable de supporter davantage la vision de la cour ouverte devant elle.

Mme Escrivá avait suivi leur échange d'un air moqueur, mais Clara n'en avait que faire, le soulagement qu'elle éprouvait d'être de nouveau à l'abri effaçait tout le reste.

Elle commença à éponger l'eau renversée avec un torchon alors que son cœur s'apaisait dans sa poitrine.

— Tu as pris racine là, Simón ? ricana Mme Escrivá.

Il sourit calmement, sans doute habitué au ton peu avenant de la cuisinière.

— Je venais voir si je pouvais prendre des cendres, si vous n'avez pas déjà vidé le cendrier pour faire la lessive, dit-il d'une voix posée. Pour mes rosiers.

Clara releva la tête et découvrit qu'il avait son regard sur elle et toujours ce sourire rassurant aux lèvres. Elle sourit timidement en retour.

— Prends-en tant que tu veux, répondit la cuisinière comme s'il était son inférieur, puis, se tournant vers elle : Toi, remplis le seau et aide M. Casona à les porter dans le jardin. Je ne peux pas faire attendre doña Úrsula.

Clara sentit à nouveau la panique l'envahir. Rosalía cria bonjour à M. Casona comme si elle venait de remarquer sa présence. Le jardinier lui répondit affectueusement et fit rouler la brouette vers la trappe du cendrier, le petit cabinet où l'on déposait les cendres à côté de la porte de la cour.

— Savez-vous que les jardins de Castamar font l'envie des amis de monsieur le duc ? lança le vieil homme, charmant, en chargeant la brouette.

Mais Clara avait l'impression que la voix du jardinier lui parvenait de très loin. La porte, grande ouverte, laissait voir une portion de ciel bleu, et elle se sentit faiblir. Serrant les dents, elle se concentra sur la tâche de remplir la brouette de cendres avec la petite pelle. Quand elle eut fini, il fit demi-tour vers la porte, et elle le suivit, transie par un froid qui venait de nulle part. Lorsque M. Casona franchit le seuil et que la lumière du jour la baigna, elle dut faire appel à toute la force de sa volonté pour ne pas s'arrêter et lutta pour ne pas écouter les cris d'alarme qui envahissaient son esprit.

Elle était à peine consciente qu'elle haletait et que sa poitrine s'agitait comme un oiseau affolé, mais elle sut aussitôt qu'elle devait retourner à l'intérieur pour éviter de s'évanouir.

Le jardinier se retourna précisément à l'instant où elle s'accrochait au chambranle comme si sa vie en dépendait. Elle ferma les yeux.

— Mademoiselle Belmonte, attendez, ne sortez pas, tout est mouillé, vous risquez de glisser, murmura-t-il en la prenant par les épaules pour la conduire vers l'un des bancs à l'intérieur. J'ai grandi dans le village de Robregordo, près de Buitrago, pas si loin d'ici. J'y avais un très bon ami, Melchor qu'il s'appelait… Il n'aimait pas rester seul dans le noir.

Clara ouvrit enfin les yeux, essayant de retrouver son calme. Simón s'était accroupi à sa hauteur et, avec la même douceur qu'il parlait, il caressait ses mains pour l'apaiser. Elle se souciait peu qu'elles soient noires de terre, leur chaleur la réconfortait.

— Lorsque Melchor ouvrait les yeux au milieu de la nuit, il criait si fort qu'il réveillait la moitié du village, continua-t-il. Beaucoup de gens pensaient qu'il était malade de la tête, jusqu'au jour où ma grand-mère, Dieu ait son âme, a trouvé remède à sa maladie.

Il marqua une pause et Clara lui offrit un sourire tremblant.

— Et… et c'était quoi ? demanda-t-elle.

— Elle lui a conseillé de dormir avec une bougie allumée, conclut-il en se levant. Ces choses-là, elles prennent leur temps, mademoiselle. Mais je vois que vous allez mieux, donc je vais vaquer à mes occupations.

Clara acquiesça puis, très doucement, serra sa grande paluche entre les siennes avec un « merci » à bout de souffle. Il lui offrit son sourire aussi attachant qu'édenté.

— Au revoir, Rosalía ! lança-t-il avec affection en tournant les talons.

Clara resta assise jusqu'à sentir ses forces revenir, puis se releva pour préparer la crème aux œufs du maître.

Soudain, elle s'aperçut que Mme Escrivá n'était pas encore revenue. Combien de temps s'était-il écoulé depuis son départ ? Elle ouvrit la porte du four avec le tisonnier : le pain sous l'agneau s'était imbibé de la graisse qui en tombait. La chaleur du four sur ses joues, elle contempla le lard grésiller dans le plat en terre cuite tout en se disant que la longue absence de Mme Escrivá ne présageait rien de bon.

*12 octobre 1720, dans l'après-midi*

Le temps s'était refroidi sensiblement et Enrique huma l'air qui sentait déjà l'hiver. Malgré tout, ils n'avaient pas eu de pluie depuis leur départ de Valladolid la veille. Après avoir passé la nuit à Ségovie, ils avaient repris la route et passé l'épouvantable col de Fuenfría, où la moindre inattention pouvait envoyer la voiture dans l'abîme. Ils avaient dételé les chevaux pour les remplacer par des mules, plus aptes sur ce terrain escarpé. On disait que le roi Philippe souhaitait faire construire une route digne de ce nom sur ce déplorable raidillon, car par moments, les carrosses avançaient avec leurs roues extérieures dans le vide. En attendant ce beau projet, Enrique avait préféré demander aux hommes de doña Mercedes de Castamar d'arrêter le carrosse et avait hissé la vieille dame sur son puissant alezan. Il avait été étonné de la vigueur de la dame : la duchesse de Rioseco y Medina montait et descendait de la voiture avec une relative agilité et marchait sur les éboulis sans l'aide d'une canne.

— Vous êtes une femme intrépide, avait-il dit, enjôleur. C'est un véritable plaisir que de vous accompagner dans ce voyage.

— Je garde une certaine vigueur, parce que, du temps de feu mon mari le duc, nous aimions faire de longues promenades dans nos domaines, ainsi que des voyages à pied dans les montagnes voisines de Guadarrama, avait-elle répondu.

Elle ne semblait pas, en effet, craindre les hauteurs ni les affres de la vieillesse. Quant à lui, s'il n'avait pas menti en louant son intrépidité, ses raisons de l'escorter avaient peu à voir avec la galanterie ou le plaisir. Son seul intérêt était de se rapprocher de son fils, don Diego, qu'il détestait de tout son cœur.

Au départ, son aversion était née de leurs intérêts politiques opposés. Depuis qu'il avait succédé à son père et hérité de son titre, sa plus haute aspiration était de voir accolé au nom de sa famille la dignité de grand d'Espagne et que sa maison devienne l'une des plus importantes du royaume. C'était cette ambition qui l'avait poussé à se mettre au service des Habsbourg comme espion, rapportant toutes sortes d'informations à propos du Bourbon. Don Diego, au contraire, avait été le plus fidèle soutien du monarque. Mais ce n'était pas cette rivalité politique ni les succès de Castamar qui avaient attisé la fureur d'Enrique. La véritable raison, c'était que, quelques années plus tard, don Diego avait épousé le seul être qu'il ait jamais aimé dans ce bas monde : doña Alba de Montepardo.

Son aversion s'était définitivement transformée en une haine profonde le 2 octobre 1711, lorsque Alba, la lumière de ses jours, avait perdu la vie lors d'un accident de cheval. C'était à cause de Diego qu'elle était morte, et pour cela, il devait être puni.

Cette certitude lui rongeait l'âme depuis dix ans. Avec la disparition d'Alba était née sa soif de vengeance, une vengeance qu'il avait mûrement réfléchie. En premier lieu, il s'était lié d'amitié avec doña Mercedes grâce aux « hasards » qu'il avait savamment orchestrés pour la croiser à toutes sortes d'événements sociaux. Ensuite, il avait commencé à l'inviter à des dîners chez lui avec d'autres convives de marque et, peu à peu, il était devenu un compagnon assidu de la duchesse, tantôt aux comédies du

Buen Retiro, à Madrid, tantôt aux réceptions organisées à l'Alcazar, tantôt devant un bon chocolat chaud. Le seul inconvénient à tout cela, c'était qu'il avait fini par éprouver une affection sincère pour la sexagénaire au cou de cygne ; pas assez, cependant, pour atténuer la haine qu'il vouait à son fils. La vieille duchesse n'était qu'un moyen pour assouvir sa vengeance, et en l'occurrence, son passe-droit pour entrer dans la demeure de Castamar.

— Vous êtes un galant homme, marquis, lui disait-elle parfois lorsqu'ils se promenaient à Valladolid. Si j'avais une fille, je n'hésiterais pas à la marier avec vous. Avez-vous déjà trouvé une jeune fille à épouser ?

— Chère duchesse, jamais je n'en choisirais une sans votre bénédiction, répondait Enrique. Il n'y a personne de mieux placé que vous pour recommander de bonnes épouses.

— Je ne vous contredirai pas là-dessus. Si seulement mon fils était du même avis que vous.

— Ne vous inquiétez pas, votre fils finira par prendre une épouse. C'est un Castamar et il connaît son devoir, l'encourageait-il en lui offrant son bras alors qu'ils traversaient la Plaza Mayor.

Ils avaient dépassé l'Escurial en fin d'après-midi et, en fin de journée, ils s'arrêtèrent à la Granjilla de la Fresneda pour passer la nuit. Comme la duchesse entretenait une excellente relation avec la reine Isabel de Farnesio, elle était autorisée à utiliser le palais lors de ses voyages ; nul doute qu'ils dormiraient plus confortablement que dans une auberge. Ils avaient prévenu l'intendant du domaine, qui les avait reçus comme il se doit.

Enrique attendit que la duchesse regagne sa chambre pour ressortir dans le parc. Les gardes dormaient, et il espérait que son homme de confiance était déjà dans les alentours, comme il le lui avait ordonné par lettre.

Il s'enfonça dans le fourré, laissant les dépendances de la Granjilla derrière lui, et attendit dans le noir. Hernaldo de la Marca, comme à son habitude, apparut à l'endroit le plus improbable avec un chuchotement :

— Monsieur…

Puis une petite lanterne émergea de l'ombre éclairant à peine le visage buriné d'un homme de plus de quarante ans. Enrique lui demanda s'il avait exécuté ses ordres et Hernaldo, qui avait servi dans les Tercios Viejos, hocha la tête à la manière d'un soldat.

— Oui, monsieur. Comme vous le souhaitiez, votre administrateur a racheté toutes les dettes de la demoiselle. Elle est déjà en route pour Madrid.

— Tu m'avais dit qu'un des créanciers refusait de vendre ?

— Ma visite a permis de régler la question, répondit Hernaldo d'un air carnassier.

Si l'on ne pouvait dire qu'Hernaldo était doué pour la diplomatie, sa façon simple de voir les choses le rendait, en revanche, d'une efficacité redoutable. La balafre qui traversait sa joue droite lui donnait une apparence féroce que sa carrure de géant ne démentait pas, mais ce n'était pas un homme mauvais. Enrique, qui s'estimait fin connaisseur de l'âme humaine, savait que son homme n'avait pas un cœur sombre – en dépit du nombre considérable de vies passées à trépas grâce son intervention. C'était un survivant d'un énorme pragmatisme qui vouait à Enrique une gratitude éternelle et une loyauté sans faille.

— Et l'autre commission ?

— Ça ne saurait tarder. Je vous l'apporterai dès que je l'aurai.

— Bien. Une dernière chose : nous avons enfin un nom. Il faudra bientôt que tu rendes visite à la marquise de Montijos.

— Dès que vous me le direz.

Hernaldo disparut aussi furtivement qu'il était apparu, et Enrique retourna au palais d'une humeur plus sereine. Il demanda à un garçon de concierge de lui apporter du fromage et des légumes au vinaigre dans sa chambre. Il enleva gants et manteau, et avant d'appeler un de ses valets pour qu'il l'aide à se déshabiller, il regarda par les fenêtres le cloître en contrebas. En se retournant, son regard tomba sur un portrait grandeur nature de Philippe V lorsqu'il était plus jeune et que la guerre de Succession battait son plein. Vêtu de sa casaque de chasse rouge, il arborait cet air mielleux qui plaisait tant aux portraitistes. Enrique s'en approcha et vit qu'il s'agissait d'une bonne copie de l'œuvre de Miguel Jacinto Meléndez, le peintre officiel du roi.

— Maudit soit le Bourbon, grommela-t-il. Sans lui, je serais maintenant l'homme le plus important à la cour de l'empereur Charles.

Il se reprocha, comme souvent, de ne pas avoir compris à temps que les Bourbons remporteraient la guerre. Pour aggraver les choses, après le conflit, le roi avait nommé un tas de hobereaux – de ceux qui allaient faire leur droit à l'université de Salamanque – à des postes à responsabilité au sein du Conseil de Castille. Lui était un politicien né, mais pas un patriote. Son soutien à l'archiduc, enthousiaste et fougueux en apparence, n'avait été motivé que par une question pratique. Pour lui, Philippe ou Charles, c'était du pareil au même, et le jour où l'un ou l'autre mourrait, il ne dirait même pas une prière pour eux.

— Ce sont des rois, et un roi, on le sert jusqu'à ce qu'il devienne un problème, auquel cas on n'a plus qu'à le renverser, disait-il souvent quand il était entre gens de confiance.

Il songea à cette matinée dix ans plus tôt, lorsqu'il attendait dans sa demeure de Guadalajara des nouvelles de la bataille de Villaviciosa de Tajuña. Il avait toujours trouvé ce petit domaine, héritage familial, très confortable, surtout le salon de thé, qui était sa salle de petit déjeuner depuis qu'il était nourrisson.

Comme il avait été désagréable de voir sa matinée gâchée par la nouvelle de la défaite de son camp ! Il aurait mieux reçu l'annonce dans la salle de lecture en lisant *L'Anabase* de Xénophon, ou bien en rentrant de sa promenade matinale à cheval, mais ce genre d'information au petit déjeuner était insoutenable. L'émissaire qui la lui avait livrée avait chevauché toute la nuit pour atteindre Guadalajara à l'aube du 11 décembre 1710. C'était l'un des hommes d'Hernaldo, et à son expression, le marquis avait déjà compris.

— Les troupes de Philippe ont repoussé celles des Habsbourg, don Enrique. Quand ils atteindront Barcelone, il ne restera pas grand-chose de leur armée.

Il avait hoché lentement la tête alors que le messager, en sueur, attendait devant lui.

— Hernaldo, avait-il sifflé, terriblement agacé.

Pour Enrique, il était fondamental que son environnement forme un ensemble harmonieux. Il ne s'agissait pas de tout remplir à la manière baroque du siècle précédent ; ce dont il avait besoin, c'était d'une complémentarité parfaite entre les lignes des meubles, les objets d'ornements, la couleur de ses vêtements et même les parfums. Il faisait lui-même partie de cette belle composition qu'était son salon : le paysage où la neige fondait sous le ciel couvert, incitant à la mélancolie ; la cheminée avec des jambages à colonnes qui encadraient l'âtre et soutenaient le manteau en jaspe ; les Gobelins aux murs, figurant l'enlèvement des Sabines ; même le paravent derrière lui, sculpté tout en courbes par des ébénistes de génie, complétait l'harmonie du moment que ce messager venait de gâcher.

— Je crains que l'heure soit venue d'accepter que notre roi restera don Philippe d'Anjou, avait dit Enrique après une autre gorgée de chocolat chaud à la vanille.

Personne n'aurait cru, quelques mois plus tôt, après la prise de Madrid par les partisans de l'Autrichien, qu'ils étaient voués à la défaite. Mais la vie politique, en Espagne et dans toute l'Europe, était comme le vent : elle semblait souffler dans une direction différente chaque jour. Hernaldo le regarda avec inquiétude et congédia le messager.

— Monsieur, le roi pourrait avoir un accident.

Une proposition désespérée. Enrique avait chassé l'idée d'un geste de la tête.

— Un régicide est hors de notre portée, Hernaldo : tuer un roi, c'est prendre la vie d'un être protégé par Dieu. Ce bouclier sacré est par ailleurs incarné par les capitaines des corps de garde, et plus particulièrement par don Diego, duc de Castamar. Souviens-toi de la tentative d'assassinat.

Les assassins n'avaient pu sortir vivants du couloir où ils avaient croisé Castamar, et la recherche de conspirateurs déclenchée par leur action avait mis en danger la sécurité d'Enrique lui-même.

— Alors, monsieur, il faudrait se débarrasser du duc, avait conclu son acolyte en vidant le vin d'Alicante qu'il s'était servi.

Il y avait songé. Sauf que la conséquence inévitable de la mort de Castamar, le favori du roi, serait une enquête qui risquait encore une fois de compromettre son statut d'espion ou, pire encore, de les envoyer au pilori. Finalement, l'issue de la bataille de Villaviciosa avait rendu vain tout projet dans ce sens. Seule la mort du roi Philippe aurait pu permettre le retour des Habsbourg sur le trône d'Espagne, et avec eux, la réalisation des ambitions politiques d'Enrique et son rêve fou de posséder enfin la belle Alba. Jusque-là, son seul espoir avait été que son camp gagne la guerre : il aurait alors pu la sauver de la peine capitale à laquelle, comme son mari, elle aurait été condamnée pour avoir soutenu les Bourbons.

— C'est peut-être notre seule chance, avait insisté son homme.

Hernaldo était loin d'imaginer avec quelle force son cœur lui réclamait depuis des années d'envoyer don Diego rencontrer enfin son Créateur. Mais jamais il ne se serait permis de trahir sa haine pour cet homme devant quiconque, même pas son homme de confiance.

La discrétion était la condition la plus importante pour survivre à la cour.

— Peut-être… Si l'occasion se présentait qu'il ait un accident, avait-il alors acquiescé de manière détournée. Mais rien qui puisse déclencher une enquête.

Perdu dans ses souvenirs, Enrique se rendit compte que l'on frappait à sa porte. C'était le valet de chambre. Celui-ci l'aida à se déshabiller et à enfiler sa chemise de nuit. Après la mort d'Alba, se souvint-il, la douleur était si vive qu'il avait failli céder à son envie d'en finir avec Castamar. N'importe quoi aurait fait l'affaire et au diable la prudence. Mais le temps passant et sa douleur s'apaisant, il était arrivé à la conclusion qu'il devait concevoir un nouveau plan, un plan qui verrait don Diego tout perdre avant de mourir, tout comme cela lui était arrivé à lui.

Ainsi, une décennie s'était écoulée avant qu'enfin les conditions soient réunies pour qu'il puisse accomplir sa vengeance. Fini, les intrigues et la guerre, les stratégies ratées et ses aspirations frustrées. Il avait passé dix longues années à l'affût, comme le félin guette sa proie dans l'ombre, dans l'attente que Diego de Castamar paye tout le mal qu'il lui avait fait, et rien dans ce bas monde ne pourrait l'arrêter.

# 4

*Le 12 octobre 1720, l'après-midi*

Madame Escrivá revint de son entretien avec doña Úrsula d'une humeur exécrable. Elle fit le tour de la cuisine en grommelant, puis elle jeta avec force du papier, une plume et un encrier sur la table et ordonna à Clara :

— Écris les menus ! Allez, dépêche-toi !

Elle commença à dicter ce qu'on servirait au petit déjeuner, au déjeuner, au goûter et au dîner au cours des trois jours des célébrations de la semaine suivante. Son visage porcin tordu en une grimace concentrée, elle essayait de déchiffrer ce que Clara écrivait pour s'assurer qu'elle ne couchait pas sur la feuille quelque chose qui aurait pu l'embarrasser davantage.

Clara déduisit que la gouvernante avait exigé les menus écrits de sa propre main et au plus vite, afin de les présenter au maître pour approbation. Cela, songea-t-elle, expliquait le regard sournois de doña Úrsula lorsqu'elle avait trouvé la cuisine parfaitement rangée et propre.

— Depuis que tu es arrivée, tu m'as apporté que des tracas ! Tu vas pas faire long feu dans ma cuisine !

Clara ne répondit pas, trop occupée qu'elle était à imaginer la conversation qui venait d'avoir lieu dans le bureau de doña Úrsula. Elle visualisa Mme Escrivá, livide sous le regard du dragon Úrsula qui disait quelque chose comme : «J'étais surprise de voir que vous aviez rangé les épices par ordre alphabétique quand vous savez à peine lire. Mais alors, vous devez aussi savoir écrire désormais. Prenez ces feuilles, l'encrier et la plume et écrivez les menus pour les festivités. Je viendrai les chercher en début d'après-midi.»

Clara se gronda intérieurement, il était vil de se réjouir des malheurs des autres. Elle dit l'Acte de contrition pour demander au Seigneur de lui pardonner cette peccadille. Après tout, elle n'avait pas nettoyé la cuisine pour nuire à Mme Escrivá, et comment aurait-elle pu imaginer que la cheffe de cuisine de Castamar ne savait pas lire ? Asunción Escrivá était une cuisinière capable qui savait tirer le meilleur parti d'un certain nombre de plats et de leurs variantes, principalement le gibier, gros et petit, et la volaille. Son pragmatisme et le fait que le duc ne devait pas avoir un palais fin l'avaient sans doute aidée à conserver son emploi pendant des années, mais Clara ne pouvait s'empêcher de penser qu'elle n'était pas à la hauteur d'une maison comme Castamar. La preuve, elle était illettrée et il était très étonnant qu'on ait embauché dans une maison ducale une cuisinière sans instruction.

Marisa Cano, la cuisinière de ses parents, n'était pas très à l'aise avec l'écriture, mais elle pouvait tout de même gribouiller une liste de courses. Mme Escrivá avait vraisemblablement réussi à garder son poste grâce à Carmen del Castillo, l'aide-cuisinière d'un âge indéfini qui maîtrisait suffisamment l'écrit pour rédiger les menus. Clara supposa que doña Úrsula avait sciemment choisi de faire sa demande au moment où Carmen était partie au marché.

Elle soupira. Le plus important était qu'elle avait la chance d'œuvrer dans les cuisines de Castamar lors de l'un des événements les plus importants de Madrid. Carmen del Castillo, que la vie avait malmenée depuis la mort de son mari, un instituteur, lui avait raconté que plusieurs chapelles musicales seraient engagées pour compléter celle de Castamar, dirigée par le maestro don Álvaro Luna. On entendrait des œuvres de son maître, Joseph Draghi, le compositeur du roi. L'intention était que les musiciens, comme les autres domestiques, puissent se relayer pendant les festivités.

On verrait aussi en action la chapelle des comédiens de la maison, qui offrirait au moins deux représentations des textes de José de Cañizares. Pour l'occasion, il y aurait plusieurs maîtres d'hôtel ainsi qu'un grand nombre d'invités de marque, des aristocrates avec leurs valets, des camériers pour toutes les chambres, dont la hiérarchie était aussi complexe, voire plus, que celle de la noblesse qu'ils servaient et qu'il fallait nourrir correctement, ce pour quoi il fallait prévoir les mets pour la paneterie et toute une armée de personnel pour préparer et servir : des seconds cuisiniers, des échansons, des galopins. On ferait venir aussi des physiciens et des apothicaires pour mettre au point des remèdes, si besoin était. À côté de tout cela, il ne fallait pas oublier les écuries, avec l'écuyer et son second, des palefreniers de plusieurs catégories pour s'occuper des montures des nobles. Il y aurait aussi des piqueurs et des batteurs pour lever le gibier. Sans parler des décorateurs et des fleuristes, des peintres pour représenter le banquet, ainsi qu'un flux continu de marchands de Madrid qui apporteraient toutes sortes de denrées. Et il fallait ajouter les serviteurs que chaque noble ou courtisan voudrait bien amener pour son service.

Presque tous les salons et appartements du château avaient été ouverts, et Clara avait entendu doña Úrsula ordonner à une brigade de frotteurs de faire briller Castamar comme lors du vivant de doña Alba. Elle apprit ainsi que cette fête était une tradition établie par feu la duchesse elle-même, qui estimait que chaque année vécue était une raison plus que suffisante pour organiser la plus somptueuse réception qu'on ait vue pour la noblesse de Madrid, y compris le roi.

Dès qu'elle eut fini d'écrire les menus, Mme Escrivá la mit à couper des légumes et à nettoyer toute la journée, comme si elle était une fille d'office fraîchement arrivée de la ferme. Mais elle ne protesta pas. Une fois le souper terminé, la cuisinière envoya tout le monde se coucher sauf elle. Une punition.

— Je veux que demain cette cuisine soit propre comme un sou neuf !

— Oui, madame.

— Moins de simagrées et au travail, mérite tes gages, au moins.

Clara savait que la cuisinière pouvait utiliser le moindre faux pas comme excuse pour la congédier, toutefois, Mme Escrivá était assez intelligente pour savoir que, si elle la renvoyait, les foudres de doña Úrsula tomberaient sur elle si la cuisine ne restait pas impeccable.

Elle frotta et récura pendant des heures encore et, quand elle eut fini, rompue de fatigue, elle souffla les bougies et laissa la cuisine dans le noir. Seules les braises du foyer diffusaient un peu de lumière, habillant la pièce de cramoisi et de noir profond.

La porte de son cagibi au fond de la pièce était si basse qu'elle devait baisser la tête pour y entrer, mais le fait de dormir là, sur la petite paillasse, ne la dérangeait pas, elle se sentait en sécurité et au chaud. Une fois sous les couvertures, dans le silence absolu qui régnait autour d'elle, elle aimait rêver de ce qu'elle ferait si elle était aux commandes d'une telle cuisine.

Elle remua sous la lourde couverture, car le froid commençait à s'installer, et se laissa aller à un sommeil léger et rempli de cauchemars. Son père mort lui faisait un tendre geste d'adieux, sa mère lui apparaissait entre les vapeurs brûlantes d'une grande turbotière en cuivre. Ils étaient si loin, aussi loin que ce temps passé qui ne reviendrait plus… Soudain, un coup sec la réveilla en sursaut.

Quelque chose se passait dans l'un des salons de réception du rez-de-chaussée. Un autre bruit un peu plus près, puis un autre juste au-dessus de sa tête. Elle fit coulisser la porte, les braises du foyer luisaient à peine, c'était bientôt le point du jour. Elle se demanda, apeurée, si des voleurs ou des vagabonds s'étaient introduits dans la maison et se rassura en songeant qu'on disait que le duc était la meilleure épée d'Espagne. Mais tout de même, si des malfaiteurs étaient dans les lieux, elle devait donner l'alerte. Elle jeta un châle sur ses épaules et, pieds nus, traversa la cuisine, les pieds glacés sur les dalles froides. Encore des bruits, comme si on traînait l'un des lourds fauteuils du salon. Elle monta doucement l'escalier, s'appuyant sur la rampe pour éviter de faire craquer le bois des marches. Une fois dans le vestibule, elle entendit des chuchotements. Il y avait de grandes chances que ce soit le maître avec l'un de ses amis, mais s'il s'agissait d'intrus, ils parleraient sûrement aussi à voix basse. Elle avança vers le couloir sans heurt, grâce aux vitraux qui ornaient la porte d'entrée. Le couloir, en revanche, était beaucoup plus sombre, et le plancher trahit sa présence. Elle s'arrêta net. Une porte entrouverte, sur sa droite, laissait échapper un rai de lumière. Elle se rapprocha sans oser respirer, et distingua deux voix masculines. Accroupie dans le noir, elle jeta un œil par l'entrebâillement. L'homme qu'elle avait dans son champ de vision ne ressemblait pas à un brigand, bien au contraire. Il ne devait pas avoir trente ans, il était brun et particulièrement beau. Sa chemise ouverte accentuait ses airs arrogants et Clara remarqua la coupe impeccable de sa redingote bleue.

— Diego, mon ami, disait-il en se versant un verre de rossoli. Mon père disait toujours que tu avais une tendance à « la parole sans fard ».

Clara tenta de voir son interlocuteur, mais dut se contenter de la voix, qui s'exprimait, en effet, sans prendre de pincettes.

— Je ne supporte pas ces vieilles pies qui jacassent sur ma vie dès qu'une dame m'approche.

L'homme brun s'assit dans une pose aussi insolente que ses yeux. La jambe par-dessus les bras du fauteuil, il balança avec nonchalance un pied chaussé d'un soulier à talon.

— Allons, allons, répondit-il en sirotant son verre. Tu es le célibataire le plus convoité de tout Madrid.

— Veuf, nuança vertement l'autre voix.

Est-ce qu'elle appartenait donc au duc ?

Le jeune homme balaya l'objection d'un geste distingué.

— Si tu veux, dit-il avec un sourire. Mais tu ne peux pas nier que, pas plus tard que samedi à la Corrala del Príncipe, Inés de Rojas ne te quittait pas des yeux depuis la galerie des dames. Gabriel, aide-moi, vous avez grandi ensemble ! Peut-être que toi, il t'écoutera.

La troisième voix résonna si près que Clara craignit qu'on ne puisse la découvrir. Elle aperçut alors un homme corpulent vêtu de satin vanille de la tête aux pieds qui était resté immobile et silencieux jusque-là. Il était de dos, mais elle en avait assez vu et entendu, ces hommes n'étaient pas des brigands et elle n'avait aucune raison d'écouter leur conversation. Elle était sur le point de se retirer lorsque l'homme se retourna. Elle étouffa une exclamation de surprise. Le troisième homme était un Noir.

— Il connaît déjà mon avis, dit-il. Qu'il m'a demandé de garder pour moi. Néanmoins, puisqu'on en parle : il sait parfaitement qu'il doit se remarier, mère le lui dit depuis des années. La continuité de la lignée en dépend.

— Mais, et qu'en est-il donc de cette demoiselle Amelia Castro ? l'interrompit le jeune provocateur. Elle est très belle, cette jeune femme.

— Cette histoire n'a rien donné, répondit le dénommé Gabriel. Comme le dit le barde, l'amour ne se voit pas avec les yeux, mais avec l'âme.

« Un Nègre avec une casaque de la plus fine facture, un foulard au cou et les manières d'un gentilhomme », s'étonna Clara, sans en croire ses yeux. Son esprit se lança dans les conjectures. Il avait apparemment grandi avec l'homme qu'elle supposait être le duc… Était-ce un esclave de confiance, très apprécié ? Cela expliquerait et son aspect et le fait qu'il se permette autant de familiarité.

— Je n'ai pas un cœur de pierre, Gabriel, dit la troisième voix avec un soupir d'impatience. Tu auras remarqué que j'ai repris un semblant de vie sociale. Le roi lui-même m'en a félicité.

— C'est très bien et il faut continuer en ce sens, mon ami. Retourne aux fêtes de la cour, les dames seront avenantes et le roi se réjouira de te revoir, conseilla l'homme en bleu, le verre de rossoli à la main comme s'il s'agissait d'un bijou. Il faut que tu essaies…

— Non, coupa la voix d'un ton définitif.

Un silence quelque peu tendu s'ensuivit et le jeune homme brun claqua la langue avec la lassitude de celui qui échoue pour la énième fois à la même entreprise. Clara se reprocha encore son manque d'éducation et se releva pour partir lorsque le duc avança de quelques pas vers la fenêtre qui donnait sur les jardins. L'apparition de son seigneur et maître l'arrêta net dans son élan. Il avait fière allure, les mains derrière le dos, les épaules larges, les cheveux longs attachés en catogan avec un ruban noir. L'homme noir s'approcha de lui et lui parla encore une fois avec une familiarité qu'aucun domestique, aussi proche soit-il, ne se permettrait :

— Diego, Francisco ne veut que ton bien.

Diego. Don Diego. Le duc. Clara tenta le diable et ne bougea pas. Il se tourna. Il avait un visage grave, éclairé par de grands yeux clairs qui manifestaient la détermination attendue chez un homme de son rang. Il plissa la bouche, comme s'il cherchait ses mots. Clara songea qu'il possédait la douceur et la sensibilité des portraits de Murillo, et attendit sa réponse, voulant savoir si les grands seigneurs étaient capables de se départir de leur fierté, parfois.

— Excuse-moi, mon cher ami. Je n'aurais pas dû te parler de la sorte. Je sais que tu veilles sur moi et je t'en suis reconnaissant. Cependant, mon esprit ne partage pas votre hâte et il faudra attendre qu'il soit prêt… Messieurs, je crois qu'il serait bon maintenant que je retourne à ma solitude.

Don Francisco, le jeune homme en bleu, eut un sourire narquois comme s'il était habitué aux accès de mauvaise humeur de son ami. Il se leva d'un bond, finit son verre cul sec et le déposa sur la table avant de poser la main sur l'épaule du duc.

— Diego, ta solitude ne fera pas revenir Alba, raisonna-t-il. Chéris son souvenir autant que tu le veux, célèbre son anniversaire et tout ce que tu veux, mais… laisse le passé derrière et profite de la vie avant qu'elle ne te file entre les doigts.

Le duc, le regard triste, dévisagea son ami d'un air las. Puis il hocha la tête légèrement. Don Francisco récupéra sa canne, ses gants et son chapeau et se dirigea vers l'une des doubles portes qui donnaient sur le jardin.

— Quant à moi, pendant que tu profites de ta solitude, reprit-il avant de sortir, je vais rendre visite à ces deux demoiselles avec lesquelles nous avions rendez-vous à Saint-Domingue. Je vais être obligé de les satisfaire toutes les deux moi-même pour protéger ta renommée, cher ami.

Clara rougit devant une telle impudeur, don Francisco devait être de ceux qu'on appelait *libertins*. Le duc sourit de façon à peine perceptible et regarda partir son invité. Puis, il retourna auprès de l'autre homme, le front soucieux.

— Je sais que tu es d'accord avec Francisco, je t'entends le penser d'ici. Mais est-ce que tu veux bien m'accorder, au moins, que je suis sur le bon chemin ?

Clara était abasourdie. Le duc, don Diego de Castamar, qui demandait conseil à un Noir comme s'il était son égal. Elle avait toujours entendu que c'était une race inférieure avec de maigres capacités intellectuelles mais de belles qualités, cependant, pour le travail physique. Il lui était déjà arrivé d'en croiser, presque tous des esclaves, sauf quelques affranchis qui étaient restés au service de leurs anciens maîtres. Son père lui avait raconté qu'ils étaient nombreux à préférer la servitude car c'était dans leur nature la plus profonde de servir.

— Tu sais bien que je reconnais tes efforts, répondit le Noir d'une voix calme. Et je sais aussi, cher frère, que tu as un tempérament fort qui est long à retrouver l'apaisement. Maintenant, si tu le permets, je me retire.

Clara recula d'un pas, craignant d'être découverte, mais Gabriel emprunta lui aussi la porte du jardin. Désormais, le silence était tel qu'elle pouvait entendre la respiration du duc. Elle n'en revenait pas qu'un homme de son rang permette à un nègre de l'appeler « mon frère », même dans la plus stricte intimité. Cela échappait à son entendement et, témoin d'une telle scène lorsqu'elle était encore une jeune fille de la bonne société, elle aurait critiqué de telles privautés. Mais ce qu'elle avait traversé depuis lui avait appris la tolérance et à ne pas se fier aux idées préconçues. Son univers d'étiquette, de rendez-vous mondains autour d'un chocolat chaud et de biscuits pour critiquer les agissements immoraux de ses semblables avait basculé du jour au lendemain, la laissant dans un monde sombre où elle n'était personne et où le seul protocole à suivre était l'instinct de survie. Les premiers temps, elle était allée de surprise en surprise. Elle avait vu des dames et des messieurs appartenant à de grandes dynasties agir sans une once de noblesse, et au contraire, des gens du commun sans le moindre titre faire preuve d'un cœur plein de bonté qui valait tous les blasons du monde. Si bien qu'à présent elle préférait suspendre son jugement lorsqu'elle se trouvait devant une situation qu'elle ne comprenait pas.

Un mouvement du duc la tira de ses pensés. Il se versait un vin rouge d'une carafe, les yeux tournés dans sa direction. Un instant, elle crut qu'il l'avait vue. Elle retint son souffle en se maudissant pour son imprudence, mais ne put s'empêcher de regarder encore vers la salle. Tout à coup, la porte s'ouvrit et le duc apparut sur le seuil, grand et puissant, le regard chargé de colère.

— Qu'est-ce que tu fais là ? hurla-t-il. Qui es-tu ?

Clara recula, terrifiée, incapable de fournir une explication cohérente, étouffée par la honte. Elle put à peine balbutier :

— Monsieur... je...

— Je ne te connais pas ! On ne t'a pas appris à ne pas écouter aux portes ? Qui t'a envoyée ? Réponds !

Ses cris résonnaient dans le couloir et elle se recroquevilla comme un petit animal sur le point d'être dévoré. C'était fini. Le lendemain, tout le monde serait au courant et on la renverrait sans références.

— Personne, monsieur. J'ai entendu des voix et... Je suis navrée, je...

Tremblante, elle resserra son châle autour d'elle, soudain consciente qu'elle était en chemise de nuit devant le maître. Elle rougit furieusement, les yeux pleins de larmes rivés au sol, puis s'écarta de ce lion qui haletait si près d'elle.

Le duc fit un pas vers elle et, posant le doigt sous son menton, l'obligea à relever le visage. Elle garda les yeux baissés, jusqu'à ce que quelque chose lui dise que la tempête était passée. Don Diego retourna dans le salon sans crier gare.

— Retourne au lit, ordonna-t-il en claquant la porte.

Elle eut l'impression de sortir indemne d'une terrible bataille. Pétrifiée, elle dut faire un immense effort pour se mettre en mouvement, puis se mit à courir à travers les couloirs, le vestibule et l'escalier sans faire cas des craquements du bois. Lorsque, enfin, elle referma la porte de son cagibi derrière elle, elle laissa échapper un long sanglot : jamais auparavant elle ne s'était sentie aussi bête ni aussi humiliée.

Recroquevillée sous les couvertures, les pieds comme des glaçons, elle pensa à ce qui allait se passer le lendemain, lorsque le duc demanderait des explications à propos de cette fille qui écoutait aux portes. Elle avait démenti tout ce que Mme Moncada disait dans ses références. Et qu'allait penser don Melquíades, le majordome, qui lui avait ouvert les portes de cette grande maison ? Le visage enfoui dans son oreiller pour étouffer ses pleurs, elle s'insulta, pleine de rage contre elle-même, tapant des pieds et des poings pour se défouler. Elle avait gâché une belle chance et elle ne pouvait s'en prendre qu'à elle-même. Elle se laissa aller à sa colère jusqu'à s'épuiser. Finalement, elle s'allongea, les yeux dans le vide grand de sept coudées sur trois dc son cagibi.

Le désespoir d'avoir détruit le peu qu'elle était parvenue à reconstruirc la poussa encore une fois à se tourner vers le passé. Mais ses plus beaux souvenirs d'enfance, éthérés comme des fantômes, lui murmuraient que rien ne serait plus jamais comme avant, qu'elle ne pourrait jamais retourner à ce paradis perdu. Une lassitude infinie l'envahit, l'absence de son père douloureuse comme une blessure qui se rouvre. Elle avait cru que le deuil finirait, que les mésaventures passeraient, qu'à un moment la vie ressemblerait à celle qu'elle avait connue.

— Oh, que tu me manques, père, murmura-t-elle.

Des mots devenus creux. Même les traits de son père s'estompaient de jour en jour.

Son épée et son bouclier pour lutter contre tous ces malheurs avaient été son courage et sa passion pour la cuisine. Elle fit à nouveau appel à eux. Elle allait affronter cette nouvelle infortune un jour après l'autre, comme elle avait appris à le faire, et elle trouverait un moyen de se faire engager dans une autre cuisine, même s'il s'agissait d'une maison plus modeste. Elle n'avait que sa volonté pour s'en sortir, mais elle savait qu'elle était tenace et capable de grandes choses. Une phrase que disait souvent sa mère vint lui porter conseil : « Si les chagrins servent à quelque chose, c'est à nous apprendre qu'à chaque jour suffit sa peine. Ce qui doit être, sera. »

Elle sombra alors dans un sommeil tumultueux, où les démons qui avaient escaladé son mur pour venir danser avec ses peurs tournaient en une ronde vertigineuse autour d'elle, lui criant avec des ricanements cruels que, le lendemain, elle devrait quitter Castamar.

# 5

*Le 13 octobre 1720 au matin*

Monsieur Elquiza vint au salon de lecture les prévenir qu'un messager à cheval avait annoncé l'arrivée imminente de leur mère. Diego lui ordonna de faire les préparatifs nécessaires, et le majordome se retira avec un respectueux hochement de tête. Gabriel, qui lisait *Le Prince constant* de Calderón dans un fauteuil, leva à peine les yeux.

Le duc regardait les jardins de la fenêtre, l'humeur aussi morose que le temps. Dans un effort pour se montrer plus avenant, il avait proposé à son frère une partie d'échecs, après le petit déjeuner, mais pendant que Gabriel s'emparait de ses pièces majeures, lui songeait à la rencontre de la veille avec cette bonne indiscrète. Pour une raison inconnue, elle avait piqué sa curiosité. S'il avait senti chez elle une nature déloyale, il aurait puni son audace sans hésiter, mais il devinait qu'elle avait agi par pure inconscience, et son minois effaré lui était revenu plusieurs fois à l'esprit au cours de sa nuit de veille mélancolique.

Le bruit dans l'allée de peupliers du château de deux voitures à quatre chevaux et d'un cavalier sur un destrier noir interrompit ses réflexions.

— Mère est là, annonça-t-il sans quitter la scène des yeux.

M. Elquiza avait prévu une petite brigade de domestiques pour l'accueillir : la gouvernante, le chambellan, don Gerardo Martínez, un petit homme qui dissimulait son crâne chauve sous une perruque poudrée, quatre garçons à ses ordres, deux porteurs, deux palefreniers et le chef de l'écurie chargé d'aider l'invité à démonter.

Dès que les postillons eurent placé le sabot pour freiner les voitures, le majordome et le chambellan s'approchèrent de la voiture principale pour faire descendre la duchesse. Les pages coururent vers la deuxième voiture qui transportait les bagages tandis que les palefreniers prêtaient main-forte au cocher. Mme Berenguer se tint où elle était, raide comme un piquet.

Diego regarda sa mère descendre de la voiture, le pied sur le marchepied, une main sur celle de M. Elquiza. Il sourit en la voyant, superbe et confiante, dans ce monde qu'elle avait construit pour Gabriel et lui. Il n'oublierait jamais cette nuit de son enfance où des voix étouffées dans les couloirs l'avaient réveillé. Il s'était glissé vers la chambre de sa mère, où, son père assis sur le lit, agrippé aux mains de son épouse, pleurait. Il était revenu de Cadix avec un garçon noir de deux ans qu'il avait acheté à une vente d'esclaves. Sa femme n'en revenait pas.

— Mercedes, je ne pouvais pas supporter d'abandonner là cet enfant dévoré par les mouches à côté de sa mère déjà morte, disait-il. Tu sais que je déteste l'esclavage, mais je devais faire quelque chose, je devais faire quelque chose…

Diego, à tout juste quatre ans, avait surtout été choqué de voir son père pleurer, il ne savait pas que les adultes pouvaient pleurer. Sa mère avait secoué la tête en murmurant : « Abel, Abel… » Mais alors que cette nuit-là, elle avait accepté Gabriel, elle était loin d'imaginer que son mari ferait fi des mœurs de leurs temps et qu'il insisterait pour intégrer le petit au sein de leur famille comme leur propre fils. En dépit du refus et même de la honte que la duchesse avait manifestés au départ, son cœur généreux avait fini par s'affranchir du carcan des convenances et elle était devenue pour Gabriel une mère aussi dévouée qu'elle l'était pour leur héritier. Ainsi, les deux enfants avaient grandi ensemble en partageant tout : les aventures dans les greniers, les combats « à mort » contre le perfide Anglais, les chutes, les maladies, les bagarres, les cavalcades dans les domaines, mais aussi, inévitablement, les regards désapprobateurs lorsque, à l'adolescence, ils se promenaient ensemble à Madrid. Leur père n'avait jamais fait de différences entre eux et lui, qui avait grandi dans un tel environnement, n'avait jamais fait attention à leur couleur de peau – Gabriel et lui étaient frères, tout simplement.

Il jeta un coup d'œil vers Gabriel qui restait abîmé dans sa lecture, et lorsqu'il regarda de nouveau vers leur mère, il lâcha un éclat de rire, car la brise lui avait arraché sa coiffe. Son valet, Rafael, aussi fiable qu'obséquieux, courait derrière la coiffure ventre à terre.

Gabriel leva les yeux :

— Ça y est, mère a déjà fait tomber quelque chose ?

Diego acquiesça sans perdre une miette de la scène.

— Rafael, mon chapeau ! s'exclamait sa mère. Je ne vais pas entrer chez mon fils en cheveux ! Pour l'amour du Ciel, mais que tu es lent !

Elle aimait se montrer toujours sous son meilleur jour, comme si elle devait poser pour un portrait. C'est pourquoi Diego s'amusait tant lorsqu'il la voyait dans une de ces situations loufoques dont elle était coutumière : le gâteau renversé sur la robe, le trébuchement en marchant sur son jupon… Elle tentait toujours de garder contenance et, d'ailleurs, elle réussissait la plupart du temps à tourner les situations à son avantage grâce à son sens de la mise en scène. Et elle n'hésitait pas à faire une entorse à la vérité pourvu que cela sauve les apparences. C'était ainsi qu'elle traversait la vie, comme si elle jouait en permanence un intermède de Cervantès.

Diego porta son attention sur l'invité de sa mère : grand et avec une belle allure, il était vêtu à la mode française, avec un habit aux longues basques coupé dans un beau taffetas bleu rehaussé de broderies dorées. Il ne portait pas de perruque et ses cheveux étaient attachés en un catogan court et net. Il tenait une cravache à la main et, à en juger par sa façon de monter, sans à peine décoller de la selle, il devait être bon cavalier. Diego mit un instant à replacer ce visage aux traits réguliers et aiguisés ; il l'avait déjà vu à la cour, avec ses manières à la française sans tomber dans l'excès. Il avait la réputation d'être un honnête homme sans tache qui ne trouvait pas d'épouse à son goût. Diego supposa que son entourage, comme le sien, le pressait pour qu'il remplisse les devoirs dus à son titre.

— Son invité est arrivé aussi, commenta-t-il.

— Tu le connais ?

— Seulement par ouï-dire. C'est le marquis de Soto. Mère le tient en haute estime, et on raconte que c'est un homme d'un commerce agréable. J'en ai entendu parler, mais je ne crois pas l'avoir déjà rencontré.

Un instant plus tard, la porte du salon de lecture s'ouvrait et le majordome annonçait la duchesse. C'est en prenant sa mère dans ses bras que Diego se rendit compte combien elle lui avait manqué. Puis elle enleva sa coiffe avec des gestes étudiés. Diego et Gabriel se regardèrent, amusés, car c'était précisément à cause de ce rituel qu'elle n'avait pas voulu entrer dans la maison « en cheveux ».

— Je suis fourbue avec tous ces cahots depuis Valladolid, mes enfants. Heureusement que j'avais don Enrique avec moi.

Gabriel lui réarrangea la crinoline pour que les jupes couvrent complètement ses pieds.

— Merci, mon chéri. Toujours aussi diligent.

Ils venaient de s'installer tous trois sur l'une des causeuses lorsque le majordome annonça don Enrique de Arcona, marquis de Soto y Campomedina. Celui-ci entra dans le salon d'un pas posé, le regard intelligent, très à l'aise.

— Don Enrique, c'est un grand plaisir que de vous recevoir ici à Castamar comme l'invité de notre mère, dit Diego en lui tendant la main.

— Et c'est un honneur pour moi que de visiter vos domaines et de recevoir votre hospitalité.

— Si vous le souhaitez, demain je vous ferai visiter les lieux moi-même. Asseyez-vous, je vous en prie. Que puis-je vous offrir ? De l'eau-de-vie, du vin ?

Don Enrique s'assit sur un siège en noyer au décor de feuilles d'acanthe avec un sourire qui se figea lorsqu'il remarqua Gabriel. Diego vit sa mère ouvrir son éventail – orné d'une scène galante façon Watteau – et adresser à son petit frère un geste discret pour qu'il quitte la pièce. Comme à son habitude, supposa-t-il, sa mère n'avait pas mentionné la présence de Gabriel à don Enrique. Du vivant de leur père, la règle était de prévenir les visiteurs de marque à propos de la « singularité » de Gabriel afin qu'ils ne se voient pas obligés de le côtoyer ou de partager le même espace, ce que beaucoup auraient considéré comme offensant. Cependant, il supportait mal que quiconque, et même sa mère, décide où et comment pouvait se montrer son frère. Il fit un petit signe à Gabriel, qui resta debout à côté du canapé.

— Il semblerait que Madame ma mère ait eu une de ses distractions et qu'elle ait omis de vous informer au sujet de Gabriel et de sa présence ici, déclara-t-il avec un regard de reproche envers la duchesse. Je vous prie d'excuser son esprit volage.

Doña Mercedes se raidit sur la causeuse, visiblement impatiente de passer à autre chose. Elle détestait étaler l'histoire de Gabriel. « Ce n'est pas quelque chose dont on se vante, l'affaire de ton frère », disait-elle. Diego regrettait de causer de l'embarras à Gabriel, mais il avait envie que sa mère paye un petit peu les conséquences de son silence.

— Je ne nierai pas être surpris par la présence d'un esclave habillé en seigneur, dit poliment don Enrique.

— Cela s'entend, répondit Diego en lui versant un verre d'eau-de-vie. Gabriel est un homme libre depuis belle lurette. Mon père n'a jamais cru à l'esclavage et l'a affranchi dès sa plus tendre enfance. Il a grandi ici comme un membre à part entière de la famille.

— Une fantaisie de mon cher Abel que je bénis, intervint sa mère en s'éventant à toute vitesse comme pour chasser sa responsabilité dans cette scène gênante.

— Je comprends, murmura le marquis.

— Nous prévenons toujours nos invités pour éviter des malentendus car Gabriel participera aux réjouissances et aux banquets des jours à venir, auxquels, comme vous le savez, nous n'invitons que des gens proches. Je ne voudrais pas vous offenser d'une quelconque façon ; je comprendrais aisément si les circonstances ne vous convenaient pas et je regretterai profondément si vous deviez nous quitter.

Un silence intense s'ensuivit, au cours duquel le marquis observa Gabriel puis Diego, dont il soutint le regard un instant avant d'ébaucher un sourire.

— Cher monsieur, l'oubli de doña Mercedes est tout à fait compréhensible et, en ce qui me concerne, je ne vois aucun inconvénient à partager les lieux et la table avec un membre de la famille Castamar. Tant que l'on ne me demande pas de l'estimer mon égal.

Diego sourit à son tour.

— Personne ne vous demandera cela, marquis. Soyez-en assuré.

— Alors, problème réglé.

— Vous êtes un ange, mon cher, intervint doña Mercedes. Je suis navrée de mon étourderie, ma tête n'est plus ce qu'elle était ! J'aurais dû vous prévenir, mais Gabriel est avec nous depuis si longtemps que l'on oublie le regard des autres.

— Duchesse, vous ne devriez pas avoir à vous excuser. Certainement pas avec moi.

Diego garda son faux sourire et s'installa dans un des fauteuils alors que Gabriel échangeait avec lui un regard las avant de quitter discrètement le salon. Son frère, Diego le savait, avait appris à composer avec sa situation – leur père leur avait assez répété qu'il ne fallait pas espérer que le reste de la société voie Gabriel comme un Castamar. Quant au marquis, Diego aurait pu jurer qu'il avait perçu un certain sarcasme dans son ton, comme s'il était déjà au courant pour Gabriel mais qu'il prenait un malin plaisir à remuer le couteau dans la plaie. Toutefois il chassa cette sensation car don Enrique s'était montré on ne peut plus compréhensif. La plupart des membres de l'aristocratie refusaient de s'attabler avec un Noir, et les rares à accepter le faisaient souvent pour gagner son affection ou ses faveurs.

— Mon cher Abel a toujours été très charitable, don Enrique, expliquait sa mère, de nouveau à l'aise. Il n'a jamais permis que l'on violente les domestiques. Diego tient de lui dans ce domaine, j'oserais même dire qu'il va encore plus loin. Je me souviens du jour où il a pris à partie un gentilhomme qui avait malmené notre jardinier…

— Je lève mon verre à cela, fit le marquis en joignant l'acte à la parole. Ce sont des sentiments très chrétiens, que ceux de votre époux.

— Personnellement, je ne crois pas aux maltraitances gratuites, mais les serviteurs sont paresseux et insolents, et parfois il faut montrer de la poigne, dit-elle avec la légèreté qui la caractérisait.

— Je suis de cet avis, en convint don Enrique.

Diego songea que le marquis était de ces hommes intelligents dont il était difficile de deviner les pensées. Peut-être que sa bonne réputation venait précisément de cette habileté à savoir se taire quand il fallait et ne parler qu'au bon moment. Un équilibre que très peu d'hommes parvenaient à maintenir.

— Il est très facile de confondre fermeté et violence, cher ami, déclara Diego. J'aime autant que ce soit la première qui règne à Castamar. Santé.

Ils levèrent à nouveau leurs verres de rossoli.

— Je crois que la fête, cette année, sera encore plus spectaculaire que les précédentes, si une telle chose est possible. N'est-ce pas, Diego ? s'enquit sa mère.

— Les festivités à Castamar ont la réputation d'être des plus somptueuses, intervint le marquis.

Diego hocha la tête et se leva pour s'approcher des fenêtres. La maladresse de sa mère l'avait agacé et il n'était pas d'humeur à faire la conversation. Il éprouva tout à coup une lassitude infinie, comme toujours lorsqu'il était en société. Alors qu'il avait attendu sa mère impatiemment, à présent il ne supportait plus sa présence. Il était conscient qu'il allait détester tant et plus tous ses invités et que tout cela n'était qu'une punition qu'il s'infligeait pour ne pas avoir réussi à sauver la vie d'Alba. Quand il était ainsi, il valait mieux qu'il ne côtoie pas ses pairs. C'est alors que la fille de service lui revint en mémoire.

— Je dois vous demander de bien vouloir m'excuser. J'ai une affaire à traiter avec le majordome.

— Et tu dois t'en occuper maintenant ? s'étonna la duchesse.

— Oui, mère. Je ne serai pas long.

Il quitta le salon avec un sourire courtois, sentant le soulagement l'envahir au fur et à mesure que la voix du marquis s'estompait derrière lui.

*Le même jour, 13 octobre 1720*

Clara se réveilla désorientée, le cœur battant à tout rompre. En même temps qu'elle retrouvait ses repères et les contours de son cagibi, un nœud douloureux lui tordait le ventre : c'était aujourd'hui qu'elle allait être expulsée de Castamar. Elle se leva et rassembla ses affaires dans un baluchon.

Comme chaque matin, elle alluma les fourneaux. C'était un dimanche, jour saint d'obligation, la plupart des domestiques étaient partis à la messe et vaquer à leurs affaires personnelles. Elle espérait que prier dans l'intimité de son cœur suffise aux yeux du Seigneur, qui connaissait son incapacité à affronter l'extérieur. Portée par l'angoisse, elle chercha à savoir si l'un des métayers de Castamar partirait ce jour-là porter ses produits à la capitale – si elle devait prendre la route, il lui fallait l'abri de la paille ou de la bâche de la charrue. Un valet lui apprit qu'un départ était prévu en fin de matinée.

À onze heures passées, revenue de la messe sans le moindre soupçon d'amour pour son prochain, Mme Escrivá lui ordonna de plumer et vider un pigeon pour le consommé de Monsieur. Clara s'appliqua à sa tâche l'anxiété chevillée au corps, attentive à chaque geste de ses compagnons, de Mme Escrivá, à chaque bruit inattendu. « Mais quelle bécasse tu fais, se répétait-elle. Comment as-tu pu espionner monsieur le duc. C'est indigne d'une demoiselle de ton rang. »

Après en avoir fini avec la volaille, elle para quelques bonites pour préparer des tourtes. Malgré ses craintes, doña Úrsula n'était toujours pas descendue, et personne ne vint la chercher. Pourtant Monsieur devait être levé depuis un long moment, peut-être avait-il oublié l'incident ? Dans ce cas, le mieux était de ne pas se faire remarquer.

De temps en temps, Clara levait la tête et croisait le regard stupéfait de Mme Escrivá, qui ne semblait pas comprendre qu'elle nettoie au fur et à mesure. D'ailleurs, la cuisinière ne tarda pas à lui reprocher de perdre son temps avec « ses savonnages ».

— Si ça t'amuse, tu le feras plus tard, grogna-t-elle.

Clara hocha la tête en faisant vœu de continuer en catimini puis donna un coup de main à Carmen del Castillo avec la soupe pour le personnel : chou, blettes, pois chiches, un œuf dur par tête. Comme dans toutes les grandes maisons, il fallait préparer deux menus pour chaque repas : celui des maîtres et celui des domestiques. Elle s'attabla avec les autres lorsque la cloche sonna. La peur qui lui serrait le ventre redoubla lorsque don Melquíades entra et sourit à tous les présents. Elle répondit poliment et ne leva plus les yeux de son assiette.

Une fois le déjeuner fini, et après seulement un moment de repos à table, elle commença à préparer le goûter des seigneurs avec les autres filles de cuisine. Il fallait enfourner des petits pains et faire fondre doucement la pâte de cacao pour le chocolat, ainsi que sélectionner et disposer des fruits sur des plateaux.

Elisa, une bonne qu'elle avait déjà eu l'occasion de côtoyer, arriva alors pour demander un plat de soupe. Le chambellan l'avait réclamée pour prêter main-forte aux femmes de chambre avec les lits et les feux : elle avait à peine mangé de la journée.

— Qu'est-ce que tu es douillette, s'agaça Mme Escrivá. Ce serait pas la première fois que tu travailles sans manger.

Carmen del Castillo voulut intervenir mais la cuisinière la foudroya du regard et elle baissa la tête comme si l'affaire ne la concernait pas. Clara décida qu'elle ne pouvait participer à la cruauté de l'une ni à la lâcheté des autres. Si on la renvoyait, au moins elle aurait évité une journée de faim à cette jeune fille. Un peu plus tard, alors que la cuisinière et sa seconde faisaient leur pause habituelle et que les autres filles étaient sorties jeter l'eau dans la cour, elle mit quelques louches de soupe dans une gamelle qu'elle passa furtivement à Elisa.

— Va aux latrines, murmura-t-elle.

Monsieur le duc avait ordonné leur construction quelques années auparavant. L'odeur y était insupportable, mais personne ne la surprendrait.

— Mille mercis, répondit la pauvre petite en lui tendant la gamelle vide à son retour. J'ai cru que j'allais tomber dans les pommes.

Peu après, tous les membres de la brigade de cuisine se remettaient au travail pour le dîner. Mme Escrivá lui demanda d'écorcher plusieurs lièvres et deux lapereaux alors qu'elle embrochait des volailles pour les faire rôtir. Clara était en train d'aiguiser un tranchoir lorsque doña Úrsula fit irruption suivie d'Andrés Moguer, premier valet de Monsieur, sommelier responsable de sa cave et de Luis Fernández, l'intendant. Celui-ci était trapu et courtaud, et ses sourcils formaient un gros trait noir au-dessus des yeux alors qu'Andrés Moguer était un homme maigre aux yeux cernés et au regard doux, avec un cou trop fin qui rendait sa tête trop grande.

Sans y réfléchir, elle fit une révérence et les galopines s'esclaffèrent. Le pauvre M. Moguer, déconcerté, baissa gauchement le menton tandis que M. Fernandez se joignait aux rires des gamines, de si bon cœur qu'il faillit faire tomber les deux calepins, l'encrier et la plume qu'il portait. Mme Escrivá pesta derrière elle. Un simple regard de doña Úrsula fit cesser tout mouvement.

« Elle règne par la terreur, songea Clara non sans une certaine admiration. Personne n'ose la défier. »

La gouvernante lui indiqua d'un geste de venir avec elle et Clara interrogea du regard la cuisinière pour ne pas commettre d'impair.

— Magne-toi ! On te demande, non ? cria la cuisinière avec des gestes exaspérés.

Clara suivit doña Úrsula en s'essuyant les mains dans son tablier, le cœur serré, les deux hommes derrière elles.

Comment avait-elle pu avoir la naïveté de croire que le duc allait oublier ? Ce qu'elle ne comprenait pas, en revanche, c'était la présence des deux hommes. Elle ne comprit pas non plus que la gouvernante prenne la direction de la dépense principale. C'était la première fois que Clara mettait les pieds dans cette partie de la maison.

— Je n'avais pas eu le temps de lire tes références lors de ton arrivée, déclara doña Úrsula. Mais j'en ai pris connaissance et, à ta façon d'écrire les menus, je m'aperçois que tu es une jeune fille instruite.

Clara acquiesça sans mot dire. Ils venaient d'arriver devant des doubles portes, où un homme grand et gras d'âge moyen, le visage piqué de variole, montait la garde. Il avait les yeux fermés, mais les ouvrit d'un coup en les entendant. Dès qu'il vit la gouvernante, il carra les épaules, droit comme les tours de l'Alcazar.

— Monsieur Sales, dit celle-ci, froide. Si jamais je vous retrouve dans cette position, vous devrez plier bagage.

Le gardien hocha la tête, terrorisé. Le petit groupe entra dans un couloir qui menait à un escalier en passant devant trois portes fermées. La première, vert foncé, était celle du garde-manger, où l'on gardait les viandes, poissons et œufs ; la deuxième, le potager, qui réunissait légumes frais et secs, et la troisième, la chandellerie, où se trouvait la remise à charbon et à bois ainsi que les huiles à brûler et le suif pour les lampes. Doña Úrsula expliqua que la porte du fond était le cellier pour le vin et les liqueurs de Monsieur et aussi pour ceux utilisés en cuisine.

— Tu sais bien compter ? demanda-t-elle. Tu maîtrises les quatre opérations ?

Clara acquiesça de la tête et la gouvernante pointa vers la double porte.

— Dorénavant tu auras plus d'obligations. Je veux que tu prennes la fonction d'aide du maître d'hôtel, tu sais ce que c'est ?

— Oui, madame.

— Eh bien, chaque fois que l'on prendra quelque chose pour les cuisines, je veux que ce soit noté dans ce registre. Il viendra en complément de ceux tenus par le chef de paneterie-échansonerie, Herbasio García, et le maître d'hôtel ici présent.

Clara acquiesça encore une fois et M. Fernández, l'œil paillard, ouvrit les cahiers et lui montra comment et où consigner le nombre de tonneaux de cidre, de tonneaux et bouteilles de vin, la couleur, la provenance ; les fromages et charcuteries, les boudins, le sucre en petits sacs d'une livre, les épices, leur nom et quantité… Chaque item avait une écriture comptable précise dans chacun des calepins : l'un pour les frais de bouche et l'autre pour la paneterie et le cellier.

— Ce registre doit être tenu de façon scrupuleuse pour que l'on connaisse à chaque instant l'objet précis de la dépense, prévint doña Úrsula. Chaque matin tu récupéreras le calepin auprès de MM. Fernández et García et tu le leur rendras après l'avoir complété pour le suivi de la dépense de bouche au jour le jour.

— Oui, madame, merci de votre confiance, répondit Clara qui tentait de cacher sa surprise tout en se demandant comment éviter les tête-à-tête avec le maître d'hôtel.

Quoi qu'il en soit, cela signifiait que le maître, pour quelque raison insondable, n'avait pas encore ordonné son renvoi. Quel soulagement ! La porte du cellier s'ouvrit alors et ce fut le duc lui-même qui en surgit, une bouteille de rouge de Valdepeñas à la main. Clara baissa la tête aussitôt et fit une révérence. Le duc, qui semblait ne pas avoir remarqué ni sa présence ni celle des hommes, s'adressa à la gouvernante avec affabilité :

— Bonjour, madame Berenguer ! Je ne vous attendais pas ici. Je vous le demande juste pour la forme, mais je présume que vous avez fait le nécessaire pour accueillir la duchesse et le marquis.

— Tout est prêt, monsieur. Le chambellan m'a fait savoir que tous les bagages ont déjà été emportés.

Madame votre mère a fait son choix parmi le personnel et désigné aussi les valets qui prendront soin de monsieur le marquis.

— Parfait, alors.

Clara pria pour que le duc ne la reconnaisse pas, pour qu'il ait oublié l'incident, pour que ce moment humiliant ne signe pas la fin de son emploi à Castamar. Mais alors que le duc avait pris le chemin de la porte et qu'elle croyait son vœu exaucé, il s'arrêta en la voyant et, devant le visage stupéfait de doña Úrsula, sous les regards en coulisses des deux officiers, il la dévisagea puis, d'un geste délicat, l'obligea à relever la tête en posant un doigt sous son menton. Elle se sentit trembler de la tête aux pieds. Il l'observa longuement tandis qu'elle fixait le sol obstinément, sans oser affronter ses yeux.

— Monsieur ? murmura doña Úrsula, visiblement décontenancée.

Le duc attendait, imperturbable, aussi, pour mettre fin à cette tension insoutenable, Clara finit par lever les yeux. Il avait un regard franc, bien plus serein que celui qui l'avait foudroyé quelques heures plus tôt. Elle sentit qu'il essayait de comprendre ses raisons pour traîner dans les couloirs au milieu de la nuit.

Doña Úrsula toussota.

— Autre chose, monsieur ?

Il ne daigna pas la regarder.

— Non.

Puis, sans autre mot, il s'en alla. À l'unisson avec les trois autres domestiques, elle fit une révérence. Dès que le duc eut franchi la porte, doña Úrsula l'interrogea de son regard de dragon, mais Clara garda le silence.

— Monsieur Fernández, on réglera plus tard la question des appartements de Monsieur, dit enfin la gouvernante. Vous pouvez disposer. Vous aussi, monsieur Moguer.

Cette fois-ci, Clara fit la légère génuflexion que demandait leur place dans la hiérarchie domestique.

— Est-ce que tu avais déjà vu Monsieur avant ce matin ? demanda doña Úrsula dès qu'elles furent seules.

Clara réfléchit un instant. Un mensonge risquait de se retourner plus tard contre elle et elle décida d'avoir confiance en la force de la vérité. Puis, elle n'avait rien fait de si grave.

— Oui, madame. J'ai entendu des bruits cette nuit et j'ai craint que des voleurs ne soient entrés dans la maison… J'ai voulu vérifier avant de donner l'alarme et Monsieur m'a vue dans un couloir. C'est tout.

La gouvernante se pencha sur elle et Clara eut l'impression de rapetisser sous ses yeux.

— Je comprends, fit la gouvernante. Dorénavant prends bien garde de ne pas déranger Monsieur pour quoi que ce soit. Tu ne dois pas te trouver en sa présence à moins qu'il ne te sonne. C'est entendu ?

Sur ce, elle lui ordonna de s'en aller d'un geste sec et Clara tourna les talons en espérant que sa rencontre avec le duc ne soit plus jamais mentionnée. Alors qu'elle pressait le pas pour regagner la cuisine, la jeune femme sentit sur sa nuque le regard de rapace de la gouvernante. Ce ne fut qu'une fois dans le couloir de la cuisine qu'elle osa pousser un soupir de soulagement. Trop tôt, comprit-elle lorsqu'elle se trouva face au visage hargneux de Mme Escrivá.

# 6

*14 octobre 1720, midi*

ÚRSULA N'AVAIT JAMAIS CRU à la bonne volonté des gens, elle n'y voyait qu'une convention que les êtres humains avaient mise en place pour parvenir à vivre ensemble. Pour elle, sous une apparence plus ou moins cordiale, il n'y avait que des âmes isolées qui enduraient l'existence et luttaient avec acharnement pour leur survie. Et la survie était un art dont elle était passée maître, puisqu'elle avait dû apprendre à s'occuper avant tout d'elle-même sans perdre son temps dans de bonnes actions pour lesquelles on obtenait rarement une quelconque reconnaissance.

Il existait cependant des exceptions honorables à ce principe général, comme doña Alba. Nul dans le service ne l'avait pleurée autant qu'elle – à l'abri des regards, toutefois, car la douleur était un luxe que seules les femmes du monde pouvaient se permettre, les autres étaient mieux avisées de ne jamais montrer leur faiblesse. Mais Madame l'avait sauvée d'un destin terrible et, pour cela, elle lui serait éternellement reconnaissante et prenait le meilleur soin possible de don Diego, pour que sa maîtresse, depuis Là-haut, puisse contempler sa loyauté et sa gratitude. Longtemps après sa mort, il lui semblait encore la revoir se promener dans les galeries ou contempler les jardins depuis le salon du deuxième étage.

Elle avait aussi appris quelque chose de cette tragédie : tout, aussi certain soit-il, peut changer en un instant. L'autre grande certitude de sa vie, elle l'avait acquise bien avant : si on s'était fait une place quelque part, on ne devait jamais la quitter. C'est pourquoi jamais elle ne céderait une once du pouvoir qu'elle avait sur Castamar. Grâce à sa persévérance et à son travail qui lui avaient fait gagner le respect, et peut-être même l'affection de ses maîtres, elle était devenue une sorte d'intendante générale. Elle supervisait tout, et même, en toute discrétion, le majordome. Le seul secteur dont elle se tenait quelque peu à l'écart était les questions purement financières, dont le contrôle de la dépense. Ces deux domaines étaient sous la responsabilité de don Melquíades et le secrétaire, don Alfonso Corbo, la tenait au courant de tout. Tous ceux qui voulaient travailler pour le duc savaient qu'ils avaient intérêt à rester dans ses bonnes grâces. C'était aussi pour cela qu'elle avait tenu à faire montre de son pouvoir sur Mme Escrivá devant la nouvelle fille : tout était plus simple quand chacun savait qui commandait.

Cette jeune femme parvenait de façon remarquable à cacher ses émotions. Si Monsieur ne s'était pas arrêté devant elle dans le couloir du cellier, personne n'aurait pu deviner qu'ils s'étaient déjà rencontrés avant. Un instant, elle avait cru que la fille était une chercheuse de fortunes à la chasse d'un homme qui rendrait sa vie plus douce, mais elle avait rapidement écarté cette idée. Clara avait certainement connu un revers de fortune, mais elle semblait assez intelligente pour avoir compris que celles qui entrent dans le service avec de telles intentions en ressortent livrées à elles-mêmes et avec un bâtard sur les bras. De plus, séduire un homme comme don Diego de Castamar était une tâche vouée à l'échec : il n'avait d'amour que pour le fantôme de sa femme.

Intriguée par cette Clara Belmonte, doña Úrsula avait envoyé un de ses hommes de confiance à la Puerta de Vallecas, où se trouvait l'hôpital de Notre-Dame-de-l'Annonciation. D'après les références, c'était le dernier emploi occupé par la jeune fille, et, en effet, une certaine Mme Moncada n'avait pas tari d'éloges sur son sérieux et ses multiples qualités. Et croyant sans doute lui rendre service, elle avait aussi déclaré que son père, médecin prestigieux, était mort durant la guerre. Úrsula comptait révéler ces détails à don Diego, et lorsque son maître apprendrait qu'il s'agissait encore d'une femme malmenée par la cruauté des hommes, sa curiosité serait satisfaite.

Le soir même, de retour d'une promenade à cheval avec le marquis de Soto pour lui faire visiter le domaine, le duc la fit venir dans son bureau où il traitait quelques dossiers avec M. Graneros, son homme d'affaires. Elle frappa doucement à la double porte en chêne et une voix l'invita à entrer. À son bureau, le duc signait des documents.

— Voilà, c'était le dernier, indiqua Graneros en reprenant les papiers. Vous êtes à présent propriétaire d'un des plus grands domaines des Amériques. Mes félicitations.

Puis, avec une profonde révérence, il partit, son dossier sous le bras. Le duc attendit que la porte se ferme derrière lui.

— Madame Berenguer, dit-il en se tournant vers l'étagère. Qui est cette jeune fille que j'ai vue hier avec vous ?

Úrsula attendit quelques secondes pour qu'il ne devine pas qu'elle avait une réponse toute prête.

— Clara Belmonte, monsieur, se contenta-t-elle de répondre.

— C'est tout ce que vous savez d'elle ?

— Je vous demande pardon, monsieur, répondit-elle jouant les naïves. Elle travaille dans les cuisines. Elle nous a été vivement recommandée par une connaissance de don Melquíades. Elle était première assistante en cuisine dans un hôpital, apparemment elle a appris le métier avec sa mère qui est au service du cardinal Alberoni. Elle sait lire et écrire l'anglais, le français, le latin et un peu de grec. Elle joue du piano et un peu de harpe.

Le duc écouta en silence. Il avait trouvé le volume qu'il cherchait et en caressa la reliure en maroquin avant de le poser délicatement sur la table. Il resta quelques instants perdu dans des pensées – pensées que la gouvernante aurait payé cher pour connaître. Úrsula tentait de déchiffrer chacun de ses gestes pour comprendre les raisons de son intérêt pour une simple domestique. Don Diego s'approcha de la fenêtre, les mains dans le dos.

— Apparemment, son père était le docteur Armando Belmonte, ajouta-t-elle.

Le duc acquiesça. C'était peut-être cela qui avait titillé sa curiosité, songea-t-elle : un visage qu'il connaissait mais ne parvenait pas à replacer.

— Je crois déjà avoir entendu ce nom, dit le duc en s'asseyant à nouveau. Qu'est-il devenu ?

— Mort pendant la guerre, expliqua-t-elle. D'après ce que j'ai su, son épouse a dû se mettre au service du cardinal et l'a suivi lorsqu'il est reparti en Italie, mais sa fille souhaitait rester à Madrid. Je n'en sais pas plus, sinon que c'est don Melquíades qui l'a embauchée.

Il hocha la tête et reprit son livre.

— Merci, madame Berenguer. Vous pouvez disposer.

Elle sortit diligemment mais, une fois dehors, attendit quelques instants et après s'être assurée que personne ne venait, fit tourner la poignée avec la dextérité que donne la pratique et entrouvrit la porte furtivement. Don Diego lisait, concentré, comme s'il avait tout oublié déjà de sa curiosité pour Clara Belmonte.

*Nuit du 14 au 15 octobre 1720*

Un bruit sourd résonna dans la cuisine et Clara se réveilla encore une fois en sursaut dans son cagibi. « Tant pis », songea-t-elle. Qu'il s'agisse d'une bande de voleurs ou d'une troupe d'infanterie chargeant à la baïonnette, elle ne comptait pas quitter son repaire. Cependant, un nouveau bruit l'empêcha de se rendormir et elle se souvint qu'Elisa Costa avait dit que le maître et ses invités s'étaient retirés tout de suite après le dîner. Peut-être que l'un d'entre eux, pris d'insomnie, s'était rendu à la bibliothèque. Elle tendit l'oreille… Ces rires, à peine étouffés, venaient de l'extérieur. Elle fit coulisser la porte, scruta la cour. Deux silhouettes la traversaient, à peine éclairées par un lampion. Les rires redoublèrent quand l'une d'elles trébucha en passant le caniveau.

Intriguée, Clara alla s'accroupir près de la fenêtre pour suivre leurs mouvements. L'obscurité dissimulait suffisamment l'espace pour l'empêcher d'être assaillie de vertiges.

Les deux personnages s'avancèrent vers la porte du garde-manger, l'un d'eux sortit une clé et ouvrit la grille de service qui servait à rentrer les denrées à leur arrivée. Ce n'étaient donc pas des voleurs, mais des gens de la maison. Clara décida qu'elle n'avait plus qu'à retourner à la sécurité de sa tanière.

Elle commençait à se rendormir lorsqu'un gémissement brisa à nouveau le silence. Elle tendit l'oreille. Un autre gémissement. Incapable de ne pas agir, elle s'approcha sur la pointe des pieds jusqu'à la galerie du garde-manger et la trouva entrouverte. C'était de là que venaient les bruits, les râles – des râles de plaisir – d'une femme, la respiration lourde et saccadée d'un homme.

Clara s'avança dans le couloir, dépassa les portes des trois réserves, toutes trois fermées. Elle distingua la lueur vacillante d'une flamme dans l'escalier du cellier et s'y dirigea. Les cris montèrent en crescendo, puis cessèrent brusquement pour s'effilocher en une suite de soupirs. La jeune femme attendit et, une fois certaine que l'étreinte était finie, descendit les premières marches. La porte du cellier était ouverte et à l'intérieur, à la lumière des bougies, Mme Escrivá, les jupons retroussés et les seins impudiquement hors du corsage, enlaçait un homme grand et sale qui la tenait contre le mur, la main encore entre ses jambes. Clara porta une main à sa bouche et ferma les yeux.

— Tu dois y aller, Santiago, disait la cuisinière. Faut te dépêcher, M. Casona dort à côté.

— Il pige rien, ce vieux jardinier sourd, ricana-t-il.

Clara osa un coup d'œil. La cuisinière avait remis de l'ordre dans ses vêtements et l'homme, qui avait un visage émacié et mal rasé, passait en revue les réserves de vin.

— Va-t'en, j'te dis.

— Attends, je vais me trouver de quoi me rincer le gosier à la santé de ton maître, dit-il en joignant l'acte à la parole. Il a trop de vin, ce salaud de noble…

La cuisinière lui interdit de dire du mal du duc et ils remontèrent l'escalier tous les deux, elle, les joues en feu, lui avec deux petites bonbonnes sous le bras.

— On se voit la semaine prochaine, ma mie, dit-il en lui reniflant encore le cou.

La cuisinière allait sans doute regagner sa chambre par le couloir où se trouvait Clara. Celle-ci prit donc la poudre d'escampette et rejoignit son cabinet. Elle entendit Mme Escrivá traverser la cuisine, la respiration encore lourde, et rendit grâce à Dieu pour ne pas avoir été découverte cette fois-ci. Elle se réfugia sous la couverture et s'endormit en songeant qu'il y avait à Castamar autant de secrets qu'à la cour du roi, dont on disait que tout n'y était que machinations et intrigues.

Peu après, Clara se réveilla secouée par l'extrémité d'une canne que doña Úrsula enfonçait entre ses côtes.

— Ramasse tes affaires, aboya la gouvernante. Tu es renvoyée.

Elle bafouilla quelques mots, ne comprenant pas ce qui lui arrivait. Est-ce qu'elle avait dormi trop tard ? Pourtant la cuisine était encore dans la pénombre. Elle écarquilla les yeux, regarda doña Úrsula en tentant de deviner ce revirement soudain.

— Ne fais pas l'innocente ! fulmina celle-ci. Il manque deux bonbonnes de Valdepeñas au cellier, M. García a bien vérifié le registre, elles y étaient hier. Mme Escrivá nous a confirmé que tu as reçu la visite nocturne d'un homme que tu régales, apparemment, aux dépens de Monsieur.

Clara se leva d'un bond et découvrit la cuisinière, un peu en retrait, bras croisés et un éclat de défi dans les yeux. Peut-être avait-elle laissé son amant prendre les bouteilles justement dans le but de la faire renvoyer ? Mais non, elle était trop fruste pour ourdir un plan aussi complexe, d'autant qu'elle ignorait tout de la tenue du registre de la dépense.

— Ce n'est pas vrai, se défendit-elle d'une voix qu'elle espérait ferme en s'enveloppant de son châle. Ce n'est pas moi. Pourquoi m'accusez-vous ?

Elle porta un regard indigné vers la cuisinière qui pressa les lèvres en une fine ligne.

— Voleuse dévergondée ! hurla la cuisinière. Tu batifoles la nuit, et en plus tu as le culot de le nier !

La colère grondait si fort en Clara qu'elle était incapable d'articuler un mot. Elle n'avait aucune preuve pour retourner l'accusation de la cuisinière, mais la vérité aggraverait son cas. Les joues en feu, elle regarda doña Úrsula, espérant contre tout espoir qu'elle devine ce qui se passait.

— J'avoue que je ne m'attendais pas à ça de toi. Ramasse tes affaires, somma la gouvernante en tournant les talons.

Clara s'imagina dehors, sans même un moyen sûr de retourner à Madrid, prise de vertiges, à ciel ouvert… La peur de finir dans un asile pour aliénés la fit réagir.

— Je n'ai rien volé, je n'ai reçu la visite de personne, et encore moins d'un homme.

La cuisinière la saisit par le bras et lui lança à la figure :

— Je t'ai vue, moi ! Les jupons sur la croupe et haletant comme une chienne !

Clara s'interposa entre la porte et doña Ursula. Elle parla enfin, poussée autant par l'angoisse que par la rage :

— Madame, je viens d'une bonne famille et je n'ai jamais eu besoin de voler, encore moins de défendre mon honneur car il n'a jamais été mis en cause. Je ne peux vous dire ce que je sais, mais je vous prie de ne pas vous arrêter aux accusations de Mme Escrivá qui n'a aucune preuve de ce qu'elle avance.

Si la gouvernante décidait de la croire, elle devrait alors mettre en doute la parole de la cuisinière et la congédier à seulement un jour des festivités, alors qu'on attendait un grand nombre d'invités et au moins quatre fois plus de servants. Tandis que renvoyer une pauvre fille de cuisine n'aurait pas la moindre incidence sur le service. Sans compter que le vol n'était pas l'accusation la plus grave qui pesait sur elle. Doña Úrsula devait punir sans merci le péché de fornication sous le toit du duc sous peine d'être accusée elle-même d'immoralité. Clara sentait que la gouvernante soupesait ces arguments dans son esprit, et qu'elle considérait la possibilité de son innocence – même si, pour une raison qu'elle ignorait, sa présence semblait la gêner depuis le jour de son arrivée.

— Je veux que tu quittes immédiatement Castamar, assena doña Úrsula sans appel.

Mme Escrivá tordit la bouche en un sourire satisfait et Clara songea que la pauvre femme manquait vraiment de jugeote. Elle n'avait pas compris que, après les célébrations, elle aussi se retrouverait à la rue car le dragon avait déjà décidé de les expulser toutes les deux de son domaine. Elle baissa la tête, vaincue.

Doña Úrsula venait de la repousser avec sa canne et allait franchir la porte lorsqu'une voix se fit entendre qui les cloua toutes sur place :

— Avec tout mon respect, madame Berenguer, je dois dire que cette façon d'agir me paraît bien injuste.

Les mots avaient été prononcés avec la neutralité de quelqu'un qui annonce l'heure. Clara se tourna vers la porte de la cour. Sur le seuil se tenait Simón Casona, la pelle à cendres à la main.

— Simón, cela ne vous regarde pas, répliqua la gouvernante d'un ton sec mais poli. Retournez surveiller vos jardiniers et laissez-moi régler cette affaire.

L'homme déposa la pelle à sa place, ôta son chapeau et approcha de la grande table le tabouret qui servait de marchepied aux galopines.

— Je regrette encore, madame Berenguer, mais quand une injustice est commise devant moi, j'estime que ce sont mes affaires. Et renvoyer cette jeune femme serait une injustice, car la seule à recevoir des visiteurs la nuit, et peu recommandables avec ça, c'est Mme Escrivá, ajouta-t-il.

Avec une expression où l'incrédulité le disputait à la colère, doña Úrsula fit volte-face vers la cuisinière qui bafouillait nerveusement des explications. De toute évidence, la parole de M. Casona avait un poids, peut-être à cause de son âge, car il était tout à fait extraordinaire qu'un jardinier intervienne dans les questions du personnel de la maison.

— Je suis certain, madame Berenguer, que vous avez compris, continua-t-il. Mme Escrivá accuse la jeune femme car elle la sait bien plus compétente qu'elle aux fourneaux.

La gouvernante lui lança une œillade impatiente.

— Cette conversation ne vous concerne pas, dit-elle en fixant durement la cuisinière. Alors, madame Escrivá ? Est-ce vrai ? Avez-vous fait quelque chose à l'encontre du bon nom de cette maison ?

Le jardinier s'était approché d'elle et la gouvernante leva des yeux étonnés, comme si elle découvrait tout à coup la taille imposante du vieil homme.

— Si, elle me concerne, répliqua-t-il. Avec toute la considération que je vous dois, je tiens à vous dire que je ne permettrai pas qu'une femme innocente paye pour une faute qu'elle n'a pas commise et que je n'hésiterai pas à en référer à monsieur le duc s'il le faut.

Clara, aussi médusée que doña Úrsula, éprouvait une immense gratitude envers le vieil homme qui, sans même hausser le ton, s'était érigé en preux chevalier pour la défendre contre le dragon. Il avait aussi clairement signalé, mine de rien, qu'il avait un accès direct au maître, privilège dont peu de serviteurs pouvaient se prévaloir. La gouvernante, mâchoires crispées, inspira brusquement et porta à nouveau son courroux sur la cuisinière, qui finalement éclata en sanglots.

— Ce ne sera pas nécessaire, dit la gouvernante. La vérité saute aux yeux. Madame Escrivá, vous êtes renvoyée et je veux que vous partiez sur-le-champ. Quant à vous, monsieur Casona, j'espère que dorénavant vous ne vous occuperez que des questions concernant les jardins.

Le jardinier hocha la tête sans daigner répondre à ces mots désagréables et s'en alla de la démarche sereine de celui qui a accompli son devoir. Doña Úrsula quitta les lieux sans regarder personne et Clara retourna dans son cagibi pour se préparer à sa journée de travail. Dans la cuisine ne resta que Mme Escrivá qui pleurait et clamait qu'on avait besoin d'elle pour préparer le banquet comme si elle ignorait tout des raisons qui lui avaient fait perdre sa bonne position de chef des fourneaux de Castamar.

*15 octobre 1720, le matin*

Melquíades lissa sa moustache tout en rappelant à son neveu les devoirs et obligations inhérents au poste de second valet de pied. Il devait se souvenir qu'il était partie intégrante d'une hiérarchie rigoureuse, dans laquelle il se trouvait au-dessus des garçons de maison mais au-dessous des premiers valets, qui à leur tour dépendaient de Moguer, lequel rendait par ailleurs des comptes à doña Úrsula et à lui-même. Melquíades marqua une pause théâtrale pour voir si le garçon avait compris tout ce qu'il venait de dire et l'observa, bras posés sur la table, doigts entrelacés.

Le garçon, taillé comme une asperge mais fort, tenait plus de sa mère que de son père. Sa sœur Ángeles lui avait écrit de Buitrago de Lozoya voilà quelques années pour lui demander de faire entrer son fils dans le service. La charge d'aide du porte-chaise, le préposé au vidage et nettoyage des pots de chambre, était alors vacante, et Melquíades s'était dit que si le petit endurait cette tâche, il pourrait espérer marcher sur ses pas et faire carrière. Sa sœur lui avait écrit que le garçon n'était pas fait pour le travail aux champs et que, selon le curé, il avait une bonne tête pour les lettres et les chiffres.

Deux ans plus tard, le garçon était passé garçon de chambre. Il recevait maintenant des gages tout à fait décents, dont, depuis la mort de son père à la guerre, il envoyait une partie à sa mère. Melquíades complétait généreusement ce revenu afin que sa sœur n'ait pas à endurer les affres de la pauvreté. Celle-ci pouvait être fière de son garçon, car il l'était, lui, en le voyant devant lui en livrée.

— Comme tu le sais déjà, les visites féminines sont absolument interdites et si jamais, bien que je le déconseille, tu venais à établir des relations avec une fille de la maison, tu devras m'en faire part immédiatement. Et la fille devra en informer doña Úrsula.

— Merci pour cette chance, mon oncle, vous ne le regretterez pas, assura son neveu en carrant le menton comme un soldat devant son capitaine.

Melquíades se leva pour aller lui poser une main sur l'épaule. Il voulait donner du poids à son dernier conseil pour que le petit comprenne que c'était de la plus haute importance.

— Pour finir, Roberto, écoute-moi bien, dit-il en se lissant machinalement la moustache. Quoi que tu voies, quoi que tu entendes, tu es une tombe. Il n'y a rien de pire qu'un valet jaseur.

Le garçon acquiesça d'un hochement de tête solennel, le regard droit devant lui, et Melquíades fut certain qu'il ferait de son mieux. Il n'en attendait pas moins d'un Elquiza, même s'il ne l'était que par sa mère.

On toqua à la porte.

— Entrez, dit Melquíades.

Doña Úrsula entra et il envoya son neveu vaquer à ses occupations, prévoyant encore une conversation désagréable. La gouvernante attendait, rigide, son bonjour, incapable de déroger ne serait-ce qu'une fois au protocole.

Il était incapable de déchiffrer quel esprit animait cette femme qui faisait de tout un conflit. S'il n'avait tenu qu'à lui, ils auraient mis fin depuis longtemps à leur guerre, mais il lui suffisait de la regarder pour savoir que jamais elle ne déposerait les armes.

— Bonjour, doña Úrsula, prononça-t-il enfin.

Elle répondit avec la fausse cordialité qu'ils pratiquaient et annonça qu'une affaire de la plus haute gravité l'amenait. Melquíades sentit presque osciller l'épée au-dessus de sa tête, cette menace qui était dans l'air qu'il respirait depuis qu'elle avait appris son secret.

— Asseyez-vous, doña Úrsula, je vous en prie, dit-il avec un entrain qui dissimulait sa peur.

Ils se regardèrent dans un silence tendu qui mit à l'épreuve son sang-froid.

— J'ai été forcée de renvoyer Mme Escrivá ce matin, déclara-t-elle finalement. Cela ne pouvait attendre. Nous avons appris qu'elle recevait la nuit les visites d'un homme et qu'ils entretenaient de… des relations licencieuses sous ce toit. Par-dessus le marché, elle laissait cet homme se servir dans le cellier de Monsieur. J'ai déjà prévenu les laquais et le capitaine des gardes pour qu'une telle chose ne se reproduise pas.

Melquíades cacha son soulagement sous une expression choquée – qui était par ailleurs de mise, vu la gravité sans conteste des faits. Il n'était par ailleurs pas mécontent de ne pas avoir eu à congédier lui-même la cuisinière, une tâche toujours pénible.

— Je n'en reviens pas du comportement de Mme Escrivá, répondit-il avec un soupir consterné. Vous avez fait ce qu'il fallait. Je vais en informer les autres officiers et Monsieur immédiatement.

Mais doña Úrsula n'allait pas se priver d'une occasion de faire montre de son pouvoir sur lui.

— J'en informerai moi-même Monsieur dès que j'aurai trouvé quelqu'un pour prendre en main la cuisine.

C'était au majordome de traiter cette sorte de questions avec Son Excellence et elle le savait aussi bien que lui. Il lui lança un regard de glace qui ne la perturba pas.

— Je vais me rendre à Madrid pour trouver une remplaçante compétente parmi mes relations, et…

Il se carra sur sa chaise et leva une main polie pour la faire taire et lui rappeler que c'était à lui de s'entretenir avec le maître. Elle obéit, mais ce ne fut que pour mieux l'humilier en lui coupant la parole lorsqu'il ouvrit la bouche :

— Je vous serais obligée de vous borner à communiquer les circonstances du départ de Mme Escrivá au service et de les sommer de garder le silence sur cette affaire. Merci, don Melquíades.

Il serra les poings jusqu'à ce que ses jointures soient blanches. Une fois de plus, il allait devoir céder ; lui qui était pourtant un homme avec plus d'expérience et de grade qu'elle. Il eut soudain envie de révéler lui-même son secret à don Diego pour ôter à cette sorcière tout pouvoir sur lui. Sauf qu'il savait ce qui l'attendait s'il cédait à cette impulsion : il devrait retourner dans son cher pays catalan avec ses économies et renoncer pour toujours à exercer ce métier qu'il aimait tant.

— Comme vous le désirez, doña Úrsula, répondit-il enfin.

Elle partit après l'avoir remercié sèchement et le laissa encore une fois avec le sentiment de n'être qu'un demi-homme, un lâche pusillanime. Il s'affaissa dans son siège qui gémit comme son âme, si souvent vaincue depuis déjà trop d'années. Il inspira profondément et s'efforça de retrouver ce qui lui restait de dignité avant d'aller parler aux domestiques. Lorsqu'il sortit dans le couloir, il arborait ce sourire bien éprouvé qui laissait croire au monde qu'il était encore maître de son destin.

# 7

*15 octobre 1720, midi*

Diego regardait Francisco. Son ami, l'homme le plus élégant de l'Europe à son sens, se trouvait assis face à lui, une main sur le cabochon en tête de lion de sa canne, l'autre recourbée autour d'un verre de cognac. Un peu plus loin, face à la cheminée, se tenait Alfredo de Carrión, baron de Aguasdulces. Les deux venaient d'arriver à Castamar pour passer du temps avec lui avant les réjouissances du lendemain.

Alfredo était l'héritier d'une famille qui avait toujours été proche de la sienne, mais c'était avant tout un ami et étant donné qu'il avait pratiquement dix ans de plus que lui, il avait toujours rempli le rôle d'un grand frère. Leurs pères étaient les deux hommes les plus en vue de la cour à l'époque des Habsbourg, pourtant on n'aurait pu trouver caractères plus éloignés : don Bernardo, le père d'Alfredo, avait un fort penchant pour la boisson et les punitions, aussi son fils avait-il souvent cherché la protection du père de Diego. Alfredo avait hérité du caractère calme de sa mère, une femme conciliante et pleine de douceur. Féru de politique, il s'était lancé dans une longue diatribe sur le manque d'initiative de l'Espagne dans le théâtre européen et, comme d'habitude, il ne se rendait pas compte que Francisco et Diego en avaient assez.

— La défaite face à la Quadruple Alliance montre à quel point nous nous trouvons en situation de faiblesse ! s'emportait-il. Il suffit de se pencher sur ce désastreux accord de La Haye, où l'on pille sans vergogne les possessions de notre royaume !

Diego se contenta de hocher la tête.

— Je ne veux pas t'attrister, mon Alfredo, mais je doute qu'on puisse arranger cela depuis Castamar, se plaignit Francisco en se relevant pour aller poser la main sur l'épaule de Diego. J'ai faim. On passe à table, cher duc ?

Ils se dirigèrent dans la salle à manger. C'était une pièce claire et vaste, toute dans les tons bleus et dorés d'un tableau de l'époque de Colbert – cadeau de Sa Majesté – qu'Alba affectionnait particulièrement.

— Au fait, ta mère et le marquis de Soto vont-ils nous rejoindre ? demanda Francisco.

— Non, ils ont préféré aller à Madrid. Il y a une nouvelle pièce d'Antonio de Zamora à la Corrala del Príncipe : *L'Ensorcelé*, répondit Diego alors qu'ils entraient dans la salle à manger.

— Et comment est le marquis de Soto ? s'enquit Alfredo tout à coup.

— J'ai à peine échangé quelques mots avec lui, mais je dirais qu'il n'est pas un de ces nobliaux qui cherchent à gagner ma confiance afin d'obtenir des faveurs. Il est ami avec Mère depuis deux ans mais il n'avait jamais demandé à venir à Castamar.

Ils s'étaient déjà attablés. Sur la nappe en fine hollande, on avait disposé la ménagère en or et argent qu'il avait commandée au célèbre Paul de Lamerie, orfèvre du roi d'Angleterre, lors d'un de ses voyages à Londres, pour faire une surprise à Alba. L'argenterie entourait les pièces exquises d'un des services de porcelaine de Meissen, fabriqués en Saxe avec le sceau de la maison de Castamar au dos.

M. Elquiza, flanqué du sommelier, de M. Moguer et des valets de table, attendait son signal pour lancer le service et Diego saisit sa serviette, le geste convenu depuis l'époque de son grand-père, afin que le repas commence. Alfredo secoua et attacha la sienne autour de son cou tout en continuant à parler du marquis et de sa relation avec l'aîné du roi, Louis de Bourbon :

— On dit qu'ils sont vraiment proches.

— Moi, ce que je sais, dit Francisco en posant la serviette sur ses genoux, c'est qu'on ne lui connaît pas de maîtresses…

Il s'interrompit car on venait d'ouvrir la soupière et que les arômes qui s'en échappaient étaient comme une délicieuse fragrance chuchotée. Des notes multiples et diverses s'entremêlaient en toute harmonie. Il reconnut le clou de girofle et le persil frais, la sensualité croustillante du pain grillé dans le saindoux. Il huma son assiette et vit ses amis faire de même, grisés par les arômes de ce potage si fin. Même MM. Elquiza et Moguer semblaient devoir se retenir pour ne pas se jeter sur les mets.

Sans rien dire, Diego prit la cuillère à consommé et, après avoir soufflé légèrement, avala une bouchée sans attendre qu'Alfredo ait béni la table. Comme si un élixir magique caressait sa bouche, il perçut le délicieux alliage : cannelle et œuf haché, volaille tendre, la texture soyeuse de l'amande broyée, le point précis de sel. Il put même détecter un soupçon de *manchego* affiné. Ils étaient tous saisis, concentrés sur cette ambroisie arrachée aux dieux de l'Olympe.

Lorsqu'ils eurent terminé, Alfredo éleva une prière au Très-Haut, le remerciant pour ce plat si exquis. Diego n'adressait toujours pas la parole à Dieu, même si son estomac était reconnaissant pour le meilleur potage qu'il ait jamais goûté.

Ensuite, on apporta des broches avec des pigeonneaux dorés à la perfection et glacés au jaune d'œuf et au poivre. La viande était tendre comme du beurre, sa saveur somptueuse et délicate. La tablée n'était que petits grognements transis et regards étonnés. Diego n'en revenait pas qu'un tel régal sorte des cuisines de Castamar. Ni son père ni lui n'avaient jamais été des gourmets et ils n'avaient le palais fin que pour le vin, comme tout homme de leur rang. On apporta ensuite des canes farcies aux fruits secs et une sauce aux coings. Il attendit, curieux : il serait difficile de faire mieux que l'entrée. Pourtant, ses papilles furent encore assaillies de nouvelles sensations, un arc-en-ciel de nuances – comment cette viande pouvait-elle contenir autant de saveurs à la fois ? Il se concentra pour trouver le mot qui conviendrait pour décrire ces délices, puis, le velouté du foie gras de la farce lui apporta l'inspiration : « aristocratique ». On y trouvait à la fois la volatilité de l'oignon et la vigueur de l'animal, le piquant des épices et la douceur du sucre, les deux faces de la même monnaie qu'étaient le vin et le vinaigre... Cette sauce était d'un autre monde. Il s'emplit les narines des arômes et se rendit compte que personne n'avait dit un mot depuis que le repas avait commencé. M. Elquiza, au fond de la salle, déglutissait des bouchées imaginées tandis que M. Moguer humait l'air de manière incontrôlée. Les valets échangeaient des regards en coin, l'eau à la bouche, l'appétit décuplé. On n'entendait que le tintement des couverts et des soupirs ébahis.

À la fin du dernier service, au signal silencieux de M. Elquiza, M. Moguer se fit assister des valets pour desservir la table et dresser un service à dessert de faïence de Milan et des serviettes fraîches en lin. On apporta plusieurs calices de crème aux œufs avec des caprices, des gaufrettes et de la brioche à la cannelle encore tiède. Le majordome indiqua que la cuisinière avait préparé deux compositions différentes, l'une au lait de chèvre et l'autre au lait d'amande. C'était à peine si les amis de Diego se retenaient de se lécher les babines, et quand il eut goûté les desserts, les deux, il avoua ne pas savoir lequel choisir. Il n'avait jamais dégusté de crème aussi soyeuse, aussi légère. Il fit signe au majordome de s'approcher.

— Monsieur Elquiza, dites-moi, lui chuchota-t-il à l'oreille, est-ce Mme Escrivá qui a cuisiné cela ?

Don Melquíades, haussant des sourcils ahuris, marqua une pause avant de répondre :

— Avec votre permission, il serait mieux de voir cela avec Mme Berenguer. Elle tenait à vous en parler elle-même et je ne voyais pas de raison de ne pas accéder à sa requête.

Diego hocha la tête sans comprendre pourquoi le majordome faisait autant de manières autour d'une simple question domestique.

— Eh bien, réglons cela tout de suite. Pouvez-vous faire venir Mme Berenguer ? ordonna-t-il tandis que ses amis s'essuyaient avec leurs serviettes, riant d'avoir atteint la limite de leur gloutonnerie.

Don Melquíades fit mine de réfléchir puis il s'inclina bas pour murmurer :

— Je crains que Mme Berenguer ne se soit absentée, monsieur. Justement, elle traite cette affaire dont nous parlons.

Diego se dit qu'il pouvait bien attendre le retour de la gouvernante pour déchiffrer le mystère. Il n'allait pas permettre qu'une question mineure vienne troubler l'état de béatitude dans lequel l'avait laissé le banquet. D'ailleurs, ses amis ne tarissaient pas d'éloges pour le cuisinier. Ils s'installèrent dans la salle de lecture pour prendre du xérès et fumer du tabac cubain, mais, tout en discutant avec eux, Diego continua à se demander qui, dans cette maison, avait pu préparer un tel régal pour les sens.

*15 octobre 1720, fin de l'après-midi*

La chance lui souriait enfin, se dit Amelia, soulagée. Elle avait pris place à la corbeille des femmes de la Corrala del Príncipe, parée de sa meilleure toilette, et, scrutant la foule par sa lorgnette, elle venait de découvrir, à son balcon, la duchesse de Rioseco. Doña Mercedes était accompagnée de ses laquais et de deux gardes de la troupe de son célèbre domaine. À côté d'elle se trouvait le marquis de Soto y Campomedina, don Enrique de Arcona, un chevalier aussi avisé que discret envers qui elle éprouvait une immense reconnaissance car, sans lui, elle aurait dû faire une croix sur ses ambitions. Elle s'attarda sur son sourire persuasif, sur ce regard pénétrant habitué à déchiffrer les pensées des autres et à dissimuler les siennes. Elle le trouvait renversant.

Amelia s'amusa à imaginer ce que ce serait de séduire un homme tellement doué pour les intrigues de la cour, juste pour l'exercice, même si elle avait jeté son dévolu sur don Diego de Castamar. La rumeur voulait que le duc n'eût pas encore oublié sa femme en dépit de plus de neuf ans de veuvage, mais vu son rang, il avait besoin d'une nouvelle épouse autant qu'elle avait besoin d'un mari avec une belle position. Elle était bien placée pour le savoir car son père et doña Mercedes avaient discuté la possibilité de marier leurs enfants respectifs six ans plutôt.

Déjà, à l'époque, la duchesse désespérait de trouver la femme qui aiderait son fils à surmonter son veuvage, et elle avait invoqué leur vieille amitié auprès de son père pour qu'il envoie sa fille passer l'été à Castamar. Amelia y avait noué une bonne relation avec la mère et le fils, et bien qu'elle n'ait pas réussi à rouvrir le cœur du duc, elle avait la certitude d'être la seule capable de lui faire oublier son chagrin. Cet été-là, elle l'avait vu sourire de temps en temps.

— Je suis sûre, ma chérie, que sans cette douleur qui le rend aveugle, il aurait vu que vous êtes parfaite pour lui, avait même dit doña Mercedes. Je suis vraiment navrée, pour vous et pour moi. Nous devrons attendre une meilleure occasion.

Mais cette occasion ne s'était pas présentée… et depuis, la vie d'Amelia était partie à vau-l'eau. Sa situation à Cadix était devenue insoutenable et elle aurait sombré dans le désespoir si la seule amie qui lui restait, Verónica Salazar, n'avait pas évoqué cet été-là. Verónica était persuadée qu'on pouvait encore raviver sa relation avec Castamar et qu'Amelia avait là une chance de redistribuer les cartes. La jeune fille lui en serait à jamais reconnaissante.

— Mon bon ami don Enrique de Arcona m'a rapporté que l'on avait revu le duc à la cour ; il pense que don Diego serait enfin prêt à se remarier… Il le tient de bonne autorité car il est un très bon ami de doña Mercedes.

— J'adorerais retourner à Castamar, ma chère amie, tu connais bien ma situation… Mais je ne peux m'y rendre si personne ne m'y a invitée.

— Je peux demander son aide au duc. S'il voulait bien organiser une rencontre à Madrid, forcer un peu la main au hasard, cela pourrait te valoir une invitation pour la fête annuelle du domaine. Amelia, il se pourrait que ton apparition arrive au meilleur moment. Après tout, tu es la seule à avoir réussi à dégeler un peu son cœur.

« Le désespoir fait croire que l'impossible est possible », s'était-elle dit, mais elle avait tout de même demandé à Verónica de solliciter le marquis… sans lui faire part des vicissitudes qu'elle avait traversées. Don Diego était sans aucun doute sa seule et meilleure option. Avec la guerre, le nombre d'hommes nobles en âge de convoler s'était dramatiquement réduit, la concurrence était rude, les intrigues nombreuses et elle n'avait plus aucune chance de dégoter un mari décent à la cour du roi Philippe. Le duc, cependant, n'était pas tout à fait intéressant pour les filles mariables. Il avait beau être l'un des favoris du roi, il avait laissé tomber ses responsabilités à la cour depuis trop longtemps. On disait que Sa Majesté, lors de ses « crises de mélancolie » dont tout le monde parlait, lui écrivait pour lui demander conseil, surtout à l'époque où, jeune veuf lui aussi, il avait eu besoin de réconfort.

La réponse du marquis ne s'était pas fait attendre. Amelia pourrait rencontrer doña Mercedes le 15 octobre à la représentation de l'après-midi à la Corrala. Son siège serait réservé et payé. Le marquis proposait aussi de l'accueillir dans son domaine, avec sa mère malade, pour aussi longtemps qu'elle le souhaiterait. Aujourd'hui était enfin le jour tant attendu.

Elle cessa de regarder le balcon de la duchesse, prise soudain de la peur que l'histoire de ses mésaventures n'atteigne la capitale où, alors, son avenir serait fatalement compromis.

La pièce était à peine finie quand elle sortit du théâtre et se posta à l'angle de la rue du Príncipe comme convenu avec le marquis. Hissée sur la pointe des pieds, elle tentait de le distinguer dans la foule lorsqu'une voix masculine l'appela par son prénom. Elle supposa qu'il s'agissait du marquis et se retourna avec son sourire le plus charmant. Son expression se figea aussitôt. Face à elle se tenait don Horacio del Valle, un marchand d'épices de Cadix, dont le ventre était aussi imposant que sa fatuité.

— Je suis si heureux de vous trouver ici, fit-il en tordant sa moustache.

— De même, don Horacio, répondit-elle succinctement, en priant pour qu'il ne soit pas au courant de ses malheurs.

— C'est bien dommage que cet heureux hasard ne se soit pas produit plus tôt. Je pars à Cadix ce soir même.

Elle paniqua. Cet abruti allait gâcher sa rencontre avec la duchesse.

— C'est fort regrettable en effet, répondit-elle en toute hypocrisie. Nous aurions pu parler plus calmement.

— Cela aurait été avec grand plaisir, dit-il en se penchant sur elle avec un sourire lubrique. Je suis sûr que nous aurions pu nous rapprocher sensiblement.

La panique la saisit lorsque le crapaud posa sa main sur la sienne.

« Il sait que je suis perdue. »

Elle recula d'instinct, les yeux rivés malgré elle aux babines luisantes sous l'immonde moustache. Son contact lui était insupportable, mais il ne la laissait pas retirer sa main. Elle commençait à se débattre quand soudain une canne frappa sèchement la patte du crapaud. Celui-ci recula de douleur, et un gentilhomme s'interposa entre elle et lui.

— Vous ne savez point voir quand votre présence n'est plus désirée par une dame, monsieur ? demanda-t-il avec un calme glacial.

— Je ne tolérerai pas qu'on me frappe impunément, grogna don Horacio, cramoisi de colère. Puis-je savoir à qui je m'adresse pour demander réparation ?

— Bien sûr que oui, monsieur. Permettez-moi de vous expliquer la situation, dit-il en s'avançant jusqu'à être à quelques centimètres de lui. Je suis don Enrique de Arcona, marquis de Soto, et cette jeune personne est sous ma protection.

La colère disparut des yeux de l'affreux personnage pour laisser place à une lâcheté rampante.

— Abso... C'est sans doute... Il y a eu... un malentendu, monsieur.

Le marquis se contenta de le toiser et don Horacio balbutia encore quelques mots inintelligibles avant de se perdre dans la foule. Doña Mercedes, qui avait observé la scène bien protégée par ses hommes, s'approcha et prit

Amelia dans ses bras, déplora l'incident et la perte du sens de la bienséance puis lui demanda de ses nouvelles.

— Je vais parfaitement bien, assura Amelia. Vous ne savez pas combien je me réjouis de vous revoir en si bonne compagnie.

— Oh, mais c'est une joie partagée, chère petite ! J'ai souvent parlé de vous, figurez-vous. Vous m'avez bien manqué. Laissez-moi vous présenter...

La duchesse lui présenta don Enrique comme l'un des gentilshommes les plus plaisants de Madrid. Elle s'inclina légèrement en penchant la tête pour le regarder à travers ses longs cils.

Tout à coup, la duchesse, avec cette générosité qu'Amelia lui avait connue, l'invita à Castamar pour y rester aussi longtemps qu'elle le souhaiterait, ou du moins pour lui faire le plaisir d'assister aux festivités annuelles. Amelia refusa en disant qu'elle ne voulait pas s'imposer. La duchesse insista. Le marquis sourit, satisfait.

— Je ne peux permettre que la fille de mon ami reste à l'auberge ! s'exclama doña Mercedes en bonne grande d'Espagne qu'elle était. Il est bien temps qu'il y ait plus de présence féminine dans le triste palais de mon fils.

Amelia, malgré les cahots du chemin, trouva court le trajet jusqu'à Castamar grâce à la présence du marquis dont la puissance masculine emplissait la voiture. Elle croisait parfois son regard, mais ne répondait que fugacement, autant par nervosité que par coquetterie. Peut-être que si son plan initial avec le duc ne portait pas ses fruits, le marquis voudrait bien être son prix de consolation. Elle osa un sourire espiègle auquel il répondit avec une mimique pleine de malice et elle décida d'éviter son regard pour le reste du trajet. Cet homme se chauffait d'un feu avec lequel il valait mieux ne pas trop jouer.

Doña Mercedes avait commenté par le menu le spectacle qu'ils venaient de voir et à présent elle lui recommandait de lire ce Français dont on parlait tant, un certain

Molière, et notamment les comédies *Les Précieuses Ridicules* et *Tartuffe,* dont les propos scandaleux l'avaient fait interdire en France et à l'étranger pendant des années.

— J'ai cru comprendre que votre chère mère n'a pas récupéré sa santé, dit ensuite la duchesse. J'ai écrit à votre père dès que nous avons appris la tragédie.

— Je m'en souviens avec gratitude, madame. Depuis que Mère est tombée en apoplexie, elle n'est guère elle-même. C'est pourquoi elle doit rester à l'écart de la cour.

— Qui n'est pas toujours de tout repos, soupira doña Mercedes avec lassitude.

— Mais ô combien nécessaire, ma chère doña Mercedes, dit le marquis.

Enfin, la voiture entra dans l'enceinte de Castamar et emprunta la route pavée, bordée de châtaigniers, qui menait au domaine principal. Ils laissèrent derrière la maison du gardien, la capitainerie avec le petit personnel militaire et les dépendances pour les contremaîtres et les palefreniers. Doña Mercedes expliqua que son fils les avait fait réaménager récemment pour améliorer les conditions de vie de ses hommes.

Ils franchirent ensuite un pont de pierre sur la rivière Cabeceras, encadré par des piliers surmontés de grandes sphères en granit, qui correspondait exactement au souvenir qu'Amelia en avait. À partir de là, le chemin traversait la pinède qui couvrait les collines jusqu'à atteindre un petit plateau. C'est alors qu'apparaissait à l'horizon le palais de Castamar. Amelia eut la même émotion qu'autrefois en l'apercevant au détour d'une courbe. C'était une construction simple et majestueuse, tout à fait en accord avec l'esthétique de la période Bourbon bien qu'elle eût été construite plus d'un siècle plus tôt sous les Habsbourg.

Ils passèrent une grille haute de douze coudées, aux barreaux surmontés de pommes dorées. Amelia songea que ces jardins auraient pu rivaliser avec les célèbres jardins français, avec ce festival de rouges, orange et jaunes que le soleil couchant répandait sur les parterres.

Ils longèrent l'aile gauche du bâtiment pour aller s'arrêter sur la placette oblongue au pied de la façade principale, où les domestiques les attendaient pour les aider à descendre de la voiture. Amelia admira le palais, dont les quatre étages de fenêtres allumées semblaient lui souhaiter la bienvenue. Elle avait, enfin, l'impression d'être en lieu sûr et laissa sa cape de voyage au soin d'un des valets. Doña Mercedes, se débarrassant de sa coiffe de plumes, demanda où était son aîné et les invita à patienter dans l'un des petits salons attenants au grand atrium tout en marbre avant de se perdre dans l'une des galeries du palais. Amelia enleva sa coiffe et s'approcha des fenêtres.

— Quelle belle vue, dit-elle pour combler le silence.

Le marquis posa son tricorne sur l'un des fauteuils et se servit un rossoli. Voyant qu'on ne lui demandait plus rien, le majordome ferma les portes du salon, laissant derrière lui deux huissiers au cas où on aurait besoin d'eux.

— Mademoiselle, je dois vous faire un aveu, murmura le marquis. Notre amie commune m'a confié votre secret.

Le cœur d'Amelia manqua un battement, mais elle sut garder sa contenance et ne se retourna même pas.

— Je sais que votre père est décédé il y a deux ans et que vous avez dû sacrifier vos propriétés pour tenter de payer ses dettes de jeu… J'ai aussi appris par doña Mercedes la tentative de vous apparenter à la famille Castamar, et j'ai cru comprendre que vous voudriez la renouveler à présent. Mais si vous permettez un conseil d'ami, vous devez être extrêmement prudente : si votre position venait à se faire connaître, vous seriez mise au ban de la cour.

Le marquis l'avait-il amenée ici juste pour profiter de son malheur, comme d'autres l'avaient fait à Cadix ? Elle se tourna, tête baissée, trop gênée pour affronter son regard.

— Verónica n'aurait pas dû vous raconter tout cela, souffla-t-elle. Elle était juste censée vous faire comprendre que je souhaitais assister aux festivités.

— Une vraie amie ne ment pas, répondit-il doucement.

Il prit une gorgée et s'approcha lentement d'elle, gardant toutefois une distance respectueuse.

— Vous n'avez rien à craindre, reprit-il. Pas de moi. J'ai fait vœu de vous aider de toutes les manières possibles, et votre secret est en sécurité avec moi. Certes, je suis lié à Verónica Salazar par une amitié de longue date, mais l'homme que je suis ne pourrait jamais laisser une demoiselle en détresse.

Amelia déglutit avec difficulté. Elle aurait tellement voulu croire ses paroles... Cet homme l'avait fait venir à Madrid, l'avait sauvée des griffes de don Horacio, l'avait amenée à Castamar, et tout cela, alors qu'il connaissait son passé. Elle était partagée entre une gratitude débordante et la crainte de lui porter préjudice.

— Si à Castamar on apprenait ma situation, et que vous m'avez amenée ici en connaissance de cause, vous pourriez avoir...

Elle fut submergée par un flot de souvenirs des quatre dernières années et sa voix se brisa. Son père avait fait fortune dans sa jeunesse en important du tabac des Amériques. Il s'était fait une réputation d'homme d'affaires habile à Séville, Carthagène et Cadix qui lui avait permis de lier des relations au sein de la noblesse. Elle se souvenait encore de ses paroles alors qu'ils se baladaient à Séville dans leur calèche : « Tu vas trouver un bon mari dans une maison illustre, ma fille. » Elle avait donc laissé passer de belles propositions de rejetons des meilleures fortunes andalouses pendant que son père cherchait le « mari parfait » qui lui donnerait un titre et ils n'auraient pu rêver mieux que le duc de Castamar. Mais cette possibilité avait échoué, et elle avait laissé ses plus belles années dans cette quête impossible. Un an après sa déception avec don Diego, le jour où elle fêtait ses vingt-cinq ans, l'âge de la majorité pour une femme – ce jour qui resterait à jamais gravé dans sa mémoire –, le baron de Zahara, don Luis Verdejo y Casón, était venu chez eux, invité à la fête par son père. Elle avait déjà conversé avec lui à plusieurs reprises et malgré son âge – trente-huit ans déjà –, il avait l'intention de se marier à nouveau. Pour son père, c'était le parfait beau-fils. Le baron amenait un titre dans la famille et elle ne serait même pas obligée de lui donner des enfants, car il en avait déjà. Cependant, s'ils en avaient, il en serait heureux.

Mais une fois de plus, ces beaux projets étaient tombés à l'eau tragiquement quand sa mère s'était effondrée au milieu des invités en pleine fête et que son père, fou de chagrin, avait commencé à s'adonner au jeu et à la boisson. En deux ans, il avait dilapidé sa fortune, la dot de sa femme et celle destinée à sa fille. Le baron disparut dès qu'il fut évident que son futur beau-père courait à sa perte et que sa future belle-mère ne recouvrerait pas la santé. Amelia, qui avait été l'un des partis les plus convoités de la haute société andalouse, avait rapidement été rejetée. Elle n'avait pu que sauver les apparences, tandis que les créanciers se massaient aux portes de leur domaine. Un an plus tard, un matin de janvier, elle avait retrouvé son père mort. Depuis lors, elle était seule avec sa mère, dont les délires permanents l'empêchaient même d'aller à l'église. Amelia n'avait pu garder que la petite partie qui correspondait à son héritage légal et c'était avec cela qu'elles avaient réussi à survivre pendant les deux dernières années, avec l'aide de quelques seigneurs de la région. Cependant, l'un d'eux, le seul qui ne s'était pas lassé de leur porter secours, avait fini par mettre un prix à sa compassion et elle s'était vue obligée d'accéder à ses demandes pour ne pas se retrouver à la rue.

Elle repoussa ces tristes souvenirs en sentant don Enrique tout proche. Toutefois la honte l'empêchait d'affronter ses yeux.

— Mademoiselle Castro, murmura-t-il. Regardez-moi.

Elle releva la tête lentement. La senteur de pêche fraîche du marquis envahit ses narines ; elle aurait voulu croire aux promesses de son regard protecteur.

— Si vous ne voulez plus de mon aide, je respecterai votre décision. Je me suis contenté de répondre à votre demande.

— Mais que voulez-vous de moi ? Personne ne donne rien pour rien…

— Ne m'offensez pas, mademoiselle. Aucune requête n'est sortie de ma bouche.

— Je vous prie de croire que je suis à votre merci… J'ai…

La tension devint insupportable, ses joues flambèrent, des larmes d'impuissance et de frustration débordaient de ses yeux. Elle avait dû supporter l'humiliation d'être la cible des regards hypocrites qui contemplaient avec un plaisir mauvais la chute de son père et ne savait pas si elle aurait la force de revivre la même chose à la cour.

— Allons, ne faites pas l'enfant. Laissez-moi faire et je vous promets que plus rien de mauvais ne pourra vous arriver, ajouta-t-il, si près de son visage qu'elle sentait son haleine caresser son cou. Personne ne pourra jamais vous discréditer ou vous faire du mal. Je serai votre bouclier, et j'écraserai quiconque osera vous mettre en danger.

De façon confuse, elle éprouvait, en dépit de son désarroi, une attirance profonde et silencieuse grandir en spirale dans son ventre.

Peut-être était-ce la voix caressante de don Enrique, ces mots qu'elle avait tant voulu entendre, son élégance innée, ou bien la façon troublante dont il avait pris sa main. Puis il y eut deux coups à la porte. Don Enrique s'écarta brusquement et Amelia retint son souffle, étourdie par un essaim d'émotions. La porte s'ouvrit avant que le marquis ait donné la permission d'entrer.

Dans le reflet de la vitre, elle aperçut un homme, plus mulâtre que noir, habillé comme un gentleman. Gabriel, bien sûr. À l'époque, son père lui avait conseillé, juste avant de l'envoyer à Castamar, de se comporter devant lui correctement mais avec distance.

— Marquis, mademoiselle Castro, pardonnez mon interruption. Ma mère m'a demandé de vous accompagner auprès de don Diego, déclara-t-il avec une politesse exquise.

— Bonsoir, don Gabriel, dit Amelia en se retournant.

Ses traits, probablement hérités d'un homme blanc et d'une esclave noire, avaient gagné en délicatesse depuis la dernière fois qu'elle l'avait vu : son nez n'était pas camus mais fin et allongé ; il avait des pommettes hautes et des lèvres bien proportionnées ; un torse puissant comme celui d'un taureau.

— C'est un plaisir de vous revoir, doña Amelia, répondit don Gabriel avec un courtois hochement de tête.

— Il ne me semble pas vous avoir donné la permission d'entrer, intervint don Enrique, traversant la pièce en quelques enjambées agacées.

Amelia, perplexe, contemplait la scène sans parvenir à comprendre ce qui se passait. Don Gabriel, dont la stature dominait celle du marquis, toisait don Enrique, qui à son tour dégageait quelque chose d'indéfinissable et de terriblement puissant. Elle n'aurait pas cru possible qu'un Noir montre une telle irrévérence envers un Blanc, noble qui plus est, ni qu'il soutienne son regard comme s'il était son égal. Elle s'attendait à ce que don Enrique, offensé, quitte immédiatement Castamar. Et que ferait-elle, alors ?

— La porte était entrouverte, votre Grâce, je n'imaginais pas que je pourrais déranger, répliqua Gabriel sans baisser les yeux.

Le marquis s'approcha encore, c'était à peine si un empan les séparait.

— N'entre plus dans une pièce sans en attendre la permission, prononça-t-il avec une lenteur délibérée. C'est la moindre des politesses.

— Permettez-moi, monsieur, de vous rappeler que je suis ici chez moi, indiqua Gabriel avec arrogance. Quant à votre façon de vous adresser à moi, je vous prie de me vouvoyer comme je le fais.

Amelia, choquée, porta la main à sa bouche pour étouffer un cri. Gabriel lui faisait penser au titan Prométhée défiant les dieux pour délivrer le feu aux hommes, mais son comportement était intolérable. Le marquis allait certainement exiger des excuses formelles au maître de Castamar pour ce traitement insultant... Pourtant il se contenta de sourire affablement et répondit avec calme :

— Il est évidemment hors de question que je fasse cela, mais, puisque doña Mercedes se considère comme votre mère et que j'ai une estime sincère pour elle, le moins que je puisse faire est de vous ignorer...

— Cela suffira, monsieur le marquis, coupa Gabriel avec une simplicité écrasante. Maintenant, si vous voulez bien me suivre, je vais vous conduire auprès des autres invités.

Amelia acquiesça, ne sachant trop quoi penser de l'échange qui venait d'avoir lieu. Elle adressa un sourire poli mais distant à Gabriel, comme elle le faisait autrefois, à défaut de savoir vraiment comment se comporter avec lui. Elle le suivit dans la galerie qui menait aux jardins clos au centre du palais, sans parvenir à mettre en ordre les pensées contradictoires qui l'envahissaient. En marchant le long des colonnes sous les arcs en ogive, elle comprit que sa décision de venir à Castamar aurait des conséquences inattendues.

# 8

*15 octobre 1720 au soir*

Clara raviva les feux afin de faire brûler les petites plumes des volailles qu'elle allait cuisiner pour le souper : tournedos aux oignons caramélisés et compote de pommes, boulettes de volaille et pigeons à la broche, suivi d'oies rôties sur les braises qu'elle venait d'étaler avec le tisonnier. Pour les desserts, en plus d'une salade à la royale composée de frisée, céleri, pignons et de graines de grenade, elle avait préparé un caillé de brebis à la mûre sauvage. D'après Elisa Costa – pour l'instant sa seule amie à Castamar –, don Diego aimait cueillir ces fruits dans les ronces lors de ses promenades dans le domaine.

Clara savait pourtant que le bonheur de préparer un tel dîner ne durerait que quelques heures, le temps que le dragon revienne de Madrid. Dire qu'elle n'avait pas été aussi heureuse depuis au moins dix ans ! Avec un soupir, elle remplit un bol de bouillie pour nourrir Rosalía, qui pointait son doigt dans le vide en débitant des gazouillis qui n'avaient de sens que pour elle.

Survivre à ces six premiers jours à Castamar avait été un miracle, songea Clara, en se reposant un instant sur le petit tabouret marchepied. Alors qu'elle ne s'attendait pas à aller au-delà des tâches mineures comme l'épluchage de légumes ou l'éviscération des volailles, on lui avait permis de modifier des menus et de cuisiner pour le maître et ses invités. Et le plus étonnant, c'était que cela venait de doña Úrsula.

Avant de partir pour Madrid, la gouvernante avait demandé à Carmen del Castillo de veiller à ce que l'absence de Mme Escrivá ne soit pas remarquée jusqu'à son retour, et elle l'avait fait d'un ton qui impliquait que faillir dans cette mission lui vaudrait d'être mise à la rue. Carmen, qui n'était en réalité qu'une aide de cuisine médiocre, connaissait à peine une vingtaine de recettes dont deux ou trois seulement sortaient de l'ordinaire. Aussi, une fois doña Úrsula partie, s'était-elle mise à trembler si fort qu'elle n'avait même pas pu battre les œufs et avait quitté la cuisine. Les galopines, María et Emilia, empotées et perdues, s'étaient contentées de garder la tête baissée pendant qu'elles plumaient les pigeons et grattaient le pain. Au bout d'un moment, voyant que Carmen ne revenait pas, Clara était allée la chercher et l'avait trouvée, derrière la porte de la petite cave, en train de pleurer. Elle lui avait posé une main sur l'épaule et Carmen s'était retournée avec ce regard usé par la vie que Clara connaissait bien.

— Il va me mettre à la porte, avait-elle sangloté. Je ne suis pas capable de cuisiner pour le maître…

— Mais moi, oui, avait répondu Clara doucement, avec aplomb. Si tu veux bien me laisser faire, je te promets que Monsieur et ses invités auront le meilleur repas qu'ils aient goûté depuis longtemps.

Carmen l'avait regardée comme si elle était un ange et Clara avait souri en voyant son visage s'éclairer. Elles étaient retournées ensemble à la cuisine et, sans hésiter, elle s'était mise à donner des instructions pour la préparation des repas du service et des maîtres. La journée s'était passée en un souffle et, maintenant, à la tombée de la nuit, elle chérissait chaque minute de cette journée qui en valait cent et avait été comme un rêve.

Elle donna la dernière cuillerée à Rosalía et lui nettoya la figure. La petite l'embrassa impulsivement en l'appelant par son prénom et Clara rit en s'essuyant le visage avec le tablier. C'était un miracle que l'enfant ait survécu sous les soins de Mme Escrivá.

Carmen et les galopines revenaient de leur temps de repos au moment même où elle remettait des bûches dans le potager.

Après leur avoir donné quelques indications, elle se rendit à la dépense pour demander aux garçons de lui apporter la viande pour les tournedos et fit venir de la fruiterie des pommes de Lozoya, les meilleures pour la compote. Elle avait emporté avec elle les deux cahiers, l'encrier et la plume pour noter les denrées utilisées. Quand elle poussa la porte, celle-ci résista, et elle s'érafla les jointures sur le bois.

Elle gémit, puis, le seuil franchi, se rendit compte qu'elle était face au duc, qui était l'obstacle qui avait empêché les gonds de tourner. Clara prit une inspiration et inclina la tête dans une profonde génuflexion, encore une fois plus digne d'une dame que d'un serviteur.

— Pardon, monsieur, j'ignorais que…

— Ne vous en faites pas, mademoiselle Belmonte, l'interrompit-il. C'est moi qui m'excuse.

Elle lui fit une autre petite révérence, tout en remarquant qu'il l'avait appelée poliment par son nom de famille ; il était évident que don Diego s'était renseigné sur elle.

— Monsieur…

— Laissez-moi voir cette main, coupa don Diego en prenant doucement sa paume.

Clara sentit son contact fort et sûr, et ne put s'empêcher de relever la tête. Elle scruta à nouveau ces traits peints à l'huile et les yeux ambrés qui examinaient sa main. Elle sentit le bout de ses doigts caresser inconsciemment sa paume et les poils de sa nuque se hérissèrent. Puis le duc leva les yeux et pendant un moment ils restèrent silencieux à se regarder. Une seconde plus tard, il sourit et inclina la tête, comme le font les gentlemen, et, relâchant gracieusement sa main, fit un pas en arrière.

— Ce n'est rien, tant mieux. Désolé encore une fois, dit-il, soudainement un peu mal à l'aise.

Clara prit une inspiration et fit une autre révérence verticale alors qu'il s'arrêtait et se retournait vers elle comme s'il s'était souvenu de la raison pour laquelle il était descendu aux cuisines. Cette fois, elle garda les yeux sur le sol et attendit qu'il parle.

— Je venais dire à Mme Escrivá que je dînerais seul ce soir. Les autres ont déjà dîné dehors, et don Francisco et don Alfredo auront mangé avec les chasseurs après leur partie de cet après-midi, précisa-t-il.

Il y eut un silence qui la força à le regarder, et ses yeux de miel se posèrent à nouveau sur elle. Elle crut déceler une excuse dans ses paroles. Il n'était pas habituel pour le maître de maison de descendre dans ces pièces, et il était évident que ce n'était pas pour indiquer à Mme Escrivá le nombre de convives au dîner, car il lui aurait suffi d'appeler n'importe quel domestique pour un tel message. Qu'est-ce qui pouvait l'avoir amené là ? Clara acquiesça, préférant garder un silence prudent, pensant que l'informer de l'expulsion de Mme Escrivá serait contre-productif s'il l'ignorait. Peut-être que doña Úrsula ne voulait pas le faire avant d'avoir tout sous contrôle. Il s'éclaircit la gorge pour rompre le silence :

— Mais outre le marquis et ma mère, nous aurons une nouvelle invitée dans la maison, Mlle Amelia Castro, qui dînera dans sa chambre, ajouta le duc. J'espère qu'un préavis aussi court ne sera pas un problème.

Ils se regardèrent encore une fois et Clara retint son souffle, ne sachant pas trop quoi dire.

— Pas du tout, monsieur, murmura-t-elle enfin en s'efforçant de cacher sa nervosité.

Le duc se détourna sans un mot de plus, et elle s'inclina devant lui, déjà invisible à ses yeux. Elle resta là pendant qu'il s'éloignait jusqu'à ce qu'il disparaisse à l'angle du couloir. Puis, sans savoir pourquoi, alors qu'elle pensait qu'il serait bon qu'un des galopins s'informe du genre de dîner que cette Mlle Castro aimerait, elle porta la main à son nez et respira le doux parfum fleuri, aux huiles essentielles de néroli et de lavande, que don Diego avait laissé sur sa peau.

*15 octobre 1720, à la tombée de la nuit*

Après sa rencontre avec Mlle Belmonte, Diego était reparti toujours aussi intrigué. Le malaise de la jeune fille quand il avait parlé de Mme Escrivá avait fini de le convaincre qu'il se passait quelque chose dans les cuisines mais, après le comportement fuyant du majordome, il n'avait pas voulu la compromettre. De toute évidence, Mme Berenguer avait laissé des instructions très précises à ce sujet et aucun domestique ne pouvait se permettre de lui désobéir. Le pouvoir que détenait cette femme était presque étonnant, et don Melquíades devait la tenir en haute estime pour la laisser prendre des responsabilités qui tenaient plus de l'office de contrôleur général que de celui d'une gouvernante. Quoi qu'il en fût, elle était indispensable au bon fonctionnement de Castamar.

Si elle avait été un homme, elle aurait été le meilleur des majordomes, songea-t-il. Il l'appréciait sincèrement, surtout à cause d'Alba qui, à l'époque, l'avait aidée à résoudre quelques problèmes personnels dont il ignorait les détails. De fait, après la mort de son épouse, il avait donné à Mme Berenguer, en souvenir, un pendentif en argent serti d'un petit saphir. La gouvernante, pour une fois, était restée sans voix. Par ailleurs et pour faire honneur aux souhaits d'Alba, il avait inclus son nom, avec celui des domestiques les plus estimés dans son testament, de sorte qu'ils reçoivent une pension s'il venait à mourir de façon inopinée.

Mais si la gouvernante était la personne de confiance d'Alba, la sienne était, sans l'ombre d'un doute, Simón Casona. Ils partageaient la même passion de l'horticulture et le même point de vue sur la vie. Le vieil homme était l'une des personnes pour lesquelles il éprouvait le plus grand respect et la plus profonde admiration. Et contrairement à la plupart de gens, le jardinier n'avait jamais profité de son amitié pour obtenir des faveurs, ni même pour demander quoi que ce soit. À une occasion, quelques tuiles cassées avaient provoqué des fuites dans le toit de sa maisonnette et ce n'avait été que deux mois plus tard que, au pire des frimas de l'hiver, don Melquíades l'avait découvert sur le toit en train de réparer les dégâts. Lorsque Diego était intervenu, il avait découvert, en plus de la fuite, que le brasero était fendu et que le matelas du lit perdait sa laine.

— Bon Dieu, Simón ! l'avait-il grondé. Mais pourquoi ne l'avez-vous pas dit avant ? Vous travaillez pour moi, c'est à moi de faire en sorte que vous viviez dans de bonnes conditions.

Le brave homme avait répondu qu'il était tout à fait capable de faire les réparations tout seul, mais Diego avait pris les choses en main et commandé, avec la réparation du toit, la construction d'une cheminée. Il avait complété les travaux par l'ajout d'un petit vaisselier, une armoire, un lit en fer forgé avec un nouveau matelas et une pendule murale. Simón, ému, avait protesté qu'il n'était pas digne d'un tel gaspillage, mais avait eu du mal à contenir ses larmes.

Ce n'était qu'une des nombreuses raisons pour lesquelles Diego tenait tant à cette figure familière qui l'accompagnait depuis l'enfance. Il aurait pu écrire un recueil de pensées à partir de ses conversations avec le vieil homme : la façon dont Simón traitait les questions les plus complexes avec des solutions simples ; sa sagesse ancienne sur les arbres, les plantes et les fleurs du jardin ; le grand réconfort qu'il lui avait apporté après la mort d'Alba, lorsqu'il l'avait fait réfléchir sur la vie et la mort de toute chose sur cette terre ; la façon de diriger ses hommes, ferme mais affable. Il avait beau être jardinier, c'était une âme noble, indispensable à Castamar.

Diego arpenta les sentiers entre les parterres. Il faisait déjà nuit, et s'il n'y avait pas eu les lampes allumées au crépuscule, il ne l'aurait pas vu. Simón poussait un chariot vide qui sentait encore le fumier vers la cabane à outils. Une brise froide des montagnes annonçait le changement de saison.

— Simón, n'est-il pas un peu tard pour être encore au travail ? demanda le duc.

Le jardinier se contenta de sourire, démultipliant les rides sur son visage buriné, et continua à ranger les outils. Diego voyait dans sa silhouette à peine éclairée par les lampes une force ancienne de la nature qui aurait trouvé refuge dans ses jardins.

— Monsieur, l'engrais doit arriver au bon moment. Vous le savez mieux que quiconque, répondit-il en posant la pelle et le râteau avec les autres outils.

— Laissez ça et venez avec moi, ordonna Diego doucement.

— Un instant, monsieur, dit-il comme si ce n'était pas son patron qui le réclamait.

Diego soupira et attendit que chaque outil soit remis à sa place car il connaissait trop bien l'esprit infatigable de Simón pour qui l'ordre était une nécessité logique de la vie. Quand le jardinier eut fini, ils marchèrent ensemble vers l'appentis plein de tabliers de cuir, de gants souillés et de chapeaux de paille.

— Je voudrais vous demander quelque chose qui m'intrigue, commença Diego. La nouvelle fille dans la cuisine…

Le vieil homme sourit, laissant entendre qu'il savait exactement de qui il s'agissait.

— On dirait un ange, monsieur.

— Mme Berenguer m'a appris que c'était une fille instruite. En fait, le nom de son père, le docteur Belmonte, ne m'est pas inconnu. On m'a rapporté qu'il était un homme respectable.

— Il est évident qu'elle vient d'une bonne famille, acquiesça Simón.

— Mais pourquoi une fille avec son éducation préfère travailler comme cuisinière plutôt que de se marier ou d'être gouvernante ?

— C'est en effet étrange, admit Simón avec le haussement d'épaules de ceux qui savent que la vie n'est jamais simple. Sa beauté et sa diligence pourraient gagner le cœur de n'importe quel homme.

Diego acquiesça. La fille possédait une beauté hors du commun et, bien qu'elle puisse avoir dépassé les trente ans, elle pouvait sans doute avoir des enfants et donc trouver un bon mari. Ce dont la guerre l'avait sûrement empêchée du vivant de son père.

— Honnêtement, monsieur, je ne saurais pas vous en dire davantage à son sujet. Si ce n'est qu'elle me fait penser à un ange, répéta Simón.

Diego fit mine de partir et le jardinier lui adressa un geste d'adieu, s'éloignant de sa démarche lente.

— Simón, au fait, tu sais qui a préparé le déjeuner aujourd'hui ? lança-t-il finalement.

Le vieil homme ne s'arrêta pas et se contenta de tourner la tête avec un sourire matois.

— Sauf votre respect, c'est une question dont vous devriez discuter avec Mme Berenguer, vous savez ce qui risque de se passer si je vous en parle avant…

Diego ne put que rire.

— D'accord, d'accord, j'ai compris. J'attendrai le retour de Mme Berenguer.

Le château était silencieux quand il y retourna et il ordonna qu'on lui serve à dîner. Tel qu'il l'espérait, la soupe était succulente. Il savoura avec délices les arômes du basilic et de la menthe, la texture de la chapelure croustillante avec le moelleux de l'œuf haché, de la viande de chapon tendre comme de la pâte de coing. Ensuite, le majordome souleva un couvercle en porcelaine et révéla des tournedos dans un lit de compotée d'oignons, d'ail et de champignons. Il inspira profondément, se délectant de la note fumée qu'avait laissée le bois, du riche mélange de cumin, coriandre et poivre, de l'éclat du gingembre marié à la subtilité du safran. Dans un compotier bleu à motifs floraux, la purée de pommes avait été décorée de pétales de tulipe blanche. De nouveau, les domestiques semblaient sur le point de se jeter sur les plats et M. Elquiza déglutissait avec difficulté, comme s'il se retenait de commenter l'arôme du dîner. Le caillé de brebis aux mûres était si léger qu'il aurait pu flotter hors du plat et il venait accompagné de fins feuilletés caramélisés encore chauds, givrés par une fine couche de sucre. Il fut tenté d'en prendre un deuxième, juste par gourmandise, mais il se retint et demanda à M. Elquiza que personne ne touche à la table avant le retour de Mme Berenguer.

Il l'attendit en lisant *La Guerre des Juifs* de Flavius Josèphe et en savourant un verre d'eau-de-vie d'anis. Il était près de vingt-trois heures lorsque Mme Berenguer toqua à la porte. Elle s'approcha du fauteuil près de la cheminée

— Monsieur, je vous prie d'excuser cette heure tardive, je viens à peine de rentrer, s'excusa-t-elle.

Diego hocha la tête et désigna les plats qui étaient restés sur la table.

— Madame Berenguer, qui a préparé ce dîner ? demanda-t-il, impatient de percer le mystère. Et qui a préparé le déjeuner ?

Elle avala son souffle, prévoyant un problème ou une possible colère de sa part.

— Monsieur, je vous prie de croire que je n'ai pu faire autrement. Je dois aussi vous informer que j'ai été obligée de renvoyer Mme Escrivá.

Il en fut surpris. Il avait plutôt espéré que la cuisinière était indisposée et que, compte tenu de la célébration du lendemain, un remplaçant aurait préparé ces délices. Mme Escrivá était dans la maison depuis longtemps. Elle y était entrée comme commise sous Macario Moreno, le cuisinier de son père. Bien que les travaux de bouche des seigneurs soient habituellement assurés par des hommes, à la mort du chef, Mme Escrivá avait repris les cuisines et n'avait jamais posé le moindre problème. Il ne pouvait imaginer ce qui s'était passé pour qu'elle ait été renvoyée de façon aussi soudaine, d'autant moins qu'ils attendaient des dizaines d'invités. La gouvernante expliqua, avec maints sous-entendus, le comportement immoral de la cuisinière et ses largesses avec son amant.

— Mais c'est intolérable ! s'exclama le duc, outré.

Il préférait ne pas songer à la formidable cuisinière en train de batifoler dans sa propre cave, et il apprécia d'autant plus la discrétion et l'efficacité de la gouvernante qui avait agi avec une célérité irréprochable pour préserver la réputation de Castamar. Il aurait été malvenu qu'on puisse dire que ses domestiques s'adonnaient à la concupiscence sous son toit.

— Je n'aurais jamais cru que Mme Esc… Passons. M. Elquiza est au courant de cette situation, n'est-ce pas ?

— Bien sûr, monsieur. Depuis ce matin. Mais je ne voulais pas vous inquiéter à propos des festivités et l'ai prié de ne rien vous révéler avant d'avoir une solution à vous annoncer.

— Ce qui explique votre absence.

— Mon intention était de trouver aussitôt un remplaçant qui assure les fonctions de chef pendant les festivités, expliqua-t-elle. Je suis navrée si les repas d'aujourd'hui ont laissé à désirer et je regrette de ne pas avoir pu faire autrement. D'autant plus que vous aviez des invités...

Diego se leva et l'interrompit d'un geste.

— Vous n'avez pas besoin de vous excuser, madame Berenguer. Vous avez agi avec la plus grande diligence et la plus grande correction, comme à votre habitude.

— Je suis honorée d'avoir su garder votre confiance, monsieur.

— C'est mérité.

Il prit une gorgée de liqueur. Il connaissait à présent la raison de l'absence de la gouvernante et la discrétion de tous les domestiques, mais il ne savait toujours pas qui était l'auteur de ces repas somptueux.

— Vous allez donc me dire qui a cuisiné mes repas d'aujourd'hui, reprit-il doucement pour la rassurer et éviter encore une autre tirade d'excuses.

— Oh, je vous demande pardon de ne pas avoir répondu : j'ai appris à l'instant qu'il s'agissait de Mlle Belmonte, monsieur. Mais ce n'était qu'aujourd'hui, vous n'avez pas à vous en faire pour les jours à venir. J'ai trouvé un chef dont les références...

— Oubliez cela.

Mme Berenguer le regarda, perplexe.

— Voyez-vous, madame Berenguer, ce déjeuner et ce souper font partie des meilleurs repas que j'aie eus de ma vie. J'oserai même dire qu'on ne goûte de mets aussi exquis à la table de Sa Majesté.

Elle cligna de paupières, sans parvenir à comprendre.

— Je souhaite que Mlle Belmonte soit désormais cheffe de cuisine de Castamar, dit-il affablement. Vous pouvez d'ailleurs aller dormir tranquille, vous n'avez plus à vous en faire pour le bon déroulement des célébrations. Il est évident que Mlle Belmonte possède non seulement un inestimable talent, mais aussi les connaissances et la diligence nécessaires pour prendre en charge les services de bouche d'une grande maison.

Malgré ses efforts pour rester impassible, le regard sidéré de la gouvernante trahit sa surprise. Certes, c'était la première fois de sa vie qu'il s'immisçait dans les questions liées à la nourriture qu'on servait chez lui. Mais s'il avait été toujours été assez indifférent aux plaisirs de la bonne chère, il avait, en seulement deux repas, compris la différence entre quelqu'un qui préparait à manger et un cuisinier digne de ce nom. Par ailleurs, en dépit des façons de faire à la française que l'aristocratie copiait de plus en plus, lui avait toujours préféré éviter les excès superflus dans le faste et l'apparat. Trop de mets sur une table, aussi délicats soient-ils, n'étaient pas une marque de prestige, mais d'intempérance. C'était le savoir-faire de Mlle Belmonte qui lui avait fait prendre conscience du prestige que pouvait amener à Castamar une table servie dans les règles de l'art. Il était certain que même Pierre Benoist et Pierre Chatelain, chefs du service de bouche du roi, voudraient débaucher cette fille si jamais ils goûtaient à ses plats. Ce qu'il ne comptait pas permettre. C'est sa femme qui s'était toujours occupée de ce genre de détails avec son goût exquis pour tout ce qui tenait du savoir-vivre : la décoration, les vêtements, les bijoux, les menus selon les saisons… « Oh, ma chère Alba… Comme tu avais raison de veiller à ces petites choses. »

— Vous pouvez disposer, madame Berenguer.

Elle acquiesça brièvement et se retira avec les formules de rigueur. Et il reprit le livre de Flavius Josèphe pour se replonger dans le siège romain de Massada.

# 9

*15 octobre 1720 à minuit*

QUAND ÚRSULA S'ASSIT, la chaise de son bureau gémit comme une vieille femme souffreteuse. Elle prit une gorgée de lait chaud au miel pour se réconforter de la journée harassante qui n'était pas encore finie en attendant l'arrivée du sommelier, M. Moguer.

De toute sa vie de service, c'était la première fois qu'elle voyait une telle chose se produire. Cette fille, Clara Belmonte, s'était réveillée le matin simple seconde de cuisine et s'était couchée, sans encore le savoir, cheffe de cuisine et du service de bouche du duc de Castamar. Úrsula, choquée, ne parvenait pas encore à croire que Monsieur ait mis entre les mains d'une fouille-au-pot la responsabilité des festivités en mémoire de doña Alba. Certes, des brigades de domestiques devaient venir prêter main-forte aux gens de la maison, mais leur présence ne garantissait pas que les plats sortent des cuisines en quantité et forme adéquates. Elle comptait garder sous la main les références du chef qu'elle avait trouvé à Madrid. C'était stupéfiant que le savoir-faire d'une fille aussi jeune ait pu impressionner don Diego au point de l'élever du jour au lendemain à l'un des principaux postes de la maison. Elle devait aussi considérer, bien que cela soit encore plus inconcevable, que peut-être le maître s'était entiché de Mlle Belmonte. Elle savait parfaitement que le duc était un homme d'honneur et qu'il ne compromettrait pas l'avenir d'une jeune fille pour satisfaire un caprice. Cependant, s'il avait un penchant pour elle, il pouvait chercher à lui plaire avec ce genre de faveurs et, au passage, saper l'autorité de la gouvernante. Clara n'avait même pas passé une semaine sous leur toit. ! La gouvernante pouvait seulement espérer que cette promotion soit réellement due aux habiletés culinaires de la jeune femme.

Ce soir, après avoir parlé avec le duc, Úrsula avait sorti Elisa Costa du lit pour qu'elle l'accompagne, en tant que chaperon, dans les quartiers des hommes. Là, elle avait réveillé aussi M. Moguer, à qui elle avait demandé de se rhabiller et de descendre dans son bureau. Pendant que M. Moguer s'habillait, elles étaient descendues au sous-sol où elle avait demandé à Elisa de lui préparer le lait chaud dont elle avait tant besoin pour réchauffer son corps et tempérer son esprit.

On frappa enfin à la porte. Elle accorda sa permission et le premier valet du duc entra dans son bureau, avec son cou fin et ses yeux de chien battu emplis de crainte. Il devait redouter qu'elle l'ait fait venir pour se plaindre de son service. Et bien qu'officiellement il n'ait à rendre de comptes qu'au majordome, il savait, comme tout le monde, que c'était elle qui tenait les rênes de la maison.

— Vous désirez, madame Berenguer ?

— Monsieur Moguer, il est tard, donc je ne tournerai pas autour du pot. Dites-moi, Mlle Belmonte a-t-elle passé du temps avec Monsieur aujourd'hui ? Ou depuis son arrivée ?

Il se détendit en comprenant qu'elle cherchait juste à savoir s'il s'était produit quelque chose pendant son absence.

— Non, madame Berenguer. Pour autant que je sache, elle est restée aux fourneaux toute la journée.

— Vous êtes sûr ? insista-t-elle en cherchant un geste, un battement de paupière qui trahirait un mensonge.

— Absolument. J'ai été moi-même une grande partie de la journée au service de Monsieur et ce n'est que tard dans l'après-midi que, à sa demande, je me suis occupé de MM. le comte de Armiño et le baron de Aguasdulces. C'est le seul moment où je n'étais pas auprès de Monsieur.

Il était clair qu'il ne mentait pas. Si jamais il y avait eu des contacts entre le duc et la fille, comprit-elle, cela avait été donc à l'initiative du maître.

— Monsieur a ordonné qu'à partir de demain, Mlle Belmonte commande la cuisine et le service de bouche de la maison, expliqua Úrsula.

— Si je peux me permettre un avis, dit M. Moguer, cela ne m'étonne guère. Je dois vous dire que les deux repas que Mlle Belmonte a préparés aujourd'hui pour nous autres, les domestiques, étaient tout simplement... délicieux.

— Je vois.

Ainsi, cette fille était extraordinaire à bien des égards. Et une boîte à surprises. Sans autre commentaire, elle renvoya le valet et la fille de chambre au lit et continua à réfléchir. Précisément en raison du caractère incongru de la situation, elle devrait surveiller Clara Belmonte comme le lait sur le feu.

Chaque membre du service avait des secrets, des vices plus ou moins vénaux qu'elle avait réussi à découvrir au fil des années : les pauses de M. Moguer pour son verre d'alcool d'anis ; les regards furtifs d'Elisa Costa qui, cachée, observait les amis de Monsieur et rêvait à quelque romance impossible, comme ces derniers jours avec le marquis de

Soto ; l'ignorance culinaire de Carmen del Castillo ; les visites furtives des deux galopines à leurs familles quand elles descendaient à Madrid pour aider avec les commissions ; les excès de Galindo, le cocher, avec le brandy le dimanche ; les petits vols de savon parmi les blanchisseuses… La liste, avec le secret de Melquíades Elquiza en tête, était longue et lui permettait de diriger Castamar d'une main de fer. Et pour que Clara Belmonte n'échappe pas à cette règle, elle devait découvrir sa faille sans tarder.

Quant à elle-même, elle ne se permettait pas le moindre faux pas. Elle n'avait qu'une obsession et tout le monde la connaissait : diriger Castamar et servir le duc avec abnégation. Autrefois, elle avait vécu sous la férule de quelqu'un et était devenue une petite chose qui ne savait plus quand parler, s'asseoir, manger ou hocher la tête… Depuis, elle s'était juré que plus jamais elle ne serait à la merci d'un homme ou d'une femme de sa condition.

Clara Belmonte était une jeune personne indépendante, déterminée et, apparemment, avec un talent exceptionnel dans son domaine. Sans parler de son éducation et de son indéniable beauté. Ce ne serait pas aisé de découvrir ses secrets, mais elle en avait, car tout le monde cachait quelque chose. Et elle y parviendrait, se promit Úrsula en vidant le bol de lait. Elle y parviendrait à tout prix, car elle ne comptait pas céder à cette femme la moindre parcelle de son pouvoir.

*16 octobre 1720, au point du jour*

Clara débarbouillait le visage de Rosalía avec un linge humide quand doña Úrsula apparut sur le seuil de la cuisine. Elle avait sans doute des reproches à lui faire pour la veille, songea-t-elle. Cependant, la gouvernante se contenta de lui demander de la suivre. Clara obtempéra et ce fut en approchant de l'aile des domestiques de première classe, ceux qui avaient le plus de responsabilités, qu'elle commença à éprouver un fourmillement d'excitation.

— Monsieur souhaite que vous occupiez le poste libéré par le départ de Mme Escrivá, déclara la gouvernante sans se retourner. Vous êtes à présent la cuisinière de Castamar.

Clara, stupéfaite, garda la tête baissée pour empêcher que son sourire et le rouge à ses joues ne trahissent sa joie.

Doña Ursula franchit une porte derrière laquelle se trouvait, d'après l'écriteau sur le battant, l'aile du personnel de cuisine. C'était un long couloir bordé de portes et, à la façon dont les différentes personnes qu'elles rencontrèrent la saluaient, Clara comprit que tout le monde savait déjà qu'elle était la nouvelle cuisinière en chef. Elles prirent ensuite l'escalier qui menait aux chambres des domestiques de première classe. Le couloir, plus court et plus étroit, comportait cinq portes sur les côtés et une sixième au fond.

Doña Úrsula ouvrit cette dernière sans regarder Clara. Sans doute croyait-elle qu'elle n'avait jamais organisé un événement de l'ampleur de l'anniversaire de la duchesse, mais elle se trompait. Quand elle était le bras droit de sa mère à la maison Alberoni, elle avait maintes fois cuisiné pour les banquets offerts aux nombreux invités du prélat, et elle avait commandé ses propres brigades. Bien sûr, elle éprouvait une certaine crainte à l'idée que quelque chose tourne mal, car un repas pour cinq ou dix personnes n'était pas la même chose qu'un grand banquet pour le flot d'invités attendus à Castamar. Dans ces cas-là, on déléguait les menus aux sous-chefs en attendant d'eux qu'ils fassent travailler correctement leurs brigades. Elle était douée pour ça aussi : déléguer, donner des ordres, se faire entendre. Et tout superviser afin que chaque plat soit correctement salé, épicé, sucré, et bien entendu, dressé avant de sortir à table.

— Je voudrais vous demander de transmettre à Monsieur ma gratitude pour l'honneur qu'il me fait en m'accordant sa confiance, pria-t-elle la gouvernante avant d'entrer dans la pièce.

— C'est votre chambre désormais, répondit doña Ursula en lui tendant la clé. Vos gages seront portés à vingt-cinq réaux par jour, auxquels s'ajouteront quatre réaux pour votre poste d'intendante des viandes.

Clara écarquilla les yeux. C'était pratiquement ce qu'on payait les chefs cuisiniers de la cour. Avec ce salaire, elle pourrait même économiser pour acheter une petite maison un jour !

La chambre à coucher, meublée de façon spartiate, lui donna pourtant l'impression d'entrer dans une des chambres d'invités du château. Dans un coin, un lit en bois avec un matelas en laine attendait d'être habillé avec les couvertures pliées dessus. À gauche du lit, une petite armoire, une étagère fixée au mur, plusieurs braseros et deux chandeliers pleins de suif. En face de la porte, un miroir moucheté dans un cadre autrefois doré reflétait les deux bougies neuves posées sur la petite table à côté de l'unique fenêtre de la pièce. Heureusement, il y avait d'épais rideaux qui bloquaient la vue sur l'extérieur.

— J'ai considéré que vous vous occuperez de Rosalía, comme le faisait Mme Escrivá. Si telle n'est pas votre intention, je devrais appeler l'asile pour qu'ils la prennent, indiqua doña Úrsula d'un ton de menace.

Clara leva les yeux vers elle un instant en tentant de déceler les sentiments qui animaient cette femme.

— Vous n'aurez pas à appeler qui que ce soit, doña Úrsula, répondit-elle calmement. Ce ne sera pas trop difficile de prendre soin d'elle mieux que Mme Escrivá.

La gouvernante serra les lèvres en une ligne encore plus dure.

— N'oubliez pas, mademoiselle Belmonte, que c'est moi qui dirige cette maison, et pour moi, vous devez encore faire vos preuves. Maintenant que vous avez pris possession de votre chambre, retournez en cuisine.

Clara s'inclina légèrement et partit sans un mot, la main serrée autour de la clé dans son tablier et certaine que doña Úrsula ne la quitterait pas des yeux pendant un bon moment.

Elle pensait déjà aux jours à venir et brûlait d'impatience de commencer. Ce serait un tourbillon d'activité épuisant, mais elle n'aimait rien de plus au monde que ce genre de frénésie.

Le soleil ne s'était pas encore levé que le petit déjeuner était déjà prêt à être servi dans les chambres supérieures. Ensuite, elle fit manger Rosalía et demanda à Emilia Quijano, une des galopines, de la débarbouiller et de la laisser ensuite dans la cour couverte où l'on plaçait les chariots de marchandises les jours de pluie.

Peu de temps après, une armée de garçons, surnuméraires, galopins, seconds de cuisine, de chargés d'office et de sous-chefs se mettait sous ses ordres. On avait ouvert trois cuisines secondaires et les couloirs dortoirs qu'on n'utilisait que lors de ces journées spéciales. Le soir même, il y aurait un souper pour le cercle des proches du duc et ensuite aurait lieu la première soirée de fête au cours de laquelle on servirait encore beaucoup à manger et à boire. Le début des réjouissances serait marqué par un feu d'artifice au-dessus des jardins qui ferait briller de mille feux le ciel nocturne de Castamar. La fête se poursuivrait le lendemain et se terminerait après la deuxième nuit.

Tout au long de la journée, elle s'occupa de la mise en place pour les différents repas du jour. Ce soir-là et le temps de la fête, les invités se verraient proposer des consommés, des gelées, des bisques, et des potages de légumes, de volaille – poulets et pigeons gras – ou de veau. Certains seraient enrichis, pour varier les plaisirs, avec du jaune d'œuf, du vin, de la cannelle et du sucre. Elle avait confié ces entrées au chef Martín Garrido, expert en soupes de volaille, mais elle se donna la peine de goûter chacune des concoctions, ajoutant de la cannelle ou du clou de girofle lorsqu'elle l'estimait nécessaire. Elle n'eut pas à se plaindre de lui, car Garrido, un homme mûr aux sourcils broussailleux et très expérimenté, accepta ses ordres sans ciller. Il s'occuperait aussi des hors-d'œuvre – pieds de porc à la Sainte-Ménehould, œufs farcis, faisans à la forestière sur lit de céleri, différentes viandes froides avec des légumes au vinaigre – et d'une partie des plats principaux : foie de porc rôti, boulettes de volaille et langue de bœuf en persillade.

La seconde cuisine, sous la direction du Français Jean-Pierre de Champfleury – un chef réputé pour la qualité de ses rôts et ses accompagnements originaux –, serait chargée des plats principaux, dont les très importantes tourtes au gibier. Habitué à faire ce qu'il voulait avec Mme Escrivá, Champfleury n'apprécia pas que Clara lui indique de monter les magrets de canard sur une sauce à l'orange, de prolonger la cuisson des accompagnements pour les oies ou de parfumer les perdreaux à la truffe. Le Français acquiesça poliment mais marmonna dans sa langue :

— C'est pas demain la veille que je permettrai qu'une femme questionne mon palais. Tout est à point.

Clara, s'approcha de lui, tout sourire, et répondit dans son meilleur français :

— Demain, peut-être pas, cher ami, mais aujourd'hui, vous êtes là pour faire ce que je vous demande.

Le chef se raidit légèrement et, sans rien dire, ajouta du bouillon aux oies et truffa les perdreaux. Par ailleurs, comme il avait été absolument irréprochable sur des grandes pièces comme les filets de bœuf à la sauce anglaise, les paupiettes, les chevreaux et toute la cochonnaille – rouelles, jambons, saucisse, ragoûts de porc –, elle le félicita de bon cœur et sans rancune.

Dans sa cuisine proprement dite, elle avait choisi comme seconde Alfonsina Serrano, une femme sans imagination mais très efficace et volontaire qui ne rouspétait pas quand on la corrigeait. Ce fut elle qui prit en charge les rôtis à la broche du troisième service : une combinaison de cailles, pigeons, chapons, poulets et poules grasses. En parallèle, elles cuisinèrent une deuxième fournée de volailles farcies à l'escabèche d'abats, avec des anchois et des câpres. Plus tard, on servirait des grillades de volaille cuites au gril enduites de chapelure, saindoux, jaune d'œuf et poivre. Pour les desserts, un chef pâtissier et sa brigade allaient confectionner des feuilletés au sucre, des choux à la crème, des crèmes aux œufs et brûlées, des génoises fourrées, des petits pains au lait, des confitures, de la crème anglaise, et, bien sûr, des fruits au sirop, qu'on servirait à chaque repas.

Clara but une gorgée d'eau et s'essuya le front avec le tablier avant de passer en revue les menus du soir et du lendemain. Elle était en train de noter qu'il fallait compléter le second service avec du petit gibier quand quelque chose lui fit lever les yeux. Elle ne sut pas exactement ce qu'elle voyait, une petite silhouette qui se déplaçait de l'autre côté des panneaux de verre dépoli, puis elle reporta son attention aux ragoûts. Il fallait veiller à ce qu'ils cuisent lentement, puis soigner l'assaisonnement avec du bon vin, du vinaigre, des clous de girofle, du poivre, du safran et un peu d'eau, songea-t-elle. Et le bœuf à l'étouffée, il fallait absolument qu'il cuise dans des marmites en terre à feu très doux et qu'on n'oublie pas le gingembre à la fin. Elle se souvint qu'elle devait vérifier à la première heure qu'ils avaient fait cuire assez de légumes secs pour les *ollas podridas* du lendemain, qu'elle préparerait elle-même selon la recette de sa mère.

Ensuite, elle révisa les menus de poisson prévus pour les personnes à l'estomac plus délicat. De nouveau, quelque chose l'obligea à regarder vers les fenêtres et elle vit que la silhouette dépenaillée escaladait maintenant un pilier de l'auvent des cochères. Peut-être qu'un des garçons de fourrière avait reçu l'ordre d'y monter pour une raison quelconque ? Elle reprit sa liste de bars, d'esturgeons, d'anguilles, de mérous et de turbots, ainsi que de fruits de mer, dont des homards, des palourdes en sauce et des beignets de crevettes. Pus tard, ils serviraient des salades diverses pour faire passer le repas. Chaque brigade devait suivre à la lettre ses instructions, notamment en ce qui concernait le dressage, avec des centres de fleurs, des personnages de pâte feuilletée, des moulages en chocolat, des fruits sculptés et, sur la volaille, des plumes découpées et placées en éventail comme celles des paons ou des oiseaux du paradis.

— Parfait, murmura-t-elle.

Enfin, elle avait prévu un assortiment de boissons rafraîchissantes principalement au goûter et dans l'après-midi : lait de souchet, citronnade, lait givré, et la boisson impériale, qu'on ne préparait que très rarement car elle nécessitait beaucoup de travail : il fallait faire cuire longuement des poulettes désossées dans du lait, hacher menu la chair et la presser pour en retirer tous les sucs, qu'on ajoutait au lait de cuisson filtré avec du sucre, de l'eau d'oranger et de la cannelle en bâtons. Et bien sûr, toutes sortes d'alcools et liqueurs : des eaux-de-vie, des rossolis, du vin blanc et rouge de Valdepeñas, Jerez, Alicante et du vin doux de Malaga. Le chocolat sous différentes formes serait de tous les repas et elle devrait surveiller les garçons chargés d'apporter régulièrement de la neige de la glacière pour que les boissons fraîches le restent.

— L'accompagnement de chaque plat, murmura-t-elle, doit être présenté…

Elle s'interrompit car la petite silhouette, malgré ses mouvements maladroits, avait grimpé à plus de six coudes de hauteur.

Clara s'approcha lentement de la porte de la cuisine, poussée par la curiosité, puis s'arrêta net en comprenant enfin qui c'était. Elle jeta une œillade rapide dans l'immense vide que la cour représentait pour elle et ferma les yeux aussitôt avec un cri étranglé. C'était Rosalía et elle était sur le point d'atteindre le toit des garages, à plus de dix coudes de hauteur. Elle voulait sortir l'aider mais sa peur l'enchaînait à l'intérieur. Au prix d'un effort surhumain, elle réussit, tremblante et trempée de sueur, à faire un pas dehors.

— Rosalía ! Arrête de monter ! Rosalía ! cria-t-elle, impuissante.

La gamine s'arrêta et la regarda, lâchant une main pour la saluer. Clara serra les dents et fit un autre pas. Derrière elle, attiré par les cris, tout le personnel criait à l'unisson :

— Rosalía, descends !

La petite, voyant les marmitons lui crier dessus, hésita. Clara, à bout de forces, se plaqua contre le mur. Rosalía pleurnicha :

— Mais je peux voler…

Clara voulut crier, mais aucun son ne sortit de sa bouche, elle devait s'accrocher au mur pour ne pas tomber, en proie à des vertiges incontrôlables. Rosalía continuait son ascension alors que Carmen et les galopins s'affolaient sans pour autant se rendre utiles.

Soudain, la porte de service s'ouvrit et Elisa Costa s'élança dans la cour et se posta sous Rosalía.

— Rosalía ! Qu'est-ce que tu fais ? Allez, descends de là tout de suite !

Finalement Rosalía obtempéra, et, lorsqu'elle toucha le sol, éclata en pleurs. Elisa la prit par l'épaule et la conduisit à l'intérieur :

— Nous t'avons dit mille fois de ne pas monter là-haut, disait-elle doucement à la petite en passant devant Clara.

Clara étouffa un haut-le-cœur. Elle devait rentrer et faire comme si tout allait bien, mais il lui était impossible de bouger. Elisa se tourna vers elle et, si elle ne comprenait pas ce qui lui arrivait, elle sentit sa détresse. Alors, sans rien dire, elle poussa gentiment Rosalía vers la cuisine. Clara serrait les lèvres, mais la nausée la secouait de la tête aux pieds. Tout le monde allait le remarquer, elle était perdue.

Une main prit la sienne. Elle entrouvrit les yeux, c'était Elisa. Laissant enfin derrière elle cette cour qui semblait vouloir l'engloutir, elle parvint à retourner dans la cuisine, guidée par la femme de chambre. Une fois à l'intérieur, Elisa la serra dans ses bras, la rassurant sur le sort de Rosalía et lui chuchotant qu'il ne fallait pas se mettre dans des états pareils. Clara, la tête sur son épaule, comprit qu'elle lui donnait le temps de se remettre. Finalement, elle put rouvrir les yeux et s'écarta de la jeune femme en la remerciant.

La brigade avait repris son travail comme si de rien n'était, et Clara essuya la sueur de son front avec un linge propre. Ayant repris des forces, elle se dirigea vers Rosalía, qui était recroquevillée dans un coin et la gronda.

— Je peux voler, grommela la gamine en suçant son pouce.

— Tu ne peux pas, Rosalía ! Tu dois te mettre ça dans la tête, une bonne fois pour toutes ! Tu ne dois plus jamais essayer, plus jamais.

— Ça la prend de temps en temps, soupira Elisa.

Clara acquiesça et lui prit de nouveau la main pour la lui serrer très fort.

— Merci, murmura-t-elle.

Elisa balaya sa reconnaissance d'un geste et partit de son air joyeux vaquer à ses occupations.

Clara fit de même sans quitter Rosalía des yeux. Elle devrait se montrer plus vigilante à l'avenir, songea-t-elle en la voyant s'assoupir paisiblement sur une table. Si jamais il arrivait malheur à cette pauvre âme par sa négligence, elle ne se le pardonnerait jamais. Sans compter que doña Úrsula pourrait s'en servir comme excuse pour la mettre dehors.

# 10

*16 octobre 1720, avant le petit déjeuner*

DIEGO ÉTAIT SORTI pour faire redécouvrir à Mlle Castro les environs du palais. L'idée ne venait pas de lui, mais de sa mère, et Gabriel les avait rejoints. Le marquis, un lève-tard apparemment, n'était pas des leurs. Quant à Alfredo et Francisco, ils étaient partis pour Madrid à l'aube et ne seraient de retour qu'au soir.

Alors que Gabriel et sa mère expliquaient à leur invitée les excellentes qualités des viviers de poissons de leur domaine, Diego laissa son regard se perdre vers le bosquet où il avait l'habitude de chevaucher avec Alba les matins comme celui-ci, avant que l'hiver ne s'installe. Il caressa le cou du pur-sang, le préféré de sa femme, et, dans un élan de nostalgie, s'élança au galop entre les arbres pour trouver le réconfort de la solitude.

Il traversa la chênaie, laissa la chapelle et le panthéon familiaux à sa droite et longea la rivière. Chaque fois qu'il revenait en ces lieux, il se souvenait du jour où tout avait basculé.

Ce matin-là, neuf ans plus tôt, il s'était levé plus tôt que d'habitude car la reine Marie-Louise avait invité des proches à goûter les dernières recettes de chocolat de son nouveau cuisinier. Alfredo et Francisco étaient conviés aussi. Assis avec eux dans l'une des cours ensoleillées du palais du Buen Retiro, ils discutaient, évidemment, de la guerre qui commençait alors à tourner à l'avantage du roi. Puis Alba était arrivée comme un tourbillon, avec sa silhouette exubérante dans une robe bleu ciel avec le panier à la française et un paletot orné de broderies au fil d'or. Elle avait retiré la coiffe qui cachait son visage et ses grands yeux bleus ; il avait admiré la façon dont ses cheveux relevés mettaient en valeur sa nuque fine et élégante. Elle avançait parmi les petits groupes en créant une atmosphère d'attente, comme si la reine elle-même venait d'arriver.

Francisco et Alfredo l'avaient saluée et elle, par coquetterie, leur avait permis de l'aider à s'asseoir. Puis, elle avait ouvert son éventail en nacre et, avec son sourire destructeur d'empires, avait feint d'être fâchée et avait reproché Diego de l'avoir laissée « seule et abandonnée » car il avait manqué leur promenade matinale à cheval. Alfredo, avec malice, avait prédit que l'armée de Diego serait vaincue avant d'avoir pu se battre.

— Je n'ai jamais eu la moindre chance de victoire, avait répondu celui-ci.

Il avait pris congé de ses amis pour retourner à Castamar avec Alba, qui continuait à s'amuser de son « affreuse négligence » dont il serait puni de la manière la plus horrible qui soit. Il rit à ce souvenir. Pour Alba, la vie était un pur plaisir. Elle aimait monter à cheval, danser, lire, chanter, jouer du clavecin, rire et, par-dessus tout, voyager. Avant de l'épouser, elle avait déjà parcouru l'Europe. Mais la guerre avait coupé court à ses envies et elle disait se sentir encagée.

— Mais quand cela va-t-il finir ! soupirait-elle souvent. Ces Catalans ne se rendront donc jamais…

— Non seulement ils n'en ont pas l'intention, mais ils se battront jusqu'à leur dernier souffle, lui avait-il répondu.

Et c'est ce qui s'était passé. La place de Cardona, que les troupes bourboniennes ne purent jamais prendre, en fut la preuve. Elle n'avait rendu les armes qu'à la fin de la guerre, lorsque Barcelone était tombée. Le courage du peuple catalan avait gagné tout son respect. Mais pour Alba, la guerre était une nuisance. Elle détestait la violence, qui d'après elle appartenait aux bêtes et non pas aux hommes. Par ailleurs, elle affirmait qu'on ne pouvait s'inquiéter, et ce, seulement un temps, que de choses qui avaient une solution. Quant à celles qui n'en avaient pas, il valait mieux s'y résigner au plus vite.

Diego s'enfonça dans la forêt de châtaigniers et de chênes par le chemin qu'ils avaient coutume de parcourir ensemble. Il gravit un petit coteau et prit un instant pour admirer le paysage avant de foncer de nouveau vers l'endroit où il avait perdu sa femme. Ils y étaient arrivés après une course, qu'elle avait, comme d'habitude, gagnée. L'enjeu était la célébration avec grand faste de son anniversaire, comme s'il était possible qu'il en soit autrement.

Elle avait souri avec sa candeur si particulière et l'avait embrassé, comme pour se faire pardonner de toujours avoir gain de cause.

— Elle vous manque, n'est-ce pas ?

La voix féminine le tira de ses rêveries et il fit tourner son cheval. Mlle Castro l'avait rejoint et, à en juger par les voix qui se faufilaient entre les arbres, sa mère et son frère se trouvaient tout près. Il adressa un petit hochement de tête à son invitée, et observa sa peau fine et ses traits réguliers, les lèvres délicates et le nez droit qui équilibraient le visage un peu pointu.

— Terriblement, admit-il. Alba et moi étions très proches, nous nous connaissions depuis l'enfance. Elle est morte écrasée par ce cheval, dit Diego en caressant la robe dorée de sa monture.

Elle acquiesça lentement avec un regard intense, comme pour lui faire comprendre qu'elle partageait sa douleur et déclara :

— Beaucoup l'auraient sacrifié.

— Ce n'était pas sa faute. Quelque chose l'a effrayé… Et je n'ai pas pu l'empêcher, conclut-il d'une voix dure.

Amelia s'approcha et, se penchant sur sa selle, posa une main sur la sienne. Diego observa le geste, la regarda dans les yeux. Le contact d'une peau féminine était agréable, et il songea que cela faisait si longtemps qu'il avait presque oublié ce plaisir délicat.

— Vous avez beaucoup souffert, murmura-t-elle.

— Quelle importance, fit-il en retirant sa main.

— Beaucoup d'importance, don Diego, dit-elle en la lui reprenant.

Il tenta de deviner si la compassion qu'elle montrait était authentique ou si elle naissait d'un intérêt moins avouable. Peut-être un mélange des deux ? Quelque chose lui disait qu'elle n'était plus la jeune ingénue qu'il avait connue. Était-ce l'expression grave qui durcissait parfois son visage et qui était la trace d'une sagesse qui s'acquiert à travers les épreuves de la vie ? Ils restèrent silencieux un instant, jusqu'à ce que les voix de sa mère et de Gabriel se fassent entendre à nouveau tout près.

— Eh bien, vous voilà ! s'exclama la duchesse, assise en amazone avec l'élégance qui la caractérisait. Venez, ma chère, je vais vous montrer l'une des plus belles vues de Castamar.

Amelia jeta un dernier regard à Diego.

— Si vous voulez bien m'excuser… dit-elle en retirant sa main dans une caresse naïve.

Elle tourna sa monture vers doña Mercedes et Diego fit un signe d'adieu poli. Gabriel s'approcha de lui alors que les deux femmes s'éloignaient.

— Méfie-toi d'elle, prévint-il une fois qu'elles eurent disparu de leur vue. Elle n'est plus la douce demoiselle d'il y a six ans. Hier, elle était en grande conversation avec don Enrique. Ils chuchotaient, beaucoup trop près l'un de l'autre.

Diego acquiesça. Ces deux-là préparaient-ils quelque chose ? D'après sa mère, ils s'étaient rencontrés par hasard à la Corrala del Príncipe, après la représentation. Cependant, elle ne lui semblait pas être du genre à intriguer, et il n'imaginait pas quelle affaire pouvait la lier à un homme comme le marquis.

— Merci, mon frère, répondit-il avant de talonner son cheval pour rejoindre les deux femmes.

Il aurait préféré rester seul à cet endroit où, neuf ans plus tôt, Alba était morte. Il n'avait pas encore été capable de comprendre ce qui s'était produit. Après la course, ils marchaient tous les deux au pas et elle l'avait surpris en annonçant qu'il fallait absolument rénover toute l'aile droite du palais.

— Mais ça ne fait pas un mois qu'on a fini les travaux que tu voulais !

— Il faut tout refaire, avait-elle insisté.

— Mais, Alba, encore ? lui avait-il demandé avec une certaine irritation. Je ne regarde pas à la dépense, mais je n'aime pas le gaspillage.

— Je sais. Et tu as raison, les artisans ont exécuté mes désirs à la lettre, tout est comme je le voulais. Mais n'empêche, il faut tout changer.

— Mais pourquoi ?

Elle s'était tue, lutine, laissant entrevoir qu'elle gardait un secret, puis un sourire avait éclairé son visage et elle avait prononcé des mots qui l'avaient rempli d'une joie immense :

— Parce que c'est bien trop sobre pour un enfant.

Il avait arrêté les chevaux pour la regarder dans les yeux, et le pétillement de ses yeux avait confirmé la nouvelle. Il lui avait dit qu'il l'aimait et, alors qu'ils s'embrassaient... soudain, son cheval s'était cabré, arrachant Alba à son étreinte. Il s'était hissé sur les étriers pour contrôler l'animal et tenter de calmer celui d'Alba, dressé à la verticale sur ses membres postérieurs. Alba, amazone expérimentée, avait essayé d'accompagner le mouvement pour ne pas se faire renverser. En vain. Son cheval avait exécuté une cabriole fatale et, avant qu'elle ait pu démonter, était lourdement tombé en arrière et l'avait écrasée. Le poids de l'animal avait brisé son corps mince dans un craquement atroce. Le pur-sang s'était relevé aussitôt, mais le mal était fait. Diego avait à peine eu le temps de sauter auprès d'elle pour recueillir son dernier souffle.

Personne n'avait pu dire pourquoi leurs montures avaient réagi de la sorte. Les deux chevaux, celui d'Alba et le sien, étaient jumeaux, très calmes. Son palefrenier, Belisario Coral, avait avancé, sans beaucoup de conviction, que peut-être une vipère les avait effrayés. Ou que l'un avait été piqué par un insecte et avait affolé l'autre.

Mais Diego était déjà trop loin dans la douleur pour chercher à comprendre. Enterrer l'amour de sa vie avait été la douleur la plus violente qu'il ait jamais eue à traverser. Pendant ces jours sombres, il pleurait la perte d'Alba et celle de leur enfant à naître, la fin du monde tel qu'il l'avait connu. Il avait eu besoin de s'accrocher à l'idée irrationnelle qu'Alba était toujours à Castamar, que son esprit veillait sur lui et les siens.

Il arrêta son cheval, saisi par une pensée glaçante. Par un bouleversement intérieur qui lui échappait, il sentait, pour la première fois en neuf ans, qu'Alba avait quitté Castamar depuis longtemps. Qu'il était seul, accroché à un passé fantôme.

Gabriel et lui avaient rejoint les femmes et ils chevauchèrent tous ensemble vers le palais. Ils laissèrent leurs montures au soin des palefreniers et Mlle Castro s'accrocha à son bras sur le petit chemin pavé qui menait à la maison.

— Je ne sais si vous êtes déjà venu dans ma région, dit-elle. C'est tellement beau.

— À vrai dire, j'ai des propriétés à Séville, Malaga et Huelva, mais pas à Cadix. Je devrais peut-être acquérir des terres près de celles de votre père. Même à Madrid on vante la beauté de la région.

Elle eut un sourire fugace mais ne répondit pas, et Diego eut l'impression d'avoir avivé sans le vouloir une douleur secrète.

L'instant d'après, ils entraient dans la salle à manger pour prendre le petit déjeuner. La table était habillée d'une nappe en dentelle de Camariñas et des beaux bleus de la vaisselle de Talavera. Ils furent accueillis par les odeurs du pain grillé et du consommé de volaille, des œufs frais, des tourtes à l'huile et des gâteaux sucrés et salés. Les cruches de chocolat côtoyaient les assiettes de charcuterie du domaine, saucisson, longe, jambon serrano. Le marquis semblait les attendre impatiemment. Il adressa une profonde inclination à la duchesse et au duc et un courtois hochement de tête à Mlle Castro mais prit bien soin d'ignorer Gabriel.

— Vous voilà ! Je ne pensais pas pouvoir humer plus longtemps le délicieux parfum de ces mets sans céder à la tentation d'y goûter.

Diego prit sa serviette et le majordome indiqua aux valets de servir le consommé. Tel que Diego s'y attendait, lorsqu'on souleva le couvercle de la soupière, les bribes de conversation s'effilochèrent, saisies par les arômes. Il échangea un regard complice avec son frère, qui gloussa discrètement à l'autre bout de la table. Leur mère ferma les yeux dans un recueillement presque solennel ; Amelia prenait des cuillerées rapides, comme si elle n'en croyait pas ses papilles ; le marquis fixait le bouillon avec un froncement de sourcils, se demandant sans doute comment une simple soupe pouvait posséder un tel caractère.

— Mon cher duc, je vous envie, dit-il finalement. Ces plats sont l'œuvre d'un cuisinier au sommet de son art.

— Mon fils, ne le laisse pas partir, approuva sa mère. Cet homme a un savoir-faire unique.

Diego hocha la tête, appréciant son petit déjeuner comme les autres.

— C'est une femme. Et, oui, elle semble unique dans son genre, répondit-il.

Il y eut un autre silence ponctué de soupirs, et lorsqu'ils passèrent aux douceurs, Diego songea encore à ce trésor qu'il avait trouvé dans sa cuisine.

— Une femme avec des qualités indéniables, donc, commenta sa mère. Elle n'est pas mariée, j'imagine, si elle est dans le service.

— En effet, ajouta Diego. Et d'après les dires de Mme Berenguer, c'est aussi une femme instruite.

— Elle saurait donc lire et écrire ? s'enquit le marquis, sceptique.

Diego hocha la tête en faisant tourner le chocolat dans sa tasse : onctueux, lisse comme de la crème, avec le juste équilibre de douceur et d'amertume. Le marquis, qui finit son chocolat en y trempant un petit pain, déclara que c'était tout de même extraordinaire d'avoir une cuisinière savante.

— Elle connaît l'anglais, le français et les langues mortes, d'après ce que je sais.

— Dieu lui vienne en aide ! s'exclama don Enrique. Pas étonnant qu'elle ne soit pas mariée. Je me demande qui, dans le service, voudrait d'une telle épouse.

Ils acquiescèrent tous à ce commentaire, mais Diego éprouva un malaise devant l'insolence du ton. L'impression de douceur que lui avait laissée la jeune fille ne seyait pas à ce jugement à l'emporte-pièce, même si, dans l'absolu, il ne pouvait donner tort au marquis. Malgré cela, Diego lui décocha une œillade agacée, que son invité ne remarqua pas fort heureusement, car il sentait monter en lui un de ses accès de colère et il risquait de profiter de la moindre excuse pour exploser. Sa mère s'essuya délicatement les lèvres avec une serviette festonnée et se déclara étonnée qu'on n'ait pas marié la fille quand il en était encore temps.

— On peut se demander si elle compte avoir des enfants, fit-elle remarquer.

— Elle doit être peu gracieuse… ou trop vieille, intervint don Enrique.

— C'est plutôt le contraire, dit Diego, sec, en marmonnant pour lui-même : Une cuisinière et une demoiselle…

Gabriel, qui s'était rendu compte que le marquis agaçait son frère, lui fit signe de ne pas se laisser emporter par son humeur. Mais Diego était déjà ailleurs : il venait de prendre conscience que ce qui le taraudait depuis quelques jours, à son insu, c'était le fait d'avoir parmi ses domestiques une fille de bonne famille. Ce qu'il aurait voulu savoir à présent, c'était si elle était devenue cuisinière comme conséquence de sa mauvaise fortune ou de son excès d'éducation.

Sans prévenir, il se leva de table. Les autres n'eurent pas le temps de réagir et se levèrent à peine par politesse.

— Je vous prie de m'excuser, lança-t-il juste avant de quitter la pièce sous le regard étonné des convives.

Qui l'auraient été encore plus s'ils avaient su qu'il se rendait aux cuisines.

*16 octobre 1720, au cours du petit déjeuner*

Clara tenta de prévenir les garçons discrètement, mais il était trop tard. Doña Úrsula était arrivée inopinément dans les cuisines alors qu'un grand nombre de domestiques, attirés par les odeurs, rôdaient autour. Elle les tança vertement pour perdre leur temps à renifler des mets qu'ils n'allaient certainement pas goûter avant d'ajouter, solennelle :

— Ce soir commence la fête annuelle de Castamar et j'espère que tout se passera à la perfection, comme l'aurait voulu feu la duchesse. Bien qu'elle nous ait quittés, elle reste à jamais l'âme de cette maison. Donc si je surprends encore qui que ce soit à lanterner, je prendrai les mesures qui s'imposent. J'espère m'être bien fait comprendre. Retournez à vos tâches, sur-le-champ !

Chacun s'empressa de vaquer à ses occupations tandis que doña Úrsula cherchait le regard de Clara pour qu'elle sache que l'avertissement valait aussi pour elle. La cuisinière avait pourtant remarqué que les narines de la gouvernante flairaient avidement les fumets qui embaumaient toute la pièce et les couloirs environnants. Au moment précis où doña Úrsula tournait les talons, le duc fit irruption dans la cuisine. Doña Úrsula en fut si surprise qu'elle oublia presque de faire la révérence de rigueur.

— Avez-vous besoin de quelque chose, monsieur ? s'enquit-elle.

Clara, comme tous les domestiques, se tenait debout, la tête inclinée. Don Diego ignora la gouvernante et avança vers elle.

— Votre main va bien, mademoiselle Belmonte ?

Décontenancée, Clara acquiesça avec nervosité. Doña Úrsula suivait la scène de ses yeux de rapace.

Le duc la dévisageait tranquillement, comme si sa présence en cuisine n'avait rien d'exceptionnel, comme s'il n'y avait pas toute une brigade de domestiques qui les scrutaient. Clara déglutit avec difficulté. Rosalía se réveilla au fond de sa cachette et émit un de ses étranges gazouillis en pointant le maître du doigt.

— Je vous prie de l'excuser, fit Clara, craignant qu'il ne se mette en colère. Elle ne sait pas vraiment ce qu'elle fait.

Don Diego s'approcha de la gamine et lui caressa doucement le visage. Celle-ci sourit, aux anges.

— Comment vas-tu, Rosalía ? demanda-t-il. Ne vous inquiétez pas. C'est la petite-fille de ma défunte nourrice, que j'aimais beaucoup.

Clara était estomaquée qu'il s'adresse à elle comme à une demoiselle de la bonne société.

— Je l'ignorais, monsieur.

— Je suis descendu car je voulais vous parler en personne…

Les marmitons, figés par la présence du duc, gardaient le menton contre la poitrine tout en risquant des œillades vers leur maître et entre eux. Clara n'oubliait pas un instant ni leur présence, ni celle de Doña Úrsula, tout près de la porte.

Don Diego s'approcha et encore une fois, d'un doigt sous son menton, lui fit relever la tête. À nouveau, elle sentit ce parfum qui lui rappelait son père.

— J'ai une question à vous poser, reprit-il en tentant de capter son regard.

Clara, qui aurait voulu garder son sang-froid, maudit le feu qui brûlait ses joues. Elle devait être rouge comme une pivoine.

— Monsieur ? murmura-t-elle sans se résoudre à affronter ses yeux et laissant les siens rivés à sa riche casaque ivoire.

— Regardez-moi, ordonna-t-il.

Elle obtempéra. Dans l'ambre qui entourait ces pupilles perçantes, la couleur de la tristesse cohabitait avec une force qui semblait ne rien craindre.

— Pendant que nous dégustions les délicieux mets que vous avez préparés, nous avons abordé un sujet fort intéressant.

Elle attendit qu'il continue en soutenant son regard. Elle ne savait plus ce que la bienséance requérait, garder les yeux dans les siens ou les baisser pudiquement. Dans le doute, elle préféra ne pas se laisser vaincre par sa timidité.

— On a évoqué combien il était étonnant qu'une femme avec votre éducation et vos qualités n'ait pas fait un bon mariage et soit contrainte de travailler comme cuisinière. D'aucuns ont émis l'hypothèse que vous n'avez pas d'aspirations dans ce sens, dit-il sans ambages.

Clara chercha ses mots pour être sûre d'arriver à bien se faire comprendre sans paraître impertinente.

— Loin de moi ces pensées, monsieur. Faire un bon mariage fait partie de mes aspirations, mais je dois aussi vous avouer que la cuisine m'est aussi nécessaire que l'air que je respire. C'est pourquoi j'ai demandé à doña Úrsula de vous transmettre à quel point je me sens honorée de votre confiance. C'est pour moi une grande chance de travailler à votre service.

— Plus que de trouver un bon mari ? s'étonna-t-il avec un froncement de sourcils.

— Oui, monsieur.

Il lâcha doucement son menton et hocha la tête, comme s'il lui était difficile d'appréhender ses propos.

— Mais comment est-ce possible ? L'aspiration naturelle d'une femme n'est-elle pas de se marier et de donner la vie ?

Elle avait l'impression que, plus que sa réponse, ce qui l'intéressait était la façon dont elle réagissait à ce déconcertant interrogatoire.

— C'est ce que mon père m'a inculqué, monsieur, répondit-elle, déjà plus calme. Mais ma mère m'a aussi appris que je pouvais avoir d'autres ambitions que le mariage.

Un murmure s'entendit du côté des domestiques, que personne dans la pièce ne put ignorer. Que le duc descende en cuisine discuter avec la nouvelle cuisinière était déjà extraordinaire, qu'ils échangent de tels propos frôlait l'incroyable.

— Dois-je en conclure que vous ne voulez pas vous marier ?

De toute son âme, elle ne pouvait comprendre la raison de toutes ces questions. Et encore moins tenir bon face à la force de son regard. Elle détourna les yeux un instant.

— Je ne sais si je trouverai l'homme qui acceptera ma façon de penser, jugée inconvenante chez une femme, monsieur. Je sais cependant que lorsque je suis en cuisine, j'éprouve une joie sans mélanges. Et... je suis convaincue que me marier à un homme quelconque m'éloignerait de ce bonheur.

Le duc fit alors quelque chose qui non seulement coupa le souffle de tous, mais dont on entendrait parler pendant longtemps parmi les domestiques : il s'inclina bas devant elle comme il l'aurait fait devant une dame.

— Tous les hommes ne sont pas de la même trempe ni du même caractère, déclara-t-il en même temps. Je suis sûr qu'un jour vous trouverez celui qui non seulement soutiendra vos idées, mais sera fier que sa femme les possède.

Interdite, elle put tout juste s'incliner en réponse, comme le reste des personnes présentes. Lorsqu'elle releva la tête, elle croisa le regard à la fois abasourdi et acrimonieux de doña Úrsula. Les jambes en coton, elle se retourna et se concentra sur ses fourneaux. Le dragon, elle le sentait, la surveillait depuis l'embrasure de la porte, tentant de saisir ce qui se passait entre elle et le maître, question sur laquelle Clara était plus perdue que quiconque.

*16 octobre 1720, après le petit déjeuner*

Lorsque Diego regagna la salle à manger, sa mère se reposait dans l'un des fauteuils, le marquis regardait par la fenêtre et doña Amelia et Gabriel discutaient de choses et d'autres au fond de la pièce. Il s'assit et reprit sans crier gare la conversation que son départ abrupt avait interrompue.

— Elle adore cuisiner, c'est pour ça qu'elle ne se marie pas, expliqua-t-il sèchement à don Enrique.

Le marquis leva un sourcil pour marquer son étonnement, et la duchesse lui adressa un geste nonchalant pour balayer le comportement étrange de son cher fils.

— Mon ami, sans vouloir vous offenser, jamais je n'aurais imaginé que vous prendriez une simple conversation sur le service aussi au sérieux, lâcha-t-il, condescendant.

Diego se força à sourire. Cet homme avait une capacité particulière à se servir des conventions sociales pour lui lancer des piques qui le touchaient au vif. Il le fixa sans ciller et découvrit derrière le regard imperturbable du marquis une lueur dangereuse. Sa mère intervint depuis l'autre bout de la pièce :

— Ce que don Enrique veut dire, mon fils, c'est que ce que pense la cuisinière n'a pas d'importance.

— Mais bien sûr, Mère.

Le marquis soutint son regard encore un instant puis se releva pour s'approcher de la duchesse qui, oublieuse de la tension entre les deux hommes, lui proposa une partie de dames. Diego but une gorgée de chocolat en se demandant s'il y avait une intention quelconque derrière les sarcasmes subtils de son invité qui par ailleurs lui signalait avec son sourire suffisant qu'il n'avait pas peur de lui. Soit. Il ignorait apparemment qu'il était en train de secouer le tigre en lui, un tigre qui, une fois réveillé, risquait de ne pas se plier aux bonnes manières des courtisans.

# 11

*16 octobre 1720, milieu de matinée*

Hernaldo entendit plusieurs coups frappés à sa porte et entrouvrit les yeux, encore à moitié endormi. Il supposa que c'était Adela, sa fille, et qu'elle était sortie au marché de la Plaza de la Cebada pendant qu'il dormait. Il se redressa dans sa paillasse qui craquait, vit qu'il restait à peine quelques braises dans la cheminée. Il devait être midi, car des rais de soleil dardaient entre les volets, faisant voleter des grains de poussière. On frappa une troisième fois. Sans passer de chemise sur son torse couvert de cicatrices, il ajusta son pantalon et ses vieilles bottes en cuir et dégaina sa rapière, cadeau de son maître. Madrid n'était pas un endroit sûr, encore moins pour lui, qui avait organisé des rencontres avec le Très-Haut pour nombre de malheureux. Que le frère de l'un ou le parent de l'autre se pointe pour réclamer vengeance était inévitable, et il avait accepté de mourir comme ça, un jour. Il cria au visiteur que s'il cognait encore, il allait venir ouvrir la porte et son crâne. Les coups s'arrêtèrent et il cria encore :

— Qui est là ? Qui va là ?

— Une livraison, répondit une voix de jeune garçon.

Hernaldo entrebâilla à peine la porte. Un garçon d'à peine douze hivers attendait sur le palier.

— Voilà, m'sieur, dit-il en lui tendant quelque chose enveloppé d'un tissu. Y a l'Gaucher qui dit qu'il vous attend au Passage pour récupérer son dû.

Il renvoya le garçon et s'assura que la porte était bien fermée avant de déballer le petit paquet. Une clé brilla dans sa main ; il sourit, satisfait. C'était une bonne nouvelle pour son maître, don Enrique de Arcona, qui pourrait ainsi aller et venir à sa guise dans Castamar. Il finit de s'habiller. Obtenir cette clé était le premier ordre de don Enrique. Le deuxième impliquait doña Sol Montijos, marquise de Villamar, une femme avec laquelle il valait mieux être prudent.

Doña Sol, alliée fort utile et de longue date du marquis, devait rendre à celui-ci un service dont Hernaldo ignorait tout sauf qu'il était en rapport avec le dîner de ce soir chez le duc et qu'elle avait exigé quelques jours pour réfléchir au prix dudit service. Que pouvait bien vouloir cette satanée marquise en échange ? Sol Montijos était une femme diabolique, aussi rusée qu'un serpent qui, mariée à un homme de vingt ans son aîné, avait le feu au ventre. La veille, le marquis lui avait fait parvenir un mot, indiquant que doña Sol avait déjà « déterminé la contrepartie ». Encore une fois, il avait eu du mal à saisir ce que le marquis attendait de lui à cause de ces mots savants qu'il utilisait, car son maître, malgré ses demandes répétées, oubliait de s'exprimer simplement quand il lui écrivait. Il avait donc lu et relu le mot pour s'assurer d'avoir bien compris : il devait rendre visite à doña Sol afin de recueillir la fameuse « contrepartie ».

Il rengaina sa rapière, ajusta sa chemise en chamois et cacha dans son dos sa dague main-gauche au cas où. Lui qui avait servi dans les Tercios, aguerris dans les guerres européennes quand Charles II l'Ensorcelé régnait encore sur l'Espagne, il savait que, dans une rixe, il n'y avait pas d'honneur qui vaille, mais juste la dextérité avec la lame et les ruses apprises à l'armée. Quand on se trouvait dans ces passes, l'important était de tuer vite et bien, d'autant plus si l'adversaire était aussi du métier. Alors on mettait à exécution des parades comme « la torneada » où, après avoir écarté la lame de l'adversaire, on tournait sur soi-même rapidement, la rapière tenue à deux mains pour mieux enferrer l'autre. L'idée étant avant tout de sauver sa peau.

Fort de cette expérience qu'aucun maître sinon la vie pouvait enseigner, Hernaldo percevait d'instinct la peur latente en chacun. Pour lui, cette peur était le reflet de ce qui se passait en Espagne. L'Espagne n'était plus qu'une façade, et le plus grand empire d'Europe était désormais la marionnette des Français. Quelle farce de cette chienne de vie : combattre les Français pendant des années pour se trouver maintenant à leur botte. Comme lorsque le Bourbon avait ordonné la dissolution des Tercios, quinze ans plus tôt, mettant fin à sa vie de soldat. Renvoyé à plus de quarante ans, il n'avait eu d'autre choix que de brader son acier pour de basses besognes. Très vite, il s'était retrouvé à la prison de Séville, condamné à l'échafaud pour avoir éventré deux porteurs et un alguazil lors d'une mauvaise rencontre à l'auberge de Tresaguas.

Hernaldo vida d'un trait un gobelet de brandevin ; le piquant de la liqueur lui rappelait qu'il était encore en vie et qu'il aimait ça. Il se souvint de son cachot, où après une année de coups et d'humiliations, alors qu'il s'était déjà résigné à mourir pendu en se pissant dessus, un aristocrate avait débarqué à l'étage comme s'il était à l'Alcazar de Madrid, son parfum flottant au-dessus des remugles de la prison. Il s'était arrêté devant lui, flanqué d'un garde-chiourme qui avait dit :

— C'est lui. On le pend demain.

Hernaldo avait levé les yeux vers le gentilhomme qui le dévisageait, un mouchoir sous le nez.

— Je vois. C'est peut-être l'homme qu'il me faut.

Le maton l'avait cogné pour qu'il se montre plus respectueux envers cet hôte de marque, et il s'était laissé tomber comme un poids mort, habitué au bâton. Le geôlier s'était mis à lui crier dessus, le visiteur l'avait arrêté en lui remettant quelques pièces pour qu'il les laisse seuls. Puis, du bout de sa canne, lentement, il avait repoussé les cheveux qui retombaient sur le visage d'Hernaldo et avait prononcé son nom. Hernaldo, inquiet, se disait que cette étrange visite la veille de son exécution n'allait certainement rien lui apporter de bon.

— Je ne suis pas venu pour te faire du mal, avait déclaré don Enrique.

— Que voulez-vous de moi ? avait-il demandé, en s'écartant un peu.

C'était alors que le marquis s'était accroupi auprès de lui pour prononcer ces mots qu'Hernaldo n'oublierait plus tant qu'il vivrait sur cette terre.

— Tu es sur le point de mourir, Hernaldo de la Marca, mais, si tu m'écoutes, ta vie sera peut-être plus longue et plus agréable à partir de maintenant.

Il avait secoué la tête, le visage crispé. Il ne comprenait rien à rien.

— Regarde-moi, avait dit le marquis avec douceur, comme s'il s'adressait à un enfant. Tu veux mourir sur la potence à l'aube ou pas ?

Il était si agité qu'il avait mis un temps à comprendre le sens de la question et qu'il devait y répondre.

— Non… Non, monsieur.

— Écoute, Hernaldo, avait alors repris don Enrique en s'approchant de son visage. Nous sommes en guerre. Une guerre qui décidera du sort de l'Europe, de l'Espagne et de son roi. Tu as servi toute ta vie comme soldat de la maison de Habsbourg, et je crains que tu ne puisses plus le faire, mais tu peux servir la maison de Arcona.

Il se rappelait comment cette proposition, tombée du ciel, avait fait naître en lui un attachement aussi profond que soudain pour l'homme qui l'avait émise. Il se rappelait aussi qu'il avait pris ses mains pour les embrasser et que don Enrique les avait retirées.

— Sortez-moi d'ici et je vous jure que je vous servirai comme j'ai servi le roi Charles. Jusqu'à la dernière goutte de mon sang, je serai à vous, avait-il promis.

— Déjà, commence par ne pas me toucher, avait répondu celui qui était désormais son maître. Avant de conclure ce pacte, je veux m'assurer que tu as bien compris : je vais te faire libérer sous ma garde, mais si jamais il te venait à l'esprit de trahir ma confiance, non seulement tu reviendras ici, mais je veillerai personnellement à ce que tes geôliers s'occupent de toi consciencieusement chaque jour. On se comprend ?

Il avait juré que jamais il n'aurait d'autre maître et qu'il mourrait pour lui.

— Je ne vous décevrai pas, avait-il conclu. Je ne suis qu'un condamné à mort, mais je n'ai qu'une parole.

Le marquis s'était levé et lui avait posé sur la bouche le pommeau en tête de fauve de sa canne.

— Hernaldo, des jours viendront où tu devras choisir de m'être loyal ou de te perdre. Rappelle-toi donc tes paroles d'aujourd'hui. La fidélité ne se prouve qu'au cœur de la tempête.

Puis il était parti et Hernaldo avait bondi pour le regarder s'éloigner dans ce couloir qui avait été pour lui un cercle de l'enfer.

Quinze années s'étaient écoulées depuis. Il avait servi le marquis contre vents et marées, déterminé à mourir pour lui si nécessaire. Servir les Habsbourg ne lui avait apporté que du malheur et les Bourbons l'avaient renvoyé après ses années de service sans récompenses ni honneurs.

Don Enrique, lui, s'était révélé un homme noble digne de ce nom, astucieux, courageux et très puissant. Hernaldo avait notamment pu démontrer sa loyauté lors du tragique accident de doña Alba de Castamar. Personne ne connaissait la vérité, et si jamais elle sortait au grand jour, ils finiraient tous sur la potence et son maître aussi. On n'avait jamais su expliquer pourquoi le cheval de la duchesse s'était cabré et l'avait écrasée et c'était Hernaldo qui détenait la clé.

À l'époque, il était entré en contact avec un apothicaire spécialisé, de ceux prêts à mettre leur savoir à disposition de qui en connaît la valeur et le prix. Il avait traversé Madrid jusqu'à une petite boutique située dans la rue de los Reyes, tout près du Paseo de los Recoletos Agustinos, pratiquement à la campagne. Là, Vicente Hermosilla lui avait donné ce qu'il cherchait. Le vieil homme avait trouvé un stratagème aussi étrange et indétectable qu'une formule magique : un sifflet en bois flotté. Lorsqu'il le lui avait montré, Hernaldo ne l'avait pas cru. Comment un simple sifflet pouvait tuer quelqu'un ? Le vieil homme avait soufflé dedans et aucun son n'en était sorti. En revanche, son chien était sorti de l'arrière-boutique pour venir s'asseoir à côté de lui.

— Les humains ne peuvent pas en entendre le son, mais les animaux si, avait expliqué Hermosilla.

— On dirait de la sorcellerie.

— Pas du tout. C'est un phénomène tout à fait naturel. Un sifflement, le chien vient, deux…

Il siffla et le mastiff repartit comme il était venu.

— Tu vois ?

— Et qu'est-ce que vous voulez que je fasse de ça ?

— C'est plus subtil qu'une arme, en effet. On peut utiliser ce sifflet pour dresser un animal, n'importe lequel. On fait en sorte qu'il associe ce son à la douleur, à la tension ou à ce qu'on voudra, pour que ce soit lui qui cause la mort qu'on veut provoquer. Mettons, on dresse un chien qui attaquera dès qu'on siffle. On ne songera même pas à chercher un coupable puisque cela ressemblera à un accident.

Cet homme de science avait trouvé la clé pour envoyer don Diego dans la tombe sans qu'on puisse accuser qui que ce soit. Hernaldo, par ailleurs, n'avait rien contre le duc. Tout ce qu'il savait de lui, c'était qu'il avait fait preuve de courage sur le champ de bataille et il respectait cela, mais cela ne l'empêchait absolument pas de participer à sa mort. Le cheval était censé l'écraser lui et non pas la duchesse, mais ce jour-là, les époux avaient échangé les chevaux jumeaux sur lesquels ils montaient habituellement. Sans ce sale coup du sort, c'est le duc qui se serait trouvé six pieds sous terre au lieu de sa femme.

La chance leur avait faussé compagnie autant dans ce dessein que dans la guerre, mais bientôt elle reviendrait à leurs côtés. Il finit de rengainer son pistolet et partit rendre visite à la marquise de Villamar comme prévu. S'il y avait une chose dont il se sentait certain, c'était que, d'une manière ou d'une autre, don Enrique parviendrait à obtenir une grandesse d'Espagne et la disgrâce de Castamar.

*Le même jour, milieu de matinée*

La cuisine était devenue pour Clara une joyeuse frénésie de vapeurs, fours, fourneaux, bois et charbon ; des cuisiniers paraient les viscères d'agneau pour qu'il ne reste plus un nerf ; des aides désossaient le gibier, enduisaient des bouts de viande d'amandes en fine purée, bardaient d'autres avec du lard fin, faisaient rissoler des gésiers dans le saindoux.

Le tourbillon de gens, casseroles et broches lui avait fait oublier l'incident de Rosalía et, par moments, elle en oubliait même la visite de don Diego. Mais dès qu'elle soufflait un instant, elle revoyait l'arrivée du maître et les yeux comme deux ronds de flan de la gouvernante. Elle ne put s'empêcher de sourire à l'idée qu'enfin quelque chose avait échappé à la poigne de fer du dragon.

Par ailleurs, cette agitation l'avait empêchée de faire connaissance avec sa remplaçante en tant qu'aide : Beatriz Ulloa, une jeune fille dégingandée avec peu de lumières qu'elle avait mise en charge des souillons pour qu'elles ne lambinent pas. Doña Úrsula l'avait sans doute engagée dans la foulée pour éviter que Clara puisse choisir parmi les renforts quelqu'un qui serait alors devenu son allié.

Elle remua encore le ragoût, y ajouta du vin rouge, puis laissa le plat entre les mains d'Alfonsina Serrano pour observer la façon maladroite dont Beatriz taillait les navets. Elle remarqua dans ses petits yeux bruns la lueur de la survie, celle qui s'installe dans le regard quand on a eu plus que son compte de souffrance. La même qui luisait dans les siens.

Puis, soudain, au milieu du couloir qu'elle traversait pour regagner les autres cuisines, elle entendit, à l'étage, un clavecin dont quelqu'un jouait extraordinairement bien. Le souvenir du jour où elle avait compris qu'elle ne reverrait plus jamais son père la transperça. Alors qu'elle répétait au clavecin avec sa sœur, un messager était arrivé avec une lettre du secrétaire de la guerre, don José de Grimaldo. C'était elle qui avait accouru ouvrir la porte, croyant que c'était déjà son père qui revenait. Aussitôt, prise d'un très mauvais pressentiment, elle avait décacheté la lettre sous les regards inquiets de sa mère et de sa sœur. Les yeux pleins de larmes, elle avait tenté de mettre en mots que la vie telle qu'elles l'avaient connue n'existait plus. Puis elle s'était effondrée.

Lorsqu'elle avait recouvré ses esprits, sa vie en effet était complètement chamboulée : elle était orpheline de père et une étrange affection l'empêchait de sortir dans les espaces ouverts. Quelques jours plus tard, don José de Grimaldo en personne leur avait relaté les circonstances de la disparition du docteur Belmonte.

— Il est mort en héros et en patriote, avait-il dit.

Selon les informations des survivants, un détachement adversaire avait attaqué l'hôpital de campagne dirigé par son père à la recherche d'opium et de nourriture. Son père avait organisé la résistance avec les blessés moins graves et les hommes postés sur le pont de la rivière Tajuña. Pendant qu'ils défendaient le camp, il avait ordonné de cacher toutes les réserves d'opium et de mettre les malades et les femmes en sécurité sur l'autre rive. Ils apprirent plus tard que parmi eux se trouvait l'un des cousins issus de germains du roi.

— Le docteur Belmonte a tenu bon toute une journée, mais en voyant que l'ennemi allait avoir le dessus et qu'une fois le pont traversé, il tuerait tous les blessés, il a fait sauter le pont, ce qui lui a coûté la vie, avait conclu le secrétaire de sa voix solennelle. Je vous présente mes plus sincères condoléances, mesdames. Votre mari, votre père était un homme honnête, bon et courageux. Il a sauvé de nombreuses vies ce jour-là. En apprenant la nouvelle, Sa Majesté a décidé de lui accorder des honneurs posthumes.

Cela ne s'était jamais fait. Sa mère avait envoyé des lettres et fait jouer quelques relations, mais la guerre avait emporté les bonnes résolutions et les paroles du roi étaient restées sans suite. Elles n'avaient jamais su pourquoi.

Perdue dans ses souvenirs, elle fut surprise de se trouver nez à nez avec doña Úrsula qui descendait le large escalier à l'angle du couloir. Elle était accompagnée de deux femmes qui, d'après leurs tabliers, devaient être encore des aides de cuisine supplémentaires. Lorsque la gouvernante la vit, elle lui indiqua de s'arrêter avec un geste de chef d'orchestre.

— Le duc et la duchesse, ainsi que le marquis de Soto et Mlle Castro veulent prendre leur déjeuner dans les jardins de Villacor, annonça-t-elle.

— Un des valets m'a fait passer la commission, répondit Clara. Sauf erreur de ma part, don Gabriel les accompagnera aussi ?

La gouvernante haussa les épaules.

— Oh, oui. Bien sûr.

De toute évidence, don Gabriel était pour elle quantité négligeable et elle aurait préféré ne pas avoir à servir un Noir. Clara pouvait comprendre son malaise, et en même temps, se disait-elle, si don Gabriel était un homme libre, il avait le même droit de jouir de sa liberté que n'importe qui d'autre. Et si le maître avait grandi avec lui comme s'ils étaient frères, il était logique qu'il l'aime comme tel. Cela ne la dérangeait pas le moins du monde, elle cuisinait pour toute la maisonnée, maîtres et domestiques, quel que soit leur rang. D'ailleurs, si le duc avait demandé qu'elle prépare à manger pour le bétail, elle l'aurait fait sans rechigner.

— Voici vos deux nouvelles aides pour la fête, mademoiselle Belmonte, poursuivit doña Úrsula.

Dolores Carvajal et Benita González, visiblement plus âgées qu'elle, la saluèrent dans les formes sans pouvoir effacer toutefois la pointe de scepticisme qui se lisait dans leur regard.

— C'est un plaisir de faire votre connaissance, dit-elle sans réfléchir.

Elle s'en voulut aussitôt de son excès de politesse courtisane, déplacée dans les quartiers du service. Les deux femmes, perplexes, esquissèrent une révérence maladroite. Doña Úrsula eut une moue agacée.

— À partir de maintenant, vous êtes toutes les deux sous les ordres de Mlle Belmonte. Mademoiselle Belmonte, puis-je vous parler un instant, quand vous leur aurez indiqué ce qu'elles doivent faire ? ajouta-t-elle.

Clara leur ordonna d'aider à préparer les garnitures. Doña Úrsula, raide comme la justice, attendit qu'elles s'éloignent tandis que Clara se préparait sereinement à refouler son attaque.

— Mademoiselle Belmonte, faites attention à ne pas confondre la cuisine avec une salle de bal. Votre courtoisie est de trop avec des filles comme elles, elles sont ici pour travailler, assena-t-elle d'un ton désagréable.

Clara marqua un temps avant de répondre :

— Avec tout le respect que je vous dois, doña Úrsula, je ne crois pas faire de mal avec l'éducation que ma mère m'a inculquée, répondit-elle. Je ne pense pas que la politesse puisse…

Doña Úrsula, outrée, coupa court à sa réplique :

— Écoutez-moi, mademoiselle Belmonte. Je vois bien que votre mère vous a appris les bonnes manières, mais elles ne sont pas utiles pour gérer le personnel de cuisine. Il est également évident que votre mère n'y passait pas beaucoup de temps, sauf pour s'amuser.

Clara serra les poings jusqu'à ce que ses jointures pâlissent, prête à riposter, mais doña Úrsula ne lui en laissa pas la possibilité.

— Et il est évident qu'elle n'a pas réussi à vous apprendre quand il faut obéir et se taire. Traitez les serviteurs avec la correction appropriée, ni plus ni moins, ou on finira tous par se prendre pour Son Excellence. Retournez au travail.

Cette fois-ci, Clara obtempéra en silence et se dirigea vers les cuisines secondaires. Elle savait que cette remontrance était davantage due à la visite de don Diego qu'à sa façon de répondre aux bonnes – déplacée mais parfaitement inoffensive. Elle sentait le regard du dragon dans son dos et aurait voulu se retourner pour vérifier si elle était encore là quand, dans un renforcement du mur, elle aperçut Elisa Costa, qui, toute recroquevillée, lui faisait signe de continuer sans s'arrêter. Ce qu'elle fit.

Ce ne fut que plus tard, lorsqu'elle revint à la grande cuisine, qu'elle retrouva Elisa qui l'attendait dans la cour en faisant semblant de ramasser du linge. Dès qu'elle la vit, elle mit sa bassine à la hanche pour se diriger vers la porte de service du couloir. Clara la rejoignit par l'intérieur.

— J'ai entendu la vieille sorcière, chuchota la femme de chambre en s'approchant. Ne t'inquiète pas, elle est comme ça avec tout le monde.

— Oui, je l'ai remarqué. Même avec don Gabriel.

— Elle ne supporte pas de servir un homme noir... Normal, hein, c'est un nègre. On dit qu'ils ne sont pas comme nous, qu'ils ne sont pas très intelligents. Mais don Abel, le défunt père de don Diego, l'a élevé comme un fils.

Clara comprit alors qu'Elisa était une fille simple qui aimait trop parler. Elle savait que les gens modestes, dont elle faisait désormais partie, ne gardaient pas leur quant-à-soi comme ses parents le lui avaient enseigné. La discrétion n'était pas une valeur, tout le monde était au courant de tout et on s'interpellait directement par le prénom sans se poser de question. Probablement parce qu'ils se sentaient tous soumis de la même façon aux aléas de la vie.

— La vieille n'a jamais supporté d'avoir à traiter le Noir comme un maître, continuait Elisa, véritable moulin à paroles. On dit qu'elle a failli s'en aller, tellement ça l'enrageait. Même que don Diego lui a dit de partir si c'était si dur pour elle.

— Pourtant elle est restée, commenta Clara tranquillement. Elle a beaucoup de pouvoir ici et elle aime trop commander pour s'en aller.

— Ah çà ! Mais elle est devenue aussi amère que la bile. Même que son mari a préféré partir plutôt que de la supporter, fit Elisa. Des années sans connaître un homme, voilà ce qui ne va pas chez elle !

— Parle moins fort, Elisa, conseilla Clara en gloussant. Imagine qu'on nous entende !

— La vieille sorcière est à l'étage, je l'ai vue monter.

Elles essayaient d'étouffer leur pouffement quand le rire innocent de Rosalía se joignit aux leurs. La petite, qui n'avait pas fait plus de bruit qu'une souris en s'approchant, cria tout à coup :

— Vieille sorcière, vieille sorcière !

Clara et Elisa fondirent sur elle pour la faire taire. Au moment où Clara la grondait affectueusement en lui disant que jamais, au grand jamais, elle ne devait répéter cela, elle crut voir, du coin de l'œil, qu'on refermait doucement la porte de la cuisine. Comme si quelqu'un, de l'autre côté, avait écouté leur conversation pendant tout ce temps.

# 12

*16 octobre 1720, midi*

MELQUÍADES ÉTAIT EN TRAIN D'AJOUTER quelques lignes dans son journal, une habitude qu'il entretenait depuis sa nomination en tant majordome, à la mort de son père. Chaque fois qu'il venait à bout d'un carnet, il le numérotait et le classait avec les précédents, gardés sous clé comme un trésor, à l'intérieur de son secrétaire. Il se sentait, en toute modestie, comme le chroniqueur de Castamar, rapportant par le menu les événements de chaque jour, parfois même en ajoutant quelques illustrations. Il n'avait aucunement l'intention de publier leur contenu, il n'écrivait que pour son plaisir et pour mieux réfléchir à la façon d'organiser la vie sur le domaine. Il aimait ces beaux cahiers et il devait le luxe de pouvoir s'en servir à la générosité de don Diego : son libraire à Madrid commandait des feuillets reliés à l'atelier que doña Isabel María de Arroyo gérait depuis la mort de son mari. Tous les six mois, elle envoyait au libraire quatre carnets vierges que celui-ci ajoutait, aux frais du duc, aux nouveautés éditoriales qu'il faisait parvenir à Castamar. Melquíades avait essayé maintes fois de rembourser don Diego, mais celui-ci avait refusé catégoriquement.

En ce moment précis, alors qu'il attendait que son neveu vienne recevoir ses instructions, il décrivait la tentative de licenciement de Clara Belmonte, que son bon ami Simón Casona lui avait rapportée. Il raconta aussi comment la saveur du potage de pois chiches et blettes de Clara Belmonte avait laissé coi tout le monde. Habitués qu'ils étaient à la cuisine sommaire de Mme Escrivá, limitée à des soupes au pain, des aubergines farcies et un rare dessert les jours de fête, le plat leur avait paru un pur délice. Certains étaient même allés la voir pour qu'elle explique comment elle avait pu obtenir un résultat aussi succulent avec de si humbles ingrédients. Ce qu'elle avait fait, timide et aimable : le secret, avait-elle confié, c'était la cuisson à feu très doux et l'ajout d'œuf dur émietté en fin de cuisson.

Après avoir goûté à ses plats, personne ne s'étonna lorsqu'elle fût nommée à la tête de la cuisine en dépit de son manque d'expérience.

Quant à Mme Berenguer, elle n'avait goûté à la cuisine de Clara Belmonte qu'au petit déjeuner ce matin-là. Melquíades avait surveillé sa réaction et… il n'avait pas été déçu. Il l'avait vu écarquiller les yeux, puis reprendre sa contenance, presque contrariée. Mais il ne la connaissait que trop bien : doña Úrsula n'avait rien dit par fierté, mais elle avait compris, comme tous, que Mlle Belmonte était une cuisinière hors pair. Dans son for intérieur, il avait le cœur à la fête et cette petite brèche dans le contrôle étroit que la gouvernante exerçait sur Castamar était comme une bouffée d'air frais en plein mois d'août.

Lorsqu'il avait rencontré Úrsula Berenguer, il avait pensé qu'elle était la parfaite gouvernante, et malgré toutes ces années passées à sa merci, il devait admettre qu'elle l'était. Avant qu'elle ne découvre son secret, il avait même été profondément attiré par elle. Peut-être à cause de sa diligence, son attention au détail et le dévouement qu'elle mettait dans son travail. Si on savait regarder derrière son geste austère, elle était une très belle femme. Il avait même osé espérer, que, dans ce paysage aride qu'était l'esprit de doña Ursula, un peu de pitié puisse encore fleurir ; que peut-être, en l'arrosant de son affection, il pourrait découvrir le versant tendre de cette femme d'acier. Mais cela n'avait été qu'une illusion insensée et, avec le temps, son espoir aussi s'était fané. Il soupira. Il se maudissait chaque fois qu'il songeait à la façon dont elle avait découvert son secret. Doña Úrsula n'était à Castamar que depuis quelques mois et il la regardait de loin en attendant de rassembler son courage pour lui avouer ses sentiments lorsqu'elle avait écrasé comme un cafard ses belles intentions.

Il se rappelait avec clarté le moment où elle était entrée dans son bureau pour dire que doña Alba réclamait sa présence. Ce fut en vérité un jour funeste : au coucher du soleil, la duchesse, cet ange de femme, n'était plus et lui, il avait cessé d'être le véritable majordome de Castamar.

Dans sa hâte pour accourir auprès de sa maîtresse, il avait laissé son journal ouvert sur la table. Il était déjà pratiquement à l'étage lorsqu'il s'en était aperçu. Doña Úrsula, diligente, s'était proposé de remettre le cahier à sa place pour qu'il puisse se rendre sans tarder chez Madame. Naïf, il avait accepté, signant ainsi son destin de marionnette.

— Je compte sur votre discrétion.

— Bien entendu, don Melquíades, avait-elle répondu sans ciller. Jamais je ne lirai vos documents personnels.

Il lui avait demandé de ranger le carnet dans son secrétaire, en lui confiant la clé et était monté, sans l'ombre d'un soupçon, au salon oriental. Et tandis que doña Alba lui révélait qu'elle était enceinte et qu'elle souhaitait faire une surprise au duc l'après-midi même, la gouvernante avait découvert, par hasard ou pas, la lettre, cette maudite lettre qui avait compromis tout son avenir. Deux jours auparavant, alors qu'il hésitait à la détruire, l'un des frotteurs l'avait interrompu avec une histoire de mites dans les armoires et il l'avait rangée dans le cahier, puis l'avait oublié. Cette étourderie et sa naïveté l'avaient condamné à vivre cette vie d'imposteur où il feignait d'être à la tête de Castamar. Non seulement il était le comique principal de cette tragi-comédie ridicule, mais il perpétuait son asservissement à cette femme car il n'avait pas, depuis le temps, trouvé le courage de révéler à son maître les actes indignes dont la lettre était la preuve. Et tant qu'il ne parviendrait pas à le faire, il serait à la botte d'Úrsula Berenguer.

Il se détestait pour cette lâcheté, il n'était qu'un épouvantail auquel on avait accroché de fausses médailles d'autorité. Durant ces années, il avait failli, à trois reprises, tout avouer au duc, mais chaque fois, il commençait à trembler et devait se retirer, balbutiant des excuses et trempé en sueur. Il avait plus d'une fois aussi songé à quitter le domaine, mais à cinquante-cinq ans, il lui serait difficile de trouver un autre emploi de majordome principal. De plus, il craignait que Mme Berenguer n'utilise la lettre où qu'il soit, juste pour le plaisir de continuer à le dominer. C'est pourquoi il était prisonnier de Castamar, comme l'était don Gabriel. Tous deux, chacun à sa manière, étaient prisonniers d'une cage dorée. De lâcheté en couardise, les années étaient passées, et avec elles, ses chances de bâtir une autre vie loin de ce domaine et de son vil secret.

On frappa alors à la porte et il referma le carnet avant de donner l'ordre d'entrer. Son neveu, Roberto Velázquez, ouvrit et se tint devant lui, vêtu d'une livrée impeccable. Il avait de grandes oreilles, un début de moustache et un regard vif, et bien qu'il fût peu maigre, sa haute taille et son allure faisaient de lui un beau jeune homme.

— Don Melquíades, vous m'avez fait appeler ? dit-il en carrant le menton.

— Oui, oui, Roberto, bonjour. Comme tu sais, Monsieur va déjeuner aujourd'hui dans les jardins de Villacor. Il faut que tu parles au chef des écuries ou, à défaut, à Belisario Coral, qui est le palefrenier le plus ancien, pour dire qu'il faut y emmener deux voitures.

Le garçon fut surpris, car le maître avait fait part de son souhait de faire le trajet à pied. Le majordome attendit que son neveu demande pourquoi donc il fallait des voitures. Il voulait lui inculquer un principe basique du métier.

— Excusez-moi, don Melquíades, dit le garçon sans familiarité, comme il le lui avait appris. Sans vouloir vous contrarier, Monsieur a dit lui-même que ses invités et lui voulaient se promener.

— Il me semble que tu ne connais pas les jardins de Villacor ?

Le jeune homme secoua la tête.

— Ils sont situés à moins d'une demi-lieue à l'ouest, et sont en effet un endroit idéal pour profiter de la campagne. J'essaie de t'éviter de commettre les mêmes erreurs que les autres dans le passé. Alors, comme je viens de te dire, il y a une demi-lieue entre la maison et les jardins. Pourquoi t'ai-je dit cela, à ton avis ?

Le garçon, les joues en feu, secoua la tête avec nervosité sans savoir où son oncle voulait en venir. Melquíades attendit quelques instants pour donner plus de gravité au savoir qu'il allait transmettre. Il le tenait lui, de son père, Ricardo Elquiza, qui, dans sa jeunesse, lui avait reproché parfois de ne pas regarder assez loin. « Servir, c'est anticiper les désirs du maître, lui disait-il. L'anticipation est une qualité essentielle de tout bon serviteur. » Il était maintenant nécessaire que son neveu l'apprenne.

— Cette distance suffit à ce que, si le temps se gâte, les maîtres se retrouvent complètement trempés, expliqua-t-il. Veille à ce que les voitures soient là au cas où.

Le garçon hocha gravement la tête.

— Merci, don Melquíades, je comprends tout à fait. Vous avez absolument raison.

— J'espère donc que, la prochaine fois, tu y penseras seul. C'est à toi qu'il revient d'éviter ce genre de désagrément. Par ailleurs, cette conversation reste entre nous, et si jamais les voitures sont requises, tu laisseras dire que l'idée venait de toi, est-ce clair ?

Roberto protesta, mais il suffit d'un regard de son oncle pour que le jeune ne soulève plus d'objections. Melquíades s'approcha de lui, rajusta le col de sa chemise et lui dit qu'il se débrouillait très bien. Le garçon quitta la pièce en marchant presque sur la pointe des pieds, essayant d'imiter l'allure élégante d'un gentilhomme. Malheureusement, songea Melquíades, il se rendrait bientôt compte qu'il ne l'était pas et que, comme tous ceux qui sont nés sans titre ni patrimoine, il devrait travailler dur chaque jour que Dieu faisait.

C'est alors qu'une odeur alléchante vint titiller ses narines. L'odeur d'un plat où se rencontraient les légumes secs avec le chorizo, la macreuse et le paleron, la farce de mie de pain et d'œufs avec l'os à moelle, les os de cane, le chou… Un parfum qui était le joyeux héraut du repas qui serait servi un peu plus tard.

Les effluves montaient lentement jusqu'à lui, le faisant se souvenir qu'il y avait quelqu'un de nouveau dans les cuisines ; quelqu'un de très différent qui pouvait apporter, sans le savoir, de grands changements. Il pensa alors qu'il lui faudrait faire connaissance avec Clara Belmonte, car après tout, même de nom, il était toujours le majordome principal du domaine. Bien que l'espoir dans une situation comme la sienne puisse être son pire ennemi, il se permit, bercé par les arômes gourmands, de croire qu'un jour, Castamar serait à nouveau à lui.

*Le même jour, 16 octobre 1720*

À chaque heure qu'il passait à Castamar, Enrique se sentait de plus en plus à l'aise. Diego lui apparaissait comme un homme quelque peu acariâtre qui, sans être aussi distingué qu'on aurait pu l'espérer, ne déméritait toutefois pas de sa lignée de grand d'Espagne. Le plus remarquable chez lui était son caractère ambivalent, mais il était difficile de savoir quel trait l'emportait. L'homme d'État en Diego était cultivé, préparé dès l'enfance à gouverner Castamar et à participer aux affaires de la cour, capable de maîtriser des situations dangereuses, de mesurer ses actions, d'élaborer des stratégies pour atteindre ses buts. Cependant, sous cette peau policée se cachait une bête rugissante qui pouvait surgir à tout moment et tout détruire sur son passage.

Après la pique qu'il avait lancée au petit déjeuner, Enrique en avait envoyé quelques autres à propos des serviteurs et des Noirs, rien que des avis communément partagés mais qu'il savait contraires aux idées du duc. Il constata avec satisfaction que ces remarques, anodines pour les autres, irritaient son hôte. Il n'avait qu'à continuer comme cela, en rajoutant peu à peu à son insolence, et il parviendrait à le faire sortir de ses gonds. La nature de Diego de Castamar, songea-t-il, était le vent dans les voiles de ses desseins.

En arrivant à Castamar, Enrique connaissait déjà sa faible disposition envers les domestiques, mais sur place il avait pu le constater personnellement : la déférence envers son majordome, le respect affable pour la gouvernante, ou encore cette anecdote que doña Mercedes avait racontée d'après laquelle il s'en était pris à un aristocrate pour avoir maltraité le jardinier. Enrique faisait sien l'adage « qui se fonde sur le peuple se fonde sur la boue » et aussi, comme disait Machiavel, qu'à choisir entre être aimé ou craint, la seconde solution était préférable.

Lui-même était absolument indifférent à l'affection que ses serviteurs pouvaient lui porter car il n'en avait aucune pour eux. Les domestiques devaient servir depuis la boue dont ils étaient issus, car c'était leur élément. Par ailleurs, c'était aux maîtres de décider du degré de liberté dont leurs gens devaient jouir car la plupart ne sauraient que faire de leur vie ou de leur temps. En général, les gens du commun étaient des simples d'esprit, sinon des abrutis, qui n'étaient et ne seraient jamais ses égaux.

Il regarda Amelia et don Diego qui marchaient devant lui sur le chemin des jardins de Villacor. Il n'avait pas été facile de trouver la candidate idoine pour séduire le duc. Elle devait répondre à certaines exigences : une femme qui, sous des apparences parfaitement respectables, avait déjà connu les hommes et fourbi ses armes dans l'art de la séduction, et avant tout, une femme dans une situation dont il pourrait tirer profit en la manipulant à sa guise. Après de longues recherches infructueuses parmi le parterre de jolies fleurs tombées en disgrâce, c'était doña Mercedes elle-même qui l'avait mis sur la bonne voie :

— Je vous assure, mon cher Enrique, que je me suis donné un mal fou pour trouver une épouse à mon fils. Mais la seule femme qui ait réussi à attirer quelque peu son attention a été Mlle Castro, une créature délicieuse, issue d'une famille andalouse respectable, bien que sans titre. Pour tout vous dire, si mon fils était tombé amoureux d'elle, je ne me serais pas opposée à leur mariage malgré son rang inférieur. Vous voyez bien que je suis prête à tout pour le sortir de sa tristesse. Mais finalement rien ne s'est passé et je n'ai toujours pas de petits-enfants.

C'est ce commentaire qui l'avait poussé à s'intéresser aux malheurs de Mlle Castro. Il avait racheté ce qui restait de ses propriétés ainsi que les dettes de son père, puis il avait fait en sorte qu'on sache à Cadix qu'un certain gentilhomme était son protecteur, et enfin, il lui avait fait savoir par une de ses connaissances, Verónica Salazar

– une veuve aux apparences respectables qui avait accepté avec joie le paiement de cent escudos en échange de ses services – que l'inconsolable don Diego n'était peut-être plus aussi inconsolable.

C'était grâce à tout cela qu'Amelia, complètement étrangère à ses desseins, était là, à déployer tous ses charmes à l'intention du duc. Derrière eux, le Nègre ne la quittait pas des yeux. Celui-là, songea Enrique, ne pouvait même pas imaginer le sort qui lui était réservé s'il parvenait à ses fins.

— Mais non, mon cher duc, disait la jeune femme. Lors de ma dernière visite, nous ne sommes pas venus à Villacor…

— Une erreur impardonnable à laquelle il était impératif de remédier, répondit don Diego.

— Doña Mercedes m'a dit que c'est un de ses endroits préférés.

— Et de toute la famille. Surtout au printemps, quand la nature est à son apogée.

« Pauvre fille, se dit Enrique, si étrangère, si pleine de désirs frustrés. » Elle était loin de se douter que c'était lui qui avait tout orchestré pour qu'elle soit obligée de partir à Madrid et qu'elle se retrouve à présent à Castamar.

— Et votre mère, don Diego ? Je m'étonne qu'elle n'ait pas voulu faire cette belle promenade, intervint alors Enrique.

— Elle est partie plus tôt pour profiter de la lumière du matin sur les jardins.

Amelia sourit avec coquetterie.

— Si j'avais su, peut-être serais-je partie en même temps qu'elle. Une femme seule avec deux hommes, je ne sais pas si je devrais, minauda-t-elle en les regardant tous les deux.

Enrique s'agaça de cette maladresse. Si elle tenait à devenir duchesse de Castamar, jamais elle ne devrait oublier le Noir. Avec sa remarque, elle avait trahi le fond de sa pensée à ce sujet, en oubliant que le duc le considérait comme son frère. En effet, le duc répondit :

— Vous avez ma parole que vous ne courez aucun danger. Vous êtes avec *trois* gentilshommes.

Elle rattrapa avec grâce sa bévue :

— Vous n'avez pas besoin de me rassurer, don Diego. Protégée par *deux* Castamar et le marquis de Soto... personne ne pourrait se sentir plus en sécurité.

Enrique sourit, satisfait de la façon dont elle avait rattrapé ce petit impair.

Le grincement d'une brouette se fit entendre et, de derrière un buisson, surgit la silhouette imposante et un peu bossue d'un jardinier. Il transportait de petites plantes sur un terreau recouvert de cendres. L'homme s'arrêta et enleva sa casquette respectueusement en leur adressant le bonjour.

— Bonjour, Simón, répondit le duc avec un sourire chaleureux. Nous allons à Villacor.

— Je m'en doutais, j'y ai accompagné votre mère plus tôt. C'est très beau, en cette saison, n'est-ce pas ?

Don Diego et le Noir se mirent à échanger avec le jardinier, lui donnant l'occasion d'avoir un petit aparté avec Amelia.

— Hier, nous avons été interrompus, murmura-t-il, et je n'ai pas pu assez vous dire que la dernière chose que je voudrais, c'est que vous vous sentiez mal à l'aise auprès de moi.

— Ne vous en faites pas, don Enrique, je vous assure que tout ce que j'éprouve pour vous, c'est de la reconnaissance. Plus que vous ne pouvez l'imaginer.

— Je vous en prie, ne me remerciez pas, dit-il en l'invitant d'un geste à continuer à marcher. Je vous ai déjà exposé mes intentions : laissez-moi simplement être un bienfaiteur pour vous.

— Oh, mon cher marquis. Je ne pourrais pas vous laisser m'aider davantage, vous en avez déjà trop fait.

Il sentit une pointe d'inquiétude dans sa voix, que dans sa petite tête elle tournait la situation dans tous les sens pour essayer de comprendre ce qui se passait. Il posa sa main gantée sur la sienne.

— Je comprends, fit-il. Vous avez raison, nous ne nous connaissons que depuis peu. Mais afin que vous croyiez à la sincérité de mes paroles, j'ai demandé ce matin à mon secrétaire, M. Barroso, de payer toutes vos dettes en mon nom… celles de votre père et les vôtres. Vous allez pouvoir retrouver votre belle maison et cesser de vous inquiéter de ces terribles créanciers.

— Mais, don Enrique… s'étrangla-t-elle, les yeux écarquillés, une main sur la poitrine.

Combien c'était touchant, ces lèvres tremblantes, ce regard à la fois incrédule et plein d'espoir… Que ces ironies de la vie étaient amusantes : cette jeune femme avait fui Cadix, les fesse-mathieux et sa réputation en lambeaux pour se retrouver entre les mains d'un seul créancier.

— Je… Je ne pourrai jamais vous rembourser, souffla-t-elle. Jamais je…

— Ne vous inquiétez pas, ne vous inquiétez de rien. Il m'était insupportable de vous voir malheureuse alors qu'il était en mon pouvoir de mettre un terme à votre souffrance. Je n'allais pas permettre qu'une femme comme vous se retrouve dans cette situation pénible que vous n'avez rien fait pour mériter. Sans dire que, pour songer à épouser le duc, il vous faut un minimum de dot.

Elle considéra ses mots un instant avant de relever la tête et de le fixer pour demander :

— Je ne veux pas vous vexer, marquis, c'est la dernière chose que je souhaite, mais je vous prie de me dire la vérité : que voulez-vous de moi ?

Le duc et le Noir s'approchaient et Enrique se tourna vers eux avec un sourire courtois.

— Je louais auprès de Mlle Castro la qualité de vos domestiques : cuisine délicieuse, jardins tout aussi exquis.

— Oui, renchérit Amelia. Quelle chance vous avez !

— Nos gens sont le plus grand atout de Castamar, intervint Gabriel. Mon frère se fait un point d'honneur d'en prendre grandement soin.

Ce Nègre était une véritable nuisance. Il apparaissait à des moments et en des lieux inopportuns, scrutait sans cesse chacun de ses gestes et mouvements… Mais le moment n'était pas encore venu de lui faire payer ses insolences. Son heure viendrait, il devait ronger son frein.

— Ce jardinier n'est-il pas un peu âgé pour s'occuper seul de ces magnifiques jardins ? demanda-t-il sans un regard pour le Noir.

Ils étaient arrivés au bout d'un chemin de gravier bordé de cistes. Le paysage était parsemé de chênes et de ces gros rochers de granit gris, durs et lisses, typiques de la sierra de Madrid.

— Tout à fait, mais il est aussi têtu qu'une mule, don Enrique, répondit don Diego. Il a sept jardiniers à ses ordres, mais il ne peut pas s'empêcher de faire les choses lui-même.

— C'est là un des défauts propres aux servants que de ne pas savoir gouverner les autres.

— J'ai lu quelque part que lorsqu'un serviteur se comporte mal, intervint Mlle Castro avec un sourire doux, c'est à cause d'un maître qui ne sait pas commander.

— Vous feriez mieux de ne pas perdre votre temps avec des livres qui racontent de telles choses, rétorqua Enrique. D'après mon expérience, cela n'a aucun sens.

— D'après mon expérience, répliqua le duc, le livre de Mlle Castro dit vrai dans la mesure où les serviteurs n'ont d'autre choix que de suivre les ordres donnés par leur maître, bons ou mauvais. J'ajouterais que, parmi le service, il y a autant de variété de caractères que parmi les gens de la noblesse.

— Je ne suis pas d'accord, mon ami. Il est communément admis que les servants ne possèdent pas la force de caractère nécessaire pour gouverner les autres. Ce n'est que dans des cas exceptionnels que l'on observe une inclination à commander chez certains domestiques de qualité, comme un majordome ou un intendant.

Don Diego se contenta de hausser les épaules. Le duc, songea Enrique, avait hérité la faiblesse de caractère de son père qui lui avait fait adopter un esclave noir.

Ils marchèrent encore une bonne demi-heure. Plus haut sur le coteau, la végétation devint plus dense et un sentier bien entretenu les conduisit à travers ce bois où les essences sauvages coexistaient avec des jardinières de pierre. Arrivés au sommet, ils retrouvèrent doña Mercedes, qui, entourée d'un essaim de valets, laquais et pages, se reposait dans l'un des fauteuils que les domestiques avaient apportés. Sur une colline voisine se trouvait une maison à deux étages. On l'appelait, expliqua le duc, « la ferme de Villacor ». Elle était vide depuis des années, mais très bien entretenue.

Depuis ces hauteurs, constata Enrique, on percevait au loin Madrid, les tours de l'Alcazar et la rivière Manzanares. Après avoir salué la duchesse, il s'installa sur le divan en velours et contempla la vue, ému par la beauté du paysage.

— Franchement, don Diego, ce divan est une pièce extrêmement confortable, commenta-t-il en savourant le verre de vin doux de Malaga qu'on lui avait apporté. Je vais devoir en commander son frère jumeau.

Avec un sourire nostalgique, le duc expliqua que le meuble était le préféré de feu son épouse. Enrique sentit son sourire et son esprit se figer, et, le temps d'un instant, il vit, comme si elle était vraiment là, le visage angélique d'Alba et entendit sa voix lui murmurer cette merveilleuse phrase qu'elle répétait chaque fois qu'ils se croisaient lors d'une soirée, un bal ou aux spectacles du Buen Retiro : « Vous êtes le plus bel homme de la cour. »

# 13

*16 octobre 1720*

Après le départ des maîtres pour Villacor, Úrsula se répétait que, si elle voulait contrôler les cuisines comme elle contrôlait le reste du domaine, elle devait en apprendre davantage sur Clara Belmonte.

« Ils ont tous des secrets, tous. Ils ont tous un passé. »

Elle aussi. Un passé qui avait laissé son âme pleine de corbeaux prêts à piquer les yeux de quiconque oserait s'approcher de trop près : Elías Pereda, un gros homme aux bras puissants et aux doigts durs comme des genévriers. Elle l'avait épousé à l'âge de vingt-huit ans, fuyant les coups et les sévices de son père. Naïvement, Úrsula avait cru qu'Elías était un bon parti, car il était le premier palefrenier du baron de Robles ; elle avait cru aussi qu'il était la porte de sortie de l'enfer que son père lui faisait vivre.

Elle ne l'avait jamais aimé, alors que lui, pourtant, s'était épris d'elle. Au début au moins. Mais l'amour qu'il disait lui porter s'était évaporé à peine étaient-ils passés devant le curé. Car à partir du moment où il avait pu la posséder, il n'avait plus vu chez elle qu'une femme à mépriser et à battre, le souffre-douleur qui devait payer sa frustration d'avoir perdu tout son argent et le peu de dignité qui lui restait. Mauvais joueur et mauvais buveur, il rentrait de ses sombres soirées ivre de vin et de ressentiment et se jetait sur elle, déchirant ses vêtements, pour la pénétrer de force nuit après nuit. Parfois elle n'arrivait plus à trouver le courage de lui résister, et se résignait dans le dégoût à ses étreintes dégradantes. Une fois, elle avait voulu se défendre avec un couteau de cuisine et il avait souri comme si cela lui donnait plus de plaisir et l'avait battue au sang avec sa ceinture, lui laissant le corps noir de coups et d'entailles.

D'autres nuits, plus rares, il revenait euphorique d'avoir gagné quelques sous et s'allongeait sur le grabat derrière elle, empestant le bouc, et lui caressait les cheveux en disant qu'il l'aimait et qu'il ne pouvait pas vivre sans elle. Il essayait parfois d'apaiser ses remords en affirmant que c'était elle qui provoquait sa colère et qu'il ne voulait pas lui faire du mal mais qu'il était obligé de la mater car elle était « une tête de mule ». Elle ignorait alors que le pire était encore à venir.

Grâce aux enseignements du père Aurelio et des religieuses du couvent de Nuestra Señora de las Maravillas – où elle avait appris la lecture, l'écriture, les quatre règles et un peu d'histoire –, Úrsula avait réussi à s'élever du rang de simple bonne à celui de gouvernante. Son père, un abruti qui n'aimait pas travailler, se faisait entretenir par elle, et n'avait que faire de ses allées et venues. Elle en tirait une certaine indépendance et parvenait tous les mois à mettre quelques sous de côté. Elías, en revanche, avait exigé qu'elle quitte son emploi immédiatement, sous prétexte que son salaire était suffisant pour eux deux. Les voisines de la rue de La Palma, où ils habitaient, l'avaient félicitée avec de grands sourires édentés, lui disant qu'elle avait bien de la chance que « l'Elías » lui permette de ne pas travailler comme dans les maisons bourgeoises. Elles ne se doutaient de rien. Mais elle comprit vite que son mariage n'était qu'une farce mal ficelée. Son mari la voulait enfermée à la maison toute la journée alors qu'il folâtrait avec sa maîtresse et les gaupes du bordel. « Quel misérable saligaud », songea-t-elle encore une fois, avec l'amertume qu'amenaient toujours ces souvenirs. Si elle ne s'était pas défendue, il aurait fini par la tuer. À une occasion, alors qu'elle guettait son arrivée par la fenêtre, elle avait entendu un voisin lancer à son mari :

— Alors, Elías, tu vas tanner le cuir à ta femme ?

— Elle n'est bonne qu'à ça, avait répondu son mari, les mots brouillés par la vinasse.

— Un jour, tu vas la tuer.

— Parle pas de malheur, pardi ! fit Elías dans un éclat de rire gras. Il me faut bien quelqu'un pour chauffer mon lit.

Cette nuit-là, quand il avait essayé de la forcer, sa verge avait refusé de fonctionner, et il s'était vengé sur elle en la frappant avec une poêle en fer, l'accusant d'être une virago méchante et froide.

Elle avait mis fin à ce mauvais mariage une nuit de 1704. Dans la salle à manger de leur petite maison, Elías avait fait une grimace moqueuse lorsqu'elle lui avait annoncé, la peur au ventre, qu'elle s'en allait.

— T'es devenue folle, femme, avait-il grogné tout en buvant bruyamment sa soupe.

Elle avait répété qu'elle allait partir, ses yeux dans les siens, se préparant à l'accès de colère qui ne tarderait pas à éclater. Elle lui avait dit qu'elle ne l'aimait pas, qu'elle ne l'avait jamais aimé, qu'elle ne l'avait épousé que pour fuir son père. Il l'avait regardée comme on regarde un abattis.

— Elle est bien bonne, celle-là. Tu peux pas partir : j'suis ton mari. Tais-toi et sers-moi encore de la soupe ou je vais sortir ma ceinture et c'est elle qui te fera taire.

— La voilà, ta soupe ! avait-elle crié en lui jetant à la figure l'écuelle avec la rage accumulée de toute une vie de maltraitances.

D'un bond, il s'était jeté sur elle et l'avait giflée si fort qu'il l'avait fait tomber.

— Ne joue pas avec le feu, Úrsula.

Elle s'était relevée lentement, la bouche en sang, et malgré une peur animale qui la faisait trembler de la tête aux pieds, elle s'était tenue face à lui et avait annoncé, la voix pleine de défi :

— Ton pouvoir sur moi se termine ce soir.

Puis elle lui avait craché au visage. Il avait levé la main, le visage déformé par l'incrédulité et la colère, quand des coups soudains à la porte avaient arrêté son geste.

— Ouvrez au nom du roi !

Le vacarme provoqué par les officiers de justice, les alguazils et les recors représenta pour elle la rupture de ses chaînes. Mais Elías n'avait pas encore compris.

— Qu'est-ce qui se passe, Úrsula ? avait-il demandé, en sortant son couteau à cran. Qu'est-ce que t'as fait ?

Elle s'était protégée derrière la table en criant que le traître voulait la tuer. Il avait renversé les meubles pour l'attraper, mais une décharge de mousquet avait fait sauter la serrure et, aussitôt, il s'était trouvé entre les mains de la justice. Les alguazils l'avaient arrêté, accusé par sa propre femme d'être un collaborateur des partisans du Habsbourg.

Une bonne partie du voisinage devina la vérité, mais personne n'osa parler. En pleine guerre, on pouvait se trouver dans une mauvaise situation si l'on défendait quelqu'un qui s'avérait plus tard être coupable.

Úrsula était partie de la rue de La Palma sans un regard en arrière et, avec quelques maigres possessions, était arrivée à Castamar, où elle s'était fait engager à l'insu de son mari. Castamar avait la vertu de se trouver à l'écart de la ville, et le temps qu'Elías sorte de prison, s'il en sortait vivant, il ne lui serait pas possible de la retrouver. Oh, qu'elle avait été naïve de croire qu'on peut quitter son passé comme on quitte un tablier sale !

Pourtant, ce jour-là avait été le premier pas de sa libération et Úrsula s'était juré que plus jamais, quoi qu'il arrive, elle ne permettrait à un homme de contrôler ni sa volonté ni sa vie.

Un coup discret frappé à la porte de son bureau la sortit de ses souvenirs. C'était la nouvelle, Beatriz Ulloa, qui entra timidement tout en demandant la permission d'une voix de souris. Úrsula savait que, sous ses airs craintifs, Ulloa était le genre de femme prête à tout pour monter en grade.

— Vous voyez, doña Úrsula, je ne veux pas être indiscrète, mais…

Elle coupa court à ses minauderies.

— Je t'ai engagée pour être indiscrète. Si tu ne sais pas le faire, tu ferais mieux de rentrer chez ta mère.

— Bien sûr, doña Úrsula. Alors, j'ai entendu une conversation entre Mlle Costa et Mlle Belmonte qui…

Elle marqua une pause, peut-être inquiète de savoir ce qu'elle deviendrait si un jour on apprenait dans les cuisines qu'elle était la rapporteuse de la gouvernante.

— Je n'ai pas toute la journée.

Beatriz rapporta mot pour mot un échange entre Clara et Elisa : qu'elles la traitaient de vieille sorcière, que selon elles le célibat la rendait amère et qu'elle n'aimait pas devoir servir don Gabriel. Úrsula l'écouta attentivement en songeant que cette fille prenait probablement un malin plaisir à lui dire en face les insultes que d'autres murmuraient dans son dos. Elle s'en moquait. Elle avait entendu des conversations et des rumeurs de toutes sortes à son sujet, dont certaines l'avaient même fait sourire.

Une fille qui n'avait pas fait long feu dans le service était persuadée qu'elle avait passé un pacte avec le diable et forniquait avec lui la nuit. Rien que ça. Par ailleurs, Elisa Costa avait raison sur un point : servir cette sorte de singe apprivoisé venu d'Afrique, qui avait eu la chance de trouver une âme charitable en don Abel de Castamar, la rendait malade et l'humiliait bien plus que l'avis d'Elisa Costa sur sa personne.

— Autre chose ? demanda-t-elle.

— C'est tout, répondit la commise, le regard rivé au sol. J'espère avoir bien agi, doña Úrsula. Vous savez que tout ce que je veux, c'est faire carrière dans...

— Tu as bien fait, l'interrompit-elle, incapable de supporter son obséquiosité. Je veux être au courant de tout ce qui se passe dans les cuisines. Je vois que tu as une mémoire prodigieuse pour les conversations, ta mère avait raison.

La jeune fille acquiesça humblement.

— Ont-elles parlé de Son Excellence ?

Beatriz secoua la tête.

— Bon. Ce qui m'intéresse avant tout, c'est d'en savoir plus sur Mlle Belmonte, compris ? C'est elle que tu ne dois pas quitter de l'œil. Allez. Tu peux disposer.

Úrsula se retrouva à nouveau seule avec les corbeaux gardiens de son âme. Parfois elle éprouvait une grande lassitude. Détenir le pouvoir et le garder était épuisant, rester constamment sur le qui-vive était épuisant. Il n'y avait pas un moment de répit, de bonheur, pas un moment pour l'amour, qui, comme tant d'autres choses, était un luxe dont seuls les maîtres jouissaient. Elle soupira et se carra dans sa chaise. Elle n'avait pas le choix. Si elle relâchait sa vigilance ne serait-ce qu'un instant, elle pourrait perdre son pouvoir et de nouveau, elle ne serait plus qu'une femme maltraitée.

*16 octobre 1720, au déjeuner*

Amelia, déjà des années auparavant, était arrivée à la conclusion que les femmes n'étaient que des esprits fragiles sous les lois des hommes. Que le mariage et la vie en société étaient conçus pour la liberté masculine, et qu'il fallait bien mettre à profit les charmes de la jeunesse qui disparaîtraient aussi vite que la vie passait. Ce pourquoi faire un bon mariage était si important pour une fille de son rang. Et à présent que ses dettes écrasantes étaient dans les mains de don Enrique, elle se trouvait en territoire inconnu, et la peur et l'incertitude lui serraient la gorge.

Elle ravala sa peur et sourit. Elle devait garder la tête froide. Peut-être éloigner le marquis. Elle le trouvait renversant, il la faisait frémir. Il y avait quelque chose de profondément attirant chez lui. En deux jours seulement, il avait éveillé en elle des sentiments incontrôlables et contradictoires. D'un côté, il incarnait la noblesse, la réussite et l'élégance, autrement dit, il ressemblait en tout point au mari idéal dont elle avait tant rêvé. Sa façon de s'exprimer, son intelligence, son audace devant don Horacio et cette façon sensuelle de la regarder la mettaient en émoi, éveillant chez elle de drôles de pensées qui la gardaient éveillée la nuit et lui faisaient honte le jour. Et d'un autre côté, elle savait que la prudence était de mise. Personne ne rachète sans raison les dettes d'une fille déshonorée. Il devait attendre quelque chose d'elle. Mais quoi ? Et ce n'était pas de l'épouser car il n'en avait jamais été question. Au contraire, le marquis disait vouloir l'aider à épouser don Diego. Quant à ce mot qu'il avait utilisé, « protecteur »… c'était un terme sournois qui pouvait cacher un sens beaucoup plus sombre.

Quoi qu'elle fasse, elle était déjà entre ses mains et ne pouvait que prier pour que celles-ci soient bienveillantes et justes. Puisqu'il connaissait le scandale dont elle avait été victime à Cadix, un mot de sa part suffirait pour que la rumeur se répande comme la peste dans la haute société. À moins de sombrer dans le désespoir, elle devait croire en sa bonne volonté.

Puis, il y avait don Diego qui, contrairement au marquis, était au-dessus des intrigues et de la cour. Avec sa sobre élégance, il était le parfait gentilhomme, et il émanait de lui une telle assurance que sa seule présence la réconfortait, comme si rien de mal ne pouvait lui arriver en sa présence. Malgré son chagrin, son regard dégageait une force irrésistible qui l'avait persuadée que, si elle parvenait à le rendre amoureux, il ne la quitterait jamais. Puis, c'était l'une des plus importantes fortunes d'Espagne. Il possédait des terres dans toute la péninsule, des plantations aux Amériques, des propriétés aux Pays-Bas et dans le duché de Parme, des maisons héritées à Londres et à Paris, et même une petite flotte navale à Carthagène et à Malaga. On disait que sa maison était l'une des rares à pouvoir rivaliser avec la richesse de l'ancien duc de Medinaceli, qui avait fini par mourir, accusé de conspiration contre le roi, dans son château de Pampelune neuf ans plus tôt. Castamar était l'une des lignées les plus chères à Sa Majesté. Doña Mercedes lui avait confié que le roi lui-même avait exhorté son fils à suivre son exemple et à prendre une nouvelle épouse. Mais le duc avait répondu : « Les maux du cœur ne guérissent pas grâce à la volonté, seul le temps peut les estomper. »

En ce charmant jour de partie de campagne, Amelia pouvait seulement espérer parvenir à le séduire et dissimuler le terrible désarroi dans lequel l'avait laissée le rachat de ses dettes par le duc.

Ils avaient commencé le déjeuner sur l'herbe à peine arrivés car la promenade les avait mis en appétit. Deux échansons s'occupaient de servir la citronnade, l'eau de cannelle et la boisson impériale. Les valets avaient disposé divers types de fromages arrangés avec différents assaisonnements, de l'huile d'olive fine, des raisins, des jaunes d'œufs confits, des oreillettes au miel, du pain frais. Ils avaient aussi goûté à une tourte de cerf qui, avec le rouge de Valdepeñas qui l'accompagnait, avait réduit la conversation à quelques murmures gourmands d'appréciation.

— Je dois dire, don Diego, que cela fait longtemps que je n'ai pas joui d'un paysage et d'un repas aussi délicieux, déclara Amelia en cherchant le regard du duc.

Mais lorsqu'il la fixa, l'intensité de ses yeux l'obligea à détourner les siens et elle dut prendre une gorgée de boisson impériale pour dissimuler son trouble.

— Je suis heureux de l'entendre, mademoiselle Castro. Je viens souvent ici pour apaiser mon esprit et profiter du silence pour lire.

— Chère Amelia, comme vous le savez déjà, Diego est un excellent lecteur, lança doña Mercedes.

Don Diego chassa les compliments de sa mère mais son frère réclama aussi de la lecture. Il ne voulait pas, expliqua-t-il, rendre ennuyeux un si bel après-midi. Amelia échangea une œillade avec le marquis qui, sans mot dire, l'incita à intervenir. C'était si troublant de se trouver à égale distance de ces deux hommes aussi séduisants.

— Je vous en prie, don Diego, faites-nous cette grâce. La dernière fois que j'étais votre invitée, vous m'avez fait la lecture à deux reprises et je brûle d'envie de vous entendre de nouveau.

— Allons, mon fils, ne fais pas de manières, s'impatienta doña Mercedes.

— D'accord, d'accord, céda Diego en se relevant. Vous ne pourrez pas dire que vous n'avez pas été prévenus.

— Don Diego, vous devriez faire attention à votre indulgence envers les femmes, fit don Enrique en prenant une gorgée d'eau à la cannelle. Si l'on n'y prend garde, on se retrouve à leur merci.

Amelia prit un air innocent en espérant que personne ne remarque ses lèvres tremblantes, sans pouvoir chasser l'impression que don Gabriel avait deviné son secret avec le marquis.

— Il semblerait que je le sois déjà, don Enrique, répondit le duc. Heureusement, chaque fois que je viens à Villacor, j'apporte toujours plusieurs livres avec moi et je crois pouvoir satisfaire ces dames.

Il montra d'un geste le grand chêne un peu plus haut à l'ombre duquel les porteurs avaient entreposé les affaires pour la journée.

C'était une occasion parfaite pour être seule avec lui, décida Amelia.

— Me laisseriez-vous choisir le texte parmi ceux que vous avez apportés ? demanda-t-elle.

— Gare à vous, mon ami, d'après ce que je sais, Mlle Castro est une grande amoureuse des livres, prévint le marquis.

Elle évita ses yeux et attendit que le duc l'invite à l'accompagner. Ce qu'il fit, en lui tendant la main avec ce regard si direct qui lui coupait le souffle. Elle se releva avec son aide et ils se dirigèrent vers le chêne. Derrière eux, doña Mercedes disait au marquis qu'elle était une créature adorable, et celui-ci répondait qu'il était sûr qu'elle trouverait bientôt un mari.

Ils étaient déjà sous le chêne et le duc avait ouvert un petit coffre en bois à l'intérieur duquel se trouvaient plusieurs volumes. Elle s'accroupit à côté de lui et commença par écarter les œuvres de Lope et de Garcilaso, déclarant qu'il leur fallait quelque chose de plus intense. Le duc lui montra un ouvrage et elle s'empressa de le saisir pour que leurs mains s'effleurent.

— Les sonnets de Quevedo me semblent un choix… approprié, dit-elle avec un battement rapide de cils qui accompagnait celui de son cœur au contact de la peau de don Diego.

Il resta immobile un instant, contemplant leurs mains jointes, puis tourna le visage pour la dévisager. Elle pouvait à peine soutenir son regard, mais elle voulait plus que tout que ces mers furieuses qu'il avait au fond des yeux l'éloignent des marquises énigmatiques, des loups féroces et des chiens de garde.

— Mademoiselle, demanda-t-il doucement en lui prenant la main. Me permettrez-vous de vous appeler par votre prénom ?

Elle acquiesça, incapable de décocher un mot, saisie par cette initiative inattendue.

— Amelia, je reconnais chez vous cette force qui pousse à se surpasser même aux pires moments, et quoi que vous puissiez subir…

Don Diego marqua une pause et elle se sentit vulnérable, comme si cet homme pouvait plonger dans les chambres les plus secrètes de son âme.

— Je ne comprends pas, je…

Il posa délicatement un doigt sur ses lèvres en un geste terriblement intime.

— Chut, dit-il. Je dois, au nom de notre amitié, vous dire quelque chose : quoi qu'il vous arrive, ne vous laissez pas influencer par de mauvais conseillers.

— Pourquoi… pourquoi me dites-vous cela ? interrogea-t-elle en essayant de garder son naturel.

— Parce que je sais que, pour survivre dans ce monde, on fait parfois des choses que l'on regrette ensuite.

Ces mots, et encore plus que les mots, le ton qu'il avait employé, remplirent d'eau fraîche les puits secs et désolés que la vie avait laissés dans son âme. Les épreuves passées revinrent en trombe : le rejet de son fiancé, le baron de Zahara ; le rejet de ses amies qui avaient cessé de la fréquenter et de l'inviter, qui changeaient même de trottoir en la voyant comme si elle était une pestiférée. Le comte de Guadalmin, don Arturo de Orca y Nardiel, ami de sa mère et de quinze ans son aîné, qui était apparu pour la sauver de sa vie brisée, pour la protéger, avait-il prétendu.

Elle sentit ses yeux s'emplir de larmes quand le duc lui serra la main. Elle aurait voulu s'expliquer, mais les mots se nouaient dans sa gorge comme une chaîne autour de son cou. Elle ne pourrait jamais lui avouer que le comte avait loué une maison pour elle et pris en charge ses dettes, au nom, disait-il, de l'amitié entre leurs familles. Le temps qu'elle comprenne ce qui se passait, la rumeur courait à Cadix qu'elle était sa maîtresse. Cette même nuit, elle avait affronté don Arturo, qui avait reconnu que la seule chose qu'il désirait, était de la posséder, puis, après avoir mis une petite fortune sur la table, lui avait dit qu'elle devait choisir entre cet argent-là et la rue. Cette nuit même, elle était entrée dans la chambre du comte et s'était déshabillée.

Le lendemain, elle avait fait ses adieux à Verónica Salazar, la seule amie qui lui avait été fidèle et qu'elle devait voir désormais en cachette pour éviter que l'opprobre tombe aussi sur elle. Verónica eut la gentillesse de lui prêter une petite maison avec quatre domestiques pour s'occuper de sa mère à l'Escurial, pas trop loin de Madrid, le temps qu'Amelia parvienne à trouver le mari qui serait la solution à tous ses problèmes. Avec la modeste fortune acquise au prix de sa virginité, elle avait pris la diligence pour la capitale avec sa mère, laissant à Cadix son honneur, la tombe de son père et ses dettes.

Elle baissa la tête, accablée par la honte.

— Regardez-moi, Amelia. Vous avez tout mon soutien, dit simplement don Diego.

Elle se força à obéir, à la fois intimidée et réconfortée par son regard si franc. Le duc porta sa main sur son torse et murmura :

— Dans ce cœur, vous ne trouverez ni amour ni passion, mais sachez que, si vous le souhaitez, vous pouvez compter sur mon amitié sincère, et bien sûr, sur mon aide.

Les images de cette nuit fatidique se pressaient dans son esprit : le baron sur elle, sa peau rêche, son membre qui avait déchiré à jamais son corps et son esprit. L'oubli était impossible. Puisant au plus profond de sa volonté, elle prit une grande inspiration et parvint à articuler quelques mots :

— Si je pouvais parler franchement..., je... balbutia-t-elle les paupières humides. Après la mort de mon p...

— Chers amis, tout va bien ?

La voix du marquis, à quelques pas, la fit sursauter.

— Doña Mercedes s'impatiente et m'a demandé...

Elle détourna le visage pour cacher ses larmes tandis que le duc avançait vers le marquis, le livre à la main, pour lui laisser le temps de reprendre contenance.

— Nous avons déjà choisi, don Enrique, dit-il. J'espère qu'il vous plaira.

— Je vous fais confiance pour faire le meilleur choix.

Don Diego se tourna vers elle pour l'aider à se relever et ils retournèrent tous trois vers la duchesse et don Gabriel. Le duc l'avait tellement mise en confiance, songea-t-elle en plaquant sur son visage un sourire courtois, qu'elle avait failli tout lui avouer. Alors que le plus probable était qu'il réagisse comme la haute société de Cadix. Croire qu'il puisse en être autrement revenait à se voiler la face. Elle n'était plus une jeune fille innocente. La vérité devrait attendre qu'elle soit absolument certaine que son avenir était assuré.

Soudain, elle vit Castamar comme un champ de bataille, où elle était un trophée pour don Enrique et une demoiselle en détresse pour don Diego. Elle eut l'intuition d'être impliquée, à son insu, dans une partie d'échecs complexe qui allait bien au-delà de son besoin de trouver un mari. Qu'elle avait été sotte, de ne pas comprendre plus tôt qu'approcher l'une des plus grandes fortunes d'Espagne ne serait pas sans danger ! Accrochée au bras du duc, elle se jura de ne pas oublier qu'elle ne devait accorder sa confiance à personne. Et surtout pas au marquis, qui ne jouait certainement pas cartes sur table. Elle devait aussi se surveiller, car si elle se laissait à nouveau emporter par ses émotions, elle risquait de tout perdre : son nom, son honneur de façade, la possibilité de vivre comme une dame de la bonne société. Elle n'était qu'une poupée brisée parmi ces géants. Mais même une poupée avait le droit de se battre pour son avenir.

# 14

*16 octobre 1720, midi*

S'il y avait une chose dont Francisco était certain concernant Alfredo, c'était qu'il était l'une des meilleures lames du pays, à l'instar de Diego, dont la maîtrise était légendaire. Alfredo n'avait pas son élégance mais il maîtrisait à la perfection le style espagnol ainsi que le français et le toscan, et pouvait passer de l'un à l'autre avec une efficacité redoutable. Il connaissait aussi les parades que l'on n'apprend que dans la rue, avec la cape et le poignard à la manière espagnole, à deux mains. Comme il approchait des cinquante ans, un jeune comme Francisco pouvait se mesurer à lui, sans baisser la garde toutefois, car plus d'une fois, Alfredo, sans perdre le sourire, l'avait mis dans une mauvaise passe en affectant de parer faiblement en quatrième pour mieux lancer une attaque ensuite.

Après plusieurs joutes, presque toutes gagnées par Alfredo, ils décidèrent de se rendre au rafraîchissement offert par les monarques en milieu de matinée au palais du Buen Retiro. Ils étaient assis sous un parasol de grosse toile, où on leur servit des « aurores » dans lesquelles on avait versé trop de citron et de cannelle et pas assez de lait d'amande. Alfredo tenait à revenir encore sur ce qu'il appelait « l'ignoble traité » de La Haye en faveur de la Quadruple Alliance qui avait obligé l'Espagne à céder la Sicile et la Sardaigne, mais Francisco dévia la conversation vers un sujet qui l'intéressait davantage :

— Tu viens accompagné à la fête de Castamar ce soir ?

— Non, je n'ai pas trouvé de cavalière, répondit Alfredo. Je crains que tomber amoureux à mon âge ne soit ni pertinent ni sage, et faire semblant de tomber amoureux encore moins.

— Tu sais bien que tu devras te marier un jour ou l'autre, répondit Francisco. Personne ne peut avoir ta descendance à ta place.

Francisco, lui, se savait capable d'épouser le moment venu une femme de bonne position et de haute fortune afin d'assurer la postérité des Marlango, mais son ami n'avait ni le tempérament ni l'envie de s'engager dans un mariage sans amour. Chacun avait ainsi évité de se marier, Alfredo en faisant la fine bouche et lui, en passant d'une affaire scandaleuse à la suivante. Il avait à peine la barbe quand son père l'avait envoyé faire ses études au collège Louis-le-Grand de Paris. Ensuite, à dix-huit ans, il s'était engagé dans l'armée, dans le régiment de dragons payé par son père. Après trois ans de guerre et avant de mourir à Almansa, sur le champ de bataille, son père lui avait dit dans son dernier souffle qu'il l'aimait et l'avait toujours aimé, et qu'il attendait de lui qu'il fasse honneur à leur nom : « Tu dois toujours faire preuve de courage, et je sais que tu le feras. Mais tu dois aussi trouver une épouse et avoir des enfants, en particulier un héritier mâle. »

Treize années s'étaient écoulées depuis ce jour où Francisco avait juré qu'il ferait de son mieux pour perpétuer le lignage. Heureusement, son père ne lui avait pas imposé d'âge pour le faire. Il tiendrait parole en temps voulu.

Alfredo demanda :

— Dois-je comprendre que tu auras une cavalière ?

Francisco l'ignora par espièglerie. Il voyait chez lui un grand frère, à l'instar de Diego. Il venait d'avoir dix ans lorsque son père avait décidé qu'il assisterait aux classes du très réputé précepteur du futur baron de Aguasdulces, don Alfredo de Carrión. Alfredo était aussitôt devenu pour lui un repère affectif. Il n'en avait pas d'autres : avec une mère morte à sa naissance et un père absent qui lui en voulait d'avoir causé la mort de sa bien-aimée, il avait eu une enfance solitaire. C'était pour cela aussi que son amitié avec Alfredo et Diego était à la fois indispensable et suffisante pour lui. Il n'avait pas besoin de plus, car il était à l'aise dans la solitude. Par ailleurs, il savait se faire aimer et avait de bons rapports avec des gens de la cour, mais il ne comptait pas sur eux au-delà des bons moments de la vie nocturne madrilène.

— J'insiste, dit Alfredo en souriant, puisque tu te fais prier comme à ton habitude, dois-je comprendre que tu as invité quelqu'un toi-même ?

— Peut-être…

— Je te connais trop bien et j'ai déjà entendu des rumeurs qui, je l'espère, ne sont pas vraies, fit Alfredo.

Francisco éclata de rire.

— Suis-je à ce point prévisible ?

— Pour moi, comme un roman déjà lu…

Alfredo, en effet, connaissait parfaitement le type de femmes qui faisait chavirer son ami et il savait aussi qu'il préférait généralement celles qui avaient épousé un homme plus âgé et qui n'avaient pas la chance de goûter à l'art d'aimer. Art qu'il fallait pratiquer avec finesse et ruse pour donner à l'amante ce qu'elle désirait sans oser le demander. C'était son plaisir que de conduire ces femmes à l'extase, de voir toute leur éducation, leur réserve et leurs bonnes manières disparaître en un feu d'artifice de frissons brûlants, halètements incontrôlables et même de jurons qu'elles n'auraient jamais cru pouvoir prononcer. Inévitablement, cela avait déclenché quelques petits scandales réglés à l'aube contre des maris aussi vieux que cocus.

En revanche, les filles chastes et virginales étaient des affaires laborieuses : il se faisait un devoir, par principe, de leur apprendre au moins ce qu'il fallait faire au lit, et de quelle manière. D'ailleurs, sa réputation de séducteur s'était répandue parmi elles et les parents les mettaient en garde contre lui. « Évitez le comte de Armiño : derrière ses bonnes manières, c'est la luxure en personne. »

— Tu crois que je n'ai pas entendu les rumeurs selon lesquelles tu as partie liée avec doña Sol Montijos ? reprit Alfredo, en haussant un sourcil. Je sais qu'elle a été invitée à l'anniversaire et j'imagine que c'est à cause de toi.

— Cher ami, je ne sais pas de quoi tu parles.

— Bien sûr que si. Et je t'invite à la prudence, cette femme pourrait être une bouchée trop grande pour toi.

Francisco, qui connaissait d'avance la suite de la conversation, éclata de rire. Toute la cour parlait de ses deux rendez-vous avec doña Sol, lesquels s'étaient pourtant déroulés en tout bien tout honneur. Il aimait participer à ces batailles menées entre regards et chuchotements au détour des éventails des dames. Pour lui, la rencontre charnelle n'était rien d'autre que le dénouement d'une pièce de théâtre qui se jouait devant le public de la cour mais dont la véritable intrigue se déroulait dans les coulisses, derrière le rideau qui protégeait les amants des regards indiscrets.

Il se préparait donc minutieusement chaque jour, se faisait frotter le corps avec un linge sec et utilisait des senteurs de lavande et de romarin ; son valet barbier le rasait et arrangeait ses perruques ou ses cheveux en queue-de-cheval ; il enduisait ses mains d'onguents à la bergamote.

Il changeait d'habit chaque matin, toujours impeccable, chemise amidonnée, casaque en taffetas et gilet assorti, la boutonnière richement brodée… Il ne négligeait aucun détail : les talons hauts, les bas blancs, les gants en chamois, la canne à pommeau de nacre, d'or ou d'argent, les mouchoirs en dentelle parfumés. C'était, en réalité, la préparation d'un guerrier au combat.

Dans ces campagnes de séduction, il avait connu de nombreuses victoires et quelques défaites. Il aimait d'abord s'approcher lentement, être présenté en toute respectabilité, puis glisser un frôlement, un regard appuyé, un geste précis, l'air de rien, sans qu'on puisse dire s'il faisait la cour ou s'il était galant. Pour lui, les femmes renfermaient un secret, un mystère qui allait au-delà des mots et des actes, une sorte d'essence qu'elles partageaient toutes et qui faisait d'elles des créatures ensorcelantes. Le meilleur était qu'on avait beau plonger dans leurs seins, dans la mer de leur volupté, on ne pouvait l'appréhender. C'était cet élixir à jamais secret qui faisait d'elles de délicieuses chimères.

Aussi frémissait-il lorsqu'il apprenait qu'un homme avait eu des rapports charnels et des attouchements contre nature avec un autre. Ces pauvres malheureux souffraient d'une terrible et perverse affection. Les tendances sodomites de certains courtisans étaient connues et réprouvées à juste titre. Ce n'étaient pas des hommes comme il faut, et peut-être que leur mal était contagieux. Le seul argument en leur faveur était qu'ils n'entraient pas dans la lice pour les faveurs du beau sexe.

— On dit qu'elle aime séduire les jeunes hommes et les mépriser ensuite, commenta Alfredo en vidant son verre.

— Dans ce cas, je ne vois pas pourquoi elle pourrait m'intéresser.

Il ne savait que trop bien que doña Sol était précisément le type de femme qui aimait séduire par-dessus tout. Elle avait tout juste quarante ans, un mari en secondes noces et une beauté enivrante. Alors qu'il laissait son regard se perdre dans la vallée de ses seins et les ondulations de ses hanches sous les jupons à panier, c'était le bleu redoutable de ses iris qui l'avait captivé.

Elle était certainement plus séduisante que dans sa jeunesse, lorsque ses charmes naturels n'avaient pas encore acquis ce halo énigmatique dont l'avait dotée l'expérience. Intelligente, astucieuse et manipulatrice, après seulement deux regards échangés lors de la promenade matinale dans le Buen Retiro, elle lui avait dédié un sourire et avait commencé à parler avec lui alors que son mari, le marquis de Villamar, un bonhomme grossier et sans charme, discutait politique à quelques pas.

Il supposait qu'après cette rencontre, elle s'était renseignée sur sa réputation, tout comme il l'avait fait sur la sienne.

— Dis-moi que tu n'as pas l'intention de la séduire à la fête de Castamar.

— Et si on rentrait ? répondit Francisco avec un sourire effronté.

Son ami acquiesça et se leva, la bouche pressée en une ligne grave, persuadé sans doute que courtiser doña Sol Montijos revenait à jouer avec du feu et de la poudre en même temps. Son cher Alfredo, au fond, regardait ses aventures amoureuses comme s'il assistait à une représentation du *Trompeur de Séville et l'Invité de pierre* aussi préférait-il, en bon Don Juan, ne lui confier les détails qu'au moment opportun, afin de lui faire profiter pleinement du spectacle. Dès qu'ils quittèrent le Retiro, menant les chevaux aux rênes, son ami posa la main sur son épaule.

— Tu es un débauché.

— Et j'ai l'impression que tu es devenue une vieille poule fouineuse.

— M'en parler ne peut pas te faire de mal, rétorqua Alfredo avec un sourire. Je suis plus vieux que toi et de bon conseil.

Francisco ne dit rien. Ils marchèrent en silence jusqu'à la puente Segoviana en direction de Castamar. Il ne voulait pas qu'Alfredo apprenne quoi que ce soit sur ses plans pour cette nuit. Il sentait la voix du désir bruire en lui. Il ne connaissait que trop bien ce murmure qui parlait des seins pigeonnants de doña Sol sous son corsage, de ses chevilles élégantes sous les jupons, et de cette moue, oh, cette moue de défi à peine voilé sur ses lèvres.

*16 octobre 1720, dans l'après-midi*

Clara frappa à la porte et la voix rauque du majordome l'invita à entrer. Il se leva pour l'accueillir avec un sourire que sa moustache soignée ne parvenait pas à cacher. Quand elle fit la révérence de rigueur, son sourire grandit, comme si elle était une nièce qu'il n'avait pas vue depuis longtemps.

— Je vous ai fait venir parce que, depuis votre arrivée, nous n'avons pas eu le plaisir de nous parler.

— Merci beaucoup, don Melquíades, répondit-elle, touchée par sa cordialité. Je commence à trouver mes repères. J'espère ne pas décevoir la confiance que vous m'avez accordée en m'engageant.

— Sottises, mademoiselle Belmonte, sottises ! Chaque repas que vous nous offrez confirme à quel point vous êtes à votre place. Monsieur lui-même a mentionné votre merveilleux talent !

Clara se demanda un instant si cette gentillesse inopinée ne cachait pas des intentions secrètes, car elle l'avait vu avec d'autres employés et il avait l'attitude correcte mais distante propre à un majordome. Pour une raison quelconque, elle le rendait jovial.

— Je dois vous avouer, mademoiselle, reprit-il, que je n'avais pas été aussi enchanté à table depuis les repas chez ma mère, Dieu ait son âme. Après les festins d'hier, toute la maisonnée se demande avec quoi vous allez nous surprendre aujourd'hui.

Un peu gênée par tant de compliments, elle répondit :

— Aujourd'hui, comme c'est jour de fête à Castamar, nous aurons une *olla podrida.* J'espère qu'elle sera à la hauteur des attentes, don Melquíades. Je me suis surtout concentrée sur le dîner de ce soir, j'en ai peur.

— Ne soyez pas modeste. Je l'ai sentie en passant et j'ai déjà hâte d'y goûter.

Elle rougit. C'était si touchant, cette démonstration d'affection et de respect, aussi suggéra-t-elle :

— Nul besoin d'attendre, alors. Allons voir ça tout de suite. La meilleure façon de vérifier si l'odeur du plat correspond à sa saveur est d'y goûter.

Il acquiesça avec un sourire et lui indiqua galamment d'un geste de le devancer, mais avant de quitter son bureau, il se ravisa et lâcha d'un ton quelque peu solennel :

— Mademoiselle Belmonte, laissez-moi prendre la liberté de vous confier quelque chose.

— Bien entendu, don Melquíades.

— Nous sommes tous ravis de votre présence, et les rares qui ne le seraient pas… devront s'en accommoder.

Clara le remercia, à la fois confondue et réconfortée par ces mots encourageants. Le majordome ne pouvait parler que de doña Úrsula, car elle n'avait pas eu le temps de faire quoi que ce soit pour susciter des animosités parmi le reste du personnel. Ses propos montraient à la fois que son avancement n'avait pas été du goût de la gouvernante mais aussi que celle-ci et le majordome ne voyaient pas du même œil sa présence à Castamar. Elle n'avait pas imaginé que don Melquíades puisse avoir un avis précis à ce sujet au-delà des références élogieuses fournies par son amie, la bonne Mme Moncada. En général, un intendant chevronné, et plus encore dans une maison ducale comme celle-ci, ne suivait que de très loin les mouvements du petit personnel. Si lui et le maître étaient aussi satisfaits de son travail, elle se moquait bien de l'opinion de doña Ursula. Toutefois, lui souffla une petite voix intérieure, il valait mieux se tenir à l'écart de tout conflit interne parmi ceux qui dirigeaient Castamar.

À la salle à manger, les domestiques qui allaient déjeuner au deuxième service, déjà attablés, attendaient don Melquíades. Ils se levèrent à son arrivée et il leur indiqua de se rasseoir d'un geste qui tenait plus de l'habitude que du protocole. Clara se sentait toujours un peu intimidée en entrant dans cette grande pièce, tout en longueur, lambrissée de pin verni jusqu'à mi-hauteur ; c'était comme pénétrer dans un territoire étranger, gouverné par la main de fer de doña Úrsula. La gouvernante, très raide à sa place à droite de la tête de la table, la fixait de son regard glaçant, se demandant certainement pourquoi elle se présentait en compagnie de don Melquíades.

Ce dernier prit place et ordonna qu'on serve le bouillon. Comme la veille, les convives oublièrent de parler, happés par les odeurs du plat. Pour Clara, cet instant de silence était le plus beau compliment qu'on pouvait lui faire. Pendant quelques minutes, on n'entendit que les bruits des assiettes et des couverts et l'agitation du reste de la maisonnée dans les pièces proches.

— Franchement, mademoiselle Belmonte, d'aussi loin que je m'en souvienne, le service de Castamar n'a jamais aussi bien mangé, avoua don Melquíades sans ambages.

MM. Moguer et Suárez se joignirent aux félicitations tandis que les autres hochaient la tête avec chaleur sans pour autant détourner leur attention de leurs plats. Clara en était reconnaissante.

— Le mérite n'en revient pas seulement à moi, mais à tout le personnel de cuisine, dit-elle modestement.

Du coin de l'œil, elle surveillait la réaction de doña Úrsula. Celle-ci, malgré des efforts pour ne rien montrer, avait fermé les yeux pour mieux savourer le bouillon, mais ne se joignit pas au chœur de louanges. Du pur orgueil.

Qu'elle était désagréable, cette femme, pensa Clara. Depuis son arrivée à Castamar, elle n'avait fait que travailler dur pour gagner son respect et lui démontrer qu'elle pouvait être un atout dans la bonne tenue de la maison. Mais la gouvernante conservait son silence entêté. Sans doute pensait-elle que le moindre compliment à la nouvelle cuisinière affaiblirait son autorité.

— Vous êtes une cuisinière extraordinaire, lança Simón Casona depuis l'autre bout de la table.

— Et encore, vous n'avez pas goûté aux petits pains au miel et au beurre de Flandre qu'elle prépare pour Monsieur, intervint Elisa. L'autre jour, elle m'a donné un reste et, ma foi, de ma vie je n'ai mangé quelque chose d'aussi bon.

Son commentaire suscita un chœur de commentaires ravis que Clara accepta avec un sourire timide.

— Vous allez finir par me gêner, dit-elle tout bas.

— Vous ne pouvez vous en prendre qu'à vous-même, mademoiselle Belmonte, plaisanta don Melquíades, suscitant les rires du reste des domestiques. C'est tellement bon qu'on ne peut pas ne pas vous remercier.

Doña Úrsula finissait son assiette avec une moue rance comme du beurre vieux d'un mois, mais son silence, paradoxalement, trahissait tout ce qu'elle ne voulait pas dire. Tant pis si elle enrageait, pensa Clara qui avait encore aux oreilles les propos blessants de la gouvernante à propos de sa mère. Comme s'il avait lu dans ses pensées, don Melquíades se tourna vers doña Úrsula d'un air roublard, qui révélait qu'il y avait quelque chose de bien plus profond que de simples désaccords entre eux.

— Qu'en pensez-vous, madame Berenguer ? N'est-ce pas excellent ? lança-t-il. Vous ne dites rien.

Les rires cessèrent alors et tous les yeux se braquèrent sur le couple en tête de table. La gouvernante, le visage fermé comme une porte de prison, fixa longuement le majordome, qui resta impassible. Le dragon s'apprêtait à cracher du feu, songea Clara, curieuse et inquiète à la fois : comment était-il possible qu'une gouvernante se permette de telles libertés avec le majordome, chef de tout le service de Castamar et donc son supérieur ?

Don Melquíades, sans se départir de son sourire, attendait une réponse. La gouvernante lança un regard à la cantonade et tout le monde baissa la tête sauf Clara. Doña Úrsula, comprit-elle, ne lui pardonnerait pas non plus d'avoir offert l'occasion au majordome de l'obliger à plier l'échine devant toute la tablée.

— Excellent, en effet. Félicitations, mademoiselle Belmonte, dit-elle d'un ton glacial.

— Merci, doña Úrsula, répondit-elle en baissant finalement la tête.

Don Melquíades fit signe qu'on serve la suite, et pendant que tout le monde mangeait sans mot dire la viande et les légumes, Clara se demanda comment la gouvernante allait lui faire payer ce qu'elle avait certainement pris comme un acte de défi. À aucun moment elle n'avait voulu qu'elle la considère comme une ennemie, pourtant, pensa-t-elle avec une détermination farouche. Si son poste à Castamar était menacé, elle le défendrait avec le même courage que son père avait défendu l'hôpital et ses malades. Coûte que coûte.

# 15

*16 octobre 1720, après le déjeuner*

Enrique ignorait tout du désespoir que cause la misère, et supposait qu'il pouvait à peine concevoir les ravages qu'elle infligeait aux esprits dans lesquels elle plantait ses griffes. Il l'imaginait comme une terreur qui inondait tout, une tempête glaciale qui poussait les gens à oublier leur dignité pour survivre. C'était cette force particulière qui l'intéressait dans la pauvreté, la possibilité d'en faire un instrument qui lui permettrait d'arriver à ses fins. On disait que la faim, la misère et les dettes étaient la véritable nourriture de la mort, car elles amenuisaient la vie des gens une bouchée féroce après l'autre, leur volant leur insouciance et leur jeunesse. Rares étaient ceux qui enduraient leurs affres avec vaillance, sans tomber, vaincus dans la bataille, ni perdre leurs principes. Lui savait s'en servir en appuyant sur la bonne touche pour que la danse triste de ces esprits brisés s'adapte à la mélodie de ses desseins.

Cette pauvre Amelia croyait qu'il n'avait pas remarqué sa peur, qu'elle avait su cacher son désespoir sous ses bonnes manières. Après avoir entendu don Diego réciter les sonnets démodés de Quevedo, il avait proposé qu'on lise tour à tour d'autres textes, et il avait contribué avec un fragment du *Don Juan de Espina à Milán*, de José de Cañizares. À sa grande surprise, le Nègre avait souhaité lire une pièce qu'il avait apportée et dont, avait-il ajouté avec une impertinence qui lui aurait coûté la vie dans d'autres circonstances, il lui dédiait la lecture :

— *Le Courageux Noir en Flandre*, avait-il lu. D'Andrés de Claramonte.

De toute évidence, le Noir cherchait à le mettre mal à l'aise avec ce texte sur un esclave né à Mérida en Estrémadure qui, devenu un homme libre, avait fini officier dans l'armée du roi. Balivernes, car aucun homme sain d'esprit ne laisserait un Noir commander un régiment. Enrique s'affala dans le divan en gardant le sourire. Il endura ce texte saugrenu jusqu'à ce que Mlle Castro les ravisse avec une amusante *seguidilla* qu'elle chanta délicieusement s'accompagnant d'une guitare. Toutefois, tandis qu'il profitait de ces moments de délassement, son esprit était occupé ailleurs, à se demander si Hernaldo avait obtenu le passe-partout qui lui permettrait de se déplacer à sa guise dans Castamar. Si tel était le cas, il lui remettrait la clé à la tombée de la nuit et, à partir de là, il aurait les coudées franches. Il s'intimait à la patience quand la pluie s'invita sans crier gare. Ils se mirent immédiatement à l'abri sous les parasols pendant que les domestiques rassemblaient l'argenterie et la vaisselle dans les malles en osier.

— J'ai peur que ces parasols ne tiennent pas longtemps avant que l'eau ne les traverse, dit-il, contrarié.

Don Diego était en train de proposer d'aller s'abriter dans la maison voisine, lorsque l'un des valets s'approcha et sollicita en bredouillant la permission de parler.

— J'ai pris la liberté de commander à M. Cebrián deux voitures en prévision d'une éventuelle averse, dit-il. Elles sont derrière la colline.

— Excellente idée. Quel est ton nom ? interrogea le marquis.

— Roberto Velázquez, monsieur.

— Tu es le neveu de M. Elquiza, n'est-ce pas ?

Le garçon acquiesça et don Diego lui ordonna d'approcher les berlines au plus vite. Enrique décida de mettre ce contretemps à profit pour passer du temps en tête à tête avec Mlle Castro. Il supposa que le duc et le Nègre chercheraient à protéger leur mère de la pluie, et monteraient avec elle dans la première voiture. Aussi feignit-il de se soucier du bien-être de la jeune femme pour que don Diego la confie à ses bons soins. Cela se passa exactement comme il avait prévu et Amelia ne put s'y opposer.

Elle garda contenance jusqu'à ce qu'ils fussent seuls, mais une fois installée avec lui dans la voiture, son visage se figea comme un masque. Enrique, faisant mine de n'avoir pas remarqué son trouble, ferma la portière et tira les rideaux. La voiture démarra dans un silence tendu et il attendit patiemment qu'elle le brise.

— Marquis, dit-elle finalement, dites-moi la vérité. Qu'attendez-vous de moi ?

Il fit claquer sa langue d'un air peiné.

— Mademoiselle, je vous prie de croire que mon aide était désintéressée. Comme je vous l'ai déjà expliqué, je ne supportais pas de vous voir victime d'une telle injustice. Je souhaite seulement votre amitié, et faire honneur à celle que j'ai déjà avec notre amie commune, Verónica...

Il observait son expression crispée. Elle cherchait la sortie d'un labyrinthe qui n'en avait pas, il en avait fait son affaire, mais il aimait observer chez elle cet élan de survie qui fait qu'un être humain se rebelle face à l'adversité, même lorsqu'il n'a d'autres armes que ses mains nues et sa rage de vivre.

— Vous savez que je ne cherche pas à vous offenser, don Enrique. Je vous suis immensément reconnaissante.

— Alors, prouvez-le en m'accordant votre confiance. Je n'ai que de bonnes dispositions à votre égard. Laissez-moi vous aider et vous vous trouverez heureusement mariée à don Diego.

— Je vous prie de comprendre qu'il n'est pas facile pour moi d'accorder ma confiance, dit-elle, troublée. Vous savez que j'ai déjà été leurrée par de fausses promesses pour finir déshonorée et au ban de la société. Cela ne… cela ne se reproduira pas.

— Bien sûr que non, assura-t-il avec un sourire bienveillant. Vous êtes une femme vaillante et c'est ce que j'aime le plus chez vous.

— Marquis, comprenez que je suis… terrifiée.

Ce fut à peine si elle parvint à prononcer le dernier mot de son aveu. Il lui prit doucement la main pour la réconforter et, comme il l'espérait, elle ne la retira pas. Ses beaux yeux pleins de larmes ne demandaient qu'à pouvoir croire en lui et en ses belles paroles malgré la crainte de le regretter. Elle se sentait captive d'une société oppressive, contrainte par des lois divines et humaines, et il devait la persuader qu'il était un envoyé de la Providence, sa planche de salut. Comme tant d'hommes avant lui qui avaient profité de tant de femmes avant elle, il n'avait qu'à jouer le rôle de metteur en scène de la farce sociale et attendre que l'implacable système de règles fonctionne comme ce qu'il était : une machine à plier les volontés. Il se pencha en avant pour préparer le moment où elle se croirait libérée de ces chaînes.

— Laissez-moi être votre bienfaiteur et vous n'aurez plus aucun souci dans la vie, murmura-t-il. Plus aucun. Jamais.

Il la sentait faiblir, la lueur dans ses yeux s'atténuait. Évidemment qu'elle voulait le croire, elle était trop fatiguée de se tenir au bord de l'abîme de la misère, constamment dans la représentation, constamment dans la peur d'être découverte. Elle voulait se laisser aller à l'idée d'une vie facile et sans angoisses, comme celle qu'elle avait connue du vivant de son père.

— Je ne vois pas comment, don Enrique, murmura-t-elle. Le passé pèse si lourd sur moi.

— Demain, vous aurez assez d'argent pour n'avoir plus jamais besoin de personne, pas même de moi, murmura-t-il tout près de son oreille, si près que ses lèvres la frôlèrent.

Elle secoua la tête, incrédule.

— Une fortune qui vous assurera une rente à vie, avec laquelle vous pourrez retrouver vos propriétés, votre position, votre aisance, continua-t-il en humant le parfum de son cou.

Mlle Castro ferma les yeux, et, sans même en avoir conscience, rendit les armes. Il continua à déverser des promesses rassurantes, l'effleurant de ses lèvres à chaque syllabe. Avec un frisson, elle s'écarta légèrement. Il la laissa prendre son temps.

— Ne me mentez pas, lâcha-t-elle en un souffle. Je vous en conjure.

— Vous aurez l'usufruit de votre maison à Cadix jusqu'à la fin de votre vie, que j'espère longue et heureuse. La maison de Madrid que votre père a perdue sera de nouveau à vous.

La force de l'illusion brisa les digues de la résistance devant ces perspectives heureuses.

— Comment puis-je être certaine que vous tiendrez parole ? demanda-t-elle, prête à tout faire, prête à tout croire, sans se rendre compte qu'elle avait déjà été vaincue.

Il lui prit le menton pour la forcer à le regarder.

— Si cela ne vous paraît pas suffisant, dites-moi ce que je dois faire d'autre pour gagner votre confiance.

— Je ne peux pas...

Il caressait l'ovale de son visage de sa main dégantée.

— ... vous faire confiance, finit-elle d'une voix étranglée.

— Je suis sûr que vous trouverez un moyen, mademoiselle Castro, fit-il à son oreille en frôlant sa joue au passage.

Elle inspira profondément, lui offrant la vision charmante de sa poitrine qui enflait sous le corsage. Elle avait capitulé, mais comme tous les vaincus, elle voulait garder un semblant de dignité.

— Vous devrez mettre tout cela par écrit devant un notaire, déclara-t-elle d'une voix qui se voulait ferme.

Il la regarda avec la ferveur d'un amant dévoué en savourant sa victoire.

— Vous pouvez prendre le Très-Haut à témoin qu'il en sera ainsi, acquiesça-t-il.

Elle gémit lorsqu'il glissa la main sur sa nuque et protesta d'un murmure qu'il était un cajoleur, un charmeur. Mais sa respiration agitée trahissait son émoi et il se contenta de sourire avant d'embrasser doucement ses lèvres. Elle se laissa faire, les joues en feu. Il chercha sa langue avec la sienne, puis, lentement, du bout du doigt, traça une ligne sinueuse le long du cou gracile jusqu'à la courbe délicieuse des seins. La respiration d'Amelia s'affolait. Cette pauvre petite n'avait jamais été embrassée de la sorte et elle ignorait tout de la force de son propre désir. Elle tenta encore de résister à cette force inconnue qu'elle sentait s'éveiller en elle :

— Dites-moi une bonne fois ce que vous voulez de moi, le supplia-t-elle en repoussant son visage.

Il ne répondit pas, mais se pencha pour retrousser ses jupons. Elle frissonna. Il fit monter les mains à l'intérieur de ses jambes pour les lui faire écarter, elle se laissa faire, il savait qu'elle ne l'arrêterait pas. Il mit un genou à terre et plongea entre ses cuisses pour lui offrir un plaisir qu'elle n'avait jamais connu. Déconcertée par la nouveauté de l'expérience, elle dut porter une main à sa bouche pour étouffer les gémissements qui lui échappaient. Elle était à présent emplie d'une joie particulière qui se mêlait au soulagement d'avoir échappé à la misère. Enrique savait qu'elle ferait désormais taire la petite voix méfiante qui lui dirait, en son for intérieur, qu'elle avait scellé un pacte avec le diable. Il ne lui restait plus qu'à se réjouir de savoir qu'Amelia Castro était désormais à lui.

*16 octobre 1720, tombée de la nuit*

Hernaldo chevauchait sans hâte, comme à son habitude, le chapeau enfoncé jusqu'aux yeux, la cape remontée sur le visage. La pleine lune lui permettait d'avancer sans lanterne. Il allait à la rencontre de don Enrique pour lui donner le passe. Il savait que son maître en serait heureux et il l'était aussi, comme toujours lorsqu'il lui rendait un fier service.

Le mur de pierre qui délimitait Castamar se dressait déjà devant lui et il commença à en faire le tour. Chaque fois qu'il revenait au domaine, il avait la sensation d'approcher un cimetière dont il était le fossoyeur. Il avait passé plus de la moitié de sa vie à donner la mort pour gagner sa vie, sans se demander si ces pauvres diables qu'il envoyait dans la tombe le méritaient ou pas. Pour lui, c'était un métier, dans lequel il était meilleur que la plupart. Cependant, la mort de doña Alba n'avait pas été une de ces affaires que l'on oublie. C'était une blessure persistante dans son orgueil et son échec se rappelait à lui dès qu'il venait en ces lieux.

« Nous avons causé la mort de la duchesse avec ce complot raté pour éliminer son mari. » Il le pensait souvent, l'avait même dit en une occasion à don Enrique, mais son maître avait répondu avec un regard meurtrier que le seul à blâmer était le duc qui avait décidé ce matin-là d'échanger les chevaux.

— Ne répète plus jamais ça, avait-il ajouté, si tu ne veux pas perdre ton poste et ta tête au passage.

Il ne se l'était pas fait dire deux fois. Ainsi en allait-il des intrigues, il fallait tuer pour les mener à bien. Lui et son maître avaient quelques morts à leur actif, si bien déguisées en accidents qu'on n'y avait vu que du feu.

Pour les besoins de leur mission, Hernaldo avait cherché un palefrenier qui pourrait dresser le cheval de don Diego. L'homme devait être un cavalier expérimenté, hardi et de sang-froid. Le cheval, dûment dressé, devait savoir se tenir debout sur deux pattes, puis s'abattre de tout son poids sur son cavalier. Après de nombreuses recherches, ce bougre borgne des faubourgs de Lavapiés l'avait abordé pour lui parler d'un dénommé « Gaucher », un lascar dangereux, mi-cavalier, mi-assassin, qu'il valait mieux ne pas chatouiller.

— Il sait ce qu'il fait, avait assuré le Borgne. Il a dressé pas mal de montures pour les riches. Vous pouvez le trouver au Passage ; il le fréquente à cause d'une grue.

Le Passage était un bordel de Lavapiés fréquenté par des joueurs, des aigrefins, des soudards et des rossards. Hernaldo avait filé quelques sous au Borgne pour l'information. Ce n'est que plus tard, après la mort de doña Alba, que le Borgne était revenu le voir avec deux spadassins pour lui réclamer de bons deniers en échange de son silence. Hernaldo les avait fait taire à jamais, lui et ses bravaches. Le dernier à trépasser avait tenté de parlementer lorsqu'il l'avait vu embrocher le Borgne avec un coutelas tandis qu'il tirait une balle dans la tête de son compagnon. Trop tard. Et quelqu'un du métier aurait dû le savoir. Les lascars auxquels il avait affaire n'étaient généralement pas de bons chrétiens, et lui non plus. C'étaient des joueurs, des buveurs, des sodomites, ou n'importe quel homme qui pouvait nuire à son maître pour une raison ou une autre. « C'est pour ça que tu ne te souviens pas de leurs noms », se dit-il en suivant toujours la muraille haute de plusieurs coudées.

Il mit le cheval au trot léger jusqu'à gagner le bosquet de chênes verts qui dissimulait une large percée dans le mur. Ses hommes l'avaient pratiquée deux nuits plus tôt pour qu'il puisse entrer dans le domaine sans être vu. Il la franchit et se dirigea vers un fourré voisin. Son maître l'y attendait déjà.

— Je dois rejoindre les autres avant qu'ils remarquent mon absence, dit-il, impatient. Ils vont bientôt passer à table. Tu l'as ?

Hernaldo se contenta de lui tendre la clé et don Enrique, en la rangeant dans sa poche, lui accorda un hochement de tête satisfait et presque admiratif. La meilleure des récompenses.

— Dois-je comprendre qu'Amelia Castro est déjà dans vos filets ?

Don Enrique se contenta d'un sourire en coin.

— Je me réjouis, monsieur.

— Tu as pu parler à doña Sol ? Sait-on ce qu'elle veut en échange du service que j'ai demandé ?

— Elle voudrait que son mari soit victime d'un accident fatal. C'est apparemment un fardeau qui pèse trop lourd dans sa vie.

— Dans tous les sens, je dirais, c'est un sac de lard, cet homme.

Don Enrique hocha la tête, comme s'il s'était attendu à devoir payer avec cette monnaie-là. Il fit tourner son cheval pour repartir.

— Commence à mettre les choses en place, mais sans précipitation. Comme sa rétribution ne peut pas se faire en plusieurs traites, il faudra qu'elle paie son dû d'abord.

— Je ferai en sorte que tout soit prêt pour le moment venu, monsieur, répondit Hernaldo.

Puis il attendit que le marquis disparaisse entre les arbres avant de retourner à Madrid. Tout semblait se dérouler comme l'avait prévu son maître : Amelia était à Castamar, doña Sol avait annoncé son prix et ils n'avaient plus qu'à attendre que le fruit mûrisse. Pauvre don Diego, il ne pouvait pas se douter que le malheur se rapprochait de lui, de sa famille et de ses proches comme une faucheuse implacable.

# 16

*16 octobre 1720, soirée*

DIEGO SOUHAITAIT REPRENDRE la conversation qui avait été interrompue à Villacor avec Mlle Castro. Dès que sa mère entra dans la maison avec Gabriel et que le marquis fut monté à l'étage, il s'approcha d'elle et la retint doucement par le bras.

— Me ferez-vous le plaisir de m'accorder un moment en votre compagnie ? Venez avec moi au petit salon, nous serons mieux.

— Seulement à la condition que vous m'appeliez par mon prénom, répondit-elle courtoisement.

La tension dans son sourire trahissait un certain malaise et il se demanda si elle regrettait d'avoir montré ses émotions plus tôt. Une fois seul avec elle, il l'interrogea :

— Amelia, est-ce que vous allez bien ? J'ai eu l'impression que vous vouliez me confier quelque chose au moment où nous avons été interrompus.

Elle sourit d'un air surpris, comme si ses larmes sous le chêne de Villacor n'avaient jamais coulé.

— Je vous prie de ne plus y penser, don Diego, dit-elle en détournant le regard. Parfois le décès de mon père m'accable et je ne peux contenir mes émotions.

Il comprit que son élan de sincérité s'était dissipé. C'était naturel qu'elle éprouve une certaine méfiance envers lui puisqu'ils n'avaient pas eu le temps de renouer des liens, pourtant, quelque chose lui disait que la réserve d'Amelia avait moins à voir avec la pudeur de la demoiselle qu'avec l'influence que le marquis, pour une raison quelconque, semblait exercer sur elle. Mais il ne pouvait faire mieux que s'enquérir de son bien-être, aussi prit-il congé. Il monta retrouver Alfredo, Francisco et Gabriel dans les quartiers de ce dernier à l'étage où, jusqu'à l'heure du souper, ils échangèrent leurs vues sur l'équilibre des forces en Europe et l'éventualité que le roi Philippe accède au trône de France.

Le soleil se couchait lorsqu'un laquais annonça l'arrivée de la première invitée. Diego sortit à sa rencontre. C'était sa très chère amie doña Almudena Belizón y Villarejo, baronne de Belizón. Mariée et veuve très jeune, elle avait perdu son mari, de vingt ans son aîné, à la suite d'une indigestion de langoustines. Elle était une invitée régulière de Castamar, principalement parce qu'Alba avait été sa marraine à la cour et qu'elle lui confiait, à lui, toutes ses affaires importantes, la guerre ayant emporté tous les hommes de sa famille. Peu de temps après, on annonça les marquis de Villamar, don Esteban et doña Sol, qui avaient accepté avec joie l'invitation inattendue de Francisco pour assister au dîner des intimes à Castamar. Chaque hôte pouvait à son tour amener un invité pourvu que celui-ci soit prévenu qu'un homme noir ferait partie des convives. Diego avait deviné, au ton de Francisco, que la venue des Villamar avait plus à voir avec la marquise qu'avec son mari. Alfredo l'avait grondé pour avoir pris la liberté d'inviter une femme qui avait la réputation d'entretenir des liaisons avec de jeunes hommes dans le dos de son mari. Diego, amusé, avait répondu qu'il serait ravi de les rencontrer.

Après les politesses de rigueur, on se rendit dans la salle à manger pour le souper afin que Diego puisse profiter d'un moment en petit comité avant de jouer l'hôte parfait pour les invités qui viendraient plus tard, dont Sa Majesté. Il lui était déjà arrivé de dîner deux fois, lorsque le roi lui avait demandé de venir discuter avec lui à table.

Diego, debout, attendit que tout le monde prenne place mais lorsque Gabriel s'assit, un silence tendu se répandit autour de la table. Diego porta son regard vers les Villamar : le marquis, le front perlé de sueur, jetait des regards furtifs à Gabriel, tandis que doña Sol prenait un soin exquis à ne jamais le regarder. Diego savait qu'une partie de ses invités toléraient la présence de son frère car ils ne pouvaient se permettre de refuser l'invitation d'un duc si proche de la Couronne, et qu'ils espéraient gagner son amitié et surtout ses faveurs, mais ensuite, ils se trouvaient dans l'embarras lorsqu'ils comprenaient qu'ils devraient réellement partager la table avec un Noir.

Afin de briser le silence, Diego prononça un petit discours de bienvenue. À sa grande surprise, Gabriel se leva lorsqu'il se rassit et annonça qu'il voulait porter un toast, lui aussi. C'était fort étrange, car il était la discrétion personnifiée et, chaque année, dès que le dîner pour les intimes prenait fin, il se retirait dans sa chambre pour ne plus redescendre jusqu'à la fin des festivités. Leur père lui avait répété mille fois : « Gabriel, tu ne dois jamais t'imposer dans les réunions sociales ; n'essaie pas de te faire accepter, ne confonds pas tes privilèges à Castamar avec ceux que tu n'as pas dans le monde extérieur. Tu ne ferais que cultiver ton malheur. »

Malheureusement, il avait raison.

— Je tenais à dire quelques mots cette année pour vous souhaiter bonheur et fortune à tous et de longues années d'amitié profonde, fit Gabriel en levant son verre. Mon frère, tu sais que je t'admire, que je t'aime et que je serai toujours à tes côtés pour veiller à ce que rien de mal ne t'arrive. À Castamar.

Diego but en même temps que les autres. Ce toast, indubitablement, était une façon voilée de mettre un terme aux manières impertinentes de don Enrique. Gabriel n'aimait pas don Enrique au point qu'il avait insisté pour qu'ils enquêtent à son sujet, afin de protéger leur mère. Toutefois Diego ne partageait pas sa méfiance. Les commentaires malencontreux et blessants du marquis l'irritaient en effet, mais il ne voyait pas chez lui de mauvaises intentions envers leur mère. Tout au plus, il était gêné parfois par les démonstrations excessives d'amitié que don Enrique lui prodiguait.

— Cher ami, lança don Enrique, j'ai une demande formelle à vous faire ici même, devant témoins : je voudrais que vous me prêtiez votre cuisinière pour la prochaine fête que je compte offrir.

« Jamais de la vie, malotru. »

Diego esquiva la requête en se joignant aux rires que la saillie du marquis avait provoqués. Mlle Belmonte était en train d'habituer les habitants de Castamar, maîtres et serviteurs, à si bien manger qu'il risquerait une révolte s'il la laissait partir, ne serait-ce que quelques jours.

Après les deux premiers services et les rôts, la conversation tournait exclusivement autour de la subtilité des plats, notamment des volailles, aussi tendres et juteuses que des fruits mûrs à point.

Malheureusement, après le dîner qui avait été un délice pour les sens, la discussion prit une tournure déplaisante car on avait commencé à évoquer des scandales de la cour, ce qui ne manquait pas de sel, songea Diego en surprenant encore un échange de regards brûlants entre Francisco et doña Sol. Il estimait par ailleurs que les commérages étaient à bannir, mais il lui était défendu, en tant qu'hôte, de contrarier les envies de ses invités. Alors qu'ils se régalaient d'une tarte à la crème aérienne, on parla de doña Leonor, comtesse de Bazán, qui passait le plus clair de l'année à Valence et qui se trouvait être une bonne amie de Francisco et lui. Dès que son nom avait été évoqué, ils avaient échangé un regard entendu, craignant la suite. Car doña Leonor, mariée deux fois, était deux fois veuve. Son second mari, Roberto de Bazán, lui aussi un ami cher, était mort en héros à la bataille d'Almansa, comme le père de Francisco. Leonor s'était retrouvée seule et sans enfants à l'âge de vingt-cinq ans. Son âge et sa fortune lui donnaient une indépendance qu'elle appréciait grandement et n'avait aucune intention de sacrifier dans un nouveau mariage. Une situation qui exacerbait les jalousies et les mauvaises langues.

— Je ne peux pas affirmer que la comtesse de Bazán a les mœurs légères qu'on lui attribue, mais je ne nierai pas non plus qu'elle a un lourd penchant pour les chevaliers et… leurs vassaux, lança don Enrique, en soulevant un chœur de rires.

Doña Sol ajouta savoir de bonne source que doña Leonor écumait les rues de Madrid tard la nuit à la recherche de jeunes hommes ; doña Mercedes parla du fait qu'elle n'avait donné de fils à aucun de ses maris alors que le bruit courait qu'elle avait un bâtard ; Alfredo, prétendu connaisseur en la matière, affirma que cela était dû à une extrême concupiscence contenue ; la baronne de Belizón avait entendu dire qu'elle avait perdu l'honneur avant le mariage, et que beaucoup lui reprochaient sa nature frivole.

Diego regarda Francisco qui s'agitait sur la chaise, mal à l'aise pour intervenir devant cette lapidation à laquelle tous prenaient part : sa mère, et Alfredo en premier lieu, mais aussi doña Sol, Mme de Belizón, et, bien sûr, don Enrique. Ce dernier, pervers, assurait qu'un amant de doña Leonor avait croisé la route de son mari, le comte de Bazán, alors que le premier portait une veste sortie de l'armoire du second. Don Roberto, pour se tirer d'affaire, avait élégamment prétendu qu'ils avaient tous deux le même tailleur. Seul don Esteban, le marquis de Villamar, se tenait à l'écart, plongé dans les délices de son gâteau et sans se rendre compte de ce qui se passait entre Francisco et son épouse. Diego avait regardé plusieurs fois son ami pour qu'il dévie la conversation, mais Francisco était trop occupé à tenter de poser sa main sur la jambe de doña Sol, main que celle-ci repoussait doucement mais avec fermeté. Finalement, lorsque don Enrique lui demanda s'il ne connaissait pas la dernière aventure de la dame, Diego perdit patience.

— Il suffit, dit-il en haussant un peu le ton.

— Excusez-moi ? fit le marquis, suffisant.

— Ne parlons plus de doña Leonor. C'est l'une de mes amies et je ne tolérerais plus ce genre de commentaires à ma table. Quiconque aura une rumeur quelconque à faire courir sur sa personne ou sa vie est prié de s'abstenir de la répandre sous mon toit et encore plus en ma présence.

Son intervention provoqua un silence que doña Mercedes s'empressa de briser en s'extasiant sur la délicatesse de la crème pâtissière. C'était un sujet qui faisait l'unanimité et ce fut une pluie de compliments sur les plats et la virtuosité de la cuisinière. À la fin du dîner, Diego avait décidé de les transmettre personnellement à Mlle Belmonte, ce n'était que justice et, sans autre explication, il s'excusa de devoir se retirer et quitta la pièce.

*Même jour, le 16 octobre 1720*

Clara avait envoyé les plats pour le dîner des intimes en se disant que, si elle parvenait à combler encore le maître et ses invités, sa place de cuisinière à Castamar serait assurée. Les premiers arrivés étaient attablés depuis deux heures et le grand banquet était sur le point de commencer. Elle songea nerveusement à la présence du roi et de la reine eux-mêmes. Leurs plats avaient été supervisés par leurs cuisiniers personnels, Pierre Benoist et Pierre Chatelain, mais s'ils se montraient satisfaits, elle en aurait fini d'errer d'un endroit à l'autre à la recherche d'un poste sans intérêt ni bénéfices. Et à la fin du mois, elle aurait mis assez de sous de côté pour écrire à nouveau à sa sœur et à sa mère sans leur causer de frais.

Clara vérifia encore la cuisson des volailles qu'elle arrosa d'une réduction de leur jus mélangé à du beurre, poivre moulu, chapelure et jaune d'œuf tandis que d'autres avaient été enduites de miel, mélasse ou confitures. Ensuite, elle inspecta les pièces de bœuf dont une grande partie de la graisse trempait à présent les tranches de pain grillées qu'elle avait placées au-dessous, sur la grille de la rôtissoire.

Ces fumets réveillèrent ses souvenirs ; elle revoyait, comme si elle l'avait sous les yeux, le carnet de recettes de sa mère, dont certaines de son cru et tant d'autres venues des sources les plus diverses. La nostalgie dessina sur son visage un sourire doux. Oh, qu'elle aurait voulu entendre sa mère chantonner comme elle le faisait, après le bain, en peignant les cheveux de ses filles ! Sa mère qui avait recommencé à prendre soin d'elle comme d'un bébé lorsque Clara, après l'annonce du décès de son père, était devenue une morte-vivante. Lorsqu'elle avait repris connaissance, elle était prisonnière d'une peur animale de se retrouver dans un espace ouvert. Elle était restée alitée de longues semaines, sans à peine boire ni manger. Une nuit, lasse de tourner jusqu'à la nausée dans les draps humides de ses suées glacées, elle s'était levée et avait avancé dans un couloir qui semblait sans fin pour regagner le salon où la lueur d'une bougie qui dardait par l'embrasure de la porte indiquait que sa mère et sa sœur étaient encore réveillées. Elle était sur le point d'y entrer lorsque leur échange l'avait arrêtée :

— Elle n'a toujours rien mangé ? demandait sa mère.

— Toujours pas. Dès qu'elle se lève, elle a des vertiges. Elle ne veut pas sortir, avait répondu sa sœur.

Comme elle regrettait cette faiblesse, ce souci qu'elle leur avait causé au moment où elles avaient le plus besoin d'elle. Cette nuit-là, sa mère et sa sœur parlaient en chuchotant de l'épreuve qui les attendait. Leur maison appartenait au majorat constitué par son arrière-grand-père, Santiago Belmonte, haut fonctionnaire à la cour de Philippe III. Il avait stipulé que l'ensemble patrimonial devait passer au premier-né ou, à défaut, au plus proche parent mâle. En l'absence d'homme dans la lignée, et seulement dans ce cas, l'héritage pourrait passer à l'aînée des femmes. Il en était ainsi depuis lors, et son oncle Julián, homme poltron et envieux, avait vu dans la mort de son grand frère une occasion de prospérer.

Dans une lettre où il cachait à peine sa cupidité sous des formules bienséantes, il avait annoncé à la mère de Clara qu'il arriverait sous peu pour prendre possession de l'héritage qui lui revenait de droit. Contrairement à son frère, Julián Belmonte n'avait pas l'amour du savoir mais seulement des intérêts bien compris. Il avait fait des études de droit, grâce aux relations de son père et à sa capacité à flatter les puissants, puis était devenu le secrétaire du marquis de Valdetorres. Le docteur Belmonte avait pris ses distances avec son frère avant la naissance de Clara, lorsqu'il avait appris que Julián avait séduit et mis enceinte une jeune fille de quinze ans amie de la famille, lui promettant un mariage qu'il n'avait pas l'intention d'honorer.

Leur père, don Pedro Belmonte, un homme droit comme un cierge pascal, était intervenu et avait promis que son fils tiendrait parole et contribuerait avec une dot généreuse. Le mariage, teinté de scandale, avait donc eu lieu, mais la jeune mariée était morte en couches et son enfant n'avait pas survécu. Julián, malgré le drame, avait eu encore l'impudence d'affirmer que sa femme n'avait pas été « une bonne affaire ». Clara était très jeune lorsque, à la mort de son grand-père, son père hérita du majorat et chassa son frère de toutes les propriétés, lui laissant seulement la jouissance d'une petite maison à Salamanque et l'argent qui lui revenait de droit.

Clara et sa sœur n'avaient rencontré leur oncle qu'à l'occasion de ses rares visites dont le seul but était de convaincre son frère, avec des flagorneries, de l'introduire à la cour. Ce pourquoi, ce soir-là dans la pénombre du couloir, elle avait failli s'évanouir lorsqu'elle entendit sa mère annoncer à Elvira que Julián arriverait sous peu pour s'emparer de ce qui restait de leur monde.

— N'aie pas peur, ma chérie, avait dit sa mère avec ce ton rassurant qu'elle parvenait toujours à garder. Nous avons encore quelques économies et je vais réfléchir à une solution. Surtout, ne dis rien à ta sœur pour l'instant. Nous avons besoin qu'elle se remette.

Le souvenir de ces mots serrait encore le cœur de Clara. Avec une grande inspiration, elle chassa ces pensées tristes en se disant qu'elle devait se concentrer pour que le banquet soit à même de flatter les papilles du roi. Son père lui avait appris que le passé façonne l'avenir mais que, si on essaie de le retenir, il devient un fardeau. On ne saurait trouver le bonheur que sur l'étroit sentier qui se faufile entre les souvenirs d'hier et l'inquiétude pour demain. D'après lui, il suffisait de profiter des petites choses de la vie qui se présentaient à nous. « Ne pense pas que ce que tu aimes va toucher à sa fin ni à ce que tu as déjà savouré, lui avait-il enseigné alors qu'ils prenaient une tasse de bon chocolat. Si tu t'y attardes, tu ne ressentiras que de la tristesse et tu seras incapable d'en profiter. Profite du moment sans penser à rien d'autre. »

Un rôtisseur la ramena au présent avec ses coups de pilon sur un billot. Elle se concentra à nouveau sur le travail, au milieu du vacarme des pierres à aiguiser, des hachoirs et des couperets, du brouhaha assourdissant des voix et des coups. La cuisine était comme une ruée dont le désordre n'était qu'apparent, une marée constante où les domestiques arrivaient aux fourneaux comme des vagues au rivage et repartaient au large de Castamar avec de grands plateaux d'argent chargés de victuailles. Elle adorait ce tourbillon merveilleux : les presses à carcasses de volaille, les mortiers que les cuisinières se passaient pour moudre les épices et l'ail, les casseroles bouillonnantes, le cliquetis des écumoires et des lardoires, les louches, les fourchettes à découper et le mouvement constant des trépieds pour supporter les casseroles sur le feu… Ces bruits et ces odeurs étaient pour elle, jusque tard dans la nuit, une merveilleuse mélodie qui l'inspirait.

Après avoir fait le tour des trois cuisines, elle fut rassurée de voir que tout était prêt. Puis, de retour devant les fourneaux, elle était en train de rectifier la sauce du ragoût de lapereaux préparé avec les prises apportées la veille par les gardes-chasses lorsque Rosalía tira sur son tablier pour lui demander de la laisser jouer avec les braises du fourneau. La pauvre petite était fascinée par ces lumières orangées qui se détachaient du noir et plus d'une fois elle avait mis la main dans les braises. La méthode de Mme Escrivá pour l'en dissuader était de la gifler, mais Clara lui caressa la tête et lui promit que, si elle n'y touchait pas, le lendemain elles joueraient à colin-maillard. Rosalía se serra contre elle en une étreinte pleine d'affection et de bave.

Elisa arriva à cet instant avec les valets en charge des magnifiques soupières blanches et bleues en faïence des manufactures royales de Delft et s'approcha de Clara avec un sourire espiègle. Elle avait été assignée, pendant les célébrations, au service de paneterie sous les ordres d'Herbasio García, cet homme rond comme un tonneau qui tanguait grossièrement à chaque pas mais qui avait un excellent goût en matière de vins. Il était donc de la responsabilité d'Elisa de retirer de la table l'ensemble des délicates serviettes en lin et dentelle dont Carmen del Castillo était complètement énamourée. Elles venaient d'une filature de la ville de Béjar et c'était un cadeau fait par don Juan Manuel, duc de la ville, à don Diego et doña Alba.

— Depuis qu'ils ont servi les desserts, on n'entend plus que des « mmm » et des « aaaah », chuchota-t-elle. Au fait, le marquis de Soto est irrésistible. Si élégant…

C'était la troisième fois qu'Elisa descendait pour l'informer du déroulement du dîner et se pâmer au passage à propos du marquis. Clara décida qu'il était judicieux de s'accorder un moment de repos avant le début du grand banquet. Elisa et elle sortirent dans la galerie en angle qui menait à l'office.

— Merci de m'apporter cette bonne nouvelle.

Elisa balaya ses mots d'un geste sans quitter des yeux Beatriz Ulloa qui s'était rapprochée de la porte et d'elles comme par hasard et la désigna d'un petit geste du menton avec une moue agacée. Clara haussa les épaules.

— Si elle veut espionner, qu'elle espionne. Je n'ai rien à cacher.

Sauf sa maladie. Mais tant qu'elle resterait à l'intérieur…

Elisa secoua la tête, indignée, et l'entraîna loin des oreilles indiscrètes.

— Je te dis que la sorcière et celle-là manigancent quelque chose, murmura-t-elle. Chaque fois que nous sommes ensemble, elle ramène sa fraise. Je suis sûre qu'elle répète tout ce qu'on dit. Avec ce visage de sainte-nitouche…

— Je n'en ai cure, vraiment. C'est leur affaire, tu sais ? S'inquiéter trop de ces choses ne fait que les aggraver.

Elisa s'essuya le front du dos de la main.

— T'es trop bien élevée, grogna-t-elle.

Clara ne put que rire et, comme pour l'accompagner, la chapelle musicale de Castamar recommença à jouer.

L'ensemble avait passé la journée à répéter des airs qu'elle connaissait bien, des gavottes et des gaillardes qu'elle avait dansées mille fois, mais aussi des menuets, des passe-pieds, et autres contredanses françaises que le roi leur préférait et dont la mode s'imposait dans les salons. Elle se souvint de sa propre présentation en société en présence de la défunte reine Marie-Louise de Savoie, lors d'un des bals chez le comte de Montemar, grand ami de son père.

— J'aimerais bien assister à un de ces bals et, si possible, attraper un mari fortuné, chuchota soudain Elisa, aussi attentive qu'elle à la musique.

— Du vivant de mon père, j'ai assisté à quelques-uns d'entre eux, répondit Clara. Et j'aurais pu aller à d'autres encore s'il n'y avait pas eu la guerre.

— Ça doit beaucoup te manquer…

— Pas tellement. Ce qui me manque le plus, c'est la lecture. Mon père avait une bibliothèque aussi grande que cette cuisine et il recevait des nouveautés chaque semaine…

Elisa, emportée par la musique, fit une pirouette et se lança dans une petite représentation.

— Mademoiselle Elisa, puis-je avoir cette danse ? énonça-t-elle d'une voix plus grave avant de se répondre, en changeant de place : Avec plaisir, don Enrique.

Clara la regardait en riant et Elisa avoua, toujours aux bras de son cavalier invisible :

— En fait, je ne sais pas comme se dansent ces airs français.

Clara fut touchée par les rêves impossibles de son amie, qui tournait maladroitement dans la pénombre du couloir. Elisa lui révéla que son vœu le plus cher était de trouver un mari. Un bon mari.

— J'aimerais que le marquis me demande en mariage, ou Monsieur lui-même, fit-elle en éclatant de rire à cette idée farfelue. Monsieur a fière allure, pas vrai ?

— Il me semble être un véritable gentilhomme au caractère fort et quelque peu farouche, mais je crois que derrière ces aspérités de surface se cache un noble cœur, répondit Clara. Je pense que… c'est un homme bon.

— Mademoiselle Belmonte.

La voix venait de l'autre côté de la galerie. Clara se retourna, et soudain, presque comme une apparition, la silhouette de don Diego se dessina dans le contre-jour des lustres. Elle échangea un coup d'œil ahuri avec Elisa alors que toutes les deux s'inclinaient. Depuis combien de temps était-il là ? Avait-il écouté leur conversation ? Clara, les joues en feu, pria pour qu'il n'ait pas entendu ses remarques à son sujet. Déjà ce matin, après le petit déjeuner, il était descendu lui poser de drôles de questions et voilà qu'il était de retour, avançant vers elle de son pas déterminé, sans la quitter des yeux. Sans faire cas de la présence d'Elisa, il lui demanda encore une fois, toujours avec une grande douceur, de le regarder. Clara leva les yeux jusqu'à rencontrer les siens, et tout à coup ce fut comme si le monde s'était tu, le tintement des casseroles, le brouhaha des domestiques, le menuet à l'étage. Une douce quiétude s'empara d'elle, et alors elle n'éprouva aucune gêne en regardant son maître, ses joues ne brûlaient pas et les yeux clairs de don Diego étaient comme un ciel calme dans lequel se refléter.

*Même jour, le 16 octobre 1720*

Diego attendit que Clara Belmonte lève les yeux vers lui. Lorsqu'elle le fit, ils se dévisagèrent en silence. Il y avait dans ces pupilles une détermination qui lui rappelait celle d'Alba. Peut-être celle de Clara Belmonte était-elle plus dure, plus sobre que celle de sa femme, sans doute parce qu'elle avait traversé des épreuves et qu'elle avait dû se transformer pour survivre dans un milieu différent de celui auquel elle était habituée. Malgré son élégante réserve, typique d'une fille bien née, elle l'observait sans crainte. Diego, saisi, restait rivé à ces yeux cannelle, la contemplant comme qui admire une œuvre d'art.

— Je suis venu pour vous transmettre les louanges sans mélanges de mes invités à propos de l'extraordinaire dîner que vous avez préparé ce soir, déclara-t-il lentement.

— J'en suis infiniment flattée et je vous suis très reconnaissante d'avoir pris la peine de venir me les communiquer en personne, répondit-elle avec cette politesse exquise qui ne manquait pas d'étonner chez une cuisinière.

— Je tiens également à joindre mes plus sincères compliments à ceux des autres convives.

Elle oublia presque de lui répondre, tant sa surprise était grande.

— C'est un honneur que vous me faites, monsieur, dit-elle finalement.

Diego fut envahi par une gêne soudaine en prenant conscience que cette femme était sa cuisinière et non pas une jeune femme rencontrée dans un salon. Il lui dit au revoir avec un léger hochement de tête courtois et partit. Il venait de tourner à l'angle du couloir lorsqu'il entendit les rires nerveux des deux filles.

Il était presque arrivé à l'étage lorsqu'il se rendit compte qu'il était d'une humeur légère qu'il n'avait pas connue depuis des années. Espiègle, même. Il s'était dirigé à la cuisine en passant par la petite cave et, en s'approchant, il avait découvert une scène charmante entre Mlle Belmonte et une fille du service. Plutôt que de les interrompre, il avait eu envie d'écouter leur conversation, comme lorsque, petit polisson, il espionnait la première de ses trois nourrices, Adelaida Robles. À l'époque, une fois qu'elle l'avait bordé dans son lit, il se faufilait jusqu'au couloir de service pour observer à travers une fissure de la porte comment cette femme, dont il était profondément amoureux avec la naïveté d'un garçon de dix ans, se déshabillait pour se mettre au lit. Quand Adelaida avait épousé un Basque et quitté Castamar pour fonder sa propre famille, il avait été terriblement malheureux. « On a tous le cœur brisé un jour ou l'autre », se dit-il.

Le temps d'un instant, il eut l'impression que la guerre et la perte d'Alba n'avaient pas laissé de traces en lui ; il n'éprouvait pas de culpabilité pour la mort de sa femme, pas de culpabilité pour l'étincelle de bonheur que lui avait procuré l'écoute furtive de la conversation entre Mlle Belmonte et l'autre fille. Des voix et des rires lui parvenaient du grand salon et il s'aperçut qu'il éprouvait de nouveau cette étrange sensation dans le ventre, ce mélange d'allégresse et d'enjouement, qui indiquait que quelque chose en lui était en train de changer.

# 17

*Du 16 au 18 octobre 1720*

Une voix intérieure intimait Amelia à la prudence. Elle devait s'en tenir au plan initial de séduire don Diego. Ce qui s'était passé cet après-midi dans le carrosse ne pouvait pas se reproduire, et surtout pas avant que le marquis ait mis par écrit et signé tout ce qu'il avait promis. Alors, seulement alors, elle serait libre de décider du genre de vie qu'elle voulait mener. Mais cette voix arrivait à peine à se faire entendre par-dessus celle de son désir qui réclamait encore les caresses du marquis. Elle avait essayé d'éviter ne serait-ce que son regard lors du dîner, et pourtant, à l'idée même de sentir ses yeux sur elle, son esprit s'enflammait à nouveau. Elle revoyait son beau visage penché sur le sien, la douceur avec laquelle il avait éveillé son désir si différent de la libido déchaînée et grossière du comte de Guadalmin à Cadix…

À sa surprise, don Enrique avait gardé ses distances au cours de la fête, mais c'était, elle l'avait compris plus tard, pour favoriser ses rencontres avec le duc au milieu des invités. Il avait détourné les importuns qui la courtisaient pour qu'elle puisse contempler le feu d'artifice auprès de don Diego, avait proposé des toasts pour qu'elle s'y joigne, et même il avait réclamé l'attention de certains pour qu'elle puisse se trouver en tête à tête avec leur hôte. Finalement, après avoir passé une bonne partie de la soirée à danser avec la fine fleur de la cour d'Espagne, sans qu'il ne se passe rien de notable avec le duc, elle avait décidé de s'éclipser pour se faire désirer.

La femme de chambre qui l'aidait à quitter le panier et ses jupons venait de lui frôler la nuque en défaisant son corsage, réveillant le souvenir des mains du marquis. Une fois seule, Amelia se glissa dans le lit à baldaquin entre les draps empesés et éteignit la bougie du chandelier.

Dans le noir, le visage de don Enrique s'imposait encore plus fortement dans son esprit, et elle mit du temps à trouver le sommeil. Dans ses rêves, elle flottait dans une mer calme dont les vagues enveloppaient son corps en la berçant doucement. Elle se laissa aller aux sensations qui devinrent plus intenses. Soudain, elle éprouva ce trouble si particulier, elle avait la bouche sèche, une odeur de pêche fraîche et de musc titillait ses narines… Des mains cajolaient ses seins, des doigts s'immisçaient entre ses jambes, des baisers brûlants hérissaient sa nuque. Elle se réveilla en sursaut en comprenant que don Enrique était bel et bien là, nu, dans son lit. Elle aurait dû verrouiller la porte lorsque la servante était partie. Elle voulut le repousser mais il pressa sa paume doucement contre son sexe et elle dut étouffer un gémissement. Le marquis, le torse contre son dos, tout son corps une caresse contre le sien, persuasif comme s'il était le démon en personne, murmura :

— Laissez-vous aller, Amelia. Ne pensez à rien, demain vous recevrez les papiers du greffier, vous les lirez et verrez que tout est en ordre.

Avec un gémissement où le plaisir se mêlait à la peur, elle tenta de quitter le lit, mais il l'étreignit encore plus fort, et continua à la caresser sans hâte. Il sentait si bon, sa peau était si chaude, ses paroles si convaincantes, qu'elle se retrouva à lutter non pas contre lui mais contre elle-même.

— Je sens que tu me désires autant que je te désire, chuchota-t-il avec une assurance à la fois excitante et enrageante. Je vais me consacrer à ton corps jusqu'à ce que le matin nous surprenne, je vais te dire des mots que tu n'as même pas osé imaginer et tu vas les dire aussi. Je vais adorer ton sexe, tes courbes, tes seins, embrasser chaque pli de ta peau. Je te ferai découvrir des plaisirs secrets où l'on plongera jusqu'à défaillir et, quand nous les aurons tous traversés, tu seras une autre femme, car tu n'oublieras jamais cette aube qui sera la nôtre, où un homme t'aura vraiment fait sienne.

Désirer cet homme était effrayant. Elle aurait voulu résister mais sa volonté, comme son sexe, se liquéfiait sous ses caresses. Sans pouvoir s'en empêcher, elle ondula contre lui et sentit que son membre était revêtu d'une fine membrane huilée... Elle avait entendu parler de ces gaines en boyau d'animal que les hommes utilisaient lorsqu'ils allaient au bordel pour se protéger des maladies. Quelle humiliation ! Elle, qui n'avait connu qu'un homme, une fois, sous la contrainte, était traitée comme une catin. Pourtant, elle ne pouvait que gémir. Les mots de don Enrique résonnaient dans son esprit avec un écho assourdissant et elle faillit se signer de la croix pour tenter de dompter la chaleur dans son ventre. En vain. Elle était si fatiguée de vivre au bord du précipice, si lasse, qu'elle s'y laissa tomber, subjuguée par ces paroles qui lui grisaient l'âme et la poussaient à répondre à ses ébats avec ce qui ressemblait à une furie animale.

— Vous êtes le diable en personne, lui souffla-t-elle.

— Pour ton plus grand plaisir, ma belle Amelia, répondit-il, sa bouche contre la sienne.

Il la fit sienne trois fois avant que l'aube ne se lève, murmurant une litanie profane qui la choquait et l'excitait en même temps. Elle avait capitulé devant cet homme impérieux – son seul rempart contre la misère – mais elle avait aussi cédé à sa propre luxure.

Lorsqu'elle se réveilla, il avait quitté la chambre, mais peu avant le petit déjeuner on déposa dans sa chambre un pli scellé. Elle lut attentivement les documents qui lui accordaient une riche rente, la maison de Madrid et l'usufruit permanent de la propriété de Cadix. Le marquis semblait avoir tenu parole, aussi décida-t-elle de les envoyer à un notaire ami de son père à Madrid afin qu'il confirme que tout était en règle. Elle ne pouvait que se méfier d'un homme qui voulait l'aider à en épouser un autre tout en venant lui rendre visite la nuit. Elle n'arrivait à déceler ni ses intentions ni le but qu'il poursuivait, mais, tant qu'elle était à l'abri du besoin, le reste importait peu. Elle comptait tout de même poursuivre son plan de séduire don Diego, au moins jusqu'à ce que le notaire lui confirme la validité de ces papiers.

Après une promenade dans les jardins, elle chercha à croiser le duc, mais ce fut à peine s'il lui prêta attention car on vint lui annoncer que le roi réclamait sa présence. Don Diego fut toute la journée à remplir son rôle d'hôte, et Amelia dut se résigner à rester dans les coulisses. Elle passa du temps avec doña Mercedes et doña Sol Montijos, retrouva des connaissances d'autrefois, participa aux causeries. De temps en temps, une image de la nuit précédente traversait son esprit et la faisait frissonner. Au déjeuner, don Enrique, avec un regard complice, avait évoqué dans une conversation avec le duc les thermes de Cadix pour pouvoir l'inclure dans l'échange, mais la conversation s'était vite tarie car on avait apporté les plats et l'attention s'était concentrée sur le festival d'arômes, de textures et de saveurs. Quant à elle, jamais elle n'avait goûté à quelque chose d'aussi délicat que ce flan aux amandes et à l'abricot.

Dans l'après-midi, elle ne put même pas parler avec don Diego, lui-même entouré par un véritable essaim de courtisans, et chercha don Gabriel pour au moins resserrer ses liens avec la famille Castamar, mais elle ne parvint pas à le trouver et doña Mercedes lui rappela qu'il n'était pas descendu de la journée et qu'il ne le ferait probablement pas avant la fin des célébrations. Plus tard, entre deux pièces de théâtre, don Enrique l'aborda au détour d'un couloir.

— Je vais faire en sorte que don Diego s'occupe de vous, lui murmura-t-il.

En effet, elle se trouva à danser avec le maître de Castamar et lorsque la pavane fut terminée, doña Mercedes, inspirée à n'en pas douter par le marquis, voulut qu'ils dansent encore, rien que pour son plaisir. Mais le roi Philippe, qui semblait ne pas pouvoir se passer de son ami, réclama encore don Diego et ne le quitta pas de la soirée.

Amelia se résigna et, après le feu d'artifice et l'opérette, retrouva la paix de sa chambre. Cette fois, elle ferma la porte à clé pour éviter que don Enrique revienne lui voler le sommeil et la raison. Pourtant, une fois couchée, l'expérience de la veille revint la troubler, et l'humidité entre ses cuisses prouvait que son corps n'avait que faire de la raison.

Au cœur de la nuit, elle fut réveillée par cette langue diabolique qui jouait avec le lobe de son oreille. Avant qu'elle soit complètement réveillée, il descendait vers son ventre en susurrant :

— Laisse-toi aller…

Elle se perdit en lui, sans à peine se demander comment il avait pu entrer dans la pièce fermée à clé. Le marquis était son guide dans ce territoire, pour elle inconnu, de la sensualité partagée. Quand il vint plus fort en elle, une spirale de plaisir l'emporta, l'obligeant à étouffer ses gémissements dans l'oreiller. Puis, il redoubla ses coups de reins sans merci, provoquant une marée de sensations si affolantes qu'elle le supplia de ne pas s'arrêter. Elle était perdue. Comment faisait cet homme pour lui faire oublier sa pudeur et même son Dieu ? Cela faisait deux nuits qu'elle succombait à ses attraits et elle ne savait plus comment retrouver le chemin de la tempérance, submergée par ce tumulte de frissons et de fougue. Leurs corps s'épuisèrent avant la passion, et lorsque l'aube les surprit, endormis, le marquis l'attira contre lui pour recommencer. Cette fois-ci, elle parvint à lui résister.

— Dès que nous aurons signé les papiers, nous pourrons chavirer ensemble à nouveau, mais pas avant… Je t'en supplie.

Il l'embrassa avec un sourire énigmatique et, à moitié habillé, disparut comme un fantôme. Elle dormit jusqu'en fin de matinée, réveillée au gré des départs des invités, dont le couple royal qui quittait Castamar. Après un délicieux petit déjeuner, elle ordonna à la femme de chambre de faire ses bagages. Les laquais les chargeaient dans la voiture lorsque don Enrique s'approcha d'elle et lui proposa de rester plus longtemps dans le domaine. Elle osa enfin poser la question qui lui rongeait l'esprit :

— Je ne comprends pas pourquoi vous tenez autant à ce que j'épouse le duc.

— Mais parce que c'est votre souhait, tout simplement, répondit-il laconiquement.

— Certes, répondit-elle tout bas avec un sourire emprunté. Mais ce n'est pas pour autant que je peux prolonger mon séjour comme ça, alors que tout le monde part, même doña Mercedes.

Le marquis acquiesça, cependant elle eut l'impression qu'il aurait voulu qu'elle reste. Mais pourquoi ?

— Nous chercherons une meilleure occasion, ma chère, lui assura-t-il. Quant aux papiers, vous m'indiquerez quand vous voulez qu'on les signe.

— Dès que le notaire me préviendra, cette semaine même, j'espère. Je n'oublierai jamais ce que vous avez fait pour moi, marquis.

Après avoir pris congé de tous, invités et hôtes, don Enrique monta sur son cheval et partit au galop tandis qu'elle se prépara à retourner à Madrid. Dire qu'elle était arrivée à Castamar presque vierge, chaste, prude et sans aucune expérience dans les affaires d'amour avec à peine de quoi garder une façade de respectabilité, et qu'elle repartait avec la promesse d'une nouvelle fortune et de l'expérience dans les jeux de l'amour !

— Ces quelques jours chez nous semblent vous avoir fait du bien, dit doña Mercedes lorsqu'elles se quittèrent. Vous paraissez avoir retrouvé un peu de cette gaieté qui sied si bien à la jeunesse.

— Merci, duchesse. Castamar m'a aidée en partie à panser la douleur de la mort de mon père.

Elle regarda la voiture de doña Mercedes s'éloigner sur le chemin de Valladolid, puis se tourna vers don Diego pour lui faire ses adieux. Le duc s'inclina galamment avec ce regard d'une franchise insoutenable.

— Revenez quand vous voulez, Amelia. Vous êtes ici chez vous.

— Je vous prends au mot, don Diego.

Une fois dans la berline, alors qu'elle admirait encore une fois la beauté automnale du jardin aux tons jaune doré, elle décida qu'elle n'avait que faire des projets de don Enrique. Dès qu'elle aurait signé et obtenu l'indépendance tant désirée, elle n'aurait pas à obéir à ses plans. Quant à ses intérêts matrimoniaux, elle avait plus à gagner en faisant de don Diego un ami plutôt qu'un mari. Elle devinait qu'un homme comme lui ne permettrait jamais qu'il lui arrive quoi que ce soit de mal, et si don Enrique n'était pas l'homme qu'il disait être et tentait quelque chose contre elle, le duc serait capable de renverser l'arrogance du marquis comme on renverse un château de cartes.

*18 octobre 1720*

Úrsula acquiesça d'un geste au laquais qui l'informait que le duc souhaitait la voir et qu'il se trouvait avec Alfonso Corbo, son secrétaire. Elle finit de donner ses ordres aux femmes de chambre et aux garçons du garde-meuble préposés au ménage de l'aile gauche du château. De nombreux invités y avaient séjourné, il fallait donc que tout soit remis en parfait état avant la fermeture jusqu'à l'année suivante.

En traversant le bâtiment, attentive au moindre détail de l'entretien, elle songea que les festivités cette année avaient été un véritable succès. Les domestiques avaient été à la hauteur de l'événement et Mlle Belmonte, il lui fallait l'admettre, avait amplement rempli la tâche qui lui avait été confiée. Les feux d'artifice, les représentations des confréries, les chapelles musicales, les jeux et, surtout, la nourriture avaient fait le bonheur des monarques et du reste des invités. La cuisinière de Castamar avait gagné le respect du duc et conquis les papilles des rois. Le roi Philippe qui avait grandi à Versailles, épaté dès la première bouchée, avait supposé que le chef était français et était resté coi en apprenant que, non seulement ce n'était pas un Français, mais qu'il s'agissait d'une femme et qu'elle était espagnole. Avec chaque compliment que le duc entendait sur elle, Clara Belmonte étendait son emprise sur la maison, entamant d'autant son pouvoir de gouvernante. Comme Úrsula n'avait rien pour la menacer et l'assujettir à son autorité, la cuisine risquait de passer un jour ou l'autre sous la responsabilité de don Melquíades, puisque, dans la plupart des grandes maisons, le chef de cuisine dépendait directement du majordome.

Une fois de plus, elle se demandait comment cette fille, à peine une souillon deux semaines plus tôt, s'était hissée à la tête du service de bouche du duc. Et si vite ! Sans qu'elle n'ait rien vu venir ! Mais comment aurait-on pu prévoir une chose pareille, qu'une fille puisse prendre plus de grade en huit jours que la plupart dans toute une carrière de service ? Elle-même avait passé le plus clair de sa jeunesse comme femme de charge chez le duc de Villares, aux ordres de cette harpie de doña Perfila, la gouvernante. Elle n'oublierait jamais ce jour-là : elle était nouvelle dans la maison, elle avait tout juste vingt ans et le visage meurtri par la raclée que son père lui avait infligée la veille. Doña Perfila était entrée dans la salle de musique pour lui assener des ordres avec sa voix d'acier. Úrsula avait gardé la tête baissée pour s'épargner la honte d'être vue, mais l'autre l'avait obligée à relever le visage et, sans le savoir, lui avait fait comprendre quelle serait sa vie si elle ne se démanchait pas.

— Ton ivrogne de père t'a encore battue ? avait demandé doña Perfila sans une once de pitié. Tu n'as pas intérêt à ce que ton travail s'en ressente.

Úrsula lui avait assuré que tout irait bien et, avant qu'elle ne parte, avait voulu lui faire comprendre qu'elle était plus qu'une pauvre fille maltraitée.

— Doña Perfila, je sais lire, écrire et faire de comptes.

La gouvernante l'avait regardée comme si elle était un ver de terre.

— Et pourquoi tu me dis ça ?

— Je pourrais peut-être mieux vous servir ailleurs, avait répondu Úrsula, mains croisées, tête basse.

— Sur un autre poste, par exemple ?

— Oui, madame. À votre convenance.

La gouvernante lui avait ri au nez, purement et simplement.

— Tu n'as qu'une chose à faire, c'est travailler dur pour que ton père ne te roue pas de coups si tu ne rapportes pas assez d'argent, avait-elle ajouté vertement.

Úrsula avait compris ce jour-là que la seule personne sur laquelle elle pouvait compter au monde était elle-même.

Elle monta le grand escalier et traversa la galerie où étaient accrochés les portraits des Castamar depuis le premier duc, vassal des Rois Catholiques, pour aller frapper à la double porte en chêne. Comme toujours, le duc prit un certain temps avant de répondre. Lorsqu'elle passa le seuil, elle accorda un hochement de tête au secrétaire qui le lui rendit courtoisement tandis que don Diego continuait d'écrire avec une plume de cygne noir.

— Monsieur, les bagages de doña Mercedes et de don Enrique sont prêts, annonça-t-elle, croyant devancer la raison de l'appel.

— Parfait.

Le duc avait parlé sans lever la tête et elle attendit. Lorsqu'il eut fini d'écrire, il saupoudra le papier d'un mélange de sable et cendre, puis, une fois l'encre séchée, il ferma le pli, le scella et le lui tendit avec un sourire. Elle s'avança obligeamment et, le prenant, sentit encore la cire chaude.

— Vous connaissez la librairie de la rue Mayor, n'est-ce pas ? demanda-t-il.

— Je n'y suis jamais entrée, mais je sais que Monsieur y commande souvent des ouvrages de botanique.

— Cette note ne concerne pas mes livres de botanique, mais une commande spéciale, dit-il. Demandez à Roberto, le neveu de M. Elquiza, de porter le pli au libraire, M. Bernabé.

Úrsula eut l'intuition, soudaine comme un coup de fouet, que la commande concernait Mlle Belmonte, mais elle resta impavide, et comme à son habitude assura le duc que ce serait fait.

Elle repartit vers son bureau à grandes foulées. Sur le chemin, elle croisa un groupe de pages et leur ordonna sèchement de dire à Roberto Velázquez de venir la voir immédiatement. Enfin dans l'intimité de son bureau, nerveuse mais déterminée, elle prit un coupe-papier, et décolla habilement la cire qui scellait le pli. Le duc demandait à son libraire des ouvrages autour de la gastronomie, que ce soit des classiques consacrés par des maîtres reconnus ou bien des livres de recettes d'autre pays, qu'ils soient en espagnol, en latin ou en français. Son intuition se confirmait. Sans perdre plus de temps, elle approcha un bâton de cire à cacheter d'une bougie et fit couler quelques gouttelettes sur le sceau afin de dissimuler qu'il avait été ouvert. La cire avait refroidi lorsque Roberto Velázquez arriva. Elle lui donna le pli et les instructions à suivre de façon expéditive, impatiente de se retrouver seule. Elle avait besoin de réfléchir à tout cela.

Il était évident que Clara Belmonte avait gagné l'affection de don Diego et, une fois que ce livre lui serait remis, leur lien se verrait renforcé, la cuisinière aurait un accès direct au maître – privilège dont seuls jouissaient le majordome, Simón le jardinier et elle – et elle n'aurait plus son mot à dire sur la cuisine. Il fallait qu'elle surveille de près l'arrivée de plis au domaine dans les prochains jours, songea-t-elle en quittant son bureau.

Après le succès de la fête, cette fille était devenue une menace pour son autorité, se dit-elle en regardant la belle vue sur les jardins depuis l'un des salons qui devaient être fermés. Elle se sentait nostalgique et amère. Tout était tellement mieux avant, lorsque doña Alba régnait sur la maison. Elle se sentait en sécurité sous sa protection. Combien le monde était plus beau lorsque sa maîtresse l'éclairait de sa bonté…

Úrsula n'oublierait jamais le moment qui avait changé son destin, parmi les rosiers et les sculptures près de la tonnelle. Elle s'y dirigeait pour vérifier que tout était prêt pour que la duchesse et son cousin don Rodrigo, duc de Castañeda y Villalonga, puissent s'installer pour prendre un chocolat. Soudain, Elías, son mari, avait surgi des buissons et l'avait poussée contre l'épaisse haie de cyprès, sa main de fer formant un étau autour de son cou. Il avait perdu un œil et semblait avoir subi de terribles sévices.

— J'ai eu du mal à te trouver, sale carne, avait-il grogné, le visage tordu par la soif de vengeance. Tu vas payer pour ce qu'ils m'ont fait.

Il avait augmenté la pression sur sa gorge pour l'empêcher de respirer. N'ayant plus la force de résister, elle avait cru sa dernière heure venue. Tout à coup, une voix d'homme avait grondé :

— Laisse-la partir ou je te transperce le cou de mon épée.

La main d'Elías s'était relâchée avant même que la phrase soit finie. Elle s'était écroulée par terre comme une marionnette, haletante, sans comprendre ce qui s'était produit. Un cercle formé par deux hommes de la garde de Castamar, deux valets, doña Alba et son cousin don Rodrigo les entourait. Ce dernier avait la pointe de sa rapière contre le cou d'Elías et lui ordonnait de se mettre à genoux, les mains à plat sur le sol. Son mari avait obtempéré, tremblant de peur et de rage, clamant son innocence.

Avec l'aide des gardes, elle avait pu se redresser et, tant bien que mal, se tenait debout, quand doña Alba, avec cette grâce qui la caractérisait, s'était approchée d'elle.

— Vous allez bien, madame Berenguer ?

Encore incapable de parler, elle répondit par un regard reconnaissant et un hochement de tête. La duchesse s'adressa à ce misérable Elías d'un ton impérieux :

— Qui es-tu et que fais-tu dans mes jardins ?

À défaut d'un motif convaincant, il risquait de se retrouver au bout d'une corde ou aux galères du roi et il le savait. Sa voix tremblait :

— Je suis son mari… madame, son mari. Cette femme a menti devant la justice ! Elle m'a accusé d'être un traître au roi, j'ai été arrêté et torturé. Ils m'ont relâché hier, ils n'ont pas trouvé de preuve. Pas une !

Don Rodrigo intervint en rangeant sa rapière.

— C'est une affaire privée entre mari et femme. Nous ne devrions pas nous en mêler.

Úrsula s'était jetée aux pieds de la duchesse, tremblant de tout son corps.

— Pitié, madame ! Aidez-moi !

— Si son mari la bat, il doit avoir ses raisons, dit don Rodrigo à doña Alba.

La duchesse s'était tournée vers lui avec un geste à la fois digne et indigné pour prononcer des mots qu'Úrsula n'oublierait jamais. Des mots qui signifièrent sa liberté et l'assurance que personne ne pourrait plus jamais lui faire de mal et qui, par-dessus tout, signèrent son amour inconditionnel pour cette femme.

— Cousin, ces propos ne sont pas dignes d'un homme noble. L'injustice n'est et ne sera jamais une affaire privée. Cette femme fait partie de mes gens et je ne permettrai pas que quiconque lui fasse du mal.

Puis elle fit un pas pour obliger Elías à relever la tête avec la pointe de son ombrelle.

— Écoute-moi bien, vermine : si dans deux jours tu n'as pas décampé de Madrid, je te ferai garrotter comme traître à la Couronne. Le plus près d'ici que je te veux, c'est le Finistère, c'est clair ?

Elías acquiesça, secoué par la peur à l'idée d'être laissé à nouveau aux mains des tortionnaires de la prison de la ville. Doña Alba lui fit jurer qu'il tiendrait parole et, avant qu'il ne déguerpisse, lui rappela quel serait son sort s'il se dédisait. Ce fut la dernière fois qu'Úrsula le vit, il disparut et ne revint plus jamais à Castamar, pas même après la mort de doña Alba.

Elle entendit doña Alba qui, en s'éloignant, grondait son cousin d'une voix vibrante :

— Les femmes doivent être protégées des brutes comme ce sagouin, et un gentilhomme digne de ce nom ne peut tolérer de tels comportements, pas plus de la part d'un mari que de la part d'un brigand.

Don Rodrigo s'était excusé platement et lui avait demandé pardon. Doña Alba, feignant d'être encore fâchée, lui avait répondu qu'il devrait faire ses preuves avant de regagner son affection.

Plus tard dans la journée, doña Alba l'avait convoquée dans son petit salon pour la rassurer encore et lui promettre qu'elle veillerait toujours sur elle. Personne ne lui avait jamais parlé avec autant d'amabilité, personne ne lui avait jamais promis protection et dignité, et Úrsula, en larmes, lui avait demandé l'honneur de baiser ses mains en signe de gratitude. La duchesse avait décliné avec un sourire doux et lui avait dit de prendre le reste de la journée pour se remettre de ses émotions. Úrsula avait refusé, jurant qu'elle ne cesserait jamais de la servir. C'était un privilège quand on servait une si noble dame.

À présent, en regardant l'un des grands portraits de la duchesse sur la cheminée d'une des salles de réception qui devaient être fermées, elle admira encore une fois son visage rayonnant, son port aristocratique, la grâce et la finesse de la main qui tenait l'éventail en dentelle, l'élégance de la tenue en satin bleu ciel brodé de fleurs. Elle se recueillit avec dévotion et murmura, comme si elle priait :

— Si seulement vous étiez encore parmi nous, madame… Je me soucierais peu alors de Clara Belmonte et de son pouvoir dans la cuisine.

# 18

*Même jour, le 18 octobre 1720*

QUAND LE DERNIER DES INVITÉS fut parti, Diego eut envie de se remettre au clavecin. La nuit précédente, il avait joué, à la demande de la reine, quelques pièces de Francisco Couperin avec son maître de chapelle Álvaro Luna. Jouer le rassérénait toujours. Il se trouvait dans un drôle d'état depuis quelques jours, la disparition d'Alba était moins lancinante, son chagrin semblait plus l'écho d'une douleur que la douleur elle-même. Que s'était-il passé en lui ? Que s'était-il passé dans son âme ? Alba occuperait toujours une place unique dans son cœur, mais il était las de cette chape de deuil qui l'empêchait de respirer sereinement et de voir la beauté du monde. Après les célébrations en souvenir d'Alba, il finissait toujours par embrasser les draps de l'absente et sa vieille amie, la frustration. Mais pas cette année. Bien que le paysage de son âme fût encore aride, un courant nouveau coulait en lui, capable d'irriguer ses déserts intérieurs.

C'était peut-être à cause de cela qu'il avait cédé à l'élan de commander un livre pour Clara Belmonte. L'agitation qui l'habitait ces jours-ci l'avait poussé, la veille au soir, à errer dans les couloirs de Castamar, en méditant sur le changement qui s'opérait en lui. Il n'imaginait pas qu'il allait apercevoir, au fond d'un couloir, ce coquin de Francisco qui, à pas de loup, espérait poursuivre la fête dans la chambre de doña Sol Montijos. Diego s'était plaqué dans le renfoncement d'un mur pour éviter de perturber les aventures de son ami, qu'il avait vu frapper doucement à la porte de la marquise. Celle-ci avait entrebâillé la porte et, dans un murmure furieux, lui avait demandé s'il était devenu fou.

— Oui, c'est vous qui me rendez fou, avait répondu Francisco.

Elle avait feint de le repousser, mais tout dans ses manières laissait entendre qu'elle ne demandait qu'à tomber dans ses bras.

— N'insistez pas ! Mon mari dort dans la chambre voisine.

— Et cela ajoute encore du piquant, ma dame, n'est-ce pas ?

— Un pas de plus et je réveille la maisonnée avec mes cris !

— Croyez-moi, doña Sol, que je ne demande qu'à vous entendre crier, avait-il dit avant de la prendre dans ses bras avec une fougue qui avait eu raison de toute résistance.

La porte s'était fermée sur la scène où Francisco jouait son rôle de dissipé et doña Sol celui de la femme adultère, et, en coulisses, le marquis de Villamar celui du mari trompé, des rôles que tous trois avaient maintes fois répétés. Diego ne se formalisait pas des frasques de Francisco, tant qu'il ne s'agissait pas d'une jeune fille à marier et qu'il restait discret. C'étaient là deux conditions imposées dans le temps par Alba, bonne amie et confidente de Francisco : il pouvait jouer les Casanova pendant ces jours de fête pourvu qu'aucune femme ne perde ni son honneur ni sa virginité. Dieu merci, Francisco avait un penchant marqué pour les femmes plutôt mûres. C'est pourquoi Diego n'était pas intervenu.

Lorsque la lumière du jour l'avait trouvé errant encore dans les couloirs du château, il avait demandé qu'on serve le petit déjeuner en se régalant d'avance à la perspective de ce que Mlle Belmonte allait préparer. Il n'avait pas été déçu : ce consommé parfaitement assaisonné, les mille-feuilles à la crème qui dégageaient un parfum de citron vanillé, les œufs pochés moelleux, les petits pains au miel et aux amandes, et bien sûr le chocolat amer. Sans parler du plaisir des yeux ! Chaque assiette était comme un petit tableau : parfois dans l'épure, comme le bouillon doré dans le plat creux blanc, parfois dans un élan baroque, avec des vaguelettes de miel et de petites fleurs en pâte d'amandes comme l'assiette du mille-feuille.

Il aurait pu continuer à manger mais M. Elquiza était venu l'informer du départ des invités et il avait quitté la table pour les remercier personnellement de leur présence. La dernière à partir fut Mlle Amelia qui, malgré les quelques danses partagées, n'avait pas voulu se confier à lui. Il avait de l'affection pour elle – ou était-ce de la pitié – car il sentait que derrière ce rideau d'apparences se cachait une âme blessée. Aussi, il avait l'intuition que quelque chose troublait la relation qu'elle entretenait avec don Enrique. Gabriel, méfiant de nature, après les avoir observés pendant leur séjour, avait même décidé de lancer des recherches afin d'éviter d'éventuels malheurs et avait pour cela fait appel à un ancien esclave du nom de Daniel Forrado.

Les doigts de Diego glissaient agilement sur les touches du clavecin, donnant une forme sonore à l'étrange agitation dont il avait envie de s'enivrer. Les échos musicaux avaient dû surprendre toute la maisonnée. Alba aurait tant aimé l'entendre jouer les sonates de Couperin, qui se développaient tels de légères volutes pour prendre une extension soudaine dans une harmonie chaude, sur une cadence parfois juvénile, parfois méditative, toujours émouvante. Il songea à la façon qu'avait sa femme de toujours trouver la nuance juste dans son jeu, comment elle conjurait toutes les craintes possibles en se concentrant sur l'instant présent.

— Les événements futurs sont des songes, mon amour, ils n'existent pas, lui disait-elle pour apaiser ses angoisses concernant la guerre. Il est idiot de se laisser embrumer par de mauvais présages dont on ignore s'ils vont se produire. Si l'on veut croire à des illusions, autant s'amuser à imaginer les meilleures possibles.

Lui, plus terre à terre, plus au fait de la réalité du monde aussi, devait faire des efforts pour la suivre dans ce jeu, même si parfois sa peur débordait.

— Je suis inquiet, Alba, avait-il dit une nuit alors qu'elle était dans ses bras. C'est la deuxième fois que Philippe doit quitter Madrid et la deuxième fois que les Autrichiens arrivent à la capitale. Il y a des traîtres qui menacent la vie de notre roi, des ennemis lovés comme des serpents parmi ses amis.

Alba lui avait rappelé avec son esprit toujours alerte que, certes, c'était bien la deuxième fois que l'archiduc Charles entrait à Madrid, mais c'était également la deuxième fois que personne ne l'acclamait comme nouveau roi. Il l'avait embrassée et serrée contre sa poitrine, et dans l'abandon de l'intimité, lui avait avoué que si Philippe perdait la guerre, ils perdraient tout. Le conflit, comme toute situation extrême, faisait ressortir le meilleur et le pire de chacun. Parmi la noblesse, certains traitaient la peur comme lui : l'affronter et tout miser sur un candidat, quitte à tout perdre, quand d'autres choisissaient de danser sur le fil du rasoir, flattant tantôt l'un tantôt l'autre et trahissant les deux, en attendant que le sort de la guerre se décante définitivement.

Alba, dont la foi aveugle dans la vie se confondait avec la foi qu'elle avait en lui, était persuadée que tant qu'il protégeait le roi, rien de mauvais ne pouvait arriver à Philippe. « Qui l'a sauvé cette nuit fatidique à Almenar ? » demandait-elle toujours avec ce sourire espiègle, en référence au moment où ils avaient dû fuir le champ de bataille et où, alors qu'ils étaient encerclés, Diego avait réussi à conduire le roi hors des lignes ennemies. À l'exception de sa femme, personne, durant ces mois d'incertitude, n'avait cru qu'ils allaient gagner la guerre, mais, Dieu merci, le temps avait donné raison à Alba.

Les dernières notes d'une toccata d'Alessandro Scarlatti vibraient encore en l'air quand on frappa à la porte. Roberto Velázquez apparut avec un paquet enveloppé de papier brun dans la main, sans doute sa commande à la librairie. Diego congédia aussitôt le garçon, impatient de découvrir ce que M. Bernabé lui avait envoyé. Il ouvrit le paquet avec un fin coupe-papier. L'ouvrage, relié sobrement en maroquin un peu usé, portait simplement le nom « Apicius » sur le dos. À l'intérieur, une gravure indiquait le nom de l'auteur et le titre complets : *Apicii Coelii (Arte coquinaria)*. Il y trouva aussi un mot dans la belle calligraphie de son libraire :

*Monseigneur le duc,*

*Lors d'un de mes voyages dans les Provinces-Unies, voici quelques années, ce livre que je vous envoie est tombé entre mes mains. Comme vous pouvez le lire, le frontispice indique qu'il s'agit d'un exemplaire de la seconde édition, imprimée à Amsterdam par Janssonio-Waesbergios en 1709. Il s'agit, pour autant que je sache, de l'un des premiers livres sur la cuisine romaine, et peut-être sur la cuisine en général, écrit en latin sous l'égide de Marcus Gavius Apicius. Son titre original est* De re coquinaria. *En ce qui concerne l'auteur, je n'ai pas été en mesure de trouver d'autres informations. J'espère que vous appréciierez cet ouvrage et, comme toujours, n'hésitez pas à me contacter pour tout autre besoin que vous pourriez avoir. Je vous prie de bien vouloir agréer, Monsieur le duc, l'expression de mes honnêtes et respectueuses salutations.*

*Manuel Bernabé, libraire à la rue Mayor*

Diego feuilleta le livre avec enthousiasme en réfléchissant à la façon dont il allait le présenter à Mlle Belmonte. En aucun cas il ne pouvait le lui offrir en main propre, car cela risquait de donner une impression erronée sur ses intentions. Pour rien au monde, il n'établirait de relations avec ses domestiques qui pourraient porter préjudice au nom de sa maison. Pour les mêmes raisons, il ne pouvait pas non plus le lui faire porter par un autre domestique, cela engendrerait des ragots et mettrait Mlle Belmonte dans une situation embarrassante. De plus, ce n'était qu'un cadeau pour son travail à la tête de la cuisine, et cela ne regardait personne. Le mieux serait que le livre apparaisse spontanément dans sa chambre et qu'elle décide, comme la demoiselle qu'elle était, si elle voulait l'accepter.

Il alla dans son bureau et avec le plus grand soin, composa avec sa plume d'oie sur une feuille de papier fin un petit mot pour le joindre à son envoi.

*Le même jour, le 18 octobre 1720*

Emilio, le Gaucher, avalait une bouchée de potage aux flageolets, savourant le mélange d'oignon, ail et safran qui le parfumait, lorsque Hernaldo de la Marca entra au Passage d'un pas résolu. Il avait un regard ombrageux et la vilaine cicatrice qui traversait sa joue droite de la tempe au coin des lèvres rendait son allure encore plus redoutable. Il n'y aurait jamais d'amitié entre eux. D'abord parce que ni l'un ni l'autre n'était du genre à avoir des amis, ensuite parce qu'ils étaient du genre à tuer l'autre si l'occasion le demandait. Par ailleurs, Hernaldo avait si souvent faussé compagnie à la faucheuse qu'Emilio préférait garder ses distances.

— Tu as l'air d'avoir faim, Gaucher, commenta Hernaldo.

— Pas toi ? Commande un plat, répondit-il en voyant l'ancien soldat s'asseoir.

Ces derniers temps, Emilio venait régulièrement au bordel Le Passage car la mangeaille y était bonne depuis que Sebas, le patron, s'était laissé convaincre par la Câline, l'une des filles, de la laisser s'occuper des marmites. Et la vérité était qu'elle faisait de bons potages.

Le Passage avait commencé à avoir des clients qui passaient de la table au lit et *vice versa* toute la journée, aussi Sebas était-il un homme heureux. « Ah dame ! La bonne cuisine rapporte plus que les bonnes femmes ! » lui avait-il avoué l'autre jour, tout bas pour que la Câline ne s'avise pas de lui réclamer plus de sous. Emilio s'était contenté de lui dire de ne pas augmenter les prix car le Passage n'était pas une auberge mais un bordel où l'on venait parce que ce n'était pas cher. Les argousins et les alguazils du Palais de Justice ne l'importunaient pas car ils préféraient passer de temps en temps tirer leur coup à l'œil. Au début, Emilio venait pour fricoter avec la Jacinta, une morue à moitié édentée qui, en échange de quelques sous, était capable de tout faire entre les draps. Ensuite, parce qu'il pouvait manger pour pas cher malgré la piquette trop aqueuse et que c'était là qu'on venait le chercher lorsqu'on avait un travail à lui proposer, comme palefrenier ou comme homme de main. Au fil des années, il avait pris l'habitude d'y rester la journée comme s'il était chez lui.

Parfois, l'huissier d'une maison aisée le faisait appeler pour mater un poulain difficile, ou bien un soudard qui avait besoin d'un complice pour expédier un bougre. C'était grâce à ses relations avec les palefreniers de la ville et de la cour qu'il s'était fait connaître parmi les nobles.

Le bouche-à-oreille aidant, il avait pu travailler dans les meilleures écuries de la capitale. De la même façon, sa réputation de bon spadassin, rapide et efficace, était bien connue dans le ravin de Lavapiés.

Intimider un damoiseau ou entailler un soldat ivre qui devait de l'argent ne lui faisait ni chaud ni froid. En revanche, les chevaux, il les aimait. C'était pour lui le plus bel animal de la terre, tout simplement, et l'une des rares choses qui le rendaient heureux. Aucun destrier ne l'avait jamais jugé, ne l'avait trahi, ne s'était emporté contre lui sans raison. En leur compagnie, il avait l'impression d'être innocent comme un enfant, d'être absous de tous les vices, crimes et basses passions qui lui vaudraient l'enfer. C'est pourquoi il prenait soin d'eux, les pansait et les brossait sans que cela ne lui coûte jamais le moindre effort. Il aimait les caresser, leur murmurer des tendresses, les dresser en douceur. Son rêve était de mettre de côté suffisamment d'argent pour ouvrir un haras dans les environs de Madrid, avec des pures races, de préférence des chartreux de Xérès, et avec le soutien de quelques connaissances, élever des étalons et devenir maquignon. Mais l'achat du terrain, les travaux de construction plus l'acquisition des bêtes coûtaient une petite fortune qu'il était encore loin de détenir : en quinze ans, il n'avait réuni que huit mille réaux alors qu'il lui en faudrait quelques centaines de milliers. Pourtant, c'était ce rêve et son amour des chevaux qui le gardaient sain d'esprit. Une fois, il était même allé en prison pour avoir tailladé le visage d'un abruti qui cravachait au sang son vieux canasson. La pauvre bête était mal ferrée, ses sabots étaient trop longs et chaque pas était une torture bien pire que les coups de son maître. Si on ne l'avait pas arrêté, il aurait étripé le type.

La prison ne l'avait pas tellement changé. Il avait perdu quelques années de sa vie entre quatre murs, voilà tout, à apprendre le meilleur et le pire de la lie de la société. À sa sortie, il avait pu recommencer à s'occuper des pur-sang de grands seigneurs, car le dressage classique – le passage, le piaffer courbette, la passade – n'avait pas de secret pour lui. C'était pour ce savoir-faire qu'Hernaldo de la Marca était venu le trouver dix ans plus tôt, pour un travail délicat. Ensuite, c'était à peine s'il avait échangé autre chose que des regards lourds avec Hernaldo lorsqu'ils se croisaient au Passage ou dans d'autres antres de la capitale. Mais tout récemment, Hernaldo était revenu pour lui demander le passe-partout de Castamar, qu'il gardait depuis qu'il y avait travaillé. Et c'était pour se faire payer ce service qu'il avait rencard avec lui.

— Ça a marché ? demanda-t-il sans même poser la cuillère en bois.

En guise de réponse, Hernaldo posa une bourse pleine sur la table et s'assit.

— À l'évidence. J'ai encore une commission pour toi. Un travail tout simple.

Emilio prit une gorgée de vin, goguenard. Le travail le plus difficile qu'il ait jamais eu à accomplir, c'était celui qu'il avait exécuté pour Hernaldo dix ans plus tôt : dresser le cheval de don Diego de Castamar pour que, au son d'un sifflet muet, il se dresse et s'abatte sur le cavalier de tout son poids. Le plus dur n'avait pas été le dressage en soi, mais le fait d'avoir à briser par la douleur l'esprit du noble destrier afin qu'il devienne un instrument meurtrier. Il avait failli refuser, mais il y avait trop d'argent à la clé pour dire non, une telle somme rendait son rêve de haras moins irréel. Sans oublier qu'Hernaldo lui avait fait comprendre qu'il avait intérêt à accepter s'il tenait à sa vie.

Peu après avoir conclu le marché, le premier palefrenier de Castamar était victime d'une mauvaise rencontre qui l'avait cloué au lit. Emilio était la personne idoine pour le remplacer, avait assuré le chef des écuries du baron de Noblevilla, grassement payé pour cette recommandation. Il avait ainsi commencé à « rééduquer » le cheval de don Diego, un magnifique étalon de pure race andalouse type baroque, né avec un jumeau dans les écuries royales de Cordoue. Il avait senti dans sa propre chair chaque coup de fouet qu'il lui avait donné. Il avait aussi mis à profit son séjour dans le domaine pour se glisser une nuit dans le bureau du majordome et faire une copie du passe-partout de Castamar à partir de moules d'argile. Rien de tout cela n'avait été facile.

Aussi, les mots « travail facile » dans la bouche d'Hernaldo le rendaient quelque peu amer. Ce salopard était par ailleurs loin de se douter qu'il n'avait jamais vraiment fini de dresser ce cheval. Il était à Castamar depuis une semaine lorsque la Jacinta lui avait amené une autre affaire. Un de ses michés, un notaire peu scrupuleux du nom de Carlos Durán, voulait le voir pour le compte d'une dame de l'aristocratie. La dame en question voulait qu'il dresse, non pas le cheval du duc de Castamar, mais celui de son épouse. Il avait hésité, car ces affaires aux intérêts croisés pouvaient tout autant rapporter gros que l'envoyer six pieds sous terre. Finalement c'était le poids de l'or qui avait fait pencher la balance.

Le jour de la mort de la duchesse de Castamar, personne ne sut dire pourquoi le cheval du duc s'était cabré alors que celui de sa femme était devenu fou et l'avait tuée. Le lendemain, Hernaldo était venu au Passage, le regard noir, le geste menaçant. À peine étaient-ils sortis dans la cour arrière que ce bâtard l'avait attrapé par le cou et l'avait plaqué contre le mur.

— Fils de pute, dis-moi ce qui s'est passé ou je te brise le cou !

Avec le sang-froid qu'il faut pour rester en vie dans ces métiers, Emilio s'était contenté de lui faire sentir la pointe de son couteau qu'il avait déjà pointé contre son ventre.

— Pas de ça avec moi, avait-il craché. Sauf si tu veux que je te vide de ton sang comme un cochon.

Hernaldo n'avait eu d'autre choix que de le lâcher.

— Dis-moi ce qui s'est passé, avait-il grommelé.

Il avait une réponse toute prête.

— Les chevaux sont des jumeaux, dit-il sans ranger le couteau. Ils les ont échangés. Vous m'avez payé pour affoler la bête et c'est ce que j'ai fait.

Hernaldo était reparti, l'air à peu près convaincu ; le marquis avait dû aussi trouver du sens à l'histoire, car il n'y eut pas de représailles et Emilio n'en entendit plus parler.

Il avala la dernière bouchée de haricots, s'essuya la bouche avec la manche et demanda à Jacinta de monter l'attendre dans la chambre.

Hernaldo, après s'être assuré que personne ne pouvait les entendre, dit tout bas :

— Tu connais le Nègre de Castamar, non ? Je veux que tu l'aies à l'œil.

— Drôle de boulot, fit Emilio. Pourquoi ?

— Parce que ce salaud nous espionne, fulmina Hernaldo en posant une autre bourse pleine à côté de sa cuisse. Et parce que je te paie pour que tu fasses ce foutu travail et que tu fermes ta gueule.

# 19

*19 octobre 1720*

Après neuf jours à Castamar, Clara se sentait plus rassurée quant à son poste, particulièrement vis-à-vis de doña Úrsula, qui semblait commencer à accepter sa position à la tête de la cuisine. Il ne restait plus qu'à espérer que la gouvernante se persuade que sa présence ne représentait aucune menace et que le calme se prolonge jusqu'à la fin des frimas. Le froid de la nuit précédente avait poussé Rosalía à venir frapper à sa chambre et à se jeter dans ses bras, transie.

Elisa lui avait raconté que la petite dormait avant dans la chambre qu'avait occupée sa mère, la nourrice du duc, mais qu'elle se réveillait souvent au milieu de la nuit en hurlant et en criant, ce qui troublait le repos et les humeurs des domestiques. On ignorait la raison de ces cris et souvent on la retrouvait au matin, couchée au sol, près du foyer. Don Diego avait fait appeler son médecin personnel, le docteur Evaristo, qui avait diagnostiqué un trouble nerveux et prescrit des décoctions de camomille, puis, lorsque ses remèdes s'étaient avérés inutiles, il avait suggéré qu'on l'envoie à l'asile. Le duc, qui avait juré à sa nourrice de prendre soin de sa petite fille, avait refusé.

Finalement, c'était Simón Casona qui avait trouvé la clé de ces terreurs. Il s'était installé dans une chambre voisine pour l'observer, et lorsque Rosalía s'éveillait en criant, il accourait la calmer, ce qu'elle fit dès qu'il alluma le bougeoir. C'est ainsi que l'on avait découvert que Rosalía avait une peur panique du noir et que, lorsqu'elle se réveillait dans l'obscurité, elle cherchait le seul endroit où il y avait de la lumière : les cuisines. Comme il était impossible de la laisser toute la nuit avec une bougie au risque de provoquer un incendie, sans parler du coût, ç'avait été encore une fois Simón qui avait apporté la solution. Il avait construit une petite remise avec une fenêtre par laquelle entraient la lumière des lanternes du jardin et, les nuits claires, celle de la lune. Rosalía n'avait dès lors plus réveillé la maisonnée.

Cependant, Clara avait compris la veille que les visites nocturnes de la jeune fille allaient devenir d'autant plus fréquentes que Rosalía s'était attachée à elle comme à une grande sœur, rôle que Clara endossait volontiers. Elle décida de mettre à profit la situation pour résoudre une autre question concernant Rosalía.

À l'aube, après avoir ravivé les braises pour réchauffer la pièce, elle fit bouillir de l'eau dans la cuisine et, sans faire de bruit, monta le seau à sa chambre pour la verser dans une cuve. Puis, avec un peu de savon qu'elle avait fabriqué à partir d'huile d'olive, de sel et de soude commune, elle se baigna, puis baigna Rosalía. Elle était consciente que, si quelqu'un l'avait vue, on l'aurait tancée de folle, mais son père avait des idées très avancées quant aux bénéfices d'une toilette fréquente à l'eau et, depuis son enfance, c'était pour elle un grand plaisir, aussi bien en hiver, dans le grand bassin près de la cheminée, que les jours d'été, lorsque la chaleur était intense à Madrid.

La grande majorité des médecins soutenaient que le bain dilatait les pores de la peau, ce qui permettait aux maladies de pénétrer dans le corps. Ils conseillaient toujours la toilette sèche, et seulement un peu d'eau tiède sur prescription médicale, lorsqu'il était nécessaire de rééquilibrer les humeurs. Cependant, son père avait expérimenté le bain tiède pendant longtemps et n'avait jamais été malade. Par ailleurs, depuis son plus jeune âge, il collectionnait des ouvrages médicaux en plusieurs langues. L'un des joyaux de sa bibliothèque était précisément *De morbis artificum diatriba* – *Traité des maladies des artisans* – de l'Italien Bernardino Ramazzini, qui avait prouvé le lien entre certaines affections et les lieux de travail des malades. Ce livre qu'il avait acheté en 1702, lors d'un voyage à l'université de Padoue, avait confirmé nombre de ses certitudes à cet égard. Au fil des années, il avait poussé certains de ses patients nobles à prendre l'habitude du bain, et nombreuses étaient les dames qui avaient suivi ses conseils, soit par souci de leur santé, soit pour le plaisir de l'eau chaude parfumée. Clara était persuadée que le temps finirait par donner raison à son père.

Rosalía, étrangère à toutes ces considérations, avait simplement apprécié l'eau chaude, éclaboussant les murs et le sol. Puis Clara l'avait rincée avec une cuvette qu'elle avait réussi à maintenir au chaud en la laissant sur un trépied au-dessus du brasero. Une fois toutes les deux propres, Rosalía retourna au lit comme un bébé et Clara se rhabilla.

Elle avait ajusté son bonnet et son tablier et venait d'ouvrir la porte sans faire de bruit quand son pied toucha un objet posé devant le seuil, un petit paquet ficelé qu'elle ramassa. « Un livre ? » Le couloir était désert.

C'était un livre en effet, au maroquin patiné par l'usage et le temps, avec un billet cacheté du sceau du duc. Étonnée, elle retourna dans la chambre pour examiner le livre et le mot à l'abri des regards indiscrets. Elle caressa la reliure, si douce, sentit avec délices cette bonne odeur de vieux papier, puis déplia la lettre d'une main nerveuse.

*Chère mademoiselle Belmonte,*

*Il serait dommage qu'un talent comme le vôtre ne soit pas suffisamment développé par manque de lectures, ce pour quoi je me permets l'audace de vous offrir cet ouvrage. Si mon geste vous déplaisait, il vous suffira de laisser le livre là où vous l'avez trouvé. Dans ce cas, je vous prie de bien vouloir excuser ma maladresse, car la dernière chose que je souhaite est de vous offenser. Si, en revanche, le livre est de votre intérêt, vous en trouverez d'autres au fur et à mesure que mon libraire me les fera parvenir. Je les placerai dans le petit cellier, dans la niche juste derrière la quatrième cave. De cette façon, nous vous éviterons des commérages désagréables et inutiles.*
*D'après les indications du libraire de la rue Mayor, l'ouvrage d'Apicius pourra vous instruire sur la cuisine de la Rome classique. Si jamais vous l'avez lu, j'espère que vous aurez du plaisir à retrouver des passages ou des recettes que vous auriez oubliés. J'espère que vous ne verrez dans cet acte qu'une simple tentative de satisfaire votre besoin de lecture, car c'est la seule intention qui m'anime.*

*Diego de Castamar*

Le cœur de Clara battait à tout rompre en lisant ces lignes tracées avec élégance, le trait légèrement incliné. Comment ne pas croire les propos exprimés dans une écriture aussi nette, aussi claire ? Elle relut le billet, huma l'odeur de néroli et de lavande qui se dégageait du papier et qu'elle commençait à bien connaître. Elle voulait garder le livre, ce serait comme un talisman, mais elle était consciente que cela risquait de troubler quelque peu sa relation avec le duc. Après tout, elle n'était que sa servante et non pas une jeune femme de la bonne société qui recevait le cadeau d'un gentilhomme. Par ailleurs, si elle acceptait le premier, il serait logique qu'elle accepte le reste. Elle supposait que cet exemplaire, de par sa rareté et son état, pouvait coûter dans les trois cents réaux, une somme considérable. D'autre part, la lettre indiquait clairement que son désir était de « satisfaire ses besoins de lecture », chose tout à fait licite chez un maître vis-à-vis de ses domestiques. Finalement, elle décida de le garder, ravie à l'idée de pouvoir lire à nouveau, et plaça le volume sur l'étagère vide du mur.

Toujours un peu agitée, elle se dirigea vers la cuisine d'un pas léger et silencieux, les domestiques ayant encore une heure de sommeil. Si elle vivait encore comme la fille d'un médecin de renom, elle aurait passé la journée à lire et à relever les recettes les plus intéressantes afin de les mettre en pratique.

C'était la première fois depuis longtemps que de bonnes choses lui arrivaient. Depuis, en fait, l'arrivée de son oncle Julián pour réclamer son héritage. Elle songea avec une moue de dégoût à ses airs guindés, ses salamalecs et ses grands mots le jour où il était venu chasser une veuve et deux orphelines de leur maison. Elle et Elvira s'étaient retirées après les politesses de rigueur, incapables de le supporter, mais étaient restées écouter derrière la porte entrebâillée. Son oncle avait entamé la conversation en faisant mine de s'intéresser à sa santé.

— Pauvre enfant. C'est terrible que de perdre un parent, avait-il dit avec une compassion feinte.

— C'est terrible de perdre un frère ou une sœur, avait répliqué sa mère pour souligner qu'il ne semblait pas particulièrement chagriné.

Il faisait le tour de la pièce d'un air de propriétaire.

— Elle est bien entretenue, la maison de mon père. Tout est à sa place, comme dans mon souvenir.

— Vous pourrez en disposer à votre guise dorénavant, car le majorat vous revient, n'est-ce pas ? avait répondu sa mère avec acrimonie.

Il y avait eu un silence qu'il avait brisé d'une voix mielleuse :

— Ma chère Cristina, je ne peux vous laisser dire cela. Je ne suis pas venu jusqu'ici avec l'intention de vous chasser de chez vous, au contraire, j'espérais vous convaincre de rester vivre ici, avec moi.

Sa mère leur apprendrait plus tard que, sur le moment, elle avait été choquée de croire qu'il voulait qu'elle vive en invitée dans sa propre maison. Pourtant le véritable choc était encore à venir.

— Ma chère Cristina, épousez-moi. Ce serait une issue honorable. Je gagnerais une famille et cela vous épargnerait à toutes trois la rudesse de la vie.

— Monsieur, je crains que ce que vous...

— C'est par ailleurs une chance que les biens de mon père me reviennent, vous en conviendrez. Vous, les femmes, êtes perdues avec les questions d'argent.

— Quoi qu'il en soit, je ne puis accepter votre proposition. Vous épouser serait non seulement le plus grand malheur pour mes filles et moi pour des raisons évidentes, mais également une trahison totale à la mémoire de mon mari.

Avec cette phrase, leur mère avait tué dans l'œuf, Dieu merci, les projets de son oncle et mis un terrible point final au mode de vie qu'elles avaient toujours connu. Jetées hors de chez elles avec un maigre pécule, elles avaient loué une petite chambre. Le logeur, Darío Jiménez, était un homme solitaire dont le cœur avait séché en faisant son travail de collecteur de loyers pour un riche bourgeois de Madrid. Il avait la démarche lourde et le ventre davantage encore, et une grosse bouche toujours humide comme une limace.

Le déménagement suffit à anéantir leur vie sociale. Les amitiés qui jusque-là leur rendaient régulièrement visite cessèrent de les recevoir, personne ne manifesta la moindre compassion. Leurs lettres concernant la récompense posthume évoquée par le roi demeurèrent sans réponse. Lorsque leur mère voulut parler en personne avec don José de Grimaldo, son secrétaire répéta qu'il était absorbé par des questions de guerre. Bientôt, leurs petites économies furent réduites à la portion congrue. Leur mère essaya à maintes reprises de trouver un emploi comme cuisinière, mais personne ne voulait d'une dame aisée aux fourneaux. En attendant, elles survivaient en épluchant des aulx pour les vendre au poids sur les marchés pour quelques réaux qui n'étaient jamais suffisants. Le temps passait comme un immense rocher, entraînant avec lui déceptions et ruine.

Dieu merci, ces débuts difficiles étaient derrière elle, mais elle restait façonnée par son passé qui la mettait en contradiction avec son présent. On l'avait éduquée pour être éclairée comme un homme cultivé et elle se retrouvait à travailler comme cuisinière pour un grand seigneur. Chaque jour, elle devait se souvenir que la fille du médecin n'existait plus qu'au fond d'elle-même. Et chaque jour aussi, une petite voix faible mais ferme s'entêtait à lui répéter qu'elle ne pouvait oublier qui elle était vraiment. Le cadeau du duc la mettait face à cette contradiction et elle ne savait comment répondre à son geste. La Clara Belmonte du passé lui aurait immédiatement écrit un mot de remerciement pour sa gentillesse, à la fois flattée et accablée par l'honneur qu'il lui faisait. Cependant, un tel geste de la part de la Clara Belmonte du présent risquait d'être considéré comme une tentative d'ascension au sein de la servitude ou, pire encore, comme une tentative de séduction. C'est pourquoi elle ne pouvait pas lui envoyer un mot, même si son éducation l'exigeait. Elle était sa cuisinière, et lui, le maître de Castamar.

Une fois devant les fourneaux, elle décida que sa seule option consistait à lui envoyer un message discret et simple à travers son propre travail. Elle se mit donc à préparer un menu idéal auquel elle ajouterait la langue de veau, l'une de ses recettes les plus célébrées et que, d'après Carmen del Castillo, le maître n'avait pas mangé depuis longtemps, car Mme Escrivá ne prenait jamais de risques avec des plats qu'elle ne connaissait pas.

Elle composa rapidement un menu hors du commun. Elle allait surprendre le duc avec un panaché de ses entrées préférées, comme la cervelle d'agneau panée et les crêtes-de-coq blanchies, puis d'autres dont il n'avait pas l'habitude : une soupe d'abattis d'oie, de petits boudins au chou pommé et ciboule, de la joue de bœuf confite au gingembre et au cumin. Arriverait ensuite en plat de résistance la langue de veau, découpée en filets et assaisonnée de manière exquise pour qu'elle fonde dans la bouche. Pour finir, de la gelée de cerises et une salade de pommes camuesas et cœurs de laitue avec de la grenade, des olives, des tranches de citron et des feuilles de menthe.

Ce serait sans excès, car elle avait remarqué que les repas copieux, à la mode à la cour, n'étaient pas du goût du duc. Elle espérait que ce menu révèle au duc à quel point elle avait apprécié le livre. Pour faire bonne mesure, elle allait demander au sommelier de lui apporter quelques précisions sur la sauce aux champignons qu'elle allait préparer pour accompagner la langue.

Elle se rendit au garde-manger afin de récupérer tout ce dont elle avait besoin avec un sourire satisfait. Personne ne pouvait imaginer que ce repas-là était un message subtil et personnel pour le duc. Lui en revanche ne pourrait pas ne pas comprendre combien elle était flattée de son cadeau.

*Le même jour, 19 octobre 1720*

Diego s'installa à table avec impatience. Il serait en tête-à-tête avec Gabriel pour goûter aux bons plats de Mlle Belmonte. Par ailleurs, son frère était revenu de Madrid depuis deux heures, après avoir enquêté sur don Enrique et Mlle Castro, et il avait hâte de savoir ce qu'il avait à raconter. Qui ne devait pas être de bon augure, à en juger par le geste ferme et le regard sombre de son frère.

Le sommelier s'approcha et lui murmura que la cuisinière avait préparé un menu spécial qui ne s'ouvrirait pas avec l'habituel consommé, mais par une série d'entrées dans l'esprit des repas des parties de campagne. C'était quelque chose de complètement inédit, mais il acquiesça et déplia sa serviette pour qu'on les serve. Son frère, voyant la petite variété de plats de viande, sourit avec admiration. Diego demanda qu'on lui serve un peu de tout, mais il commença par la cervelle panée qu'il trouva délicieuse. Pendant un moment, Gabriel et lui mangèrent en silence, surpris à chaque bouchée par le mélange harmonieux de parfums et textures.

Mlle Belmonte avait mis un soin exquis dans chaque détail du repas, notamment dans le choix de la langue de veau, un de ses plats préférés, qu'il n'avait pas goûté depuis longtemps. Il buvait une gorgée de vin d'Alicante lorsqu'il comprit soudain que ce festival de saveurs n'était pas une coïncidence. C'était la façon subtile que Mlle Belmonte avait trouvée de le remercier pour son cadeau. En plus d'être cultivée, sa cuisinière était une femme prudente. Les domestiques n'y verraient que du feu mais, pour lui, ce déjeuner était aussi explicite qu'une lettre manuscrite. C'était comme un code secret d'arômes et de saveurs, dont la clé était le soin apporté aux détails et à ces petites choses invisibles qui flattent les sens. Ses soupçons furent confirmés lorsque le sommelier, Andrés Moguer, lui expliqua que la cuisinière souhaitait lui faire savoir que la sauce chasseur qui accompagnait la langue de veau ajouterait encore au moelleux de la chair tout en complémentant son goût subtil.

Combien son père aurait apprécié ce repas, se dit-il, et, en levant les yeux vers son frère, il eut l'étrange impression qu'Abel de Castamar était à table avec eux, comme avant. Il avait tant appris de lui… Là où le reste du monde voyait des esclaves, une race inférieure, son père voyait des êtres humains qui se nourrissaient de la même nourriture, et étaient blessés par les mêmes armes, sujets aux mêmes maladies, qui pleuraient dans le chagrin et riaient dans le bonheur. Pendant longtemps, son père s'en était même voulu d'avoir sauvé Gabriel, car avec cet acte, disait-il, il avait nourri le monstre mercantile insatiable qui gouverne l'esprit des hommes. Il avait payé pour le petit quatre mille réaux de vellón, puisqu'un enfant était la promesse de toute une vie de service.

Son père aimait à répéter que l'homme devait lutter, par-dessus tout, contre lui-même, car celui qui veut être un libre-penseur affronte une tâche primordiale et ardue : bannir de lui-même les idées qui lui ont été inculquées sous l'autorité de la coutume afin de les remplacer par d'autres ayant subi l'analyse exhaustive de la raison. Il leur avait appris que la voie de l'analyse rationnelle était la plus fiable, et c'était précisément grâce à sa capacité d'analyse qu'il était arrivé à la conclusion que l'achat de Gabriel, bien qu'ayant participé de l'esclavagisme, avait eu un effet bénéfique sur son aîné : Diego avait grandi libre des préjugés si répandus dans la société.

Comme lui, son frère semblait subjugué par le goût du riz qui rendait si croustillants les boudins et comme lui, il semblait avoir décidé que ce repas devait être dégusté en silence, sans le gâcher par une conversation sur l'enquête de Daniel Forrado. Cela aurait été un péché, se dit-il en goûtant la langue de veau, que de s'encombrer l'esprit avec des questions pratiques au lieu de se concentrer sur ce mets exceptionnellement soyeux qui fondait sur le palais. Ils se contentèrent de savourer et d'échanger quelques regards d'étonnement ravi. Ce ne fut qu'au moment des salades que Gabriel prit la parole sur ce qui les tracassait tous les deux :

— Daniel est venu me voir hier à la maison, commença-t-il, en faisant référence à leur hôtel particulier au numéro 10 de la rue Leganitos. Don Enrique n'a eu aucun contact avec Mlle Castro depuis leur retour à Madrid. Daniel m'a appris aussi que le père de notre amie ne lui a laissé que des dettes et qu'elle avait dû fuir Cadix à cause de cela.

Diego hocha la tête, pensif.

— Cela pourrait expliquer son comportement erratique. La pression des créanciers de son père doit être un fardeau difficile à porter.

— Pas vraiment. Les dettes ont été liquidées. Daniel leur a rendu visite et, apparemment, Mlle Castro s'en est acquittée elle-même.

Diego se demanda si don Enrique était capable de séduire une jeune femme dans une situation désespérée, de l'amadouer avec des mots rassurants pour satisfaire un intérêt personnel… Son frère devina le chemin que sa pensée avait pris.

— Réfléchis : une fille sans perspectives, assaillie de dettes, qui soudain paie tout ? Cet argent ne peut pas venir d'elle, Diego. Je crains qu'elle n'ait été séduite par la richesse et la volonté d'un homme puissant. Tu as très une haute opinion de Mlle Amelia…

Il fit non de la tête. À Villacor, Mlle Castro n'avait pas feint ses larmes.

— Elle a peut-être accepté l'aide de la mauvaise personne poussée par le désespoir, mais je ne vois aucune malice en elle.

— Frère, j'ai un sombre pressentiment quant aux intentions du marquis envers toi et Castamar. Et si, pour une raison que l'on ignore encore, il avait fourni à Mlle Castro les moyens de jouer contre nous d'une manière ou d'une autre ?

— Pourquoi ferait-il cela ? La cause, le but ?

— C'est ce que je veux découvrir. Tu as dû remarquer qu'il cherchait à te provoquer constamment ? Puis il y avait quelque chose de louche dans ses manières, le jour où j'ai interrompu sa conversation avec Mlle Castro…

— Gabriel, le comportement de don Enrique n'était pas différent de celui du reste de nos invités, il n'a fait que répéter des avis que toute la société partage, y compris notre mère. Il n'y a pas lieu de lui attribuer un dessein caché juste pour cela.

— Il ne faut pas oublier que tu es le duc de Castamar, très proche du roi…

— Si tu y tiens, reste alerte, mais je t'en prie, ne fais rien qui puisse nous compromettre. Tout cela n'est que pure spéculation.

Gabriel remua sur la chaise, contrarié.

— Laisse-moi au moins tirer des informations d'un des hommes de don Enrique, insista-t-il. Un dénommé Hernaldo de la Marca.

— Non, Gabriel. Quelles que soient les intentions de don Enrique à notre égard, nous n'avons ni preuve ni même des indices assez puissants. Nous ne savons rien de sa relation avec Mlle Castro. Avoir des soupçons n'est pas un motif suffisant pour agir contre un homme de son rang.

Pour détendre la tension qui s'était installée, Diego dévia la conversation vers Francisco et ses conquêtes, sur le succès des célébrations, notamment les éloges intarissables à propos de la nourriture. Son frère lui dit qu'il comptait repartir dès que ses bagages seraient prêts. Il ne l'en empêcha pas. Lorsque Gabriel avait une idée en tête, rien ne pouvait l'arrêter ; son frère retournait à Madrid dans l'idée de recueillir de nouvelles informations pour le convaincre du bien-fondé de ses soupçons.

Deux heures plus tard, Gabriel s'éloignait au galop sous les peupliers du chemin et Diego le regarda en réfléchissant à leur conversation. Sans savoir pourquoi, son esprit se porta plutôt sur la langue de veau qu'ils avaient mangée, soyeuse comme de la crème fraîche. La cuisine de Mlle Belmonte avait la qualité de lui faire oublier ses soucis, songea-t-il avec un sourire. Mais une question vint soudain troubler ce bonheur. Étaient-ce bien les bons plats qu'elle préparait qui lui faisaient oublier ses soucis, ou était-ce plutôt le souvenir de ses yeux couleur cannelle chargés de détermination ?

# DEUXIÈME PARTIE

## 20 janvier 1721 – 28 janvier 1721

# 20

*20 janvier 1721*

Enrique contempla le ciel sombre du soir. L'hiver couvrait Madrid comme un manteau de deuil et lui aussi broyait du noir. Depuis le salon du premier étage, où il devait recevoir sous peu Hernaldo, il observait Mlle Castro qui attendait dans la cour la voiture qui devait la ramener chez elle.

Elle avait signé son indépendance, trois mois plus tôt, peu après avoir quitté Castamar, et telle qu'il le prévoyait, avait commencé à croire qu'elle n'avait plus à épouser Diego de Castamar et qu'elle allait savourer cette indépendance nouvellement acquise. Il l'avait laissé rêver et avait continué à nourrir leurs amours pendant un certain temps avant de lui faire comprendre qu'il avait d'autres plans pour elle, et qu'elle ne pourrait pas s'y soustraire. Naïvement, elle avait cessé de se méfier de lui car ils étaient amants et, encore plus naïvement, avait voulu savoir pourquoi il tenait tant à ses fiançailles au duc de Castamar.

Il n'avait pas changé sa rengaine et avait répété autant de fois qu'il l'avait fallu que son seul but était qu'elle obtienne ce qu'elle désirait. Leurs rencontres furtives s'étaient poursuivies, soit chez lui, soit chez elle, toujours en un tourbillon de sensualité débridée. Souvent, elle se laissait aller à son tempérament passionné et oubliait toute pudeur avec lui pour, ensuite, choquée par son propre comportement, se blâmer d'avoir enfreint les lois de la bienséance et celles de Dieu. Oh, que c'était un spectacle jouissif, de voir comment l'éducation d'Amelia se révoltait contre elle comme un chacal !

Il avait mis fin à son faux-semblant de séduction un soir alors qu'elle lui disait, câline et voluptueuse, que son entêtement à la vouvoyer n'avait d'autre but que de titiller son imagination et d'ajouter du sel à leurs étreintes.

— C'est une raison, mais ce n'est pas la seule, avait-il répondu franchement. C'est une question de confiance, ma chère mademoiselle, et vous n'avez pas gagné la mienne.

Elle en fut perplexe.

— Je pensais que notre intimité, au moins…

— Vous aviez tort, l'avait-il interrompue sèchement. Il faut que vous retourniez à Castamar. Le temps passe, et vous devez parvenir à séduire une fois pour toutes le duc pour qu'il vous demande en mariage.

— Je crains de ne pas être en disposition de faire une telle chose, avait-elle dit, sans comprendre encore qu'il ne s'agissait pas d'une suggestion, mais d'un ordre. Don Diego est un…

— Votre mère est en bonne santé et vous souhaitez qu'elle le reste, n'est-ce pas ? avait-il coupé.

— Qu'insinuez-vous ?

— Que tant que vous faites ce que je vous dis, votre mère recevra les meilleurs soins.

Elle l'avait regardé les yeux écarquillés, la bouche entrouverte, l'image même de la candeur trahie.

— Pauvre Mlle Castro, avait-il ironisé. Une fois de plus sans défense devant le prédateur.

Elle s'était levée, tremblante comme un petit oiseau tombé du nid, et avec tout le courage dont elle était capable, elle lui avait opposé que la maison où séjournait sa mère appartenait à sa bonne amie Verónica Salazar, et qu'elle ne lui permettrait pas de poser un doigt sur elle.

— Détrompez-vous. Cette maison-là m'appartient, mais si vous ne voulez pas me croire, je peux vous faire parvenir votre mère par petits bouts pour que vous cessiez de mettre en doute ma parole.

— Je vais aller… chez le duc, avait-elle bredouillé, reculant comme s'il était le diable en personne.

Il avait avancé vers elle.

— Ne soyez pas sotte, mademoiselle. Vous allez raconter au duc de Castamar que vous êtes venue à Madrid pour le séduire et l'épouser alors que vous étiez déjà une femme sans honneur ? J'en ai la preuve, et tout Cadix le sait. Ou peut-être pourrais-je lui expliquer que vous m'avez promis de m'épouser alors qu'en vérité, vous n'aviez pour but que de récupérer votre patrimoine pour mieux le berner ? J'en ai également la preuve, puisque j'ai payé toutes vos dettes et que je loge votre mère dans ma maison de l'Escurial.

Terrifiée, elle s'était précipitée vers la porte du salon et il l'avait poursuivie, comme un chasseur sa proie, un salon après l'autre. C'était si excitant de voir son désespoir, de lire la peur dans son regard. Quand il en avait eu assez de jouer, il l'avait rattrapée en deux foulées et saisie par les cheveux. Son cou fin s'était tordu en un angle impossible, elle avait gémi et, avant même qu'elle ait repris son souffle, il lui avait enfoncé un poing dans le ventre et elle était tombée à genoux, pliée en deux, avec un râle d'animal blessé. À califourchon sur elle, il avait pris un malin plaisir devant ses efforts vains pour se défendre, regrettant même qu'elle ne se batte avec un peu plus de véhémence. Puis, il l'avait plaquée au sol de tout son corps, lui planquant nez et bouche avec une main. Elle s'était débattue, encore en vain. Il avait regardé ses paupières serrées, son visage qui rougissait. Il y avait une beauté d'œuvre d'art chez Amelia Castro : un courage de guerrière, cet instinct de survie qui battait dans les veines enflées de ses tempes. Il avait poussé sa résistance jusqu'au bout, puis retiré sa main juste avant qu'elle ne s'évanouisse. Le retour de l'air dans ses poumons lui avait provoqué de violentes quintes de toux, mais ce fut à peine s'il la laissa respirer.

— Écoutez-moi bien, ma chère, avait-il murmuré contre son oreille. Votre mère respire parce que je le permets, vous respirez parce que je le permets. Si, pour une raison quelconque, vous vous avisiez de raconter quoi que ce soit à don Diego ou à qui que ce soit, je le saurais immédiatement, et vous ne reverriez plus jamais votre mère, sauf par petits morceaux que mes hommes auraient le plaisir de vous envoyer.

— Vous êtes un monstre, avait-elle dit, la voix brisée.

— Je ne chercherai pas à vous convaincre du contraire. Cependant, au cas où la vie de votre mère ne pèserait pas assez lourd dans la balance, mettez-y la vôtre aussi, car mes hommes ont pour ordre de vous faire quitter ce monde par les moyens les plus douloureux qu'ils sauront trouver. Hochez la tête si vous m'avez compris.

Une nouvelle quinte de toux l'avait secouée, mais lorsqu'elle avait été capable de redresser le visage, elle avait hoché la tête, le regard noyé de peur et de rage. Il s'était relevé.

— Je vois que nous nous comprenons. Vous devez retourner à Castamar dès que possible. Le temps que vous trouviez une bonne excuse pour vous y faire inviter, vous viendrez me voir trois soirs par semaine pour satisfaire mes envies. Je suis sûr que cela vous poussera à faire preuve d'imagination auprès du duc. J'espère que vous ne m'obligerez pas à venir vous chercher.

Puis il avait tourné les talons.

— Alors c'est ça que tu voulais de moi, avait-elle dit encore à terre, le souffle coupé et les larmes glissant silencieusement sur ses joues. Que je sois ta catin.

— Oh, non, ma chère. Ça, c'est ce que je veux *maintenant.* Par ailleurs, c'était amusant de vous séduire pour que vous veniez dans mes bras de vous-même, vous êtes une créature délicieuse. Vous pouvez partir maintenant, j'ai des choses à faire.

Des jours et des semaines s'étaient écoulés depuis. L'Avent et Noël étaient passés sans changement, et cela l'exaspérait. Comme il s'y attendait, Amelia avait essayé de retourner à Castamar le plus vite possible pour ne pas être obligée de satisfaire ses désirs, mais toutes ses tentatives avaient échoué. D'abord, elle avait tenté de recroiser don Diego à des raouts, auxquels il n'était malheureusement pas venu ; il ne s'était pas montré au théâtre ni à aucun événement mondain. Avant l'arrivée du gros de l'hiver, ils avaient fait plusieurs sorties dans les montagnes de Madrid, l'invitant à se joindre à eux, mais il avait chaque fois décliné leurs offres, de sorte qu'Enrique avait regretté de ne pas avoir forcé la demoiselle à rester après les festivités d'octobre. Il fallait croire que le duc ne comptait plus quitter ses terres.

Il devait chercher un moyen plus expéditif. Il s'impatientait et Mlle Castro s'étiolait, de jour en jour plus pâle et languissante. Leurs rencontres, dans lesquelles elle ne mettait guère d'enthousiasme, en étaient probablement la cause. Il n'en avait que faire.

Finalement, ce fut le Nègre qui, à son insu, lui fournit la façon de procéder. Don Gabriel avait commencé à jouer les espions, aussi conjuguer ces velléités et les penchants chevaleresques des Castamar allaient permettre de réintroduire Amelia chez eux. À n'en pas douter, une demoiselle en détresse éveillerait chez son ennemi l'instinct protecteur des cœurs bienveillants. Ce soir même, Hernaldo allait mettre son plan à exécution.

Son homme arriva à l'heure convenue et lui confirma que tout était prêt.

— Mlle Castro est dans la cour, indiqua don Enrique en lui tendant un verre de rossoli. Faites attention, on ne veut pas la tuer, juste l'effrayer. Et pas question de la forcer, ce serait contre-productif. Reviens au plus tôt me donner des nouvelles.

Hernaldo était sur le point de quitter la pièce lorsque Enrique songea à un dernier détail, indispensable pourtant au succès de sa stratégie. Et aussi à l'apprentissage de Mlle Castro, qui peut-être comprendrait enfin que les femmes qui échangent leurs faveurs contre des richesses ont intérêt à apprendre le plus tôt possible leur place dans ce monde par rapport à des hommes comme lui.

— Entaille-lui le visage, ordonna-t-il.

— Elle plaira moins, répondit Hernaldo.

— Vrai, mais cela inspirera plus de pitié, dit-il en vidant son verre. Et Castamar a un faible pour les êtres démunis. Une fois qu'il sera amoureux, le physique ne sera plus un problème pour lui.

Hernaldo acquiesça d'un geste presque militaire sans rien ajouter et quitta la pièce.

Don Enrique regardait les nuages d'orage qui, fatigués de porter leur lourd fardeau, se vidaient en trombe sur les rues de Madrid. Cette nuit serait une percée importante pour sa vengeance. Ses intérêts politiques étaient en berne et ne pourraient aboutir que si le vent tournait au sein de la cour. Puisque avoir un Habsbourg sur le trône n'était plus possible, il faudrait se contenter du Bourbon. Pour l'instant, il ne pouvait faire grand-chose. Don José de Grimaldo, un bon ami à lui, préparait un traité avec les Français et lui avait demandé son intervention à certains moments. C'était une façon d'approcher de la grandesse d'Espagne qu'il désirait tant tout en fermant le chapitre Castamar, qui avait déjà assez duré. Comme cette pauvre Amelia allait bientôt le constater, la roue tournait pour tous.

*Même jour, le 20 janvier 1721*

Inquiet, Gabriel galopa vers le bosquet habituel. Il était convenu avec Daniel Forrado d'un système codé pour se donner rendez-vous. Lorsqu'il fallait causer, l'un faisait parvenir à l'autre une carte de visite subtilement marquée et ils se retrouvaient au plus tôt dans une hêtraie sur la route de Móstoles, en direction de Castamar. Daniel, pour plus de sécurité, remettait toujours un pli à la maison de Leganitos par l'intermédiaire d'un des pages. La plupart du temps, afin de semer d'éventuels espions du marquis, il se dirigeait vers le pont de Segovia ; d'autres fois, comme ce matin-là, il descendait par la fontaine du Palo et prenait le chemin del Prado Nuevo, jusqu'aux rives du Manzanares.

Daniel avait dû découvrir quelque chose d'important, peut-être assez pour que son frère se décide à agir. Son homme avait la vertu d'obtenir facilement des informations de la part des domestiques noirs de Madrid, car il était respecté et connu parmi les siens comme un bienfaiteur. Il l'avait rencontré quelques années auparavant lorsque la famille à laquelle Forrado appartenait avait visité Castamar. À soixante ans, son dos était déjà courbé par le travail de porteur des bagages du seul maître qu'il avait eu depuis son enfance. Gabriel avait convaincu Diego d'acheter la lettre d'affranchissement de Daniel à son propriétaire car il savait que personne ne le prendrait au sérieux s'il faisait l'offre lui-même. Il voulait faire pour Daniel ce que son père avait fait pour lui. Après avoir obtenu sa libération, il lui avait tant bien que mal appris à écrire et à lire pour qu'il soit en mesure de gagner un salaire convenable. En revanche, malgré ses efforts, Daniel avait continué à penser qu'être le domestique libre d'un homme noir était une position plus humiliante que d'être l'esclave d'un homme blanc et avait trouvé un poste ailleurs, comme contremaître d'esclaves. C'était grâce à cette position qu'il avait vent de tout ce qui se passait à Madrid.

Quand il arriva dans la hêtraie, Daniel, les cheveux longs, un peu nerveux, attendait près d'une mule de bât. Il sourit en le voyant et regarda autour d'eux pour être sûr que personne ne les avait suivis.

— Bonjour, monsieur. J'ai des nouvelles.

— Bonjour, Daniel.

— Mlle Castro a complètement changé sa façon de vivre depuis quelques mois. Comme vous le savez déjà, elle est allée plusieurs fois chez le notaire pour signer certains documents. Mais le plus intéressant, c'est qu'elle a emménagé dans sa nouvelle maison à Madrid avec des domestiques : elle a engagé un tailleur, une dame de compagnie et a une petite berline avec son propre cocher.

— Elle possède des rentes propres, alors, en déduisit Gabriel.

— C'est ce qu'il semble, poursuivit Daniel. Les visites continuent : don Enrique lui envoie sa voiture un jour sur deux pratiquement et elle ne manque jamais de se rendre chez lui.

— Est-ce qu'elle continue à s'y rendre avec son chaperon ? demanda Gabriel.

— Oui, oui. Ne vous inquiétez pas, je sais tout ce qui se passe dans la nouvelle maison de Mlle Castro. Mon cousin est un de ses laquais, et il me dit que la dame dort très peu, qu'elle a l'air malheureuse, ou bien malade. Quelque chose ne va pas.

En effet. Amelia Castro était une jeune femme qui n'avait aucun engagement et le marquis était lui aussi célibataire, il aurait pu entretenir une relation en public dans le cadre d'une amitié ou en vue d'un futur mariage. D'où la dame de compagnie, pour garantir l'honorabilité de ces rencontres. Cependant, si elle avait déjà réglé ses dettes et que sa relation avec le marquis était sereine, il n'y avait aucune raison à son chagrin. Soit ces deux-là tramaient quelque chose, se dit Gabriel, soit son frère avait raison et il voyait des menaces là où il n'y en avait pas.

— D'autre part, continua Daniel, l'homme du marquis, Hernaldo de la Marca, s'est déjà rendu à deux reprises dans un bordel appelé le Passage près du ravin de Lavapiés, où il rencontre d'autres spadassins comme lui. Pour moi, ils préparent un coup.

— Bon travail, le félicita Gabriel. Continuez la surveillance. Demain peut-être, je te demanderai de me conduire au bordel.

— Ce n'est pas un endroit pour un gentilhomme, prévint Daniel. Encore moins s'il est noir.

— Ne t'inquiète pas pour ça.

Il retourna vers Madrid en lâchant la bride à son cheval. Il doutait que ces informations convainquent son frère de prendre des mesures contre le marquis. Ce qui était certes prudent, mais s'il l'avait laissé faire, ils sauraient à cette heure ce que cette vipère de don Enrique ourdissait. Plus ils tarderaient à agir, plus ses machinations auraient de chances de réussir.

Dès qu'il fut de retour à Madrid, il envoya des billets d'invitation à Alfredo et Francisco pour qu'ils dînent avec lui le soir même. Quand son frère apprendrait qu'il avait mêlé ses amis à cette affaire, il s'emporterait, mais si le marquis manigançait un coup fourré, comme il le pensait, il aurait besoin de leur aide. Ils pouvaient aller là où il ne passerait pas inaperçu. Les réponses de Francisco et Alfredo arrivèrent plus tard dans l'après-midi, tous deux acceptaient l'invitation.

Quand ils se présentèrent, les amis de son frère arboraient un regard interrogateur, car ils ne se voyaient que très rarement si Diego n'était pas de la partie. Gabriel, en bon hôte, les laissa profiter du souper mais, aussitôt après, dans l'un des petits salons autour du feu, il expliqua ses soupçons. Dehors, les nuages exécutaient sans pitié leur menace d'orage.

Les deux hommes l'écoutèrent, graves. Sur un fauteuil, Francisco, la main appuyée sur sa canne, sirotait un verre d'anisette. Alfredo observait la pluie s'abattre sur les vitres. Gabriel, le regard rivé à la cheminée, eut encore une fois l'impression d'être étranger à la réalité qui l'entourait. Parfois, son environnement perdait son sens et il ne parvenait plus à comprendre pourquoi il était là ni comment il se retrouvait à vivre cette vie d'homme blanc.

— Tu as bien fait de nous solliciter, affirma Alfredo. Cela devient très complexe et dangereux ; nous pouvons t'aider, prudemment, finement. Il faut être certain que le marquis prépare quelque chose avant de faire un faux pas.

Francisco leva son verre à ces mots.

— Je peux m'enquérir auprès de certaines… dames de la cour qui ont partagé leur lit avec lui, dit-il. Peut-être pourrons-nous en apprendre davantage sur sa personnalité.

— C'est précisément ce dont j'ai besoin. La couleur de ma peau ne plaît pas à la cour, déclara Gabriel d'un ton faussement dépité.

— Gabriel, dit Alfredo, toujours à la fenêtre. Je suis convaincu qu'à l'avenir l'esclavage sera considéré comme une abomination, mais, en attendant, ta position dans la haute société est tout à fait extraordinaire.

On frappa alors à la porte et l'un de valets entra avec une carte sur un petit plateau en argent. Gabriel la prit. C'était sa propre carte, envoyée donc par Daniel. Il se releva d'un bond. Daniel avait fait une importante découverte ou bien il s'était passé quelque chose de grave pour qu'il envoie la carte deux fois en moins de dix heures.

— C'est de la part de mon homme, annonça-t-il, un peu nerveux. Je dois sortir.

— Nous venons avec toi, décida Francisco.

Les trois hommes descendirent en silence jusqu'aux écuries, l'esprit aussi agité que le ciel de Madrid. Gabriel enfila le lourd pardessus en cuir et le tricorne, puis ordonna aux serviteurs d'apporter des lanternes et, alors qu'ils allaient mettre le pied à l'étrier, il fit signe à ses amis de ne pas monter.

— Je ne suis pas sûr que ce soit une bonne idée, dit-il. Il s'agit peut-être d'un piège. Vous n'avez aucun devoir de m'accompagner, et notre amitié…

— Balivernes, répondit Alfredo en se hissant sur son cheval.

— Rien à ajouter, mon ami, fit Francisco, déjà en selle, avec un sourire hardi.

Gabriel fouetta son destrier et tous trois descendirent la rue Leganitos en direction du nord, sous la pluie qui tombait à verse. Ils quittèrent la ville et chevauchèrent à travers champs jusqu'aux rives du Manzanares. La nuit était si noire qu'ils voyaient à peine à deux pieds, aussi ralentirent-ils dès qu'ils eurent passé la puente Segoviana et laissé derrière eux la fontaine de l'Ange Gardien. Gabriel se tourna pour jeter un coup d'œil en arrière. Madrid surgissait des ombres à chaque coup d'éclair pour y replonger aussitôt. Ils suivirent la route de Móstoles, devenue un bourbier, leurs vêtements trempés et lourds, le froid imparable.

Après une heure à braver la tempête, ils remontèrent la rivière Cabeceras vers le lieu du rendez-vous. Ils descendirent au signal d'Alfredo pour pénétrer à pied dans le fourré, une lampe dans une main, l'autre sur le pommeau de l'épée, les sens en alerte.

Au bout de quelques toises, la lueur des lampes se refléta dans une flaque rougeâtre. La flaque entourait une silhouette indiscernable. Ils mirent un temps à comprendre de quoi il s'agissait.

— Daniel, murmura Gabriel, atterré.

L'ancien esclave avait été éventré par plusieurs coups d'épée et on l'avait achevé avec une estocade précise qui avait dû lui perforer la poitrine. Gabriel s'accroupit à côté de lui pour lui fermer les yeux en même temps qu'il murmurait une prière. Alfredo lui demanda s'il s'agissait de son homme.

Un éclair déchira le ciel, éclairant le temps d'un instant le paysage jusqu'au verger des Minillas. C'est alors qu'ils aperçurent une seconde silhouette à terre, non loin de là. Gabriel se releva d'un bond, et Francisco et Alfredo dégainèrent leurs épées, attentifs à tout mouvement qui pourrait venir du fourré. Gabriel s'approcha, éclaira le corps avec sa lanterne. Une femme. Les vêtements déchirés, une profonde entaille sur la joue, les lèvres rouges comme une rose de sang, la figure meurtrie de Mlle Castro à moitié ensevelie dans la boue.

— Dieu me damne ! lâcha Gabriel en se précipitant vers elle.

Alfredo s'accroupit à ses côtés et vérifia son état. Elle semblait inconsciente.

— Le pouls est faible. Pas d'os cassé, je dirais, mais elle a dû rester longtemps sous la pluie et elle est transie. Il faut la réchauffer au plus vite.

Gabriel l'enveloppa dans son manteau et la prit dans ses bras pour la porter jusqu'à son cheval. Il pensait retourner à la rue Leganitos, mais c'était à plus de deux heures, sans compter le temps de trouver un bon médecin qui saurait rester discret. Le docteur Evaristo, en revanche, vivait tout près, et s'ils se rendaient à Castamar, il pourrait s'occuper de la malade dans l'heure.

— Il faut l'emmener à Castamar, déclara-t-il. Francisco, vous saurez trouver la maison du médecin ? Le docteur Evaristo ?

Francisco acquiesça et repartit au galop. Alfredo soutint la jeune femme tandis que Gabriel montait sur le cheval. Ensemble, ils l'installèrent, enveloppée dans le pardessus de Gabriel. La jeune femme laissa échapper un gémissement et s'évanouit de nouveau.

Après une longue heure sous la pluie, trempés jusqu'aux os, ils franchirent l'enceinte de Castamar. Gabriel songea encore une fois à ce pauvre Daniel, laissé dans la boue et le sang. Il serra les poings. Il veillerait à ce qu'il ait un enterrement digne d'un chrétien plus tard. Cette mort infamante n'avait pas été accidentelle, il en était certain, et elle confirmait ses soupçons sur don Enrique. Il n'avait pas besoin d'autres preuves pour comprendre qu'il s'agissait d'un message du marquis, transmis par ses sbires, et qu'il traçait une ligne rouge à ne pas franchir : « Gardez-vous d'enquêter sur don Enrique de Arcona. »

# 21

*Même jour, le 20 janvier 1721*

Clara contemplait la cour par les fenêtres de la cuisine. Au-dessus de Castamar, une armée de nuages se préparait à déverser un déluge et les domestiques étaient agités comme si la foudre était une malédiction inéluctable. Pas elle. Elle avait toujours aimé ces journées d'hiver tempétueuses qui invitaient à se recueillir avec un livre au coin du feu, mais son principal souci pour l'instant était de contrôler Rosalía, que le temps instable rendait nerveuse. Même si la petite l'écoutait, et qu'elle consentait à s'asseoir sur un tabouret et plus sous la table comme auparavant, elle avait essayé déjà par deux fois ce matin d'aller dehors et par deux fois Clara l'avait rattrapée juste à temps. Aussi Clara avait-elle demandé à Beatriz Ulloa de garder un œil sur Rosalía au cas où elle-même devrait quitter la cuisine.

Comme d'habitude, elle avait préparé le petit déjeuner du duc, la cruche en porcelaine avec du chocolat bien chaud, les œufs pochés. Puisque don Gabriel séjournait à la capitale depuis quelques semaines, elle avait un peu plus de temps libre et avait pu écrire à sa mère et à sa sœur et, surtout, expérimenter de nouvelles recettes issues des livres que le duc lui avait fait parvenir. C'était tout ce qu'elle pouvait faire pour exprimer l'immense gratitude qu'elle éprouvait, gratitude dont Andrés Moguer était à son insu devenu un allié car, étant lui-même un gourmet curieux, il aimait indiquer au duc si tel plat avait été servi chez les patriciens romains, ou à la cour du Roi-Soleil, ou s'il était tout simplement dans la pure tradition castillane.

Chaque fois qu'elle trouvait un volume vers la quatrième cave, elle avait l'impression d'être l'héroïne d'une pièce de théâtre recueillant les messages secrets de son amant interdit. Ce n'était pas la même chose, évidemment, car don Diego n'était pas un jouvenceau amoureux, ni elle une jeune fille pleine d'illusions, mais cela n'enlevait rien à la générosité du duc pour combler son avidité de lectrice, tellement mise à mal depuis la mort de son père.

Sur l'étagère en bois de sa chambre, elle rangeait les livres du plus ancien au plus moderne, laissant parfois en vue celui dont le maroquin citron ou les plats décorés de filets au motif de dentelles flattaient son œil. C'est ainsi que se côtoyaient le *De re coquinaria*, l'anonyme *Llibre de Sent Soví* puis le *Llibre del Coch*, basé sur le précédent et augmenté par le maître Robert de Nola, maître queux de Ferdinand Ier de Naples, le célèbre traité d'Henri de Villena l'*Art de découper les viandes* et un livre bien connu en italien, *Banchetti, compositioni di vivande et apparecchio generale*, de Cristoforo da Messisbugo. Elle les appréciait tous grandement, mais si elle avait dû en choisir un seul, elle aurait gardé celui qu'elle avait reçu ce matin même, l'ouvrage de Francisco Martínez Montiño, *Art de la cuisine, de la pâtisserie, de la biscuiterie et de la conserverie.* Comblée par ce trésor dissimulé dans son tablier, elle était remontée dans sa chambre et l'avait mis avec les autres, tous enveloppés dans une couverture sous le lit pour ne pas oublier de les épousseter un par un cette nuit-là.

Sa joie était telle qu'elle n'avait pu résister à l'élan d'écrire, pour la première fois, une petite note, qu'elle avait laissé dans la niche où il posait les livres.

*Monsieur le duc,*

*Le livre qui m'est parvenu aujourd'hui grâce à vous me donne l'impression de posséder une véritable corne d'abondance de connaissances et de savoir-faire. Je ne peux vous remercier assez pour votre généreuse déférence envers moi, mais j'espère que vous saurez voir dans les quelques recettes préparées d'après mes lectures la preuve de mon immense gratitude.*
*Je vous prie de croire, monsieur le duc, en l'expression de mon très profond respect.*

*Clara Belmonte*

Elle avait hâte de trouver un moment pour se plonger dans les secrets du livre, l'un des plus importants du siècle précédent. Elle avait survolé quelques recettes et ne cessait de revenir sur ces rissolés savoyards dont elle n'avait jamais entendu parler et qui titillaient sa curiosité et ses papilles. Soudain, un courant glacé la fit frissonner. Elle se retourna, la porte de la cour était ouverte. Elle chercha Carmen des yeux.

— C'est toi qui as ouvert ? dit-elle, un peu agacée. Il fait bien trop froid pour aérer !

Carmen secoua la tête, distraite, mais Clara fut soudain en proie à un mauvais pressentiment inexplicable. Il se passait quelque chose. Il manquait quelque chose dans la cuisine, mais quoi ? Elle en fit le tour, vérifiant tout, fourneaux, potager, marmites. Elle croisa le regard de Beatriz Ulloa, qui lui adressa un sourire benoît par-dessus le hachoir. Soudain, elle comprit. Elle courut vers la porte, renversant au passage le tabouret où Rosalía aurait dû être assise. Dehors, une silhouette frêle se dressait au-dessus de l'auvent des garages.

Sans penser à rien, Clara se précipita dans la cour en criant son prénom. Rosalía, les bras grand ouverts, clamait qu'elle pouvait voler. Saisie par un vertige paralysant, Clara se retrouva au cœur d'un tourbillon d'espace et de ciel ouvert qui l'engloutissait. Tout à coup elle fut trempée de sueur, incapable de faire le moindre mouvement. Sa faiblesse l'avait rattrapée sans merci.

— Rosa... Rosalía, murmura-t-elle, le souffle court. Beatriz... Aidez...

Clara se laissa tomber, recroquevillée sur elle-même, la respiration haletante. Elle entendait des cris, des bruits. Elle tentait de garder les yeux ouverts, elle ne pouvait pas laisser Rosalía comme ça, un porteur commença à escalader l'un des piliers... Rosalía, avec un cri de joie perçant comme celui d'un oiseau, s'élança dans le vide, heureuse, inconsciente. Clara ne put regarder, mais elle sut qu'elle n'oublierait jamais ce craquement d'os, le bruit de son corps contre le pavé. Ce fut à peine si elle put ouvrir les yeux pour voir une dernière fois son petit corps, son regard vide, son visage plus innocent que jamais. Puis, alors que la malheureuse était ramassée sur le sol froid de la cour, elle sentit que ses forces la quittaient et elle sombra dans un noir insondable.

Une petite tape sur la joue la força à rouvrir les yeux. Elle était sur un lit, peut-être son lit, déchaussée, le corsage entrouvert. Ses pensées étaient confuses, sa vision floue. Elle referma les yeux, épuisée, voulant replonger dans le sommeil. Une nouvelle fois, quelqu'un la gifla doucement et une main osseuse lui souleva la tête, elle sentit l'émail d'un gobelet contre ses lèvres, elle but. Enfin elle put distinguer nettement la personne qui prenait soin d'elle. Mme Berenguer. Tout lui revint. Le bruit du corps contre les pavés. Rosalía était morte et le souvenir de sa chute la hanterait pour toujours.

Elle ne put supporter le regard de Mme Berenguer et referma les yeux, des larmes baignèrent ses joues. Comme dans un cauchemar à l'intérieur d'un cauchemar, elle se souvint des livres. Les livres. La gouvernante allait découvrir les volumes, cadeaux du duc. Elle les chercha du regard, anxieuse, puis se souvint qu'elle les avait rangés sous le lit. Malgré le chagrin qui lui étreignait le cœur, elle fut soulagée de ne pas avoir à s'expliquer sur ces volumes coûteux que son salaire de cuisinière ne pouvait certainement pas payer. Elle voulut parler, mais les mots butèrent contre le nœud qui lui serrait la gorge et elle éclata en sanglots. Impavide, doña Úrsula lui expliqua de sa voix glaciale que le docteur, après l'avoir examinée, avait indiqué expressément qu'elle ne devait pas dormir plus d'une demi-heure.

— Vous avez négligé vos devoirs envers la pauvre Rosalía, dit-elle en agitant devant elle un doigt accusateur. Vous devrez porter sur la conscience la mort de cette malheureuse.

Clara leva son visage baigné de larmes et essaya de parler, en vain. Doña Úrsula avait raison, mille fois raison ; elle ne pouvait pas, comme elle le faisait toujours, opposer la force de sa morale à cette femme qui semblait être née avec la guerre implantée dans l'âme. Rosalía était morte à cause de sa négligence, à cause de sa stupide croyance orgueilleuse qu'elle s'occuperait mieux de cette fille que Mme Escrivá. À cause de son secret. Si elle avait osé avouer qu'il lui était impossible de sortir à l'air libre, si elle ne s'était pas tue, Rosalía serait peut-être encore en vie.

— Je n'ai pas vu qu'elle était sortie, je...

— Taisez-vous. Je me souviens encore du jour où vous vous êtes engagée à prendre soin d'elle. Alors que vous auriez dû savoir que votre affection vous en empêchait ! Sans parler du fait que vous avez omis volontairement de nous parler de votre tare. Vous n'osez pas le nier, n'est-ce pas ? Vous avez au moins la décence d'avoir honte.

De toute évidence, doña Úrsula s'était renseignée sur son mal. Elle avait sans doute criblé le docteur de questions afin de comprendre pourquoi une femme en parfaite santé s'était effondrée juste en sortant dans la cour, sans avoir trébuché, sans aucune raison. Clara ne pouvait rien y faire, tout le monde l'avait vue s'écrouler avant que Rosalía... Elle secoua la tête.

— C'est... Il m'est impossible de rester dans des espaces ouverts sans être prise de vertiges, avoua-t-elle. C'est plus fort que moi. Je... je perds connaissance.

— Vos excuses ne la ramèneront pas à la vie, assena doña Úrsula.

Clara se releva avec difficulté, comme si la culpabilité l'écrasait. Elle tenta de traduire en mots à quel point elle regrettait, mais la gouvernante l'arrêta d'un geste.

— Ce que vous avez fait est impardonnable, cracha-t-elle, implacable. Je veux que vous quittiez cette maison demain à la première heure. Votre présence n'est plus tolérable pour nous. Mettez à profit le reste de la journée pour rassembler vos affaires. Carmen del Castillo s'occupe de la cuisine à partir de maintenant. Vous passerez récupérer votre dû à mon bureau avant votre départ.

Lorsque la porte se ferma derrière elle, Clara se laissa tomber sur le lit et pleura désespérément. Encore une fois, elle se retrouvait seule au monde, sans toit et sans travail, mais à présent, elle ne pouvait espérer améliorer son sort grâce à son travail. La mort de Rosalía la poursuivrait où qu'elle aille, doña Úrsula veillerait à ce qu'il en soit ainsi. Malgré son succès à Castamar, elle serait taxée d'irresponsable et aucun maître ne voudrait d'un serviteur indigne de confiance. Elle allait devoir faire ses preuves en permanence, travailler au-dessous de son rang, ou pour un salaire bien moindre.

Elle pleura de plus belle en se sentant infâme. Comment pouvait-elle se soucier de son sort, alors qu'elle avait la mort de Rosalía sur la conscience ? Puis, une pensée la glaça. Le duc. Quelle déception pour lui. Elle avait occulté sa maladie et cela avait causé la mort de la fille de sa nourrice qu'il avait juré de protéger. Qu'allait-il dire, alors qu'il lui avait accordé sa confiance, et plus que ça, qu'il l'avait traitée comme une véritable dame malgré son tablier de cuisinière ? Elle avait répondu à sa générosité par un mensonge… Alors que si elle avait dit la vérité, ce terrible malheur aurait pu être évité.

Elle sortit les livres de cuisine de sous le lit et, le cœur brisé, les caressa comme s'ils étaient des morceaux de son esprit dévasté, mais elle fut incapable de lire une seule page. À quoi bon. Finalement, elle se recoucha, pelotonnée sous les couvertures, comme si elles pouvaient la protéger de son sombre avenir.

Ce fut Elisa qui vint la réveiller avec du gruau tiède et la ferme détermination de ne repartir de la chambre que quand Clara aurait avalé quelque chose. Puis, elle lui essuya la bouche avec un linge et lui caressa les cheveux, résolue aussi à la convaincre qu'elle n'était pour rien dans la mort de Rosalía. La gamine, disait-elle, avait grimpé sur la remise des calèches dès qu'elle avait appris à marcher et, par ailleurs, depuis que Clara prenait soin d'elle, elle avait été heureuse comme jamais après la mort de sa mère. Clara hochait la tête et la laissait dire. Les mots d'Elisa ne la consolaient pas, mais son effort pour atténuer son chagrin la touchait.

— Dès que le soleil se lèvera, je devrai quitter Castamar, Elisa, murmura-t-elle tristement. Je ne sais pas ce qu'il adviendra de moi.

La jeune fille fronça les sourcils et secoua la tête.

— Mais non. Tu ne sais pas ? D'après ce que j'ai entendu, quand la sorcière est allée le voir, Monsieur lui a bien fait comprendre qu'il était hors de question que tu quittes la maison.

Clara écarquilla les yeux. Le duc avait refusé de la congédier ? Alors qu'elle avait caché son mal, alors qu'elle était coupable de la mort de Rosalía ?

Elisa décida de partir avant que doña Úrsula ne la surprenne. Clara s'endormit, épuisée par le chagrin et la fatigue du chagrin.

Des coups à la porte la réveillèrent en sursaut. La lumière à l'angle de la fenêtre lui indiqua que l'après-midi touchait à sa fin, et la voix impérieuse dans le couloir, que doña Úrsula bouillonnait de colère. Clara repoussa ses cheveux en arrière pour tenter d'apparaître présentable et ouvrit à la gouvernante, qui la toisa comme si elle cherchait à mesurer combien elle avait souffert pendant ces dernières heures.

— Mademoiselle Belmonte, j'ai reconsidéré ma décision en ce qui concerne vos services. Vous pouvez rester, vous reprendrez votre poste demain matin, déclara-t-elle.

Son orgueil était tel qu'elle ne pouvait admettre qu'elle suivait les ordres de son maître, mais Clara se contenta de la remercier humblement. Doña Úrsula partit sans ajouter un mot.

Une fois seule, Clara s'assit sur le lit et, incapable de réfléchir à sa nouvelle situation, chercha un peu de paix dans les amis sur lesquels elle pouvait toujours compter : ses livres. Elle prit le traité de Martínez Montiño, caressa la reliurc, inspira l'odeur sèche des pages, le parfum que don Diego laissait sur tout ce qu'il touchait. Elle lut pendant des heures, ne se relevant que pour raviver le feu de temps en temps et allumer une bougie.

À la nuit tombée, elle reconnut les pas furtifs du duc derrière la porte de sa chambre. Elle avait appris à les reconnaître, car parfois elle le guettait quand, au petit matin, elle était dans les caves et qu'il venait à pas de loup déposer un livre dans la niche secrète. La joue contre la porte de la cave, elle retenait son souffle et rêvait comme une idiote qu'ils se croisaient par hasard et parlaient, comme si elle était une jeune fille de bonne famille et lui un gentilhomme sur la promenade du Prado. Puis elle attendait le bon moment pour aller vérifier si, derrière le troisième rang de bouteilles de rouge de Valdepeñas, la petite niche du mur recelait un paquet pour elle. Ensuite elle passait la journée à attendre le moment de déballer le livre caché dans son tablier, espérant trouver dedans un de ces mots charmants où il lui en souhaitait une bonne lecture.

Elle devait s'avouer qu'elle n'allait plus à la cave sans éprouver une certaine excitation. Toutefois, là, don Diego n'était pas dans une dépendance quelconque de la maison, mais devant sa chambre à coucher. Elle attendit donc, figée sur place, entendit les pas s'arrêter. Dehors, le vent faisait claquer les arbres. Sans faire de bruit, elle se releva et scruta son visage dans le miroir, se pinçant les joues par réflexe. Il frappa alors tout doucement à sa porte.

« Don Diego frappe à ma porte. »

Elle déglutit avec difficulté, patienta un instant comme le veut la coutume pour ne pas montrer sa hâte et enfin, elle ouvrit la porte. C'était bien don Diego qui se tenait devant elle, impeccablement vêtu d'un habit couleur crème par-dessus son gilet boutonné, les mains derrière le dos, enveloppé de cette aura subtile de lavande et de néroli qui l'accompagnait toujours. Elle fit la même révérence qu'elle aurait faite si elle l'avait croisé au Prado, et il lui rendit la pareille.

— Mademoiselle Belmonte, je ne veux vous importuner, dit-il avec assurance. Mais je me suis permis de venir toquer à votre chambre avec l'intention de vous donner quelques mots de réconfort.

Elle lui sourit du mieux qu'elle put, la gorge serrée.

— C'est un immense honneur que vous me faites, monsieur.

— Je tiens à vous dire combien je suis désolée de la mort de Rosalía. C'est une tragédie pour nous tous.

Clara bafouilla. Elle ne savait comment exprimer tout ce qu'elle ressentait, sa culpabilité pour la mort de Rosalía, d'avoir tu son mal, de l'avoir déçu. Les mots se bousculaient dans son esprit mais refusaient de se former sur ses lèvres.

— Je… je suis… profondément désolée d'avoir caché ma… maladie, haleta-t-elle en sentant que ses paupières étaient deux barrages débordants qui ne pourraient bientôt plus retenir ses larmes.

— Votre maladie, mademoiselle Belmonte, bien que vous eussiez dû la porter à la connaissance de doña Úrsula, n'est pas la cause de la mort de cette malheureuse. C'est elle qui a grimpé et s'est jetée dans le vide. Même si vous aviez été parfaitement saine, vous n'auriez pas pu l'empêcher, je le crains. Ce n'est pas votre faute, insista-t-il, les mains toujours derrière le dos. Vous ne devez pas vous punir.

Clara le dévisagea, les yeux pleins de larmes, ne sachant plus comment lui dire tout son chagrin, ni comment empêcher que le torrent bouillonnant d'émotions qui grondait en elle ne déborde, ni comment arrêter de trembler de la tête aux pieds. Elle baissa la tête pour se dérober à son regard.

— Mademoiselle Belmonte ?

Incapable de se contenir, elle éclata en sanglots, inconsolable et à la fois honteuse d'avoir besoin de réconfort alors qu'elle était la cause de la tragédie.

— Je suis désolée, monsieur, je suis désolée, je suis vraiment désolée, répéta-t-elle, sans se rendre compte que son visage se rapprochait de la poitrine de don Diego. Pardonnez-moi, je vous en supplie, je vous en supplie… je… je n'aurais pas dû me cacher… j'aurais dû être…

Don Diego lui releva doucement la tête et la fixa avec des yeux débordant de sincérité et, sans savoir comment, elle se retrouva soudain dans ses bras, la tête contre sa poitrine.

— Mademoiselle… dit-il tout bas. Mademoiselle. Calmez-vous. Ne soyez pas trop dure avec vous-même. Je sais par expérience combien la culpabilité et le chagrin torturent l'âme dans des moments comme celui-ci.

Elle souhaitait que ses bras protecteurs l'entourent à jamais, qu'il ne parte plus, que toutes ses années de douleur soient englouties par son regard qui ne craignait rien. Ce fut lui qui s'écarta et lui souleva le menton, comme c'était désormais la coutume entre eux. Clara s'abandonnait à la chaleur que dégageait sa présence, elle se baignait en lui et avait la sensation qu'il se perdait en elle. C'est alors que, d'un geste suave, il se pencha sur son visage et qu'elle lui offrit le sien. Ils restèrent ainsi un instant, figés comme une sculpture du Bernin, leurs bouches si proches qu'elles auraient pu se frôler, jusqu'à ce que le duc, les yeux toujours rivés aux siens, recule de quelques pas.

— Tenez, dit-il en lui tendant un mouchoir. Vous en avez plus besoin que moi.

Elle le prit et fit un pas en arrière pour rétablir une distance appropriée.

— Je vous prie d'excuser mes larmes, monsieur, fit-elle en essuyant ses joues, qu'elle sentait en feu. Je me sens si honteuse...

— Vous n'avez pas à vous excuser, mademoiselle Belmonte. Vos larmes ne gênent personne, et surtout pas moi. Tenez.

Jusqu'à ce qu'il le lui montre, elle n'avait pas vu qu'il avait à la main un paquet enveloppé dans le même papier brun qui enveloppait toujours les livres.

De nouveau, les larmes débordaient de ses yeux.

— Tenez, insista-t-il. Je vous l'aurais donné ce matin avec l'autre si je l'avais eu, mais il est arrivé de Madrid cet après-midi même.

— Monsieur, je ne sais comment... bafouilla-t-elle. Je ne...

— Ne me remerciez pas. C'est moi qui ai le plaisir de vous remettre chaque livre. Je vous demande juste d'avoir la bonté de l'ouvrir quand je serai parti.

— Bien sûr, monsieur, répondit-elle.

— Je vais faire savoir à M. Elquiza que vous allez prendre quelques jours de repos.

Elle acquiesça par réflexe avant de prendre conscience de ce qu'il venait de dire.

— Monsieur, je vous en prie, ne faites pas cela. J'aimerais reprendre le travail demain. Je pense que cela me fera le plus grand bien.

— Vous devriez vous reposer.

— Je serai mieux en cuisine, monsieur, les mains et l'esprit occupés.

Don Diego inclina la tête avec le geste galant de celui qui ne veut pas contrarier la volonté d'une dame et partit. Au bout du couloir, il se tourna pour la regarder. Il inclina encore la tête, elle aussi.

Lorsqu'elle referma la porte, les émotions du moment se mêlaient à celles de la journée mais c'était la stupéfaction qui l'emportait. Le duc avait failli l'embrasser. Et elle avait voulu qu'il l'embrasse. Pourquoi avait-elle tant voulu qu'il le fasse, pourquoi ne l'avait-il pas fait, pourquoi avait-elle reculé, pourquoi s'était-il arrêté et avait-elle reculé ? Les questions tournaient et tournaient dans sa tête comme la meule sur le grain, tout était désordonné et confus ; elle dut s'adosser à la porte et fermer les yeux pour calmer cet ouragan intérieur. Puis elle se rappela qu'elle avait un livre entre les mains.

C'était un ouvrage qu'elle connaissait bien car son père l'avait dans sa bibliothèque. Il s'agissait une édition française du *Viandier* écrit par Guillaume Tirel, maître cuisinier des rois de France, Charles V et Charles VI, un ouvrage de référence sur la cuisine médiévale française et européenne. Elle redessinait du bout de doigt le titre estampé sur la couvrure lorsqu'elle trouva le mot glissé dessous. Elle le déplia, la gorge prise par l'émotion.

*On m'a dit que ce livre est le berceau de l'art culinaire français. Vous saurez mieux que moi apprécier la vérité de cette affirmation. J'espère que vous trouverez dans ses pages courage*

*et réconfort, et que vous vous sentirez moins seule dans votre chagrin.*
*Je vous prie de daigner agréer ma plus respectueuse sympathie.*

*Diego de Castamar*

Le livre serré contre sa poitrine, Clara se laissa tomber sur le lit et pleura jusqu'à ce que la fatigue l'emporte dans un sommeil agité. Son esprit brisé dessina pour elle des limbes de brume où son père, surgi de nulle part, venait la voir avec Rosalía à son bras. La petite, vêtue comme elle-même autrefois, le regard vide, la remerciait car elle pouvait enfin voler grâce à sa négligence. Clara se revit dans les grands salons du Buen Retiro, dansant avec de nobles hommes qui se disputaient sa compagnie sans savoir que la mort attendait son tour à la danse macabre de la guerre. Elle passait d'une pavane solennelle à un menuet enlevé à une folle sarabande avec le cadavre de jeunes hommes confiants tandis qu'au loin, des coups de canon résonnaient, annonçant l'avancée d'une bataille. L'angoisse lui étreignait le cœur jusqu'à ce que, changeant d'un cavalier à l'autre, ce soit don Diego qui la prenne dans ses bras avant que le vertige ne la fasse s'évanouir. Les batteries de l'artillerie tonnaient plus près et faisant trembler les vitres, et elle se serra plus fort contre lui pour être en sécurité. Il la rassurait. Les tirs d'artillerie faisaient tomber des bouts de plafonds, des pans de murs, le salon n'était plus que débris, fumée et poussière. Pourtant elle se tenait indemne au milieu de la désolation car il était là, ses bras autour d'elle comme un ange gardien qui aurait déployé un bouclier divin. Des salves tonitruantes crépitaient au loin, et elle se réfugiait contre son large torse pour ne pas entendre ce tonnerre meurtrier.

— Mademoiselle Belmonte, réveillez-vous. On a besoin de vous.

La voix de don Diego se mêlait maintenant à une autre, féminine et sèche. Clara ouvrit les yeux, déboussolée. Un orage virulent secouait les vitres. Elle se leva et alla ouvrir aussi vite qu'elle put. Doña Úrsula, encore plus crispée que d'habitude, lui ordonna de s'habiller car on avait besoin de ses services.

Devant l'attitude tendue de la gouvernante, Clara fut certaine qu'un malheur était arrivé au duc. Elle acquiesça nerveusement et ferma la porte pour se vêtir aussi vite qu'elle le put, en proie à une anxiété grandissante. C'est alors qu'elle vit ce qu'elle avait refusé de voir pendant des mois : elle éprouvait de profonds sentiments pour don Diego. Les livres et les plats, cet échange silencieux et fluide, avaient établi un lien entre eux, comme un fil invisible et c'était ce fil qui lui serrait le cœur à l'idée qu'il puisse se trouver en danger. Elle descendit aux cuisines où elle trouva Beatriz Ulloa en train de faire chauffer une marmite d'eau.

— Tu sais ce qui se passe ? demanda Clara, brusque.

Beatriz secoua la tête.

— On m'a demandé de chauffer de l'eau. Le docteur en a besoin.

— Le docteur Evaristo ?

— Je ne sais pas.

— Le maître est-il souffrant ? Beatriz, bon sang, qu'est-ce qui se passe ?

— Je ne sais pas. Mais d'après leurs têtes, il se passe quelque chose de grave.

L'arrivée de doña Úrsula coupa court aux questions de Clara. La gouvernante lui tendit un papier lui ordonnant de préparer ce qui y était écrit. La liste des ingrédients lui fit comprendre de quoi il retournait.

— Madame Berenguer, le maître est-il blessé ?

— Faites ce qu'on vous demande, fulmina la gouvernante.

— Ceci, reprit-elle en secouant la feuille, c'est un emplâtre pour blessure par arme blanche. Je ne suis pas idiote ! Et mon père était médecin !

La gouvernante la regarda comme si elle était un cafard.

— Alors vous devriez savoir que vous devez agir vite et cesser de faire obstacle, répliqua-t-elle en tournant les talons.

Clara perdit son sang-froid.

— Je ne le ferai pas tant que vous ne m'aurez pas dit si le maître a été blessé, fit Clara avec défi.

Doña Úrsula s'arrêta dans l'embrasure de la porte, Beatriz eut une grimace paniquée.

— Mademoiselle Belmonte, dit la gouvernante très raide, sans même se retourner. Je ne vous dois aucune explication. Soit vous le faites sur-le-champ, soit je trouverai quelqu'un d'autre pour le faire. Et alors je vous jure sur tout ce que j'ai de plus cher que vous ne travaillerez plus jamais comme cuisinière ni dans cette maison, ni dans cette ville. Et toi, aide-la, ajouta-t-elle à l'intention de Beatriz, qui baissa aussitôt la tête, rouge comme les tomettes du sol.

Clara la regarda partir, tremblante de colère. Puis, de peur, lorsqu'elle se rendit compte qu'elle venait de mettre au défi l'autorité de Mme Berenguer, lui fournissant ainsi une raison de l'expulser de Castamar. Et que, pour une raison qui échappait à son entendement, la gouvernante ne l'avait pas fait.

# 22

*Même jour, le 20 janvier 1721*

LE JOUR TANT REDOUTÉ était enfin arrivé. Úrsula serra les dents pour ne pas crier de rage. On avait mis au défi son pouvoir sur la maisonnée. Elle avait toujours cru que connaître les secrets des gens lui donnait du pouvoir sur eux, mais ce n'était vrai que pour les faibles d'esprit. Les caractères bien trempés faisaient face avec la peur au ventre mais la tête haute et sans céder un pouce au chantage, et Clara Belmonte était de ceux-là. Mais le pire était que sa présence risquait de rappeler aux autres le courage qu'ils avaient oublié !

Úrsula prit l'emplâtre des mains de Beatriz Ulloa, la renvoya en cuisine et partit elle-même au pas de charge vers l'étage. La relation de la cuisinière avec Monsieur était un grand défi aux convenances. Il en était même venu à lui offrir un livre ! Un livre ! Évidemment, cela avait créé un lien entre eux et, ce matin, il n'avait rien voulu entendre de la responsabilité de Clara dans la mort de l'autre malheureuse. Il s'était contenté de lui ordonner de prendre les dispositions pour que Rosalía soit enterrée dans un beau linceul auprès de sa mère, dans le cimetière de Castamar. Il n'avait rien voulu faire non plus à propos de l'affection de Clara Belmonte, rien voulu savoir sur ses mensonges depuis son arrivée. Et surtout il lui avait interdit de renvoyer la cuisinière. D'un ton sec que jamais il n'avait utilisé avec elle. C'était le maître, elle ne pouvait rien.

Tel qu'elle le pressentait depuis le tout premier jour, une fille en cuisine avec un passé de bourgeoise mettait en danger sa position à Castamar, une position pour laquelle elle avait travaillé si dur…

Le maître, toutefois, avait eu la délicatesse de lui présenter des excuses pour lui avoir parlé brusquement. Comment aurait-elle pu lui en vouloir ? Il possédait un cœur de lion, noble et fier, et il était capable de tout pour les rares gens qu'il y laissait entrer. Clara Belmonte semblait avoir percé la carapace qui l'enveloppait depuis la mort de doña Alba. Peut-être à cause de sa triste histoire.

En fait, elle s'en voulait à elle-même d'avoir été trop impatiente. Si elle n'avait rien dit de la maladie de Clara Belmonte, elle aurait pu s'en servir pour l'assujettir. Sa défaite avec la cuisinière n'avait pas été la seule de la journée. À la table du déjeuner, M. Elquiza, influencé peut-être par ces changements, avait osé la défier. Au moment où elle arrivait dans la salle, M. Moguer demandait au majordome des nouvelles de la cuisinière.

— Elle semble tenir bon, avait répondu le majordome, solennel. Monsieur m'a informé que Mlle Belmonte souhaitait retourner en cuisine dès aujourd'hui. Bien sûr, je n'ai pas permis une telle chose.

Si le maître était au courant des souhaits de la cuisinière, c'était qu'il avait dû lui rendre visite. Elle ne pouvait rien faire à ce sujet. En revanche, elle n'allait pas permettre que M. Elquiza adopte des dispositions à propos du personnel sans même la consulter.

— La prochaine fois, monsieur Elquiza, pensez à m'en informer avant de prendre ce genre de décisions, avait-elle dit avant de s'asseoir, pour montrer qui avait le dessus.

— Je peux prendre ce genre de décisions tout seul, avait-il rétorqué en essuyant ses grosses moustaches avec la serviette.

Elle avait durci son ton.

— Je dois être tenue au courant si l'un des membres du personnel a besoin d'être temporairement remplacé.

— Je le ferai quand je le jugerai bon.

— J'espère que vous jugerez bon de le faire chaque fois.

— Madame Berenguer, ça suffit, avait-il répliqué en frappant la table de sa paume ouverte. J'étais le majordome de cette maison bien avant votre arrivée, et je vous dirai ce que je veux quand je jugerai bon de le faire.

Le silence aurait pu se couper au couteau et la stupeur pouvait se lire sur tous les visages autour de la table, car c'était la première fois qu'un échange de cette virulence avait lieu entre eux. Elle ne pouvait pas se permettre une guerre ouverte car tous les serviteurs se rangeraient derrière don Melquíades, qui avait, à leurs yeux, la plus haute autorité. Elle avait donc demandé de lui parler dans son bureau et M. Elquiza avait accédé et avait quitté la table.

Une fois seule à seul, elle lui avait rappelé qu'il devait la tenir au courant de ce type de décisions s'il tenait à son avenir à Castamar. Mais le Melquíades Elquiza qui lui avait répondu n'était plus un homme vaincu. Depuis l'arrivée de la nouvelle cuisinière, un changement s'était opéré en lui, ou c'était peut-être quelque chose qui avait commencé avant, lorsqu'il avait embauché cette fille sans lui demander son avis. D'une voix de tonnerre, il lui avait déclaré qu'il ferait à sa guise, comme elle l'avait fait en congédiant Clara Belmonte. Une âpre dispute s'était ensuivie.

— Je suis le majordome de Castamar ! avait-il rugi enfin, dressé devant elle, imposant, comme si la colère l'avait fait grandir.

Bien sûr, elle ne s'était pas laissé intimider.

— Je dirige cette maison, et je ne céderai pas un pouce de terrain, encore moins à un homme comme vous, qui a trahi la confiance du maître.

Ils s'étaient défiés du regard en un silence de rancune froide et de colère brûlante. Pourtant, elle avait cru voir au fond des yeux du majordome quelque chose de troublant, une lassitude, une envie de déposer les armes. Malgré cela, elle n'avait pas cédé d'un pouce. Il lui avait fait comprendre qu'il ne céderait plus à ses menaces, et elle qu'elle porterait au duc la lettre qu'elle avait trouvée dans ses cahiers bleus.

Elle y avait réfléchi toute la journée et elle devait se rendre à l'évidence : les remparts de son autorité avaient été attaqués. Mais elle avait encore de munitions pour contre-attaquer. Elle commencerait par don Melquíades et ses aveux honteux dans la lettre qu'elle gardait en attendant de trouver comment juguler Mlle Belmonte. Sans doute pourrait-elle exploiter l'attachement qu'elle avait manifesté pour le duc.

Elle toqua à la porte de la chambre où se trouvait Mlle Castro. Quelle journée de malheur. La pauvre fille avait été amenée à Castamar couverte de sang, le corps meurtri, le visage tailladé. Apparemment, des brigands avaient attaqué sa voiture et l'avaient laissée pour morte dans les bois après l'avoir battue sauvagement. Des assassins sans cœur, des barbares sans âme. L'échafaud était une peine trop douce pour de tels monstres, songea la gouvernante.

Lorsqu'elle entra dans la chambre, la jeune femme, pâle et hagarde, tremblait de tout son corps malgré les couvertures et le feu ardent dans la cheminée. Sa vie semblait ne tenir qu'à un fil. Don Diego discutait à voix basse avec son frère et ce fut à peine s'il remarqua sa présence. Elle espérait pour son maître que don Gabriel n'était pas à blâmer pour l'infortune de Mlle Castro – Dieu savait si les Noirs étaient toujours une source d'ennuis.

Elle remit le bol avec l'emplâtre au docteur Evaristo et repartait lorsque Elisa Costa arriva, apportant des linges et une bassine d'eau chaude. Celle-là aussi, elle allait finir par poser des problèmes, se dit Úrsula. Elle devait la surveiller de près car elle avait l'air de s'être prise d'affection pour la cuisinière. Elle lui ordonna d'aller dès que possible aider à préparer les chambres pour don Francisco et don Alfredo arrivés en pleine nuit, l'un avec le docteur et l'autre avec le Nègre et Mlle Castro. Une véritable journée néfaste. Mais après tout, se dit-elle en soupirant, elle avait connu pire.

Diego n'était pas encore couché lorsque Gabriel et Alfredo s'étaient présentés à la porte, trempés et haletants, son frère portant dans ses bras Amelia Castro entre la vie et la mort. Il avait aussitôt fait venir doña Úrsula et des femmes de chambre pour s'occuper de la jeune femme et le docteur, que Francisco avait amené, avait dicté à Mme Berenguer des instructions pour qu'on prépare un emplâtre.

On avait lavé et rhabillé Amelia avec une chemise d'Alba, et on l'avait installée dans l'une des chambres attenantes à la sienne avec des couvertures et des chauffe-lits.

Alfredo, Francisco et Gabriel étaient allés dans la chambre de ce dernier pour enlever leurs vêtements mouillés et se réchauffer auprès de la cheminée, où il les avait rejoints jusqu'à ce que M. Elquiza vienne le chercher car le docteur souhaitait lui parler. Gabriel l'avait accompagné, taiseux et sombre, mais Diego savait qu'il bouillonnait de rage et, surtout, qu'il ne se pardonnait pas la mort de Daniel Forrado. Pour son frère, don Enrique était derrière tout cela sans l'ombre d'un doute, mais ils n'avaient aucune preuve.

À présent, Gabriel faisait les cent pas, anxieux, tandis que le docteur Evaristo appliquait l'emplâtre sur le visage suturé de Mlle Castro. Son frère marmonnait contre le marquis et ses sbires et il dut encore lui rappeler qu'il fallait faire montre de prudence et qu'il leur fallait des preuves. Gabriel, furieux, pointa le lit d'un doigt tremblant en criant :

— Quelle autre preuve attends-tu ?

Il avait fait sursauter le docteur avec son rugissement. Diego dut se forcer pour ne pas répondre sur le même ton :

— Ce qui est arrivé est malheureux mais ne prouve rien, Gabriel ! Je ne dis pas que tu as tort, et je suis troublé par tout ce qui se passe, mais je ne peux pas porter devant la justice du roi don Enrique de Arcona, marquis de Soto y Campomedina, sans avoir la preuve de son implication dans ces actes... Et je te rappelle qu'il n'a rien tenté contre nous. On n'a rien contre lui, rien !

Ce dernier mot fit relever la tête au docteur qui, dissimulant son malaise, accordait toute son attention à la jeune fille. Gabriel se tourna vers Diego et reprit :

— Laisse-moi au moins attraper son homme de main, Hernaldo de la Marca.

— Non. En premier lieu, on n'a pas plus de preuves contre lui que contre le marquis ; ensuite, si tu as raison, cela donnera le temps au marquis de se retourner contre lui.

Gabriel serra les poings, frustré.

— Tu es l'homme le plus têtu que je connaisse !

— Peut-être. Mais on ne doit pas compromettre notre nom avec de fausses accusations. Je n'ai jamais supporté les intrigues de la cour, et il est hors de question de jouer sur ce terrain avec don Enrique. Et à ce sujet, je n'aime pas que tu aies impliqué Alfredo et Francisco alors que je t'avais demandé de ne rien faire. Ils ont dû chevaucher sous la pluie au milieu de la nuit et vont se sentir responsables de cette jeune femme alors que l'affaire ne les concerne absolument pas.

— Je n'en ai que faire, mon frère. Ce sont tes amis, ils me croient et sont contents d'aider. Franchement, depuis la mort d'Alba, tu meugles comme un vieux bœuf.

Le médecin, las, leur demanda dans un murmure tendu d'aller se disputer ailleurs.

— Bien sûr, docteur, acquiesça Diego avant d'ajouter tout bas à l'intention de son frère, d'un ton qui n'admettait pas réplique : puisque c'est toi qui l'as trouvée et amenée ici, tu veilleras à ce qu'elle ne manque de rien.

Et il partit pour aller retrouver Francisco et Alfredo. Il les informa qu'Amelia aurait besoin des soins du docteur et de leurs prières car elle les coups et le froid avaient mis son corps à rude épreuve. Alfredo répondit :

— Avant que tu dises quoi que ce soit, sache que nous comptons aller au fond de l'affaire avec Gabriel et avec toi. Tu peux compter sur nous et tu as intérêt à le faire.

— Il se peut que ce ne soit qu'une affaire entre domestiques dévoyés, mais... c'est très peu probable, ajouta Francisco. On a envoyé la carte à Gabriel dans un but précis, et, franchement, je ne pense pas que c'était juste pour que nous découvrions un Noir mort dans les bois. Je crains que quelqu'un n'ait voulu que nous trouvions Mlle Castro, sinon pourquoi la laisser en vie juste là, et à côté d'un homme avec lequel elle n'avait aucun lien ?

Diego décida qu'il ne pouvait pas se battre aussi contre ses deux amis et, après les avoir encore remerciés, prit congé d'eux. Il fallait qu'il réfléchisse. S'il ne l'avait pas avoué à Gabriel, il était lui aussi convaincu qu'il y avait un lien entre la mort atroce de Daniel Forrado et le fait que l'ancien esclave surveillait le marquis. Mais don Enrique était un homme dangereux et un courtisan brillant, capable d'intrigues complexes et de coups bas. Un homme qu'il valait mieux ne pas avoir pour ennemi. Il avait fait parler les gens à son sujet pendant les festivités : on disait qu'il avait survécu à plusieurs duels en France et dans le royaume de Naples grâce à ses talents avec les armes à feu. Au vu de son insolence, il était facile d'imaginer les réactions qu'il devait provoquer chez n'importe quel noble un peu sourcilleux. Encore, il avait eu de la chance d'avoir dû se battre au pistolet car, d'après Francisco, il était un escrimeur médiocre. Quoi qu'il en fût, et malgré son arrogance et ses manières fourbes, Diego n'arrivait pas à imaginer la raison pour laquelle le marquis pourrait vouloir du mal à sa famille et à Castamar. C'était pourtant la clé pour devancer ses machinations. Il lui semblait évident que la carte de visite envoyée à la rue Leganitos cherchait à leur faire retrouver Daniel et Mlle Castro. Cependant, il était possible aussi que son frère ait provoqué la colère de don Enrique en interférant avec des plans peu avouables sans rapport avec Castamar. Gabriel avait tendance à oublier que la cour était un nid de frelons et qu'il fallait connaître les alliances et les pièges pour ne pas y tomber à la première occasion. Néanmoins, si don Enrique était à l'origine de l'attaque contre Forrado et Mlle Castro et si son but était que Gabriel les trouve, c'est qu'il ourdissait quelque chose contre Castamar et, dans ce cas, il allait devoir se confronter à une bête féroce qui n'avait que faire de la justice humaine ou de la faveur royale. On ne s'en prenait pas à sa maison ou aux siens sans le payer très cher.

Rien que d'y penser, sa colère s'éveillait. Il tenta de se calmer et aussitôt, ses pensées voguèrent vers Mlle Belmonte. Il retrouvait cette femme aux yeux cannelle à chaque détour de son esprit, il avait besoin de lui parler, encore plus d'entendre sa voix dès qu'il se mettait à table. Et une telle attirance, si entêtante, si constante, il ne l'avait ressentie qu'une seule fois dans sa vie : avec Alba. Il avait refusé jusqu'à présent de s'avouer ses sentiments à cause de Alba, mais aussi à cause du gouffre abyssal qui séparait un duc et sa cuisinière ; il avait réussi à se voiler la face en se disant que leurs échanges au travers des livres et des recettes n'étaient qu'une relation convenable entre un maître qui montre son appréciation à un serviteur dévoué. Ses sentiments avaient ainsi grandi à son insu, jusqu'à cet après-midi même où, comme un animal sans défense, elle l'avait supplié de lui accorder le pardon qu'elle ne pouvait s'accorder à elle-même pour la mort de Rosalía. Quelque chose en lui avait alors éclaté, débordant ses digues, libérant un courant retenu depuis neuf ans. Porté par ce courant, il avait failli l'embrasser et la faire sienne, et seul l'avait retenu le respect qu'il lui devait. Elle faisait partie de ses gens et il ne franchirait jamais cette limite, car ce serait la déshonorer et se déshonorer lui-même. Jamais il ne compromettrait sa vertu.

Il retourna dans sa chambre et se coucha. Après avoir tiré les lourds rideaux de son lit à baldaquin, il resta un bon moment à écouter la tempête qui grondait dehors avec des échos de colère divine. Comme chaque nuit, il regrettait la chaleur du corps d'Alba, mais en même temps, il éprouvait une sérénité nouvelle, comme si, de là où sa femme se trouvait désormais, elle bénissait l'élan de joie que Clara Belmonte éveillait en lui. Il ferma les yeux et, tout en se laissant sombrer dans la nuit, il comprit que ces émotions qui bourgeonnaient en lui allaient gagner en puissance. Qu'il devrait, tôt ou tard, les écouter.

# 23

*21 janvier 1721*

FRANCISCO SE RÉVEILLA TRÈS DÉÇU. Ce qu'il tenait serré entre ses bras n'était pas le corps de Sol Montijos, mais un oreiller. Avec un soupir, il finit d'ouvrir les yeux et se souvint qu'il était à Castamar et du tragique événement qui l'y avait conduit. Que ses congénères étaient brutaux et sanguinaires, songea-t-il. Pour lui, ne pas respecter la gent féminine revenait à ne pas respecter la vie même. Personne ne méritait d'être traité de la sorte, et encore moins une demoiselle de la bonne société. Il espérait que Mlle Castro serait bientôt rétablie.

Il se leva et chercha l'un de ces cabinets d'aisances que Diego avait fait construire à la mode de Paris. On avait beau dire que la chaise d'aisance était plus confortable, il préférait le pot de chambre en argent, tellement plus pratique sous le lit. Il demanda aux valets de lui préparer un bain dans les magnifiques bassines de cuivre. Contrairement à Diego, qui se baignait pour cette lubie étrange de rester propre, lui le faisait juste pour le plaisir, la même raison qui le poussait à enfreindre les interdits. Après avoir pris son bain, il se fit embaumer avec des eaux parfumées et fit venir le valet barbier de la maison. Finalement, il enfila l'un des habits qu'il laissait à Castamar pour ses séjours impromptus. Même s'il les avait déjà portés plusieurs fois, c'était mieux qu'emprunter une jaquette de Diego qui serait trop grande et lui donnerait un air de guignol.

Il allait se contenter de lui prendre l'une de ses pochettes en soie hollandaise, surtout pour perpétuer une plaisanterie qui datait de quelques années déjà. Il avait perdu la sienne et Diego lui en avait fait parvenir une dans une petite boîte. Lorsqu'il avait caressé le doux tissu, il l'avait prévenu qu'il comptait en perdre une chaque fois qu'il viendrait à Castamar. Diego, jouant le jeu, s'était engagé à lui laisser choisir celle qu'il voudrait de sa collection, car il les renouvelait tous les six mois sur la demande expresse d'Alba.

Il ouvrit la *Gazette de Madrid* pendant que le valet le chaussait, mais son esprit s'envola encore une fois vers le corps nu de Sol, à peine esquissé entre les draps. Quelle femme. Depuis les fêtes à Castamar, ils entretenaient une relation moins secrète que licencieuse. Des rendez-vous au cœur de la nuit ; des visites furtives à sa maison madrilène pour lui arracher des cris étouffés alors que son mari dormait dans la pièce voisine ; les badinages pendant les dîners d'apparat à la cour ; les étreintes débridées à l'improviste dans un salon oublié de quelque hôte… Tout cela lui apportait un piquant vital dont il fallait profiter car elle était courte comme le temps des cerises, cette saison parfaite entre la jeunesse inexperte et la maturité posée. Cependant, leur affaire traversait un passage cahoteux depuis leur dernière rencontre en début d'année. Après une soirée à se donner et redonner du plaisir, elle lui avait demandé de partir. Il n'avait pas compris cette précipitation, puisque son mari était absent pour encore deux jours.

— Ce n'est pas parce que mon mari n'est pas là que nous devons passer notre temps ensemble, avait-elle dit en lui tournant le dos d'un air indifférent.

— Bien sûr, ma chère, avait-il répondu, cachant sa surprise. Jamais je ne t'imposerais ma présence... Et puis on m'avait déjà parlé de tes caprices...

— Vous, les hommes, vous ne supportez pas qu'une femme ose vous rejeter, alors que nous, les femmes, plus vulnérables et prétendument plus faibles, nous devons apprendre à affronter le mépris, l'humiliation et votre lâcheté dès notre plus jeune âge, avait-elle assené, froide.

L'amertume dans ses mots l'avait amusé. Il lui semblait évident que sa rebuffade n'était qu'un mouvement dans le jeu sot que des femmes d'âge mûr croyaient devoir jouer pour garder une certaine dignité auprès de leurs amants. Seulement, pour qu'une telle stratégie fonctionne, il aurait fallu qu'il soit épris d'elle.

— Ma chère, je ne suis pas certain d'avoir tout saisi, mais laisse-moi te dire que, pour moi, nos étreintes, fort plaisantes certes, ne sont que cela. Si tu veux que je m'en aille, je m'en irai, avait-il dit.

— Alors pars, avait-elle répondu, tout aussi distante.

— Tu pourrais au moins y mettre les formes, puisque tu me congédies.

Joueuse, le traitant d'enfant capricieux, elle l'avait embrassé dans le cou en lui disant que c'était plus qu'il ne méritait. Sol voulait transformer les jeux de la séduction en un rapport de pouvoir, ce qui était bien plus ennuyeux que leurs rendez-vous clandestins et leur complicité et qui se terminait le plus souvent avec au moins un cœur brisé, comme en témoignait le chœur de ses maîtresses dépitées. Avant de partir, il lui avait demandé si elle voulait vraiment jouer à ce jeu. Sans se détourner du miroir de sa coiffeuse, elle avait répliqué :

— C'est le passe-temps le plus amusant que je connaisse, et en plus, je n'y ai jamais perdu.

Il n'avait pu que s'incliner devant sa détermination et avait pris le chemin de la porte.

— Il y a une première fois à tout, s'était-il contenté de répondre, déjà sur le seuil.

Il ne l'avait pas revue depuis. Que la relation ait pris fin et que ce soit Sol qui en ait décidé ainsi ne lui importait guère, c'étaient les écueils de la relation amoureuse. En revanche, qu'on y mêle la discourtoisie et le dédain l'agaçait. Il n'y avait pas de raison, même lorsqu'on était surpris par un mari cocu. Lorsque monsieur demandait réparation, il seyait de rester parfaitement circonspect et d'honorer sa requête dans les règles, à l'aube, avec des témoins, loin de la capitale afin de ne pas attirer l'attention des autorités. Le roi Philippe avait promulgué cinq ans plus tôt un édit qui interdisait le duel, puni par la peine de mort et la confiscation par la Couronne de la fortune des contrevenants. Dans les faits, personne ne les empêchait, et encore moins lorsque les adversaires appartenaient à l'aristocratie madrilène. Le duel était et serait toujours une question d'honneur pour les nobles pointilleux, une solution digne à tout problème.

Lui, avait pris part à trois combats de ce genre : deux à l'épée, un autre au pistolet. Il en était sorti indemne, en partie grâce à la chance. Quant aux maris lésés, ils étaient repartis avec leur fierté doublement blessée, car il n'avait pas voulu leur ôter la vie et s'était contenté de leur infliger quelques égratignures qui témoignaient à la fois de sa bravoure et de sa droiture. C'est pour cela qu'il ne comprenait pas la rebuffade de Sol, aussi discourtoise que superflue à ses yeux.

Une fois chaussé, il ajusta une perruque courte qui comptait trois tresses tenues par des anneaux bosselés et des rubans couleur ciel et descendit au salon où il retrouva Alfredo, Diego et Gabriel, qui s'entretenaient de la santé de Mlle Castro. Alfredo, accoudé au manteau de la cheminée, leva sa tasse en guise de bonjour, Diego s'excusa car sa merveilleuse cuisinière était absente et la nourriture laissait à désirer. Il lui apprit aussi que la vie de Mlle Castro n'était plus en danger mais que la convalescence serait longue et pénible. Par ailleurs, Gabriel avait envoyé chercher le corps de son homme afin qu'il puisse être enterré dignement. Aussi, Diego avait notifié l'agression de Mlle Castro à la justice afin que les alguazils traquent les coupables d'un tel acte.

— Je doute qu'on les trouve, dit Francisco en dépliant une serviette.

— Je n'ai pas grand espoir non plus, reconnut Diego, sombre. Mlle Castro n'est pas assez importante pour qu'on se donne vraiment les moyens de trouver ses agresseurs. Et si jamais le commanditaire était don Enrique, ses sicaires doivent déjà être loin, s'ils sont encore en vie.

Francisco souffla sur le chocolat dans la tasse en fine porcelaine et regarda ses amis.

— C'est insensé de brutaliser une femme de la sorte, soupira-t-il.

Pour lui, un homme qui maltraitait une femme prouvait avant tout sa faiblesse. Les hommes, en vertu de leur position supérieure, étaient censés être les protecteurs du féminin, les amoureux de sa nature et les gardiens de cette délicatesse que toutes les femmes possèdent, dans une mesure plus ou moins grande. La maltraitance était un acte répugnant pour toute conscience, ainsi qu'un acte contraire à tout sentiment chrétien.

— On ignore encore quelle était la relation entre Mlle Castro et le marquis de Soto, intervint Alfredo. Imaginons par exemple qu'ils s'étaient fiancés. Il règle toutes ses dettes pour les fiançailles, et elle, une fois libérée de ce poids, rompt leur engagement. Le marquis, dépité et humilié, décide de se venger.

— Cela n'expliquerait pas qu'on l'ait trouvée grâce à la carte de Gabriel au bord d'une route à côté d'un Nègre mort, répliqua Alfredo. Pardon, Gabriel, tu sais comme on parle dans ce pays.

— Peut-être a-t-il découvert qui le surveillait et fait d'une pierre deux coups, ajouta Francisco, fronçant le nez à cause de l'excès de sucre dans le chocolat. À la cour, il a une bonne réputation : poli, généreux avec son argent, très discret dans les affaires de cœur. Pas de frasques juvéniles, pas d'intrigues politiques connues, et c'est un ardent défenseur de notre roi.

— La seule chose dont nous pouvons être sûrs, c'est que Mlle Castro ne s'est pas trouvée dans cette situation de son gré, trancha Gabriel. À son réveil, elle nous dira peut-être quelque chose.

Diego se leva pour faire les cent pas d'un bout à l'autre de la pièce.

— Bien sûr, réfléchit-il, Mlle Castro est une victime innocente, mais il est possible qu'on ait abusé de sa naïveté. On peut craindre que don Enrique ait voulu utiliser une femme dans une situation désespérée pour servir ses propres intérêts.

Francisco eut le sentiment que son ami commençait à s'inquiéter sérieusement. À juste titre : si le marquis se trouvait derrière tout cela, Diego était face à un adversaire redoutable et habile, capable de tout pour arriver à ses fins. Afin de détendre l'atmosphère, il proposa de jouer aux cartes, mais Diego ne répondit même pas et ce fut Gabriel qui, voyant son frère abîmé dans ses pensées, dit qu'il serait ravi de continuer la partie d'échecs qui les occupait depuis quelques mois. Ils laissèrent Alfredo et Diego, plongés dans un silence peuplé de doutes et de contradictions. Alors qu'ils se concentraient sur l'échiquier, Francisco eut le sentiment qu'ils étaient eux aussi des pions dans une partie d'échecs et que, dans ce combat, leur amitié serait mise à l'épreuve.

*Même jour, le 21 janvier 1721*

Sol chercha anxieusement les traces du parfum de Francisco sur l'oreiller, mais c'était à peine s'il restait une trace de ce mélange de vanille et lavande qu'il portait.

Les derniers mots qu'elle lui avait adressés tournaient en boucle dans son esprit : « Alors, pars. » Et il avait obéi avec cette courtoisie nonchalante qui n'était qu'un de ses nombreux charmes. Toutefois, après son départ, elle avait eu l'intuition que cet adieu était différent d'autres qu'elle avait connus. Elle avait l'habitude des amants jeunes et dépités qui partaient dans un éclat de colère et revenaient le lendemain en implorant son pardon et ses baisers. Mais pas Francisco. Après que la porte s'était refermée derrière lui, elle ne l'avait plus revu, ni au théâtre ni aux soirées, il n'avait pas écrit, il n'avait pas envoyé de cadeau. Rien. Il avait tout simplement disparu, comme si elle n'avait été qu'une distraction, ne lui laissant que son parfum dans son lit.

Elle se reprochait son faux pas. Elle aurait dû attendre jusqu'à être sûre qu'il était vraiment épris d'elle, mais elle s'était laissé leurrer par sa douceur, par ses compliments, ses attentions constantes. Sa fougue généreuse entre les draps, ses apparitions nocturnes comme un corsaire pour la prendre alors que son mari dormait dans le même couloir… Elle avait cru que c'étaient autant de preuves de la force de ses sentiments. À tort. Et cette distance entre eux était pour elle une source de grande inquiétude. Non seulement parce qu'il lui manquait, mais parce que l'enjeu allait bien au-delà des plaisirs de la séduction.

Un mois avant les célébrations à Castamar, elle avait accepté, par la lente fermeture de son éventail, qu'Enrique de Arcona, un homme redoutable, vienne l'aborder. C'était au cours d'une représentation au Coliseo del Buen Retiro, dans l'une des salles du premier étage. Le marquis lui avait dit qu'il aimerait retrouver leur complicité, elle lui avait prêté une oreille attentive. Elle savait déjà ce qu'elle voulait tirer de leur échange.

Dans sa requête tout en sous-entendus, le marquis voulait qu'elle lui remette sa correspondance avec son jeune amant pour mettre le prestige de celui-ci dans les mains de don Enrique. Accéder à la requête du marquis de Soto était risqué car Francisco était un ami proche du duc de Castamar, qu'elle préférait garder à distance, pour des raisons qu'elle n'avouerait à personne.

— Puis-je vous demander pourquoi vous souhaitez que je fasse une telle chose ? avait-elle murmuré.

— Vous savez bien que non, ma chère, avait répondu le marquis.

Elle avait souri, puis son sourire s'était figé sur ses lèvres car le marquis ne s'était pas enquis de ce qu'elle désirait à son tour. C'était un fin stratège des jeux de l'esprit. C'était elle qui, quelques semaines plus tard, avait fini par céder et lui avait envoyé un simple mot : « Vous pouvez me rendre visite quand vous voulez. » Peu de temps après, Hernaldo de la Marca, homme sinistre s'il en était, venait recueillir sa requête.

— Je souhaite être libre à nouveau, avait-elle dit. Mon mari est un fardeau qui pèse trop lourd dans ma vie.

Hernaldo n'avait pas besoin de plus pour comprendre qu'elle espérait devenir sous peu la veuve de son époux, héritière de son titre et de sa fortune.

Elle avait respecté son accord avec le marquis et lui avait remis sa correspondance avec Francisco au fur et à mesure que la relation progressait, mais elle ne lui avait pas encore donné la dernière lettre, celle qui pouvait compromettre la réputation de son amant… celle que don Enrique attendait avec impatience. Toutefois, elle ne la lui remettrait pas tant que sa requête n'aurait pas été satisfaite. Elle n'avait jamais oublié ce que son père, un négociant de Valladolid riche mais sans titres, lui disait toujours : « Garde toujours un atout, ma fille. Et n'oublie pas que ta beauté est une arme puissante, mais qu'elle n'est pas éternelle. »

À sa mort, ce dernier lui avait laissé une très bonne dot, qu'elle avait utilisée pour épouser un contrôleur de l'administration royale, Demetrio Velarde, de près de trente ans son aîné. Cela lui avait permis d'établir des relations avec la fine fleur de la cour. Après la mort naturelle de son premier mari, elle avait entrepris d'obtenir un titre et jeté son dévolu sur don Rodrigo, duc de Castañeda y Villalonga, un illustre homme de Carthagène venu à Madrid en quête d'une épouse. Elle était loin de se douter que cette entreprise serait vouée à l'échec… Elle l'avait rencontré à l'une des réceptions de feu la reine Marie-Louise, alors que le roi Philippe était encore engagé dans la guerre contre les Autrichiens. Ah, les hommes et leurs guerres ! Elle avait échangé avec don Rodrigo tout l'après-midi, l'écoutant comme si chaque mot qu'il disait l'enchantait et laissant leurs doigts se rencontrer lorsqu'ils tendaient la main vers la même pâtisserie. Don Rodrigo avait, semblait-il, mordu à l'hameçon et la correspondance qui s'était ensuivie avait confirmé l'intérêt qu'il lui portait. C'est lors d'une autre rencontre, chez la baronne de Belizón, qu'il était arrivé avec une femme non seulement plus jeune qu'elle mais d'une beauté indiscutable. Fidèle à l'adage qui veut qu'il faille garder ses amis près mais ses ennemis encore plus près, elle avait manœuvré pour faire connaissance avec sa rivale :

— Ma chère Sol, je te présente doña Alba de Montepardo.

— Une amie de don Rodrigo est toujours la bienvenue dans notre petit groupe. Il nous faut l'accueillir comme il se doit.

Ce qui était une façon de rabaisser la nouvelle venue en donnant à entendre qu'elle ne connaissait personne et qu'elle avait besoin d'être introduite dans les bons cercles. Doña Alba avait écarquillé les yeux et Sol avait supposé qu'elle mettait sa rudesse sur le compte de la maladresse et non pas de la malveillance. Un peu plus tard, lorsque don

Rodrigo avait loué, intarissable, les grâces de doña Alba et sa capacité à devenir le centre de l'attention, celle-ci avait joué la carte de la modestie comme le voulait la bienséance.

— J'ai peur que Rodrigo n'exagère, je...

Mais Sol l'avait sciemment ignorée.

— Je vous crois volontiers, mon cher Rodrigo. Elle est d'une candeur singulière.

Doña Alba avait penché la tête vers son cavalier, lui rappelant qu'il devait aller saluer la reine sans tarder, ce qu'il fit. Lorsqu'il fut assez loin, Sol s'était approchée d'elle avec un sourire.

— J'espère que vous saurez m'excuser d'être si directe, dit-elle, mais c'est pour votre bien. Si vous vous intéressez au duc de Castañeda, vous perdez votre temps ; il ne s'intéressera jamais à une femme comme vous, et d'ailleurs, je vais vous faire une confidence : son cœur est déjà pris.

Doña Alba s'était contentée de la regarder d'un air amusé, condescendant, même.

— En revanche, continua Sol dans un murmure, je dois dire que j'ai beaucoup entendu parler de vous et je serai ravie d'être votre amie.

— J'espère que vous n'avez entendu que de bonnes choses, avait répondu Alba.

— Oh, les meilleures.

Leur ton mielleux n'aurait trompé personne concernant l'inimité croissante entre elles.

— Je dois vous avouer, cependant, que j'ignorais votre existence jusqu'à ce matin, avait rétorqué doña Alba, ses yeux devenus froids comme l'acier. Mon *cousin* le duc m'a demandé de l'accompagner ce soir afin que je fasse votre connaissance.

Son cousin... Cette femme n'avait aucune intention d'épouser Rodrigo. Sol sourit pour garder sa contenance.

— Oh. Je ne comprends pas, dit-elle, d'un ton léger pour tenter d'éviter la confrontation qu'elle avait elle-même déclenchée.

— Ma chère doña Sol, bien sûr que vous comprenez. Je ne sais pourquoi vous m'avez vue comme votre rivale vis-à-vis de mon cousin. Je dois vous dire qu'il a une tendre inclination pour vous, mais… quelques réserves, dues à des rumeurs qui lui sont revenues à votre propos… C'est sans doute pour cela qu'il m'a demandé conseil.

Sol avait compris que rien de ce qu'elle pourrait dire désormais ne pourrait arrêter le désastre.

— Doña Alba, je crains d'avoir manqué de tact et croyez que je le regrette. Je voudrais vraiment que nous soyons amies car…

— Que vous êtes gentille, *maintenant.* Mais très honnêtement, je doute que nous ayons l'occasion de nous revoir, je sens que mon cousin va devenir distrait à partir d'aujourd'hui…

— Mais je n'avais aucune intention…

— Oh, mais si, l'avait coupée doña Alba, vous aviez tout à fait l'intention, et c'est ce qui rend la chose encore plus amusante. Voyez-vous, je suis Alba de Castamar, grande d'Espagne avec Grandesse Immémoriale et « mon cercle » est le seul cercle qui vaille. Les autres sont sans importance.

Le lendemain, toute l'aristocratie de Madrid tournait le dos comme un seul homme à doña Sol. Les portes ouvertes pour elle la veille encore se fermèrent comme des murailles. Les invitations aux soirées, aux lectures et aux collations cessèrent d'arriver. En désespoir de cause, elle s'était tournée vers un homme rencontré aux funérailles de son premier mari, don Enrique de Arcona. C'était la première fois qu'il avait eu affaire au marquis. Lui, contrairement aux autres, la reçut chez lui et l'invita à prendre un chocolat. Elle lui demanda d'intercéder pour elle auprès de doña Alba, car elle avait entendu dire qu'ils se connaissaient depuis longtemps.

Au cours des semaines suivantes, malgré l'aide du marquis, doña Alba s'était obstinée à l'ignorer. À sa grande surprise cependant, alors que cette situation au ban de la bonne société l'angoissait au plus haut point, Sol avait reçu une carte de don Rodrigo l'invitant à une promenade dans les jardins du palais du Buen Retiro. Elle avait accepté immédiatement dans l'espoir qu'il la demande en mariage malgré l'acrimonie de sa cousine. Ce qu'il avait fait, pour la plus grande joie de Sol. Une joie éphémère, car dans la foulée, il lui avait avoué qu'ils devraient quitter Madrid et s'installer à Carthagène car la guerre avait décimé sa fortune et qu'il n'avait plus les moyens pour le train de vie de la cour.

Dès son plus jeune âge, son père lui avait inculqué l'ambition de prospérer, et Sol, au cœur de la roseraie du palais, était certaine de pouvoir trouver mieux qu'un mari avec un beau titre, mais sans le sou. Un peu plus tard, dans ces mêmes jardins, la duchesse de Castamar, au centre de son cercle d'amis choisis, la raillait, racontant à qui le voulait ce qui s'était passé. Ce fut à ce moment-là, alors que tout Madrid la tournait en dérision, qu'elle s'était juré de se venger d'Alba quoi qu'il lui en coûte. Et elle avait réussi, songeait-elle à présent. Elle avait ourdi et machiné et attendu, et elle était parvenue à ses fins. Grâce à l'informateur que don Enrique avait à Castamar. Elle s'était évertuée à découvrir qui il était : Emilio le Gaucher, un palefrenier que don Enrique avait payé pour qu'il dresse le cheval du duc et en fasse une arme mortelle. Le persuader de dresser celui de son épouse à la place n'avait pas été facile, d'autant plus que le temps était compté et que c'était un pari très risqué. Si jamais le duc ou le marquis l'apprenaient, les trois impliqués – elle, son agent d'affaires, le Gaucher – se trouveraient entre le marteau de don Enrique et l'enclume de don Diego, et l'un comme l'autre seraient sans pitié.

Peu à peu, Sol avait réussi à revenir dans les bons cercles et, quelques années plus tard, avait attrapé ce vieux dindon de don Esteban, marquis de Villamar. Séduit par ses charmes, il l'avait épousée et Sol avait enfin obtenu la position et la fortune qu'elle avait tant convoitées.

Dans la vie, tout était question de persévérance, songea-t-elle en serrant encore une fois contre son visage l'oreiller qui gardait l'odeur de Francisco. Comme si la vie tenait à lui confirmer cette conviction, sa femme de chambre entra et lui annonça qu'un visiteur l'attendait dans le petit salon de société. Un dénommé Hernaldo de la Marca. Peut-être venait-il l'informer qu'elle allait bientôt être libérée de son fardeau ?

Lorsqu'elle descendit, parfaitement toilettée, le sinistre de la Marca la scruta de son regard opaque mais esquissa une sorte de révérence pataude.

— Dis à ton maître que j'ai honoré notre marché et que j'attends toujours mon paiement, lança-t-elle sans la moindre concession à la politesse. Cela fait des mois.

— Vous savez bien que l'homme propose et Dieu dispose, dit-il, goguenard.

— Je sais surtout que ce sont l'argent et le pouvoir qui décident.

— Vous n'avez pas tort. Le ciel peut attendre, fit-il en lui tendant un carré de batiste taché de sang. Vous pouvez préparer vos habits de deuil. Un malencontreux accident sur la route… les chevaux sont devenus fous.

Impassible, elle prit le mouchoir et vérifia qu'il était brodé aux initiales de son mari. Son défunt mari. Une joie sans mélange s'empara d'elle, elle avait enfin tout ce qu'elle avait toujours voulu : la fortune, le prestige et l'indépendance. Avec une moue de satisfaction, elle tendit un pli cacheté à de la Marca.

— Voici l'arme qui détruira le prestige d'un homme vaniteux… dont l'avenir ne me chaut guère. Tu peux t'en aller… Mais dis à ton maître que je ne suis pas pressée de le revoir : ses propositions sont toujours à son avantage.

— Je ne manquerai pas de lui faire passer le message.

Enfin seule, elle songea à son père, qui aurait été fier d'elle et, sans se rendre compte, noua et dénoua le mouchoir souillé, comme une parque mythique qui jouerait avec son propre destin.

# 24

*22 janvier 1721*

CLARA SORTIT DU LIT AVANT L'AUBE, le cœur encore serré. Elle était impatiente de retourner aux fourneaux, dans l'espoir de penser à autre chose qu'à la triste fin de Rosalía, mais avant tout, elle voulait savoir pour qui était l'emplâtre qu'elle avait préparé quelques heures plus tôt.

Elle était en train de raviver les braises du foyer lorsqu'on vint la chercher de la part de don Melquíades. Elle le retrouva dans son bureau, où il tenta de la convaincre qu'elle n'était pas responsable de la mort de la petite et qu'il ne lui tenait pas rigueur d'avoir caché sa maladie.

— C'est humain, d'avoir des faiblesses, et encore plus humain de vouloir les cacher, assura-t-il, sentencieux et paternel. Je ne vous comprends que trop bien. Vous êtes sûre de pouvoir reprendre le travail, mademoiselle Belmonte ?

Elle répéta que la seule chose qu'elle voulait, c'était se rendre utile, mais elle ne put se résoudre à demander des nouvelles du maître, de peur d'outrepasser sa position.

De retour en cuisine, elle s'occupa de la mise en place pour la journée avant de mander un garçon d'office chercher Elisa. Puis, elle tenta d'expliquer à Beatriz Ulloa, encore une fois, qu'il fallait trancher le veau, pas le déchiqueter. Beatriz soupira en roulant des yeux. Cette fille l'irritait. Rustaude et maladroite, elle ne faisait aucun effort pour apprendre le métier parce qu'elle se sentait en sécurité sous l'aile de doña Úrsula.

À l'inverse, Carmen del Castillo s'appliquait à s'améliorer et bientôt elle serait une seconde tout à fait efficace. Elles étaient en train de préparer le petit déjeuner pour le maître et ses invités quand Elisa passa la tête par la porte, souriante comme toujours. Le cœur battant à tout rompre, Clara la rejoignit dans le couloir.

— Don Diego va bien, la rassura Elisa tout de suite.

Puis elle raconta ce qu'elle savait. Clara en fut infiniment soulagée, même si elle regrettait ce qui était arrivé à Mlle Castro.

— Tu n'as plus à te faire de souci pour *ton* maître, ajouta Elisa, malicieuse.

— Chut, ne dis pas ça comme ça, ce n'est pas bien, la reprit-elle en se sentant rougir. Je me soucie *du* maître de la maison. Comme nous tous.

— À d'autres ! fit Elisa, taquine. Ton souci t'a même fait répondre à doña Úrsula ; dans l'aile des domestiques on ne parle que de ça ! De ça, et de sa prise de bec avec don Melquíades ! À table, devant tout le monde !

Clara écouta, mi-tendue, mi-amusée, le compte rendu de la dispute. Un laquais cancanier les avait même suivis pour connaître la suite, mais M. Moguer l'avait rappelé à l'ordre. Elle n'avait donc pas imaginé l'inimitié latente entre le majordome et la gouvernante, songea Clara, s'apercevant en même temps que c'était sa présence qui avait dévoilé leurs différends au grand jour.

— Tu aurais dû voir la tête de la sorcière lorsque don Melquíades a tapé du poing sur la table, continua Elisa, qui plissa les yeux et avança tout doucement vers la porte de la cuisine, l'index sur les lèvres. Jamais de ma vie je n'ai…

Elle ouvrit la porte d'un coup et Beatriz, qui se trouvait de l'autre côté, sursauta, laissant tomber la cuillère en bois qu'elle avait à la main.

— Qu'est-ce que tu écoutes, moucharde ? Va fouiner ailleurs ! s'écria Elisa, attirant l'attention des autres marmitons.

Beatriz recula, un peu effarée, mais prit aussitôt un air offensé :

— Je travaille en cuisine, moi ! La seule qui n'est pas à sa place, c'est toi.

Clara la renvoya poliment couper des légumes puis pria Elisa de partir pour éviter d'envenimer la situation.

— Je m'en vais mais méfie-toi de celle-là, grommela Elisa, mécontente. Quand le diable s'ennuie, il tue les mouches avec la queue.

Clara lui intima d'oublier ces histoires ; cependant, elle demanda à Beatriz de la suivre vers le couloir des caves sans se soucier des regards en coin de tout le personnel. Il fallait qu'elle en finisse avec « ces histoires », justement. Elle avait appris avec sa mère l'amour du travail bien fait, l'importance de chaque détail, mais Beatriz était apparemment insensible à ce genre de considérations et elle hachait et déchiquetait grossièrement, sans prêter la moindre attention à sa tâche.

— Beatriz, tu es ici depuis des mois et tu n'as toujours pas appris à couper une julienne correctement, lui dit-elle.

La fille garda son air buté et insolent.

— Tu ne connais rien à la cuisine, continua Clara en faisant un effort pour ne pas s'énerver. Il est clair que doña Úrsula t'a engagée pour que tu lui rapportes ce qui se passe en cuisine.

Beatriz haussa les épaules, lui faisant comprendre qu'elle n'avait aucun respect ni pour son métier ni pour elle-même. Elle était parfaite pour la tâche que la gouvernante lui avait confiée, car un esprit sans dignité obéit aux ordres sans remettre en question leurs sens moraux.

— Et alors ? cracha-t-elle.

— Alors, je veux que tu fasses un effort, répondit Clara. Je suis sûre que tu peux faire mieux.

— Non. Mais si vous n'êtes pas contente, allez le dire à doña Úrsula.

Clara soupira, se demandant comment cette fille faisait pour ne pas voir qu'elle n'était qu'une marionnette dans les mains de la gouvernante.

— Je sais que ça ne servira à rien, comme toi, tu sais que tu resteras à ton poste. Mais réfléchis un peu, si un jour tu veux partir d'ici, ou si tu dois partir, ce n'est pas doña Úrsula qui recommandera tes services. Et tu ne peux pas t'attendre à ce que je le fasse si tu continues comme ça.

Beatriz allait répliquer, mais Clara perdit patience et insista :

— Tais-toi et écoute-moi bien. Il se peut qu'un jour doña Úrsula en ait assez de toi, ou que moi, j'en aie assez de ton attitude et que j'en parle à don Melquíades. Il se peut aussi que je parte et que tu doives composer avec un nouveau chef, et alors ? Doña Úrsula se débarrassera de toi sans le moindre scrupule car elle n'aura plus besoin de toi et ça ne rime à rien de payer quelqu'un qui ne sait rien faire et ne veut rien apprendre. Que se passera-t-il quand tu te retrouveras hors de Castamar ? C'est toi qui mourras de faim, pas doña Úrsula. Tu partiras aussi ignorante qu'à ton arrivée et tu auras gâché la chance d'apprendre une bonne façon de gagner ta vie.

L'air suffisant de Beatriz s'effaça à l'idée de se retrouver à la rue.

— J'en ai assez de perdre mon temps avec toi, conclut Clara. Si tu décides un jour que tu veux apprendre quelque chose, viens me voir. En attendant, tu travailleras avec les laveurs puisque tu n'aspires à rien de mieux.

Et elle retourna dans la cuisine sans un regard pour Beatriz dont l'arrogance s'était muée en appréhension.

*Même jour, le 22 janvier 1721*

Une douleur vive comme un coup de fouet réveilla Amelia. L'air lui manquait et respirer lui faisait mal. Ses paupières semblaient scellées et sa langue était lourde et sèche dans sa bouche, comme un bout de bois au goût métallique. Elle remua dans le lit, effrayée et perdue, et se rendit compte alors qu'elle était dans un lit doux et chaud et qu'elle n'était pas seule. Quand elle voulut ouvrir les yeux pour voir à qui appartenaient les voix qui murmuraient tout près, un éclair lancinant traversa son visage et son œil gauche palpita violemment, lui arrachant un bruit guttural dans lequel elle eut du mal à reconnaître sa voix.

Elle distingua deux silhouettes penchées sur elle et, soudain, le souvenir de la veille s'abattit sur elle comme une avalanche de terreur. À son retour de chez le marquis, la voiture s'était arrêtée au milieu du chemin et le cocher avait pris la fuite avant même qu'elle ait compris ce qui se passait. Un homme encapuchonné à l'odeur infecte était monté sur le marchepied et lui avait assené un coup de poing, si fort qu'elle avait perdu connaissance. Lorsqu'elle s'était réveillée, on la traînait dans la boue du sous-bois, elle ne savait pas qui, un homme ? deux ? Une pluie glacée tombait à verse. Elle leur avait glissé des mains mais n'avait pas réussi à aller bien loin, car elle avait trébuché et on l'avait rattrapée. La lumière d'une lanterne avait révélé qu'elle était tombée sur le corps inerte d'un Nègre. Elle avait hurlé, ces hommes allaient la forcer puis la tuer et abandonner son corps à côté d'un esclave mort. Un coup de botte en plein visage l'avait fait taire. Elle s'était roulée en boule, les coups de pied avaient continué pendant une éternité, jusqu'à ce qu'elle ne parvienne plus à crier. Au moment où sa conscience était aussi paralysée que son corps, le plus grand, celui qui semblait être le chef, était venu vers elle, le couteau tiré et avait dit que son heure était arrivée. Puis il l'avait empoignée par les cheveux, et lui avait fendu le visage du côté droit.

À ce souvenir, elle porta la main vers la blessure. L'une des silhouettes l'arrêta d'un geste doux et lui dit de ne pas y toucher, quelque chose sur les miasmes et l'infection.

— Je suis médecin. Docteur Evaristo. Vous êtes en sécurité. On vous a amenée à Castamar.

Elle éclata en sanglots. On avait détruit son visage, sa beauté, aucun homme ne voudrait d'elle, la société la repousserait... Elle ne pouvait rien faire, comme elle n'avait rien pu contre ces hommes bestiaux qui l'avaient meurtrie. Le comte de Guadalmin l'avait déshonorée et don Enrique avait ajouté à l'ignominie en la forçant à partager son lit pendant des mois... Don Enrique... Elle eut l'intuition qu'il était le commanditaire de l'agression, il avait tout ourdi pour qu'elle se retrouve chez don Diego, il était prêt à tout pour qu'elle l'épouse. Mais pourquoi ?

Elle parvint à demander qu'on lui donne à boire. Le médecin lui porta un verre aux lèvres en même temps qu'il ordonnait à une servante de faire venir don Gabriel.

— Je ne veux pas... qu'on me voie... Personne...

— Ne vous en faites pas pour ça, mademoiselle Castro. Quand on vous a trouvée, vous étiez malheureusement dans un état bien pire... Dieu merci, votre fièvre commence à céder.

— Qui... m'a... amenée... ici ? Don Diego ?

— Non, mademoiselle, don Gabriel. Il vous a sauvé la vie. Maintenant, il faut laisser la nature suivre son cours.

Il prit son pouls en murmurant encore des mots rassurants, lui recommandant du repos et de ne penser qu'à reprendre des forces. Il était sur le point de partir lorsque don Gabriel arriva. Elle ne put retenir ses larmes. Elle devait sa vie à un homme noir, honni parmi les nobles, fils adoptif d'un grand d'Espagne dont le rang n'était respecté que dans l'enceinte de Castamar. Sinistre ironie de la vie. On allait à présent la prendre en pitié, l'inviter par charité, aucun homme de bonne position ne souhaiterait l'épouser…

Don Gabriel s'approcha du lit et elle se couvrit le visage avec les mains. Il avait beau être un Noir, elle eut honte d'être vue dans un lit, avec un visage qu'elle imaginait monstrueux.

— N'ayez pas honte de votre visage, mademoiselle Castro, dit-il tout bas. Pensez juste à aller mieux. Ici vous êtes en sécurité et la justice recherche les criminels qui vous ont fait ça.

Elle aurait voulu parler, exprimer des émotions qui la dépassaient, reconnaissance d'être encore en vie, gratitude pour sa gentillesse… Mais elle put seulement murmurer « merci ».

— C'est encore le matin. Vous pouvez dormir encore un peu, reprendre des forces pour tenter de manger quelque chose plus tard ?

Devant tant de noblesse, elle se sentit méprisable d'avoir participé aux intrigues de don Enrique contre la maison de Castamar. Elle aurait voulu tout avouer sans penser aux conséquences pour sa mère et pour elle-même, mais le courage lui manquait et sa propre lâcheté fit redoubler ses pleurs.

— Don Gabriel, je…

— Chut. Le docteur vous a interdit le moindre effort. Je vais vous laisser.

Elle paniqua à l'idée de rester seule. Malgré la douleur, elle parvint à tendre le bras vers lui pour l'empêcher de partir.

— J'ai… je voudrais… Je ne sais pas si c'est possible, mais…

— Tout ce dont vous aurez besoin, mademoiselle.

— Vous voulez bien… rester… à côté… de moi… et… me tenir la main ?

— Bien sûr, répondit-il, comme si c'était la chose la plus naturelle du monde. Permettez-moi de m'asseoir auprès de vous.

Il avait un toucher ferme et doux, des doigts larges et puissants. Peu lui importait s'il était noir, ni de savoir s'il était un être inférieur ou pas, elle voulait seulement que cette main tienne la sienne pour toujours.

— J'ai… j'ai très peur.

— Dormez, il ne vous arrivera rien. Pas tant que je suis là.

Elle s'accrocha à sa main comme un naufragé à sa planche de salut dans la tempête et sombra à nouveau dans un sommeil troublé par le souvenir de l'homme encapuchonné qui lui avait volé sa beauté.

Il était déjà midi quand elle se réveilla. Don Gabriel s'était endormi sur sa chaise mais lui tenait toujours la main. Amelia le regarda longuement, comme si elle voyait pour la première fois ses traits si délicats, son menton déterminé, ses cheveux frisés courts formant comme un casque en ébène sur son crâne…

On frappa alors à la porte et, quand il ouvrit les yeux, leurs regards se rencontrèrent. Troublée comme s'il avait été un gentilhomme, elle retira sa main brusquement.

— Désolé de m'être assoupi, mademoiselle, dit-il. La nuit a été courte…

Elle se sentait confuse et maladroite. Il avait dû croire qu'elle était gênée d'être vue la main dans la sienne, alors que la dernière chose qu'elle voulait, c'était qu'il croie qu'elle le méprisait. Non seulement elle lui devait la vie mais, à sa grande surprise, elle le trouvait séduisant.

Une des femmes de chambre entra, portant un plateau avec du consommé, du pain blanc et une fricassée de pigeon. Amelia aurait voulu que la fille se retire pour demander à don Gabriel de rester avec elle sans que personne ne l'entende, mais, courtois comme toujours, il se retira pour la laisser manger seule.

Elle se força à avaler quelques bouchées, puis s'endormit de nouveau. Lorsqu'on lui apporta à manger le soir, don Gabriel n'était pas revenu et elle eut peur de l'avoir vexé. Elle se prépara à affronter la nuit en espérant que l'homme qui avait marqué sa joue et sa vie à jamais ne reviennent pas la chercher dans ses rêves.

# 25

*23 janvier 1721*

Après sa confrontation avec doña Úrsula, Melquíades avait passé deux jours à rassembler son courage. Il savait pertinemment que la gouvernante guettait chacun de ses pas pour tenter de savoir si sa révolte n'était qu'un feu de paille ou si, au contraire, c'était le début d'un incendie qui risquait d'embraser tout Castamar. La bataille dans son for intérieur avait été sans merci, car ses plus vieilles ennemies, la peur et la lâcheté, l'écrasaient avec toute la lourdeur du passé sans lui laisser un instant de répit. Pourtant, il avait réussi à les renverser, lassé de ce sentiment d'indignité qui l'empêchait de regarder les gens dans les yeux. À sa grande surprise, une fois sa décision prise, il ne vacilla plus, et lorsqu'il se dirigea vers le cabinet de musique où le duc avait repris son ancienne habitude de jouer du clavecin, il marchait la tête haute.

Le regret de ce qu'il avait fait ne le quitterait jamais. Bien qu'à l'époque, en pleine guerre, il eût cru ne pas avoir le choix, sa conscience ne lui pardonnerait jamais d'avoir trahi un homme aussi généreux que don Diego. Et c'était grâce à cette culpabilité que doña Úrsula avait pu le soumettre, car si défendre les intérêts de la Catalogne était honorable en soi, un homme honorable aurait abandonné Castamar pour rejoindre le front au lieu de tromper son maître. Mais lui n'avait jamais eu l'étoffe d'un guerrier. Aujourd'hui, la décision de révéler son secret au duc soulageait son esprit las de mensonges et lui apportait le sentiment de reprendre les rênes de sa vie. Peu importe que l'un des mouchards de doña Úrsula ait couru la prévenir, car sa tyrannie sur la maison prendrait fin lorsque le duc l'aurait renvoyé.

Le front perlé de sueur, il parcourut le couloir, accompagné par la musique du clavecin et attendit devant la porte qu'elle se taise avant de toquer. La voix du duc l'invita à entrer.

— Monsieur, j'aimerais m'entretenir avec vous d'une affaire personnelle, dit-il d'un ton grave. Quand il vous siéra, bien entendu.

— Je vous écoute, monsieur Elquiza, répondit don Diego avec un sourire affable.

On frappa alors à la porte, deux coups secs et impatients qu'il ne connaissait que trop bien, et doña Úrsula apparut dans l'embrasure de la porte, le souffle court, le ton péremptoire :

— Monsieur, je voudrais m'entretenir avec vous d'une question de la plus haute importance.

Don Diego les regarda tour à tour, quelque peu perplexe de leur besoin simultané de lui parler de toute urgence. Ne voulant pas que la gouvernante lui coupe l'herbe sous les pieds, Melquíades se décida à parler :

— Si monsieur n'y voit pas d'inconvénient, je voudrais que Mme Berenguer écoute ce que j'ai à dire. Je suis sûr que nous souhaitons vous entretenir de la même chose.

Don Diego hocha la tête, de plus en plus curieux. Doña Úrsula composa un air de componction car elle n'était pas sans savoir que la vérité qu'elle avait si longtemps tue pour l'utiliser contre lui ne pouvait que lui nuire. Melquíades pria pour que sa voix ne tremble pas :

— Ce que j'ai à vous avouer est grave, monsieur, et j'ai peur que vous ne me chassiez de Castamar à jamais.

— Bon Dieu, monsieur Elquiza, je ne peux pas imaginer ce qui pourrait être si terrible.

Doña Úrsula le dévisageait avec un mépris glacial. Il continua :

— Monsieur, pendant la guerre, j'ai profité de ma position au sein de Castamar pour dérober des informations que vous déteniez et les transmettre à vos adversaires. Mme Berenguer a trouvé, il y a longtemps, des papiers qui prouvent ma traîtrise. Je crains que ce ne soit la raison de sa présence ici ce matin.

Le visage de don Diego s'était figé en une grimace incrédule. Melquíades baissa la tête, incapable d'affronter son regard meurtri.

— Pardon ? fit le duc, en se rapprochant de lui. Parlez, Elquiza !

— J'étais un partisan de l'empereur Charles, monsieur. Pourtant, après qu'il a abandonné le peuple catalan comme il l'a fait, je n'ai…

— Taisez-vous !

Son beuglement animal fit reculer doña Úrsula.

— Vous m'avez… trahi ? continua le duc, les yeux injectés de sang. Trahi Castamar, votre propre maison, la maison qui vous accueille depuis le temps de votre père ? C'est ainsi que vous remerciez ma famille ?

Melquíades aurait voulu que la terre l'engloutisse, il aurait voulu disparaître et cesser de se sentir aussi indigne et méprisable. Il ne pouvait rien plaider, il n'avait rien à opposer aux reproches de son maître, il ne pouvait qu'accepter son renvoi ou, pire encore, une dénonciation et la punition déshonorante qui s'ensuivrait. Don Diego, dans sa rage, lança contre le mur le plateau du petit déjeuner et avança vers lui, l'index menaçant.

— Honte à vous ! hurla-t-il. Je ne vous reconnais pas, je ne sais pas qui vous êtes, je ne sais pas pourquoi vous êtes chez moi ! Si vous étiez mon égal, je vous défierais ici même. Dehors !

Sa déception et son amertume blessaient Melquíades bien plus profondément que sa colère, et il ravala les larmes de honte et les demandes d'un pardon dont il se savait indigne. Don Diego lui tourna le dos, tremblant encore de rage.

— Oui, monsieur. Je vais quitter Casta…

— Vous ne ferez rien ! Vous n'êtes rien ! Vous ne respirez plus, vous ne pensez plus tant que je ne l'ai pas ordonné ! Vous ne partirez pas tant que je ne l'aurai pas décidé. Hors de ma vue !

Et il frappa le clavecin de toute sa force, faisant tressaillir doña Úrsula qui n'osait pas ciller. Melquíades sortit sans la regarder, sachant qu'elle feindrait la consternation quand elle devrait expliquer au duc pourquoi elle n'avait pas parlé avant. En effet, en fermant la porte, il l'entendit dire qu'elle avait voulu épargner à son maître le chagrin qu'une telle déloyauté ne manquerait pas de lui causer. Les cris du duc résonnaient dans le couloir.

— Ce n'est pas à vous de décider de mes sentiments ! Vous me devez la vérité, toujours ! Sortez !

Avant de tourner à l'angle du couloir, Melquíades se tourna et son regard rencontra celui de la gouvernante, dont le visage satisfait indiquait qu'elle était sûre de continuer à régner sur la maisonnée. Elle allait certainement retarder le plus longtemps possible l'embauche d'un nouveau majordome et empêcher l'avancement de l'intendant de bouche ou du valet de chambre dans l'espoir que don Diego finisse par s'apercevoir que la maison tournait parfaitement et qu'il décide que Castamar n'avait pas besoin d'un majordome principal.

Melquíades leva le menton et accepta sa défaite comme un capitaine qui rend les clés de la ville lorsqu'il ne peut plus la défendre. Le siège avait duré trop d'années, et peut-être qu'avec le temps il pourrait oublier cette période sombre de sa vie. Bien malgré lui, il gardait un reste d'admiration pour le caractère d'acier et l'efficacité de son ennemie. Parfois, il s'était surpris à imaginer ce qu'auraient été ces dix années à Castamar si elle avait été d'un autre tempérament, si elle avait été capable d'affection, si elle avait voulu de lui. Il repoussa ces pensées importunes. Dès que le duc le permettrait, il partirait loin, très loin, sûrement dans sa Catalogne bien-aimée.

Il se retira dans sa chambre comme un condamné avec l'appréhension des longues journées et nuits d'insomnie en attendant la décision de don Diego. La guerre était finie et il n'avait plus à craindre le peloton d'exécution, mais peut-être que le duc demanderait au roi son bannissement d'Espagne pour trahison envers sa maison, ou pire. Quoi qu'il en soit, son destin était à présent entre ses mains et, malgré sa peur de l'avenir, son lourd fardeau avait été enlevé de ses épaules. Incapable de rester oisif, il rassembla ses affaires, dont son plus grand trésor, ces carnets qui étaient son journal de bord du domaine. Ils étaient nombreux et il devrait revenir les récupérer quand Don Diego le permettrait, ou alors demander à son neveu de les garder pour lui. Roberto… Il allait bientôt apprendre que son oncle n'était qu'un traître, doña Úrsula allait se faire un plaisir de l'annoncer d'une façon ou d'une autre, peut-être même le ferait-elle à table, lorsque tout le personnel serait réuni. Pauvre Roberto, le coup allait être dur pour lui, qui l'avait toujours pris comme modèle.

Pourtant, les heures s'écoulèrent sans que personne ne vienne, même pas pour lui apporter à manger. Aussi prit-il son souper à la petite taverne sur la route de Boadilla.

Le lendemain, cependant, ce fut Clara Belmonte en personne qui vint le voir avec un plateau à l'heure du déjeuner. Elle serait venue avant, dit-elle, si doña Úrsula ne l'avait pas tenue sciemment à l'écart lorsqu'elle avait informé les autres responsables des dépendances de la nouvelle situation. C'était Simón le jardinier qui lui avait parlé et elle, en tant que chef de cuisine, ne comptait pas laisser qui que ce soit souffrir de la faim, n'en déplaise à la gouvernante.

Quelle naïveté d'avoir cru que la gouvernante rendrait publique la raison de sa disgrâce ! Elle avait préféré laisser la rumeur se répandre d'elle-même, insidieusement, afin que personne ne puisse exprimer sa sympathie ouvertement. Mlle Belmonte était bien courageuse d'avoir enfreint les ordres tacites de Mme Berenguer et il lui en savait gré. Elle compatissait et regrettait qu'il ne soit plus le majordome. Comme il avait pu, il avait expliqué ses raisons, sa honte, et elle s'était souvenue avec douceur d'une pensée de sa mère : « Ces occasions-là sont une chance que Dieu nous donne pour apprendre le pardon. »

Lorsqu'elle fut repartie, il se régala avec une fricassée de volaille. Il sauçait consciencieusement l'assiette lorsque la porte s'ouvrit et son neveu entra en trombe.

— C'est vrai, mon oncle ? demanda-t-il, le regard nerveux, les cheveux en bataille car il ne cessait de s'y passer la main. C'est vrai ?

Melquíades voulut s'excuser, mais son neveu voulait seulement savoir si ce que disait doña Úrsula était vrai et il n'eut d'autre choix que de le lui confirmer. Le garçon écarquilla les yeux, ahuri, choqué, ulcéré.

— Oh, mon Dieu ! Mon Dieu ! Tant de leçons, tant de préparation, tous ces « fais ci, ne fais pas ça » et pour quoi ? Pour quoi se donner autant de mal ?

— Tu es mon neveu, je te préparais pour…

— Non, vous l'avez gardé secret… jusqu'à maintenant. Ni ma mère ni moi n'en savions rien.

— On est des Catalans…

— Mais dans quel monde vivez-vous ? Vous savez très bien que personne ne voudra de moi ! Personne n'engagera le neveu du traître de Castamar. Le maître va nous mettre dehors et nous n'aurons que nos yeux pour pleurer !

Son neveu le regardait avec la déception de celui qui découvre des pieds d'argile au colosse qu'il admirait. Melquíades tenta d'apaiser ses peurs.

— Monsieur ne t'en veut pas à toi, assura-t-il enfin. Il ne punira pas un innocent pour les fautes de son aîné.

— Vous avez apporté le déshonneur sur toute la famille. Je dois le dire au duc. Je dois trouver l'occasion de lui dire que j'ai été trahi autant que lui.

Melquíades essaya de le dissuader car il savait mieux que personne qu'il valait mieux ne pas approcher don Diego en plein orage. Mais Roberto, sans l'écouter, partit en claquant la porte. Le majordome pressentit alors que la solitude, cette brume qui planait souvent autour de lui, épaisse et invisible, allait tomber sur sa vie pour longtemps.

*Même jour, le 23 janvier 1721*

Enrique se réveilla de très bonne humeur dans son domaine de Soto de Navamedina, bien en amont du Manzanares, et décida de prendre son petit déjeuner au lit – du chocolat bien amer et des œufs à la coque – comme il le faisait autrefois lorsque sa tête n'était pas un cimetière de projets ratés.

Il ouvrit ensuite son courrier, dont une majorité d'invitations à des soirées et autres rencontres mondaines qui ne l'intéressaient guère. Le seul message qui retint son attention était le mot qui portait l'écriture biscornue d'Hernaldo qui lui confirmait que Mlle Castro se trouvait en convalescence à Castamar et lui apprenait, et c'était là la véritable nouvelle, que le Nègre ne quittait pas son chevet. Don Gabriel donc. Enrique n'avait même pas envisagé la possibilité que Mlle Castro se rapproche de lui, mais à la réflexion, cela servait aussi bien ses plans que si elle séduisait le duc lui-même.

Après s'être habillé, il fit seller son cheval et se promena le long du ruisseau de Valdeurraca et, à son retour, s'exerça au tir au pistolet, ce qu'il faisait jusqu'à trois fois par semaine. Il était considéré comme l'un des meilleurs tireurs de Madrid. Avec un pistolet de duel bien calibré, il ne manquait jamais une cible à moins de vingt pas. C'était ainsi qu'il comptait en finir avec le grand don Diego, non sans l'avoir dépouillé avant et de son prestige et de son honneur. Le duc lui avait pris ce qu'il avait de plus précieux et cette perte avait fait de lui un homme impitoyable. Il se souvenait bien des longues heures d'été passées sur son domaine, lorsque le sort de la guerre était encore incertain et qu'il retrouvait sa très chère Alba avec le cœur empli de joie. Il l'avait rencontrée à une réception chez le duc de Medina Sidonia, et au premier regard, ils avaient éprouvé l'un pour l'autre cette inclination qui les poussait à se chuchoter des confidences. Elle avait un esprit vif pour les affaires de la cour et une sensualité aussi fine que son intelligence. Il était fasciné par son élégance, son attention au détail, ses gestes gracieux. Pas un jour ne passait sans que son parfum de rose et de jasmin ne lui manque, sans qu'il ne regrette son sourire séducteur et ses yeux perçants qui voyaient loin dans votre âme !

Il pensait encore à elle alors que son armurier amorçait le pistolet et qu'il jaugeait dans quelle mesure la force du vent pouvait dévier le projectile. Alors qu'il se targuait d'être un excellent juge de la nature humaine, il n'avait pas été capable de prévoir qu'Alba lui glisserait entre les doigts comme une brise fraîche du matin. Il visa la cible sur le marronnier en songeant une fois de plus qu'il avait été trop patient.

Un après-midi d'été, comme souvent, elle l'avait invité à prendre un chocolat pour l'informer des derniers ragots mondains, dont elle savait tout bien avant qu'ils ne paraissent dans la *Gazette de Madrid.* Avec cette coquetterie qu'elle avait élevée au rang d'art, elle l'avait flatté en montant en épingle son charme dévastateur « qui avait conquis le cœur de toutes les dames de la cour ». En réponse, il lui avait fait entendre qu'il avait une tendre inclination pour une femme et une seule, et elle avait répondu du tac au tac qu'elle était elle aussi sur le point de succomber aux grâces d'un gentilhomme. Il plongea alors dans la mer de ses yeux étincelants, heureux comme jamais, persuadé d'être l'élu de son cœur. Elle avait ri avec sa fraîcheur naturelle quand il lui avait demandé de lui murmurer le nom de ce bienheureux mortel.

— Vous trichez, c'est votre tour, avait-elle dit en déployant son éventail.

— Certes, mais c'est moi qui ai commencé. Il n'est que juste que vous fassiez le pas.

Alors, avec son sourire céleste, elle s'était approchée pour chuchoter à son oreille, ses lèvres frôlant sa peau :

— Saurez-vous garder mon secret ?

Un frisson de désir l'avait traversé, un désir qui dépassait la chair et la beauté, un désir qui allait désormais diriger sa vie. Il avait acquiescé avec un sourire, prêt à l'entendre prononcer son nom.

— Don Diego de Castamar, dit-elle à la place. Sa majesté nous a donné sa bénédiction en privé, et demain nous annoncerons nos fiançailles ! Les noces auront lieu dans quelques mois. Voilà ! Vous en avez la primeur, cher ami !

Il avait réussi à sourire au prix d'un effort surhumain. Comment avait-il pu être aveugle à ce point ? Chaque fois que les yeux bleus d'Alba de Montepardo l'avaient regardé, chaque fois qu'elle avait posé sa main délicate sur son bras, chaque fois qu'elle lui avait ôté une trace de crème sucrée aux coins de ses lèvres en riant aux éclats, chaque fois qu'ils avaient dansé ensemble, chaque fois qu'ils s'étaient plongés dans le même silence, le souffle suspendu, il s'était trompé. Ce jour-là, il avait réussi à se dérober sans révéler le nom de sa bien-aimée, puis il avait passé quatre nuits blanches à s'imaginer faire sauter la tête de don Diego avant qu'il ne soit trop tard.

Mais il n'était pas un homme d'impulsions et Alba avait fait son choix. Ainsi, après les noces – auxquelles il n'assista pas –, il la vit une dernière fois. Il fallait qu'il sache s'il avait rêvé seul ou si, au contraire, ils avaient partagé le même rêve, ne serait-ce qu'un temps. Mais quand Alba entra dans son salon avec la lumière du soir et son sourire de mariée, quelque chose mourut dans son âme, la dernière parcelle de son humanité. Elle le gronda pour son absence à son mariage.

— Vous êtes un ami très cher, vous me devez au moins de me donner la véritable raison de votre absence. Dites-moi, ne désirez-vous plus mon amitié, vous ai-je déplu d'une quelconque manière ?

— Pas du tout, ma chère doña Alba. Jamais de la vie.

— Alors dites-moi ce qui se passe ! Vous avez cessé de me rendre visite, vous ne m'écrivez plus. Vous êtes mon meilleur ami et vous n'avez même pas rencontré mon mari !

Ses manières de reine offensée, bien malgré lui, le touchaient directement au cœur. Il déglutit avec difficulté.

— Je crois que je dois cesser de vous voir, duchesse.

— Je ne comprends pas, dit-elle en lui prenant la main. Dites-moi la vérité, je saurai vous comprendre.

— Je crains que ce ne soit trop douloureux pour moi de vous voir…

Il ne saurait jamais si Alba avait feint la surprise ou si elle était sincère, mais même maintenant, après seize ans, il lui était impossible d'oublier l'étincelle émue dans ses yeux. Le silence entre eux était doux, sa main était douce sur sa joue et il aurait voulu qu'elle ne quitte jamais son visage.

— Nous avons passé tellement de bons moments ensemble, murmura-t-elle. Pourquoi cela vous fait-il mal de me voir ?

— Vous n'étiez pas mariée avant, avait-il avoué.

Alba l'avait regardé et alors elle avait compris.

— Don Enrique…

Comme tant d'autres fois, ils s'étaient fixés, comme si leurs yeux ne pouvaient plus se quitter. Il s'était penché sur elle, elle avait tourné le visage vers lui et, aussi doucement que lorsqu'elle effleurait son oreille en murmurant une confidence, il avait posé ses lèvres sur les siennes. Puis, emporté par le désir contenu pendant des mois, il l'avait enlacée pour l'embrasser passionnément. Avec un gémissement éperdu, elle avait répondu comme si elle avait gardé sa passion aussi longtemps que lui. Puis elle avait mis fin à ce moment inoubliable en s'écartant vivement.

— Ne partez pas, avait-il supplié en s'interposant entre elle et la porte. Vous avez des sentiments pour moi.

— Don Enrique, je vous en conjure, ne faites pas ça.

— Dites un mot, un seul mot, et je déplacerai le monde pour vous avoir. Rien ne pourra…

— Non, don Enrique. Ce serait déshonorant pour moi et pour vous…

— Peu me chaut tant que je vous ai auprès de moi.

— Je ne peux pas.

Elle brisa le lourd silence qui s'était installé en prenant sa main.

— Je tiens à vous et je ne veux pas vous faire souffrir, mais j'aime Diego de tout mon cœur et jamais je ne pourrais le trahir. Jamais.

Le monde de possibles qui s'était déployé dans son cœur le temps du baiser fugace s'effondra sous la fermeté sincère de ces mots. Il lui avait baisé la main en guise d'adieu, elle avait les yeux pleins de larmes.

— Ne voyez-vous pas que nous devons arrêter de nous voir ? avait-il demandé, la gorge serrée.

— Nos conversations vont me manquer.

— Tout ce qui est en vous va me manquer, avait-il répondu.

Elle s'était dirigée vers la porte en silence.

Après cela, ils s'étaient croisés lors de raouts et autres soirées mondaines, dans les *corralas* à l'occasion d'une nouvelle pièce de théâtre. Alors, leurs regards s'accrochaient, voilés par la nostalgie du temps où leur amitié était possible. Elle avait toujours pour lui un sourire et un regard tendre qui disait qu'elle lui gardait une petite place dans son cœur, ce à quoi il répondait sans un mot que le sien serait toujours à elle. Il avait appris à vivre avec la douleur quotidienne de savoir qu'elle ne serait jamais à lui, et sa résignation était devenue peu à peu une colère froide.

La perte d'Alba avait été la première grande défaite de sa vie. La seconde avait été sa mort. Lui, qui avait espéré que la mort de don Diego ramènerait Alba dans ses bras, se voyait obligé de vivre dans un monde où elle n'était plus. Lorsque Hernaldo lui avait expliqué que don Diego avait décidé de monter le cheval d'Alba ce matin-là, il avait eu envie de le battre avec sa canne jusqu'à le réduire en charpie. Son homme avait au début cru que sa colère était due à l'échec de ses desseins politiques, mais son chagrin inépuisable avait dû lui en faire comprendre la véritable raison.

Ce chagrin avait corrodé le peu de bonté qui restait encore en lui, et désormais le seul sentiment qui l'animait était un mépris sans bornes pour le duc dont les actions avaient fait échouer ses plans contre les Bourbons, l'avaient empêché de devenir grand d'Espagne et l'avaient privé de celle qu'il aimait le plus au monde. Depuis, quand il s'entraînait à tirer, il imaginait que la cible était la tête de don Diego, et il jubilait chaque fois qu'il touchait la mire.

# 26

*Même jour, 23 janvier 1721*

LA NUIT TOUCHAIT PRESQUE À SA FIN quand Hernaldo rentra chez lui, les mains et les vêtements tachés de sang, sur la pointe des pieds pour ne pas réveiller Adela, qui dormait derrière le rideau mité, mais le grincement de la porte lui fit ouvrir les yeux. C'était une bonne fille, son « moineau », et elle saurait faire le bonheur d'un homme. Son vœu le plus cher était qu'elle trouve un bon mari qui prendrait soin d'elle, mais en attendant, c'était son travail à lui.

Elle était arrivée dans sa vie d'une drôle de manière, car il avait appris son existence alors qu'elle avait déjà neuf ans. La mère, une paysanne, ne lui avait rien dit car elle savait bien comment vivait un soudard comme lui, toujours ailleurs au gré des guerres et des trêves en Europe. Tant qu'elle était sa régulière, il lui envoyait de l'argent, mais après son retour définitif à Madrid, il avait perdu sa trace, jusqu'au jour où Adela avait frappé à sa porte.

La mère, malade des fièvres et désespérée à l'idée de laisser l'enfant seule et sans défense, lui avait dit de se rendre à la capitale et de chercher son père. La gamine, avec une bague, un couteau et une miche sèche de pain bis, avait traversé des routes peu fréquentées et dangereuses jusqu'à parvenir devant sa porte. De prime abord, il la lui avait claquée au nez en lui disant de se trouver un père ailleurs. Il n'avait certainement pas besoin d'une fille dans les pattes, et à neuf ans, elle pouvait se débrouiller seule. Mais la gamine était restée deux jours sur le palier comme un petit chat et, finalement, mi-touché, mi-agacé par sa patience, il s'était résigné à faire son devoir de père. Seulement, lorsqu'il avait ouvert la porte, il n'y avait plus personne. Il avait descendu l'escalier, cherché dans la rue. Toujours personne. Après avoir fait le tour du quartier, il avait cru qu'elle était repartie pour de bon, mais, alors qu'il rebroussait chemin, il l'avait vue. Elle trottinait à côté d'un maquereau du quartier qui la traînait par la main, comme un agneau, vers l'impasse des Suspiros, ruelle malfamée où, la nuit, les putains filaient la syphilis aux nigauds qui s'y aventuraient. Il savait bien que ce type travaillait pour un trafiqueur qui avait des bordels dans tout le faubourg et il était prêt, malgré le nœud qui lui serrait les tripes, à lui laisser la gamine. Ce n'était pas son affaire. Sauf qu'elle avait tourné la tête vers lui avec son air naïf, et quelque chose en lui s'était révolté. Il s'était dit qu'il n'avait jamais rien fait dans sa vie qui soit digne aux yeux du bon Dieu mais qu'il pouvait au moins éviter que ce voyou mette le grappin sur cette petite.

Le temps qu'il atteigne l'impasse, le gredin avait baissé ses chausses et Adela pleurnichait, assurant que son père allait arriver d'un moment à l'autre. Le malotru avait sans doute fini par la croire lorsqu'il avait senti sur la gorge le couteau qui l'avait envoyé en enfer.

— Reste avec moi si tu veux, avait-il dit plus tard à Adela, mais moi, je vis de ça et je ne vais pas changer de métier.

La petite l'avait étreint fort, et il avait su que c'était Dieu Lui-même qui la lui avait envoyée. Cette même nuit, pendant qu'elle dormait, il était allé voir le trafiqueur car, après tout, il avait tué l'un des siens. L'autre s'était montré arrogant et lui avait même réclamé de l'argent en compensation. Hernaldo s'était contenté de lui répondre que s'il voulait être payé, il fallait demander à son maître, le marquis de Soto, qui serait heureux de fermer les bordels et de les baiser tous bien comme il faut. Il n'avait plus jamais été question de dette. C'était ainsi que sa fille était devenue son ange, le seul trésor de sa vie, et désormais il ne pouvait pas être séparé d'elle.

Adela se leva mais ne dit rien en voyant l'eau teintée de rouge dans la bassine et ses mains encore souillées. Elle avait l'habitude de le voir revenir couvert de sang, parfois blessé, et plus d'une fois, c'était elle qui lui avait recousu une vilaine entaille. Il lui dit de ne pas se lever.

— Je vais te réchauffer un peu du ragoût, décida-t-elle en l'aidant à enlever ses bottes. Elle était comment, ta nuit ?

Elle devait se douter de la réponse, mais il répondit tout de même :

— Dure.

— Pourquoi ?

Hernaldo s'attendait à ce qu'elle lui demande, une fois de plus, de quitter Madrid pour aller vivre quelque part près de la mer, loin de ce trou infect de ruffians et de putains.

— Tu sais bien… Beaucoup à faire.

Elle lui servit le ragoût, avec peu de viande et beaucoup de légumes. Adela était une cuisinière médiocre, mais peu importait, ce qu'il voulait pour elle, c'était lui éviter une vie de bête de somme au service d'un riche sans scrupule. C'est pourquoi il avait fait en sorte qu'elle assiste à l'école de Santa Isabel pour qu'elle puisse devenir un jour gouvernante ou maîtresse d'école.

— Ce matin, j'étais de bonne heure au marché de la Cebada. J'ai entendu dire qu'on avait trouvé des corps au bord du Manzanares, raconta-t-elle d'un ton sombre. Les argousins disent que ce sont les barbares qui ont roué de coups cette pauvre fille et qu'on leur a réglé leur compte.

— Possible, grommela-t-il, laconique.

Il avait passé la nuit à rechercher et liquider les scélérats qui lui avaient prêté main-forte avec Mlle Castro. Ces gredins, lorsqu'ils avaient entendu que le duc de Castamar pressait les autorités de la Chambre et du Tribunal pour trouver les coupables, étaient venus lui réclamer plus de blé pour ne pas moucharder.

— C'était toi ? murmura Adela en s'asseyant face à lui.

Il se contenta d'enfourner une autre bouchée. Elle le dévisageait, mais il ne comptait rien dire, c'était une affaire dangereuse. Elle insista avec un regard noir mais il secoua la tête, agacé. Elle secoua la tête à son tour ; la pauvre n'arrivait plus à dissimuler son inquiétude lorsqu'il rentrait avec des traces trop évidentes de son métier sur le visage ou les habits. Pour Adela, don Enrique n'était qu'un noble sans scrupule qui l'utilisait à ses propres fins. Toutefois son père pensait autrement : le marquis était bien des choses, mais il n'était pas déloyal envers les siens, et encore moins ingrat. Il avait déjà eu l'occasion de le sacrifier à ses propres plans et ne l'avait pas fait. S'il avait été traduit en justice, par exemple, en tant que meurtrier de doña Alba, don Enrique aurait gagné la confiance de don Diego et celle du roi, et aurait peut-être même atteint la grandesse d'Espagne. Et il lui avait manifesté sa gratitude de diverses manières, il avait été généreux en argent de sorte qu'ils ne manquaient de rien, et chaque fois qu'il avait été malade ou blessé, ou qu'Adela en avait eu besoin, le marquis avait payé les médecins ou l'apothicaire. Il lui avait répété maintes fois que si un jour il manquait de quelque chose et qu'il ne le lui disait pas, il en prendrait ombrage. Ce n'était pas pour autant qu'Hernaldo réclamait quoi que ce soit car il n'était pas un gueux, mais il appréciait la confiance et la générosité de son maître, qui lui avait confié ses secrets les plus intimes et, surtout, qui lui avait cédé la maison où ils vivaient. Aucun Habsbourg ni aucun Bourbon n'en avaient fait autant. C'est pourquoi il lui vouait une loyauté sans faille.

— Il est trop tard pour que je change de vie, marmonna-t-il. C'est ce que j'ai appris depuis que je suis enfant.

— Et moi, alors ? demanda-t-elle. Je dois faire pareil ?

— Rien à voir, mon moineau. Tu es différente, tu as la vie devant toi. Tu vas te trouver un honnête homme et faire des enfants avec lui, ou si ce n'est pas possible, Dieu ne le veuille, tu feras une bonne gouvernante. Le marquis te placera dans une bonne maison dès que tu auras fini l'école.

Adela haussa les épaules, lasse. Il savait à quoi elle pensait, il connaissait bien cet éclat dans ses iris jais : l'envie d'une autre vie, la possibilité d'un endroit plus calme où il vieillirait en paix après tant de guerres, de mort et de douleur. Mais c'était un rêve impossible, de ceux dont on se réveille vite car la vie cogne toujours plus fort.

— Non, fit-il, brusque. Oublie ces chimères, ma fille.

— Mais, père, je ne veux pas passer ma vie à me demander si je vais te revoir chaque fois que tu sors, à m'angoisser quand tu ne rentres pas…

Il se leva et la prit dans ses bras, en proie soudain à la crainte de la perdre. De son ton le plus rassurant, il lui expliqua, comme tant d'autres fois, que son lien avec le marquis était indissoluble, un serment qu'il se devait de respecter non seulement pour avoir la vie sauve, mais aussi pour pouvoir continuer à se considérer comme un homme.

Elle hocha la tête, silencieuse, puis se hissa sur la pointe des pieds pour déposer un baiser plein d'amour sur sa joue. Il sourit et lui dit de se magner pour ne pas être en retard à l'école. Puis il resta seul, avec la certitude de plus en plus affirmée que leur discussion n'était que le début d'un changement inévitable. Il songea alors au marquis, aussi redoutable que rusé, capable de mener à bien n'importe quelle entreprise. Au besoin, don Enrique saurait trouver une solution. Puis il finit le ragoût froid, le cœur troublé et l'esprit morose.

*24 janvier 1721*

Úrsula attendait, installée dans le bureau tant convoité du majordome. Il était enfin à elle, tout comme le pouvoir de faire et défaire à sa guise à Castamar. Il ne lui avait pas fallu plus d'une journée pour en prendre possession, et elle avait réquisitionné les garçons du garde-meubles pour qu'ils débarrassent les affaires de don Melquíades – y compris sa ridicule collection de carnets – et les déposent dans l'une des resserres à meubles. S'il voulait les récupérer, il devrait les lui demander car elle ne comptait pas lui épargner la moindre humiliation. Il avait cru qu'il suffirait d'avouer sa trahison au duc pour se défaire de son emprise et il avait payé très cher son erreur, qui lui avait coûté son poste et le prestige qui allait avec. Avec un peu de chance, don Diego le bannirait à Oran, ou peut-être même le ferait-il condamner à vie aux galères. De son côté, elle avait laissé passer deux jours avant d'aller demander pardon au maître et d'exprimer son regret le plus respectueux de ne pas avoir révélé la vérité plus tôt. Don Diego, encore quelque peu irrité, lui avait cependant accordé son pardon, certain qu'elle avait essayé de lui épargner une triste déception.

— Je vais prendre en charge la gestion de Castamar jusqu'à ce qu'on trouve un nouveau majordome, avait-elle dit d'un ton contrit.

Don Diego avait acquiescé, sans se douter qu'elle ne comptait pas en chercher un. Les majordomes des autres propriétés du duc avaient déjà fait valoir leurs qualifications pour prendre la relève de don Melquíades, mais aucun n'avait comme elle l'oreille du duc ni sa connaissance approfondie de Castamar. Ainsi, après qu'il lui avait demandé officiellement de prendre la tête de la maison, elle s'était installée dans le bureau du majordome. Son intention était d'affirmer son autorité et d'afficher clairement son pouvoir. Ça faisait jaser la valetaille, mais elle n'en avait que faire, car ils savaient tous que c'était elle à présent qui commandait, et personne d'autre. Dans son cœur, elle sentait que doña Alba était fière de ce qu'elle avait accompli et, d'ailleurs, si elle avait été encore de ce monde, elle aurait demandé une punition exemplaire pour ce traître à Castamar. C'est pourquoi, le matin de la chute de don Melquíades, elle avait convoqué le secrétaire Alfonso Corbo, le sommelier Andrés Moguer, le responsable de la garde-robe Jorge Marín, le palefrenier Belisario Coral, et, enfin, Simón Casona, le jardinier, pour les informer de la trahison de don Melquíades – en excluant sciemment Clara Belmonte, pour bien montrer qu'elle n'avait pas, à ses yeux, l'autorité d'une cheffe de cuisine. Elle leur avait annoncé que c'était elle qui dirigeait Castamar jusqu'à nouvel ordre. Elle espérait, avait-elle dit, que la transition se déroulerait sans heurts grâce à la bonne volonté de tous, sur laquelle elle comptait. Puis elle avait ajouté qu'il était défendu de rendre visite à don Melquíades. Ils avaient tous acquiescé sans moufter, à l'exception du jardinier qui, comme toujours, avait trouvé à redire :

— Quand comptez-vous faire venir un nouveau majordome ?

Elle s'était contentée de le toiser en répondant :

— Vous pouvez retourner vaquer à vos occupations.

Le vieil homme avait continué à la fixer, comme s'il savait déjà qu'il n'y aurait pas de nouvel intendant à Castamar, puis il avait annoncé, calme et contondant :

— Sachez que je rendrai visite à don Melquíades quand je le jugerai bon, mais si cela vous paraît impropre, vous pourrez en parler avec Monsieur.

— À votre guise, avait-elle répliqué.

Une menace voilée qui, ils le savaient tous les deux, ne mènerait nulle part. N'en déplaise à ce vieux croûton de jardiner, Castamar était totalement dans ses mains depuis la veille. Ou presque. Elle devait encore se débarrasser de cette prétentieuse de Clara Belmonte.

C'est pour cela qu'elle attendait impatiemment Beatriz Ulloa qui avait apparemment des informations importantes. La jeune fille arriva, avec ses manières patelines et son air nigaud. Elle n'eut qu'à lui décocher un regard pour qu'elle raconte tout.

— Mlle Belmonte et don Diego entretiennent une relation secrète. Il lui passe des livres et des petits mots, rapporta-t-elle avec conviction, la voix tremblant d'excitation.

La gouvernante dut faire un effort pour ne pas montrer sa surprise. Elle avait cru que la commande au libraire avait été un fait unique, comment avait-elle pu manquer l'arrivée des autres ? Le duc s'était certainement donné du mal pour que personne ne le sache, quelqu'un qui avait toute sa confiance devait faire entrer les volumes dans le domaine par un biais qu'elle allait devoir découvrir. Elle réfléchit. Elle était allée quelques jours plus tôt dans la chambre de la cuisinière et n'avait vu aucun livre, pas même celui dont elle avait connaissance, elle avait dû les cacher, donc Beatriz devait être dans le vrai et le duc avait une relation privilégiée avec Clara Belmonte. Ce qui n'était pas du tout une bonne chose, pensa-t-elle avec crainte, mais qui expliquait mieux pourquoi le duc avait refusé de renvoyer la cuisinière. Elle devait percer la nature précise de leur lien au plus vite.

Sans hésiter, elle tendit à Beatriz l'un des passe-partout de l'aile des domestiques et lui demanda d'aller fouiller la chambre de Clara Belmonte pour trouver ces livres dont elle parlait.

— Sûrement, il y aura des petits mots avec. Je veux que tu m'en rapportes un. Dépêche-toi.

La jeune fille prit la clé avec une moue sournoise.

— Mais gare à toi, ajouta la gouvernante. Si on te prend, je devrai te renvoyer immédiatement, et si tu t'avises de dire que tu suivais mes ordres, je ferai en sorte que plus jamais tu ne trouves un poste dans une maison respectable.

Dès que Beatriz eut fermé la porte, Úrsula se mit à faire les cent pas, inquiète. Elle avait prévu de pousser Clara Belmonte à quitter Castamar, mais si celle-ci avait un lien fort avec le duc, il était peu probable qu'elle cède à sa pression. Au contraire, elle allait probablement réclamer les pleins pouvoirs sur la cuisine et son personnel. Elle connaissait bien le caractère de son maître, et s'il souhaitait qu'elle reste, il serait prêt à tout pour la garder, d'autant plus que le roi lui-même avait fait l'éloge de son savoir-faire dans un mot qu'il avait adressé au duc. Sans parler du fait que Mlle Belmonte ne risquait pas de commettre une faute assez grave pour justifier son renvoi – et que ne faudrait-il pas qu'elle fasse, puisque la mort de Rosalía ne lui avait pas coûté son poste ?

Elle ouvrit l'une des portes du buffet et en sortit le rossoli que don Melquíades gardait pour se réchauffer la poitrine en hiver. Elle s'en servit un verre qu'elle avala d'un trait dans l'espoir que l'eau-de-vie apaise la peur qui s'était installée au creux de son ventre. Comment pourrait-elle inciter Clara Belmonte à quitter Castamar ?

Beatriz Ulloa revint enfin et, sans rien dire, lui tendit un pli qui portait encore le sceau du maître. Úrsula le lui arracha des mains. L'écriture était aussi celle du duc.

— Il y a beaucoup de livres sur son étagère, rapporta la jeune femme. J'ai pris le billet de celui qui était au bout, mais il y en avait d'autres…

— Tais-toi.

Elle lut et relut la lettre. Il était évident qu'elle faisait partie d'une correspondance suivie, mais rien n'indiquait que les limites de la bienséance aient été franchies, même si leur échange se faisait de façon clandestine. La question la plus consternante était que le maître s'exprimait comme s'il s'adressait à une dame de qualité qui, sans être son égale, méritait le genre d'égards qu'on réservait d'habitude à la noblesse.

— Comme je ne sais ni lire ni écrire, je n'ai pas pu savoir si c'était important, termina Beatriz. Si vous voulez, je peux essayer de chercher…

— Non. Tu en as déjà fait assez. Tiens, remets ceci là où tu l'as trouvé avec la plus grande discrétion et rapporte-moi la clé sur-le-champ.

La jeune fille prit le papier, mais ne bougea pas, une expression hésitante sur son visage obtus.

— Qu'est-ce qu'il y a ? s'impatienta Úrsula.

— Je me… je me demandais… Je voulais savoir si vous pourriez m'apprendre à lire. Et à écrire un peu.

La gouvernante la dévisagea, prise au dépourvu. Cette fille était si bête qu'elle ne voyait même pas à quel point elle était limitée, songea-t-elle. La mettre devant un livre serait comme mettre de l'engrais sur une terre stérile.

— Tu n'as pas besoin de lettres, dit-elle avec mépris. Tu n'es pas vraiment officier de cuisine, et tu serais tout juste souillon si je ne t'avais embauchée pour que tu fasses ce que tu fais.

— Oui, doña Úrsula. Mais j'ai pensé que si j'apprenais, peut-être que je pourrais…

Úrsula ricana.

— Quoi ? Tu veux être comme Clara Belmonte et échanger des mots avec le maître ? Tu es ce que tu es, et ce n'est pas demain la veille que ça changera… C'est la vie. Allez, va remettre ça à sa place et reviens vite avec la clé.

La jeune fille obtempéra et Úrsula réfléchit à la situation. La seule stratégie possible à présent était celle de la patience car, de toute évidence, le duc tenait à cette fille. Elle devait être prudente, laisser faire plus par omission que par action, et espérer que la relation entre le duc et la cuisinière tourne mal, soit d'elle-même soit à cause d'un événement quelconque. Mais elle était passée maître dans l'art d'attendre que le cadavre de son ennemi passe devant sa porte, don Melquíades pouvait en témoigner.

Une fois que Beatriz lui eut rendu le passe-partout, Úrsula partit faire le tour de la maison, rien que pour le plaisir de tester sa nouvelle autorité sur les gens qui étaient sous ses ordres. Elle se sentait puissante, investie d'un pouvoir presque divin qui pouvait les frapper ou les protéger comme un démiurge.

# 27

*Même jour, le 24 janvier 1721*

La trahison était une chose amère et noire qui s'accrochait comme la poix au tréfonds de l'esprit, songea Diego en revenant des jardins, qu'il avait arpentés à la recherche de l'apaisement que seule la nature apporte. Il passait de l'incrédulité au reproche et inversement, comme s'il se balançait sur la pendule d'une horloge. Comment était-il possible que le fils de Ricardo Elquiza, le majordome de son père, ait déshonoré son nom et tous ses principes et trahi la maison Castamar ? Si son père le savait, il se retournerait dans sa tombe.

Une porte claqua au loin. Un vent froid s'était levé et s'infiltrait par les galeries et les cheminées du palais. Le temps était aussi agité que son esprit depuis les aveux de don Melquíades. Dire qu'il avait vécu pendant des années aux côtés d'un espion qui avait volé des secrets chez lui pour ses ennemis, qui étaient aussi ceux du roi. Rien n'était pour lui plus méprisable que la déloyauté et, pourtant, lorsqu'il se souvenait du visage contrit du majordome, de son expression rongée par la culpabilité, il ne pouvait s'empêcher de penser que les remords l'avaient déjà largement puni pour son égarement. Il savait aussi qu'en temps de guerre, un homme doit suivre sa propre conscience, et c'était probablement ce que Melquíades avait fait au prix d'un terrible conflit intérieur entre sa loyauté envers son maître et celle envers son peuple.

Diego se trouvait, à son tour, face au même dilemme auquel le roi avait été confronté vis-à-vis des Catalans à la fin de la guerre. Lui avait toujours réprouvé la répression et avait exprimé son désaccord lorsque les décrets de Nueva Planta, cinq ans auparavant, avaient privé la Catalogne de ses *Cortes* et du Conseil des Cent. Aussi, lorsque le roi lui avait fait savoir le projet de construction de casernes et de la citadelle, il lui avait écrit qu'il voyait dans ces bastions le symbole d'une oppression indigne d'un monarque éclairé. Malgré cela, Philippe était allé jusqu'au bout de son idée par peur d'une nouvelle insurrection et certains en avaient profité pour humilier davantage le peuple catalan. Dans une lettre ultérieure, il lui avait rappelé qu'il y a plus de grandeur à pardonner qu'à punir les vaincus.

Sa conscience lui dictait qu'il devait appliquer ces mêmes arguments à la situation de M. Elquiza, mais pour le moment, la voix de la colère couvrait celle de la raison, ce pour quoi il allait reporter sa décision jusqu'à être en mesure de la prendre en toute équanimité. Il aurait voulu que son frère soit là pour en discuter avec lui, mais Gabriel était parti à Valladolid deux jours auparavant afin de prévenir leur mère au sujet de don Enrique.

Il avait parlé avec lui au moment de son départ, alors que son cheval était déjà sellé pour le voyage. Ils s'étaient lancé un regard en coin, avaient souri à l'unisson. C'était la première fois qu'ils se reparlaient depuis leur dispute devant le docteur.

— Je suis désolé d'avoir crié sur toi, avait dit Diego.

— Je suis désolé d'avoir dit que tu meuglais comme un vieux bœuf.

Pas besoin de plus d'explications, ils n'avaient jamais su rester fâchés longtemps, et s'ils étaient terriblement têtus tous les deux, leur caractère de cochon ne les avait jamais empêchés de mettre leurs différends de côté au nom de la fraternité.

Diego savait que Gabriel ne lèverait pas le petit doigt contre don Enrique sans une preuve formelle, et aussi qu'il ferait tout ce qui était en son pouvoir pour l'obtenir. Par ailleurs, il sentait que Castamar était devenu trop petit pour son frère, et un monde réduit à un domaine n'était pas vraiment un monde. Avec son esprit indomptable, un jour il partirait ailleurs, là où la couleur de sa peau n'aurait pas d'importance. Il se doutait qu'ils n'auraient qu'une seule conversation à ce sujet : le jour où Gabriel lui annoncerait son départ de Castamar.

Une fois dans son bureau, il examina le courrier déposé sur sa table, un bel exemple du savoir-faire de l'ébéniste André-Charles Boulle, qui avait créé tant de belles pièces pour le grand-père du roi Philippe. Il songeait qu'il devait aller voir Mlle Castro avant le déjeuner, lorsqu'il distingua parmi les cachets le sceau de Sa Majesté. Il était sur le point d'ouvrir le pli lorsqu'on frappa timidement à la porte. Il accorda la permission d'entrer, mais dut attendre un instant avant que la porte ne s'ouvre et que le neveu de don Melquíades se présente devant lui. Le jeune homme demanda, raide comme un soldat, s'il pouvait lui parler, et c'est alors que son nom lui vint à l'esprit – c'était lui qui avait songé à prévoir des calèches le jour de la balade à Villacor.

— J'écoute, Roberto.

Le garçon, nerveux, tira encore une fois sur les bords de sa livrée. Diego supposa qu'il était venu plaider pour son oncle, voire lui annoncer qu'il suivrait son aîné s'il était renvoyé. Des questions domestiques dont il se serait bien passé, mais son père lui avait appris qu'un bon maître faisait siens les problèmes de ses gens.

— Monsieur, je voulais seulement que vous compreniez que je n'étais pas au courant des actions de mon oncle. J'étais enfant à l'époque, mais je tiens à vous dire que je ne suis pas un félon comme lui et…

— Tu n'es pas venu avec l'intention d'intercéder en faveur de ton oncle ? le coupa-t-il, écœuré.

— Jamais ! Ce sale traître ! Je…

— Silence ! ordonna-t-il d'une voix tonitruante.

Le garçon recula d'un pas, terrifié.

— Avant de dire quoi que ce soit d'autre contre ton oncle, sache qu'il a été la personne qui a pris soin de cette maison et de mon père, de feu mon épouse, de ma mère, de mon frère et, bien sûr, de moi. Je ne tolérerai donc pas qu'on l'insulte en ma présence. As-tu autre chose à me dire ?

— Non, monsieur, répond le jeune homme, le menton rentré dans la poitrine.

— Eh bien, sors d'ici.

Le garçon se carapata, rouge comme une pivoine.

— Bon Dieu, quelle famille ! grommela Diego, irrité.

Il reporta son attention sur la lettre du monarque. Tel qu'il l'avait déjà fait à de nombreuses occasions, le roi évoquait son désir d'abdiquer car il ne supportait plus le poids de la couronne ni de ses constantes crises de mélancolie, puis lui répétait qu'il voudrait le revoir au palais comme capitaine du Corps des Gardes. Il lui demandait aussi de ses nouvelles et l'exhortait à retrouver son esprit volontaire.

*Je sais que vous n'avez jamais perdu votre force d'esprit, cousin, ni ce caractère bien trempé qui a été un rempart dans la guerre contre les Autrichiens.*

Diego s'apprêtait à répondre quand il s'aperçut qu'il y avait, parmi les lettres, un pli de son frère. Il avait dû l'envoyer le jour même de son arrivée à Valladolid :

*Cher frère,*

*Quelques mots pour te dire que je vais rester quelques jours avec mère, car tel est son souhait. Tu sais combien elle est têtue, et je ne suis pas assez fort pour lui refuser quoi que ce soit. T'apprendre aussi que je lui ai parlé au sujet de don Enrique, et qu'elle pense que nous nous égarons. Elle estime bien le connaître et le dit incapable de faire du mal à une mouche et encore moins à Mlle Castro, avec laquelle il avait une relation des plus cordiales à Castamar. Je lui ai fait comprendre que nous ne parlons pas pour le plaisir de médire et lui ai fait promettre, malgré le manque de preuves, de se montrer prudente en sa compagnie, et bien sûr de ne parler de nos soupçons à personne et encore moins au marquis. Autour d'une tasse de café, qu'elle a mélangé avec du marasquin et moi avec du lait et du sucre – je persiste à dire que cette boisson, malgré son amertume, me semble très revigorante –, elle m'a assuré qu'elle ne verrait pas le marquis avant longtemps, car son emploi du temps était très chargé. Par ailleurs, sache qu'elle a l'intention de continuer à le traiter en ami de la famille et, en dépit de mes protestations, elle compte l'inviter pour les fêtes de fin d'année à Castamar.*
*Je joins à la présente une autre lettre cachetée destinée à Mlle Castro, car je ne veux pas qu'elle pense que je néglige mes devoirs d'hôte, et je tenais à lui expliquer la raison de mon départ et l'assurer de mon prompt retour.*
*Je sais parfaitement que je n'ai pas à te le dire, mais je te prie de veiller, en mon absence, à ce qu'elle ne manque de rien. Elle a besoin de notre aide, et même si j'étais auparavant enclin à la soupçonner d'intriguer contre nous, je pense que tu avais raison, mon frère : elle est avant tout la victime de don Enrique. Je parie que tu as souri en lisant cette dernière phrase, je me*

*souviens qu'Alba disait que, plus que des batailles, tu aimais sortir vainqueur de tes discussions avec elle.*
*J'espère que cette lettre te retrouve en bonne santé et que tout va bien à la maison. Je devrais être de retour dans la nuit de samedi à dimanche si je n'ai pas de contretemps. Ton frère qui t'aime.*

*Gabriel de Castamar*

*P.-S. : À mon retour, et pendant que nos amis continuent à enquêter parmi les gens de la cour, je compte me renseigner sur le lupanar le Passage. D'après ce que Daniel m'en a dit, les hommes d'Hernaldo de la Marca le fréquentent et peut-être qu'un habitué saura m'en dire plus sur ceux qui ont travaillé pour le marquis.*

Tel que Gabriel l'avait prévu, il avait souri en lisant qu'il lui donnait raison à propos de Mlle Castro, mais son sourire disparut en lisant le *post-scriptum.* Il était dangereux pour Gabriel de traîner dans ces lieux malfamés, il n'était pas à l'abri d'une rencontre malheureuse. Il mit de côté l'enveloppe pour Amelia et leva les yeux vers le portrait d'Alba en se demandant ce qu'elle aurait fait dans cette étrange situation où la confusion régnait : son majordome était un traître déloyal ou bien un homme repentant ; don Enrique, un homme qui souhaitait du mal à Castamar ou juste un noble licencieux et hautain ; Amelia, une jeune victime sans défense ou peut-être une ambitieuse sans scrupule ? Alba aurait su quoi faire, sauf peut-être à propos de la seule carte qu'il ne voulait pas mélanger aux autres : Mlle Belmonte.

Il éprouvait du plaisir à lui offrir des livres, et les délicieux plats qu'elle cuisinait d'après les recettes le réjouissaient au plus haut point. Mais ce n'était pas tout, car le petit mot de remerciement qu'elle lui avait adressé l'avait mis particulièrement en joie. Il ne savait pas où cela pouvait mener, mais ne voulait pas que cela cesse. Aussi, au lieu de répondre tout de suite au roi, il décida d'écrire de nouveau à son libraire pour savoir s'il avait d'autres ouvrages culinaires à lui proposer.

*26 janvier 1721*

Après deux jours avec sa mère à Valladolid et deux autres à cheval, Gabriel était arrivé à Castamar tard dans la nuit, comme prévu, mais s'était levé de bonne heure pour faire le tour du domaine avec Diego. Celui-ci lui avait appris la trahison de don Melquíades et la nouvelle que les assaillants d'Amelia Castro avaient été retrouvés, morts, au bord du Manzanares.

La jeune femme se rétablissait lentement, ce qui réjouit Gabriel, qui comptait aller lui rendre visite après la messe. De tous les hommes d'Église qu'il connaissait, don Antonio était certainement son préféré. Une fois, alors qu'il avait à peine dix ans, il lui avait demandé pourquoi il avait une couleur de peau différente. Don Antonio s'était penché vers lui et, avec un sourire qui exprimait toute la gentillesse de son cœur, il avait répondu :

— Dieu aime la diversité, il suffit de sortir dans la campagne et de voir toutes les couleurs, les insectes, les animaux, les nuages… La création n'est-elle pas belle ?

Après la messe, Gabriel monta sur son cheval, et soudain, il ne put plus attendre pour aller la voir. Elle serait au lit, il le savait, faible et encore un peu pâle, mais, se dit-il pour justifier son impatience, elle pourrait peut-être le renseigner sur ses agresseurs. Il gravit la colline et traversa la plaine jusqu'au château, où il démonta d'un saut et laissa le cheval aux palefreniers.

Il secoua la poussière de son habit en inspirant pour reprendre son souffle avant de monter à l'étage. Dans la chambre à la lumière tamisée, Amelia le reçut avec un sourire timide, une main sur la moitié abîmée de son visage. Il s'enquit de sa santé et voulut savoir si elle avait reçu sa lettre de Valladolid. Elle hocha la tête et le remercia dans un murmure :

— Vous êtes trop bons avec moi, don Gabriel, vous et votre frère.

— Nous faisons ce que tout bon chrétien ferait, répondit-il en venant s'asseoir à son chevet. Vous devez seulement vous soucier de guérir au plus vite.

— Tout de même... Je tiens à vous remercier... Votre générosité alors que...

L'émotion, ou bien la nervosité, entravait ses mots.

— Alors que la dernière fois...

Il comprit qu'elle voulait s'excuser pour avoir retiré sa main à l'arrivée de la femme de chambre. Il n'y avait pas accordé la moindre importance, car Mlle Castro, si elle s'était toujours montrée distante avec lui à cause sans aucun doute de la couleur de sa peau, l'avait prié de lui tenir la main, ce que peu de gens auraient osé faire.

— C'était une réaction logique. Vous n'avez pas à vous expliquer là-dessus.

Elle le regarda, les larmes coulant sur les joues. Il les essuya avec son mouchoir.

— Mademoiselle Castro, vous êtes une femme intelligente. Nous savons tous les deux qui vous a fait cette cicatrice, mais vous seule en connaissez la raison. Peut-être accepteriez-vous de vous en ouvrir à moi ?

Elle continuait de le fixer, le menton tremblant, les larmes encore plus abondantes. Quelque chose luttait en elle, férocement, et il s'en voulut de l'avoir mise dans cette situation délicate. On lui avait assigné un rôle, à son insu ou de son plein gré, pour lequel elle n'était pas préparée.

— J'ai... été... attaquée, dit-elle finalement.

Gabriel hésita. De toute évidence, sa peur était plus forte que sa gratitude envers eux. Pourtant, il avait besoin de ses réponses.

— Oui, cela ne fait pas de doute. Et c'est terrible. Mais est-ce que vous auriez une idée de qui a donné l'ordre ? Quelqu'un qui aurait pu souhaiter que je vous trouve et que je vous amène ici ?

Elle pleura de plus belle, comme si elle avait deviné qu'ils soupçonnaient don Enrique, et peut-être elle aussi.

— Pourquoi… pourquoi pensez-vous que l'attaque était… préméditée ?

Elle voulait donc qu'il montre ses cartes avant de découvrir son jeu. Gabriel, lui, espérait juste connaître la vérité et obtenir des preuves pour empêcher d'autres dommages à Castamar.

— Quatre hommes qui correspondaient à la description que vous en avez fournie aux alguazils ont été retrouvés… Leurs corps, pour être plus précis. Il y a trois jours, aux portes de Madrid. Par ailleurs, on m'a envoyé ma propre carte pour me pousser à me rendre dans le bosquet où j'avais l'habitude de rencontrer quelqu'un qui surveillait le marquis de Soto. Je sais que vous entretenez une relation étroite avec don Enrique depuis quelques mois. C'est pourquoi je déduis que c'était prémédité.

Elle se sentait acculée, comprit-il. Son agitation trahissait son indécision entre passer à des aveux aux conséquences désastreuses ou rester dans un silence bien trop lourd. Poussé par son besoin de savoir, il insista :

— Mademoiselle, qui avait intérêt que je vous trouve et que je vous amène à Castamar ? Était-ce le marquis ? Afin de vous punir pour ne pas avoir accepté de l'épouser ? Croyez-moi, votre vie et votre honneur sont en sécurité ici.

Elle pâlit davantage et, tremblant de la tête aux pieds, comme si elle revivait l'agression, chercha sa main avec fébrilité. Puis, finalement, la voix étouffée par la honte, ou était-ce la peur, elle répondit :

— Je… je… ne… sais pas.

Gabriel serra sa main, comprenant qu'il n'en tirerait pas davantage pour l'instant. Il resta à son côté jusqu'à ce que les frissons cessent et qu'elle se laisse enfin vaincre par la fatigue. Conscient que sa présence éloignait ses craintes, il demeura à son chevet, attentif à son souffle, caressant doucement ses cheveux noirs. Puis, au moment où il allait relâcher sa main, elle la serra plus fort et, dans son sommeil, la porta à ses lèvres.

*28 janvier 1721*

Le Gaucher se pencha au-dessus de la paillasse et, en regardant les courbes de Jacinta, songea que l'existence n'était qu'une virée désespérée pour tenter de survivre. Cette pauvre gaupe, acculée par la vie, était la seule relation intime qu'il avait avec un autre être humain. Pour une raison quelconque, elle s'était entichée de lui et se laissait foutre pour rien du tout. Mais lui, même s'il avait un peu d'affection pour elle, au fond il la méprisait, car c'était une femme déjà, mais en plus c'était une putain et qu'elle n'avait aucune jugeote.

Il lui ordonna de se retourner et elle virevolta en faisant sautiller ses gros nichons entre ses mains. Il rit malgré lui, Jacinta aimait le mignoter. Il finit son affaire et l'envoya chercher la Câline, la cuisinière de Sebas, pour qu'elle lui réchauffe une assiette. On ne pouvait pas se passer des femmes parce qu'il fallait bien coïter, mais la plupart du temps, elles n'étaient qu'un fardeau encombrant. Jacinta, dans ce sens, avait ses avantages : elle demandait moitié moins qu'une autre bagasse, ne posait pas de questions et parfois même elle lui trouvait du travail, comme la fois avec doña Sol. Ce jour-là, Jacinta, courant l'aiguillette, avait croisé un gars qui cherchait le nouveau palefrenier du duc de Castamar. Dans l'idée de gagner quelques sous, elle lui avait dit qu'elle connaissait peut-être quelqu'un et l'autre l'avait menée dans une ruelle, où un notaire l'avait interrogée sans descendre de sa calèche. Jacinta n'avait pas donné de nom et s'était contentée de répondre qu'elle pensait connaître un des palefreniers de Castamar. Le soir, rusée, elle l'avait interpellé alors qu'il dînait :

— Gaucher, paraît qu't'en as fini de la vie de coupe-jarrets, avait-elle roucoulé en se collant contre lui.

— Qui le dit ? avait-il grogné en prenant une gorgée d'une piquette aussi mauvaise que la mangeaille.

Elle lui avait chuchoté qu'on racontait qu'il travaillait dans les écuries du duc de Castamar. Il avait haussé les épaules.

— La vie est dure et chacun fait ce qu'il peut pour s'en sortir.

— Elle est dure, elle ? avait-elle dit en glissant sa main entre ses jambes.

Il l'avait attrapée par le poignet pour qu'elle le regarde droit dans les yeux. Il n'aimait pas qu'on le touche sans permission, encore moins une putain plus tapée que les pavés de la rue Mayor.

— Si tu me touches encore là, je te crève la panse, avait-il menacé en la repoussant violemment.

— T'énerve pas, espèce de cinglé. J'allais te proposer un travail pour un gars qui était dans le quartier cet après-midi.

Là, elle avait attiré son attention.

— Raconte au lieu de faire la pute, alors.

Mais elle avait regimbé, comme le voulait son métier et il avait dû l'amadouer :

— Assieds-toi avec moi, ma belle. Viens et raconte.

Elle avait fait semblant d'accepter à contrecœur et lui avait demandé à nouveau s'il travaillait vraiment à Castamar. Il avait hoché la tête et elle avait souri comme quand elle aguichait le client.

— Écoute-moi bien. On peut gagner beaucoup d'argent.

C'était ainsi que la mort de la duchesse de Castamar avait été préméditée. La suite avait eu lieu quelques jours plus tard, au cœur d'une nuit de pluie glaciale, dans une rue solitaire du centre. Jacinta l'avait conduit là pour qu'il rencontre Carlos Durán, l'homme de doña Sol dont il avait connu le nom plus tard.

Il descendit dans la taverne. Quelques clients furetaient entre les jambes des filles et il entendait Sebas crier de l'autre côté de la cloison, mais Jacinta n'était pas là et son plat non plus, elle avait dû trouver un client en chemin. Il alla voir dans la cuisine, où Sebas grondait la cuisinière pour avoir mis trop de haricots dans la « marmite des pauvres », une soupe avec plus d'eau que de substance que le Sebas vendait à toute heure à ceux qui avaient faim après avoir été avec une de ses filles.

— Ce sac de trop que tu as mis, je vais te le décompter de ton salaire, grognait le patron en secouant la tête comme un âne. Quelle manie de protester ! Si ce n'était pas parce qu'elle cuisine bien, je lui foutrais une bonne rossée.

Le Gaucher rit et réclama à manger. Sebas appela une fille et le fit servir. Manger correctement était l'une des rares choses pour lesquelles le Gaucher voulait bien payer le prix. Contrairement à beaucoup de spadassins et autres voyous, il ne dilapidait pas ses gains. Il avait réuni une petite somme pour son haras et ne dépensait que le strict nécessaire au quotidien. Pas de luxe ou de vice, mais un bon repas, décent et sans prétention. Il logeait dans un grenier crasseux près du Passage, où il n'avait jamais emmené personne – il y cachait le fruit de son travail, mais qui irait imaginer que la poutre et le faux plafond dissimulaient plus de huit mille réaux de vellón ?

Il s'attabla et on lui apporta du ragoût, une cruche de vin et du pain de seigle sans levain. Comme il commençait à manger, Jacinta sortit du couloir des chambres, talonnée par un bossu bedonnant avec un sourire béat. Elle lui fit signe de la tête, mais il l'ignora. Il voulait savourer son repas en paix.

Les clients rentraient dans le bordel comme dans un moulin, attirés par la bonne cuisine de la Câline. Mais pas Hernaldo de la Marca, le Gaucher le savait, qui venait aux nouvelles. Ils échangèrent un hochement de tête. Le soudard lui avait demandé de surveiller le Nègre de Castamar. Il avait embauché quatre hommes qui resteraient fiables tant que leurs poches seraient bien remplies. Quant à lui, il attendait avec impatience qu'on lui commande d'étriper ce singe africain qui paradait devant tout le monde habillé en seigneur. Il avait ses manières de riche en travers de la gorge depuis qu'il avait travaillé à Castamar, et s'il n'avait pas été payé pour dresser le cheval de doña Alba, il l'aurait piégé dans les bois et lui aurait réglé son compte comme l'animal sauvage qu'il était.

De la Marca était presque arrivé à sa table lorsque Sebas, en bon patron qui soigne les clients, le rejoignit pour discuter. Ils échangèrent quelques mots sur les difficultés de la vie et Hernaldo lui tournait déjà les talons lorsque le proxénète lança :

— Au fait, comment elle va, ta fille ? On dit que c'est un joli brin de femme.

Le spadassin s'arrêta net et toute la salle se tut quand il se tourna, la main sur la poignée de son épée. Sebas recula d'un pas, persuadé que sa dernière heure était venue.

— Si jamais tu t'avises de mentionner à nouveau ma fille, je te brise l'échine en deux, sac à merde, menaça Hernaldo.

Sebas repartit vers la cuisine, les mains en l'air en signe de paix, et Hernaldo fit signe au Gaucher de le retrouver dans la cour. Lorsqu'il se leva, Jacinta vint se coller contre lui en minaudant :

— Laisse-moi venir, je n'fais rien, là.

— Occupe-toi de tes miches et laisse-moi tranquille, grogna le Gaucher.

— T'es qu'un bâtard. Tu m'dis jamais rien... Même pas quand c'est moi qui t'apporte l'affaire comme avec la dame et les chevaux de Ca...

Il la fit taire d'une claque retentissante qui la fit tomber à la renverse. Sebas se plaignit depuis l'autre bout de la salle qu'avec le visage abîmé, elle rapporterait moins, et le Gaucher, en guise d'excuse, laissa seize pièces sur la table. Lorsqu'il se retourna, il se trouva face au regard interrogatif d'Hernaldo. Il haussa les épaules et marmonna, dissimulant son malaise :

— Les femmes…

Ils sortirent dans la cour, escortés par la ribambelle d'insultes hurlées par Jacinta. Dès qu'ils furent seuls, le soldat demanda, la main toujours sur l'épée :

— De quel travail parlait cette pute ?

— Une commande pour une dame de la promenade des Descalzas, répondit-il, les yeux rivés à son arme. Elle voulait que je dresse quelques poulains.

— Et quel était le nom de la dame ?

Le temps d'un instant, il songea à éventrer ce fils de pute et à fuir Madrid avec sa fortune. Mais il se dit que le marquis le traquerait même aux Amériques. Il se composa une expression butée et feignit chercher dans sa mémoire.

— À vrai dire… je me rappelle pas. J'en ai dressé, des chevaux.

Hernaldo le scruta encore comme s'il soupesait sa réponse, puis finalement, son sens pratique l'emporta.

— J'ai pas tout la journée. Le Noir ?

Le Gaucher raconta ce qu'il savait : tout juste rentré de Valladolid, le soi-disant frère de Castamar cherchait le Passage, sauf que personne dans le quartier n'allait renseigner un Noir déguisé en noble ; tout au plus, on lui soutirerait de l'argent en échange de fausses adresses. En revanche, il fallait se méfier des argousins qui pourraient parler s'il déliait les cordons de sa bourse. Le visage d'Hernaldo de la Marca ne montra aucun signe de surprise, comme s'il s'y attendait.

— Il va bien finir par trouver et il faut être prêts. Trouve des hommes compétents et tu les payes à la journée, ordonna Hernaldo, confirmant que cela faisait partie d'un plan.

— Faudra me dire quoi faire quand le Nègre viendra…

— Lui donner une leçon.

# TROISIÈME PARTIE

16 octobre 1721 – 7 novembre 1721

# 28

*16 octobre 1721*

AMELIA PRÉPARAIT SON DÉPART depuis plusieurs jours et avait fait préparer ses bagages, avec les effets personnels qu'on avait fait venir au fur et à mesure de sa maison de Madrid. Elle avait passé le printemps et l'été à Castamar en abusant de l'hospitalité de ses hôtes, mais les festivités annuelles du domaine approchaient et elle ne voulait pas se montrer devant la fine fleur de la cour. Ce pour quoi elle avait décidé de rendre à l'Escurial pour rendre visite à sa mère, dont elle n'avait que les nouvelles, rares, que voulaient bien lui donner les domestiques qui la gardaient. Elle avait aussi reçu un mot de don Enrique qui, dans sa prose hypocrite, lui annonçait que ce même jour il assisterait à un dîner à Castamar et qu'il se réjouissait à l'avance de la revoir. L'arrivée du marquis la terrorisait, car il ne tarderait pas à comprendre que don Diego ne comptait pas l'épouser, ni par amour ni par pitié, et alors il n'aurait aucun scrupule à se débarrasser d'elle et de sa mère.

Elle devait donc retrouver sa mère – en espérant que les domestiques se laissent soudoyer – et mettre le cap vers Cadix où elles pourraient prendre un bateau vers la France, ou peut-être partir aux Amériques. Ainsi elle serait libérée du joug de don Enrique. Mais tant qu'elle n'avait pas échappé à ses griffes, elle devait lui faire croire qu'elle pouvait encore lui servir. De plus, pour rien au monde elle ne voulait révéler à don Gabriel sa complicité avec le marquis. Elle avait une grande estime pour lui, si grande, qu'elle aurait souhaité lui ouvrir son cœur, mais elle avait honte et peur, honte de ce qu'elle avait fait et peur que le marquis s'en prenne non seulement à elle, mais aussi à l'homme qui lui avait sauvé la vie.

Depuis cette nuit fatidique, son regard sur les gens de sa race avait changé. Don Gabriel avait pris soin d'elle avec un dévouement total, lui prodiguant les soins prescrits par le médecin, pansant son visage ; il s'était promené avec elle dans les jardins de Castamar et de Villacor ; il lui avait envoyé des petits mots et lui avait fait la lecture, il avait joué pour elle ses pièces préférées au clavecin, de sorte qu'elle avait cessé de voir la couleur de sa peau pour ne plus voir que la noblesse de son âme. Il était tout ce qu'une femme pouvait désirer chez un homme : beau, résolu, fiable et dévoué.

Ses bagages fin prêts, elle attendait pour lui faire ses adieux, le cœur en deuil. La relation qu'ils entretenaient ne leur apporterait que du malheur s'ils la laissaient s'épanouir. Elle était une jeune femme dont le visage et l'honneur avaient été poignardés ; il avait un rang qui ne valait que dans l'enceinte de Castamar, car au-delà, il n'était qu'un Nègre de plus à mépriser.

On toqua à la porte. C'était lui, élégamment vêtu comme à son habitude, d'un habit de taffetas et d'un veston bleu clair avec une boutonnière en argent. Ils firent une petite révérence, et il lui demanda, de cette voix si douce qu'il avait quand il s'adressait à elle, si elle avait toujours l'intention de partir.

— Je ne veux pas causer plus de dérangement que je n'en ai déjà causé et... Comme vous pouvez le voir, on a déjà rassemblé mes affaires, tout est prêt pour ma visite à ma mère.

Il acquiesça, les yeux rivés aux siens. Un éloquent silence flottait dans la pièce qui disait leur réticence à se faire leurs adieux. Finalement, il parla :

— Permettez-moi d'insister encore une fois : je désire vivement que vous restiez dîner ce soir. Bien sûr, ma mère et mon frère se joignent à l'invitation, ils ont beaucoup d'estime pour vous, j'espère que vous le savez. Quant à moi, je serai honoré d'être votre cavalier.

Elle songea que leurs longues balades allaient lui manquer.

— Je vous remercie de votre offre, mais assister avec vous au repas de ce soir me mettrait dans une situation inconfortable, et...

— Parfois j'oublie ce que je demande, l'interrompit-il avec délicatesse. Je vous parlais, bien sûr, du dîner en petit comité que mon frère se plaît à donner avant la grande soirée, à laquelle je préfère ne pas assister. L'aristocratie espagnole ne souffre pas la couleur de ma peau et je comprends que vous préfériez éviter les commérages qui pourraient avoir des conséquences nég...

Amelia l'arrêta d'un geste et fit un pas vers lui. Elle pouvait sentir sa respiration tiède, son parfum qui lui rappelait les orangers en fleur.

— Vous vous méprenez, don Gabriel, murmura-t-elle. J'ai longtemps eu des préventions sur la couleur de votre peau, mais elles ont été balayées depuis... avec mon séjour ici. Je n'ai pas beaucoup de qualités, mais je ne suis pas ingrate et je n'oublie pas que je vous dois la vie. Je n'imagine pas de meilleur cavalier pour assister à un dîner que vous, ce pour quoi je vous prie de croire que mon refus n'a rien à voir avec la couleur de votre peau. Je… si je ne veux pas y assister, c'est…

Elle porta une main à sa joue.

— C'est ma vanité qui m'empêche de me montrer en société.

L'expression de don Gabriel changea.

— Je vous prie de m'excuser pour cette maladresse, dit-il, le regard contrit. Habitué à susciter le mépris, je n'ai pensé qu'à moi, alors que j'aurais dû vous éviter cette pénible conversation.

— Ne vous blâmez pas. Pas avec moi, je connais votre cœur et je sais combien il est bon.

— Laissez-moi vous protéger, reprit-il. Je jure que je ne laisserai plus jamais personne oser vous faire du mal.

Ces mots la touchèrent tant qu'elle aurait voulu s'abandonner à l'émotion et se confier à lui, tout lui raconter, la peur, le déshonneur, le marquis. Du bout des doigts, il caressa sa cicatrice, elle leva la main pour l'en empêcher, puis finalement le laissa effleurer son visage. Sans même songer à ce qu'elle faisait, elle franchit l'espace infini qui les séparait et inclina la tête pour poser son front contre son torse.

Quelques coups à la porte les firent s'écarter vivement. Don Diego, depuis le seuil, regarda son frère, et Amelia put sentir encore une fois la force de leur lien fraternel, solide comme l'acier, bien au-delà des préjugés de leur société.

— Je venais prier Mlle Castro de rester dîner ce soir, annonça le duc, quelque peu mal à l'aise.

Don Gabriel se hâta de dire qu'elle était sur le départ, mais avant qu'il n'ait terminé sa phrase, mue par un élan inopiné, elle déclara que cela pouvait attendre et que ce serait un plaisir d'être des leurs ce soir-là.

Don Diego les laissa seuls et Gabriel la remercia d'avoir changé d'avis.

— C'est le moins que je puisse faire, répondit-elle.

— Je ne souhaite pas vous compromettre. Je sais que vous, par vos bonnes manières…

— Ce sera un honneur et un plaisir.

Elle avait agi par nécessité intérieure, peut-être motivée par la demande répétée, peut-être parce qu'elle se sentait protégée dans les bras de don Gabriel, ou simplement parce qu'elle refusait d'avoir peur. Pourtant, lorsqu'elle se retrouva seule à nouveau et qu'elle songea qu'elle devrait affronter don Enrique, elle se mit à trembler, la peur au ventre.

— Sois forte, Amelia, murmura-t-elle pour s'encourager. Quoi qu'il arrive à ce souper, don Gabriel sera là. Et si tu veux être libre, il te faudra bien faire face au marquis un jour.

*Même jour, 16 octobre 1721*

Les invités avaient commencé à arriver trois jours plus tôt. D'abord doña Mercedes escortée de don Enrique de Arcona, puis les amis du maître, don Francisco et don Alfredo.

Le souper offert par don Diego à ses amis s'avérait « un grand succès », selon les mots d'Andrés Moguer. Le sommelier, qui envoyait à Clara des nouvelles sur le déroulement du repas avec les valets qui faisaient des allers-retours, avait même dit que les commensaux oubliaient de parler et qu'on n'entendait que des soupirs d'étonnement et de plaisir.

Emportée par le tourbillon de la préparation des festivités, Clara avait à peine eu le temps de se souvenir de son arrivée à Castamar une année plus tôt. Cependant, cette année elle avait pu organiser chaque service et faire les commandes à temps : viande, potager, cave, et elle avait même pu travailler avec Simón Casona autour des fleurs et fruits qui décoreraient les tables et les plats.

Elle dirigeait la cuisine « comme Vatel, ce grand maître de cérémonies », avait-elle écrit à sa mère et sa sœur dans une lettre envoyée le matin même. Elle leur racontait, avec une pointe de fierté, qu'elle avait dû rappeler à Jacinto Suárez, l'acheteur de viandes, qu'elle n'accepterait que des produits de qualité irréprochable et comment elle avait expliqué à Matilde Marrón, la saucière, quel type d'huile d'olive utiliser, elle détaillait ensuite ses choix quant aux gelées, sauces et fruits à préparer.

Lorsqu'elle eut fini la lettre, elle vérifia encore une fois la chorégraphie des plats qui devaient arriver sur la table en bon ordre pour bien exécuter la vaste symphonie de saveurs et textures qu'elle avait composée. Dans les cuisines secondaires officiaient les mêmes chefs qui avaient si bien travaillé l'année précédente, mais elle gardait l'œil sur tout et le Français Jean-Pierre de Champfleury, qui l'année précédente avait été agacé par ses remarques, avait suivi bien volontiers ses instructions. Apparemment, il avait entendu que, dans le cercle intime de la reine, on vantait les qualités extraordinaires de Mlle Belmonte, que l'on estimait un exemple à suivre pour tout cuisinier.

Pour flatter les papilles italiennes de la reine, Clara avait prévu quelques petits plats de pâtes à l'italienne avec différentes sauces de viande et légumes. Pierre Benoist et Pierre Chatelain, chefs des cuisines royales, étaient aussi à Castamar pour superviser et goûter les plats sur les instructions de Leurs Majestés, et tous deux lui avaient adressé leurs sincères félicitations.

Depuis l'aube, elle n'avait guère pu penser à autre chose qu'à travailler mais souvent son esprit retournait à une recette ou un conseil tiré d'un des livres de sa collection, qui comptait déjà quatorze volumes. Ils étaient son trésor et son secret le mieux gardé, sous le lit, enveloppés dans une couverture. Elle ne voulait pas que doña Úrsula les découvre, car elle la savait capable de s'en servir pour la discréditer devant les autres domestiques.

Ses relations avec la gouvernante n'avaient cessé d'être tendues et, quatre jours plus tôt, elles avaient eu un de leurs désaccords habituels. Clara, apitoyée par la situation du pauvre don Melquíades, confiné dans sa chambre depuis le mois de janvier comme un prisonnier fantôme, avait décidé d'intercéder pour lui auprès du maître. Lorsque doña Úrsula l'avait appris, elle avait débarqué comme une furie en cuisine et lui avait ordonné de « cesser de se mêler d'affaires qui ne relèvent pas de la cuisine ». Ce n'était pas les remontrances de la gouvernante qui l'avaient déstabilisée, cependant, mais la réaction de don Diego. Le duc, toujours si gracieux avec elle, avait le regard noir en l'écoutant et, à la fin de sa plaidoirie, l'avait renvoyée d'un geste furibond. Elisa lui avait raconté plus tard que son intervention en faveur de don Melquíades était la dernière d'une longue série. Les autres domestiques, qui ne pouvaient pas se permettre d'être aussi directs qu'elle, cherchaient à fléchir le duc de manière voilée, évoquant avec regret le vieux majordome ou faisant allusion au pardon comme premier devoir d'un bon chrétien. De fait, les insinuations étaient devenues si récurrentes que le duc avait demandé à doña Úrsula de rappeler au personnel que c'était une affaire qui ne concernait personne d'autre que lui et qu'il ne voulait plus rien entendre. Doña Úrsula avait fait passer le mot à tout le monde sauf à Clara dans l'espoir, finalement exaucé, qu'elle commette un impair, et bien à contrecœur, elle devait reconnaître que la gouvernante avait raison : la situation du majordome n'était absolument pas de son ressort.

Son cœur saignait pour l'ancien majordome. Elle avait continué de lui rendre visite – elle était la seule, avec Casona, à le faire ouvertement, même si d'autres domestiques le faisaient dans le dos de doña Úrsula.

Au cours de ces longs mois, ils avaient développé une amitié sincère autour du récit de leurs vies mouvementées. Don Melquíades avait révélé à Clara que, dans sa jeunesse, il avait été dévasté par le chagrin à cause d'un amour impossible avec une demoiselle de haute naissance que les parents avaient fiancée à un noble de la région de Galice et qu'il n'avait plus jamais revue. Aussi, qu'à l'arrivée d'Úrsula Berenguer à Castamar, il l'avait trouvé séduisante et aimable au point de songer à bâtir un avenir avec elle, ou à défaut nouer une amitié durable. Ils avaient tous deux ri de la naïveté de la chose.

— Nous faisons tous des erreurs, avait dit Clara, voulant le réconforter. Après la mort de mon père, j'étais un fardeau pour ma mère. Je ne pouvais pas sortir, et encore moins travailler pour ramener de l'argent à la maison. Ma pauvre mère a dû dépenser tout ce qu'elle avait économisé pour me soigner. Ma petite sœur ne pouvait ou ne voulait pas se rendre compte de notre nouvelle situation et, un jour, frustrée par son insouciance, je lui ai fait comprendre crûment que nous avions à peine de quoi vivre et que nous risquions de nous trouver à la rue du jour au lendemain. C'était un fardeau injuste pour elle...

La dernière fois qu'elle l'avait vu, cinq jours plus tôt, elle avait été frappée par la tristesse oppressante qui emplissait sa chambre. Don Melquíades, qu'elle avait toujours connu tiré à quatre épingles, semblait, avec ses longs cheveux et sa barbe négligée, un naufragé dans une mer de remords. Ce pour quoi elle s'était décidée à parler au duc. Sa réaction colérique l'avait complètement déstabilisée et elle s'en voulait profondément d'avoir abîmé sa relation avec lui, une relation qui depuis des mois la rendait plus légère et plus gaie. Outre le fait d'essayer une nouvelle recette pour lui, son plus grand plaisir était de recevoir une lettre de sa part. Au fil des mois, leurs échanges secrets s'étaient intensifiés et elle gardait dans chacun des livres le mot qui l'accompagnait et une copie de sa réponse, qu'elle relisait souvent avec joie.

Leur relation avait profondément modifié son quotidien. D'une part, elle se sentait plus proche de don Diego que de personne et ses lettres lui permettaient de connaître l'homme derrière le titre de noblesse. D'autre part, quelque chose en elle avait pris de la force, assez pour affronter la terreur des grands espaces, comme elle le lui avait avoué dans l'un de ses petits billets :

*Votre Excellence,*

*M. Moguer m'a fait part de vos compliments sur les jaunes d'œufs confits et sur le foie de chevreuil. J'ai été ravie aussi d'apprendre que vous n'aviez jamais mangé un gigot aussi tendre. Ma mère disait que le Créateur, en obligeant l'homme à manger pour vivre, l'y invite par l'appétit et l'en récompense par le plaisir. J'espère pouvoir continuer à vous faire plaisir et vous surprendre avec mes préparations.*
*En outre, vos actes de générosité à mon égard renforcent mon courage et je me sens prête désormais à surmonter mon appréhension des espaces ouverts.*

Don Diego s'était empressé de répondre, de sa belle écriture :

*… votre attitude est typique des caractères forts et des esprits résolus, mademoiselle Belmonte. Continuez sur cette voie, et vous surmonterez sans doute votre appréhension plus vite que vous ne le pensez. Je crains que la commande n'arrive pas à temps cette semaine, mais j'espère vous faire parvenir le livre d'ici peu.*

Elle avait dû attendre un peu plus de huit jours pour recevoir enfin le nouvel exemplaire : *Le Nouveau Cuisinier* de Pierre de Lune, publié à Paris en 1656. Elle l'avait remercié en réitérant sa grande joie d'officier aux cuisines de Castamar. Bien malgré elle, Clara guettait l'arrivée de ses plis, comme ce jour où elle avait préparé le repas pour une partie de campagne à Villacor. Elle n'avait pas été déçue :

*Vous me pardonnerez mon manque de modestie, mais je me félicite souvent d'avoir eu l'idée de vous offrir ces livres, car je me régale avec la délicatesse de vos concoctions. Cependant, je dois vous dire que ce plaisir n'est que le pâle reflet de la satisfaction que j'éprouve à savoir qu'elles sont la marque de votre affection pour ma personne.*

Deux lignes plus loin, il ajoutait :

*En sens inverse, je dois aussi admettre que chaque fois que je goûte votre cuisine, j'éprouve la plus sincère affection pour vous.*

Ces mots, elle les avait lus et relus jusqu'à les apprendre par cœur. Elle fut forcée de se demander si leur correspondance n'était qu'un jeu innocent entre deux âmes solitaires ou s'il s'agissait de quelque chose d'autre qui finirait par lui faire quitter Castamar le cœur brisé et sa carrière finie. Elle avait eu si peur qu'elle avait décidé de ne plus lui écrire. Dans les jours suivants, le duc était descendu à la cave plus de six fois sous prétexte que le vin qu'on lui servait n'était pas bon, alors qu'en réalité il venait chercher sa réponse. Clara avait fini par céder à l'envie de poursuivre leurs échanges :

*Monsieur,*

*Je tiens à vous car je vis des mois de bonheur comme je n'en avais point connus depuis que mon père était encore de ce monde...*

La phrase suivante, elle l'avait tournée et retourné mille fois dans sa tête avant de se décider à l'écrire :

*Vos marques d'affection à mon égard, vos attentions et votre gentillesse me font vous apprécier chaque jour davantage, comme il ne pouvait en être autrement.*

C'était à cause de cette intimité qui s'était établie entre eux qu'elle avait osé intercéder pour don Melquíades, et c'était pour cela aussi que lorsque don Diego l'avait renvoyée d'un geste colérique sans même lui adresser la parole, elle avait eu l'impression d'avoir été chassée du paradis et de se retrouver de nouveau seule au monde. Le lendemain, elle lui avait demandé de la recevoir pour s'excuser de son audace.

— Avant que vous ne disiez quoi que ce soit, voici, avait-il déclaré dès qu'elle était entrée dans le salon en lui tendant un livre avec un sourire. Celui-ci, je tenais à vous le remettre en main propre.

Les joues en feu, elle avait fait une révérence, puis, lorsqu'elle avait pris le volume, leurs doigts s'étaient touchés. Il avait mis un peu de temps à retirer sa main de la reliure vert profond, un délicieux moment qui leur avait semblé durer une éternité.

— J'espère que ce geste vous fera oublier mon caractère atrabilaire, avait-il ajouté.

— Monsieur, je voulais vous demander pardon car, hier...

Il avait éclaté de rire.

— Mademoiselle Belmonte, vous êtes remarquable, et M. Elquiza a chez vous le meilleur des avocats. C'est moi qui dois m'excuser pour ma réaction d'hier. Vous défendiez un ami, et rien n'est plus important que la loyauté.

Elle dut faire un effort pour vaincre son embarras et parler d'une voix claire :

— C'est bien vrai que ma seule intention était de faire appel à votre clémence, monsieur, et je le regrette sincèrement si mon audace a pu vous paraître un manque de respect. C'est vous et vous seul qui pouvez décider du sort de don Melquíades.

Il avait hoché la tête et souri, l'enveloppant de son regard limpide.

— J'avais besoin de temps pour que la blessure soit moins douloureuse. Ma déception à son égard a été vive et profonde, mais je n'ai jamais voulu que M. Elquiza quitte Castamar, encore moins le condamner à l'exil. Et encore moins maintenant que je sais que vous le comptez parmi vos amis. Je réglerai la situation avant la fin de la semaine.

Après cette conversation, hantée par le souvenir de leurs doigts qui se frôlaient et de ses yeux sur elle, elle avait redoublé ses efforts pour préparer la meilleure réception jamais servie à Castamar.

À présent, elle pouvait souffler car le souper avait été un succès et don Diego ne pouvait qu'être satisfait du travail qu'elle avait accompli. Elle se sentait flotter, comme si toute sa vie avait tourné autour de ce moment précis, comme si toutes les souffrances passées – la mort de son père, la déchéance sociale, sa maladie – avaient soudainement pris un sens. Elle était la cuisinière en chef de Castamar sans conteste, et si le duc avait trouvé le repas pour les intimes à son goût, il allait déborder de fierté lorsque le festin serait servi. Le cœur rempli de joie, elle continua à superviser chacune des préparations qui allaient sortir de sa cuisine.

# 29

*Même jour, 16 octobre 1721*

DIEGO CRAIGNAIT QUE SON FRÈRE prenne des risques inconsidérés. Depuis maintenant un an, Gabriel enquêtait sur le marquis de Soto, mais il n'avait toujours pas obtenu de preuves convaincantes. Il avait cependant trouvé un bordel dans le ravin de Lavapiés, où son homme de main retrouvait des malfaiteurs de la pire espèce et où Diego lui avait interdit formellement de se rendre car c'était trop dangereux. Par ailleurs, dans cet entre-deux au sujet du marquis, il avait accepté que sa mère l'invite à Castamar, tant pour ne pas se disputer avec elle que pour observer de près cette hyène de don Enrique.

Le marquis était arrivé à Castamar quelques jours auparavant, et sa première remarque après les politesses de rigueur, fut de suggérer qu'il vaudrait sans doute mieux que Mlle Castro ne dîne pas avec eux, car cela les obligerait à regarder son visage défiguré, et qu'elle se sentirait mal à l'aise. Gabriel avait dû faire appel à toute sa tempérance pour ne pas s'emporter et avait quitté la pièce tandis que Diego avait rappelé froidement au marquis qu'Amelia était son invitée et que si son visage le gênait, il n'était pas obligé de s'attabler avec eux. Don Enrique avait rétorqué en toute hypocrisie qu'il ne songeait qu'au bien-être de la demoiselle.

Avant de commencer le repas, Diego adressa quelques mots de bienvenue à ses invités : sa mère et don Enrique ; Mlle Castro qui, à côté de Gabriel, évitait de croiser le regard du marquis ; Francisco avec leur amie commune Leonor de Bazán, récemment arrivée de Valence ; et enfin Alfredo, qui, comme d'habitude, n'avait pas amené de cavalière. Doña Sol Montijos, à présent marquise veuve de Villamar, avait dû décliner l'invitation car elle gardait encore le deuil pour son mari, mort quelques mois auparavant dans un accident de carrosse.

Déjà Francisco se leva pour prendre la parole :

— Chers amis, je dois avouer que cette année, ma présence ici est due avant tout à l'excellence de la cuisine de Castamar. Je suis certain que je ne suis pas le seul à envier sa cuisinière à notre cher duc. Si sa beauté est comme sa gastronomie, le roi devrait lui donner un titre.

Ils rirent tous et Alfredo demanda :

— Alors, Diego, dis-nous : est-elle belle ?

— Elle l'est, très, répondit-il. Mais ce n'est que l'un de ses nombreux atouts.

— Il est rare de trouver une telle femme parmi la plèbe, ajouta Alfredo.

— Nous avons déjà abordé le sujet, vous vous souvenez ? Drôle de cuisinière que la vôtre : une vieille fille instruite et d'une certaine beauté, commenta don Enrique de son ton hautain.

Diego, n'appréciant pas la tournure que prenait la conversation, fit signe au sommelier de commencer le service.

— Peut-être vous ai-je menti, dit-il, avec un regard glacial pour le marquis. Il se pourrait que si nous descendions aux cuisines, vous découvriez que ma belle cuisinière est en réalité un gros chef aux mains épaisses et au caractère de cochon. Dînons. Je trouve que nous avons un automne doux comme un printemps, n'est-ce pas ?

Don Enrique sourit avec un plaisir mauvais lorsque doña Mercedes affirma que la jeune femme, si elle avait été noble, aurait fait une épouse parfaite, si ce n'était cet étrange penchant pour les marmites, « une tâche pour les femmes sans lignage ».

Diego fit un signe discret à Francisco pour qu'il change le sujet de conversation.

— Chère Doña Mercedes, à mon avis, et je m'y connais en femmes... elles sont toutes les mêmes sous leurs vêtements.

Les hommes éclatèrent de rire tandis que les dames baissaient pudiquement les yeux.

— Mais quel effronté ! s'écria la duchesse, faussement scandalisée. Francisco, vos manières !

Don Enrique, sournois, affirma qu'une haute naissance conférait une grâce indiscutable aux dames et que cette Mlle Belmonte, quelles que fussent ses qualités, ne pouvait prétendre se comparer aux dames de la véritable noblesse, dont la beauté était une marque depuis le berceau.

— Et elle les accompagne jusqu'à la tombe, appuya-t-il avec un coup d'œil vers Mlle Castro. Si Dieu le veut. Ne pensez-vous pas, don Diego ?

Ils se toisèrent dans un silence chargé de menaces.

— Permettez que je vous contredise, marquis, répondit finalement le duc. Un titre ne garantit pas toujours la véritable noblesse, cette attitude reflétant un mélange harmonieux de dignité, de grâce et d'élégance.

— Mon cher don Diego, quelle véhémence, répliqua don Enrique en levant la main de son rossoli. Si jamais vous exprimez de telles pensées devant au tribunal, ils pourraient penser que vous êtes une sorte de révolutionnaire.

— Je suis désolé si ma façon de m'exprimer vous déplaît, marquis. On m'a souvent reproché une certaine robustesse dans le discours.

Le marquis rit avec une légèreté feinte et Alfredo, las de ses manières outrecuidantes, lança :

— Si vous doutez tant, marquis, nous pourrions résoudre la question par un pari. Si vous pensez que le dîner qui vous est présenté est excellent, nous appellerons la cuisinière à l'étage pour contempler sa beauté, si tant est qu'elle soit belle, et vous pourrez juger par ailleurs de son degré de raffinement. Si tel est le cas, vous devrez reconnaître publiquement votre ignorance abyssale en ce qui concerne les questions de beauté et de noblesse.

— J'accepte, acquiesça le marquis en levant son verre.

Diego aurait préféré qu'on cesse de parler de Clara Belmonte, mais il ne pouvait faire taire ses invités car, malgré tout le bien qu'il pensait d'elle, ce n'était pas une dame noble dont il aurait été bienséant de défendre le nom.

— Mais si elle n'a ni grâce ni beauté, la cuisinière de don Diego passera à mon service, lâcha de but en blanc le marquis.

Diego sentait qu'il le mettait au défi de refuser, ce qui l'aurait fait passer devant l'assemblée pour un menteur qui avait exagéré au sujet de la beauté, l'éducation et les dispositions de Mlle Belmonte. Le marquis, comme l'année dernière, ne perdait pas une occasion de le provoquer et il aurait voulu comprendre pourquoi. D'un autre côté, il était certain que Mlle Belmonte, avec sa prestance et sa diligence, ferait taire ce pompeux personnage.

— C'est juste, accorda-t-il.

Une fois le premier service terminé, dont une somptueuse bisque de pigeonneaux garnie de foies de volaille frits, il se dit que le marquis serait obligé d'accepter l'excellence de Clara Belmonte dans son métier, car tout le monde avait oublié de parler pour se concentrer sur les saveurs. Il en fut de même avec le second service, où une farandole de plats décorés somptueusement ravit autant les yeux que les papilles des convives. Des motifs floraux composés de bourgeons comestibles, des animaux en pâte feuilletée si délicate qu'elle aurait pu flotter, ornés de jaunes d'œufs au sirop, de chocolat râpé, de cannelle. On ne savait plus où donner de la tête : les courges farcies, les perches en filet au blanc, le ragoût aux truffes, les boulettes de veau, le cotignac, puis les rôts avec leurs garnitures… Lorsque vint le moment des desserts, les convives avaient déjà épuisé leur réserve de compliments : dragées, riz au lait, gâteaux au miel et lait caillé aux mûres étaient quelques-unes des spécialités que Mlle Belmonte avait préparées pour eux.

L'avis élogieux était parfaitement unanime et tout le monde soutenait l'idée de mander la cuisinière pour la féliciter. Diego était fier et soulagé, car personne, n'en déplaise au marquis, n'aurait pu faire le moindre commentaire désagréable sans se ridiculiser. C'était l'un des fléaux de la vie à la cour, cette activité inlassable de mauvaises langues qui donnaient leur avis pour le plaisir de se faire remarquer, avait parfois des conséquences néfastes pour ceux qui en étaient la cible et n'avaient pas le pouvoir de se défendre. Son père, un homme discret, lui avait toujours intimé d'être économe de sa parole, surtout si elle pouvait nuire.

— Diego, je pense qu'il serait approprié de féliciter la cuisinière en personne. Fais-la appeler, pria Alfredo.

— Si vous voulez bien m'excuser, je vais aller la chercher moi-même, dit-il devant les expressions quelque peu étonnées de sa mère et des invités.

Il descendit aux cuisines en passant par la cave pour ne pas distraire le reste des domestiques. Comme un valet dans une pièce de théâtre, il s'arrêta derrière la porte pour chercher des yeux Mlle Belmonte au milieu du mouvement incessant de sauciers, rôtisseurs, aides et sous-aides. Il dut attendre qu'un nuage de vapeur se dissipe pour apercevoir sa petite silhouette volontaire. Il ne put que sourire en la voyant diriger ses troupes comme un capitaine en pleine bataille, avec le bon mélange de savoir et d'inspiration qui lui disait quand ôter une casserole du feu, comment napper les filets de bœuf de la sauce idoine, où était le point parfait d'assaisonnement… Il aimait s'être faufilé dans le monde de Clara Belmonte, un monde de cruches d'huile, de brocs d'eau douce, de bols de faïence et de trépieds de métal, une réalité si éloignée de la sienne qu'il n'aurait jamais cru qu'elle pourrait autant le fasciner.

Il suivait ses mouvements, comme hypnotisé, et soudain son esprit retourna au jour de la mort de Rosalía, lorsque Clara, ployant sous le poids de la culpabilité, s'était laissé aller à son étreinte et qu'il avait failli poser sa bouche sur la sienne. Elle était à la fois fragile et courageuse, comme le prouvait la façon dont elle tentait de combattre son affection nerveuse. Il l'avait vue parfois depuis sa fenêtre du premier étage, lorsqu'elle se confrontait à ses peurs en sortant dans la cour. Elle lui semblait admirable. Selon Simón Casona, elle avait fait des progrès et parvenait à présent à faire quelques pas au-dehors et à rester un instant assise près de la porte.

L'un des garçons de cuisine qui passait à côté de la porte le sortit de sa rêverie en criant avec enthousiasme que Castamar allait briller comme au temps de doña Alba. Il se rendit compte alors que la mention de sa chère épouse ne l'emplissait pas de mélancolie comme auparavant. Il était certain qu'Alba aurait été enchantée que la maison retrouve son éclat d'antan. Dans son esprit, elle souriait, comme Clara était en train de le faire. Doña Úrsula surgit à côté d'elle, brusque et maligne.

— Je me demande ce qui vous fait rire, dit-elle à Clara. Vu l'état de votre cuisine, je doute que tout soit prêt dans les temps. Le bal est sur le point de commencer.

— Je suis certain que Mlle Belmonte a tout prévu, intervint alors le duc, provoquant la stupeur générale. Et quoi qu'il en soit, cela doit attendre. Mes invités ont été très satisfaits du dîner de ce soir et aimeraient vous rencontrer, mademoiselle Belmonte. Voulez-vous bien me suivre ?

Clara hocha la tête et s'essuya les mains avant d'enlever son tablier. Diego marcha devant elle pour éviter les commérages mais lui tint la porte, comme il l'aurait fait avec n'importe quelle autre femme. Il songea au pari qui avait été lancé, mais décida de n'en rien dire, on allait la féliciter, ce crétin de marquis serait mouché et la fête pourrait continuer.

Les laquais leur ouvrirent les portes du salon. Au fond de la pièce, M. Moguer, droit comme une pique, adressa le plus discret des gestes à Clara.

Diego avança vers la tête de la table dans un silence curieux, puis présenta Clara, qui s'inclina gracieusement. Francisco se releva en tapant élégamment une main sur le dos de l'autre, suivi aussitôt par Alfredo, qui ajouta des mots élogieux. Clara répondit, les yeux rivés au sol mais la voix claire en dépit de la rougeur qui colorait ses joues :

— Je vous remercie, mesdames et messieurs. C'est… c'est un grand honneur que vous me faites.

Francisco, toujours galant, balaya ses mots d'un geste :

— Pas du tout, chère mademoiselle. C'est nous qui devons vous remercier pour ce dîner incomparable.

Diego la regardait, charmé par ses gestes et sa façon de s'exprimer, comme une demoiselle qu'on présente à la cour. Après d'autres compliments, Clara demanda la permission de se retirer, mais avant qu'il n'ait pu répondre, le marquis intervint :

— C'est certainement un joli brin de fille, cher duc, mais permettez-moi de l'admirer de plus près un instant, pour confirmer qu'elle n'est pas, comme vous nous l'avez fait craindre, un gros chef aux mains épaisses.

Mlle Belmonte ne put cacher un geste d'incompréhension qui se mua en appréhension lorsque le marquis s'approcha d'elle et commença à lui tourner autour comme un maquignon au marché des bêtes. Diego se raidit, prêt à lui sauter dessus s'il avait le moindre geste déplacé et au diable les apparences.

— Sa beauté est indéniable, don Enrique, déclara Alfredo.

Clara osait à peine respirer et Diego se dit qu'accepter le pari avait été une grossière erreur et qu'il risquait de regretter l'élan de fierté qui l'avait poussé à vouloir rabattre le caquet au marquis.

— Je crains que vous n'ayez perdu le pari, don Enrique, lança Leonor en levant son verre.

Le visage de Clara se rembrunit en comprenant qu'on l'avait fait monter au salon non pas pour la féliciter mais à cause d'un enjeu dont les conditions lui échappaient. Diego se maudissait d'avoir cru qu'elle retournerait en cuisine en savourant son triomphe tandis que le marquis devrait reconnaître sa balourdise et sa grossièreté devant toute la haute société. Les remarques insultantes au sujet de Mlle Belmonte l'avaient tellement énervé qu'il était tombé dans le panneau du marquis, qui, avec sa capacité indéniable à lire l'âme humaine, avait compris qu'il entretenait une relation particulière avec sa cuisinière.

Son frère l'observait, outré de la façon dont le marquis traitait la jeune femme, à laquelle il venait de demander de détacher ses cheveux. Elle devait se sentir comme un objet et non comme une personne et, pire encore, sans doute croyait-elle que le marquis était son ami et qu'il était d'accord pour qu'il s'amuse à ses dépens.

— Vous voyez, mademoiselle de la cuisine, persiflait le marquis. Le duc affirme qu'une femme peut être vertueuse et distinguée indépendamment de son origine, tandis que je soutiens que, si elle a une origine noble, elle s'élève au-dessus de toutes les autres femmes, car la noblesse est un élément précis et supérieur qui exalte les vertus féminines de la manière la plus sublime et la plus brillante. Qu'en pensez-vous ?

— Soyez prudente dans votre réponse, mademoiselle Belmonte, dit Alfredo, enthousiasmé par la défaite du marquis. Sachez que si le marquis gagne le pari, vous passerez au service de don Enrique et serez obligée de quitter Castamar.

Diego scruta ses invités et se rendit compte que, pour eux, à l'exception de son frère et de Mlle Castro, qui gardait les yeux bas, terriblement gênée, la scène n'était qu'un simple passe-temps. La colère monta en lui et il eut envie de défier don Enrique en duel sur-le-champ, mais il se retint car une telle réaction montrerait de façon trop évidente l'intérêt qu'il portait à Mlle Belmonte – ce qui ne manquerait pas de susciter de nouvelles avanies de la part du marquis. Il s'attendait à ce que son frère intervienne, mais Clara le devança :

— Puisque vous me demandez mon avis, messieurs, je vous le donne volontiers.

Si courageuse, si calme. Elle était admirable.

— Je ne crois pas que la noblesse rende une femme ou un homme supérieur ou plus distingué.

Don Enrique, une moue de mépris moqueur, fit quelques pas pour se poster derrière Clara, bien plus près que ce que permettait la bienséance, si près que son bâton semblait même frôler son postérieur. Ne pouvant pas en être sûr, Diego serra les mains sur le bras de son siège pour ne pas se jeter sur lui et lui rappeler l'adage du crapaud et de la blanche colombe entre deux coups de poing. Il se jura que le marquis ne remettrait plus jamais les pieds sur ses terres, il comptait avoir une conversation bien sentie avec sa mère à son sujet.

— Et quelle preuve avez-vous pour soutenir une telle croyance, cuisinière ? demanda le marquis d'un ton hautain.

— Monsieur, j'en veux pour preuve que la plupart des hommes qui ont contribué à la philosophie, la science ou les arts n'étaient pas de noble naissance.

Tout le monde contempla sa réponse en silence.

— Ne sois pas insolente, mon enfant, dit doña Mercedes.

L'expression moqueuse de don Enrique s'était transformée en un rictus rageur.

— Vous vous exprimez avec beaucoup de précision et d'aisance pour une simple cuisinière, lâcha-t-il avec sarcasme.

Clara se contenta de faire une révérence à la fois irréprochable et pleine d'ironie.

— Ce n'était pas cela, l'objet du pari ? fit Alfredo en tapant des mains.

Francisco trinqua à ses propos et le marquis s'inclina devant Clara avec courtoisie. Il avait le flegme des bons intrigants.

— Après ce que je viens de voir, je me déclare ignorant des questions féminines.

— Alors, dites que vous retirez vos propos, le pressa Diego.

Le marquis durcit son regard, mais accentua son sourire.

— Je retire mes paroles, Votre Excellence.

Il soutint le regard de Diego au milieu des applaudissements amusés. Ils savaient l'un et l'autre que, dans la bataille qu'ils venaient de livrer, ils avaient tous deux subi des dommages et perdu des escadrons.

Mais la perte la plus importante, Diego le sut à la façon dont Mlle Belmonte prit congé, c'était lui qui l'avait subie. Il attendit que les conversations reprennent et partit à sa recherche. Elle s'éloignait d'un pas pressé, comme si elle fuyait un ennemi. Il dut l'appeler deux fois avant qu'elle ne s'arrête.

— Mademoiselle Belmonte, je veux m'excuser pour ce qui s'est passé. Je n'ai pas…

— Monsieur, jamais, dans ma vie qui n'a pas été avare en déboires, je ne me suis sentie aussi humiliée, dit-elle, le regard brillant d'indignation.

— Mademoiselle, j'ai été d'une maladresse impardonnable, et j'en suis profondément désolé…

— Monsieur, de grâce, épargnez-moi tout cela. Vous êtes mon maître, mais je ne suis pas un objet à échanger ni un trophée à gagner. Tout gentilhomme digne de ce nom le saurait.

Ses propos le blessèrent dans sa fierté de noble et d'homme. Il tenta de lui expliquer comment ils en étaient arrivés au pari, mais elle ne voulut rien entendre :

— Je ne tolérerai pas que vous ou quiconque me traite comme du bétail, enchaîna-t-elle avec défi. C'est indigne du duc de Castamar.

— Mademoiselle Belmonte, attention à vos paroles, dit-il en faisant un effort pour garder son calme. Je n'ai jamais eu de comportement indigne de mon nom et…

— Non ! Je ne suis peut-être qu'une cuisinière et vous, vous êtes un homme puissant, mais jamais je ne permettrai que…

Elle allait trop loin. Il ne pouvait tolérer qu'une servante le juge et lui parle de la sorte.

— Mademoiselle ! Assez ! Je suis votre maître, le seigneur de cette maison, et je vous ordonne de vous taire. J'essaie de m'excuser.

— Cette humble cuisinière n'acceptera pas vos excuses, monsieur, répondit-elle, le visage rouge de colère. Je souhaite quitter cette maison.

— Non ! Il est hors de question que vous partiez !

— Dois-je comprendre que je dois rester enfermée dans ma chambre à Castamar alors, comme M. Melquíades ?

— Bien sûr que non !

Elle essuyait ses larmes d'une main rageuse, il piétinait sans savoir comment sortir de cette impasse de sentiments contradictoires, sans savoir s'il devait l'embrasser ou la laisser retourner en cuisine.

C'est alors qu'Alfredo arriva avec une nouvelle urgente : le guetteur posté sur le chemin avait aperçu le convoi royal. Les monarques n'allaient pas tarder à arriver. Son ami repartit sans l'attendre, discret comme à son habitude et Diego retourna son attention vers Clara, qui tremblait comme un petit animal blessé. Elle le supplia de la laisser s'en aller, et il ne sut quoi répondre. Il aurait voulu la prendre dans ses bras, lui dire qu'il s'était trompé, qu'il s'était laissé emporter par son orgueil… Mais la voix de sa mère le sollicita, impatiente et affolée : l'arrivée du roi était imminente.

— Vous pouvez disposer, dit-il, impuissant.

Il partit dans l'autre sens. Il se sentait idiot et maladroit et il fit vœu de lui demander pardon dès que la visite royale serait terminée. En traversant le hall, où l'on pouvait encore percevoir les odeurs du banquet, une vérité s'imposa à lui, claire comme de l'eau de roche. Il s'arrêta pour la contempler et en prendre la mesure, car elle venait du plus profond de son cœur et risquait d'altérer à jamais le paysage de sa vie. Puis il franchit les portes de sa maison, conscient à présent qu'il était profondément, follement amoureux de Clara Belmonte.

# 30

*Même jour, le 16 octobre 1721*

Le commun des mortels ignore la malédiction que renferment les dons d'Aphrodite et comment parfois la candeur et la beauté peuvent se révéler des vents contraires qui poussent à l'infortune. Sol le savait. Elle venait à peine de quitter l'enfance quand elle avait compris que sa beauté pouvait entraver ses avancées dans la société. Son père l'amenait à chaque raout auquel il était invité pour exhiber ses charmes et, sans comprendre alors la raison, elle devenait le centre des attentions des hommes, leurs regards lourds de désir lui collaient à la peau comme s'ils voulaient lui arracher ses vêtements et la posséder sur-le-champ. Elles étaient nombreuses, les pauvres égarées qui se laissaient prendre aux pièges des jeux galants et, envoûtées par l'image que leur renvoyait le miroir de leur vanité, gaspillaient leur jeunesse jusqu'à ce qu'il soit trop tard. Pas Sol. Elle avait compris très tôt que, le plus souvent, les hommes étaient dépassés par la force de leurs désirs et prêts à tout pour les satisfaire. Cette connaissance essentielle avait été la clé de son succès. Dans une société où les hommes avaient tous les pouvoirs, elle avait fait de son corps un prix, consciente qu'une fois sa jeunesse fanée, elle ne serait rien sans fortune ni position. Elle voulait de l'argent, du prestige et une bonne santé pour bien en profiter.

Sa longue expérience dans les arts de la séduction l'avait poussée à faire attendre don Francisco, afin de cueillir le fruit quand il serait mûr à point. Aussi, tenant à apparaître à ses yeux comme une déesse et non comme une mortelle, elle avait passé tout l'après-midi à se faire belle. Il était indéniable qu'ils s'étaient éloignés, et il s'amusait, comme elle, à la faire languir. Mais elle connaissait toutes les nuances des regards des hommes et savait que Francisco mourait d'envie de faire l'amour avec elle encore une fois.

Depuis qu'elle l'avait repoussé en janvier, tous deux jouaient au chat et à la souris : elle, veuve éplorée, se faisait sa proie par moments, et lui, prédateur, la pourchassait quand son appétit l'exigeait. Inévitablement, ils s'étaient croisés à de nombreuses soirées, où ils s'étaient salués poliment et avaient participé aux mêmes conversations. Elle avait cru au début qu'elle aurait facilement le dessus, car elle le prenait pour un jeune homme déluré comme tant d'autres, mais il avait réussi à se tenir à distance pendant des mois. Puis, au printemps, au colisée du palais du Buen Retiro lors d'une représentation de l'opéra *Les Amazones d'Espagne*, sur un livret de José de Cañizares et une musique de Giacomo Facco, ils avaient passé plus de temps à badiner qu'à regarder le spectacle.

Il lui avait offert deux sourires ce soir-là et elle avait tout fait pour qu'il ne la surprenne pas en train de le regarder. Puis, au moment du grand duo de Clorilène et Zelauro, alors que la magnifique Águeda Ondarro chantait « Je ne sais pas quelle tendre crainte… », Sol s'était rendu compte que Francisco avait quitté sa place sans même attendre l'entracte pour lui présenter ses respects.

Elle avait caché son agacement derrière son éventail de jade, et lorsqu'un laquais était venu lui apporter un billet où Francisco l'invitait à la rejoindre dans l'une des loges du troisième étage – qui restaient vides par indication expresse de Leurs Majestés – elle n'avait pas hésité à renchérir :

— Rendez ce billet à l'envoyeur et dites à ce monsieur qu'il se leurre s'il croit que je suis intéressée par ses invitations. Dites-lui aussi que je ne souhaite pas recevoir d'autres notes.

Elle s'était persuadée qu'elle verrait Francisco réapparaître dans sa loge de l'autre côté de l'hémicycle, humilié. Elle avait eu hâte de voir le geste qui confirmerait la défaite totale de ses troupes, certaine d'avoir attisé son désir lorsque, sans y paraître, elle lui avait montré sa nuque dégagée en inspirant profondément pour mettre ses seins en valeur. Pourtant il ne revenait pas, et elle avait commencé à penser qu'il était parti pour ne pas l'affronter après ce nouveau camouflet.

À l'entracte, elle avait manœuvré pour se retrouver à proximité du marquis de Sesto, gentilhomme du roi et grand écuyer de la reine qui savait toujours tout. Tel qu'elle l'espérait, il lui avait adressé un geste l'invitant à s'approcher. Dans un aparté discret, il lui avait appris que don Francisco était parti avec doña Margarita de Montefriso, et qu'elle était encore à temps de les rejoindre pour une petite collation. Sol avait dû faire appel à son talent de comédienne pour demander :

— Un rafraîchissement ? Où cela ?

— Oh, je suis confus, ma chère. J'ai cru comprendre qu'il comptait vous envoyer un billet pour vous l'indiquer.

— Oh, mais oui, bien sûr, avait-elle répondu en feignant de s'en souvenir soudain.

Elle avait regagné sa place sans laisser transparaître sa colère. Cet effronté de Francisco avait eu le toupet de l'inviter dans une loge vide au beau milieu d'une soirée royale ! Alors qu'il s'était pavané au bras d'une courtisane de notoriété publique ! Pourtant, elle n'avait pu empêcher que des images brûlantes de Francisco et de cette femme envahissent ses pensées. Lorsque le rideau s'était levé de nouveau, elle avait essayé de se concentrer sur la scène, mais son imagination n'avait cessé de lui présenter Francisco en train de caresser d'autres cuisses et de boire dans une bouche qui n'était pas la sienne. Finalement, lorsque Petronila Gibaja, la Portugaise, était apparue sur scène dans le rôle de Marfilia, elle avait quitté la loge, prétextant avoir besoin d'air frais. Elle avait parcouru les couloirs, espérant ne pas être vue, marchant sur la pointe des pieds en passant devant le balcon de Leurs Majestés, évitant huissiers et laquais. Le troisième étage était plongé dans le noir, puisqu'il était interdit au public. Elle avait avancé à tâtons en regrettant l'élan qui l'avait poussée à faire cette folie qui mettait en péril sa renommée. Puis, elle avait entendu des chuchotements, un gémissement, et le désir l'avait emporté sur la prudence. Elle avait suivi ces bruits jusqu'à la quatrième loge.

La porte était entrouverte. Elle avait découvert Francisco, debout entre les rideaux, et Margarita de Montefriso enroulée autour de lui comme une liane. Il avait eu un sourire impudent de satisfaction, comme s'il l'avait attendue, alors que la courtisane avait accentué ses trémoussements. Sol, furieuse, avait fait demi-tour, mais Francisco s'était interposé, et quand elle avait tenté de le repousser, il l'avait serrée de plus belle, trouvant ses lèvres dans la pénombre pour l'embrasser goulûment. Elle l'avait giflé, le cœur battant à tout rompre. Le crescendo de l'orchestre étouffait leurs halètements. Francisco, avec un sourire narquois, avait fait signe à la courtisane de s'approcher. Sol aurait voulu résister à ce traquenard galant, mais il l'avait embrassée encore, sa main impérieuse sur sa taille, et elle avait cédé à la passion. Sa fierté, cependant, lui avait soufflé une autre idée. Elle s'était approchée de l'autre femme et l'avait embrassée.

— Je te paierai trois fois plus, avait-elle murmuré à son oreille, mais c'est à moi que tu dois obéir.

— Je suis votre plus fidèle servante, avait répondu Margarita.

Francisco, le gilet déboutonné, la chemise ouverte, ne les quittait pas des yeux. Sol avait offert ses seins à Margarita pour qu'elle les embrasse tandis qu'elle caressait les siens. Ce n'était pas la première fois qu'elle jouissait du corps d'une femme, si bien que cela avait toujours fait partie d'une stratégie pour subjuguer un homme.

Avec Francisco, ils avaient fait de la jeune femme leur jouet puis l'avaient congédiée pour se retrouver seuls et explorer les ressorts de leur désir jusqu'à l'épuisement. L'aube les avait surpris drapés dans un silence complice, elle la tête sur son torse, lui, la main encore caressante. Ils avaient quitté le palais du Buen Retiro en soudoyant le concierge, que Francisco connaissait de longue date. Il était évident que ce coquin de Francisco avait tout prévu, la courtisane, la loge du troisième étage… Ce qui avait fini de la persuader qu'il avait des sentiments pour elle et elle s'était félicitée d'avoir su comment l'attraper dans ses filets.

Quelques jours plus tard, un valet de pied l'avait informée que don Francisco s'était affiché en compagnie d'une certaine dame de Valence. Cela l'avait tellement irritée qu'elle n'avait plus répondu à ses billets pendant deux semaines. Il avait donc cessé d'écrire et la distance entre eux s'était à nouveau accrue. Elle avait su plus tard que cette dame de Valence était Leonor de Bazán, dont les appétits avaient été au centre des conversations aux festivités de Castamar.

L'été, terriblement chaud, s'était écoulé sans qu'elle n'ait de nouvelles de Francisco. Mais au début de l'automne, lors d'une soirée où les demoiselles s'amusaient à dessiner le visage des messieurs et à jouer du clavecin chez le nouveau duc de Medina Sidonia, elle l'avait retrouvé. Une rencontre fugace dans un couloir, des politesses, rien de plus. Elle avait tenu bon jusqu'au mois d'octobre, quand, en dépit de tout ce que lui avait appris son expérience, elle lui avait envoyé un billet pour savoir s'ils assisteraient ensemble au dîner du duc de Castamar.

Après deux jours d'une attente insupportable, elle avait reçu une réponse, très brève, où il lui indiquait qu'il serait ravi de venir chez elle quelques heures avant la célébration. Elle s'était réjouie de l'avoir enfin plusieurs jours pour elle. La seule chose déplaisante dans cette perspective était la présence de don Enrique, auquel elle n'avait pas songé depuis des mois car elle préférait oublier ces lettres qu'elle lui avait confiées qui pourraient, comme le lui rappelait soudain une petite voix intérieure, lui enlever Francisco pour toujours. Elle préférait ne pas y penser, et de toute façon, aucun homme, aucun, ne pouvait assujettir son cœur. C'était à lui de se soumettre à ses caprices. Elle en faisait à présent un point d'honneur.

Ce pourquoi, alors qu'il vint enfin chez elle comme annoncé, elle prit un malin plaisir à le faire attendre avant d'apparaître devant lui, parée de ses plus beaux atours et de sa courtoisie la plus distante. Elle feignit d'être fort embêtée de l'avoir fait patienter et lui assura qu'ils pourraient rattraper leur retard sur le trajet. Francisco, les yeux brillant de désir, répondit qu'elle n'avait pas à s'inquiéter pour cela.

— Pourquoi ? Le dîner aurait-il été annulé ?

Francisco s'approcha et lui prit la main avec un sourire malicieux.

— Pas du tout, ma chère. Le dîner devrait avoir lieu, mais je dois y assister avec une dame avec laquelle je m'étais déjà engagé. Ce pour quoi je t'ai envoyé ce mot : je voulais te le dire en personne. J'imagine que tu ne souhaites pas t'y rendre sans cavalier ?

Une jalousie féroce s'empara de Sol, accompagnée de la peur d'être définitivement vieille et fanée, mais elle n'en laissa rien transparaître.

— C'est parfait, je te remercie de m'avoir libérée de ce pensum, dit-elle. Je n'avais pas vraiment envie d'y aller.

— Comme je te comprends, répliqua-t-il, goguenard. Ces dîners sont toujours sans fin. Une fête avec toute la haute société de Madrid, le roi et la reine Isabel, les grands d'Espagne... Je pense même que le jeune dauphin Luis sera là. Il ne fait aucun doute que ce sera fastidieux.

Elle faisait mine d'écouter, alors qu'elle se sentait mourir à l'idée que Francisco lui échappait encore. Ils étaient engagés depuis un an dans ce jeu dangereux de la vanité, et maintenant elle se voyait vaincue. Elle aurait voulu se jeter sur lui et lui griffer le visage.

— Et donc, qui est cette dame chanceuse qui t'accompagne ? s'enquit-elle cependant, tout en sachant que c'était un aveu de faiblesse.

Il hésita avant de répondre, comme s'il se demandait s'il était correct de l'accabler alors qu'il venait de lui infliger un affront cuisant, et elle espérait qu'il la respecte au moins assez pour lui accorder une sortie honorable.

— Serait-ce ta jalousie incontrôlable qui pose cette question ?

— Ce serait mal me connaître que de demander cela, fit-elle, le haïssant pour sa cruauté, se haïssant elle-même de le désirer encore.

— N'aie crainte, dit-il en venant à nouveau tout près d'elle. Elle ne fait pas partie des femmes que tu peux considérer comme rivales : elle a ton âge et elle est aussi veuve que toi, mais elle possède une prestance aristocratique héritée d'un lignage ancien.

— Peut-être a-t-elle mon âge et le plus noble des blasons, répliqua-t-elle, le menton tremblant de colère. Mais je doute que tu puisses trouver de compagnie plus distinguée que la mienne.

— L'arrogance te va si bien, répondit-il en déposant sur sa joue un baiser dévastateur. C'est doña Leonor de Bazán. Elle reste à Madrid quelques jours et j'ai bien peur qu'il soit temps pour moi d'aller la chercher.

Il partit avec une révérence moqueuse. Une fois seule, elle se laissa aller contre la commode en acajou, l'air lui manquait, son corset l'oppressait terriblement. Sa colère refoulée jaillit de sa gorge de manière incontrôlée et elle hurla comme une aliénée. Elle arracha sa coiffe et la jeta par terre, puis elle prit le grand vase en faïence de Delft et le lança avec toute sa haine contre le mur. Épuisée, le souffle coupé, elle se regarda dans le miroir qui surmontait la cheminée. Ce défoulement avait dans une certaine mesure apaisé son esprit meurtri et, les yeux dans ceux de son reflet, elle se jura que cet affront ne resterait pas impuni.

*Même jour, le 16 octobre 1721*

Francisco avait dansé avec Leonor deux pavanes compassées puis plusieurs menuets avec certaines des demoiselles les plus séduisantes de la cour. Diego, comme toujours, était avare d'invitations à danser et restait près des monarques pour s'assurer que rien ne leur manquait. La reine Isabel s'était prise d'affection pour lui depuis son arrivée en Espagne, et faisait des plaisanteries en italien en présence de la toujours souriante comtesse de Altamira, doña Angela Foch de Aragón, sa principale dame de compagnie. Malgré le sourire amusé de Diego, Francisco sentait que son ami broyait du noir. Le pari contre ce crétin de don Enrique et l'interrogatoire de la cuisinière lui avaient apparemment gâché la fête. Ce pour quoi il l'avait mis au pied du mur pour qu'il danse avec Leonor, qui saurait lui changer les idées.

Francisco regarda ses deux amis danser en savourant un vin doux de Malaga. Il songeait à Leonor, quinze ans plus tôt, quand il n'était qu'un garçon et qu'elle était encore mariée. Il avait passé de longs étés sur la côte valencienne dans le palais des Bazán, amis de son père, lorsqu'il rentrait de France pour les vacances. Puis, le temps, la guerre, la vie étaient passés et leur relation s'était réduite à une lettre de temps à autre, de rares visites de loin en loin. C'était à lui de faire un *mea culpa,* lui qui avait cessé de lui rendre visite, trop occupé par ses aventures à Madrid, mais lorsqu'elle avait écrit pour annoncer son arrivée, il s'était réjoui de la revoir. Elle avait toujours été un ange, bien loin de l'idée que Sol s'était faite d'elle. La marquise avait l'habitude de jouer avec ses jeunes amants au gré de ses caprices, et lui n'était plus ni jeune ni manipulable. Toutefois il n'aurait pas dû l'humilier de la sorte, et après la sensation de triomphe initiale, il s'en était voulu de l'avoir offensée. À l'heure qu'il était, elle devait être en train de concocter une vengeance terrible contre lui. Il devrait trouver un moyen d'établir une trêve dans leur guerre de fiertés, songea-t-il. Le désir animal qu'ils partageaient était sa raison la plus urgente, mais aussi, bien qu'il se fût plutôt laissé hacher menu que de l'avouer, il se languissait d'elle. Il savait, cependant, que la seule chose que Sol voulait de lui était sa complète soumission.

Leonor lui faisait signe depuis l'autre bout de la pièce, la contredanse avec Diego tout juste finie. C'était une danse originaire d'Angleterre, meilleure, selon son professeur de danse, dans la version française. Des puritains prétendaient qu'elle allait contre le décorum, mais il appréciait particulièrement les changements de cavalière et les figures croisées avec des mains qui s'enlaçaient. Il sourit à Leonor, mais c'était à Sol qu'il pensait, à ses courbes vertigineuses, à son regard chargé de danger, à sa bouche ourlée et gourmande… Il avait, plus qu'envie, un besoin urgent de l'avoir à ses côtés et d'oublier ces jeux insensés d'orgueil et de vanité. Sans Sol Montijos, songea-t-il, les festivités cette année allaient être beaucoup plus ennuyeuses que celle de l'année précédente.

# 31

*17 octobre 1721 au soir*

Au soir du deuxième jour des festivités, Úrsula avait presque l'impression que doña Alba était revenue à la vie. Elle passa un long moment avec son grand portrait de pied, œuvre de Miguel Jacinto Meléndez. Parfois, elle l'imaginait traversant l'enfilade de salons le soir de son anniversaire, ou perdue dans l'étude de la gigantesque carte de la péninsule dans la salle d'Espagne que don Abel avait commandée au réputé cartographe Frederik de Wit.

Pendant ces deux nuits et un jour de fête, Úrsula se sentait plus vivante qu'à n'importe quelle autre période de l'année. Elle en venait à oublier sa guerre pour le contrôle de la maisonnée et se consacrait entièrement au bon déroulement des festivités pour que le duc retrouve l'esprit de son épouse dans chaque détail. C'était la raison pour laquelle elle avait laissé à Mlle Belmonte les coudées franches ces jours-ci, car son savoir-faire culinaire aidait à ce propos, et elle devait reconnaître que tous les repas, du petit déjeuner à la moindre collation, avaient été parfaits. Les rois et autres invités de marque étaient une fois de plus enchantés par le banquet, ce qui conférait à la cuisinière une position de plus en plus prépondérante à Castamar. Quelque chose d'impensable du temps de Mme Escrivá, qu'on avait vue dernièrement dans la cuisine d'une auberge sur la route d'Aranjuez. La vie était impitoyable. Elle en voulait pour preuve l'humiliation subie par Clara Belmonte la veille. M. Moguer avait assisté à la scène, de sorte que tous les domestiques étaient au courant. Don Enrique de Arcona s'était apparemment permis d'effleurer le postérieur de Mlle Belmonte avec le pommeau de sa canne devant les personnes présentes, sans que personne ne s'en aperçoive. Selon le sommelier, la cuisinière avait réussi à tirer son épingle du jeu avec dignité, et il avait même raconté ensuite à son ami Armenio Baras – qui rendait des comptes à Úrsula en échange de certains privilèges – que la cuisinière et le maître s'étaient disputés dans un couloir.

La seule chose qui l'intéressait dans cette histoire, c'était de savoir si la dispute, dont on ne savait rien de plus, allait accélérer le départ de la cuisinière. Quant au fait que le marquis l'ait humiliée, elle n'en avait que faire, car elle savait depuis belle lurette que la meilleure chose à faire avec les maîtres était de garder ses distances. Chacun son métier et les vaches seront bien gardées, c'était tout ce qu'elle avait à en dire. Cependant, elle n'approuvait pas qu'on humilie les gens de la maison devant les invités. Doña Alba ne l'aurait jamais permis. Úrsula aurait fait fouetter ce marquis prétentieux si elle avait été en position de le faire. Aussi bien pour son comportement détestable que parce qu'il forçait son respect envers Mlle Belmonte, comme on admire la hardiesse d'un ennemi qui fait preuve de courage. Elle ne l'aurait jamais admis à voix haute, mais la cuisinière excellait dans son métier, autant du côté de l'organisation que du savoir-faire gastronomique et elle respectait sa détermination, son désir d'exceller et la dignité dont elle avait toujours fait preuve.

Malgré tout cela, elle avait espéré que Clara Belmonte frappe à la porte de son bureau pour lui annoncer son départ, et puisque cela ne s'était pas produit, elle en avait conclu qu'en dépit de ses airs de grande dame, la cuisinière avait peur de la faim comme tout le monde et avait courbé l'échine. C'était fort regrettable.

Elle replongea dans son travail. Installée dans le bureau du majordome, elle donna des instructions au secrétaire pour le paiement des fournisseurs et les retenues à effectuer sur les gages des domestiques qui n'avaient pas, à ses yeux, dûment rempli leurs tâches. Ensuite, elle chaussa ses binocles, cadeau du duc, afin de vérifier sur le plan ce qu'il restait à préparer pour la suite des festivités : le souper et les réjouissances du soir, puis la clôture. On toqua alors à sa porte. À sa grande surprise, Clara Belmonte apparut sur le seuil, le visage endeuillé et les yeux rouges de larmes. Elle fit cette petite révérence parfaite qui l'irritait tant.

— Madame Berenguer, je suis venue vous annoncer que je quitte Castamar demain à l'aube, dit-elle. J'ai tout laissé en place et Carmen del Castillo pourra s'occuper du petit déjeuner.

Elle fut si surprise qu'elle en oublia de se réjouir. Une fois de plus, Clara Belmonte, en partant après les festivités, faisait preuve d'une dignité impressionnante et, pour cela même, agaçante. Úrsula la regarda en se demandant ce qui s'était passé entre la jeune femme et le duc, mais se contenta d'acquiescer sèchement.

— Je vous serais obligée de remettre ce mot à Son Excellence, ajouta la cuisinière, et de dire à MM. Elquiza et Casona que je leur écrirai plus tard. Je préfère partir le plus discrètement possible.

Úrsula feignit d'ignorer le pli cacheté posé sur sa table et, soudain, cette jeune fille plutôt menue, avec ses yeux cannelle et ses cheveux noirs, lui sembla une poupée de porcelaine qui tentait de garder tous ses membres ensemble : elle avait pris la décision de partir à cause de l'humiliation subie, et rien ne la ferait changer d'avis. Elle était courageuse ; il fallait l'être pour affronter de nouveau la rue, seule, sans références et sans avenir. Le tout, dans la plus grande discrétion, sans chercher à provoquer de scènes où on la prierait de rester et où elle pourrait refuser comme une reine offensée. La plupart des gens aimaient se complaire dans leurs peines et jouer les martyrs alors qu'ils n'étaient que de faibles geignards. Cependant, elle ne comptait pas faire le moindre compliment à cette demoiselle déchue.

— Si vous ne souhaitez rien d'autre, vous pouvez disposer, lâcha-t-elle en reprenant son cahier. On calculera vos gages jusqu'à aujourd'hui et vous nous ferez savoir comment vous les faire parvenir. Vous pouvez partir avec M. Ochando dans la gerbière.

Au lieu de la remercier, la jeune femme attendit jusqu'à ce qu'elle relève la tête et dit, la voix aussi ferme que le regard :

— Vous savez, doña Úrsula, je n'ai jamais compris votre animosité à mon égard, depuis le tout premier jour.

Úrsula décida que, comme la fille partait, elle pouvait bien se faire plaisir et vider son sac :

— Eh bien, vous n'appartenez pas à notre monde. Vous aurez beau travailler dans les cuisines, vous ne serez jamais l'une des nôtres, et quelle que soit votre éducation, vous n'appartiendrez jamais au monde de monsieur le duc. Ce pourquoi votre présence dans cette maison me dérange : elle semble suggérer un monde sans ordre où les différences entre les maîtres et les serviteurs n'existeraient pas. Et j'aime le monde tel qu'il est.

— Je vous remercie pour votre sincérité.

— Il n'y a pas de quoi, répondit-elle en reprenant ses binocles, puis, voyant que la jeune femme allait répliquer, elle ajouta : Ne vous méprenez pas, mademoiselle Belmonte, je n'ai aucune intention d'avoir une conversation à cœur ouvert avec vous. Vous pouvez disposer.

Quand enfin Clara débarrassa le plancher, Úrsula eut pour la première fois de sa vie l'impression d'être l'une des femmes les plus chanceuses de la planète. Elle était désormais la souveraine de Castamar, sa plus haute autorité, sans aucun homme au-dessus de sa tête. Elle allait trouver un cuisinier bien docile qui n'aurait aucune influence sur le duc. Elle se carra dans son trône solitaire, comme elle aimait à l'appeler, consciente d'avoir atteint le sommet de ses aspirations. Tous ses sacrifices avaient payé.

Puis, une pensée vint troubler son bonheur. Quelque chose qui l'encombrait depuis quelque temps, quand elle songeait à ce malheureux don Melquíades, témoin captif et pitoyable de sa victoire. Elle savourait chaque jour son triomphe, mais par moments, elle avait comme un arrière-goût amer. Un arrière-goût qui ressemblait bizarrement à un sentiment de perte et qui lui faisait penser que, lorsque son vieil ennemi disparaîtrait de sa vie, celle-ci serait non seulement plus simple, mais aussi infiniment plus morne.

*Même jour, le 17 octobre 1721*

C'était un supplice que d'entendre le remue-ménage de la maison alors qu'il devait rester enfermé dans sa chambre. C'était la première fois que les festivités avaient lieu à Castamar sans qu'il en soit le majordome, et Melquíades pleura dans son lit, où il s'était tapi comme un enfant puni pour ne pas voir de sa fenêtre le feu d'artifice. Cela faisait maintenant près de neuf mois qu'il était pratiquement enfermé dans sa chambre, si ce n'est quelques sorties dans les communs où il était certain de ne pas rencontrer le duc. Il était devenu un esprit qui hantait les lieux et surveillait les domestiques à l'insu de tout le monde. Rien n'avait changé à Castamar, sauf lui et doña Úrsula, qui, bien assise dans son nouveau pouvoir, le laissait pourrir dans sa chambre comme un condamné aux oubliettes. Il finirait ainsi ses jours, complètement isolé ou banni d'Espagne.

Il acceptait sa punition : il était un homme indigne, un traître à la parole donnée à ses maîtres. Lui, comme son père, devait sa fidélité à Castamar, pas à un empereur lointain et à une terre où il ne vivait plus. Défendre sa Catalogne bien aimée lui avait coûté cher, terriblement cher.

C'était son oncle Octavio, qui l'avait élevé comme un père pendant les douze premières années de sa vie, qui lui avait appris la valeur de la parole d'un Elquiza, l'amour du terroir, l'importance des liens de sang. Et c'était lui qui, partisan de l'empereur Charles et lieutenant-colonel de son armée, l'avait supplié de l'aider. Son oncle savait qu'il y avait un flux constant de courrier de guerre à Castamar et que son neveu était dans une position privilégiée pour lui faire passer des informations. Au début, Melquíades avait résisté à l'idée de trahir son maître, mais son oncle avait fini par le convaincre qu'il se devait avant tout à son peuple, la Catalogne, et à sa famille. La tâche en elle-même était on ne peut plus simple : don Diego traitait son courrier en sa présence, aussi bien celui qu'il recevait que les messages qu'il envoyait. Ainsi, depuis pratiquement le début de la conflagration, il avait envoyé à son oncle des informations précieuses : mouvements de troupes, pensées de certains officiers, des grands d'Espagne, parfois même de Sa Majesté. Il était donc responsable de la mort de nombreux soldats de l'armée du roi Philippe et, chaque jour, il avait un peu plus honte de regarder dans les yeux le duc qui avait toujours été si bon envers sa famille.

Après la mort de doña Alba, il avait écrit à son oncle pour lui annoncer qu'il ne transmettrait plus aucune information. La guerre, quel que soit le vainqueur, était terminée pour lui. Son oncle lui avait répondu quelques lignes qu'il n'oublierait jamais :

« Jusqu'à présent, tu nous as été d'une grande aide, et pour cela mon colonel, le lieutenant général et moi-même, te sommes reconnaissants. Cependant, c'est aujourd'hui, avec la déroute de nos troupes après les fatidiques Brihuega et Villaviciosa que nous avons le plus besoin de toi, tu ne peux pas abandonner ton sang, ta terre et ton roi légitime. Personne d'autre qu'un vil traître n'abandonne les siens dans un tel besoin. »

Melquíades n'avait pas répondu mais avait gardé la lettre – son dernier lien avec son oncle – dans un de ses cahiers. Par malheur, la gouvernante était tombée dessus. Des années plus tard, alors qu'il était déjà un homme de paille à Castamar et que la guerre touchait à sa fin, la nouvelle lui était parvenue que son oncle et ses cousins étaient tombés en défendant Barcelone, « avec honneur et bravoure, comme de vrais Catalans ».

Après le feu d'artifice, il avait sombré dans un sommeil agité, quand des coups à la porte l'avaient fait sursauter au milieu de la matinée.

La femme de chambre, une nouvelle recrue, s'approcha de lui et lui chuchota, comme s'il s'agissait d'un secret, que le duc viendrait le voir dans une heure environ, il se réveilla pour de bon, si violemment, qu'il en eut la nausée. Quand elle partit, il se laissa aller contre la porte, abasourdi.

Il priait depuis des mois pour que son maître statue sur son sort et mette fin à ce purgatoire, pourtant, à l'approche imminente du verdict, il était saisi par un sentiment d'irréalité. De plus, il ne comprenait pas pourquoi don Diego avait décidé de venir dans sa chambre, alors qu'il aurait dû le faire mander. Sans doute par souci de discrétion, comme toujours, auprès des autres domestiques.

Dès qu'il eut fini de manger, il ouvrit grand la fenêtre, fit le lit et se toiletta à sec avant d'enfiler des vêtements propres pour recevoir le maître comme il se doit. Quand il eut terminé, il s'assit sur le lit et, les mains sur ses genoux, la peur au ventre, il attendit. Au bout d'un peu plus d'une heure, il entendit des bruits de pas sur les planches du couloir, on frappa deux coups, puis don Diego se dressa sur le seuil, les yeux clairs, le geste circonspect. Melquíades se leva d'un bond et s'inclina respectueusement, puis, sur ordre du duc, se rassit de nouveau.

Il lui avait parlé d'un ton relativement doux pour la gravité de la situation mais Melquíades sentait un nœud dans la gorge, un nœud qui l'étouffait. Les mots sortirent de sa bouche comme un torrent :

— Monsieur, avant que vous ne me disiez ce que vous êtes venu dire, permettez-moi de vous faire savoir à quel point je regrette mes actes et ce, depuis le premier jour. J'ai profondément honte. J'ai servi votre père et je vous ai servi, et je...

Il dut inspirer profondément pour retrouver sa voix qui se brisait.

— Je me suis battu pour ce en quoi je croyais, pour le roi qui me semblait le...

Don Diego tira une chaise pour s'asseoir tout près et lui posa une main sur l'épaule, conciliant.

— Nous avons tous agi de cette manière, dit-il, nous avons tous agi en conscience.

Après tant de mois de tension et d'attente, ses émotions débordèrent, et il le supplia de lui pardonner, jurant qu'il accepterait sa punition, que jamais au grand jamais il n'aurait d'autre maître que lui, que...

— Calmez-vous, monsieur Elquiza, je vous en prie, dit don Diego en lui tapotant l'épaule. Il y a bientôt neuf mois, vous avez enfin retrouvé votre courage pour m'avouer vos méfaits, et c'est le temps qu'il m'a fallu pour soupeser la question et prendre une décision qui ne soit pas mue par la colère. Le jour où vous m'en avez parlé, j'ai eu des paroles très dures. Je vous prie de les oublier.

— Non, monsieur, vous aviez raison. Vous êtes trop bo…

— Écoutez ce que j'ai à vous dire, monsieur Elquiza. Ma réaction n'était pas digne d'un Castamar et encore moins d'un maître de ce domaine. Si ma défunte épouse m'avait entendu, elle m'aurait fait ravaler mes propos plus vite que je ne les ai proférés.

— Vous avez peut-être raison en cela, monsieur.

— Sans aucun doute. C'est pourquoi je suis venu vous annoncer que vous êtes toujours le majordome de Castamar. Il en était ainsi avant que je sois né et je ne souhaite pas qu'il en soit autrement, ni qu'il se passe une seule année où vous ne participiez pas aux festivités, comme vous l'avez toujours fait. Vous pourrez retrouver votre bureau dès ce soir, et j'espère que vous reprendrez le service dès demain matin. Ma chère épouse ne serait pas très heureuse, où qu'elle soit, si je commettais l'erreur de vous bannir de ce domaine, et croyez-moi, je ne pourrais m'en accommoder.

Melquíades, en dépit de son envie de se jeter à ses pieds pour le remercier, hocha la tête lentement pour montrer qu'il était encore capable d'un tant soit peu de dignité. Don Diego, il le savait, n'avait jamais apprécié les excès dans les affects. Il tint cependant à réitérer sa demande de pardon.

— Monsieur Elquiza, tout cela appartient à un monde qui n'existe plus. Je souhaite oublier cette affaire. Vous m'entendez ? C'est un ordre.

— Oui, monsieur, acquiesça-t-il en se retenant de le remercier encore.

— D'ailleurs, je crois que si je n'étais pas arrivé à cette solution, j'aurais déçu une grande partie des domestiques, dont Mlle Belmonte, qui a courageusement intercédé en votre faveur, ajouta don Diego en se relevant. Et franchement, il faudrait être fou pour se séparer d'une cuisinière aussi talentueuse.

Melquíades, déjà debout pour lui ouvrir la porte, sourit à la plaisanterie, puis il fut pris soudain d'un élan d'affection extrême pour cette jeune femme cultivée et modeste qui s'était montrée si loyale.

— À propos, monsieur Elquiza, reprit le duc, il vous faut un bon bain. Avec de l'eau chaude. Je vais vous le faire préparer et Torres viendra vous raser et vous toiletter correctement.

Ce n'était pas évidemment le moment de le contredire, pensa Melquíades en fermant la porte derrière le duc, même s'il évitait les bains comme la peste. Il prendrait le risque que l'eau chaude ouvre les pores de sa peau à une quelconque maladie, comme la peste qui ravageait Marseille depuis l'année dernière et faisait un nombre considérable de victimes. Tout le monde savait que les animaux terrestres ne cherchaient pas l'eau pour se baigner, mais seulement pour boire ou se rafraîchir. Mais don Diego se baignait assidûment car, selon lui, le bain était une pratique courante dans le monde classique, surtout chez les nobles romains, qui profitaient apparemment de la moindre occasion pour se plonger dans les eaux thermales. « C'est une habitude inquiétante, disait-il souvent à M. Moguer à ce sujet. Si ça continue comme ça, on mourra tous de la jaunisse. »

Melquíades songeait à tout cela en regardant par la fenêtre quand, en voyant une volée d'oiseaux traverser le ciel, il prit conscience qu'il avait été pardonné et se mit à sangloter comme un enfant.

Une heure plus tard, baigné et rasé par Eduardo Torres, le valet barbier, Melquíades arriva devant le salon des cérémonies en compagnie d'un laquais. Don Diego attendait, les mains dans le dos et un sourire à peine perceptible aux lèvres, et lui confirma qu'ils étaient attendus par les domestiques de première classe et certains de deuxième. Dès qu'il entra, il chercha Clara Belmonte du regard, et elle lui sourit de loin, comme M. Casona, qui inclina sa tête chenue. Il était certain que son bon ami Simón avait aussi intercédé pour lui après du duc. Son neveu, au contraire, détourna le regard. Il ne lui en voulait pas, car il estimait son propre comportement impardonnable. Le moment venu, il essaierait de parler avec lui pour entamer le long chemin de la réconciliation.

— Je suis désolé de vous avoir arraché à vos devoirs, commença le duc. Je sais que vous devez tous finir les préparatifs pour ce soir, mais il était indispensable que vous entendiez ce que j'ai à vous dire : M. Elquiza va reprendre son poste de majordome, qu'il exercera pleinement comme il l'a toujours fait. Si l'un d'entre vous s'est permis de le juger, ou s'est octroyé le rôle d'un procureur, si l'un d'entre vous a pensé qu'en agissant en conscience en temps de guerre il allait être puni par moi, il s'est trompé. Et si quelqu'un comptait remettre en cause son autorité pour cette raison ou une autre, il devrait se faire à l'idée de quitter Castamar.

Ces propos contondants suscitèrent un silence circonspect et quelques œillades prudentes entre les domestiques. Roberto gardait la tête baissée, mais Melquíades remarqua que c'était Clara Belmonte que le duc fixait, alors que la jeune femme avait les yeux rivés au sol. Cette réaction fuyante, qui ne lui ressemblait pas, lui fit soupçonner que quelque chose de désagréable s'était produit entre eux.

— Je vous remercie de votre patience, vous pouvez retourner à vos occupations.

Melquíades surprit alors le regard de doña Úrsula et ne put dissimuler un petit sourire de triomphe devant son visage cendré et son regard déconfit. Au milieu de tant d'émotions, il n'avait pas songé jusqu'à ce moment que son retour à ses fonctions signifiait pour elle la fin de son emprise sur lui et sur le reste de la maisonnée. Elle était à présent sous ses ordres et ils allaient vivre dans un bras de fer perpétuel. Il avait toujours souhaité qu'elle se comporte différemment, qu'elle soit sa principale alliée, la personne en qui il pouvait placer sa confiance et, pourquoi pas, son affection. Mais sa dureté et son hostilité inexorable avaient fini par lui faire comprendre qu'ils ne pourraient jamais être autre chose que des ennemis. Elle ne le quittait pas des yeux, comme si elle voulait lui signifier que leur collaboration serait une guerre de tous les instants, où elle se battrait pour chaque pouce de terrain, que ce soit dans les couloirs, les cuisines ou les salons. Castamar était pour elle un champ de bataille muet, comme les cartes géographiques d'Europe l'avaient été pour les grands monarques. Mais il n'en avait cure, elle devrait bientôt se rendre à l'évidence : la seule autorité désormais, parmi les domestiques, était la sienne.

# 32

*18 octobre 1721*

ENRIQUE SE RÉVEILLA D'EXCELLENTE HUMEUR. Bien que ses plans, après deux soirées de fête, ne se fussent pas déroulés comme il l'espérait, il avait pu passer du temps avec le dauphin et développer leur amitié. De plus, il avait eu le loisir d'asticoter le duc avec ses commentaires, à commencer par l'incident avec cette effrontée de cuisinière. Cependant, après avoir lu le mot qu'Hernaldo lui avait fait parvenir après le petit déjeuner – une feuille raturée d'un simple « X », ce qui voulait dire qu'ils devaient parler de toute urgence –, il se dit qu'il ferait mieux de tempérer son optimisme. Profitant des départs des invités, il fit préparer son cheval pour se rendre à leur lieu de rendez-vous. Grâce à l'insistance de doña Mercedes, qui ne pouvait plus se passer de lui, il pouvait rester encore quelques jours dans le domaine, ce qui lui fournissait l'alibi parfait pour qu'on ne puisse pas le relier avec certains événements qui allaient se produire.

Il traversa la forêt de chênes en s'intimant à la patience. Son plan initial avec Mlle Castro avait certes échoué, mais il commençait à voir comment faire tourner cette déconvenue à son avantage. Les bonnes intrigues étaient comme les bons navires, il leur fallait à la fois de la solidité et de la souplesse pour tirer le meilleur parti des vents contraires. Et quelqu'un qui sache comme lui tenir la barre lorsqu'il fallait changer de cap.

Au départ, il avait espéré que Mlle Castro parvienne à conquérir le cœur de don Diego dans le but de rendre publique leur relation d'amants, ce qui aurait couvert de ridicule la maison de Castamar. Et lui, serait apparu comme le jouet de cette femme sans scrupule. Les Castamar auraient su qu'il mentait mais n'auraient pu le prouver, et don Diego aurait dû, pour sauver son honneur, demander réparation et il se serait retrouvé seul au milieu de l'arène sociale, car la réputation de ses amis aurait déjà été souillée. Quant à son prétendu frère, le singe, il aurait disparu depuis des mois, en route pour les colonies anglaises sur un bateau négrier.

Don Diego aurait donc dû le défier en duel. Enrique avait tout prévu pour que la rencontre ait lieu au palais royal, afin de jouer le dénouement de son intrigue sous les yeux de la fine fleur de la cour. Le roi serait intervenu car il avait interdit les duels, mais cela n'aurait pas arrêté Castamar, qui aurait ainsi ajouté à ses malheurs celui de tomber en disgrâce auprès de son roi. Bien entendu, pour la noblesse, le marquis n'avait d'autre choix que d'accepter le défi du duc, qui, outré, aurait été prêt à mettre en jeu le domaine de Castamar. Ainsi, après lui avoir pris ce qui comptait le plus pour lui – sa dignité, son honneur, ses amis, son frère –, il lui aurait même volé la possibilité de se réfugier chez lui.

Pour cela, avant le duel, il aurait demandé à s'entretenir en tête à tête avec le duc sous prétexte d'arrêter cette folie et, une fois seuls, il lui aurait enfin appris qu'il était lui, don Diego, le seul responsable de la mort de doña Alba avec son sot caprice d'échanger leurs montures ; il lui aurait révélé pourquoi la vérité sur son ami Alfredo avait été dévoilée au grand jour, qui était derrière le discrédit de Francisco et, le plus important de tout, il lui aurait expliqué la situation dans laquelle se trouvait le Nègre. Don Diego aurait été alors confronté à un choix cornélien : tuer le seul homme qui savait où se trouvait son frère, ou renoncer au duel, au prix de son déshonneur, pour tenter de le retrouver. Enrique était persuadé que, aveuglé par l'envie de le tuer, don Diego maintiendrait le duel, mais que, alors, dans son état de colère, il ne pourrait que manquer sa cible. Lui, en revanche, ne le manquerait pas. Ce n'était pas la première fois qu'il usait d'une telle ruse, à la fois simple et subtile : quand un homme brûle de rage, il ne pense pas clairement et peut encore moins garder son sang-froid. D'une manière ou d'une autre, à l'heure du duel, l'orgueil de don Diego aurait dû lui coûter la vie.

Mais les plans les mieux échafaudés échouaient parfois. Si pendant ce long séjour à Castamar Mlle Castro n'avait pas réussi à conquérir le cœur du duc, elle n'y parviendrait pas. Même chose pour le Noir, qui ne s'était pas rendu au Passage, où des hommes l'attendaient depuis des mois pour l'enlever. Seulement les intrigues concernant les amis du duc restaient des cartes à jouer.

Deux jours auparavant, se voyant si loin de son but, il avait fait le guet devant la chambre de Mlle Castro juste avant le dîner et, lorsque la camérière qui l'aidait avec sa toilette était sortie, il s'y était glissé. Amelia, épouvantée en le voyant apparaître comme un fantôme, l'avait menacé de crier et d'ameuter tout le palais. Mais il savait très bien qu'elle ne le ferait pas et avait fermé la porte derrière lui avec son passe-partout.

— Comment avez-vous eu cette clé ?

Il n'avait pas daigné répondre et s'était approché d'elle pour l'intimider de sa carrure. Elle tremblait si violemment qu'il entendait ses dents claquer.

— Laissez-moi !

— C'est terrible, cette agression que vous avez subie, avait-il murmuré à son oreille avec un sarcasme velouté. J'ai été content d'entendre que les responsables avaient reçu leur juste punition.

— C'est… c'est vous qui avez tout organisé ! Pour qu'on me ramène à Castamar !

— Vous avez beaucoup d'imagination, Amelia.

Elle lui avait craché au visage et, las, il l'avait giflée et plaquée contre le mur.

— Je vous hais ! avait-elle dit, la voix déformée par la peur et la rage.

Il devait avouer qu'il admirait son courage inébranlable. Plus elle était acculée, plus elle devenait hardie.

— Mais vous ne détestez pas votre mère. Elle vous envoie son bon souvenir de l'Escurial.

— Dehors ou je crie !

— Il ne faut pas vous mettre dans des états pareils, vous ne voulez pas que votre cicatrice se rouvre, n'est-ce pas ?

Il avait caressé sa joue blessée.

— Ne me touchez pas !

— L'année dernière, dans cette même pièce, vous demandiez le contraire.

Puis, il l'avait attirée contre lui pour s'emparer de sa bouche. Elle avait résisté farouchement, et c'était un véritable plaisir que de la sentir se débattre comme une chatte sauvage. Mais le dîner n'allait pas tarder à être servi, ils n'avaient pas le temps de s'amuser, alors il l'avait plaquée contre un mur, les mains autour de son cou fin, pour qu'elle comprenne que résister était inutile et dangereux. Il avait pris son visage entre ses mains pour la regarder, les yeux dans les yeux :

— Quels progrès avez-vous faits, mademoiselle ?

C'était à peine si elle avait repris son souffle. Elle avait hoqueté :

— S'il vous plaît… Ne faites pas de mal à ma mère. Laissez-nous tranquilles.

C'était là qu'il avait compris que la partie de son plan qui la concernait avait échoué, qu'il était dans une impasse. Elle ne lui servait plus à rien, et il devait changer de stratégie.

Un peu plus tard, au cours du dîner, sa déconvenue s'était pourtant muée en jubilation. Alors qu'il faisait semblant d'être en grande conversation avec doña Mercedes, il avait appris un fait de la plus haute importance. Mlle Castro avait conquis le cœur du Noir et était, peut-être à son insu, éprise de celui-ci. Leurs apartés, les attentions du Noir à son égard et surtout la façon dont ils se regardaient étaient des indices plus que suffisants. Ce n'était pas exactement ce qu'il aurait souhaité, mais il pourrait adapter sa stratégie initiale aux nouvelles circonstances. Puisqu'elle avait échoué à se fiancer au duc, Mlle Castro pouvait désormais coucher avec son frère autant de fois que nécessaire jusqu'à tomber enceinte. Elle était prête à tout pour sauver la vie de sa mère, et même sans doute à forniquer avec le Noir, idée qui, bien que répugnante à ses yeux, ne semblait pas la rebuter tant que ça.

Si ce nouveau plan fonctionnait, le scandale serait imparable. La seule rumeur que le Nègre libre de Castamar avait couché avec une femme blanche, ou mieux encore, qu'il l'avait fécondée, serait un opprobre insupportable pour n'importe quelle maison. Personne à la cour, pas même sa majesté Philippe, qui tenait le duc en si haute estime, n'accepterait de les recevoir. Si la noblesse espagnole avait prouvé quelque chose, c'était qu'elle était capable de rester à flot dans les pires tourmentes, et elle le faisait en jetant par-dessus bord le coupable comme s'il n'avait jamais fait partie de l'élite. C'était ainsi que l'aristocratie se maintenait à la tête de ce bas monde.

Avec Castamar en déroute, il tirerait d'autres ficelles pour provoquer la chute finale de don Diego dans ce duel qu'il appelait de tous ses vœux. Mais il devait attendre d'avoir parlé à Hernaldo avant de rebâtir une stratégie.

Il gravit le chemin qui serpentait à flanc de colline jusqu'au lieu convenu. Son laquais le salua sans protocole et il hocha à peine la tête, sans démonter.

— Mauvaises nouvelles, monsieur. La mère Castro est morte hier soir, annonça Hernaldo d'un ton lugubre. Les domestiques ont prévenu le prêtre pour qu'il lui administre les derniers sacrements, donc il va certainement faire en sorte que sa fille soit prévenue.

Il se maudit d'avoir laissé la vieille à la charge d'un tas de grenouilles de bénitier. L'Église était pour lui une des plus grandes puissances sur cette terre, mais les affaires avec l'au-delà ne l'inquiétaient point. La mort de la mère le privait de son principal instrument de pression sur la fille, qui apprendrait la nouvelle dès qu'elle arriverait à l'Escurial.

— Elle s'apprête à lui rendre visite, ses affaires sont prêtes. Il est fort possible que le Noir l'accompagne, dit-il finalement.

— Dès qu'elle l'apprendra, elle racontera tout à don Diego, prédit Hernaldo.

— Non, c'est au Noir qu'elle parlera d'abord, répondit Enrique. Il faut que l'on arrive à l'attraper, celui-là, au plus vite. Préparez les gens du Passage, on va appâter l'hameçon pour qu'il le morde. Aussi, je veux que tu envoies trois hommes à l'Escurial, et un autre groupe à la maison de la rue Leganitos. On doit empêcher à tout prix les communications entre le Noir et son frère. Il est temps d'aider l'amour, cher Hernaldo.

Le soldat lui lança un regard confus.

— Rien n'avive mieux le feu de l'amour qu'une tragédie, continua le marquis, plus pour lui que pour son homme.

Il ne pouvait plus compter sur la mère de Mlle Castro pour contrôler celle-ci, mais assurément le Noir lui importait assez pour qu'elle tienne à le garder en vie. Après tout, il avait toujours été dans leurs plans de le séquestrer, il s'agissait simplement de forcer la main du destin.

*Même jour, le 18 octobre 1721*

Ce même matin, Clara avait quitté Castamar dans la gerbière avec Galindo, les yeux bandés et la peur au ventre. Aux voix qu'elle entendait, elle put deviner qu'ils arrivaient à Madrid par le pont de Segovia puisqu'ils atteignaient le relais central de poste. Avec l'aide d'un bâton, comme une aveugle, Clara était sortie de la voiture et le cocher l'avait guidée à l'intérieur du bâtiment. Après lui avoir dit au revoir, elle avait acheté un billet sur la diligence pour Alcalá de Henares, qui devait partir sous peu. Les domestiques de renfort venus à Castamar lui avaient dit qu'à Alcalá elle pourrait trouver du travail, car il ne manquait pas de familles nobles et riches qui voudraient d'une bonne cuisinière. Elle espérait se faire embaucher facilement, d'autant plus que doña Úrsula, juste avant son départ, s'était approchée d'elle et, à sa grande surprise, lui avait donné une excellente lettre de références. Elle qui n'en avait pas demandé était restée coite, et lorsqu'elle avait voulu connaître la raison de ce geste, la gouvernante lui avait coupé la parole :

— Il n'y a rien dans ce pli qui ne soit pas vrai, avait-elle dit, impassible.

Elle ne saurait jamais si la gouvernante voulait l'aider à trouver un nouveau travail pour ne plus jamais la revoir, ou si, malgré sa nature hostile, doña Úrsula appréciait sincèrement le travail bien fait, mais elle l'avait remerciée vivement, car une telle lettre était son passeport pour entrer dans une bonne maison, même si sur l'instant, la seule chose qui lui importait était de quitter Castamar au plus vite. Elle ne pouvait pas oublier la façon dont l'ami du duc, don Enrique de Arcona, avait abusé de son rang pour l'humilier. C'était obscène et indécent, et le pire avait été l'indifférence de don Diego, qui n'avait pas bougé le petit doigt pour lui éviter l'humiliation causée par son pari grossier. Elle n'en revenait pas des reproches qu'elle lui avait adressés, encore moins d'avoir haussé le ton sur lui, mais sa franchise était un trait de sa personnalité contre lequel elle avait lutté toute sa vie, surtout quand elle était en colère. Cette fois-ci, ç'avait été au prix de son travail et de ses rêves.

Elle avait l'impression de vivre de nouveau le moment où elle avait quitté la petite maison où elle avait vécu avec sa mère et sa sœur. Ce jour-là, elles étaient toutes les trois conscientes que le nom Belmonte, devenu parmi l'aristocratie symbole d'érudition médicale grâce à leur père, ne voulait plus rien dire. Elles faisaient partie désormais d'un autre monde et elles ne retourneraient plus dans la haute société madrilène, elles n'écouteraient plus la guitare de Santiago de Murcia, ni ne verraient les Trufaldines italiens au palais du Buen Retiro… Ce milieu privilégié leur était à jamais interdit. Celle qui en souffrait le plus, sans conteste, était sa mère, qui avait vécu toute sa vie parmi ces gens. Clara, tout en regrettant la douceur de sa vie d'avant, avait changé sa vision sur ces prétendus amis qui les avaient abandonnées dans leur malheur, ils étaient pour elle « le cercle de la vanité », où chacun voulait être plus, manger et boire plus, posséder plus, et oubliait en cours de route que le bonheur ne réside pas dans ces plaisirs superficiels.

Plus tard, lorsqu'elle et sa mère travaillaient pour le cardinal Alberoni, leurs gages leur avaient permis de vivre de façon plus décente et elles avaient fait en sorte que sa sœur puisse reprendre des leçons de clavecin dans le but de gagner sa vie comme professeur de musique. C'était ainsi qu'elle avait rencontré un garçon aussi doux qu'elle, Ramiro de la Riva, excellent claveciniste, qui avait déjà donné des concerts à Madrid et à Séville. Le garçon, tombé amoureux d'Elvira, lui avait fait la cour pendant plus de huit mois, et lorsqu'il lui avait demandé sa main, Elvira, aussi amoureuse que lui, avait accepté sans hésiter. Peu après, Ramiro avait trouvé un poste de claveciniste dans le corps de musiciens du maître de chapelle de l'archiduchesse Marie-Élisabeth d'Autriche, mélomane avertie, célibataire et dévote. Les noces, simples et élégantes, avaient été fêtées avec un succulent repas préparé par Clara et sa mère, lesquelles avaient ensuite fait leurs adieux aigres-doux au couple qui partait s'installer aux Pays-Bas.

C'était un mariage relativement modeste, mais Elvira avait pu au moins retrouver une position digne et stable. Sa sœur lui manquait tellement que, parfois, Clara lui parlait à voix haute comme si elle était dans la pièce. D'autres fois, elle se grondait de se bercer d'illusions : leurs chemins s'étaient séparés, probablement à jamais, et elle ferait mieux de se faire à cette idée. Sa vie, comme le confirmait son départ de Castamar, semblait vouée à n'être qu'une vallée de larmes, revers et déceptions.

On annonça enfin le départ du coche pour Alcalá de Henares. Elle s'y hissa, suivie d'une femme obèse qui ne cessait d'éternuer dans son tablier de lavandière, aussi négligé que ses ongles, cassés et décolorés. Quand Clara se couvrit la bouche avec la main, la femme se moqua de sa peur de la contagion.

— Ce n'est que la poussière de la route, qui s'est infiltrée dans mes narines depuis Tolède, croassa-t-elle.

Clara se replia dans un coin du siège en profitant de l'arrivée d'un homme chétif au cheveu rare et aux traits d'oiseau. Il serrait un dossier sous son bras comme s'il détenait un grand trésor.

— Casimiro García, à votre service, annonça-t-il d'un ton morne.

Un peu plus rassurée lorsqu'elle put tirer le rideau et ne plus voir l'extérieur, Clara essaya de dormir, mais dès qu'elle fermait les yeux, l'image de don Diego venait la tourmenter. Ses attentions, ses cadeaux, ses mots doux, le jour où il avait failli l'embrasser, disparaissaient comme un mirage, écrasés par l'humiliation qu'il avait permis qu'on lui inflige. La douleur était si cuisante qu'elle avait même laissé à Castamar les livres qu'il lui avait donnés. Elle n'avait pu, cependant, se résoudre à ce que ce soit doña Úrsula qui annonce son départ, et elle lui avait laissé un mot pour le lui annoncer, dans lequel elle présentait aussi ses excuses pour son emportement de la veille.

Les cahots du chemin et la fatigue des derniers jours finirent par la faire sombrer dans un sommeil profond dont elle se réveilla en sursaut sous les grondements du tonnerre. La lavandière éclata de rire, puis toussa et se moucha avec la manche, mais le petit homme lui sourit.

— Ne craignez rien, ce n'est qu'un orage, assura-t-il, ses papiers toujours bien serrés contre sa poitrine. Nous avons passé Torrejón déjà.

Clara se couvrit discrètement les yeux. Quelqu'un avait repoussé le rideau et, malgré la buée qui couvrait la vitre, elle avait peur de l'espace ouvert derrière.

— Je crois qu'on arrive bientôt, indiqua la lavandière. L'auberge des Viveros ne doit p…

Un à-coup particulièrement violent la fit taire. Le wagon grinça comme s'il allait se briser en mille morceaux et tout le monde s'accrocha à ce qu'il put. Le coche était tombé dans un nid-de-poule, le cocher et le postillon tentaient de faire avancer les mules à grand renfort de cris et de jurons mais, en dépit de leurs efforts, la voiture ne sortait pas de l'ornière.

— Oh, oh, gémit l'homme au dossier en secouant la tête. Ils vont nous faire descendre.

Clara commença à trembler. La portière s'ouvrit soudain et le cocher, un homme trapu au visage plat, s'adressa à eux d'un air résigné :

— Faut descendre, messieurs-dames. L'essieu s'est cassé, j'ai plus qu'à faire demi-tour. Et à vide. Y a personne à Alcalá qui fait ça…

Le cœur de Clara s'emballa et une sueur froide baigna son dos. Elle déglutit avec difficulté et serra les paupières pour une prière silencieuse.

— Il pleut des cordes, se plaignit la lavandière.

— J'y peux rien, m'dame. Faut aller à l'auberge des Viveros, y a une demi-lieue, pas plus.

Clara se recroquevilla dans son coin, le visage enfoui dans les mains, tremblant de la tête aux pieds. Jamais elle ne pourrait marcher aussi loin à ciel ouvert. La voiture branla comme les deux autres passagers descendaient, Casimiro García grogna sous la pluie comme s'il découvrait que l'eau mouillait.

— M'demoiselle, aboya le cocher, impatient. Faut descendre, j'ai pas toute la journée.

— Monsieur, je ne peux pas… C'est trop d'espace… balbutia-t-elle en cherchant le bandeau dans ses poches.

— Hein ?

— Je vous en prie, monsieur, ne me faites pas sortir, supplia-t-elle. Je ne…

— J'ai dit que je peux pas porter du poids, tonna le cocher, trempé jusqu'aux os et à bout de patience.

Elle n'arrivait pas à bouger, ni même à lui expliquer.

— Nom de Dieu, sortez de là bon sang ! cria-t-il en se hissant dans le wagon.

Il la saisit par le bras et la tira si fort qu'elle se retrouva dehors, chancelante et désorientée. Son corps céda sous la peur et sous la force de la pluie et elle tomba en avant dans la boue, perdant le bandeau dans le même mouvement. Le postillon l'aida à se relever tandis que la lavandière et le bonhomme s'éloignaient sous un rideau d'eau.

Elle entendit le grincement des roues, le « hue » du cocher, puis… rien que la pluie. On l'avait laissée seule. Au prix d'un grand effort, elle parvint à regarder autour d'elle entre ses doigts et aperçut un bosquet un peu plus loin. Peut-être parviendrait-elle à maîtriser sa peur si elle trouvait refuge sous le ramage ? Elle n'avait fait que quelques pas quand elle comprit qu'elle n'y arriverait jamais. La tête qui tournait, la nausée l'étouffant, elle s'écroula sur la garrigue trempée. Avant de s'évanouir, elle songea avec terreur qu'elle allait mourir cette nuit-là, seule dans le froid et la boue.

# 33

*Même jour, 18 octobre 1721*

DIEGO VENAIT DE S'INSTALLER à la table du petit déjeuner lorsque Moguer lui apprit que don Gabriel était parti à l'Escurial pour escorter Mlle Castro. Diego acquiesça et croqua un petit pain au miel et aux amandes. Pris d'un mauvais pressentiment, il demanda à son valet d'approcher.

— Trouvez qui a cuisiné cela, Moguer. Je doute que ce soit Mlle Belmonte.

Il n'eut pas à attendre longtemps pour voir arriver M. Elquiza.

— Je viens d'apprendre que Mlle Clara Belmonte est partie à l'aube, monsieur. Elle a demandé à être déposée à la centrale des postes, mais nous ignorons où elle voulait aller.

Diego se leva d'un bond, à la fois furieux et inquiet.

— Elle a laissé ça pour vous, monsieur, fit le majordome en lui tendant un billet.

Il l'ouvrit en espérant trouver dans les lignes une direction où il pourrait la retrouver pour la ramener.

*À Son Excellence don Diego de Castamar,*

*Monsieur, avant tout je tiens à vous dire à quel point j'ai apprécié l'honneur de servir dans une maison aussi noble que Castamar.*
*La raison de cette lettre n'est autre que de vous prier de pardonner la façon dont j'ai enfreint les convenances devant vos invités ; de pardonner mes propos insolents en leur présence, et de bien vouloir me pardonner pour la façon dont je vous ai parlé. Vous en connaissez aussi bien que moi les raisons, mais jamais je n'aurais dû m'adresser à vous de la sorte, alors que vous avez toujours été d'une extrême courtoisie et d'une grande gentillesse envers moi.*
*À l'encontre de toute justice et logique, je vous demande de me pardonner alors que je ne puis pardonner ni vos actions ni vos omissions, car j'aurais attendu que vous preniez ma défense lorsque le marquis de Soto de Arcona a dépassé les limites de la bienséance en me frôlant impudemment avec sa canne. Je vous présente toutefois mes excuses, en espérant que, à défaut de les accepter, vous croirez au moins à la sincérité de mon geste.*
*Adieu, monsieur. Votre très humble servante,*

*Clara Belmonte*

Diego tapa du poing sur la table, fou de rage. Don Melquíades, grand connaisseur de ses fureurs, recula d'un pas.

— Pourquoi ne m'a-t-on informé plus tôt ?

Le majordome affirma qu'il venait d'apprendre la nouvelle de la bouche de la gouvernante. Diego sortit du salon en criant des ordres.

— Faites préparer mon cheval immédiatement, avec des couvertures et des provisions pour plusieurs jours, lança-t-il à don Melquíades qui peinait à le suivre. Je veux mon sabre de cavalerie, mon poignard, les pistoles d'arçon, le mousquet et des munitions.

On n'était jamais trop prudent quand on voyageait seul.

— Dois-je mander le capitaine des gardes pour vous accompagner ? demanda le majordome.

— Non. Mon départ à la recherche de Mlle Belmonte fera parler suffisamment, je ne veux pas déranger toute la maisonnée.

Une fois dans sa chambre, il se changea en se jurant qu'il allait tailler en pièces cet infâme personnage qui s'était permis de toucher Clara ! En sa présence ! Il était aussi en colère contre lui-même car il avait préféré garder les formes plutôt que de défier sur-le-champ ce malotru. Il comprenait bien mieux à présent la réaction de Mlle Belmonte, son rictus tendu lorsque le marquis la harcelait devant tout le monde, ses reproches envers lui. Même le fait qu'elle ait quitté Castamar s'expliquait. Elle était trop digne et trop fière pour rester au service d'un homme qui ne prenait pas la défense d'un des siens.

Moguer l'aida à enfiler ses bottes de cavalier et apporta son lourd manteau de cuir, car la journée s'annonçait venteuse et nuageuse. Puis il se mit en route sans prévenir personne d'autre. Les gens apprendraient bien assez tôt la raison de ce départ précipité, et il préférait retarder le moment où le marquis serait au courant. Courir après une cuisinière n'était pas digne d'un grand d'Espagne, mais il n'en avait que faire. Rien n'était plus important que d'éviter que la frêle Mlle Belmonte ne se retrouve sans protection sur ces routes dangereuses, à la merci des intempéries ou des bandits.

On lui apporta sa monture et il partit au galop en s'insultant pour son manque de jugeote. Il avait prévu d'aller voir Clara après les festivités pour lui expliquer les raisons de sa réaction pusillanime devant don Enrique, qu'elle sache qu'il n'était certainement pas de ses amis. Il espérait que, déjà plus calme, elle saurait se montrer bienveillante et au moins l'écouter. Cette femme avait une force de caractère à décontenancer n'importe quel homme. Tout en chevauchant, il pensait à la variété des plats qu'elle avait cuisinés pour lui, à son sourire, à sa timidité en sa présence et à ses yeux couleur de la cannelle qui lui faisaient penser à une fraîche après-midi d'été.

Il avait parcouru la moitié de la distance qui le séparait de Madrid quand il croisa sur la route Galindo qui retournait à Castamar. Le cocher lui apprit que Mlle Belmonte avait demandé à être déposée à la maison des postes, mais qu'il ignorait où elle comptait se diriger ensuite. Une heure plus tard, alors qu'un déluge se déversait sur la capitale, il découvrit à la poste centrale qu'elle était montée dans le coche pour Alcalá de Henares. Diego ne s'arrêta que le temps d'abreuver sa monture.

Sous une pluie battante qui faisait de la route un marécage, il avança comme il put jusqu'à arriver à la ville de Torrejón, le tricorne et le manteau trempés. Le rideau d'eau qui tombait permettait à peine de distinguer les silhouettes des hommes et des voitures. À un garçon qui se débattait avec une mule, il demanda si la malle d'Alcalá s'était arrêtée là. Le garçon, intimidé par son allure distinguée, répondit en un murmure que justement la voiture avait fait demi-tour à cause d'un essieu cassé.

— Le cocher est là-bas, fit le petit en pointant du doigt le porche où quatre hommes discutaient. Celui qui porte la casquette de la poste.

Sans démonter, Diego s'approcha de l'homme, espérant que Mlle Belmonte se trouve à l'intérieur de la maison ou bien dans une auberge décente de Torrejón.

— Bonjour, messieurs. On m'a dit que l'un de vous est le cocher de la voiture de Talavera.

Le cocher leva vers lui un regard méfiant.

— Je voulais savoir si, ce matin, vous aviez parmi vos passagers une jeune femme ? Peut-être avec un bandeau qui lui couvrait les yeux ?

Le type hocha la tête.

— Ouais, bien sûr ! Une pauvre folle qui ne voulait pas sortir de la voiture. Elle disait qu'il y avait trop d'espace dehors ! J'ai dû la traîner à l'extérieur !

Les autres hommes éclatèrent de rire et Diego sentit sa colère se rallumer. Imaginer Mlle Belmonte au milieu de nulle part sous cet orage impitoyable à cause d'un tel abruti...

— Je l'ai laissée à une demi-lieue de la Venta de los Viveros, poursuivit le cocher. Direction Alcalá.

Diego descendit de cheval et s'avança vers le cocher sous les rires des autres hommes. Il le toisa et l'homme se redressa, les poings sur les hanches, visiblement peu impressionné. Sans doute croyait-il que les bagarres contre les ivrognes dans les bordels et les auberges lui donneraient l'avantage sur un petit-maître qui ne s'était jamais sali les mains sans songer qu'il avait devant lui un homme qui avait traversé douze ans de guerre. Avant même que le cocher ne puisse réagir, il lui assena un coup de pied dans le ventre qui envoya son adversaire contre le mur. L'homme se recroquevilla avec un gémissement et n'ouvrit les yeux qu'en sentant le fil du sabre que Diego avait collé à son cou.

— Écoute bien, sac à puces, je suis don Diego de Castamar, dit-il.

Ce nom rendit aussitôt les cochers sages comme des enfants de chœur.

— Tu peux commencer à prier pour que je retrouve cette jeune femme en vie ou je reviendrai prendre la tienne.

Sans perdre plus de temps, Diego sauta sur son cheval pour repartir vers l'Auberge de los Viveros. Il ne voulait même pas penser à ce qu'il avait pu advenir de Clara sous ce temps de mille diables. Il éperonna son cheval et, pour la première fois depuis la mort d'Alba, regretta de ne plus savoir comment prier ce Dieu cruel qui l'avait emportée.

Il laissa Torrejón derrière lui, tandis qu'au-dessus de sa tête les cieux vibraient comme un chœur rappelant aux hommes qu'ils ne pouvaient rien contre les forces de la Nature. Il n'avait pas parcouru une lieue qu'il dut ralentir, autant pour ne pas épuiser son cheval que pour être sûr de ne pas sortir du chemin. Il n'avait pas songé à prendre une lanterne et, avec l'orage, la nuit était tombée beaucoup plus tôt. La couverture qui le couvrait, complètement trempée, avait doublé son poids. Une bonne heure plus tard, lorsqu'il gagna l'auberge des Viveros, son désespoir augmenta. Mlle Belmonte n'était pas là et l'un des hôtes, un greffier du nom de Casimiro García, lui raconta qu'il l'avait perdue de vue lorsque le cocher les avait fait descendre en route.

— Il pleuvait dru, j'ai supposé qu'elle venait derrière, mais quand je suis arrivé ici, je ne l'ai pas vue et j'ai pensé qu'elle était finalement rentrée avec le coche.

L'autre voyageuse, lui dit-on, avait été logée dans le hangar parce qu'elle avait une forte fièvre et il fallait éviter qu'elle propage ses miasmes. Il emprunta une lampe à huile en espérant que la pluie n'éteindrait pas la maigre flammèche et remonta à cheval pour rebrousser chemin. D'après Casimiro, à l'endroit où ils étaient descendus de la voiture, il y avait un vieil orme mort avec une drôle de forme et un bosquet, peut-être de châtaigniers. C'était à peine si la lampe parvenait à éclairer à deux pieds devant lui et il décida de démonter pour ne pas passer à côté de l'arbre dont avait parlé le dénommé Casimiro. Ses bottes s'enfonçaient dans le bourbier qu'était devenu le chemin, mais il gardait les sens en alerte. Au bout d'un moment, il se mit à l'appeler, plein d'angoisse et de frustration. Aucune réponse, sauf l'éclair et le tonnerre. L'habitude oubliée de la prière lui serrait la gorge, mais il résistait. Il cria à nouveau le nom de Clara, la voix déformée par l'angoisse et la rage, contre lui-même et contre ce cocher sans cœur qui avait laissé un ange à la merci des éléments.

Par moments, la lumière vive et soudaine de la foudre éclairait toute la campagne et lui permettait de voir au-delà du faible halo qui flottait devant lui. Il avançait, tenaillé par la même peur qui avait suivi la mort d'Alba, il se reprochait de nouveau de ne pas avoir su sauver la femme qui occupait ses pensées et son cœur. Seul le prince des imbéciles, le roi des fous aurait pu ignorer si longtemps que Clara était bien plus qu'une excellente cuisinière. Il cria encore, oppressé par la culpabilité mais sans pour autant céder au besoin de prier pour la retrouver, déchiré entre la fierté et la crainte que la disparation de Clara soit la punition pour son péché d'orgueil.

Il marcha longtemps, cherchant derrière chaque orme, chaque rocher, puis, finalement, la poitrine et la gorge en feu à force de crier, il tomba à genoux et maudit le ciel de l'avoir mis dans une telle situation. Il hurla, laissant jaillir l'amertume des dix années écoulées depuis la mort d'Alba, comme un torrent de larmes mêlées à la pluie. Brisé, il maudit le Tout-Puissant indifférent à sa douleur. C'est alors que la lampe éclaira un bout de tissu marron au bord d'une flaque. Il le reconnut instantanément. C'était le bandeau que Clara utilisait lorsqu'elle devait sortir pour aller à la messe ou bien dans la cour. Il l'avait vue parfois les tempes ceintes de ce ruban, et avait admiré son visage et son courage pour se battre contre ce mal qui la tenait captive. Il se releva aussitôt et partit à travers champs en criant son nom avec des forces renouvelées par l'espoir, la lampe dans une main et les rênes de son cheval dans l'autre. Soudain, l'éclair fit apparaître un bosquet de châtaigniers qui émergeaient de la broussaille comme un miracle. D'instinct, il remercia les cieux et son cœur sut que Clara n'était pas loin.

Il avançait en tentant de faire porter loin la faible lumière de la lampe, en attendant qu'un autre éclair lui permette de distinguer une forme dans les buissons. Enfin, il crut voir une forme humaine devant lui et, avant qu'il ne puisse se pencher, le ciel dissipa ses doutes en éclairant le corps vaincu de Clara Belmonte. Il tira de sous la selle du cheval une couverture sèche en priant pour ne pas être arrivé trop tard. Il se pencha sur elle et lui tapota les joues. Elle tremblait, le visage et les mains glacées, la respiration difficile, le pouls faible, puis, elle entrouvrit les paupières, perdue, appela son père comme Diego l'enveloppait avec la couverture. Elle peina à ouvrir les yeux, le regardant sans le voir, sans comprendre ce qui se passait. Elle devait souffrir d'une sorte de fièvre froide et elle avait besoin de chaleur au plus vite.

— Clara, c'est Diego. Diego de Castamar.

Il tira doucement les rênes pour faire comprendre à son cheval qu'il fallait qu'il s'abaisse et, quand l'animal obéit, il accrocha la lanterne au pommeau de la selle, déploya une seconde couverture sur Clara et la prit dans ses bras. Un éclair illumina son visage bleuté. Elle entrouvrit alors les paupières et le regarda d'un air endormi, comme perdue dans un océan de souvenirs.

— J'ai oublié de vous dire… dit-elle en un filet de voix. Je crois…

— Gardez vos forces, mademoiselle Belmonte, coupa-t-il en essayant de la réchauffer avec son corps. Ne parlez pas.

— Je crois que je suis tombée follement amoureuse de vous, monsieur.

Il s'arrêta, bouleversé, le cœur battant dans sa poitrine et la terreur de la perdre chevillée au corps. Rempli de sentiments contradictoires, il se hissa sur la selle avec elle dans ses bras, en espérant que son cheval supporte encore cet effort qu'il lui demandait. L'animal donna un peu de la tête, mais, à son commandement, se redressa noblement. Il l'encouragea chaleureusement et ils retournèrent sur le chemin.

Sous la pluie qui redoublait, il songeait que, malgré les apparences, c'était Clara qui lui avait sauvé la vie. C'était elle qui l'avait tiré du brouillard dans lequel il errait depuis la mort d'Alba, elle qui avait guéri ses blessures par sa seule présence. Il se jura que si elle survivait à cette nuit infernale, il ferait en sorte que plus jamais elle ne se retrouve à nouveau seule et sans défense, ni contre les éléments, ni contre les injustices de la société.

*19 octobre 1721*

Enfin, Mlle Castro allait lui révéler ce qu'il cherchait à savoir depuis des mois. Elle venait de lui dire à travers la porte de la rejoindre dans la cour de l'hôtellerie des frères de Saint-Jérôme. Elle voulait lui parler, avait-elle précisé, de don Enrique. Son élan de sincérité avait sans doute été causé par les événements des deux derniers jours.

La veille, elle avait fondu en larmes dans ses bras en apprenant la triste nouvelle : sa mère s'était éteinte, dans la sérénité et la paix de Dieu après quelques jours de grande prostration. Les domestiques avaient eu la prévenance d'appeler l'aumônier de la paroisse pour qu'il lui administre le sacrement de l'extrême-onction et, à l'aube, Mme Castro était allée à la rencontre de son Créateur. Le prêtre avait fait son devoir et ne l'avait pas quittée jusqu'à la fin. Mlle Castro et lui étaient arrivés quelques heures plus tard, à midi, quand il n'y avait plus rien à faire. Dévastée, mais digne et discrète, Amelia s'était contentée de s'asseoir à part et de pleurer en silence, sans l'esclandre que certaines dames font pour attirer l'attention.

Le soir même, une messe de requiem avait été célébrée en l'église de San Barnabé et ensuite on avait enterré Mme Castro à la lumière des torches, comme le voulait la tradition, en dépit de l'orage qui sévissait. La silhouette gracile d'Amelia, sombre et droite, au bord de la tombe de sa mère, se confondait avec les sculptures du cimetière et Gabriel n'avait pu résister à l'envie de s'approcher et de l'envelopper de sa cape pour lui apporter, sinon une consolation à sa perte, du moins une certaine protection contre la pluie. Avec un temps pareil, il était hors de question de retourner tout de suite à Castamar et ils avaient décidé de pernocter au monastère des Hiéronymites. Ils y avaient aussi dîné en silence, comme le voulait la règle des frères, mais avant de se séparer pour aller chacun dans sa chambre, il lui avait réitéré son souhait de la soutenir et s'était mis à sa disposition.

Pendant les festivités à Castamar, l'affection mutuelle née pendant les mois de convalescence s'était encore renforcée. Il était impossible, Gabriel en était persuadé, qu'Amelia ait pu se rendre complice d'aucune entreprise sordide. Quand il lui avait annoncé qu'il accompagnerait Mlle Castro à l'Escurial, son frère lui avait demandé :

— Tu veux bien me dire ce qui se passe vraiment entre vous deux ?

— Je veux juste être sûr qu'elle arrive saine et sauve.

— Corrige-moi si je me trompe, mon frère, mais n'est-ce pas toi qui m'avais mis en garde : « Ne lui fais pas confiance, elle est très proche de don Enrique, elle prépare sûrement quelque chose » ?

— Tu as la mémoire qui flanche, mon frère, avait-il répondu sur le même ton.

Diego lui avait envoyé un coussin en velours sur la tête de l'autre bout de la pièce.

— Chenapan !

— D'accord, je l'admets ! J'avais tort à son sujet. Au fond, je sais que tu es jaloux. Tu ne supportes pas de voir Mlle Castro concentrer son attention sur moi plutôt que sur toi.

— Je suis donc si fat ?

— Et plus encore, frère. Mais tu peux te consoler en te disant que mon amitié avec Mlle Castro lui fera peut-être vaincre ses peurs et m'aidera à découvrir ce qu'on cherche à savoir.

— Gabriel, avait dit Diego en devenant grave. Je te connais assez pour deviner qu'elle t'est très chère, mais tu ne dois pas oublier ce que disait père. Tu dois choisir une épouse qui ait ta couleur de peau, pour ton bien et celui de vos enfants.

— J'en suis très conscient, Diego, je sais.

L'arrivée de M. Elquiza annonçant le dîner les avait obligés à se taire, mais il savait que son frère avait raison. La question le taraudait depuis qu'il avait commencé à éprouver pour Mlle Castro des sentiments qui dépassaient la simple amitié. C'est pourquoi il ne s'était pas opposé à ce que sa mère fasse revenir don Enrique à Castamar, car cela lui permettrait de l'observer de près et de surveiller ses mouvements. Le marquis, rusé comme toujours, n'avait pas échangé un seul regard en public avec Mlle Castro ; à vrai dire, c'était à peine s'il lui avait adressé la parole. Gabriel n'avait pas pour autant relâché sa vigilance, et il avait su qu'il était bien avisé lorsque, peu avant le dîner en petit comité, Mlle Castro l'avait prié de poster un homme de confiance devant sa porte pour assurer sa sécurité, en lui promettant qu'elle lui expliquerait tout le moment venu.

Par ailleurs, son enquête était au point mort. Il aurait fallu qu'il se rende au Passage, dont il avait trouvé l'adresse après de longs mois de recherche, mais Diego lui avait formellement interdit de prendre un tel risque. Alfredo et Francisco avaient, de leur côté, appris que don Enrique était devenu proche du dauphin, Luis de Bourbon. À quatorze ans, l'héritier du trône avait déjà ses favoris et le marquis en faisait partie. De toute évidence, il prenait soin de cacher son jeu et il était aussi difficile à attraper qu'un poisson à mains nues. Un peu lassé du silence de Mlle Castro, mais toujours inquiet pour sa sécurité, Gabriel avait décidé, malgré les protestations de celle-ci, d'escorter son carrosse à cheval sur la route de l'Escurial. Ils avaient échangé des histoires d'enfance et d'autres anecdotes sans importance, ce pour quoi il avait été surpris ce matin lorsqu'elle était venue lui parler. Elle avait le visage pâle et les yeux rougis.

— Vous m'avez souvent demandé qui pouvait avoir un intérêt à ma présence à Castamar, avait-elle commencé d'une voix rauque.

Il avait hoché la tête en osant à peine respirer de peur qu'elle change d'avis.

— La mort de ma mère me permet de vous révéler ce que vous souhaitez savoir. Je peux enfin être totalement honnête, même si je crains que ce que j'ai à vous avouer vous déplaise.

Il se dépêchait à présent de la retrouver dans la cour de l'hôtellerie. Lorsqu'il s'approcha, la sentant pleine d'appréhension, il lui prit la main et lui assura qu'il la protégerait et que rien de ce qu'elle pourrait dire ne le ferait revenir sur cette promesse. Elle le contempla longuement avant de se décider enfin à parler. Elle avait fui Cadix, en même temps que la pauvreté et l'opprobre, et avait espéré pouvoir conquérir le cœur de Diego. Verónica Salazar, qu'elle croyait son amie, l'avait présentée au marquis, qui l'avait trompée et séduite et s'assurait de son obéissance par un chantage sur son bon nom et surtout, des menaces sur la vie de sa mère.

Elle parlait sans oser le regarder, les joues baignées de larmes, la voix étranglée par la honte. Elle ignorait, elle le jurait, pourquoi le marquis tenait absolument à ce qu'elle épouse Diego, en revanche, elle était persuadée que c'était lui qui avait organisé l'attaque dont elle avait été victime et elle en voulait pour preuve ses menaces renouvelées ces derniers jours à Castamar.

Gabriel l'écouta en essayant de ne pas trahir la terrible déception qui grandissait en lui. Il avait du mal à croire son récit tant il s'était persuadé qu'elle n'avait rien à se reprocher, mais ses larmes de repentir confirmaient qu'elle disait la vérité et il ne put même continuer à lui tenir la main.

— Vous avez très mal agi, mademoiselle Castro, dit-il lorsqu'elle eut terminé son récit.

— J'en ai honte, monsieur, et je comprendrai que vous ne souhaitiez plus me parler. Mais je vous prie de vous souvenir des paroles de Notre-Seigneur : « Ne jugez pas, et vous ne serez pas jugés ; ne condamnez pas, et vous ne serez pas condamnés », murmura-t-elle.

— Vous êtes venue à Castamar avec l'intention de séduire mon frère, vous avez accepté l'argent du marquis… Regardez où tout cela vous a menée.

— Tout ce que vous pourrez me dire, je l'ai pensé mille fois, répondit-elle d'une voix à peine audible. Mais je vous prie de tenir compte de mes circonstances.

— Mademoiselle Castro, certaines choses ne peuvent se justifier et d'autres sont impardonnables.

— Don Gabriel, il n'est pas juste de tenir rigueur à une femme parce qu'elle désire un bon mariage alors qu'elle n'a d'autre moyen de subvenir à ses besoins, se révolta-t-elle. Nous, les femmes, sommes soumises à un monde dirigé par les hommes, où l'on nous demande d'être belles et vertueuses en toutes circonstances. Vous me condamnez alors que je n'ai fait que lutter pour survivre.

— Je ne peux approuver votre complicité avec don Enrique et vous devez savoir que je me sens terriblement déçu. Je comprends que vous vous trouviez dans une situation difficile, mais vous n'auriez jamais dû accepter de l'argent pour…

Il ne fut pas capable d'aller au bout de sa phrase. Ils se dévisagèrent, lui plein de reproche, elle pleine d'indignation.

— Vous étiez la maîtresse d'un homme qui veut du mal à ma famille, mademoiselle Castro. Vous êtes restée tous ces mois à Castamar et vous avez accepté notre hospitalité sans rien dire alors que vous saviez que le marquis cherchait à nous nuire. Et vous voulez que je l'accepte comme si c'était une peccadille.

— Je ne vous ai rien demandé, sauf de ne pas me juger, don Gabriel ! dit-elle en haussant le ton, la voix brisée. Mais il est évident que vous ne pouvez vous empêcher de le faire !

Elle lui tourna le dos et fondit en larmes.

— Vous me jugez alors que je devais me battre seule contre le monde, sanglota-t-elle. Vous, précisément vous qui connaissez mieux que personne à quel point la société est impitoyable. Que vouliez-vous que je fasse, accablée sous les dettes de mon père, seule avec une mère impotente ? Y a-t-il une autre issue pour nous, les femmes ? Vous qui vous permettez de me juger, auriez-vous fait autrement ?

Gabriel entendait dans sa voix les humiliations qu'elle avait subies. Il savait bien que, lorsqu'une femme perdait son honneur, elle devait mentir ou se résigner à la déchéance.

— Vous auriez pu vous marier, lui opposa-t-il d'un ton neutre.

— Auriez-vous choisi d'être un esclave ? rétorqua-t-elle, furieuse.

— Je voulais dire que vous auriez pu essayer de faire un mariage d'amour, dit-il calmement. Vous auriez pu trouver un homme honorable, j'en suis certain.

Devant son ton doux, honteuse de sa réaction houleuse, elle lui demanda d'oublier ce qu'elle venait de dire. Il le savait et lui avait déjà pardonné. Elle venait de perdre sa mère et avant cela, elle avait été abandonnée, humiliée, et trompée. Attaquée, blessée, balafrée. Il inspira profondément et, après s'être assuré que personne ne venait, il prit sa main et l'embrassa.

— Je ne vous cache pas ma déception, mais je tiens aussi à vous dire que j'admire votre franchise et le courage qu'il vous a fallu pour me révéler la vérité.

— Je suppose que vous ne voulez plus jamais me voir, murmura-t-elle, le visage sombre.

Il n'était pas en état de répondre à cela. Il ne savait pas encore s'il pourrait pardonner ses mensonges et la façon dont elle s'était comportée envers les Castamar. Il était aussi trop troublé pour se lancer dans une déclaration qui ne devait se faire que l'esprit serein, et par ailleurs, il ignorait quelle direction allaient prendre ses sentiments lorsqu'il aurait digéré ce qu'il venait d'entendre.

— Si vous avez quelque ennui, venez à Castamar, dit-il finalement. Et, je vous en conjure, gardez-vous bien du marquis.

Elle lui expliqua qu'elle allait partir pour Cadix. Elle souhaitait passer du temps au domaine, loin des problèmes, et les gens de la maison étaient de confiance, ils y servaient depuis le temps de son père. C'était un endroit sûr pour elle car elle en avait l'usufruit à vie, le marquis ayant renoncé à ses droits par acte notarié.

— Néanmoins, si vous souhaitez retourner à Madrid, je pourrai envoyer des hommes chez vous dès que je serai à Castamar, proposa-t-il.

Elle le remercia, mais déclina l'offre. N'ayant plus rien à ajouter, il fit une profonde révérence et se dirigea aux écuries pour faire seller son cheval. C'est là que le trouva un garçon d'une dizaine d'années, peut-être un oblat des Hiéronymites, vêtu d'une toge et à la démarche nerveuse, un billet à la main.

— Êtes-vous don Gabriel de Castamar ?

— Qui le demande ?

— Un message pour vous, monsieur, répondit le petit avec un haussement d'épaules. Un coursier l'a apporté tantôt, c'est tout ce que je sais, monsieur.

Gabriel examina le pli dont le cachet anonyme ne lui offrait aucun renseignement sinon que sa cire était de mauvaise qualité. Il l'ouvrit et lut les quelques lignes mal gribouillées sans reconnaître l'écriture, aussi maladroite que hâtive :

*J'ai des preuves écrites des agissements de don Enrique de Arcona et de ses intentions contre Castamar qui peuvent vous intéresser. Si vous souhaitez en savoir plus, rendez-vous au Passage, à Lavapiés, demain soir. C'est votre seule chance de me rencontrer, je quitterai la ville après-demain. Venez seul ou vous ne me verrez pas, je ne prendrai aucun risque.*

Il relut le billet plusieurs fois en soupesant la situation. Était-ce la réponse à toutes ses questions ou bien un piège ? Grâce à Amelia, il était désormais certain que le marquis cherchait à nuire à sa famille. Il ignorait encore ses raisons, mais s'il existait effectivement des preuves écrites, il ne pouvait laisser passer une pareille occasion. S'il retournait d'abord à Castamar pour informer Diego des derniers événements, son frère lui interdirait de se rendre au Passage, ou s'y rendrait lui-même en compagnie de quelques hommes, ce qui ferait fuir son confident. Décidé à aller au bout de l'affaire par lui-même, il monta sur son cheval et prit le chemin de Madrid. Alors qu'il traversait la campagne castillane au galop, il se demanda soudain s'il n'était pas en train de se jeter dans la gueule du loup. Qui, et de quelle manière, pouvait savoir qu'il était à l'hôtellerie des Hiéronymites ? Il ne le saurait qu'en allant au Passage. Il tâta la rapière à sa ceinture et éperonna son cheval. Il était aussi bon escrimeur que son frère ; si quelqu'un se frottait à lui, il s'y piquerait.

# 34

*Même jour, 19 octobre 1721*

Enrique caressa d'une main légère le clavecin italien et contempla les tableaux qui décoraient le petit salon de thé de Castamar, faiblement éclairé par les bougies fatiguées. Il s'imaginait déjà propriétaire de tout cela, savourant par anticipation le moment où il aurait accompli sa vengeance et réussi à en chasser Diego. De temps en temps, le tonnerre qui grondait dehors faisait trembler les vitres.

Il regarda la pluie qui cinglait les parterres de fleurs et songea que son aveuglement avait été semblable à celui qui gouverne l'esprit de la populace. Les gens du peuple désiraient posséder la richesse, mais la recherchaient grossièrement, sans dignité ni élégance ; ils désiraient ardemment améliorer leur position, mais ce n'était qu'une illusion vouée à se briser dans sa rencontre avec la réalité, car ils n'étaient que le tapis sur lequel la noblesse marchait par droit divin. Rares étaient par ailleurs ceux à avoir l'esprit assez aiguisé pour vouloir modifier cette hiérarchie naturelle, et quand l'un d'entre eux s'y essayait, il se brûlait les ailes, comme Icare voulant atteindre le soleil. Y avait-il une meilleure preuve de la supériorité de la noblesse ? Le peuple avait peu de cervelle, et encore moins l'ambition de savoir, mais aussi une nature ladre et malhonnête qui rusait pour éviter le travail et les impôts.

Dans l'affaire de don Diego, il devait se l'avouer, son esprit s'était comporté d'une façon vulgaire. Mais il n'était pas le seul dans une telle situation. La veille au matin, il avait compris la nature des sentiments du duc pour la cuisinière lorsqu'il était entré dans ce même salon et y avait trouvé doña Mercedes, en larmes.

— Mon fils est parti à la recherche de cette fille tôt ce matin, avait-elle gémi. Le seigneur de Castamar, derrière une cuisinière ! Son père doit se retourner dans sa tombe !

Il en était encore sidéré. Le duc devait être très attaché à cette femme pour faire à ce point fi des convenances. C'était peut-être mieux que son plan avec Mlle Castro... La chance et la mort avaient cela en commun qu'elles étaient capricieuses et pouvaient vous rendre visite à n'importe quel moment.

Il s'était bien gardé de partager ses pensées avec doña Mercedes, qui l'avait supplié de n'en parler à personne. Elle était si prostrée que même le chocolat chaud n'y pouvait rien et il lui avait promis qu'il resterait à ses côtés aussi longtemps qu'elle aurait besoin de lui. De leur côté, don Francisco et don Alfredo, voyant que le jour passait et que leur cher don Diego ne revenait pas, avaient décidé de partir à sa recherche avec quelques hommes de la garde. Le premier devait passer par Madrid pour reconduire la comtesse de Bazán chez elle et, de là, il repartirait vers le nord par la route de Fuencarral. Don Alfredo prendrait la route direction sud. Heureusement, doña Mercedes n'avait pas envoyé un messager au Noir pour ne pas l'inquiéter et Enrique n'eut pas à s'occuper de l'intercepter. Il était impératif que don Gabriel se rende au Passage.

Dans l'après-midi, une pluie diluvienne avait secoué ciel et terre, et il avait dû consoler la pauvre duchesse. En vérité, il se découvrait une sincère affection pour cette femme digne et protocolaire avec un certain penchant pour l'exubérance en société, et il regrettait sincèrement les chagrins qu'il allait lui infliger. Il lui avait tenu la main tout l'après-midi, avait prié avec elle et répété dix fois que don Diego attendait sans doute que la pluie cesse auprès du feu d'une auberge quelconque.

À la tombée de la nuit, il réussit enfin à convaincre doña Mercedes d'aller se reposer, avec la promesse qu'il veillerait et la ferait prévenir dès que don Diego reviendrait. Avec cette excuse, il put s'installer dans l'un des canapés pour monter la garde. Il réfléchissait à don Diego et à sa cuisinière quand, sous le rideau de pluie, apparurent sur le perron les silhouettes de don Alfredo, don Francisco et des gardes, trempés par la tempête et bredouilles.

Ils rentrèrent épuisés, pour se réchauffer auprès de la cheminée. C'était à peine s'ils lui adressèrent la parole.

— Dois-je comprendre que votre recherche a été infructueuse ?

Tous deux acquiescèrent, se frottant les mains pour se réchauffer.

— Tout dans cette affaire est excessif, lâcha-t-il avec dédain. C'est juste une cuisinière.

Don Alfredo, dont la langue était aussi acérée qu'une épée de Tolède, lui décocha un regard noir.

— Cela ne vous regarde pas.

Enrique resta sur son quant-à-soi, mais il jubilait dans son for intérieur. Le baron de Aguasdulces ne pouvait imaginer qu'il connaissait son secret le plus intime, celui qui expliquait pourquoi il ne s'était jamais marié, pourquoi il n'avait pas de maîtresse connue, et pourquoi il était si secret, même avec ses amis les plus proches.

— La vérité, marquis, c'est que je ne comprends pas votre présence à Castamar, assena alors don Francisco.

Le marquis hocha la tête d'un geste sciemment condescendant.

— Je ne fais que soutenir ma chère amie doña Mercedes dans un moment difficile, dit-il. Cela me semble facile à comprendre.

Le jeune homme se leva et s'approcha de lui en une attitude quelque peu menaçante.

— Nous savons tous que vous avez des intentions cachées.

— J'ignore de quoi vous parlez, je suis ici, comme je viens de le dire, en tant qu'ami de doña Mercedes.

Don Francisco le regardait d'un air contrarié, mais son regard montrait une tempérance que l'on n'aurait pas imaginée chez ce jeune fougueux et qui indiquait qu'il était un adversaire intelligent malgré son inexpérience. Don Alfredo, calme et beaucoup plus avisé que son ami en questions politiques, parla sans s'écarter de la cheminée :

— Il semble que rien ne vous fait perdre votre contenance.

Enrique s'avança vers lui avec un sourire hypocrite en réponse à son regard méprisant.

— Nulle raison de la perdre, et encore moins pour un gentilhomme comme don Diego, qui est prêt à se perdre pour une simple cuisinière.

— Vous devriez faire plus attention à vos mots, monsieur. Vous êtes dans la maison dudit gentilhomme, répondit don Alfredo calmement.

— Vous croyez ? Je n'ai fait qu'énoncer la vérité, pourtant, fit Enrique. Et si vous êtes ses amis, vous serez d'accord avec moi sur ce point, comme le seraient vos mères et toute la cour de Madrid si la chose venait à se savoir.

Le comte de Armiño serra les lèvres et le regarda avec une certaine grandeur. Il devait admettre que ce jeune homme lui faisait penser à lui-même au même âge.

Indocile, réaliste et avec un bon tempérament politique. Dommage qu'il ait eu la faiblesse de mal choisir ses amis et de s'impliquer dans leur défense.

— Laissez-moi vous dire quelque chose qui est également vrai, don Enrique, répliqua-t-il d'un ton pragmatique. Je ne vous aime pas. Je n'aime ni votre présence, ni votre visage, ni vos opinions.

C'était mal le connaître qu'imaginer qu'il pourrait être blessé par une telle tirade. Il rit.

— J'ai peur de ne rien pouvoir faire pour y remédier.

Don Francisco le toisa.

— Vous pourriez vous taire, suggéra don Alfredo, vif comme toujours.

— Pardon, j'aurais dû être plus clair : je crains de ne rien vouloir faire pour y remédier.

Don Francisco, sans détourner le regard, sembla comprendre que son attitude de petit coq n'aboutirait qu'à une défaite, et s'installa avec un verre dans un fauteuil. Don Alfredo, calme, s'approcha de la fenêtre et observa longuement le paysage.

— Je connais bien les hommes comme vous, marquis, déclara-t-il finalement. Ils convoitent ce qu'ils n'ont pas et détruisent ce que leur voisin possède. Les hommes comme vous ne savent pas aimer, et je doute que vous l'ayez jamais fait.

Il avait parlé d'un ton parfaitement neutre et sans le regarder, en bon connaisseur des manières blessantes. Enrique attendit un moment, touché, car il avait aimé assez pour remplir trois vies. Il s'avança alors vers la desserte en palissandre marqueté où le rossoli était disposé. Il se servit un verre, le leva pour porter un toast silencieux avant de le vider d'un trait, puis il envoya un coup bien senti à cet insolent :

— Je vous croyais avisé, don Alfredo. J'ai tant aimé que je ne souhaite pas aimer à nouveau. Je suis descendu en enfer par amour, j'ai vécu dans les ténèbres par amour, et par amour j'ai détruit mon âme. En ce qui vous concerne, cependant, personne ne sait si vous aimez et moins encore *qui vous aimez.*

À cette dernière phrase, don Alfredo fit volte-face avec une expression où l'animosité ne parvenait pas à cacher la peur. Il réussit tout de même à garder son calme en le scrutant à la recherche d'un signe qui indiquerait si ces mots étaient dictés par le hasard ou s'il connaissait vraiment son secret. Enrique se tourna alors vers don Francisco qui, décontenancé par la tension soudaine, attendait une réplique de la part de son ami. « La graine est plantée », songea Enrique, persuadé que cette conversation aurait bientôt des conséquences. Don Alfredo, fin bretteur, sourit et se contenta de répondre qu'il avait toujours été un homme discret.

Un silence âpre s'installa alors et Enrique passa les heures suivantes à faire les cent pas dans le petit salon en espérant le retour du duc avec sa cuisinière, en espérant que la foudre ou des bandits n'aient pas ruiné ses nouveaux plans. S'ils n'étaient pas rentrés au matin, il enverrait ses hommes à leur recherche.

Le jour se levait quand doña Mercedes entra en annonçant :

— Ils sont là.

Il s'approcha de la fenêtre à temps pour voir le duc descendre de son cheval et se diriger vers le coche, loué sans doute pour transporter la jeune femme. Don Diego devait être fou amoureux pour payer une diligence tirée par six mules pour elle seule, mais dès qu'il sortit du véhicule avec elle dans les bras, il comprit que ce n'était pas la seule raison. Le visage de la jeune fille était livide, elle semblait terriblement mal en point. Il maudit sa chance. Si la cuisinière mourait, il devrait renoncer à ses plans pour longtemps, peut-être à jamais. Il se dirigea avec les autres vers l'atrium où se trouvaient déjà le majordome et la gouvernante de Castamar, qui lui faisait toujours penser à une pie.

Don Francisco s'était avancé pour prendre dans ses bras la jeune femme. Le duc, malgré la fatigue de son visage, dégageait une détermination qu'Enrique ne put qu'admirer malgré lui. Il fut ravi de l'entendre ordonner qu'elle soit emmenée dans sa propre chambre. Doña Mercedes, dans tous ses états, chercha à lui faire changer d'avis.

— Qu'on fasse venir le docteur ! Vite ! dit-il comme s'il ne l'avait pas entendue.

— Tu vas trop loin, fils ! Le mieux serait qu'on s'occupe d'elle jusqu'à ce qu'elle se rétablisse, puis qu'elle aille dans une autre maison.

— Non, mère. Je regrette.

Elle l'attrapa par le bras pour le forcer à la regarder.

— Je veux qu'elle s'en aille !

— Elle va rester.

— C'est la cuisinière, pas ta fiancée ! se désespéra-t-elle. Tu ne peux pas la faire coucher dans tes appartements !

— Oh que oui, je le peux ! répondit son fils d'un ton sans appel. C'est exactement ce que je compte faire !

Cette dernière phrase fit comprendre à Enrique à quel point il avait été aveugle. Soudain, il revoyait sous un nouveau jour des événements des jours précédents qu'il n'avait pas su interpréter : les disparitions soudaines du duc, son expression contrariée au moment du pari sur la cuisinière, le fait qu'il soit parti en pleine tempête… Que Dieu bénisse cette bonne cuisinière ! Et don Alfredo qui avait proposé le pari ! ricana-t-il dans son for intérieur. Dire qu'il avait failli passer à côté du talon d'Achille du duc ! Et puisqu'il fallait battre le feu tant qu'il était chaud, il relança les hostilités :

— Cher don Diego, je crois que vous êtes sous l'influence de cette cuisinière désinvolt…

Mais quand le duc se tourna vers lui avec des yeux de lion et les poings fermés, il se dit qu'il avait peut-être commis un faux pas et que le duc allait le défier en duel sur-le-champ, voire, encore pire, le battre comme on bat un mauvais laquais. D'instinct, il recula, ce qu'il regretta aussitôt.

— Marquis, personne n'a demandé ni vos conseils ni votre présence, siffla don Diego, dangereusement près. Dégagez tout de suite ou je vous dégage.

Il fit un pas de côté avec une lenteur délibérée pour faire comprendre au duc qu'il ne se laissait pas intimider et que, le moment venu, s'il lâchait ses lions, il aurait affaire à son armée de hyènes.

Don Diego disparut dans l'escalier avec Francisco en demandant des couvertures et qu'on vienne allumer le feu dans sa chambre. Il fallait réchauffer Mlle Belmonte au plus vite.

« Mlle Belmonte ? Comme si elle était une dame ? »

Il était évident que le lien entre le duc et sa cuisinière s'était tissé et solidifié au gré des mois et des repas, et, s'il était sûr de quelque chose au sujet de son ennemi, c'était qu'il ne permettrait à personne d'interférer dans ses décisions. Oh, si seulement don Diego était épris au point de la demander en mariage ! Ce serait un magnifique scandale, surtout si elle n'était pas vierge. En l'occurrence, s'il la prenait de force, don Diego l'apprendrait et peu importait qu'elle l'accuse de l'avoir violée, car elle n'était qu'une servante et il était le marquis de Soto. Le duc voudrait la venger et protéger son honneur et il serait obligé de l'affronter en duel, et son plan retrouverait enfin son cours original. Il allait devoir mater cette pouliche sauvage. À cette seule idée, il éprouvait déjà du plaisir, autant à la perspective de rabattre son caquet à la marmitonne qu'à celle de détruire ce que don Diego aimait.

Doña Mercedes s'approcha de lui et, lui prenant la main, s'excusa au nom de son fils. Il se montra grand seigneur en se contentant de souhaiter que « Mlle Belmonte » recouvre bientôt la santé. Au fond de lui, cependant, il formula deux vœux : que le duc persévère dans son affection et qu'il puisse bientôt s'imposer à elle en secret et la déflorer pour faire de l'amour de don Diego sa tombe.

*Même jour, le 19 octobre 1721*

Sol fut ravie de voir l'expression placide de Francisco se muer en un geste alarmé puis en un sourire feint lorsqu'il arriva chez lui et qu'il la découvrit dans son salon, en compagnie de doña Leonor de Bazán. Elle avait passé tout l'après-midi à discuter et à boire du chocolat avec la dame. Il avait fait irruption dans la pièce avec son sempiternel air déterminé et elle n'avait pu s'empêcher de le trouver renversant avec les cheveux lâchés sur les épaules et la poussière de la route qui lui donnait un air sauvage. Elle avait tout autant apprécié son sourire crispé en entendant son amie dire que doña Sol était une femme fantastique. Le pauvre devait se demander comme elle avait réussi à s'insinuer chez lui et charmer cette chère doña Leonor. Elle ne comptait pas lui dire qu'elle avait fait surveiller l'entrée de sa maison pour être au courant de son retour de Castamar. Le lendemain, puisqu'il n'était pas rentré, elle avait sauté sur l'occasion et avait envoyé une carte de visite, s'annonçant pour l'heure du goûter. Comme elle s'y attendait, la comtesse de Bazán lui avait répondu pour l'avertir que son ami ne serait pas à la maison. Malgré cela, Sol s'était présentée chez don Francisco après la messe avec une tablette du meilleur chocolat, sous prétexte qu'elle avait déjeuné dehors et que le mot ne lui était pas parvenu. La comtesse, comme le voulait la courtoisie, avait insisté pour qu'elle reste, et elles avaient finalement passé tout l'après-midi ensemble à échanger sur les potins de la cour, les dernières pièces de théâtre et les soirées au palais royal. Sol avait déployé tout son charme et la comtesse y avait succombé sans se poser la moindre question, et à présent, Francisco n'y pouvait plus rien.

— Mais comment se fait-il que tu ne m'aies jamais parlé de la marquise de Villamar avant, cher Francisco ? interrogea doña Leonor.

— C'est qu'elle a une réputation…

Il marqua une pause malicieuse.

— … irréprochable.

Sol se releva et s'approcha de lui, câline comme un chat et, avec la même malice, répondit :

— Ton amie est adorable, mon cher. Je lui ai tout raconté… de ce qui se passe à Madrid.

Il lui lança un regard mauvais qui, comme le reste de leur jeu, échappa à la comtesse. Sol s'amusait de le voir si anxieux, à la recherche d'une faille dans son mur de bonnes manières qui lui permettrait de deviner ses intentions. Il n'y parviendrait pas, elle était passée maître dans l'art de la séduction, elle avait même lu des traités de stratégie et s'était évertuée à essayer toutes les formes de plaisir pour se constituer une défense inexpugnable. Et pour la première fois depuis qu'ils se fréquentaient, il semblait avoir peur de l'inattendu. Elle refréna sa jubilation, sachant que l'excès mène au malheur quand la bataille n'est pas encore gagnée.

— Il n'y a pas de bonne compagnie qui ne se quitte, dit-elle avec un sourire. Et je suis sûre que don Francisco a envie de vous avoir pour lui tout seul.

Francisco se releva mais, comme il fallait s'y attendre, les bonnes manières de doña Leonor jouèrent contre lui.

— Francisco, tu vas me faire le plaisir de l'inviter à passer la soirée avec nous, n'est-ce pas ? Et qu'elle reste dormir, ce temps est épouvantable.

Lui, qui connaissait le jeu depuis longtemps, sourit et accepta le pari.

— Bien sûr, vous devez rester, marquise. Rien ne pourrait nous faire plus plaisir, ajouta-t-il d'un ton plein de sous-entendus.

Le dîner, insipide – consommé de volaille, veau et cailles à la broche, trop cuits et mal assaisonnés – ne valut la peine que pour les coups d'œil de Francisco à son décolleté et pour le jeu tacite qui se déroula sous la table, à l'insu de la comtesse.

Malgré ses prétentions de froideur, elle sentait son ventre en feu lorsqu'il la taquinait de la sorte en glissant son pied nu sous le panier de sa jupe, mais avait décidé qu'elle se tiendrait à distance. Elle voulait le voir assoiffé d'elle, éperdu, à ses pieds. Elle savoura une part de la génoise impériale, le clou du dîner, en écoutant doña Leonor raconter encore une anecdote de la jeunesse de Francisco : poussé par sa passion pour la pêche, il était un jour tombé dans la rivière Júcar en essayant d'attraper quelque carpe ou barbeau. C'était la chance qu'attendait Sol.

— Alors, comme ça, vous aimez la pêche ? murmura-t-elle à don Francisco.

— Cela dépend de ce que l'on peut attraper, répondit-il, les yeux brillants.

— Si vous le souhaitez, nous pouvons visiter mon domaine à Montejo… Le Jarama le traverse et la pêche y est excellente à cette époque de l'année.

Il comprit trop tard qu'il était tombé dans ses filets. Doña Leonor trouva la proposition alléchante et il ne put qu'accepter. Ils causèrent un petit moment pour préparer leur séjour, puis doña Leonor se retira discrètement.

Enfin seuls, ils se regardèrent, lui, une lueur dans l'œil qui promettait une nuit de passion et elle avec un sourire de glace qui répondait qu'il dormirait seul cette nuit-là. Soudain, il éclata de rire.

— À quoi joues-tu, ma chère Sol ? demanda-t-il enfin, curieux.

Elle marqua une pause et se releva pour échapper au pied coquin du comte qui cherchait à faire glisser son bas.

— Mais pourquoi veux-tu que je joue ? répliqua-t-elle.

Il s'avança vers elle avec cette expression de prédateur qui lui disait qu'elle ne s'échapperait pas de cette pièce si facilement.

— Tu as toujours une idée derrière la tête, fit-il, tout près d'elle.

— Tu aurais pu ne pas accepter l'invitation à Montejo, répondit-elle sans baisser les yeux. Tu n'as pas peur que ton amie s'ennuie avec nous ?

— Moi, j'aime prendre de risques et Leonor sait toujours comment s'amuser.

— Très bien, coupa-t-elle. Je suis fatiguée, je vais me retirer, moi aussi.

Elle tourna les talons avec le sentiment d'avoir gagné la bataille, sentiment que Francisco confirma en s'interposant entre elle et la porte. Elle le tenait à présent, dans cet entre-deux délicieux où il avait montré ses cartes et où elle allait le rejeter pour l'humilier.

— Que fais-tu ? demanda-t-elle, dédaigneuse.

Il prit son temps et la scruta, le souffle court. Elle maintint son regard sans lui offrir le moindre accès ni à son corps ni sur ses intentions, se montrant aussi indifférente qu'elle le pouvait, certaine de le blesser. Sauf qu'il n'avait pas l'air malheureux et, tout à coup, le désir qu'elle voyait dans ses yeux devint quelque chose de plus profond qui la fit vibrer. C'était la première fois qu'un homme la regardait comme s'il admirait la personne la plus chère, comme s'il pouvait voir les ténèbres de son âme et la trouver encore belle.

Soudain, elle se sentit prise à son propre piège et elle dut lutter contre l'envie de céder tandis qu'il se penchait vers elle. Elle voulut fuir, mais elle était déjà contre le mur et c'est alors que, avec une douceur infinie, il repoussa une mèche de cheveux pour mieux voir son visage. Bouleversée, elle oublia de respirer, car Francisco semblait lui avouer qu'il éprouvait pour elle quelque chose qui allait au-delà du désir. Sa détermination fléchit devant ces yeux qui en disaient trop, et malgré la voix de la raison qui lui criait de ne pas montrer ses sentiments, ils jaillissaient déjà de façon incontrôlable.

Ils étaient enlacés, et il caressait son visage, déliant le nœud qui avait enserré son âme toute sa vie. Elle se sentait libérée, comme si elle n'avait plus à feindre, comme s'il n'y avait plus de batailles, plus de vengeance, plus de contraintes. Pour la première fois, elle se laissa aller, à la fois terrifiée et soulagée. La voix tremblante, elle lui demanda à nouveau ce qu'il faisait. Il prit son visage entre ses mains.

— Un pari, répondit-il en déposant un baiser sur sa gorge.

Alors qu'elle s'était juré qu'elle ne passerait pas la nuit avec lui, elle se laissa emporter. Il défit son corsage et releva sa robe à panier, embrassa ses seins puis son sexe, embrasant son corps, puis il la renversa sur la table et la prit avec une passion féroce, comme un animal sauvage. Accrochée à sa nuque, elle cherchait avidement sa bouche. Elle lui offrit ses seins, lascive et amoureuse, et il redoubla ses coups de reins, enhardi. Jamais elle ne s'était sentie aussi femme, jamais elle n'avait pensé qu'un homme pouvait donner autant de lui. Avec ce regard qui la transformait, Francisco lui ouvrait sans réserves les portes de son cœur. Bouleversée et perdue, elle répondait par un silence coupé de gémissements qui racontait son besoin de l'aimer sans retenue. Un élan redoutable la poussait à prononcer des phrases dangereuses, et elle se mordit les lèvres pour le briser. Elle savait qu'elle ne pourrait pas les garder longtemps derrière les barreaux de sa volonté, et dans un effort suprême elle les enfouit au plus profond d'elle-même, pour ne pas lui avouer sur-le-champ qu'elle l'aimait tendrement. Sentant qu'elle était proche du point de non-retour, elle s'approcha de son oreille et lui murmura des obscénités de toutes sortes, ce qui enhardit encore plus ses poussées. Une vague de sensations déferla alors dans son corps et elle crut qu'elle allait s'évanouir de plaisir. Il la souleva dans ses bras et, d'un geste lent, la déposa sur le tapis, où il continua à la faire sienne. Elle se rendit compte alors qu'elle pleurait et enfouit le visage contre son torse pour lui cacher son émoi. Puis, à la faveur d'une nouvelle houle, elle pleura car elle n'avait jamais été ainsi aimée par personne, mais aussi parce qu'elle ne lui avouerait jamais à quel point elle l'aimait. Elle déguisa ses sanglots en gémissements en même temps que la jouissance s'emparait d'elle, consciente qu'au matin, toute cette passion serait engloutie dans leurs jeux stupides de vanité et de pouvoir et elle comprit, avec tristesse, que ce serait un moment unique et terrifiant dans sa vie, le seul où elle aurait été complètement libre.

# 35

*20 octobre 1721*

MELQUÍADES TREMPA LA PLUME D'OIE dans l'encrier et continua à écrire dans son carnet les événements des deux derniers jours en attendant l'arrivée de sa sœur. Depuis qu'il avait retrouvé un peu de sa dignité et la bonne vieille habitude d'être le majordome de Castamar, il avait eu à affronter tout un assortiment de félicitations de la part des gens de la maison. Beaucoup étaient sincères, comme celles de MM. Casona, Graneros et Moguer ; d'autres n'étaient que pure tartuferie de la part de ceux qui n'avaient pas osé lui rendre visite pendant ses mois d'enfermement par crainte de la gouvernante. Mais peu lui importait car il avait la certitude que les domestiques dans l'ensemble se réjouissaient de son retour, certains par appréciation personnelle, d'autres parce qu'avec son arrivée prenait fin le régime despotique établi par Mme Berenguer. Enfin, un petit nombre gardait ses distances, soit qu'ils jugeaient sa trahison envers Castamar comme un acte impardonnable, soit qu'ils avaient honte de la façon dont ils s'étaient comportés pendant sa disgrâce. Il ne pouvait leur en vouloir, il aurait sûrement fait de même. C'est pourquoi, après le discours du duc, il leur avait présenté des excuses pour les avoir déçus et, à l'instar de don Diego, leur avait dit que si quelqu'un ne voulait pas travailler sous ses ordres, il le comprendrait et ferait de son mieux pour fournir les meilleures références, ou les aider à se placer dans une autre maison.

Pendant qu'il parlait, son neveu Roberto avait gardé la tête baissée, incapable de le regarder. Melquíades avait préféré laisser passer deux jours pour que le garçon puisse réfléchir à son comportement envers lui et, par ailleurs, il avait écrit à sa sœur, la mère de Roberto, pour qu'elle vienne à Castamar.

Contrairement à son neveu, pendant la réunion, Mme Berenguer n'avait pas cessé de le fixer, consciente qu'elle ne gouvernait plus Castamar et qu'elle lui était à nouveau subordonnée. Après la fin des festivités, deux jours plus tôt, il l'avait fait venir pour la prévenir que les rôles étaient inversés.

— Les choses vont changer à Castamar, avait-il déclaré. Pour commencer, la cuisine et tout le service de bouche ne seront plus sous votre commandement, mais sous ma responsabilité.

— Vous êtes devenu fou ! s'était-elle étranglée, les yeux écarquillés.

Qu'il avait été réjouissant de la voir décontenancée et nerveuse ! Il se vengeait ainsi de toutes ces années où elle l'avait dominé et si elle avait régné sur Castamar. Si doña Alba avait été encore de ce monde, Mme Berenguer lui aurait demandé d'intervenir. Sans doute se tournerait-elle vers le duc. Si cela se produisait, il ferait le nécessaire pour qu'elle soit punie pour son audace, mais il préférerait qu'elle dépose les armes une bonne fois pour toutes.

— Je ne me déclare pas vaincue facilement, monsieur Elquiza, vous le savez. Ce que vous ignorez, apparemment, c'est que Mlle Belmonte a quitté Castamar.

C'est ainsi qu'il avait appris le départ de la cuisinière. Il avait bondi sur ses pieds quand la gouvernante lui avait montré, avec un rictus imperturbable, le billet que Mlle Belmonte avait laissé pour le maître. Il le lui avait arraché des mains.

— Et vous avez accepté sa démission ? avait-il grondé, incapable de garder son calme.

— Bien sûr que je l'ai acceptée. Cette fille est trop fière pour qu'on lui dise où elle doit vivre.

— Dehors. Je vais informer Son Excellence immédiatement. À partir de maintenant, commandez moins et travaillez plus.

Après le départ furieux de don Diego à la recherche de Mlle Belmonte, le majordome s'était demandé si celle qui avait conquis le cœur de toute la maisonnée n'avait pas aussi touché celui du duc, si ce n'était pas à elle que l'on devait l'esprit plus léger du maître ces derniers temps.

Les autres domestiques étaient déjà au courant du départ de la cuisinière. Un certain air de désolation flottait dans l'air et, entre rumeurs et regards de travers, il avait compris qu'ils étaient nombreux à blâmer doña Úrsula pour cette regrettable perte. À l'heure du souper, avec une triste soupe au chou préparée par Carmen del Castillo, l'absence de Clara était devenue patente et Simón Casona n'avait pas mâché ses mots :

— Doña Úrsula, vous n'auriez pas dû permettre que Mlle Belmonte s'en aille, avait-il dit devant toute la tablée.

La gouvernante avait posé sa cuiller pour lui lancer un regard noir et déclaré d'une voix glaciale :

— Je n'ai aucune explication à donner au jardinier sur les questions du personnel de cuisine, mais je vais vous dire une chose : si c'était à refaire, je le referais. Je n'ai rien à me reprocher.

— Je m'en doute, avait répondu le vieux Simón. Moi, je m'en veux de ne pas avoir su l'éviter. La culpabilité et le remords font de nous des êtres humains. J'ignore ce que leur absence fait de vous.

Puis il avait quitté la table et s'était éloigné d'un pas lourd. Dans un silence de granit, le souper avait continué, chacun regrettant le départ de la cuisinière à chaque bouchée.

Melquíades avait veillé toute la nuit à guetter le retour du maître. Aussi loin qu'il s'en souvenait, il n'avait jamais vu un orage comme celui-là. Enfin, à l'aube, don Diego était arrivé, rompu de fatigue, lourd de pluie et de soucis, avec Mlle Belmonte dans ses bras. Il avait ordonné qu'elle soit installée dans ses propres appartements, ce qui avait contrarié non seulement les domestiques, mais également certains des invités. C'était une façon de faire comprendre à tout le monde, quelle que soit sa place dans la hiérarchie sociale, que les soins à prodiguer à Mlle Belmonte étaient une priorité absolue dans la maison. Melquíades comprit à quel point don Diego tenait à Mlle Belmonte un peu plus tard, lorsqu'il l'entendit parler à son ami le baron pendant que le docteur examinait la malade.

— Je suis responsable de ce qui lui arrive, Alfredo. C'est ma faute.

— Diego, es-tu aussi inquiet juste parce que tu te sens responsable ? Ou ressens-tu d'autres choses ? Parce que je connais cette expression sur ton visage. J'espère que tu n'es pas en train de penser à ce que je crains que tu penses.

— Alfredo, ce n'est pas le moment. Je porte déjà la mort d'Alba sur la conscience et je ne veux pas en porter une autre, encore moins pour un pari stupide avec ce crétin de don Enrique.

À ce moment-là, le docteur Evaristo avait appelé Melquíades pour lui donner des instructions : la pièce devait être bien chauffée jour et nuit et on devait administrer à la malade un sirop de miel et d'ail pour combattre le froid qui semblait s'être fortement enraciné en elle. Il avait ensuite fait venir don Diego.

— Son état est très grave, avait-il déclaré. Cette nuit est critique et on doit malheureusement se préparer au pire. Le passage du froid extrême à cette terrible fièvre est une rude épreuve pour le corps et son pouls est très faible.

Le pronostic avait plongé la salle dans un silence sombre et Melquíades avait eu la gorge nouée à l'idée d'avoir à enterrer Mlle Belmonte dans le cimetière de Castamar, à côté de la malheureuse Rosalía.

Le duc n'avait pas quitté le chevet de la jeune fille un seul instant, et lorsque le père Aldecoa, doux et lent comme toujours, était venu lui administrer les derniers sacrements, il lui avait demandé de repartir. Bien qu'elle eût réussi à passer la nuit, la pauvre Clara semblait encore entre la vie et la mort. Chaque fois qu'il entrait dans la chambre, Melquíades avait peur de recevoir la nouvelle fatidique, et chaque fois qu'il en sortait, il avait l'impression de laisser derrière lui deux cadavres. Il préférait ne pas songer à l'effet que la disparition de la jeune femme pourrait avoir sur l'esprit déjà sombre de son maître, car il avait peur que cela ne le brise définitivement.

Il avait passé l'après-midi à revoir les comptes et à écrire en attendant l'arrivée de sa sœur. Ángeles arriva quand la nuit tombait sur Castamar comme une cape de noirs présages.

— J'aimerais attendre Roberto pour t'expliquer pourquoi je t'ai fait venir, dit Melquíades.

Elle acquiesça d'un air inquiet. Ils n'eurent pas à attendre longtemps et, lorsque Roberto entra et trouva sa mère dans le bureau, il rougit et rentra encore plus la tête dans les épaules, comme s'il voulait disparaître. Une fois la porte fermée, Melquíades raconta à sa sœur ce qui s'était passé pendant la guerre, leur oncle, les courriers, sa trahison envers Castamar. Ángeles le regarda, abasourdie d'abord, paniquée ensuite, car elle crut qu'il allait être renvoyé et ne pourrait plus l'aider à subvenir à ses besoins, et que Roberto aussi perdrait son travail.

De toutes les réactions qu'il avait imaginées parmi son entourage, c'était celle de sa sœur qu'il avait le mieux anticipée et c'était pour cela aussi qu'il ne lui avait rien dit jusqu'à présent, pour lui éviter et la honte, et la peur. C'était lui qui avait souillé le nom de la famille, elle ne méritait en aucun cas d'en payer les conséquences.

— Mon frère, ne t'inquiète pas, quoi qu'il arrive, nous sommes une famille et nous ne t'abandonnerons jamais. Mon fils et moi…

— Ángeles, sois rassurée : Son Excellence sait déjà tout et il m'a pardonné.

Elle entrelaça les doigts et leva les yeux au ciel.

— Dieu le bénisse ! Ton maître est un saint, s'exclama-t-elle en se signant avant de se lever pour embrasser son frère.

— Ah, ma sœur, si tu savais combien je te suis reconnaissant pour ton soutien ! J'en étais certain, et c'est pour cela que je voulais que Roberto t'entende le dire.

Elle se tourna vers son fils avec un regard interrogateur et Melquíades se retira pour les laisser s'expliquer en tête à tête.

En quittant son bureau, il avait le sentiment qu'avec cette dernière scène, la blessure commençait à se fermer. Elle était profonde et il en garderait toujours la cicatrice, mais la compassion dont le duc avait fait preuve à son égard lui avait permis d'alléger quelque peu sa conscience. Il ne lui restait plus qu'à espérer que Dieu, dans son infinie miséricorde, épargne la vie de Mlle Belmonte, car Il sauverait ainsi celle de don Diego. Si le duc, qui n'était qu'un homme, avait su faire preuve de mansuétude, comment ne pas espérer que le Très-Haut se montre clément envers Clara Belmonte et son esprit tourmenté ? Quant à lui, il ne pouvait faire grand-chose, mais il pouvait prier, et c'est ce qu'il fit.

*Même jour, le 20 octobre 1721*

La nuit était bien avancée au moment où Gabriel arriva vers le ravin de Lavapiés. Sur son cheval, il observait les prostituées qui racolaient leurs clients dans les ruelles sombres ; les souteneurs fielleux qui surveillaient leurs gaupes ; les caïds hautains qui se promenaient en bombant le torse et en se donnant des airs de seigneurs ; les coquins ivres et les gredins qui survivaient dans cette cour des miracles en demandant l'aumône et en volant de la nourriture sur les étals de la Cebada. La tempête avait cessé, mais le temps était toujours aussi agité que son esprit. Depuis qu'il avait quitté l'Escurial, il se demandait s'il avait eu raison de se rendre à cet étrange rendez-vous au Passage. Mais il était là, prêt à tout, à payer si le renseignement était intéressant et à en découdre s'il s'agissait d'un piège. Dans toute cette agitation, Mlle Castro ne quittait pas ses pensées. Son regard, ses gestes, sa voix quand elle racontait les difficultés auxquelles elle avait dû faire face et les conséquences qu'elle avait dû assumer.

Après l'avoir quittée, Gabriel était reparti directement vers Madrid, à la maison de Leganitos, afin d'écrire à Diego et lui rapporter le récit de Mlle Castro et son intention de se rendre au Passage. Une fois le pli cacheté, il l'avait donné au majordome avec ordre de l'envoyer à Castamar quand il sortirait. À la tombée de la nuit, vêtu d'un simple habit de voyage qui n'attirait pas l'attention, il était parti pour Lavapiés, et la lettre pour Castamar.

Il ne passait pas inaperçu dans le quartier. On le pointait du doigt avec la sempiternelle question : comment était-il possible qu'un Noir puisse monter un si bel alezan ? Il se rassurait en caressant la crosse de sa pistole et le pommeau de sa rapière, tout en sachant que la prudence lui conseillait de quitter le quartier au plus vite. Il descendit la rue San Pedro el Mayor jusqu'à la fontaine de Lavapiés puis prit la direction du ravin. Le bordel ne pouvait être que la dernière maison de la rue, un taudis branlant à deux étages avec un patio à l'arrière. Il démonta et noua la bride de son cheval à un anneau d'attache. On entendait un brouhaha de chansons et de cris, des rires grossiers, des hurlements de femme. Devant la porte d'où sortaient des remugles d'humanité sale et rance, il lui semblait être Dante aux portes de l'Enfer. « *Lasciate ogne speranza, voi ch'entrate*[1]. » Pour se donner courage, il se répéta les mots de Virgile à Dante : « *Ed elli a me, come persona accorta : / Qui si convien las- ciare ogne sospetto ; / ogne viltà convien che qui sia morta. Noi siam venuti al loco ov'i't'ho detto / che tu vedrai le gen- ti dolorose c'hanno perduto il ben de l'intelletto*[2]. »

Il avança vers l'entrée sous les regards tordus des brutes de la taverne qui avaient l'insulte et le défi dans leurs pupilles. Sa démarche assurée leur répondait qu'ils trouveraient un homme prêt à vendre cher sa peau, aussi méprisable qu'elle fût à leurs yeux. Un type cracha sur le sol à son passage, il s'arrêta et le toisa, le lâche détourna les yeux. Quand il entra enfin dans le bordel, sa présence fit aussitôt taire tous les bruits et toutes les têtes se tournèrent vers lui.

Gabriel, le regard droit devant lui, la main sur le pommeau de son épée, ignora les expressions ahuries de la foule silencieuse. Un homme, sans doute le patron, s'approcha de lui avec un claquement de doigts.

— Tu vas où, espèce de singe ? aboya-t-il. Dehors. Pas de Nègres chez moi.

Gabriel esquissa un sourire. À Madrid, nombreuses étaient les maisons où l'on avait des esclaves noirs et moricauds baptisés ; et bien qu'il leur fût interdit de sortir la

1. « Vous qui entrez ici, abandonnez toute espérance. »
2. « Et lui à moi, comme personne avisée : / Ici il faut abandonner toute crainte / la moindre lâcheté ici doit être morte. / Nous sommes au lieu que je t'ai dit, / tu y verras les gens emplis de douleur /qui ont perdu le bien d'entendement. » (Trad. de Marc Mentré.)

nuit, les nobles les utilisaient pour toutes sortes de courses. Il savait bien que ce qui mettait en rogne le maquereau, c'était qu'il ne porte même pas de livrée. Il savait parfaitement comment réagir avec lui.

— Tu as bien vu le genre de Nègre à qui tu parles ?

— Je me fous de…

— Je m'appelle don Gabriel de Castamar. Et je te jure que demain à l'aube cet antre de mauvaise vie sera fermé et toi, si on ne te jette pas en prison, tu devras te trouver une autre occupation.

Le taulier ouvrait et fermait la bouche comme un poisson, incapable de décider s'il devait s'incliner devant un seigneur ou donner des coups de pied à un Noir insolent. Finalement, plus conciliant, il essaya d'éviter les problèmes :

— Vous… vous ne pouvez pas entrer ici.

— Bien sûr que je le peux. Je suis le seul Noir d'Espagne qui le peut, répondit-il, au grand étonnement des personnes présentes. Parce que je suis un Castamar et que tout le royaume sait ce que cela signifie.

Le nom et le ton eurent l'effet escompté. Le maquereau, craignant les conséquences de contrarier ce Noir aux airs de noble, ordonna d'un geste aux femmes de se remettre au travail et l'accompagna à la table dans un coin que Gabriel indiqua. Le chahut ambiant reprit, avec des regards furtifs dans sa direction.

— Voulez-vous du vin, monsieur ? proposa le taulier. Si… si ce que vous vouliez, c'était de… être avec une femme, je sais pas si elles voudront… Avec un… Mais si vous payez le double… Elles font… ce que je leur dis. D'ailleurs, vous avez de la chance, parce qu'aujourd'hui elles se sont toutes lavées.

Gabriel lui décocha un regard pour le faire se carapater et resta seul à sa table, scrutant la foule, attendant un signe, le moindre geste indiquant qu'il était attendu. Il se passa un bon moment avant qu'une femme rousse au sourire usé lui apporte une assiette de haricots. Il était évident qu'il s'agissait d'une des prostituées – jupe retroussée, chemise débraillée –, même si elle sentait plus l'ail que le parfum.

— Moi, ça me gêne pas de vous servir à bouffer, même si vous êtes un Noir, déclara-t-elle.

Gabriel savait que ce n'était pas elle qui pourrait le renseigner sur le marquis.

— Je ne souhaite pas dîner, merci.

La femme posa la jambe sur le banc, découvrant sa cuisse jusqu'à l'entrejambe.

— Parce que vous n'avez pas encore goûté.

— Merci, mais je n'ai pas… d'appétit.

— Tu devrais goûter, coquin, insista-t-elle. C'est à se lécher les doigts. C'est la Câline qui te le dit.

Gabriel se leva.

— Madame, je vous répète que je ne suis pas venu pour chercher commerce avec l'une de vous.

Elle se pencha pour lui parler à l'oreille et il resserra son habit pour protéger sa bourse. Toute la salle suivait leur conversation.

— Ne sois pas comme ça, mon beau… Viens passer du temps avec moi, je t'apprendrai des choses, tu verras.

Devant tant d'insistance, il se demanda si ce n'était pas elle finalement qu'il était venu voir. Ou l'appât très mal choisi d'un piège qu'on lui tendait. C'est alors que le taulier revint.

— Un gamin dit de te prévenir qu'on t'attend dans la cour.

Gabriel se leva sans un mot et suivit l'homme jusqu'à la porte de la cour. Il scruta l'obscurité jusqu'à découvrir une grande silhouette dans un coin. Le bruit qui venait de la salle donnait à la rencontre un certain air de normalité. L'homme dans le noir leva une main.

— N'approchez pas, dit-il. Vous avez de quoi payer ?

— J'ai ce qu'il faut si l'information et les preuves en valent la peine.

Gabriel allait poursuivre lorsque l'une des planches du porche craqua derrière lui. Sans hésiter, il fit un bond de côté et sentit siffler tout près un gourdin sorti de nulle part. Il dégaina son épée et, d'un geste rapide du coude, en enfonça le pommeau dans la face d'un homme qui retomba contre les sacs de toile de jute, puis, dans le même mouvement, déchargea son pistolet sur la tête de l'homme qui lui avait demandé de l'argent et qui n'aurait plus jamais besoin de rien. Le brouhaha de la salle couvrit le coup de feu comme il avait couvert les bruits de la bagarre. Deux autres hommes sortirent de l'ombre, gourdin à la main, et ce choix d'armes lui fit comprendre qu'on ne cherchait pas à le tuer mais à le capturer. Il devait se dépêcher de les achever avant que l'assaillant dont il avait fracassé le visage ne se relève.

Les ruffians n'en revenaient pas qu'un seul homme puisse les affronter tous les quatre et il profita de la surprise pour enfoncer sa lame dans le torse le plus proche. Aux cris de surprise de son adversaire se mêla le sien, car il n'avait pu empêcher le quatrième de porter sa massue cloutée sur ses côtes. Il put esquiver le deuxième coup et frappa la tempe de son adversaire avec la crosse du pistolet avant de lui traverser l'entrejambe avec sa rapière. L'homme tomba à genoux dans la boue de la cour avec un hurlement sauvage. Son complice venait de se relever du tas de sacs et fonçait vers Gabriel avec un couteau à pointe. En pivotant pour lui faire face, il ressentit la morsure du fil sur son bras et la douleur lui fit lâcher le pistolet. Il recula pour tenter une estocade mais l'homme était trop agile et il sentit qu'il manquerait de temps, ce qui le fit changer de stratégie et il le chargea tête baissée en esquivant la lame. Il le poussa de l'épaule et le souleva comme un pantin pour mieux le faire tomber en roulant sur lui. Avec le genou, il appuya sur le bras qui tenait le couteau jusqu'à sentir les os craquer. Il enchaîna avec un coup de poing au visage, puis un autre, et un autre. Ces ruffians allaient payer cher d'avoir voulu le piéger. Haletant, il marqua une pause pour lui demander :

— Qui t'a engagé ? Enrique de Arcona ?

L'homme, le visage en sang, la lèvre fendue, éclata de rire comme un possédé. Gabriel leva le poing encore, puis il comprit, trop tard, la raison de ce rire. Il n'eut pas le temps de réagir. Un coup sur la nuque le paralysa, sa vue se brouilla. Derrière lui se trouvait un cinquième homme qui avait attendu pour intervenir. Une volée de coups de pied et de poing le força à se rouler en boule puis on l'attrapa par les cheveux pour le relever et continuer à le frapper. Ses pensées devinrent confuses, il sentit qu'on le soulevait à plusieurs reprises, qu'on le déplaçait. Entre ses paupières gonflées, il aperçut une grande silhouette accroupie sur le truand qu'il avait frappé.

— Tu étais déjà laid, Gaucher, mais ce Nègre t'a rendu affreux, lança une voix rauque.

*Gaucher.* Gabriel se répéta le mot pour ne pas oublier le surnom s'il perdait connaissance. Tout indiquait qu'on avait engagé deux groupes d'hommes pour le capturer, de sorte que le deuxième intervienne si le premier échouait. Ils n'avaient pas lésiné sur les moyens, le commanditaire était un homme de moyens, c'était certain. Luttant pour ne pas sombrer, il sentit qu'on le jetait à l'arrière d'un chariot. Les voix autour lui parvenaient par bribes, comme à travers de l'eau. Il crut distinguer une silhouette cachée dans l'ombre des écuries. Avant que la charrette ne démarre et qu'il ne perde définitivement connaissance, il leva les yeux et vit, dissimulés à la vue de ses ravisseurs, deux petits yeux qui bougeaient, nerveusement, témoins de sa capture depuis un renfoncement mal éclairé. Une torche éclaira une mèche rousse. Malgré tout, il sourit. À présent, son destin dépendait de la lâcheté ou du courage d'une prostituée qu'on surnommait la Câline.

# 36

*21 octobre 1721*

C'ÉTAIT LE DIMANCHE MATIN, deux jours après leur retour, et Diego craignait toujours que Mlle Belmonte ne quitte ce monde. Sa fièvre avait baissé et son pouls était plus régulier, mais le docteur restait très circonspect. Ainsi restait-il au chevet de la malade jour et nuit, sauf lorsque la situation de Gabriel le réclamait : ils étaient sans nouvelles de lui depuis son départ pour l'Escurial et il commençait à s'inquiéter.

Alfredo était parti sur ses traces à l'aube pour tenter de le retrouver. Sa mère et don Enrique faisaient des messes basses au sujet de la cuisinière, comme deux fantômes jacasseurs qui auraient oublié ce que c'est qu'avoir le cœur brisé. Sa mère, si réticente au départ, commençait à se soucier du sort de Mlle Belmonte. Elle avait toujours été ainsi, Diego le savait bien, réticente face au changement mais au cœur d'or. Accepter Gabriel lui avait pris une année de conflit avec son mari. Finalement, ce que l'amour conjugal n'avait pas réussi à obtenir, Gabriel, haut comme trois pommes, l'avait obtenu en venant se blottir dans ses jupons en disant « Madre ». Elle finirait aussi par s'attacher à Mlle Belmonte.

Alfredo, Francisco et sa mère, qui avaient participé au pari stupide avec don Enrique, se sentaient coupables de ce qui était arrivé et sa mère s'était renseignée sur Clara Belmonte auprès de MM. Elquiza et Casona.

Après la première nuit, quand elle avait appris que la jeune femme était entre la vie et la mort, elle avait demandé elle-même au médecin de rester à Castamar jour et nuit. Mais cela ne voulait pas dire qu'elle voyait d'un bon œil qu'il demande en mariage la cuisinière, elle allait continuer à s'y opposer et, dans la mesure du possible, à l'éviter. Il comprenait ses raisons, leur milieu ne permettait pas de tels écarts. Paradoxalement, s'il avait décidé d'épouser Clara Belmonte, fille d'un grand médecin, l'aristocratie aurait estimé que la famille de la mariée scellait une très avantageuse alliance, mais au final on l'aurait accepté en tant que duchesse de Castamar et, avec le temps, son penchant pour la cuisine aurait été considéré comme une extravagance qui avait son charme. Cependant, puisqu'elle était la cuisinière de Castamar, on n'y verrait qu'une mésalliance scandaleuse pour lui, ils seraient bannis de la cour et nombreux seraient ceux qui les rejetteraient. Mais lui, qui savait ce que signifiait aimer de toute son âme, qui connaissait le privilège que cela impliquait, ne pouvait laisser passer l'occasion d'être à nouveau heureux. Sa main ne tremblerait pas, même si la société ne l'acceptait pas.

Il avait perdu Alba dix ans auparavant, et il lui avait fallu tout ce temps et l'arrivée de Mlle Belmonte pour que son fantôme s'estompe. En vérité, il avait fini d'enterrer son chagrin au moment où il était parti en quête de Mlle Belmonte sous l'orage. Il avait fallu qu'il craigne l'avoir perdue pour s'apercevoir qu'il était éperdument amoureux de la jeune femme.

Pendant toutes les heures passées à la veiller, il avait réfléchi à la question et, peu à peu, un nouvel objectif se dessinait dans son esprit : réhabiliter Mlle Belmonte aux yeux de la société. Avant de l'épouser, il devait en faire une dame illustre que le roi approuverait s'il voulait lui éviter un avenir dans une cage dorée, comme Gabriel. Elle avait été un ange pour lui comme l'avait déjà dit Simón Casona voilà un an. C'est pourquoi il ne voulait pas la quitter un seul instant, et, après avoir souhaité bonne chance à Alfredo qui partait à la recherche de Gabriel, il était retourné auprès d'elle.

Sa peau pâle et ses yeux cernés de bistre n'auguraient rien de bon. Il épongea sa sueur et, de temps en temps, la faisait boire, tel que le docteur l'avait indiqué. Pour la deuxième fois de sa vie, il se sentait paralysé et impuissant. Il avait rejeté Dieu, l'avait maudit et insulté pour lui avoir montré le chemin de son salut et ensuite le laisser à nouveau seul dans l'ombre et le brouillard. Les heures passant, des heures de trouble et de crainte, il avait compris qu'il ne pouvait s'en prendre qu'à lui-même et à son péché d'orgueil. Lorsque la fièvre de Mlle Belmonte était remontée, sa mère et le médecin avaient jugé opportun de faire venir le père Aldecoa. Dès qu'il avait entendu ses pas dans le couloir, il lui avait crié de repartir. Une scène qui rappelait celle qui s'était produite dix ans plus tôt, lorsque Alba ne tenait à la vie que par un fil et que le prêtre était entré dans la chambre avec les saintes huiles. Il s'était jeté sur lui et l'avait malmené pour le faire sortir, mais l'aumônier avait tenu bon.

— Je ne partirai pas, Votre Excellence. Vous pouvez me frapper et j'offrirai l'autre joue, mais doña Alba était une bonne chrétienne et elle aurait voulu les derniers sacrements. Vous ne pouvez pas les lui refuser, avait-il déclaré.

Cette fois encore, l'aumônier était entré dans la pièce et ils s'étaient regardés.

— Don Antonio, je vous en prie. Ce n'est vraiment pas le moment ! Je ne veux pas entendre parler de vie éternelle ou...

L'aumônier avait acquiescé avec son implacable sérénité.

— Clara Belmonte mène une bataille acharnée contre la mort et Dieu veille sur elle quoi qu'il en soit. Ce n'est pas pour elle que je suis venu.

Il avait compris que c'était à cause de lui que le prêtre était là.

— Diego, mon fils, tout le monde dit que vous êtes amoureux de cette demoiselle. Est-ce vrai ?

En l'entendant formuler ses sentiments de cette façon, à voix haute, Diego avait éprouvé un trouble, comme s'il lui était défendu de tomber amoureux à nouveau. Il avait baissé la tête et acquiescé, comme s'il s'agissait d'un aveu honteux.

— Je vais prier pour Mlle Belmonte de la même façon que j'ai prié pour doña Alba il y a dix ans, avait dit l'aumônier en posant une main paternelle sur son épaule. Vous pouvez vous recueillir avec moi si vous le souhaitez.

— Je n'ai plus de prières, mon père. J'ai épuisé toutes celles que j'avais pour Alba, avait-il murmuré. Cela n'a pas aidé alors, à quoi bon recommencer ?

— Je ne peux pas vous forcer à prier, mais souvenez-vous que la prière est pour elle. C'est pour Mlle Belmonte que vous élevez votre voix vers le Seigneur.

Alors, pour la première fois en dix ans, il avait prié, il avait prié désespérément, il avait prié alors qu'il avait juré de ne plus jamais le faire.

Mais l'état de Mlle Belmonte ne s'était pas amélioré pour autant. Son front brûlait, elle respirait avec difficulté et c'était à peine si elle ouvrait les yeux de temps en temps pour le regarder, parfois pour lever la main et tenter d'effleurer son visage. Puis elle sombrait à nouveau dans la nébuleuse de la maladie. Craignant le pire, Diego avait demandé à l'aumônier de dormir dans une des chambres voisines au cas où son état s'aggraverait et qu'il faudrait administrer le sacrement.

Il avait encore veillé toute la nuit, lui prenant la main, songeant malgré lui à leur dernière conversation, regrettant de ne pouvoir revenir en arrière. Parfois il croyait que c'était la fin et il se demandait comment il allait survivre si elle disparaissait. Il avait déjà tourné le dos à la vie une fois après la mort d'Alba, il ne savait pas s'il pourrait résister à un tel coup du sort.

Les premières lueurs de l'aube le surprirent assoupi dans le fauteuil. À peine ouvrit-il les yeux qu'il tendit la main et chercha le front de Clara. Sa peau ne brûlait plus, son visage restait pâle mais plus cendré. Avec un grand soupir de soulagement, il ordonna qu'on apporte de l'eau fraîche et qu'on fasse venir le docteur Evaristo. Il le laissa seul avec la malade et attendit dans le couloir, le cœur en haleine.

— Si la fièvre ne remonte pas, on saura que le pire est passé, déclara le médecin avec un sourire rassurant. Continuez à la faire boire, et si elle se réveille, qu'elle essaie d'avaler quelque chose. C'est un miracle qu'elle ait survécu à un tel refroidissement du corps.

Presque sans s'en rendre compte, yeux fermés, cœur ouvert, Diego envoya une action de grâces au Seigneur. Ragaillardi, il descendit prendre le petit déjeuner et s'enquérir de Gabriel et d'Alfredo. Mais aucun message n'était arrivé depuis la veille. Le sort de son frère l'inquiétait de plus en plus, mais il passa à table après avoir demandé à Mme Berenguer d'informer sa mère, ainsi que le reste des domestiques, que la santé de Mlle Belmonte s'était améliorée.

— Faites-le savoir aussi au marquis de Soto, ajouta-t-il. Je suis sûr qu'il se fait du souci.

La gouvernante hocha légèrement la tête devant son ton ironique.

— Ce sera tout, monsieur ?

— Eh bien, non. Lorsque Mlle Belmonte se rétablira et reprendra son travail, je veux être informé de tout problème qu'elle pourrait rencontrer dans les cuisines.

— C'est-à-dire, monsieur ? Je ne sais pas quel genre de problème Mlle Belmonte pourrait avoir dans les cuisines, car…

— Assurément aucun si vous êtes là, l'interrompit-il. De plus, n'acceptez plus jamais sa démission et, le cas échéant, prévenez-moi sur-le-champ.

— À ce sujet, sachez que les choses ont changé depuis le retour de M. Elquiza. Tout ce qui concerne le service de bouche est passé sous sa responsabilité.

Diego la regarda, étonné par cette décision, car Mme Berenguer avait toujours fait preuve d'une extrêmement diligence. Elle s'empressa de répondre :

— Je ne peux pas en être certaine, monsieur, mais si je devais trouver une explication, je dirais qu'il est fort possible que don Melquíades souhaite vous témoigner sa reconnaissance en redoublant ses efforts. Pour ma part, je lui ai fait savoir que c'était une charge de travail supplémentaire inutile pour lui.

Diego claqua la langue, agacé. Il avait suffisamment de soucis sans que le majordome de Castamar change l'organisation de la maison et embrouille le personnel dans un excès de zèle pour se faire pardonner un passé qu'il valait mieux oublier. Il indiqua à Mme Berenguer de reprendre la main sur les questions de bouche et finit son petit déjeuner en silence.

Après une promenade à cheval pour se changer les idées, il retourna auprès de Clara, dont l'état, Dieu merci, demeurait stable. Le soir, alors qu'il soupait, M. Elquiza vint lui dire qu'elle s'était enfin réveillée et avait faim. Il dit de lui donner tout ce qu'elle demanderait et s'enferma dans son bureau pour faire quelque chose qui lui était devenu aussi étranger que la prière. Il pleura à chaudes larmes de soulagement, de la seule façon dont les hommes pouvaient le faire : seuls.

*22 octobre 1721*

Le mot qu'il venait de recevoir d'Hernaldo aurait dû lui arracher un sourire. La première ligne « Pas facile, mais dans le sac » indiquait que Gabriel de Castamar était désormais hors jeu. La deuxième assurait que la suite du plan se déroulait sans accroc : « Le lendemain du jour où vous lirez ce mot, les lettres seront en circulation. » Pourtant ces nouvelles n'apportèrent pas à Enrique le plaisir escompté. Au contraire, en pensant à Alba, il se sentit creux, car quoi qu'il fasse, quelque succès qu'il obtienne, rien ne pourrait la lui ramener. Ce sentiment était un compagnon aussi cruel que fidèle qui le tourmentait depuis toujours, même avant la mort de son aimée. Il avait toujours eu en lui ce vide qui engloutissait tout. Seulement deux fois dans sa vie il avait eu l'impression qu'il pouvait résister à ce puits dévorant. La première, lorsqu'il avait rencontré Alba. La seconde, c'était quelque temps après sa mort, alors qu'il passait ses jours enfermé dans sa chambre, ivre, à s'apitoyer sur sa misérable existence. Étrangement, son salut était venu de la main d'Hernaldo. Le soudard, bravant son interdiction, avait fait irruption dans la pièce en désordre. Il lui avait hurlé de s'en aller, mais Hernaldo s'était dressé devant lui, les poings sur les hanches, calme. Enrique avait pris son épée et l'avait pointée sur son cou.

— Je vais te tuer pour ça, tu le savais.

— Alors tuez-moi, car je ne partirai pas.

Il avait voulu que ce misérable paye pour tous ses chagrins et que son vide l'engloutisse complètement, mais la détermination qu'Hernaldo montrait, le courage dont il faisait preuve en se mettant à sa merci alors qu'il était ivre, avaient forcé son respect. Jamais de la vie aucun de ses serviteurs n'avait osé le contredire, jamais un seul n'avait désobéi au moindre de ses ordres.

— Je viens de me rendre compte que je ne peux pas te tuer, Hernaldo, avait-il ricané avec un hoquet d'ivrogne en envoyant la rapière à l'autre bout de la pièce. C'est très pathétique, mais… tu es le seul ami que j'ai.

Hernaldo, il venait d'en prendre conscience, était son seul compagnon, le seul humain en qui il avait confiance. Qui l'aurait imaginé, le jour où il l'avait sorti de la prison de Séville alors qu'il ne recherchait qu'un abatteur pour ses intrigues. Hernaldo lui avait demandé depuis combien de temps il n'avait pas dormi. Il avait haussé les épaules et juré qu'il allait détruire don Diego de Castamar même si cela lui coûtait la vie. Le soldat avait hoché machinalement la tête et l'avait mis au lit. Enrique s'était débattu :

— Tu ne m'écoutes pas ! Il m'a tout pris : la victoire à la guerre, la femme que j'aimais, le titre de grand d'Espagne que je mérite ! Je n'aurai de cesse tant qu'il n'aura perdu tout ce qu'il possède, même si j'y laisse la vie.

Hernaldo l'avait dévisagé, imperturbable.

— Vous ne pourrez pas vous venger si vous ne vous reposez pas d'abord.

C'était d'une logique implacable et il s'était couché. Aussitôt, il avait eu l'impression d'être allongé dans un cercueil et il avait supplié Hernaldo de rester. C'est ainsi qu'ils avaient passé ses derniers jours en enfer, lui au lit, le soudard à ses côtés sur une chaise.

Des années s'étaient écoulées depuis, avec des bons jours et d'autres où il était au fond du puits, puis, un matin, quelque chose avait changé et il était sorti de sa morosité avec la détermination de se venger. Depuis lors, il s'était persuadé que chaque pas vers la vengeance serait un pas vers le bonheur, mais alors qu'il avait le sort du Nègre de Castamar dans ses mains, c'était à peine s'il éprouvait une véritable satisfaction. Pour combler le vide de son âme, il ordonna qu'on le fouette au sang afin qu'il n'oublie jamais sa place légitime dans ce monde. Dès que le Nègre aurait reçu son dû avec le fléau, il serait emmené dans une cage de Madrid au Portugal où il serait vendu comme esclave et expédié aux Amériques.

Peut-être que ce n'était qu'une question de temps et que bientôt la joie s'emparerait de lui. « Le lendemain du jour où vous lirez ce mot, dans deux jours, les lettres seront en circulation », se répéta-t-il. Don Alfredo et don Francisco étaient loin de se douter que leur vie allait changer de façon irréversible. Bientôt, ils seraient soumis à l'opprobre devant la cour. Alfredo de Carrión, baron de Aguasdulces, grand connaisseur de la politique, aimé et respecté par toute la cour et par la famille royale, allait tomber dans l'ignominie pour être un sodomite, ce qui était un péché et un crime abominable. Francisco Marlango, comte de Armiño, qui était déjà un libertin notoire, allait apparaître également comme un dégénéré. Il avait, pour le prouver, sa correspondance avec doña Sol, marquise de Villamar. Dans ses lettres, elle faisait état de son amitié et de ses confidences de don Francisco, et dans la dernière, elle confiait à Enrique, très inquiète, que son ami lui avait révélé un jour d'ivresse les orgies auxquelles il avait participé avec don Alfredo de Carrión.

Que ce soit faux importait peu, puisque la dépravation de don Alfredo était réelle et que toute la cour les savait toujours ensemble. Les preuves contre l'un ou l'autre circuleraient en même temps que les pasquins satiriques à leur sujet, et à partir de là, il ne resterait plus qu'à attendre que la curiosité perverse des gens fasse le reste.

En même temps, l'affaire de don Diego était déjà en marche, pensa-t-il alors qu'il brûlait le dernier billet d'Hernaldo. Il fallait qu'il retrouve doña Mercedes, même si sa réaction à l'absence du Nègre le navrait, car s'il l'appréciait sincèrement, il ne pouvait lui pardonner qu'elle soit aussi attachée à ce mulâtre. Un valet l'informa qu'elle l'attendait aux écuries et il la rejoignit pour une balade à cheval.

Ils trottèrent vers les limites de Castamar, près de Boadilla, puis démontèrent pour profiter du calme qu'offraient le ciel à présent dégagé et les collines. Elle avait le cœur gros à cause de son fils disparu et, en attendant que la conversation verse sur le duc et la cuisinière, il joua sans faillir le rôle du bon ami compatissant.

— Vous avez l'air si accablée… Je déduis qu'aucune nouvelle n'est arrivée de don Gabriel ?

Elle secoua la tête, le regard sombre.

— Vous ne devez pas vous laisser abattre. Je suis sûr que tout se terminera bien.

Il fut surpris lui-même par cette envie de lui apporter du réconfort et d'atténuer l'angoisse qui se lisait sur le visage de la vieille dame. Un reste d'humanité, sans doute, songea-t-il. Cela lui apportait un agréable sentiment de normalité.

— Vous êtes un bon ami, répondit-elle en lui tapotant le bras. Vous avez toujours été avec moi dans les moments difficiles.

— Et je ne cesserai jamais de l'être, doña Mercedes. Je suis sûr que votre fils va bien.

Elle resta silencieuse, ses yeux clairs lourds des images du passé. Il attendit, rien ne déliait les langues comme une oreille compatissante.

— Je me souviens quand mon Abel l'a ramené à la maison, dit-elle finalement. Si petit, si calme toujours, si brun… Je pensais que mon mari avait perdu la tête.

Il suffisait à Enrique de voir le geste de chagrin de doña Mercedes pour savoir que, si elle apprenait que le Nègre était en train d'avoir la peau ouverte à coups de fouets, son cœur se briserait.

— Votre mari n'aurait pas dû lui faire subir cela, dit-il. Adopter un petit Noir n'est qu'une source d'ennuis. Personne parmi nous ne l'acceptera jamais comme un égal. C'est une absurdité.

— Vous avez bien raison, mon ami. Mais maintenant, même si cela semble étrange de le dire, Gabriel est mon fils, don Enrique.

Elle laissa passer quelques minutes en silence.

— Si vous le souhaitez, je peux aller le chercher moi-même. Je ne supporte pas de vous voir souffrir de la sorte.

Alors, elle lui fit délicatement pencher la tête et déposa un baiser sur son front. Il fut tellement pris au dépourvu qu'il se figea. Ses parents ne lui avaient jamais montré d'affection. Sa mère était dévouée à ses amants, son père au pouvoir. Il ne savait que faire de ce besoin soudain de libérer le Noir pour éviter le chagrin de doña Mercedes. Il dut faire un effort pour retrouver sa voix et un ton qui seyait au moment :

— La vraie fidélité ne peut se prouver que dans les pires moments, énonça-t-il.

Ils remontèrent à cheval pour se diriger vers le ruisseau de Cabeceras, et il fut heureux d'avoir un peu de temps pour se ressaisir. Le trouble produit par le geste maternel de la vieille femme le déconcertait, et pour cela même le mettait en garde : ses sentiments pour elle risquaient de lui jouer un mauvais tour. Il fallait changer de conversation.

— Au moins, la cuisinière va mieux, reprit-il de but en blanc. C'est une raison de se réjouir.

Pour une fois, il était sincère. Mlle Belmonte avait sauvé le plan que Mlle Castro avait fait capoter. Doña Mercedes soupira.

— Vous vous trouvez dans une situation épineuse, chère amie, souffla-t-il en devinant ses pensées.

— Je sais, admit-elle en jouant nerveusement avec les rênes. Il est anormal que Diego, après tant de temps seul, jette son dévolu sur une femme qui travaille dans ses cuisines !

Enrique fut ravi de l'entendre enfin parler franchement de la question. Il pouvait lancer son plan.

— Peut-être que don Diego est confus.

— Mon fils n'a jamais été confus de sa vie, et c'est ce qui m'inquiète.

Avec sa précision de bon tireur, il assena la réponse qu'il avait préparée :

— Le véritable problème, c'est cette jeune femme, si insolente. Plus tôt elle partira de Castamar, plus vite votre fils reviendra à la raison.

Pour lui, il n'y avait aucun doute que le duc était amoureux de la fille, il n'avait pas quitté son chevet depuis dimanche matin et on était déjà mercredi. Même si la cuisinière avait été autrefois une dame de qualité, ce dont personne ne doutait, la vérité était qu'elle ne l'était plus et que, malgré son passé et son éducation, elle n'était qu'une servante qui puait l'oignon. Mais c'était à doña Mercedes de le dire, pas à lui.

— Peut-être bien, continua-t-elle. Mais Diego ne lui permettra pas de partir. Mon Dieu, connaissant mon fils, il serait bien capable de l'épouser… et ce serait la fin. Le nom de Castamar dans le ventre d'une cuisinière ! Enfin, si tant est qu'elle soit encore en âge, elle n'est pas un tendron non plus… Et si tant est qu'elle puisse concevoir un mâle ; d'après ma femme de chambre, elle n'a qu'une sœur, sa mère n'a pas eu de fils.

— Ne vous affligez pas, dit-il avec sympathie, je ne supporte pas de vous voir souffrir ainsi.

— Je ne peux même pas y penser sans ressentir un vertige.

C'était une chance que doña Mercedes envisage la question de ce point de vue si propice à ses plans. Ils étaient en train de traverser l'un des ponts en pierre qui enjambaient la rivière, lorsqu'il marqua une pause dramatique pour donner plus de poids à sa proposition.

— Puis-je vous suggérer une solution ?

— Dites-moi ! s'écria-t-elle. Je suis impatiente de l'entendre. Si vous pouvez aider…

Il feignit d'hésiter, elle s'impatienta.

— Ne vous taisez pas, pour l'amour de Dieu, don Enrique.

— Le mieux que vous puissiez faire serait de demander à quelqu'un de parler à Mlle Belmonte, de lui faire voir le mal qu'elle fait à don Diego par sa présence. Faites-lui comprendre quel scandale ce serait pour Castamar si la cour apprenait que le duc est parti sous la pluie à sa recherche, qu'il l'a installée dans ses propres appartements. Si la rumeur se répand qu'il souhaite la demander en mariage, ce serait irrémédiable, n'est-ce pas ? Tandis que si la jeune fille part de son plein gré, votre fils devra se plier à sa volonté.

Le visage de doña Mercedes s'illumina.

— Il suffirait peut-être de lui obtenir un autre poste dans une autre maison, continua-t-il. Les gens de maison ne s'intéressent qu'à leurs gages, c'est bien connu. Il suffirait de trouver la personne qui aurait le doigté indispensable pour une mission aussi délicate.

Doña Mercedes le regarda, et il sut qu'elle le voyait déjà comme le meilleur candidat possible : noble, discret, un ami de la famille...

— Peut-être que vous, avec votre facilité à manier les mots...

Exactement les mots qu'il attendait. Il avait maintenant la permission de doña Mercedes pour approcher la cuisinière. Il se composa une expression qu'il espérait à la fois sincère et rassurante et répondit avec chaleur qu'il serait ravi de l'aider en quoi que ce soit. Oh que oui, il allait essayer. Et il avait l'intention d'échouer complètement ! Pauvre doña Mercedes. Elle risquait de mourir d'une attaque lorsque son fils serait au centre des pires critiques.

Il avait l'intention d'attiser le scandale le moment venu, et une fois la rumeur propagée, il serait difficile d'en déterminer la source. Le duc avait rendu son penchant pour la marmitonne si évident que n'importe quel serviteur de Castamar aurait pu la répandre. Il ne lui restait qu'à s'assurer que le duc avait réellement l'intention de l'épouser. Si cette femme insolente rejetait le duc, le scandale ne serait que plus retentissant, et si elle l'épousait, la société ne saurait accepter leur union. Malgré cela, il devait bien cacher son jeu avant d'être certain de la proposition de fiançailles, car une rumeur mal lancée pouvait se retourner contre quelqu'un aussi rapidement qu'un feu se déplace lorsque le vent change.

— Du calme, chère amie, tout va bien, murmura-t-il. Vous me direz quand le moment sera venu, et je ferai de mon mieux pour convaincre cette bonne cuisinière de partir.

# 37

*23 octobre 1721*

LES INTRIGUES RAMPENT SILENCIEUSEMENT jusqu'à ce qu'il soit trop tard pour éviter leurs conséquences, pensait Alfredo. Il avait été trop longtemps dans les coulisses de la cour pour ne pas avoir deviné qu'un scandale menaçait Castamar. La veille seulement, Diego lui avait demandé de se rendre à l'Escurial pour tenter de retrouver son frère, ou à défaut, sa trace.

— Tu ne dois pas t'inquiéter. Il est très probable qu'il soit resté pour tenir compagnie à Mlle Castro, avait-il dit.

— Si c'est le cas, Gabriel est plus amoureux d'elle qu'il ne l'imaginait lui-même.

Alfredo ne s'attendait pas à cette réponse-là. Pour lui, une relation entre un homme noir et une demoiselle de la bonne société était impensable. Il était pourtant mal placé pour juger. La conversation s'était arrêtée là et il était parti au galop vers l'Escurial, pensant retrouver don Gabriel dans les jardins des Hiéronymites avec Mlle Castro. Au monastère cependant, un oblat lui apprit que don Gabriel était parti pour Madrid le dimanche de bonne heure après avoir reçu un billet d'un messager privé. Mlle Castro, très chagrinée après l'enterrement de sa mère, avait mis cap vers Cadix.

Alfredo se rendit alors à la maison de la rue Leganitos, pour découvrir que don Gabriel était sorti à la tombée de la nuit en laissant un message qu'on avait dépêché deux heures plus tard à Castamar. Ce fut ce dernier détail qui inquiéta le plus Alfredo, puisque aucun courrier n'était arrivé à Castamar.

Il changea de monture, prenant un destrier des écuries des Castamar, et s'élança sur la route d'Illescas à la recherche de Mlle Castro. Il la trouva dans une ferme de Tolède, où elle faisait une halte. La jeune femme, très courtoise malgré le moment difficile qu'elle traversait, ne cacha pas son désarroi en apprenant la disparition de Gabriel dont elle n'avait plus eu de nouvelles depuis leurs adieux à l'Escurial.

Sans piste plausible à suivre, Alfredo pernocta dans la même auberge et le matin regagna à Madrid où il arriva, accablé, après une demi-journée de voyage. Alors qu'il laissait son cheval aux écuries, il se dit qu'il était difficile d'ignorer cet enchevêtrement d'événements qui semblait avoir don Enrique pour centre : le pari sur Mlle Belmonte, l'agression de Mlle Castro et le meurtre de Daniel Forrado, puis la disparition de Gabriel. Il commença à craindre que quelque chose de terrible ne soit arrivé au jeune Castamar ; il redoutait que le marquis ne l'ait pris pour cible, lui aussi. La repartie qu'il lui avait décochée dimanche : « Je suis descendu en enfer par amour, j'ai vécu dans les ténèbres par amour, et par amour j'ai détruit mon âme. En ce qui vous concerne, cependant, personne ne sait si vous aimez et moins encore *qui vous aimez* », et l'appréhension qu'il avait éprouvée sur le moment revenaient en force.

Devant les portes du salon, son majordome, Rodolfo del Río, l'homme le plus fidèle qu'il connaissait, le reçut d'un air inquiet. Il le salua avec un sourire tendu et haussa la main pour lui indiquer la prudence.

— Monsieur, don Ignacio del Monte se trouve dans le salon, annonça-t-il d'un ton grave. Il semble fort agité.

Un regard lui suffit pour savoir que son domestique, le seul à partager son secret, attendait sa permission pour mettre son invité à la porte. Il l'ignora, comme celui qui ignore les conseils de son vieux père, et entra dans le salon.

Dès qu'il échangea un regard avec son amant de toujours, il sentit renaître son désir pour lui. Il n'avait pas changé : yeux bleus, menton déterminé, cheveux blonds. Seules quelques rides avaient creusé son beau visage. Son vieil amour, avec son éternel sourire, s'approcha de lui.

— Tu ne te réjouis pas de me voir ?

Alfredo se rappela la dernière fois qu'il l'avait vu, hors de lui, l'insultant comme seul l'amour insulte quand il est malheureux. La veille, son majordome avait découvert qu'Ignacio lui volait de grosses sommes d'argent, qu'il jouait et perdait dans des cabarets infâmes. Le jeu s'était emparé de son esprit et faisait de lui non seulement un voleur et un menteur, mais aussi la proie des fesse-mathieux qui menaçaient de lui couper le nez et les oreilles s'il ne payait pas son dû. Bien qu'il eût fini par lui donner l'argent pour sauver sa vie, Alfredo l'avait chassé de la sienne, mais il avait toujours su, espéré même, qu'il reviendrait pour en redemander.

— Je ne suis pas ici à cause de ce que tu penses. Je suis venu te demander pardon, déclara Ignacio, en se penchant dangereusement près de sa bouche.

Il mentait. Comme d'habitude. Alfredo s'écarta de lui en songeant à l'adage : « Qui me trompe une fois, honte à lui ; qui me trompe deux fois, honte à moi. » Il s'approcha de la desserte en fine marqueterie parisienne et versa deux verres de brandy.

— Tu as mis trop de temps à regretter tes paroles de cette fameuse nuit, dit-il.

Ignacio nia véhémentement, détournant les yeux comme le font les mauvais joueurs.

— Si tu continues à me mentir, je te ferai chasser par mes laquais, ajouta Alfredo en lui tendant le verre. Combien as-tu perdu cette fois-ci ?

Ignacio hocha la tête, honteux, coincé.

— Ils vont me tuer si je ne paie pas.

— Va-t'en.

L'amour qu'il ressentait pour lui, celui qu'il éprouvait autrefois, n'avait pas survécu à son asservissement au jeu. Ignacio s'avança vers lui, le menton tremblant.

— Écoute-moi...

— Je t'ai dit de t'en aller.

— Ils vont me tuer ! Tu n'as pas compris ? Ils vont me tuer !

— Je n'en ai cure.

Le visage déformé par la peur, Ignacio se jeta dans ses bras en implorant sa pitié, mais cette créature grotesque et faible provoquait chez Alfredo un dégoût profond. Son amant chercha ses lèvres, lui déclara son amour inconditionnel, lui dit qu'il ne l'avait jamais oublié, que son cœur lui avait toujours appartenu. En vain. Au moment où Alfredo allait le repousser et ordonner aux laquais de le mettre à la porte, Ignacio, d'une voix forte, lui cracha toute la vérité :

— Dès qu'ils me verront sortir, ils me tueront ! Ils veulent que je passe la nuit avec toi !

Cette déclaration fut comme un coup de semonce pour Alfredo. Ceux qui traquaient Ignacio, il en était certain, avaient un tout autre but que l'argent. Il avait toujours supposé que son amant garderait jalousement le secret de leur relation, car il en allait de leur vie à tous les deux. La loi et la société condamnaient les hommes comme eux, et personne ne se serait accusé volontairement de ce crime.

Mais si son ancien amant avait vendu leur secret aux usuriers… C'est alors qu'il comprit le sens de la phrase lâchée par Enrique de Arcona quelques jours auparavant «… ni moins encore *qui vous aimez*». Il était pris lui aussi dans la toile d'araignée que le marquis avait tissée autour de Castamar, et il était fort probable que Francisco le soit aussi. Mais c'était lui qui, accusé de ce délit abominable, risquait d'être banni de la cour. Il imaginait déjà les libellés qui circuleraient, les placards sur les murs de Madrid avec des caricatures ignominieuses à son effigie.

Il gifla violemment Ignacio, qui s'effondra en pleurs sur le tapis. Cela le dégoûta. Lui, qui était la discrétion personnifiée, qui portait sa malédiction en silence, avec des rencontres clandestines dans le noir total, sans badinages publics ni fréquentations inconvenantes, il allait maintenant être condamné par la cour, son nom serait traîné dans la boue. Il serra les dents si fort que ses mâchoires grincèrent. Son père, don Bernardo de Carrión, qui avait marqué son corps avec le fouet du cheval pour lui apprendre la discipline, se retournerait dans sa tombe si la nouvelle se répandait. «Marie-toi et engendre un héritier», lui avait-il assené toute sa vie. Mais il n'avait pas voulu écouter son père. Il ne s'était jamais marié, et n'en avait jamais eu l'intention. Si le mariage de ses parents lui avait appris quelque chose, c'était combien il pouvait être injuste pour une femme d'épouser quelqu'un qui ne l'aimait pas et ne pouvait pas l'aimer, et il ne voulait pas être responsable du malheur d'une femme qu'il soumettrait à un mariage stérile et hostile.

— Je leur ai remis nos lettres, avoua enfin Ignacio. Je crains que, demain, notre relation ne soit connue dans tout Madrid, elles vont être publiées.

À cette phrase, Alfredo leva le poing de colère mais, soudain, l'image de son père le frappant car il ne se tenait pas correctement sur la selle ou répondait mal s'imposa à son esprit. Il déchargea son poing de toute sa force contre sa propre jambe, honorant son vœu de ne jamais ressembler à son père. Ignacio se jeta à ses pieds en implorant son pardon, gémissant qu'il n'était qu'un lâche mais qu'il l'aimait.

— Qui sont-ils ? Est-ce que don Enrique de Arcona est derrière tout cela ?

— Don Enrique ? s'écria Ignacio, visiblement surpris d'entendre ce nom-là. C'est un ami fidèle… ! Je ne sais pas pourquoi tu demandes… je ne sais pas.

Alfredo connaissait assez bien ses mimiques et ses gestes pour savoir qu'il ne mentait pas, mais le fait qu'Ignacio considère le marquis comme un ami, alors qu'il n'avait jamais parlé de lui, confirmait ses soupçons.

— Parle ! Ou je te fiche dehors et je te fais tuer !

— Je ne sais pas ! Je le jure ! Je ne sais pas qui ils sont. Je dois de l'argent à beaucoup de gens !

Alfredo le repoussa d'un coup mou et monta dans sa chambre se changer. Ensuite, il appela Rodolfo pour savoir si Ignacio était encore dans la maison.

— Toujours, monsieur. En boule sur le tapis du salon.

— Préparez une chambre pour lui.

— Pour longtemps, monsieur ?

— Vous le ferez sortir demain, discrètement, dans une des voitures. Sans un sou, bien entendu. Si on le met dehors ce soir, je crains qu'il ne voie plus jamais la lumière du jour. Je retourne à Leganitos voir si don Gabriel est revenu, mais je n'ai pas grand espoir. Puis je partirai pour Castamar dans la foulée. Demain sera… ce sera une journée difficile, et je souhaite parler à Diego avant… qu'il n'entende quoi que ce soit par quelqu'un d'autre.

Il traversa la moitié de la ville pour se rendre rue Leganitos, où ses craintes furent confirmées. Le pied déjà sur l'étrier pour repartir, il vit alors arriver une femme rousse et maigre, clairement de bas étage, qui s'apprêtait à frapper le heurtoir. Le majordome s'approcha d'elle avec force gesticulations.

— Dehors ! On ne veut pas de femmes comme vous dans cette maison !

— Que tu crèves en Enfer, salaud ! Avec tous tes morts ! cracha-t-elle en repartant à toute vitesse.

— Qui est-ce ? s'enquit Alfredo.

— Je l'ignore, monsieur. C'est au moins la quatrième fois qu'elle demande le maître, elle jure qu'elle a quelque chose d'important à lui dire. Mais c'est une femme de mauvaise vie, monsieur, il ne faut pas lui faire confiance. Elles préparent toujours un mauvais tour.

Alfredo se hissa sur son cheval et rejoignit la femme au trot. En le voyant approcher, elle voulut s'enfuir, mais Alfredo lui jeta une bourse pleine de pièces.

— C'est à toi si tu me dis tout.

Elle hésita, puis se pencha pour ramasser la bourse. Il descendit de cheval et se présenta en tant que baron de Aguasdulces, ami personnel de don Diego de Castamar. Elle le salua avec une révérence pataude sans le quitter des yeux.

— J'sais pas où est le Nègre, lâcha-t-elle de but en blanc, mais j'sais qui l'a attrapé.

Le cœur d'Alfredo tressaillit mais il n'en montra rien. Il fit un pas vers elle en lui intimant de s'expliquer. Son expression craintive mais avide lui donnait à croire qu'elle était moins une intrigante qu'une pauvre femme qui profitait d'une occasion. Elle balbutia quelques mots sans sens.

— Je ne pense pas qu'il y ait assez d'argent dans ce sac, dit-elle finalement en faisant tinter les pièces.

— Tu me fais du chantage, femme ? se crispa-t-il.

— Du chan… quoi ? dit-elle en prenant soudain un air coquin. J'sais pas c'que c'est, mais si vous ajoutez quelques sous, la Câline vous fait ce que vous voulez.

Il était urgent d'obtenir les informations qu'elle détenait et la faire arrêter par la police prendrait un temps bien plus précieux que quelques pièces.

— D'accord, je n'ai plus d'argent ici, dit-il, mais si vous voulez bien me suivre…

La femme secoua la tête et se détourna de lui, méfiante comme un chat de gouttière. Alfredo s'approcha encore, prêt à l'attraper par la force s'il le fallait.

— J'irai chez personne, je joue ma vie, là. Dans deux heures à la place de la Cebada. Apporte une autre bourse comme celle-ci, et je dirai tout.

Il la saisit par le bras et la secoua, il voulait être sûr de bien se faire comprendre.

— Écoute bien. J'apporterai ce que tu demandes, mais ce sera tout, entendu ? Et tu as intérêt à être là, sinon je te retrouverai et tu finiras ta vie aux oubliettes.

La femme hocha la tête et se carapata dans une ruelle. Alfredo rentra chez lui et, n'ayant plus la possibilité de retourner à Castamar, se résigna à écrire à Diego et Francisco pour leur avouer ses penchants et leur demander pardon de ne pouvoir le leur dire en personne. Il choisit ensuite quelques hommes de confiance pour porter les missives en les prévenant qu'il s'agissait d'une commission dangereuse, car on pourrait vouloir empêcher que les lettres arrivent à destination au point de chercher à les tuer. Ils devaient atteindre leurs destinations respectives par un long détour et avec les plus grandes précautions.

Après avoir pris l'argent, il ressortit à cheval, plus que jamais sur ses gardes. En approchant de la place de la Cebada par la Cava Alta de San Francisco, il se dit qu'en fin de compte, ils avaient tous des secrets qu'ils se cachaient même à eux-mêmes ; comme Diego, qui nourrissait des sentiments profonds pour sa cuisinière, ou don Gabriel, pour une femme blanche. La question était de savoir comment supporter les conséquences lorsque ces secrets seraient dévoilés au grand jour. Personnellement, il les assumerait la tête haute, y compris la perte de ses amis si tel était le cas.

Il avança d'un pas alerte et repéra la prostituée à l'entrée de la rue del Humilladero. La femme lui dit de la suivre jusqu'à la Sierpe, toute proche et plus discrète. Il la suivit, mais au coin de la rue, songea qu'il s'agissait peut-être d'un piège. Mais qui voudrait le piéger ? Et dans quel but ? Cette femme avait flairé la bonne affaire et voulait en profiter, car si le marquis voulait éventer son secret, il n'avait aucun intérêt à la tuer avant. Il mit pied à terre et s'engagea dans la rue de la Sierpe, étroite, sombre et mal pavée. La Câline attendait un peu plus loin avec une lanterne. Quelque chose le fit s'arrêter et il mit la main sur le pommeau de sa rapière. Soudain, le visage de la femme se contracta en une grimace grotesque qui mit encore plus en avant son menton proéminent. Une lame sanglante ressortit par sa poitrine alors que dans son dos une gerbe de sang rouge teintait le mur. Il dégaina alors qu'une grande silhouette encapuchonnée se penchait sur la femme, qui s'étouffait avec son propre sang dans d'affreux râles d'agonie.

— C'est l'heure d'aller retrouver le bon Dieu.

L'assassin retira sa rapière, et elle tomba mollement comme une marionnette dont on aurait coupé les fils. Alfredo se jeta sur l'assassin qui l'attendait, imperturbable. L'homme dévia habilement son estocade et aussi celles qu'il porta vers son cou et son ventre. Il avait du métier mais manquait de technique, et il tenta un vulgaire coup croisé auquel Alfredo répondit par une attaque à la tête. Son adversaire contre-attaqua en cavant à droite pour tout de suite foncer vers son ventre, Alfredo pivota pour esquiver, mais il ne fut pas assez rapide et l'acier entra dans ses côtes. Avec un juron, il cogna fort avec le pommeau contre le torse de l'autre qui gémit mais ne recula pas et se jeta sur lui pour le pousser. Alfredo trébucha et tomba en arrière, son chapeau s'envola. Certain que l'aigrefin allait profiter de sa chute, il porta une estocade désespérée pour découvrir que l'homme s'engouffrait dans les ombres et disparaissait.

Il tâta ses côtes, la blessure était profonde. Avec difficulté, il se releva. Un gargouillis minuscule lui rappela la présence de l'autre malheureuse qui, dans son dernier souffle, voulait lui dire quelque chose. Il se pencha sur elle et lui tint la main. Secouée par le stertor de la mort, elle murmura deux simples mots :

— Le Gaucher, dit-elle. Le… Gaucher.

*Même jour, 23 octobre 1721*

Ce pédéraste de don Alfredo ne portait certainement pas la rapière à la taille pour faire joli, et Hernaldo avait été obligé de le toucher pour rester en vie, en dépit de l'ordre exprès de don Enrique de ne pas le blesser. Il souhaitait que le baron soit raillé comme un sodomite, et non qu'il meure d'une mauvaise rencontre. La veille, ses sbires l'avaient vu à la maison de Leganitos, où il avait demandé le Nègre. On avait dû lui dire alors que celui-ci avait envoyé une lettre qui n'était jamais arrivée à Castamar, mais peut-être que la balafrée lui avait déjà déballé tout ce qu'elle avait raconté au Nègre à l'Escurial. Quoi qu'il en soit, il était trop tard. La seule véritable anicroche avait été la Câline. Heureusement, il était arrivé à temps pour la faire taire. Cette fois, il devait remercier le Gaucher et, pourquoi ne pas le dire, la chance.

C'était juste après la capture du Nègre. Si lui et ses hommes n'avaient pas débarqué, le sauvage aurait fini par tuer le Gaucher et bousiller ses plans. Il ricana en se rappelant la trogne de celui-là, la pommette gauche cassée, le nez écrasé. Depuis, le Gaucher n'attendait qu'une chose, se rétablir pour fouetter lui-même le Noir. Il avait pris une chambre au Passage pour que la Jacinta le soigne. Il lui avait rendu visite la veille à l'aube, avant qu'on n'ouvre, afin de s'assurer que les hommes qui avaient travaillé pour attraper le Noir ne parlent pas, car don Alfredo de Carrión le cherchait partout.

Hernaldo était parti après cette conversation, mais le Gaucher lui avait raconté la suite : ayant entendu des bruits dans la cuisine, il avait attendu en silence, puis la Câline était sortie au bout d'un moment. Il lui avait demandé ce qu'elle faisait là et elle avait répondu que c'était son tour d'ouvrir ce matin-là. Le Gaucher ne l'avait plus quittée des yeux et, le lendemain, il l'avait suivie. Elle était allée chez les Castamar en ville, mais Dieu merci, le duc était à son domaine. Comme Hernaldo avait passé la journée à faire circuler des pasquins dans tout Madrid avec la caricature du sodomite et de son ami don Francisco, le Gaucher n'avait pu le retrouver. Mais le hasard est un bon allié quand il vous a à la bonne, et après avoir fini avec les placards, il s'était souvenu que le Gaucher avait fait taire Jacinta d'une gifle alors qu'elle s'apprêtait à parler d'un certain travail pour une dame riche. Il était temps de revenir sur cette conversation. Au Passage, les femmes lui avaient dit que le Gaucher l'avait cherché toute la journée, mais c'était la Jacinta qui l'intéressait. Elle avait cru qu'il voulait commercer et était montée avec lui dans une chambre, mais dès qu'elle avait fermé la porte, il l'avait arrêtée d'un geste.

— Parle-moi de cette dame riche et du travail que le Gaucher a fait pour elle, demanda-t-il. Un jour tu allais en parler et il t'a fait taire d'une gifle.

Elle avait fait une moue comme si elle ne se souvenait de rien. Hernaldo l'avait attrapée par le cou pour la plaquer contre le mur.

— Écoute-moi bien. Tu craches ce que tu sais ou je t'étripe comme une truie.

Jacinta avait acquiescé, terrorisée, puis avait raconté, hoquetant, que le Gaucher avait travaillé dans les écuries du duc de Castamar. Elle n'avait jamais rencontré la dame qui l'avait engagé, mais elle connaissait son homme d'affaires. Alors qu'elle parlait d'un « petit-maître timide, avec des binocles », Hernaldo avait compris que ce rat de Gaucher lui avait joué un tour.

La porte de la chambre s'était alors ouverte et le visage déformé du Gaucher était apparu dans l'embrasure. Ils s'étaient dévisagés, lui, la main sur la rapière, le Gaucher sur son coupe-jarret. Il avait envisagé de lui ouvrir le ventre sur-le-champ, mais, conscient qu'il valait mieux aller au fond des choses, il avait jeté quelques sous sur le lit en prétendant qu'il avait voulu essayer la Jacinta, puisque tout le monde en disait du bien. Le Gaucher avait hésité, mais la prostituée, finaude, lui avait crié d'arrêter de foutre en l'air ses affaires et de frapper la prochaine fois avant d'entrer. Le Gaucher s'était détendu et lui avait appris qu'il y avait un souci avec la Câline.

— Elle va tout foutre en l'air pour quelques sous. Elle n'est pas venue ici de la journée, elle attendait devant chez don Diego.

Hernaldo s'était lancé à la recherche de la Câline. Il l'avait talonnée jusqu'à la rue de la Sierpe puis, en bon soldat, avait fait un détour pour la prendre par l'arrière-garde et lui crever la basane. Il était arrivé juste à temps pour voir le pédéraste se pointer et ce dernier n'avait rien pu faire, comme il ne pourrait rien contre le scandale qui allait éclater le lendemain.

Ils avaient rencontré son giton deux ans plus tôt, presque par hasard, lorsque don Enrique avait assisté à une partie de pharaon, un jeu venu de France. Ce don Ignacio, déjà un peu ivre, avait parié à crédit contre sa parole et, à la fin de la soirée, avait perdu une grosse somme. Les autres joueurs, dont le marquis, avaient exigé leur dû. Le gredin avait promis qu'il pourrait honorer toutes les dettes grâce à son bienfaiteur le baron de Aguasdulces et, dans la foulée, le marquis avait décidé de racheter la totalité de ses gages, devenant ainsi son grand allié.

Pendant quelques mois, ce giton naïf avait trouvé en don Enrique le meilleur des amis, qui lui fournissait de l'argent pour sa fureur du jeu et des éphèbes pour la nuit, et lui faisait croire que leur amitié était au-dessus de tout préjugé.

Finalement, un soir, ivre et en confiance, don Ignacio avait avoué que don Alfredo avait été son amant et qu'il avait des lettres pour le prouver. Peu de temps après, don Enrique avait cessé de l'alimenter financièrement et don Ignacio s'était vite retrouvé endetté jusqu'au cou. Ainsi, lorsque Hernaldo et quatre de ses hommes, tous masqués, lui avaient rendu visite, le fruit était déjà mûr. Mort de peur, il leur avait remis les lettres. Le jour venu, ils l'avaient sorti du lupanar où il traînait les après-midi pour l'obliger à se rendre chez don Alfredo pour passer la nuit avec lui. C'était le seul moyen d'avoir un témoin fiable et, s'il refusait, le marquis avait ordonné qu'on l'étripe comme un lapereau. Les intrigues ressemblaient à des châteaux de cartes : au moindre faux mouvement, tout s'écroulait. C'est pourquoi, après avoir parlé à Jacinta, Hernaldo s'était dit que la mort de doña Alba n'était pas due à un échange fortuit de chevaux jumeaux, mais à une machination intentionnelle. Une dame riche, un notaire qui embauchait le Gaucher… Avant de causer du chagrin à don Enrique, il devait aller au fond des choses.

Il rentra chez lui à pied et, en arrivant, vit que sa fille avait déjà allumé les lampes. Il faudrait qu'elle se trouve un mari bientôt sinon elle allait finir vieille fille sans enfant. Elle avait deux ou trois prétendants dans le quartier, le meilleur parti étant le fils du boulanger, qui serait bientôt à la tête de la boutique. De toute façon, elle continuait ses études pour devenir gouvernante ou institutrice, et si jamais, après le mariage, son mari n'était pas bon pour elle, elle pourrait tout de même gagner sa vie, et c'était bien pour ça qu'il s'était donné tant de mal pour qu'elle aille chez les sœurs. Mais son Adela, même si elle trouvait du charme au fils du boulanger, tenait coûte que coûte à quitter Madrid avec son père, la pauvre ne voulait pas comprendre qu'elle demandait l'impossible, qu'il avait juré fidélité au marquis. « Un homme qui manque à sa parole n'est plus un homme », lui avait-il dit maintes fois.

Sa fille l'attendait avec le souper, un ragoût de fèves, de carottes et de pain sec. Elle leva les yeux vers lui et son sourire se figea en le voyant.

— Tu as tué quelqu'un, dit-elle, sombre.

Il se rendit compte alors que son manteau, ses gants et ses jambières étaient tachés du sang de la Câline. Il se maudit dans son for intérieur.

— Oui, répondit-il laconiquement en tirant le verrou.

Elle ne répondit rien et lui versa le ragoût dans une écuelle et du vin dans un verre en étain. Il commença à manger et Adela alla se cacher dans son petit lit derrière le rideau en toile de jute. Il l'entendit sangloter, et cela lui brisa le cœur. Il se leva et vint s'asseoir à côté d'elle.

— Je ne peux pas changer ma vie, moineau. Toi, par contre, tu as toute la vie devant toi. Il est peut-être temps que tu arrêtes de t'occuper de ton père.

Elle se retourna comme un chat, le gifla de toutes ses forces, puis se recoucha en lui tournant le dos. Il lui caressa la tête comme si de rien n'était et retourna à son souper.

— Je ne te quitterai jamais, affirma Adela de l'autre côté du rideau. Mais, si tu me dis encore une fois de partir, je deviendrai pute rien que pour te turlupiner.

Il soupesa ses paroles en mâchonnant son ragoût :

— Je ne te dirai plus jamais ça, moineau.

Cette nuit-là, Hernaldo eut du mal à dormir en revoyant les visages des morts qu'il avait abattus au cours de sa vie de soldat. Là, dans l'obscurité de sa chambre, appuyé contre le mur, les revenants lui rappelaient qu'il les rejoindrait bientôt dans les flammes de l'Enfer. Puis, pensant à ce qu'il ferait au Gaucher si ce qu'il pressentait se confirmait, il s'endormit, espérant qu'à son réveil les rayons du soleil auraient dissipé ces ombres qui le traquaient de plus en plus près.

# 38

*Même jour, 23 octobre 1721*

Le vent soufflait en rafales et faisait claquer les vitres des fenêtres. Clara avait l'impression que les bourrasques essayaient de s'introduire par les fissures des murs et même par la cheminée, qui, bien qu'allumée, laissait parfois entendre le rugissement des tourbillons. La nuit tombait, et elle était partagée entre le désir ardent de retrouver don Diego et celui de ne plus jamais le revoir. Cela faisait une journée qu'elle avait repris connaissance et qu'elle l'avait trouvé à son chevet, avec une barbe de trois jours et des signes évidents d'inquiétude.

Elle était à peine capable de se rappeler ce qui s'était passé. Selon Elisa, elle avait flotté dans le délire, avec un pouls très faible et une fièvre terrible. Mais elle ne se souvenait de presque rien après que le terrible cocher l'avait jetée de la voiture, sinon des bribes d'images, la rase campagne sous un orage incessant, la peur qui la saisissait à chaque éclair, et la sensation de vertige, de froid et de terreur. Puis, à un moment, don Diego, comme une apparition, qui la forçait à rester éveillée. Après cela, ce n'était que des visions étranges, dues sans doute à la fièvre : des anges de la mort qui ressemblaient sans leur ressembler à ses parents, à sa sœur, à doña Úrsula, et même à la bonne Mme Moncada à l'hôpital. Cependant, au milieu de ces démons noirs, s'était imposé le visage de don Diego, et c'était lui qui avait porté son corps vers la vie comme Atlas, le titan, tenait le monde sur ses épaules. Elle avait un vague souvenir, comme un rêve, de sa main qui lui essuyait le front ou tenait la sienne, elle avait même cru le voir prostré à ses pieds en train de prier, alors que tout le monde savait qu'il n'avait pas prié depuis la mort de doña Alba. Don Diego s'était dévoué pour elle et l'avait traitée comme si elle était la fille du docteur Belmonte, plutôt que sa cuisinière.

Elle fut d'ailleurs véritablement secouée lorsque, après avoir mangé le bouillon de volaille avec du riz et un œuf dur émietté que Carmen del Castillo avait préparé, elle se rendit compte qu'on l'avait installée dans les quartiers privés du duc. Elle imagina aussitôt le flot de commentaires que cet arrangement avait dû susciter chez les domestiques. Elle n'avait pas tardé cependant à s'endormir, et c'était plus tôt ce matin, quand Elisa lui avait apporté le petit déjeuner, qu'elle avait appris ce qui s'était passé depuis son départ : le duc était parti à sa recherche et à son retour avec elle dans les bras, il avait ordonné qu'on l'installe dans ses appartements.

— On dit qu'il est amoureux de toi, conclut la jeune fille avec les yeux brillants. Toute la maison en parle.

Clara ne répondit pas, tiraillée entre la stupeur, le plaisir et la contradiction. Elle s'était juré d'oublier le duc pour toujours, et maintenant elle lui devait la vie. La fille de la bonne société qu'elle avait été estimait que don Diego avait fait honneur à l'adage « bon sang ne saurait mentir », mais la Clara Belmonte qui avait enduré les dards poignants de l'injuste fortune n'oubliait pas qu'il n'avait pas levé le petit doigt quand le marquis avait abusé de sa position. Cependant, il avait ensuite enfreint toutes les règles de la bienséance pour la sauver.

Lorsqu'elle eut fini le petit déjeuner, elle demanda à Elisa d'aller chercher dans sa chambre un peu du savon de Castille et le petit pot de pâte pour les dents qu'elle gardait sous le lit et d'apporter aussi, le plus discrètement possible, de l'eau chaude et une bassine où elle pourrait se laver. La pauvre Elisa, effarée mais de bonne volonté, se débrouilla pour faire chauffer une grosse marmite dans la cuisine, qu'elle apporta seau par seau et versa dans une cuvette chipée aux lingères. Avec son aide, Clara put se laver, se sécher avec un linge et enfiler une chemise de nuit propre. Elle en profita aussi pour se frotter les dents avec la pâte d'opium mélangée à des racines de cyprès et de romarin et parfumée à l'anis et au thym des jardins, une recette d'un ami français de son père. Épuisée par l'énergie qu'il lui avait fallu déployer pour tout cela, elle s'écroula dans le lit et ne se réveilla qu'au retour d'Elisa avec le déjeuner et une ration fraîche de cancans domestiques. Clara n'osa pas lui demander si elle avait vu le maître, qui, sauf s'il était venu pendant son sommeil, ne lui avait pas rendu visite de la journée.

Après le repas, elle eut envie de se dégourdir les jambes et, ne voulant déranger personne, tenta de sortir seule du lit. Elle n'avait fait que quelques pas lorsque ses jambes flageolèrent et que les tremblements et suées reprirent. Par chance, le docteur Evaristo arriva à ce moment-là et l'aida à retourner au lit en la grondant vertement :

— Vous, la fille d'un grand médecin, faire des folies pareilles ! Si votre père vous voyait !

Les heures passaient lentement. Elle aurait voulu avoir des livres pour se distraire, mais dut se contenter d'observer le ciel gris et changeant depuis ce lit somptueux au damassé turquoise. Dehors, les derniers rayons du soleil montraient les cimes des peupliers que le vent cinglait, et elle se sentait comme eux, secouée, tiraillée entre ses sentiments et sa raison. Son désir de voir don Diego, de le remercier pour son dévouement et ses soins contrariait sa détermination à l'oublier pour toujours. La décision de le chasser de sa vie s'était enracinée en elle, bien plus profondément que les fièvres dans son corps les jours précédents, et elle savait parfaitement d'où cela venait. C'était la chambre la plus secrète de son cœur, un endroit où don Diego s'était glissé sans qu'elle s'en aperçoive, un endroit où elle n'avait laissé personne entrer depuis la mort de son père. Que son maître s'impose dans ce coin de son âme était terriblement dangereux pour elle, en tant que femme, et plus encore en tant que sa servante. Pourtant, elle continuait à se voiler la face et évitait de scruter ses sentiments pour lui, même si chaque fois que l'on frappait à la porte, elle s'agitait entre l'envie que ce soit lui et le refoulement de cette envie. La nuit tomba aussi lentement que le jour s'était écoulé, et elle dînait dans un silence troublé seulement par le crépitement des bûches dans l'âtre. Lorsqu'on emporta le plateau du dîner, elle se réfugia entre les draps, vaincue par la faiblesse qui l'habitait encore.

La chapelle avait sonné l'angélus du soir depuis un bon moment lorsqu'on toqua à sa porte avec deux coups discrets et, lorsqu'elle répondit, don Diego apparut enfin sur le seuil, enveloppé de cette odeur unique de néroli et de lavande. Il lui demanda s'il pouvait s'approcher du lit et prit place dans l'un des fauteuils. Ses manières élégantes continuaient à l'étonner car elle n'était qu'une domestique et il était chez lui ; toutefois chaque geste de courtoisie lui mettait du baume au cœur. Il y eut un silence intense, comme ceux qu'ils s'étaient habitués à partager lorsqu'ils étaient seuls et échangeaient des regards complices. Don Diego lui tendit le livre qu'il avait apporté. Il s'agissait d'un ouvrage de Domingo Hernández de Maceras, écrit au siècle précédent, intitulé *Livre de l'art de cuisine.* Selon son libraire, expliqua don Diego, l'auteur avait tenu les cuisines du Colegio Mayor de Oviedo à Salamanque et il avait réuni des méthodes de recettes de plats moins exquis que ceux servis à la cour, mais savoureux et nourrissants. D'instinct, elle tendit la main pour prendre le livre, mais trouva la main du duc qui pressa la sienne alors qu'il la fixait de ces yeux qui semblaient faits pour inspirer le peintre Murillo.

— Tout d'abord, dit-il, j'espère que vous me pardonnerez de ne pas être venu vous voir plus tôt aujourd'hui, il était impératif que je parte pour l'Escurial. Mon frère s'y est rendu il y a quelques jours et nous sommes sans nouvelles depuis, il en est de même pour don Alfredo qui est parti à sa recherche. J'ai donc dû m'y rendre personnellement pour tenter de les retrouver, l'un ou l'autre. Sans succès, malheureusement.

— Vous n'avez rien à vous faire pardonner, monsieur, murmura-t-elle, gênée. Votre frère et votre ami sont bien plus importants que moi. Vous en avez assez fait en vous occupant de moi avec tant de zèle. Vous ne savez pas combien je vous en suis reconnaissante.

— Mademoiselle Belmonte, c'est moi qui suis reconnaissant de votre retour parmi nous, et c'est moi qui vous dois des excuses pour le traitement honteux que mon fol orgueil vous a fait subir.

Elle tenta de l'arrêter, mais il ne le lui permit pas.

— Laissez-moi finir, je vous en prie. Je ne puis espérer que vous pardonniez mon manque de courtoisie à votre égard, mais je souhaite au moins que vous me laissiez réparer le mal que je vous ai fait. Pour ma défense, rien ne m'aurait été plus agréable que de vous défendre auprès de don Enrique, mais voici les raisons qui m'en ont empêché : la première est que le marquis n'est pas mon ami, bien au contraire.

Elle ne put dissimuler son étonnement, tant elle était persuadée que le marquis faisait partie des proches de don

Diego et que ce dernier s'était amusé de la scène avec l'insouciance et le mépris propres à la noblesse envers ceux du tiers ordre.

— Don Enrique se trouve à Castamar par la volonté de ma mère, que ses bonnes manières ont trompée, mais j'ai de bonnes raisons de croire qu'il nous veut du mal, à la maison de Castamar et sans doute à moi personnellement. J'ignore ses raisons, mais je crains fort qu'il ne soit derrière la disparition de mon frère. Nonobstant tout cela, je vous prie de croire que si je ne vous ai pas défendue ce jour-là de ce grossier personnage, c'était pour éviter de dévoiler les sentiments profonds que je nourris pour vous. J'ai seulement essayé par mon indifférence de... de vous soustraire aux intentions malveillantes que don Enrique pourrait avoir à mon intention.

Cette déclaration, à la fois simple et bouleversante, la laissa sans mots et la secoua profondément.

« Ressaisis-toi Clara, s'intima-t-elle, tu n'es plus une tendre demoiselle émue par la noble idée du mariage. »

— L'autre raison, poursuivit-il sans oser la regarder, c'est que je n'ai découvert l'impudence de don Enrique à votre égard qu'en lisant le billet que vous m'avez écrit avant de partir. Si je l'avais su, vous pouvez être certaine que je n'aurais pas laissé l'acte impuni, et que je n'aurais pas craint d'exprimer alors mes sentiments publiquement.

Ce flot d'informations inattendues donnait à Clara l'envie de se cacher comme une souris dans un trou du mur. Elle serra le drap, honteuse de l'avoir mal jugé et encore plus émue pour tout ce qu'il avait fait pour elle.

— Quoi qu'il en soit, vous avoir mise dans une telle situation et ne pas vous avoir défendue est un crime impardonnable, inexcusable. Et comme vous l'avez très bien dit, tout honnête gentilhomme digne de nom le saurait. Je tiens aussi à vous faire part du regret à ce sujet des personnes présentes, nommément mon ami don Alfredo.

C'est lui qui a lancé le pari et il souhaite, en attendant de pouvoir le faire en personne, vous présenter ses excuses.

Elle acquiesça, incapable d'articuler un mot, ses yeux rivés au regard de don Diego. Elle replaça les oreillers pour se donner une contenance avant de dire, la gorge sèche et la voix incertaine :

— Monsieur, je… Je dois tout d'abord vous remercier de m'avoir sauvé la vie et, par la même occasion, vous demander encore une fois pardon pour vous avoir manqué de respect cette nuit-là. J'ai été sotte de ne pas vous permettre de vous expliquer. Je suis sûre que si je l'avais fait, rien de tout cela ne serait arrivé. Je n'ai donc rien à vous pardonner, Votre Grâce. Aucune servante dans ma position ne pourrait avoir un meilleur maître.

— Vous n'êtes pas juste… une servante, dit-il. Du moins, pas pour moi.

Ils se tenaient comme des statues de jardin, les mains jointes, enveloppés par une délicieuse tension pleine de promesses et de craintes. La tendre expression de don Diego la transportait à sa prime jeunesse, quand elle dansait le menuet dans les salons de ce cher comte de Mora, dans l'aisance d'une bonne position sans peur du lendemain. Pourtant, elle devait faire preuve de prudence, car si elle ouvrait la chambre secrète de son cœur, il serait trop tard pour la refermer.

Une peur profonde commençait à l'envahir, car elle savait que si elle se laissait aller à ses sentiments, la moindre hésitation de don Diego par la suite la condamnerait à jamais à l'ostracisme social.

— Ne craignez rien, reprit-il comme s'il lisait dans ses pensées. Si vous me le permettez, je serai toujours à vos côtés et ne vous quitterai jamais.

Elle oublia comment respirer. Elle avait les larmes aux yeux et la gorge serrée. Il mit un doigt sur ses lèvres en secouant la tête pour l'empêcher de parler et se pencha doucement sur elle. Elle ferma les yeux, et malgré une petite voix qui la poussait à fuir, elle se laissa aller au désir le plus profond qu'elle ait jamais ressenti. Il effleura ses lèvres et elle inspira le mélange entêtant de son parfum de lavande quand deux coups retentirent à la porte.

Elle s'écarta, les joues brûlantes, et il sourit, rassurant. Sans faire de bruit, il écarta le fauteuil du lit et attendit un instant.

— Entrez, répondit-il finalement, la voix pleine d'autorité.

Doña Úrsula ouvrit la porte et se tint sur le seuil. Clara songea encore une fois à un dragon noir qui pourrait la brûler de ses iris.

— Je suis navrée de vous déranger, monsieur, mais une lettre de don Alfredo vient d'arriver. J'ai pensé que vous voudriez la lire tout de suite, déclara-t-elle, avec une politesse diligente.

— Vous avez bien fait, madame Berenguer.

La gouvernante s'adressa alors à Clara d'un ton lugubre.

— Je suis heureuse que votre santé se soit améliorée. Tout le monde vous souhaite un complet rétablissement et votre retour bientôt en cuisine.

Il était évident qu'elle voulait signifier par là que sa véritable place était en cuisine et non pas dans la chambre du maître.

Elle la remercia poliment en même temps que le duc lui demandait de déposer la lettre dans son bureau. Une fois la porte refermée derrière doña Úrsula, Clara attendit un instant pour s'assurer qu'elle s'était suffisamment éloignée et ne pouvait les entendre.

— J'imagine que vous devez partir tout de suite ?

— Des affaires urgentes me réclament, dit-il, grave. Je crains que ce message n'apporte de mauvaises nouvelles qui m'obligeront à quitter la maison. Mais je voudrais… je voudrais reprendre cette conversation dès mon retour, quand vous irez mieux. Si vous le voulez bien.

Il lui prit la main et la regarda comme si elle était un ange.

— Je... Bien sûr, monsieur. J'attendrai avec impatience votre retour.

Il sourit, inclina galamment la tête et partit.

Une fois seule, Clara se recroquevilla sous les couvertures, emplie d'émotions contradictoires. L'espoir qu'il songe à la demander en mariage, la peur de se tromper, la peur d'avoir raison. Tout cela ressemblait à un rêve ou à un délire causé par la fièvre, peut-être. Pourtant, le sourire de don Diego, son assurance, lui donnaient envie d'imaginer un avenir impossible, vivant comme une dame dans les immenses galeries de Castamar, assistant aux soupers du Buen Retiro, aux soirées à l'Alcazar. Elle se voyait danser avec don Diego dans un salon d'apparat alors qu'au-dehors, dans le monde, les canons grondaient. Jamais son père n'aurait osé songer à un tel mariage.

Soudain, elle sentit que la digue qui contenait ses sentiments s'était brisée et qu'à présent, ils coulaient librement sans qu'elle puisse rien faire pour les maîtriser. Blottie comme un enfant dans le grand lit, elle éclata en sanglots. Elle venait de prendre conscience qu'elle était désespérément amoureuse de don Diego de Castamar.

# 39

*Même jour, 23 octobre 1721*

Úrsula parcourait les couloirs, agitée, certaine que sa maîtresse devait se retourner dans sa tombe. Elle l'aurait renié, si elle avait appris qu'il s'était laissé enjôler par une cuisinière quelque peu dégrossie. La gouvernante aurait pu comprendre cette faiblesse de caractère chez presque n'importe quel homme, mais pas chez don Diego, qui avait toujours été pour elle un géant parmi les insectes. Elle se sentait naïve, leurrée, incapable de lire dans le cœur des gens. Son propre aveuglement l'avait perdue. Clara Belmonte s'était emparée de la volonté du duc de façon déconcertante. Úrsula renifla, irritée au plus haut point. Ce qu'elle avait craint lorsque le maître était parti après cette fille comme un chien fou était à présent une certitude.

Quand elle était montée dans la chambre de don Diego avec la nouvelle du courrier, elle avait vu et entendu des choses qu'elle n'aurait jamais voulu savoir. La porte étant entrouverte, elle avait été témoin d'une conversation entre le maître et la cuisinière qui lui avait soulevé le cœur. Il lui avait promis qu'il ne la quitterait jamais et il avait même voulu l'embrasser. L'idée insoutenable que cette femme devienne la maîtresse de Castamar l'avait révoltée et c'est là qu'elle était intervenue. Mais ce n'était pas le pire.

Le pire était venu après. Elle avait fait mine de partir et était revenue sur la pointe des pieds. Le maître avait dit qu'ils devraient parler à son retour. Elle le connaissait assez bien pour savoir que, s'il donnait sa parole de mariage, rien sur la terre ne pourrait l'arrêter, et alors, Castamar serait perdu. Il était évident d'ailleurs que Clara Belmonte ne comptait pas refuser. Si elle n'y remédiait pas, on verrait bientôt des Belmonte parader en maîtres de ce lieu sacré. Une cuisinière qui avait dépassé les trente ans, chargée de perpétuer le nom des Castamar ! Une fille qui venait d'une famille sans héritier mâle !

« Dieu nous vienne en aide, le duc est devenu fou. »

La scène et ses possibles conséquences lui avaient donné la nausée et elle s'empressa de retourner dans sa chambre, de fermer à clé et rendre son souper dans le pot propre qu'elle tira de sous le lit. Elle s'étendit ensuite un court instant pour recouvrer son calme puis se releva aussitôt, prise d'une fureur impuissante, et cogna le mur de toutes ses forces avec ses poings, encore et encore, jusqu'à ce qu'elle ait l'impression que sa main allait exploser. Elle se reprochait de s'être trop concentrée sur sa guerre avec don Melquíades et d'avoir négligé ce que la cuisinière avait recueilli avec ses lettres et ses plats. La victoire obtenue en reprenant le contrôle des cuisines ne signifierait rien si Clara Belmonte devenait la maîtresse de tout. Elle devait trouver des alliés, car toute seule, elle ne pouvait rien contre la relation de la cuisinière avec le duc.

Soudain, la solution lui apparut, lumineuse, rassurante. Il y avait quelqu'un capable de comprendre le malheur qui planait sur le nom de la famille, quelqu'un que le duc écoutait : sa mère. Úrsula réfléchit, elle ne pouvait pas aller voir la duchesse pour lui rapporter une conversation de son fils qu'elle avait écoutée en collant l'oreille à la porte, elle devait user de subtilité. Avec un soupir résolu, elle partit au pas de charge à la recherche de doña Mercedes. Celle-ci se trouvait sans doute dans le petit salon oriental en train de jouer au trente-et-un avec le marquis de Soto. En montant à l'étage, elle croisa quelques traînards qui n'avaient pas fini leurs corvées. Pour une fois, elle n'en fit pas cas, mais elle vit bien que certains se cachaient pour qu'elle ne leur donne pas de travail supplémentaire. Des larbins, des médiocres. Elle atteignit enfin le salon oriental, appelé ainsi en raison de la décoration choisie par doña Alba, qui avait fait venir des objets et des meubles d'Orient, principalement de Chine, d'une dynastie impériale appelée les Ming.

Comme prévu, la duchesse jouait aux cartes avec le marquis et elle leur demanda s'ils souhaitaient quelque chose avant qu'elle ne se retire. Doña Mercedes, concentrée sur les lames entre ses mains, lui indiqua d'un geste qu'elle pouvait se retirer. Úrsula l'informa d'un air diligent que le duc avait reçu une lettre de don Alfredo et qu'il était fort probable qu'elle contienne des nouvelles de don Gabriel. Les deux nobles levèrent la tête, doña Mercedes avec un geste chargé d'incertitude, le marquis avec une agitation contenue qu'elle ne sut interpréter.

— Quand est-il arrivé, ce courrier ? demanda-t-il.

— À l'instant, monsieur. J'ai été obligée d'interrompre la…

Elle feignit devoir chercher ses mots.

— … la conversation que Son Excellence entretenait avec Mlle Belmonte dans… la chambre de son Excellence afin de l'en informer.

Doña Mercedes se leva, sans doute pour aller chercher son fils sans prêter attention à sa manœuvre. Úrsula réfléchissait à une façon de rattraper ce coup manqué lorsque le marquis intervint :

— Quel genre de conversation avez-vous interrompu exactement ?

Comme le marquis n'était pas son maître, elle se tut et regarda doña Mercedes, dont l'expression était en train de changer en comprenant que la conversation dont il était question avait peut-être une portée plus longue qu'une simple visite de courtoisie à une convalescente.

— Vous pouvez répondre, madame Berenguer, dit-elle, rembrunie.

— C'est une affaire privée de Monsieur qu'il ne m'appartient pas de juger…

— Pas à vous, en effet, mais à doña Mercedes, intervint don Enrique. J'imagine que si vous osez la déranger, c'est qu'il s'agit d'un sujet de la plus haute importance. Parlez tout de suite.

Elle regimba encore enfin de pouvoir jurer plus tard au duc qu'elle n'avait pas voulu parler.

— Madame Berenguer, s'agaça doña Mercedes, le menton tremblant, personne ne doutera de votre discrétion, car vous faites cela sous mon ordre direct, en tant que duchesse douairière de Castamar. L'avenir de cette maison passe avant tout.

D'un air résigné, elle raconta tout : la déclaration de don Diego, le baiser, la promesse d'une conversation importante dès son retour. Doña Mercedes dut se rasseoir, assommée par la tournure des événements. Úrsula finit en répétant qu'elle n'avait entendu que par accident car la porte était ouverte. Le marquis s'approcha d'elle et lui tendit une piastre en la remerciant.

— Je suppose que cela suffira pour vos services ?

Elle recula d'un pas et le regarda, indignée.

— Au risque de vous offenser, monsieur le marquis, je vais refuser. Si j'ai parlé de tout cela ici, c'était dans le but de protéger Monsieur, déclara-t-elle catégoriquement.

Don Enrique eut un rire surpris.

— Bon sang, Enrique ! Mme Berenguer n'est pas ce genre de servante, s'étrangla la duchesse en agitant les mains. Ne vous inquiétez pas, doña Úrsula, vous avez agi pour le bien de Castamar ce soir.

Úrsula tint bon sous le regard scrutateur et quelque peu menaçant du marquis, lorsque, soudain, doña Mercedes éclata en sanglots. Entre l'inquiétude pour Gabriel et ce qu'elle venait d'entendre, sa vie était devenue une tragédie qui ne pouvait que finir de façon épouvantable. Elle devait déjà imaginer, songea Úrsula, les railleries et les regards méprisants que lui vaudrait le choix infamant de son fils aîné. Don Enrique se fit aussitôt un devoir de la consoler :

— Votre fils doit avoir l'esprit fort troublé pour se conduire de la sorte avec une servante, dit-il.

Doña Mercedes se releva et jeta les cartes sur le sol d'un geste impérieux.

— Ce n'est pas son esprit qui est troublé, répliqua-t-elle en prenant le chemin de la porte. Il est temps pour vous d'intervenir, Don Enrique. Madame Berenguer, dès que cette femme sera rétablie, vous ferez en sorte que le marquis puisse la rencontrer en tête à tête. Espérons que, si je ne peux pas faire revenir mon fils à la raison, don Enrique pourra au moins faire comprendre à Mlle Belmonte le déshonneur qu'elle ferait subir à Castamar si elle acceptait. Vous le ferez pour moi, pour Castamar et, bien sûr, pour votre maîtresse doña Alba, qui est et sera toujours irremplaçable.

Cette fois, Úrsula n'eut pas besoin de faire semblant. S'entendre dire que c'était pour doña Alba qu'elle œuvrait suffisait à la remplir de fierté. « On doit assister ses maîtres autant qu'on le peut, et même les aider à corriger leurs erreurs », se dit-elle. Doña Mercedes partit à la recherche de son fils et elle lui emboîta le pas, certaine que la mère et le fils allaient s'affronter et que de la victoire de l'un ou l'autre dépendaient à présent l'avenir de Castamar et le sien.

Elle marchait à petits pas derrière la duchesse, qui, déduisit-elle, avait dû convenir avec le marquis d'une stratégie à l'avance, et elle n'avait été que l'étincelle qui avait allumé la mèche. Doña Mercedes s'enquit au sujet de son fils auprès d'un petit groupe de valets qui indiquèrent que Monsieur se trouvait dans la salle d'armes. Elle en prit la direction sans hésiter et sans s'inquiéter de la présence d'Úrsula, descendant l'escalier d'un air furieux pour pousser la porte avec un geste de bélier.

Deux lampes à huile éclairaient la pièce et don Diego qui semblait se préparer à partir malgré l'heure avancée. Úrsula s'arrêta prudemment à l'extérieur.

— Tu es devenue complètement fou, mon fils ! s'exclama doña Mercedes.

— Mère, je vous en prie, pas maintenant. Je dois partir tout de suite pour Madrid. Il faut absolument que je parle à Alfredo et…

— Tu crois que je suis fière que mon fils coure après une cuisinière ?

Úrsula suivait la scène par la fente entre le chambranle et la porte. Don Diego continuait à charger les sacoches de mèches de lampes, de munitions et de poudre. Il siffla, agacé.

— Mère, arrêtez.

— Non ! Tu veux que je me taise alors que je te vois t'abaisser ? rétorqua-t-elle en le prenant par le bras pour qu'il la regarde.

Don Diego secoua la tête et s'écarta pour sortir quelque chose d'une armoire.

— Tu crois que je dis cela pour cette pauvre créature qui a frôlé la mort ? Je le dis pour toi. Si jamais cela se savait à la cour…

— Assez ! coupa-t-il en tapant sur la table. Je pars à Madrid ! Je dois absolument…

Une gifle de la duchesse le fit taire. Dans son étroit champ de vision, Úrsula vit le duc de dos, les épaules crispées.

— Tu ne me parles pas comme ça, Diego de Castamar ! Je suis ta mère et tu me dois le respect !

Il secouait la tête à chacun de ses mots, les poings serrés. Doña Mercedes continua :

— Tu vas m'écouter jusqu'au bout ! Tu as mis en danger le nom de tes ancêtres en refusant de te remarier, une nouvelle fois quand tu es parti derrière la cuisinière et là, là, je ne sais pas comment appeler cette folie ! Elle n'est même pas une jeune fille ! Elle n'est peut-être même plus capable de te donner des fils ! Ou alors, seulement des filles, comme sa mère ! As-tu songé à cela ? Si tu l'épouses, qu'adviendra-t-il du nom de Castamar ?

— Eh bien, priez pour qu'elle soit fertile, car elle est la seule chance qu'il reste pour que la lignée se perpétue ! rétorqua-t-il d'une voix tonitruante.

— Tu as des devoirs, Diego ! Tu n'as pas le droit de ruiner l'héritage des siècles !

— Assez ! C'est moi, le seigneur de Castamar ! s'emporta-t-il en jetant les sacoches par terre puis en balayant d'un grand geste furieux tout ce qui se trouvait sur la table. C'est moi qui décide du sort de cette famille et de ce domaine, comme mon père avant moi, et je jure devant Dieu que, si elle veut de moi, Clara Belmonte sera ma femme quand bien même je devrais écraser le monde avec tous ceux qui s'opposeraient à moi, toi y compris !

Un silence acéré tomba sur la pièce. On entendait à peine la respiration agitée du duc, qui continuait à remplir ses sacs. Úrsula estima plus prudent de ne pas se mettre sur son chemin et elle se faufila dans le réduit où l'on rangeait la bourre et les sacs de jute. Après cette conversation entre le duc et sa mère, sa seule chance était que le marquis de Soto fasse entendre raison à Clara Belmonte, et qu'il la persuade que leur liaison signerait la destruction de Castamar.

— Mère, je dois partir, reprit don Diego en brisant enfin le silence. D'après le mot que j'ai reçu, j'ai peur que tout ce qui se passe ne soit le produit de l'esprit tordu de don Enrique.

— Don Enrique est un ami fidèle qui…

— Ne le défendez pas ! coupa-t-il. Nous avons de bonnes raisons de croire qu'il a ordonné l'attaque contre Mlle Castro, la disparition de Gabriel, et la disgrâce d'Alfredo, dont nous parlerons à un autre moment. Gabriel a été le premier à se méfier de lui, mais il n'est pas le seul, tenez.

Il lui tendit la lettre d'Alfredo.

— Ne vous blâmez pas, Mère, conclut-il. C'est moi qui ai permis au marquis de rester dans cette maison, parce que je préférais le garder près de moi. Je sais que je n'ai aucune preuve, mais, désormais, je n'en ai plus besoin.

Puis, il quitta la salle d'armes à grandes foulées furieuses. Úrsula se recroquevilla et attendit que ses pas s'estompent dans le couloir pour sortir de la petite réserve, qui sentait la suie et le chanvre. Doña Mercedes, bien loin de son personnage théâtral habituel, se tenait contre le mur, la lettre de don Alfredo dans sa main tremblante, les joues baignées de larmes. Défaite, elle laissa tomber la lettre par terre et Úrsula, dans un élan de compassion, s'approcha d'elle pour la réconforter :

— Madame, il est tard. La nuit porte conseil, allez vous reposer.

Doña Mercedes redressa la tête et les épaules pour quitter la scène de sa défaite avec dignité.

— Vous pouvez vous retirer, madame Berenguer, dit-elle. La journée a été longue pour vous aussi.

Une fois la duchesse partie, Úrsula commença à ranger la pièce que la colère du duc avait mise à sac. Elle ne voulait pas que l'armurier s'alarme en voyant ce désordre et pose des questions. C'est ainsi qu'elle retrouva la lettre de don Alfredo sous la table. Elle la ramassa et la lut avidement. D'abord, le baron racontait ce qu'il avait appris à l'Escurial, son passage par Madrid où personne n'avait revu Gabriel, la lettre qui n'était jamais arrivée à Castamar, puis sa conversation avec Mlle Castro. Il ajoutait qu'il devait rencontrer une femme qui lui avait promis des renseignements sur Gabriel et qu'il écrirait dès qu'il en saurait davantage. Au verso, il traitait d'une question fort différente.

*Je dois à présent te faire un aveu, cet aveu est la chose la plus difficile que j'aie jamais faite de ma vie. J'ai aussi écrit à Francisco, car, malgré la honte profonde que j'éprouve, l'heure de vérité est arrivée. Demain à l'aube, tout Madrid, y compris le roi et la reine, en sera informé. Des lettres seront mises en circulation, des lettres que j'ai écrites à la seule personne que j'aie aimée dans ma vie, sentiment que je regretterai toujours. Pour mon discrédit devant les hommes et ma déchéance devant Dieu, cette personne était un homme, don Ignacio del Monte. J'ai vécu ma vie dans la hantise qu'on ne découvre mes penchants antiphysiques mais je ne vais pas le nier car je n'ai jamais été un lâche et je me sens libéré de pouvoir enfin te le dire. Je comprendrai qu'après cette lettre, vous, toi et doña Mercedes, ne vouliez plus me voir ni me parler. Je sais qu'en raison de l'affection qu'elle me porte, mon aveu la fera souffrir et je te prie de lui dire que je regrette de tout mon cœur toute douleur que je pourrais lui causer.*
*Je dois aussi vous mettre en garde contre don Enrique, car il y a deux jours, alors que tu étais parti rechercher Mlle Belmonte, nous avons eu une conversation inamicale que je n'ai pas comprise sur le moment, mais qui m'a donné l'impression qu'il connaissait mon secret. Il se pourrait bien que ce soit lui qui ait mis ces lettres en circulation. Ce n'est pas une preuve concluante, mais c'est une indication. Si tel est le cas, je crains que Francisco ne soit également victime du même type de conspiration. J'ignore toujours quelles raisons poussent cet homme à agir contre toi ou contre nous.*
*Voilà qui est fini. Adieu, mon cher Diego, crois bien que je suis le plus fidèle ami que tu aies au monde.*

*Alfredo de Carrión, baron de Aguasdulces*

*P.-S. : Je te prie de réitérer à ta chère Mlle Belmonte mes sincères excuses pour la grossièreté à laquelle elle a été exposée par ma faute. Nous, humains, ne sommes que des créatures inconstantes, condamnées à dire une chose et à en faire une autre. Dès que j'aurai obtenu les informations de la prostituée, je t'écrirai une nouvelle lettre.*

Úrsula comprenait mieux pourquoi doña Mercedes tremblait en lisant ces mots, et aussi, en partie la réaction de don Enrique lorsqu'elle avait annoncé l'arrivée d'une missive de don Alfredo. Elle ne pouvait pas savoir cependant si le regard de rapace du marquis voulait dire qu'il avait peur pour ses plans ou pour sa vie tant qu'il restait à Castamar. Si, pour une raison ou une autre, cet homme souhaitait le malheur des Castamar, elle lui opposerait le pouvoir destructeur qui l'habitait. Elle avait beau n'être qu'une gouvernante, elle était prête à tout pour protéger cette maison, la maison de doña Alba et de don Diego.

Elle plia la lettre, éteignit les lampes et quitta la salle qu'elle ferma à double tour. Lorsqu'elle se redressa, don Enrique se tenait devant elle. Ils se regardèrent dans un silence hostile, et elle songea qu'il avait dû les suivre et, comme elle, écouté en cachette la conversation entre don Diego et sa mère. Elle s'inclina respectueusement et tenta de partir, mais il l'en empêcha.

— Donnez-moi cette lettre, ordonna-t-il du ton de celui qui est habitué à être obéi.

— Je regrette, monsieur, mais elle ne vous est pas adressée, répondit-elle en carrant le menton.

— Je le sais. Mais je vous ai demandé de me la donner.

Il la regardait comme si elle était un insecte qu'il pouvait écraser, et elle soutint son regard pour montrer qu'elle ne se laisserait pas intimider. Lorsqu'elle parla, son ton était une déclaration de guerre :

— Non, fit-elle fermement.

Le marquis plissa la bouche en un sourire froid comme une menace de mort, mais elle n'avait peur de rien, et encore moins de lui car elle savait qu'elle avait l'esprit de doña Alba de son côté. Le marquis prit un air amusé qui contrastait avec la façon dont il brandit son bâton. Elle resta stoïque.

— Vous pouvez me frapper si vous voulez, dit-elle, ce ne serait pas la première fois qu'un homme le fait, mais la dernière fois qu'un noble a touché un des serviteurs de Castamar, il a failli y laisser la vie.

Avec un rire fourbe, le marquis tourna les talons comme si son intérêt pour la lettre n'était qu'un caprice et toute la scène une simple anecdote.

— D'avoir su de quel bois vous vous chauffez, madame Berenguer, lança-t-il en partant, j'aurais tout fait pour vous avoir à mon service. Vous faites honneur aux gens de votre métier.

Elle attendit qu'il ait quitté le couloir pour traverser vers l'aile du service. Soudain, au fond de sa bouche, elle sentit un goût amer qu'elle ne connaissait trop bien. C'était le goût de la peur qui venait l'avertir que don Enrique et l'amour de don Diego pour Mlle Belmonte pourraient détruire cette vie qu'elle avait mis tant d'années à construire.

Une fois dans sa chambre, elle se prépara pour aller au lit, sans pouvoir s'empêcher de vérifier plusieurs fois qu'elle avait bien tiré le loquet, comme si ce simple bout de bois pouvait la protéger du sentiment que le fantôme de son mari l'avait suivie, tel un renard furtif, dans les couloirs de Castamar pour lui rappeler que la vie de terreur qu'elle avait connue pouvait recommencer à n'importe quel moment.

*24 octobre 1721*

La veille, doña Leonor avait fait ses adieux en prétextant des affaires qui la réclamaient à Valence et Sol, tourmentée, regardait Francisco éperonner son cheval sur l'allée de peupliers de son domaine. La semaine qui venait de s'écouler avait été inoubliable pour elle alors que, pour lui, elle s'était terminée de façon dramatique. Seulement, il ne pouvait imaginer que la douleur que lui avait causée la lecture de la lettre de don Alfredo dans laquelle son ami avouait être de la manchette, allait bientôt être dépassée par la véritable tragédie qui était sur le point de lui échoir.

Le lundi soir, après leur arrivée au domaine des Montejo, Sol l'avait reçu dans sa chambre, frémissante de désir. Ils s'étaient retrouvés aussi le lendemain à l'heure de la sieste, et le soir une fois que doña Leonor s'était retirée. Il était plus prévenant que jamais, galant à l'extrême lorsqu'ils se promenaient à cheval ou à pied, lorsqu'ils pêchaient. Les deux jours qui avaient suivi avaient été uniques pour elle en ce qu'elle avait fait taire son orgueil et s'était laissé aller à un bonheur comme elle n'en avait jamais connu. Ce temps idyllique prit fin avec l'arrivée de la lettre de don Alfredo. Après l'avoir lue, Francisco s'était enfermé dans un silence où à la douleur pour la déception de son ami se mêlait la crainte d'être impliqué dans un scandale lui-même. Toute la cour de Madrid connaissait désormais l'inclination indécente de don Alfredo.

— C'est sûrement cette canaille de don Enrique ! s'était emporté Francisco.

— Tu n'en sais rien, mon cher, avait-elle répondu. On ne peut pas accuser quelqu'un sans preuves.

— Oh, non, c'est ce bâtard, crois-moi. Il complote contre Castamar et, à ce que je vois, contre tous les amis de Diego par extension.

La conversation l'avait profondément troublée. Elle était déchirée entre le besoin de trouver une façon de sauver à la fois Francisco et leur relation et la peur qu'il ne soit déjà condamné puisqu'il devrait se mesurer aux machinations redoutables du marquis.

— L'affaire d'Alfredo m'a brisé le cœur et je ne sais pas quoi faire, avait avoué Francisco en plein désarroi. Je ne veux plus le voir, et en même temps je sens que je devrais retourner tout de suite à Madrid au cas où Diego aurait besoin de mon aide. Je ne sais que faire.

— Chut, ne t'inquiète pas, mon amour, ne t'inquiète pas, avait-elle murmuré en ponctuant ses mots de baisers tendres. Si le duc a besoin de toi, il te le fera savoir. Laisse les choses reprendre leur cours et apaise ton esprit avant de rentrer. On ne peut penser clairement quand on a le cœur troublé.

Elle savait bien qu'à son arrivée à Madrid, il découvrirait que c'était elle qui avait sali sa réputation. Tenaillée par les remords, elle avait pris son visage entre ses mains et l'avait regardé dans les yeux.

— Écoute-moi, je ne sais pas ce qui se passe à Madrid, mais sache que je ne te laisserai pas seul. Je serai à tes côtés coûte qui coûte.

— Merci, avait-il répondu. Merci de ne pas utiliser cela comme une arme dans nos stupides jeux de pouvoir.

— C'est bien trop grave pour en faire un jeu. Restons ici, Madrid attendra, laissons passer l'orage. Don Alfredo ne t'a pas rendu service en cachant son péché.

Il s'était laissé convaincre et elle l'avait embrassé en lui disant combien elle l'aimait, et il lui avait rendu son baiser avec la sincérité que donne une âme brisée.

En le regardant maintenant s'éloigner sous les peupliers, une angoisse comme elle n'en avait jamais connue serrait son cœur. Elle avait enfin trouvé un homme à sa hauteur, un homme auquel elle pouvait faire confiance dans les moments les plus turbulents, et bientôt il la renierait. Elle n'avait pas imaginé que les intrigues du marquis puissent à ce point anéantir la vie de Francisco. La profonde amitié qui le liait à don Alfredo et le fait qu'on les considère comme inséparables donnaient un poids de vérité aux mots qu'elle avait elle-même écrits à la demande de don Enrique. Il ne s'agissait pas d'un chantage où s'opposaient deux versions d'un même fait, comme elle l'avait naïvement pensé. Avant l'histoire d'Alfredo, elle comptait alléguer qu'elle avait écrit cette lettre diffamatoire contrainte par don Enrique et son sinistre sbire. Mais étant donné la magnitude des ravages, Francisco ne voudrait pas croire qu'elle ne savait rien des penchants de son ami ni des implications pour lui. Il allait disparaître de sa vie à jamais, alors elle s'accrochait à sa présence et voulait le garder aussi loin que possible de Madrid, pour gagner encore quelques jours à ses côtés. Elle dit à son majordome qu'on devait lui apporter les messages qui arriveraient pour le comte.

« Maudit sois-tu, Enrique de Arcona. J'espère que tu quitteras bientôt ce monde dans d'atroces souffrances. » Le marquis, comprit-elle, devait avoir un vaste plan ambitieux contre le duc de Castamar, qui passait par le discrédit de ses amis. Cependant, don Diego avait les faveurs de la Couronne et appartenait à l'une des familles les plus influentes d'Espagne.

Installée dans un divan du salon dans la pénombre, elle laissa passer la journée dans un état de grande prostration. À son retour de sa sortie à cheval, Francisco, maussade, vint poser la tête sur ses genoux, elle lui caressa les cheveux en silence. La fin de l'après-midi s'écoula dans un silence lourd, et c'est à peine s'ils touchèrent leur dîner. Ils montèrent ensemble dans ses appartements. Couchée à côté de lui, elle le serra dans ses bras, et, envahie par la nostalgie de ces jours heureux, pleura en silence, la tête sur son torse. Ses larmes étaient chargées de repentir car elle avait trahi le seul homme qu'elle avait jamais aimé, mais aussi d'horreur, car elle venait de prendre conscience de la noirceur de son âme, qu'elle découvrait creuse, rancunière et cupide. Elle n'osait plus lever les yeux vers lui de peur de voir dans les siens le reflet d'une meurtrière, d'une intrigante qui détruisait tout ce qu'elle touchait.

# 40

*Même jour, 24 octobre 1721*

DIEGO ENLEVA SON MANTEAU DE CUIR et demanda au majordome d'Alfredo si son ami se portait bien. Il venait d'arriver tard dans la nuit au palais madrilène des Aguasdulces, le cœur brisé. Apprendre que son ami avait des penchants contre nature l'avait tellement accablé qu'il avait dû arrêter son cheval plusieurs fois sur la route pour reprendre son souffle. Il savait que le pire était à venir, lorsque tout Madrid accuserait Alfredo de ce crime qui outrageait Dieu au même titre que le blasphème et le sacrilège. Quant à lui, il ne pouvait même pas imaginer ce que c'était que de ressentir du désir pour le corps d'un homme.

Rodolfo del Río esquiva son regard et ne répondit pas.

— Réponds-moi, bon sang ! s'énerva Diego. Où est don Alfredo ?

— Monsieur, le maître a été blessé et il ne souhaite recevoir personne.

Diego hocha la tête et le repoussa pour avancer à grandes enjambées vers les appartements de son ami.

— Alfredo ! cria-t-il d'une voix tonitruante. Alfredo ! C'est moi !

Le majordome le retint.

— Monsieur le duc, le maître vous a laissé ce mot, il a dit que vous y trouverez des inform…

Diego se dégagea d'un geste brusque et continua son chemin. Il ne quitterait pas cette maison sans avoir vu son ami dont la blessure lui avait été infligée alors qu'il cherchait Gabriel. Il devait le voir, malgré des sentiments contradictoires. Mais il aimait Alfredo comme un frère, et ce penchant contre-nature n'y changerait rien. Il tourna la poignée de la chambre malgré les réticences du majordome et s'y introduisit.

Il trouva son ami prostré sur un divan, la chemise froissée, une plaie recousue, le visage pâle et endeuillé. Alfredo ne leva les yeux vers lui que lorsque Rodolfo fut parti. Puis, avec une certaine précaution pour éviter que la plaie ne se rouvre, il se leva pour lui reprocher doucement :

— Pourquoi tu ne fais jamais ce qu'on te demande ? Ne comprends-tu pas la honte que je ressens, Diego ? J'ai du mal à soutenir ton regard, je t'ai caché cette flétrissure de ma nature, qui me fait me détester et vivre dans la peur et…

Alfredo s'arrêta au bord d'un sanglot et Diego s'approcha de lui pour le prendre dans ses bras. Ils restèrent ainsi pendant un moment jusqu'à ce qu'Alfredo, affaibli par la blessure et les émotions, cherche à se rasseoir.

— Même si je ne comprends pas ton… Je ne t'abandonnerai jamais, déclara Diego. Je suis ton ami envers et contre tout.

Alfredo lui lança une œillade honteuse et pleine de reconnaissance.

— Merci, Diego. Je sais que c'est difficile à comprendre… Parfois, moi-même je ne… Ce qui se passe en moi, c'est… Mon désir est semblable à celui que tu pourrais avoir pour une femme.

« Comparaison n'est pas raison, songea Diego, apitoyé. L'un est naturel par décret divin, et l'autre contrarie toutes les lois de la nature. »

— Juste, Alfredo… Je voudrais… Non, justement, ce que je ne voudrais point… Si jamais tu… envers moi… Ou si, à l'avenir…

Diego s'arrêta, gêné au plus haut point, incapable pour la première fois de sa vie de ne pas aller au bout d'une phrase.

— Diego, cela n'est jamais arrivé et n'arrivera jamais. Je te vois comme un frère, le rassura Alfredo.

Diego se réjouit intérieurement que le mal qui l'accablait respecte les limites de la fraternité et garda le silence.

— Tu devrais prendre tes distances avec moi. Je suis un pestiféré, et si on te voit avec moi, ta réputation…

— Arrête ces balivernes ! Je vais demander ma cuisinière en mariage, c'est à peine moins scandaleux.

— Tu es fou, mon ami, fit Alfredo en changeant de position pour tenter de soulager la douleur de sa blessure.

— Je vais faire en sorte que ce mariage ne signe pas la ruine de mon lignage. Je vais rétablir le prestige de la famille Belmonte. Je voudrais d'abord lui obtenir un titre.

— Grands dieux, Diego ! Un titre ? C'est une cuisinière… Tu veux bien me dire comment tu comptes l'obtenir ?

— Je ne le sais pas encore. Mais elle n'a pas toujours été cuisinière, Alfredo.

— Bonne chance, mon ami. Dans ma présente situation, je ne pourrai vous être d'aucune aide.

— Merci, mon ami, mais tu m'as déjà beaucoup aidé, dit-il les yeux rivés à la blessure sur son torse.

— Ce n'est rien, une égratignure.

— À peine, en effet. Mais, dis-moi, est-ce que ce que tu as appris le valait ?

Ils se firent servir un frugal repas au cours duquel il lui raconta sa rencontre avec la Câline, leur rendez-vous rue de la Sierpe, la bagarre et les derniers mots de la prostituée, à propos d'un dénommé Gaucher. Ce nom ne disait rien à Diego, mais il supposait qu'il pourrait le retrouver au bordel de Lavapiés. Il était convaincu que la lettre que Gabriel avait reçue à l'Escurial l'avait incité à tomber dans un piège et à se rendre au Passage en dépit de son interdiction. Selon Daniel Forrado, Hernaldo de la Marca, un sbire du marquis, y dénichait ses hommes de main. Sur ce, il décida qu'Alfredo et lui devaient se reposer et s'installa pour la nuit après avoir demandé à être réveillé à l'aube.

Cependant, il était trop tendu pour pouvoir vraiment dormir, agité par des rêves où il cherchait son frère en vain et tentait d'embrasser Clara Belmonte sans y parvenir. Ce fut cette image qui l'accompagna jusqu'au réveil et alors qu'il tendait le bras sur l'édredon en satin, murmurant le nom de Clara, des coups à la porte le réveillèrent. Il ouvrit les yeux en sursaut. Un valet lui annonça qu'une jeune femme le recherchait ; elle était venue voir don Alfredo, mais apprenant qu'il était dans la maison, avait préféré lui parler directement. Intrigué, il enfila l'une des robes de chambre de son ami et descendit pour voir de qui il s'agissait. À sa grande surprise, c'était Mlle Castro.

— Je vous prie de m'excuser pour cette visite à une heure si peu opportune.

— Je vous en prie, chère Amelia. Venez.

Ils s'installèrent dans une petite salle aux murs couverts de tapisseries avec des scènes de chasse.

— J'étais bien trop inquiète pour don Gabriel et je voulais vous parler, déclara-t-elle. Je ne pouvais pas partir à Cadix sans vous raconter tout ce que je sais.

Il acquiesça et lui exprima ses condoléances pour la perte de sa mère. Elle le remercia avec un sourire triste et de nouveau, ses jolis yeux brillèrent comme lorsqu'ils s'étaient retrouvés seuls à Villacor et qu'elle avait été sur le point de lui avouer la vérité. Quelque chose en elle avait changé, et Diego avait l'impression que la cicatrice sur son visage n'était que le miroir de celle qu'elle portait dans son âme. Pour la mettre en confiance, il la pria de partager le petit déjeuner avec lui.

— Je vous remercie, mais je n'ai pas d'appétit, dit-elle.

Diego attendit qu'elle trouve le courage de lui raconter son histoire. Enfin, très embarrassée, la voix brisée, elle parvint à révéler la vérité sur son passé : sa déchéance, son intention de devenir la duchesse de Castamar, sa relation avec don Enrique, le chantage qu'il avait exercé sur elle en menaçant sa vie et celle de sa mère.

— Je vous prie de croire que, sans cette épée de Damoclès, jamais je n'aurais songé à vous leurrer. Je suis assez sûre aussi que les brigands qui m'ont attaquée étaient payés par le marquis. Et le pire, c'est que je crains que la disparition de votre frère ne soit également de son fait, dit-elle en un murmure. J'aurais peut-être dû confier tout cela à don Alfredo quand il m'a retrouvée à Tolède, mais j'ai eu peur… que si je répétais les méfaits du marquis, cela précipiterait le meurtre de Gabriel… Mon silence n'a fait qu'aggraver la situation… Je vous prie de me pardonner. S'il meurt, je ne pourrai pas le supporter.

Diego, qui avait écouté sans rien dire, se leva lentement, la prit par les mains et la força doucement à se lever et à le regarder dans les yeux.

— Amelia, je vous remercie pour votre sincérité, car je sais que cela n'a pas été facile. Sachez que je suis fier de vous compter parmi mes amis. Vous êtes un exemple de courage pour tout le monde.

Il la prit dans ses bras et, enfin, elle put laisser libre cours à ses larmes, en répétant entre deux sanglots qu'elle ne se pardonnerait jamais si quelque chose de mal était arrivé à Gabriel.

— Pour autant que je sache, reprit Diego, le marquis est toujours à Castamar, mais ne vous approchez pas de lui, et permettez-moi d'envoyer quelques hommes de ma garde chez vous pour assurer votre protection.

Elle se blottit encore contre lui, la respiration entrecoupée et il tenta de trouver des mots pour la rassurer et dissiper ses craintes. Enfin, elle s'écarta et avec un geste d'une spontanéité enfantine, l'embrassa sur la joue en le suppliant de retrouver don Gabriel, car il n'y avait pas au monde d'homme meilleur. Il comprit que ces paroles trahissaient l'affection profonde qu'elle portait à son frère, affection qu'elle ne s'était sûrement pas avouée à elle-même.

Si Mlle Castro venait de lui confirmer les intentions du marquis de nuire à Castamar, il ignorait encore tout de ses raisons. Quoi qu'il en soit, cela avait peu d'importance, car ce félon pompeux avait franchi une ligne qui allait lui coûter la vie.

Après avoir raccompagné Amelia, il prit le petit déjeuner avec Alfredo. Quand il lui dit qu'il comptait se rendre au Passage pour tenter de retrouver ce fameux Gaucher, Alfredo leva les yeux de son œuf à la coque comme piqué par une guêpe.

— Je ne te laisserai pas y aller seul.

Diego gagna du temps en prenant une gorgée de café, ce breuvage amer et délicieux que son frère et sa mère avaient l'habitude de boire le matin.

— Il est hors de question que tu viennes, mais ne t'inquiète pas, je ne manquerai pas de compagnie, assura-t-il. Je vais à la caserne de la Puerta de Conde Duque pour voir don Marciano Fernández.

Alfredo n'eut pas à demander pourquoi il allait rendre visite au marquis de Moya. Diego l'avait choisi lui-même pour le remplacer comme capitaine commandant de la Compagnie espagnole du Corps des Gardes.

— Je vais prendre quelques-uns de mes hommes et fermer cet antre du Passage, précisa-t-il. Mais je dois demander son accord à don Marciano, par respect.

Ses explications rassurèrent Alfredo qui craignait toujours qu'il commette une imprudence. Après avoir vidé sa tasse de café, Diego le supplia d'écrire à Francisco sans tarder. La dernière fois qu'il avait eu de ses nouvelles par lettre, ce dernier était parti au domaine de Montejo avec doña Sol et leur amie commune Leonor.

— Bien. Je vais lui écrire de nouveau, acquiesça Alfredo avec une moue résignée, blessé, Diego se doutait, par l'absence de nouvelles de leur ami. Je ne sais pas s'il a reçu celle que je lui ai envoyée il y a trois jours, mais le marquis représente un danger très réel et j'insisterai jusqu'à être sûr que Francisco en soit averti.

Francisco, espérait Diego, ne ferait pas l'idiotie de renoncer à son amitié avec Alfredo à cause du penchant de celui-ci. Il lui fit ses adieux et monta sur son cheval.

Il trotta vers la caserne en songeant à ce qu'il allait faire. S'il ne mettait pas un terme à l'intrigue de don Enrique, lui et tous ceux qu'il aimait seraient conduits à la disgrâce. Cette nuit, il se rendrait au Passage et trouverait des réponses sur Gabriel, même s'il devait raser la moitié de Lavapiés.

*Même jour, le 24 octobre 1721*

Le Gaucher patientait pendant qu'un client fricotait avec la Jacinta. Il avait passé la journée à la chercher et l'avait finalement retrouvée dans la basse-cour derrière le Passage. Elle était là, jambes écartées et seins à l'air, toute en soupirs feints et faux mots doux pour son client. Il décida d'attendre que le chaland ait fini, après tout il avait payé et il était juste qu'il puisse la monter jusqu'à ce qu'il se soit soulagé. Assit sur un tonneau, il déplia son couteau à cran, l'ouvrant pour contempler la longue lame. Il prenait son temps car il pressentait que Jacinta ne verrait plus le jour et, comme chaque fois qu'il allait trucider un misérable, il ne se sentait pas pressé.

Après que le Nègre l'avait démantibulé, il avait pris une chambre au Passage pour que Jacinta s'occupe de lui. Il fallait bien qu'elle serve à quelque chose, la bougresse. Du coup, la Câline avait entendu des choses qu'elle n'aurait pas dû. Ce matin, lorsque le Sebas avait râlé parce qu'elle n'était pas encore arrivée et qu'il n'y avait rien à manger, il s'était douté qu'Hernaldo lui avait réglé son compte. En effet, lorsqu'il était revenu à midi à Madrid en savourant sa vengeance sur le Noir, la nouvelle se répandait déjà qu'on avait retrouvé la Câline saignée à mort dans la rue de la Sierpe. Elle l'avait cherché. Voilà comment sont les gaupes, perfides comme des rats, songea-t-il.

Quant à la Jacinta, il n'avait pas aimé la retrouver avec Hernaldo et encore moins ne pas l'avoir revue depuis. Il espérait qu'elle n'avait pas parlé de trop, car dans ce cas, il allait devoir l'étriper comme une truie et quitter Madrid au plus vite. Là, il voulait savoir ce qu'elle avait raconté à ce sale estafier alors qu'il l'avait prévenue de ne pas s'en approcher. La chose le taraudait et il se rassurait en se disant que si Hernaldo avait appris qu'il l'avait berné dans l'affaire des chevaux de Castamar, il l'aurait déjà lardé de coups de rapière. En attendant de mettre la main sur cette gaupe, il avait préféré s'occuper de ses comptes avec le Nègre.

Dès que ses blessures avaient commencé à guérir, il était monté sur son cheval pour se rendre à la propriété que le marquis avait sur la route de Tolède. C'était là qu'ils gardaient le Noir, enchaîné à un poteau de bois. Il était de l'avis que la meilleure chose à faire avec un singe qui avait des prétentions était de le fouetter à mort, mais don Enrique voulait le vendre comme esclave aux Amériques. Ses sbires l'avaient déjà fouetté, mais pas assez à son goût. Il l'avait retrouvé pendu, souillé avec sa propre merde au point que l'odeur l'avait presque fait dégobiller. Il n'y était pas allé de main morte et, quand il avait arrêté, le dos du Noir n'était une masse de chairs ouvertes. Ça lui avait fait du bien, mais ça n'avait pas été aussi satisfaisant qu'il l'avait imaginé… Après l'avoir fouetté et avoir mangé un peu, il avait ordonné aux hommes de le mettre dans une caisse en bois pas plus grande qu'une cage de chien, qu'on le fasse sortir de Madrid via le Portugal et qu'on le vende sur le marché de Lisbonne. Ensuite, il était retourné à Lavapiés, essayant de calculer si, après toutes ces activités, il pourrait quitter Madrid et faire un pas de plus vers son rêve d'ouvrir un haras.

Finalement, il entendit le grognement, signe que le bougre finissait, et la Jacinta lui dire, comme à tous, qu'il était un vrai taureau sauvage. Avec un râle de contentement, le client remonta ses chausses et partit sans un mot. Emilio attendit qu'il ait disparu et ferma derrière lui la porte de la cour.

— Je te cherchais, salope.

Jacinta fit une drôle de tête en le voyant, ce qui lui confirma qu'elle avait vendu la mèche à Hernaldo. Il s'approcha d'elle avec son plus beau sourire, le couteau déjà ouvert coincé sous sa ceinture dans son dos.

— J'ai pensé à toi toute la journée, à ton con chaud et à tes aisselles touffues, fit-il en se jetant sur son cou.

— Gaucher, je suis crevée, là, répondit-elle en l'embrassant dans le cou.

Elle avait tenté de l'esquiver mais il l'attrapa et la plaqua contre le mur. Elle essaya de dissimuler sa peur avec un sourire édenté.

— T'veux m'envoyer en enfer.

Elle tenta encore de se dégager, elle tremblait même, mais il la serra fort contre lui, s'amusant de ce moment où elle croyait encore avoir une chance. Elle le laissa lui embrasser les seins et lui dit que le lendemain elle lui ferait tout ce qu'il voudrait. Il la prit fermement par la taille et fixa sur elle son regard meurtrier.

— Ouvre la bouche, grogna-t-il menaçant.

Elle déglutit avec difficulté, puis, tremblant, se mit à genoux et lui ouvrit ses chausses. Le Gaucher lui ordonna d'y aller doucement et elle s'y employa avec le savoir-faire que donne la pratique. Ce n'était pas la première fois qu'il la forçait à pratiquer « l'acte défendu ». Il savait qu'elle n'aimait pas le faire car on disait que c'était un péché immonde, mais il prenait plaisir à lui forcer la main. Un jour, Jacinta lui avait dit que ce qui lui faisait le plus peur, c'était qu'à sa mort, Dieu ne lui pardonne pas la vie de perdition qu'elle avait menée. C'est pourquoi, après avoir descendu à l'ouvrage, la salope restait à genoux, les mains jointes, en récitant un Notre Père après l'autre. Il s'était bien moqué d'elle pour croire que ça pouvait lui éviter les marmites de Satan. Il savait bien qu'ils étaient tous déjà condamnés.

Tandis qu'elle s'évertuait à lui donner du plaisir, il glissa sa main derrière son dos pour saisir la poignée de son arme. C'est alors que, soudainement, une douleur sans nom le figea à mi-geste. La Jacinta lui mordait le boudin et serrait ses dandrilles de toutes ses forces. Il essaya de prendre le couteau pour le lui enfoncer dans le cou, mais la douleur était si intense que c'était à peine s'il pouvait se débattre pour se libérer de son emprise. Il hurlait et la frappait mais elle s'accrochait comme un chat sauvage, tellement qu'il crut qu'elle allait tout lui arracher. Au bord de l'évanouissement, il lui assena de gros coups de poing sur la tête, mais cela ne fit qu'empirer les choses, car elle serra plus fort. Convaincu qu'il ne banderait plus jamais, il put enfin attraper son couteau, mais la Jacinta s'écarta, vive comme un renard. Il réussit quand même à lui traverser le visage avec la lame.

Elle tentait de se relever alors que lui s'effondrait à genoux.

Il dut faire appel à toute sa volonté et au peu qui lui restait de forces pour tendre la main et l'attraper par les cheveux. Elle, qui s'était à peine accroupie, se retrouva encore à genoux, et avant qu'elle ne puisse regimber, il lui enfonça le couteau dans son ventre de salope. Elle lâcha un cri de truie mais il continua à enfoncer la lame, encore et encore, plein de haine, jusqu'à ce qu'ils se retrouvent dans une flaque de sang.

— Tu peux commencer à prier Dieu de te pardonner tes péchés, salope.

Dans un dernier souffle de vie, la Jacinta retomba, mais déjà par terre un sourire tordu lui changea le visage, comme si elle venait de penser à quelque chose de drôle. Il s'approcha pour lui donner le couperet, lorsqu'elle lâcha ces mots :

— L'Hernaldo sait tout, chuchota-t-elle en crachant baves et rancune. Fils de pu…

Il lui trancha la gorge d'un bout à l'autre et c'est alors qu'il perçut une présence derrière lui. Avant qu'il n'ait pu se retourner, une lame entra dans son corps et en ressortit avec ses foies et sa vie. Il voulut se relever mais ses jambes ne répondaient pas, on lui avait brisé l'échine. Il tomba comme un fardeau et vit qu'Hernaldo de la Marca se tenait au-dessus de lui. Avec le peu de force qui lui restait, il rampa jusqu'au mur du corral pour s'y adosser. Le spadassin vint s'accroupir à côté de lui avec un sourire de travers.

— Tudieu, Gaucher, tu vas mourir comme le bâtard que t'es, dit-il. Misérable et laid.

Il sourit de son mieux pour l'envoyer au diable. Hernaldo le regarda d'un air perplexe et secoua lentement la tête.

— La déloyauté ne paie pas, Gaucher, grogna-t-il. Fallait pas me trahir.

— Achève-moi et fiche-moi la paix, répondit-il.

Hernaldo se leva sans un mot et il comprit qu'il allait partir en le laissant mourir comme un chien et à petit feu. Il le maudit, mais le salaud quitta la cour sans se retourner.

Rageux et impuissant, il hurla jusqu'à sentir ses poumons en feu. Il aurait dû embrocher ce salaud quand il l'avait vu avec la Jacinta dans la chambre. Peu à peu un froid glacial s'empara de lui. Seul avec le corps de cette femme qui le dégoûtait, il les maudit tous : le salaud de marquis, le bâtard d'Hernaldo et cette garce de Sol Montijos. Il n'avait qu'un regret, à la fin, et c'était d'avoir dû torturer ces deux beaux pur-sang dix ans plus tôt, les plus beaux chevaux qu'il ait jamais vus. En se souvenant d'eux, il pleura devant la marque indélébile qu'ils avaient laissée sur lui. La torture qu'il leur avait infligée n'en avait pas valu la peine, il n'avait jamais eu son haras, il n'avait jamais rien eu à lui. Puis il ferma les yeux en songeant aux plus de huit mille réaux cachés entre la poutre et le plafond de sa mansarde qui appartiendraient bientôt à quelqu'un d'autre.

# 41

*Même jour, 24 octobre 1721*

À LA CASERNE DE CONDE DUQUE, le marquis de Moya reçut Diego avec plaisir et ne lui demanda pas d'expliquer sa requête. Il lui dit simplement de solliciter ses trente hommes les plus fidèles et qu'il signerait les ordres appropriés.

À la tombée de la nuit, après avoir envoyé une petite troupe chez Mlle Castro pour sa protection, Diego et ses hommes de confiance partirent en trois groupes de cavaliers. Le premier arriva par la porte de Lavapiés, le deuxième par la rue Ave María et le troisième par la rue del Pilar. Avant que quiconque au Passage n'ait compris ce qui se passait, le bordel était encerclé par trente hommes. Il leur suffit de démonter devant le bordel pour que les clients se dispersent par les rues autour de la fontaine de Lavapiés.

Diego, escorté de dix hommes, entra dans la salle. Le silence fut immédiat et total.

— Je suis don Diego de Castamar !

Les gourgandines s'étaient retirées derrière les tables, et tous les présents s'étaient levés pour le saluer maladroitement, yeux écarquillés et bouche bée, sidérés par la présence de ce grand d'Espagne dans le bordel du ravin.

— Qui est le patron de cette porcherie ?

Un homme s'avança avec réticence depuis le fond de la salle et, tête baissée, dit à mi-voix qu'il s'appelait Sebastián, qu'il était le patron et qu'il se tenait à la disposition de ces messieurs. Diego le toisa.

— Je vais mettre en cendres ce tripot, prévint-il. Où puis-je trouver le dénommé Gaucher ?

Sans hésiter, le patron répondit qu'il avait été vu quelques heures plus tôt avec Jacinta, l'une des femmes, dans la basse-cour à l'arrière.

— Et Hernaldo de la Marca ?

— Je ne sais pas, monsieur. Il va et vient.

— Sais-tu où il habite ?

L'autre acquiesça immédiatement et déclara qu'il habitait à quelques rues de là.

— Avec sa fille. Adela, qu'elle s'appelle, une fille bien, elle deviendra gouvernante, à ce qu'il paraît. Elle est ce qu'Hernaldo aime le plus au monde, on n'a même pas le droit d'en parler…

Sa peur lui avait délié la langue, et il parlait sans rime ni raison, juste pour éviter le silence. Diego demanda à l'un de ses hommes de trouver où habitait exactement Hernaldo de la Marca et il traversa la salle à grandes enjambées vers l'arrière-cour. Quatre gardes lui emboîtèrent le pas tandis que les autres surveillaient la maison close.

En sortant dans la cour, il découvrit le Gaucher, agonisant contre un mur, le ventre et le bas-ventre en sang. Pas loin de lui se trouvait le corps d'une femme avec le cou tranché de part en part. Diego supposa qu'il s'agissait de cette Jacinta dont Sebastián avait parlé. À sa grande surprise, le Gaucher le reconnut, tandis qu'il réussit à peine à débusquer un vague souvenir de l'avoir rencontré par le passé.

Le visage défiguré, sentant que la vie lui échappait, le Gaucher lui sourit sans crainte.

— J'ai un marché à vous proposer… murmura-t-il faiblement.

— Je ne traite pas avec la racaille, gronda don Diego. Dis-moi où est mon frère ou je te jure que les derniers moments de ta vie seront un véritable enfer.

Le Gaucher lui rit au nez.

— Vous ne pouvez pas me tuer avant de savoir ce qu'est devenu le Nègre.

— Je n'ai pas parlé de te tuer.

Le Gaucher se tut un instant, hocha la tête.

— J'en ai rien à foutre de ce que tu pourras me faire.

— Où est mon frère ? Réponds, nom de Dieu ! Où est-il ?

— Il peut aller en enfer. Je ne dirai rien à moins qu'on passe un marché.

Diego, perdant patience, lui enfonça la botte dans le ventre en sang et le Gaucher hurla comme un possédé, mais dès qu'il retira le pied, il ricana.

— Vous faites le fier à pas vouloir traiter avec moi, mais en attendant vous ne savez pas si le Noir est mort ou vivant.

Diego s'accroupit et le saisit à la gorge.

— Que veux-tu ? demanda-t-il.

— Je veux quitter ce monde en sachant que don Enrique et ce fils de pute d'Hernaldo de la Marca vont mourir, répondit le Gaucher.

— C'est fait, répliqua don Diego sans dissimuler son dégoût. Parle et je jure sur mon honneur qu'ils trouveront leur châtiment.

Le Gaucher sourit faiblement, comme s'il savait que ces mots balbutiés au cœur de son agonie ne seraient jamais oubliés.

— C'est moi qui ai tué votre femme.

Diego se redressa, incrédule.

— Quoi… Qu'est-ce que tu racontes ?

— J'ai tué doña Alba, votre femme. J'ai dressé votre cheval pour qu'il l'écrase au commandement de mon sifflet. Si j'avais eu plus de temps, j'aurais dressé le vôtre, il vous aurait écrasé aussi. Maintenant, il ne vous reste qu'à décider si vous me tuez sur-le-champ ou si vous attendez que je vous dise où est votre frère.

Diego, tremblant de rage, serra les poings jusqu'en avoir mal. Il ne pouvait tuer ce misérable, car lui seul pouvait lui révéler où se trouvait Gabriel. Il hurla comme un animal blessé en envoyant son poing frapper le mur au-dessus du Gaucher.

L'assassin se transforma en un moulin à paroles. Il lui avoua tout : le plan de don Enrique pour le tuer, la commande de doña Sol contre doña Alba qui l'avait conduit à trahir les plans du marquis ; puis, plus récemment, toujours sous les ordres du marquis, le meurtre du Nègre qui servait son frère et le passage à tabac de Mlle Castro, la mort de la Câline, l'enlèvement de Gabriel. Il avait participé à tout, sous la houlette d'Hernaldo de la Marca. Selon ce chien, personne ne pouvait prouver que le marquis était à l'origine de tout ça, personne ne connaissait la suite de ses plans ni ses raisons pour vouloir la destruction de Castamar.

Incapable de se contenir, Diego se précipita sur lui, le visage déformé par la douleur. Il le saisit et, avec une fureur de lion enragé, il commença à le frapper au visage, jusqu'à ce que l'un des yeux du malfrat explose et transforme son visage en un masque sanglant. Si les gardes ne l'avaient pas arrêté, il aurait perdu toute chance de retrouver Gabriel.

Le Gaucher meuglait comme le bétail malade mais parvint tout de même à ricaner en crachant du sang. Diego s'accroupit de nouveau, les mâchoires tendues, les yeux lourds de larmes.

— Parle ! cria-t-il. Dis-moi où est mon frère et je te donne ma parole qu'ils ne resteront pas impunis.

— En route vers le Portugal. Ils vont passer par Coria pour le vendre comme esclave. Quatre hommes l'escortent… une galère à brancard, avec un cocher et deux postillons. Le Nègre va à l'arrière dans une cage doublée de bois.

Il lâcha un rire sinistre.

— Et j'oubliais, Votre Excellence. J'ai fouetté votre frère, il en aura le souvenir toute sa vie sur son dos. Il peut enfin dire qu'il est un Noi…

Sans lui laisser le temps de finir sa phrase, Diego dégaina sa pistole et lui fit un trou dans le crâne.

*26 octobre 1721*

Le sermon à la messe de midi l'avait profondément touché. L'aumônier Aldecoa avait parlé de la capacité de pardon, et Melquíades avait songé encore une fois, ému, à la clémence du duc. Aussi se dit-il que, de même qu'il avait réparé sa relation avec son neveu, il devrait résoudre sa querelle avec doña Úrsula. Il était en guerre avec la gouvernante depuis trop longtemps, et était fatigué de vivre sur un champ de bataille. Il était évident que doña Úrsula avait des qualités indéniables. Diligente, travailleuse, sérieuse, elle avait toujours maintenu une discipline de fer au travail et, durant toutes ses années de service, il ne lui était jamais arrivé d'être négligente ou imprudente. Si elle avait été un homme, elle aurait fait un excellent majordome. Le problème avait toujours été son caractère belligérant et hostile qui mettait tout le monde à distance. Il avait songé longuement à ce qu'il devait lui dire et il espérait qu'elle parviendrait à se radoucir.

Toutefois, elle avait pu reprendre la charge de la cuisine après une conversation avec le maître. Il en parlerait à don Diego à son retour. Celui-ci était parti trois jours auparavant, après une terrible dispute avec la duchesse mère, qui, depuis, s'était murée dans sa chambre et ne souhaitait voir personne sauf don Enrique. Ce dernier, par ailleurs, bien qu'il ne sache pourquoi, ne lui avait jamais inspiré confiance, raison pour laquelle il avait demandé à M. Moguer qu'un valet de confiance soit auprès de doña Mercedes à tout moment. Il comprenait les tribulations qui pesaient sur le cœur de la duchesse, toute la maisonnée les partageait : la disparition de don Gabriel et les intentions nuptiales que don Diego pouvait nourrir envers Mlle Belmonte.

Lors d'une conversation seul à seul avec Simón Casona, il lui avait confié qu'il craignait que le duc, en épousant une cuisinière, n'entraîne inévitablement la disgrâce de Castamar. Le jardinier, plus âgé et plus sage, avait répondu qu'elle apporterait avant tout le bonheur à don Diego. Melquíades avait des doutes, malgré les indéniables qualités de Mlle Belmonte, même s'il se réjouissait infiniment de son rétablissement rapide. Elle recouvrait la santé de jour en jour et avait déjà demandé à doña Úrsula de reprendre son poste en début de semaine suivante.

Il entendit frapper à la porte avec l'impatience sèche qui annonçait doña Úrsula et elle entra dans son bureau sans se départir de son air froid. Pour faire montre de sa bonne volonté, il se leva et lui offrit une chaise. Elle lui demanda comment elle pouvait l'aider, il arrangea sa moustache avec une certaine parcimonie avant de se lancer.

— Je vais vous parler franchement. La conjoncture entre vous et moi… nos rapports… Voilà : ça m'use, ça m'épuise. Je ne suis pas un homme rancunier, et je ne peux que reconnaître que vous êtes une gouvernante de grand talent.

Doña Úrsula haussa un sourcil, comme si elle était reconnaissante pour le compliment sans pour autant comprendre où il voulait en venir. Melquíades décida de continuer et, du ton le plus conciliant, lui expliqua qu'elle n'était pas appréciée par les gens de la maison et que cette animosité, voire, inimitié, nuisait à toute la maison, et à elle en premier lieu. Elle haussa encore les sourcils.

— Les sentiments ou l'avis que les domestiques ont sur moi me sont parfaitement indifférents tant qu'ils pourvoient correctement à leurs tâches.

Lénifier ce caractère de pierre allait être encore plus difficile que ce qu'il avait escompté, songea-t-il en se frottant les tempes. Il poussa un long soupir.

— Je voudrais vous proposer une paix permanente entre nous, car il est évident que Son Excellence vous tient en haute estime, et personne ne souhaite se passer de vos services.

Doña Úrsula plissa les lèvres dans ce rictus sceptique qui lui échauffait la bile, le fixant sans ciller.

— Ce sera tout, don Melquíades ?

— Oui, euh… c'est une proposition ferme pour la paix et la bonne entente.

— J'ai compris, don Melquíades.

— Eh bien, quelle est votre réponse ?

Elle le regarda d'un air supérieur, comme si elle savait que sa réponse n'allait pas lui plaire.

— Don Melquíades, vous étiez un grand majordome dans le temps, mais à présent, il m'est avis que vous êtes un serviteur médiocre, pour ne pas dire mauvais. Les années ont fait de vous un majordome sans esprit, sans force, sans talent, qui prend ses aises dans la parcimonie. Je ne peux pas supporter l'idée qu'une personne de si peu de valeur puisse se croire digne de Castamar, et encore moins se croire au-dessus de mes capacités. Votre offre de bonne entente n'a pour but, je dirais, que de dissimuler votre poltronnerie.

Outré, il bondit sur ses pieds et frappa la table, sans susciter chez elle aucune réaction. Il fit le tour de la table en lui rappelant d'un ton féroce que la lassitude et la médiocrité dont elle parlait n'étaient que la conséquence du vil chantage qu'elle lui avait fait subir.

— Vous avez déjà joué votre carte maîtresse et vous avez échoué, alors si je dois vous renvoyer, je trouverai une raison de le faire, prévint-il. Si c'est la guerre que vous voulez, c'est la guerre que vous aurez.

Elle se releva avec arrogance.

— Tout ce que je veux, sincèrement, c'est vous faire sortir de Castamar aussi vite que possible. Je me soucie peu du comment.

Melquíades, hors de lui, s'approcha d'elle et secoua un doigt accusateur contre son visage blasé.

— Vous êtes incorrigible ! cria-t-il. Vous êtes une femme invivable et sans pitié, inhumaine, cruelle et intempérante !

— Ne me criez pas dessus, don Melquíades, c'est inutile à tous points de vue, répondit-elle d'une voix agacée.

Il observa qu'elle serrait ses mâchoires comme si elle faisait un grand effort pour ne rien dire d'autre. Poussé par le ressentiment, il l'encouragea avec rage à vider son sac, car il n'en pouvait plus de son sentiment de supériorité et de ses airs vertueux.

— Alors que rien ne compte pour vous sinon le pouvoir ! Vous n'aimiez pas doña Alba, vous n'étiez lèche-bottes que pour qu'elle vous accorde plus de pouvoir qu'à nous !

À cette dernière accusation, la gouvernante fulmina. Il savait sciemment que c'était un reproche infondé, mais il voulut profiter de la brèche qu'il venait de découvrir dans sa forteresse.

— Personne ne vous a vue verser une seule larme pour la duchesse ! Personne ! Et pourquoi ? Parce que vous ne savez pas aimer ! Vous n'avez pas aimé doña Alba, ni l'enfant à naître qui est mort ce jour-là avec elle !

Tremblant de colère, elle le gifla, mais après dix ans de domination, de chagrin et de frustration, il n'arrivait plus à se maîtriser. D'un coup de pied, il envoya une chaise contre le mur, tout en continuant sa tirade :

— Vous ne savez qu'écraser les volontés ! Rien faire d'autre que mépriser vos semblables et essayer de les dominer !

— Les hommes doivent être gouvernés avant qu'ils ne vous détruisent, sachez-le ! Ce n'est pas ma faute si vous ignorez ce qui se passe réellement dans cette maison ! Du danger que représente Mlle Belmonte pour la réputation de Castamar ! Du danger que fait courir à cette famille la présence de don Enrique !

— Dehors, dit-il, le doigt vers la porte.

— Je ne reçois pas d'ordres de vous !

— Oh, que si ! cria-t-il en se penchant sur elle, ses yeux dans les siens, leurs nez se touchant presque. Je trouverai un moyen de vous chasser du domaine, finit-il entre ses dents.

— Vous pouvez crier et hurler, vous ne me faites pas peur. Ni vous, ni vos menaces creuses.

— Sortez ! grogna-t-il. Je ne sais pas comment j'ai pu vous aimer en silence pendant tant d'années avec ce cœur de pierre que vous avez !

Le visage de la gouvernante changea devant cette déclaration inattendue, et elle recula d'un pas. Lui, aussi surpris qu'elle, se redressa, le souffle coupé. Il tira sur sa redingote pour se donner une contenance et elle le dévisagea d'un air gêné. Pour la première fois depuis qu'il la connaissait, elle semblait à court de mots. Elle bougeait les lèvres sans rien dire, comme si elle priait ou qu'elle répétait ce qu'elle allait dire.

— Qu'est-ce que vous avez dit ? murmura-t-elle, incrédule.

— Vous m'avez entendu, répondit-il plus calmement. Je ne sais pas comment j'ai pu vous aimer en silence pendant tant d'années, avec ce cœur de pierre que vous avez.

Elle déglutit avec difficulté et se retourna pour partir puis s'arrêta, la main sur la poignée, et se retourna vers lui, perplexe et désorientée, comme si elle ne pouvait ni comprendre ni accepter ses propos.

— Vous êtes devenu complètement fou, monsieur Elquiza, lâcha-t-elle dans un filet de voix.

Il la laissa partir sans un mot, conscient que leur discussion avait dû être suivie par la moitié des domestiques qui devaient déjà la rapporter à l'autre moitié. Son plan de conciliation avait complètement échoué, voire, avait aggravé la situation.

Il se laissa tomber sur la chaise qui se plaignit avec un grincement. Après dix ans de chantage, d'humiliation et de mépris, son secret avait jailli du fond de son âme en une phrase simple et passionnée, et avec lui, un certain soulagement. Il n'en revenait pas d'avoir formulé sa pensée si spontanément.

Malgré sa propre agitation, et bien qu'il sache qu'il avait donné à son ennemi une arme puissante pour faire encore plus de dégâts sur son esprit, il avait eu le plaisir de voir son expression éberluée. « Rien d'étonnant après tout, se dit-il, puisqu'elle ne me connaît pas. »

# 42

*27 octobre 1721*

GABRIEL OUVRIT LES PAUPIÈRES et sentit qu'il avait récupéré une infime partie de ses maigres forces. La lumière du soleil filtrait à travers les interstices de la boîte qui lui servait de cachot depuis quelques jours. Après sa capture, il s'était réveillé nu, avec un sac noir sur la tête et attaché à une croix de saint André où il avait laissé des lambeaux de peau. À son arrivée dans la pièce, une cave ou une crypte à en juger par le froid et l'humidité, il avait tenté de se libérer des fers qui le retenaient en jurant. Il s'était vite rendu compte que c'était inutile, et bientôt, ce fut à peine s'il eut la force de gémir. Les journées étaient rythmées par les deux séances quotidiennes de flagellation qu'on lui infligeait avec un fouet en cuir durci qui lui avait mis le dos en charpie, des épaules aux fesses.

Ses geôliers ne lui parlaient jamais, sinon pour l'insulter, se contentant de le frapper sans pitié, jusqu'à ce que sa volonté soit brisée. Après ce calvaire, chaque fois qu'il entendait les gonds de la lourde porte grincer, il se pissait dessus, terrorisé, et il priait et priait pour que ce soit son frère, qui venait à la rescousse. Mais, inexorablement, son tortionnaire faisait claquer le fouet, et il comprenait que ses prières n'avaient pas été exaucées. Après chaque flagellation, on lui donnait un peu d'eau, du pain noir et un bouillon de légumes avec une amertume de fiel. Il en conclut que ses geôliers voulaient le garder en vie, du moins pour le moment.

Les jours passant, il eut l'impression que ses ravisseurs, après avoir déversé leur haine, l'avaient oublié. Puis il perdit complètement la notion du temps et fut incapable de discerner depuis combien de jours il était suspendu à cette roue. La cave froide et lugubre tourna bientôt en fosse à lisier car personne ne venait nettoyer ses excréments ni son sang. La puanteur devint insupportable et une armée de mouches bourdonnait autour de lui qui se repaissait dans les lambeaux de son dos et même ses ravisseurs râlaient contre l'odeur lorsqu'ils revenaient le martyriser. Ses forces l'abandonnèrent et il commença à délirer, sans savoir s'il rêvait ou s'il était au seuil de la mort. Son père et sa mère vinrent lui rendre visite dans ses visions, il crut même un instant que Diego était venu le sauver de ce cauchemar. Des ombres sinistres surgirent autour de lui, harponnant son âme de griffes froides et de désirs cruels, dansant une ronde macabre pour lui voler son esprit et sa raison, et il cria et cria sans qu'aucun son ne sorte de sa bouche, prisonnier de son propre corps. Il reçut la visite de succubes et d'incubes qui l'entraînèrent dans un abîme d'images grotesques, de corps concupiscents et difformes qui faisaient commerce de la chair et des âmes. Fiévreux, ne sachant plus où il était, il survécut par pure détermination. Les poignets à vif, le corps broyé et l'esprit sur le point d'être vaincu, il concentra ses pensées sur une seule idée, celle qui avait chassé les démons et leur danse macabre.

Dans le puits noir de sa chimère, il invoqua la figure de Mlle Castro. Et Amelia surgit et lui prit la main, lui demandant d'ouvrir les yeux, et la cagoule n'existait plus. Elle caressa son visage et l'embrassa, et c'était comme si ses lèvres distillaient un nectar purificateur qu'il put boire à satiété. Il la remercia d'être venue, inconsolable, lui expliqua combien il avait été stupide de la juger, combien il l'aimait, et combien il regrettait les mots durs de leur dernière conversation. Il lui dit qu'il comprenait combien elle avait souffert, combien elle s'était sacrifiée pour survivre dans un monde fait sur mesure pour et par l'homme blanc. Mais le beau visage finit par s'estomper et il ne vit plus que le noir de sa cagoule. Il retomba dans une faiblesse extrême et eut peur que les visions ne reviennent et l'emportent sur sa raison. Il se demanda si ces hallucinations étaient le résultat de la suffocation due à la cagoule ou bien de quelque chose qu'on aurait mis dans sa nourriture. Quoi qu'il en soit, il devait faire quelque chose.

Il entreprit donc de ronger la toile de la cagoule afin de laisser entrer l'air. Cela lui prit des heures, mais enfin il put, avec la langue, séparer les fils et sentir l'atmosphère moins épaisse autour de sa tête. Au même moment, il entendit quelqu'un entrer dans sa cellule et les râles de dégoût provoqués par la puanteur.

Le nouveau venu fit quelques pas autour de lui, lentement, et il demanda avec terreur qui c'était. L'homme ne répondit pas, puis, au bout d'un silence pervers, fit claquer le fouet. Gabriel, sachant ce qui l'attendait, éclata en pleurs. Le type le frappa avec une fureur démesurée, tout en l'insultant, jusqu'à en être hors d'haleine, sans pour autant arrêter la pluie sauvage de coups. De tous les moments de supplice, celui-ci fut le plus sauvage, les coups rouvrant les blessures et en creusant de nouvelles ; la douleur fut si intense qu'il s'évanouit.

Il revint à lui, plus désorienté que jamais, le corps toujours pendu à ses chaînes, les jambes vaincues, souillé d'urine, d'excréments et de sang. Il tenta de se redresser, mais n'en avait plus la force.

La porte grinça de nouveau et il tressaillit, craignant d'être à nouveau torturé par le même sauvage, mais les deux hommes qui venaient d'arriver lui ôtèrent les entraves. Il gémit pitoyablement, à la fois de soulagement d'avoir les poignets et les chevilles libres, et de douleur en sentant son dos en sang contre le sol froid et souillé. Aussi silencieusement qu'ils l'avaient fouetté, ils le portèrent vers une cage si basse qu'il fut obligé d'y entrer à quatre pattes et de s'y rouler en boule. Il retira la cagoule, collée à sa peau et à sa barbe, juste à temps pour voir qu'on posait un couvercle en bois au-dessus de sa tête. Au moins, songea-t-il avec une lueur d'espoir, sa torture sur cette croix en bois était terminée.

Il entendait des voix autour, les craquements d'une cravache qui lui hérissaient la peau. Il chercha une position pour épargner son dos du contact du bois râpeux et réussit à dormir quelques heures. Il se réveilla à cause d'une secousse soudaine, à nouveau mouillé d'urine. La cage bringuebalait, il supposa qu'il était sur une charrue et tendit l'oreille. Pas de voix, ni de bruit d'animaux, il comprit qu'ils étaient quelque part loin de la ville. Il parvint à retrouver sa voix pour appeler et une voix rocailleuse répondit :

— Tais-toi, Nègre, ou alors je t'en fous encore une.

Il ne dit rien de plus et sombra de nouveau, jusqu'à ce que la lumière du soleil le réveille. Au-dessus de lui, un garçon d'environ treize ans le regardait avec une certaine curiosité, se couvrant la bouche contre la puanteur. Il lui donna un bout de fromage, des olives et du pain sec ainsi qu'une gourde avec de l'eau. Gabriel dévora le tout et le remercia. Le gamin, les yeux pleins de compassion, regarda à droite et à gauche et laissa tomber un morceau de saucisse dans la cage pendant qu'il ramassait l'écuelle et la gourde.

— De l'eau encore, de grâce, supplia-t-il.

Un peu plus tard, le garçon lui fit passer avec précaution la gourde remplie.

On avait mis des couvertures autour de sa cage, sans doute pour lui éviter la rudesse du climat dans ces parages où à la chaleur suffocante de la journée succédait un froid glacial dès que le soleil se couchait.

Gabriel calcula qu'ils avaient passé deux nuits et trois jours à sillonner les routes de montagne. Il avait aussi réussi à distinguer les voix, et savait qu'il était escorté par quatre hommes auxquels s'ajoutait le cocher, qui était le père des petits postillons qui lui apportaient à manger en douce. Il comprit que le cocher avait accepté de transporter la caisse au Portugal, sans savoir au départ qu'il y avait un homme à l'intérieur. Même si, pour eux, il n'était qu'un esclave, le père s'était plaint à plusieurs reprises que ce n'était pas le marché conclu et qu'il n'avait jamais donné dans la traite d'esclaves. Le chef des ruffians, à une occasion, lui avait ordonné d'arrêter de geindre comme une vieille s'il ne voulait pas que ses enfants ne le regrettent. L'homme n'avait plus bronché, cependant, Gabriel avait l'impression qu'il encourageait ses enfants à le nourrir lorsque les reîtres étaient distraits.

Il se réveilla après une nuit relativement longue car ils roulaient à présent sur une route moins abrupte. Quand ils s'arrêtèrent à l'heure du déjeuner, il entendit le bruit d'une source et vit, à travers les interstices du bois, qu'ils se trouvaient dans quelque chênaie peu peuplée. Le couvercle s'ouvrit, c'était le plus jeune des gamins, le doigt sur la bouche pour lui rappeler de ne pas faire du bruit. Il lui jeta du pain et du fromage, lui donna à boire. Gabriel lui sourit, et le garçon lui rendit son sourire en hochant la tête, comme si c'était un jeu. Il était sur le point de lui demander son nom quand une grosse main attrapa le petit par le cou et le jeta au sol. Gabriel comprit qu'il frappait l'enfant.

— Satané gosse ! Il nourrit le Nègre ! s'écria le soudard.

Les pleurs du petit donnèrent à Gabriel la force de se relever pour protester. Le soldat le vit redressé et leva la crosse de son mousquet pour l'assommer, lorsque le cocher intervint, le couteau au poing.

— Touche encore à mon fils et je te coupe les couilles, menaça-t-il d'une voix ferme.

Le soudard porta la main à sa rapière tandis que deux autres s'étaient approchés, prêts aussi à dégainer. Le cocher fixait d'un air de défi le troufion qui avait frappé son fils.

— Arrêtez de vous bigorner vous deux, et remballez, la nuit tombe vite, cria le chef des abatteurs qui devait se trouver plus loin.

Le cocher saisit son fils et, faisant bouclier avec son propre corps, descendit du coche. Le soudard qui avait frappé le petit se pencha sur la caisse et abattit la crosse de son arme sur lui, des coups secs de plus en plus forts. Gabriel essaya de se protéger avec le bras, sans y parvenir, et soudain, une lumière intense éclata dans ses yeux alors que son crâne craquait. Un autre coup fendit sa tempe, il tomba en arrière, la bouche ouverte, la bave pendante. Il tremblait et tout devint noir. Il allait mourir dans ses propres excréments, tel qu'il était lorsque son père, Abel de Castamar, l'avait trouvé plus de trente ans auparavant sur la place Cruz Verde de Cadix.

*Même jour, le 27 octobre 1721*

Depuis la mort de son père, dès qu'elle mettait un pied à l'extérieur, Clara sentait les forces la quitter après un court instant. Cette fois-ci, pourtant, quelque chose de nouveau semblait l'habiter et elle resta debout, sans que le monde ne tangue comme un bateau ivre. Elle fit quelques pas vers le centre de la cour, quittant la protection de la maison et, malgré un léger vertige qui la fit tituber, malgré les gouttes de sueur qui trempaient sa nuque, elle continua. Un changement s'était produit, qu'elle attribuait aux efforts qu'elle faisait depuis un an pour vaincre son mal, mais aussi au fait d'avoir été livrée à elle-même à ciel ouvert et avoir failli y laisser sa vie. Elle prit une grande respiration avant de regagner sa chambre pour ne pas forcer sa chance : elle était déterminée à reprendre son travail dès ce matin et il ne fallait pas qu'elle fasse une rechute.

Elle finit d'ajuster sa coiffe et sortit de sa chambre en pensant comme toujours à don Diego. Il était parti depuis quatre jours et elle avait hâte qu'il revienne pour lui parler.

Elle entra dans la cuisine et salua tous les membres, y compris Beatriz Ulloa, qui vint vers elle, pleine de componction, et lui dit qu'elle avait compris son erreur et souhaitait apprendre d'elle autant que possible. Ce fut ensuite le défilé des autres domestiques : Carmen del Castillo et Matilde Marrón, avec son assistante Galatea Borca, ainsi que le reste de la brigade de cuisine, MM. Moguer et Fernández, l'écuyer Belisario Coral avec tous les palefreniers et le cocher Galindo, qui lui dit au revoir en faisant presque des génuflexions. Elle fut touchée par ces démonstrations de sympathie, bien qu'elle n'ait pas eu de relations avec beaucoup d'entre eux, comme le maître de chapelle, Álvaro Luna. Elle passa la matinée à retrouver ses repères jusqu'à ce qu'Elisa arrive dans la cuisine avec son large sourire et son humeur désinvolte.

— J'apprécie beaucoup l'intérêt qu'on me porte, lui confia Clara. Mais… je ne comprends pas.

— Allons, mais tu ne te doutes de rien, vraiment ? Ils ne te voient plus comme la cuisinière, parce que beaucoup croient que le maître t'a demandée en mariage. Et on dit que doña Mercedes et lui se sont disputés à ce sujet.

Clara rougit. Qu'on puisse croire qu'elle serait la prochaine duchesse de Castamar lui donna littéralement le tournis et elle dut s'asseoir. Elle avait beau avoir du courage face aux malheurs de l'existence, tout ce qui touchait au domaine de l'amour la terrifiait.

— Sinon, pourquoi se serait-il disputé avec sa mère ? insista Elisa. Allez, à moi tu peux le dire. Il t'a demandé de l'épouser ?

— Mais non ! Non ! s'exclama-t-elle, affolée. Don Diego ne m'a fait aucune demande. Ce n'est qu'un bruit de couloir !

— Eh bien, moi je dis, s'il t'a installée dans sa propre chambre et qu'il t'a veillée quand tu étais malade, c'est qu'il va le faire. C'est la moindre des choses.

— Mon Dieu, mais tu as de ces idées ! fit Clara, de plus en plus nerveuse. Son Excellence n'a aucune obligation envers moi, Elisa ! Aucune !

— D'accord, d'accord. Ne tue pas le messager.

Clara enfouit le visage dans ses mains en tentant d'assimiler tout cela, réfléchissant à la difficile posture dans laquelle elle se trouvait. Les gens de la maison tenaient pour acquis que don Diego sauterait le pas, et peut-être qu'il comptait le faire lorsqu'ils se parleraient. Mais, et si le frôlement de ses lèvres ne signifiait rien de cela ? Et s'il regrettait d'avoir cédé à une lubie passagère ? Dans ce cas, elle serait au centre de tous les brocards. Elle pouvait les imaginer déjà, elle pouvait presque entendre les rires dans son dos dès qu'elle croisait le chemin de certains domestiques. Elle se trouvait dans une position très dangereuse, sous l'épée de cette attente. Si finalement le duc ne franchissait pas le pas, tous ces ragots la pousseraient inévitablement à quitter Castamar. Mais comment ne pas y songer dans son for intérieur alors que don Diego avait failli l'embrasser et lui avait dit qu'ils devaient parler à son retour ?

Elle releva la tête et vit Elisa qui boudait après sa rebuffade.

— Je suis désolée, Elisa, dit-elle en lui prenant la main. Parfois je suis un peu soupe au lait… J'espère seulement que toute cette histoire ne va pas sortir des murs de Castamar.

Elisa sourit à nouveau.

— Ne te fais pas de souci pour ça. Don Melquíades nous a défendu d'en parler sous peine d'être renvoyés. Je suppose qu'ils ne veulent pas que cela atteigne les cercles de commérages de la cour.

— Et tu sais si doña Úrsula en a dit quelque chose ?

La jeune fille secoue la tête.

— Je sais juste qu'elle s'est disputée avec don Melquíades. Enfin, tout le monde est au courant. Apparemment, la sorcière faisait chanter le majordome, car elle avait la preuve qu'il était un traître.

— Mademoiselle Belmonte ? appela une voix froide venant du fond du couloir. Je comprends que vous ne soyez pas complètement rétablie pour continuer à exercer vos fonctions, mais je ne tolérerai pas que vous distrayiez le personnel. Elisa, remettez-vous au travail.

Doña Úrsula avait fait irruption à sa façon silencieuse et sournoise et chacun s'était arrêté pour la saluer. Un garçon de fourrière d'à peine quinze ans se tenait à son côté.

— Je vous prie de m'excuser, doña Úrsula. C'est complètement ma faute, je n'aurais pas dû retenir Elisa.

Celle-ci se carapata lorsque la gouvernante s'avança vers Clara. Une fois tout près, elle la scruta comme si elle voulait lire dans son âme, ou peut-être, savoir ce que le maître avait vu chez elle. Elles restèrent debout à se dévisager dans un silence tendu.

— Suivez-moi, ordonna la gouvernante. Quelqu'un souhaite vous parler.

Doña Úrsula marcha devant, ses talons claquant sur les marches en bois, et Clara et le garçon la suivirent au deuxième étage. Ils traversèrent les couloirs qui menaient à l'aile de Castamar qu'on n'ouvrait que pour accueillir les invités lors de la fête annuelle. Puis une enfilade de salons et le petit théâtre où doña Alba faisait donner des représentations des pièces à la mode, puis après encore de longs couloirs, ils atteignirent l'un des salons privés de la duchesse, tout au bout du corps du logis.

La gouvernante s'arrêta devant la double porte aux moulures décorées à la feuille d'or et indiqua à Clara d'y entrer. Elle s'apprêtait à tourner la poignée lorsque doña Úrsula la retint par le bras avec une délicatesse qui ne lui ressemblait pas et la fixa, soucieuse, comme si quelque chose l'agitait. Clara songea que jamais elle n'avait vu chez cette femme une expression aussi… humaine.

— Ce n'est pas un secret que nous avons toutes deux des caractères contraires et difficiles à plier, mademoiselle Belmonte, dit-elle enfin d'un ton sévère. Mais je ne peux vous laisser entrer dans ce salon sans vous prévenir qu'à l'intérieur se trouve don Enrique, et nous savons toutes deux que c'est un homme dangereux.

Clara se figea. Elle se souvenait parfaitement de l'élégante allure du marquis et de son beau visage au sourire carnassier. L'idée de se retrouver seule avec lui tenaillait le ventre.

— Je tiens à ce que vous sachiez que je resterai ici jusqu'à ce que vous sortiez de cet entretien.

Clara comprit qu'en l'amenant là, la gouvernante obéissait à des ordres, de doña Mercedes sans nul doute. Elle était certaine que doña Úrsula n'était pas une opportuniste qui souhaitait s'attirer ses faveurs dans l'éventualité où elle épouserait le duc, d'autant plus que la gouvernante n'approuverait jamais une telle union. En même temps, elle sentait que doña Úrsula ne souhaitait pas être complice d'un quelconque méfait du marquis et qu'elle la protégeait pour sa condition de femme et parce qu'elle s'estimait responsable de tous les gens de maison de Castamar. Elle la remercia et, dans un soupir, entra dans le salon.

En effet, debout face à la fenêtre se trouvait don Enrique, parmi les meubles recouverts de draps blancs. Il tourna à peine la tête.

— Fermez la porte et approchez-vous, lui ordonna-t-il. Asseyez-vous.

Elle fit la révérence de rigueur et, la tête basse, murmura :

— Je préfère rester debout, monsieur.

Il se retourna et avec deux doigts comme deux crochets lui fit signe d'approcher. Elle fut obligée d'obéir. Il la scrutait comme si elle était un objet et non une personne.

— Je n'ai pas su vous voir, cuisinière, dit-il.

— J'ignore de quoi vous voulez parler, monsieur, répondit-elle, prudente.

Le marquis la rejoignit dans un silence hostile, s'arrêta tout près elle comme pour savourer son malaise. Il tourna autour d'elle comme un prédateur qui encercle sa proie.

— Avez-vous conscience du mal que vous faites à don Diego ? interrogea-t-il finalement. Vous allez jeter l'opprobre sur Castamar dès que l'on saura que le duc a couru après vos jupes comme un animal en rut. Ou pire, s'il vous demande en mariage… L'a-t-il fait ?

Clara ne répondit pas. Il s'était mis derrière elle pour placer le pommeau de sa canne sous ses fesses, comme il l'avait fait le jour de la fête de Castamar. Elle s'en écarta vivement, prise de dégoût. Toujours menaçant, il s'approcha encore, si près qu'elle sentait son souffle sur la nuque.

— J'exige que vous avouiez si don Diego vous a demandée en mariage et à quelles conditions, murmura-t-il.

Elle s'obstina dans le silence, les yeux brûlant de larmes de rage, tout son corps en tension. Don Enrique l'obligea à se tourner et lui souleva la tête avec le pommeau de sa canne, et enfin elle daigna lui rendre son regard, consciente qu'il s'interposait à présent entre elle et la sortie. Elle se demanda si doña Úrsula avait tenu parole et se trouvait encore dans le couloir. Le marquis fit encore un pas, elle recula encore.

— Don Diego t'a traitée comme une demoiselle, mais tu n'es rien de plus qu'une servante. Je veux juste que tu répondes à cette simple question : t'a-t-il proposé le mariage ou déclaré son amour, cuisinière ?

— Monsieur, vous ne pouvez attendre de moi que je réponde à cette question, car je ne le ferais pas même si le roi d'Espagne me le demandait, et ici, monsieur, vous n'êtes qu'un invité de mon maître, répondit-elle en ravalant sa peur. Si vous voulez tant savoir, demandez-lui vous-même.

— Je n'ai pas besoin de lui demander. Il t'aime, il suffit de voir la façon dont il te regarde.

— Si tel était le cas, ce n'est pas à vous de m'en parler, Votre Grâce, dit-elle sans détourner le regard.

Il sourit, comme si sa réponse lui donnait un plaisir particulier, et alla poser son habit et sa canne sur l'un des divans. C'est alors que Clara comprit qu'il avait l'intention de faire plus que l'intimider, et elle recula, prête à crier s'il se jetait sur elle.

— Vous avez certainement une disposition hautaine qui ne correspond pas à votre position de marmitonne.

Clara se contenta de le dévisager. Il eut un sourire de charognard.

— Au risque de te surprendre, sache que je n'ai absolument rien contre ton hyménée avec don Diego, bien au contraire : je serai le plus heureux des hommes le jour des noces et j'ai même pensé au cadeau de mariage que je vais vous offrir. Ne dis pas que je ne suis pas généreux, cuisinière. Tu ne veux pas savoir quel est ce cadeau ?

C'est alors qu'elle constata avec panique qu'elle était dos au mur et qu'elle ne pouvait plus reculer.

— Réponds, ordonna-t-il en un murmure glacial. Ne veux-tu pas savoir quel cadeau j'ai prévu pour ton mariage ?

La peur au ventre, elle se demanda comment se sortir de là. Elle sentait que son mutisme ne faisait qu'enhardir don Enrique qui s'avançait vers elle d'un pas plein de menace. Il s'arrêta à quelques pouces. Elle voulut crier, mais il était trop tard, la main gantée du marquis s'était fermée comme un étau autour de son cou. De l'autre, il l'attrapa par les cheveux et l'entraîna sauvagement contre le mur.

Elle essaya à nouveau d'appeler doña Úrsula, mais les doigts gantés du marquis lui coupaient presque le souffle. Un violent coup au ventre la fit se plier en deux et la faiblesse des derniers jours revint sous forme de sueurs froides. Elle crut qu'elle allait s'évanouir, mais don Enrique la retint par les cheveux et lui tapota les joues pour l'empêcher de s'évanouir. La vision brouillée, elle pria pour que doña Úrsula ouvre la porte et interrompe la scène.

— Alors ? Réponds à la question. Comment veux-tu être duchesse si tu ne connais pas les manières les plus élémentaires ? Ne veux-tu pas savoir quel cadeau j'ai en tête pour toi et le duc ?

Elle le regarda, étourdie par le manque d'air, vaincue par la faiblesse. Elle voulut lui cracher à la figure, mais la bave parvint à peine à glisser sur son menton. Il rit comme s'il s'amusait et lui ordonna d'acquiescer ou il lui briserait le cou. Elle résista mais, sentant ses mains sur sa gorge plus fermement, elle hocha la tête au bord de l'évanouissement.

— C'est ça. Tu vois que ce n'était pas si difficile, cuisinière ! dit-il en riant alors qu'elle se débattait pour se libérer.

Elle comprit que, plus le temps passait, moins elle avait de forces pour résister et plus son jugement se troublait. Elle sentait ses yeux s'emplir de larmes mais ne voulait pas donner à cette bête la satisfaction de la voir pleurer.

— Le cadeau que je veux vous faire est très spécial, car il est composé de trois parties consubstantielles, poursuivit le marquis. La première est pour toi, car j'ai l'intention de te déflorer afin que tu saches ce qu'est un homme et que tu penses à moi lors de ta nuit de noces.

Épouvantée, elle leva ses bras avec ses dernières forces pour enfoncer ses ongles dans les joues du marquis. Sans se départir de son sourire de hyène, il la frappa à nouveau au ventre pour qu'elle cesse de se débattre. Une douleur vive rendit le manque d'air encore plus pressant.

— Laisse-moi finir, continua-t-il comme si de rien n'était. La deuxième partie est pour don Diego, car je veux qu'en découvrant que je t'ai battue et dépucelée, il me défie.

Les jambes en coton, elle crut s'écrouler, mais il la maintint debout en la plaquant de plus belle contre le mur.

— Mais le meilleur de tous est le dernier, car il sera pour nous deux. J'ai l'intention de te donner ma semence aujourd'hui, et peut-être que dans neuf mois nous pourrons célébrer la naissance d'une nouvelle vie. D'ici là, don Diego ne sera sûrement plus parmi nous, mais toi et moi, nous pourrons toujours célébrer le souvenir de ce jour inoubliable.

Clara comprit alors qu'il ne voulait pas la tuer mais provoquer don Diego en duel, un duel dans lequel il pourrait perdre la vie. Elle regretta amèrement d'avoir cru à la promesse de doña Úrsula, d'avoir forcé don Diego à partir à sa recherche, et par-dessus tout, elle regretta de ne pas lui avoir déclaré son amour inconditionnel.

Elle avait à peine assez d'énergie pour rester debout lorsque don Enrique frappa son sein droit et une douleur lancinante parcourut tout son corps. À la façon dont le marquis souriait, elle comprit que son cauchemar ne faisait que commencer.

Portant une main à sa bouche, pour se déganter à l'aide de ses dents, il commença à retrousser ses jupes sans que Clara, affaiblie, ne puisse l'en empêcher. Ses griffes montaient entre ses cuisses, qu'elle serrait avec de moins en moins de force, jusqu'à atteindre son entrejambe. Le marquis souriait comme un aliéné en relevant ses jupons. Profitant de ce moment, elle réussit à dégager un peu son cou pour reprendre de l'air. Son pouls martelait ses tempes et elle crut que sa tête allait exploser.

La bouche tordue en une horrible grimace, tout en violence froide, le marquis tripotait son sexe sous sa jupe. Elle serra les jambes de toutes ses forces pour éviter le contact de ses doigts de rapace, tout en sachant que sa résistance rajoutait à son plaisir. Il marmonnait des indécences et l'intimait à se laisser prendre contre le mur, elle sentait le dégoût et la peur redoubler à chaque mot. Il poussa son genou entre ses cuisses pour la forcer à les écarter puis, la soulevant un peu du sol, réussit avec un râle de satisfaction à placer ses hanches contre son ventre. Il se frotta contre elle, son haleine lourde lui collait à la peau comme de la poix et elle crut qu'elle allait vomir. C'est alors qu'elle sut qu'il allait la prendre de force et la déflorer. C'était inévitable.

Sans vouloir se plier à la fatalité, elle se rebella encore, il pressa son cou plus fort contre le mur, elle ne touchait plus le sol qu'avec les pointes des pieds. Elle ne cessa de le fixer un seul instant, les yeux cloués sur son âme répugnante pour qu'il sente que sa haine et son mépris dépassaient de loin sa peur. Malgré tout, se sentant vaincue, elle ne put empêcher les larmes de couler sur ses joues. Il les lécha, libidineux et cruel, puis, persuadé d'avoir vaincu, s'écarta légèrement pour ouvrir ses chausses.

Soudain, il s'arrêta. Son faux sourire se transforma en un rictus de colère et il la lâcha. Sans comprendre comment ni pourquoi, Clara se retrouva au sol, toussant et haletante. Lorsqu'elle leva les yeux, en dépit des larmes et de sa vision trouble, elle distingua doña Úrsula, aussi solide qu'un phare dans la tempête, qui tenait un coupe-papier contre la nuque du marquis.

— Laissez-la partir, bâtard, ou je vous jure que je vous tranche le cou, menaça doña Úrsula. Venez derrière moi, mon petit.

Don Enrique serra les dents, refusant d'accepter qu'une simple gouvernante puisse gâcher ses plans. Clara se faufila derrière doña Úrsula, qui lui lança une œillade rapide.

— Allez-vous-en, lui intima-t-elle.

Don Enrique essaya alors de se retourner, mais la gouvernante, ferme, pressa la pointe du coupe-papier contre sa peau pour qu'il comprenne qu'elle n'hésiterait pas à le lui enfoncer.

— Partez, mademoiselle Belmonte, répéta-t-elle. Le garçon qui était avec moi est allé donner l'alerte.

— Je ne pars pas d'ici sans vous, répliqua Clara.

— Partez, je vous dis !

— Non.

C'est alors que le marquis bondit sur le côté et se jeta sur sa canne. Doña Úrsula n'hésita à exécuter sa menace et la lame fendit la joue de don Enrique, qui cria de surprise. Clara attrapa la gouvernante par le bras et l'entraîna vers la porte. Le marquis, haletant, tenta de les rattraper.

— À l'aide ! cria doña Úrsula.

Clara, sans lâcher la gouvernante, avança aussi vite que lui permettaient ses forces mais, encore étourdie par la bagarre, elle trébucha, et faillit tomber avant d'arriver à la double porte, qui s'ouvrit en grand au même moment. Entrèrent alors don Melquíades, armé d'un pistolet, et plusieurs hommes de la garde de Castamar. Clara tomba sur un lieutenant qui la releva aussitôt. Doña Úrsula avait accouru vers le majordome qui braquait son arme sur le marquis et de l'autre, l'enlaçait, protecteur.

— Monsieur, je crains que votre temps dans cette maison ne soit terminé, déclara-t-il. Ces hommes vont vous escorter dehors.

Le marquis tordit son visage et, déchaînant sa fureur, frappa de sa canne l'un des vases couverts de lin blanc. Puis, d'un pas mesuré, il alla chercher son manteau et ajusta ses manches avant de se tourner vers don Melquíades.

— Donnez le message au duc, dit-il en touchant la blessure sur sa joue. J'imagine qu'il voudra obtenir réparation pour tout cela.

Don Melquíades, baissant le pistolet, hocha la tête avec la même courtoisie hypocrite.

— Soyez assuré qu'il n'y aura endroit au monde où vous pourrez vous cacher de Son Excellence.

Don Enrique allait se diriger vers la sortie quand don Melquíades s'interposa devant lui.

— Sachez aussi que si vous aviez commis un mal irréparable à l'une ou l'autre de ces deux femmes, je vous aurais mis moi-même cette balle dans la tête, dit-il. Même si je ne suis pas votre égal et que cela m'aurait coûté la potence.

Ses manières résolues et fermes suscitèrent un regard mi-étonné, mi-admiratif chez doña Úrsula que Clara n'avait jamais vu chez elle. Don Enrique regarda le majordome comme s'il songeait à le punir pour son audace mais il se contenta de le repousser avec sa canne. Don Melquíades ne bougea pas d'un pouce.

— Priez pour que votre maître soit encore en vie, car s'il a quitté ce monde, je me souviendrai de vos paroles, murmura le marquis.

— Je vous remercie de votre intervention, don Melquíades, dit doña Úrsula.

Le majordome acquiesça sans quitter des yeux le marquis qui, escorté par quatre gardes, s'éloignait dans le couloir. Juste avant d'atteindre l'escalier, il se retourna avec élégance et, une menace dans les yeux, fixa Clara et pointa son doigt sur elle. Clara carra le menton en dépit de la peur qui lui serra le ventre et tint jusqu'à ce qu'il ait disparu.

Soudain, elle eut envie de vomir, sentant encore les mains du marquis sur elle. Elle quitta le salon en brûlant la politesse et demanda à la première bonne qu'elle croisa de faire chauffer une demi-cuvette d'eau chaude et de l'apporter dans sa chambre. Elle s'y réfugia, en proie à la nausée, tremblant de la tête aux pieds. Aussitôt que les deux garçons qui avaient apporté la cuvette repartirent, sans même ôter ses jupons, elle s'y plongea.

# 43

*29 octobre 1721*

DIEGO CONTOURNA UN PETIT MASSIF DE CISTES et se cacha derrière un pin majestueux. Ses hommes, prêts pour l'assaut, se déployèrent dans le plus grand silence. De là où il se trouvait, il pouvait voir l'arrière de la charrue et, dessus, la caisse en bois qui devait contenir la cage dont avait parlé le Gaucher. Ils s'avancèrent à pas de loup.

— Il est vivant, se répéta-t-il une fois de plus.

C'était la phrase qu'il se rabâchait constamment ces derniers jours pour entretenir la lueur d'espoir qui s'était allumée dans cette basse-cour de malheur. Après cela, il avait chevauché à la hâte jusque chez le président du Conseil de Castille, don Luis de Mirabal, la plus haute autorité juridique après le roi et l'un des meilleurs amis de son père. Don Luis, qui le connaissait depuis l'enfance, s'était alarmé en le voyant arriver avec une escorte de gardes royaux et le visage défait.

Diego, sans perdre de temps en politesses, lui avait raconté ce qu'il venait d'apprendre de la bouche du Gaucher. Lorsqu'il eut fini son récit, don Luis lui dit qu'il prenait l'affaire en main. Avant que Diego ne parte, cependant, il l'avait pris à part pour le prévenir qu'il avait reçu des indications pour ouvrir un dossier contre son ami don Alfredo de Carrión pour un crime infâme.

— On est entre hommes d'honneur, don Luis, avait répondu Diego. Alfredo acceptera la sentence. J'espère seulement que dans votre sagesse vous saurez voir la valeur du baron de Aguasdulces au-delà de ses inclinations maladives.

Don Luis avait hoché la tête et lui avait assuré qu'il veillerait à ce que l'Inquisition reste à l'écart du procès. Personne ne voulait d'une autre affaire comme celle de Melchor Macanaz[1], ni de mêler la foi à tout cela.

— Si vous m'accordez cette faveur, je voudrais laisser un mot pour Alfredo que vos gens lui apporteront, pour qu'il sache ce qui se passe avec Gabriel.

— Bien sûr, mon garçon. Tu n'as pas à t'inquiéter pour ça.

— Merci, don Luis. Maintenant je comprends pourquoi mon père vous tenait en si haute estime. D'ailleurs... j'enquête sur la mort du docteur Armando Belmonte pendant la guerre. Vous le connaissiez ?

— Don Armando Belmonte, le médecin ? Non, je n'ai jamais eu le plaisir de le rencontrer.

Diego, après avoir rédigé le message pour Alfredo, l'avait remercié encore et était parti aussi hâtivement qu'il était arrivé. Ce cher don Luis, il le savait, était déjà en train d'écrire une lettre directe à l'échevin, afin qu'il dépêche

1. Melchor Rafael de Macanaz (1670-1760). Homme politique, écrivain et penseur espagnol qui fut procureur du Conseil royal de Castille à l'époque de Felipe V. Défenseur du royalisme et à la faveur de certains droits royaux contestés par le Saint-Siège, il finit par être poursuivi par l'Inquisition.

ses magistrats, greffiers et alguazils de confiance, et émette un mandat d'arrêt contre la marquise de Villamar, pour le meurtre d'Alba de Montepardo. Il espérait, avait-il dit, la capturer sans faire de bruit afin de ne pas alerter le marquis et ses hommes de main avant qu'on ait retrouvé Gabriel.

Diego avait compris que don Enrique comptait rester à Castamar près de sa mère et loin de tout pour qu'on ne puisse l'impliquer dans aucun des crimes qu'il avait ourdis, et en l'occurrence, cela l'arrangeait. Le mieux était que cette canaille continue de croire que son sinistre plan avait fonctionné tandis que lui finissait de démêler l'écheveau de ses intrigues jusqu'à ce qu'il ne reste plus un fil. Pour parer à toute éventualité, il avait chargé un de ses gardes à Castamar de prévenir la maison de Leganitos si le marquis quittait le domaine.

Une fois qu'il aurait retrouvé Gabriel et déjoué la stratégie du marquis, il s'occuperait personnellement de lui. C'était une question d'honneur, et don Luis, élevé à la vieille école de la parole et de l'honneur, l'avait compris.

Aux premières lueurs de l'aube, Diego était parti pour le Portugal avec un groupe d'hommes armés, dont le médecin et le chirurgien de la compagnie. Il était conscient que si son frère traversait la frontière et était vendu comme esclave, il serait beaucoup plus difficile de le retrouver. Sur le chemin, il put trouver un peu de réconfort dans la prière car il s'était rapproché du Seigneur après avoir appris la vérité sur la mort d'Alba. Il ne pouvait pas blâmer Dieu pour un accident causé par des hommes. Le cœur apaisé, il pria avec ferveur et humilité pour que son frère soit en vie.

Ils chevauchaient à bride abattue depuis quatre jours lorsque, enfin, l'après-midi bien avancée, ils aperçurent une charrette avec un cocher et deux postillons, escortée par quatre hommes. Au lieu de passer à l'offensive sur-le-champ, ils attendirent que les ravisseurs s'arrêtent pour la nuit, déjà tout près de Coria et de la frontière portugaise. Lorsque les mercenaires s'installèrent autour d'un feu et qu'il se trouva à quelques dizaines de coudes de la cage, Diego décida que le moment était venu.

Il leva les yeux et vit le cocher et les deux gamins en train de nourrir les quatre bœufs, qui semblaient fatigués après avoir tiré de la charrue pendant des jours. Il avança vers eux, sans quitter des yeux les hommes de main qui causaient distraitement autour du feu.

Pendant les jours où ils avaient poursuivi cette satanée charrette, ne s'arrêtant qu'aux maisons des postes pour changer de chevaux, il n'avait cessé d'entendre les paroles de cette engeance de Gaucher : « J'ai tué ta femme… J'ai dressé son cheval pour l'écraser au commandement de mon sifflet, et si j'avais eu plus de temps pour dresser le tien, il t'aurait écrasé aussi. » S'il avait écouté sa colère, il serait tombé avec toute la rage de sa vengeance sur ces gens qui campaient sous ses yeux. Mais les postillons, des gamins, ne devaient rien savoir des plans du marquis, et les quatre hommes, sauf si l'un d'eux était Hernaldo de la Marca, ignoraient probablement qu'ils transportaient un homme libre et non pas un esclave, encore moins le frère d'un grand d'Espagne. C'est pourquoi il devait refréner ses instincts meurtriers.

Il espérait qu'une attaque surprise empêcherait les hommes de prendre leurs armes et éviterait des morts inutiles. Lui et ses hommes s'approchèrent, dissimulés par les arbres avec la complicité du vent qui assourdissait leurs pas. Une fois au bord de la clairière. Diego attendit que ses hommes soient en position, puis il fit le geste qu'ils avaient si souvent utilisé lorsqu'ils participaient à des attaques nocturnes et autres camisades.

Il sortit de derrière les cistes et arriva sur le groupe. Avant que le premier ne puisse réagir, il lui mit son mousquet sous le nez et menaça le second de lui trouer la poitrine s'il bougeait. Les deux autres furent aussitôt mis hors d'état de nuire par les gardes. Les pauvres postillons, voyant sortir du fourré plus de quinze hommes armés jusqu'aux dents, se jetèrent à terre et le cocher, qui devait être leur père, les couvrit de son corps.

— Ne tirez pas ! Ne tirez pas ! criait-il.

La situation étant maîtrisée, Diego se hissa dans la charrette en appelant son frère. Lorsqu'il fit sauter le couvercle en bois, l'odeur le fit reculer, mais il se ressaisit et, le nez couvert de sa manche, se pencha sur la cage. Au fond, dans une flaque de sang et d'excréments, le dos en lambeaux, se trouvait le corps inerte de son frère.

*Même jour, le 29 octobre 1721*

Après une agréable nuit dans son lit, Enrique venait de se réveiller. Au moment de son départ de Castamar, il avait envoyé un message à Hernaldo pour le faire venir et un valet venait de l'informer que son homme demandait à le voir.

Tout en s'habillant, il réfléchissait aux différentes façons dont ses récentes actions pouvaient déclencher la dernière partie de la tempête. Il avait toujours été doué pour mettre les fatalités de la vie à son service et, le plus souvent, d'ailleurs, la chance lui souriait dans ces moments-là. C'est pourquoi il était très contrarié d'avoir eu à quitter Castamar escorté et sans avoir consommé le dépucelage de la cuisinière. Mais il savait que le simple fait de lui avoir mis la main dessus pousserait le duc, ce chien enragé, à demander réparation et ainsi, signer son propre arrêt de mort. Il n'y avait plus qu'à s'asseoir et à suivre avec attention le déroulement de son plan. Le Nègre était probablement déjà au Portugal, si tant est qu'il appartenait encore à ce monde, et tous les efforts que son noble frère était sans doute en train de déployer pour le retrouver seraient vains. Don Alfredo, accusé d'un crime abominable, devrait affronter l'exil ou un sort encore pire. Quant à don Francisco, discrédité aux yeux de la société, il ne tarderait pas à être banni de la cour. La dernière lettre de doña Sol était vraiment superbe !

La seule chose qui le chagrinait dans cette histoire, c'était la fin de sa relation avec doña Mercedes, leurs conversations allaient lui manquer. La vieille dame, après avoir été informée de l'incident avec la cuisinière, lui avait écrit une lettre larmoyante dans laquelle elle lui disait sa déception, car elle avait mis en lui toute sa confiance, comme s'il était son fils, et qu'elle ne pouvait pas s'expliquer son comportement sans cœur. La lecture l'avait ému, mais il ne pouvait se permettre d'avoir trop de sentiments ; après tout, la duchesse n'était pas sa mère. Pourtant, si elle l'avait été, il aurait tué pour elle.

Alors que doña Mercedes était une dame vénérable qui gardait son allure et ses manières aristocratiques en toutes circonstances, sa véritable mère n'avait été qu'une femme malheureuse et mal mariée qui avait vécu dans l'ombre de son mari. Plus d'une fois, il l'avait trouvée dans les bras de son amant, faisant de son père un cornard. Il se souvint avec un sourire du malin plaisir qu'il éprouvait à débarquer alors qu'elle haletait, sur le point de jouir pour lui demander, avec son expression la plus innocente, pourquoi elle gémissait ainsi. Elle, entre la honte et la colère, se relevait pour le gifler et le chassait. Ce qui le laissait parfaitement indifférent. Plus tard, lorsqu'il soupait avec son salaud de père, il donnait à entendre que sa mère folâtrait tantôt avec un homme plus jeune. Alors son père se levait, ivre de colère et d'impuissance, et la fouettait avec une courroie en cuir. Quant à lui, il continuait son repas en suivant le drame, comme s'il s'agissait d'un spectacle joué à la Corrala del Príncipe ou à la Pacheca.

Après tout, il avait orchestré la pièce et il méritait d'en profiter. Son père, en revanche, était un homme qui avait plus d'ambition que d'adresse. De lui, il n'avait appris que ce qu'il ne fallait pas faire et la soif de pouvoir. « Tu dois être seigneur de tes vices et maître des actions d'autrui, avait-il songé pendant l'agonie de l'auteur de ses jours, tout le contraire de ce qu'a fait ton père. » Ce dernier, avant de mourir, l'avait supplié d'obtenir la grandeur de l'Espagne pour leur famille. Il lui avait juré qu'il y parviendrait. Après tout, la seule chose dont il lui était reconnaissant, c'était de lui avoir donné son nom et l'éducation correspondant à sa classe.

En vérité, c'était sa nourrice qui l'avait élevé, et il l'avait rendue folle, dès son plus jeune âge, en lui faisant répéter les mêmes tâches encore et encore. Si elle l'habillait, il se déshabillait et l'appelait pour qu'elle recommence ; il était même capable de mettre le feu à ses propres vêtements ou de les salir juste pour la voir s'accroupir pour lui enlever ses bas ou ses chausses. C'était une femme inébranlable et silencieuse, qui ne se plaignait jamais, quels que soient ses forfaits. Alors qu'il était un petit garçon et qu'elle était déjà avancée en âge, il montait sur son dos comme si elle était un cheval et la faisait trotter et galoper dans les couloirs et les escaliers. La pauvre mourut dans son lit comme elle avait vécu, en silence et sans la moindre plainte. Lui, habitué à ce qu'elle accoure dans sa chambre dès qu'il l'appelait, s'était levé, exaspéré, pour la gronder et quand il l'avait trouvée, il avait éclaté en sanglots, inconsolable, et avait pleuré bien plus qu'il ne l'avait fait, plus tard, pour ses propres parents.

Peut-être que grandir sans aucune discipline l'avait transformé en l'être impitoyable qu'il était. La seule chose qu'il avait jamais désirée dans sa vie était Alba de Montepardo, car il avait vu en elle une voie de salut. Leur mariage, s'il avait eu lieu, aurait pu être une catastrophe, il l'aurait peut-être rendue malheureuse lorsqu'il lui aurait laissé voir sa véritable essence. Sa mort, en vérité, n'avait fait que précipiter sa nature destructrice. Pourtant, dès le moment où il l'avait rencontrée, il avait senti qu'Alba pouvait chasser les ténèbres de son esprit et que son adoration pour elle l'aurait transformé au point d'oublier son ambition politique et les intrigues. Il l'aimait tellement…

Mais il ne le saurait jamais car don Diego avait décidé d'échanger son cheval ce matin-là. Si le duc n'avait pas été son ennemi politique, s'il n'avait pas été l'homme qui avait fait échouer son projet d'intronisation de l'archiduc Charles, s'il ne l'avait pas empêché de devenir le grand d'Espagne qu'il aurait dû être, s'il ne lui avait pas arraché Alba au moment où il pensait conquérir son cœur… Diego de Castamar était la cause de tous ses maux et allait le payer en perdant ses amis, son prestige et, bien sûr, Castamar. L'une des premières choses qu'il ferait lorsqu'il serait le maître de Castamar serait d'abattre ses chevaux dans la plus grande douleur possible, pour savoir au moins que l'animal qui avait écrasé le corps de sa chère Alba n'était plus parmi les vivants. Cela l'avait rendu malade de le voir à côté de sa propre monture dans les écuries pendant qu'on le brossait, et il aurait voulu en faire de la chair à saucisse.

Ses pensées furent interrompues par l'arrivée d'Hernaldo. Prudent comme toujours, il ne parla pas jusqu'à ce que la porte soit fermée Mais il comprit à l'expression rembrunie d'Hernaldo qu'il n'apportait pas de bonnes nouvelles. Hernaldo serrait les lèvres et les yeux, comme s'il devait extirper les mots du fond de son ventre.

— Il n'y a pas eu d'échange de chevaux, dit-il de but en blanc.

Enrique haussa un sourcil, le dévisagea. Il aurait pu jurer que le soudard tremblait. Lui, plus calme que jamais, vida son verre, s'essuya les lèvres, puis, se leva et s'approcha lentement de lui.

— Que viens-tu de dire, Hernaldo ? Peux-tu répéter ?

— Il n'y a pas eu d'échange de chevaux. Le Gaucher a dressé le cheval de doña Alba.

Le marquis ferma les yeux en se rappelant la seule fois où il l'avait embrassée, ce baiser qu'elle lui avait rendu. Il garda les paupières closes, essayant de contenir un sentiment entre la colère, la douleur et le remords.

— Et pourquoi cette ordure a-t-elle décidé de faire une telle chose ? demanda-t-il finalement, raide, lorsqu'il rouvrit les yeux.

— Pour de l'argent, monsieur. Payé par Sol Montijos, j'ai eu mes premiers soupçons lorsqu'une put…

— Je m'en fous.

— Le Gaucher a déjà passé l'âme à gauche, et…

— Je m'en fous ! hurla-t-il en un éclat de colère.

D'un pas ferme malgré tout, Enrique se rassit sur le canapé, luttant pour ne pas se laisser emporter par les sentiments qui bouillonnaient en lui. Il regarda son homme de confiance, qui gardait la tête baissée sans rien dire. Il puisa au plus profond de ses forces pour dissocier sa colère de ses regrets et de sa culpabilité, afin d'éliminer en premier celle-ci.

— Écoute bien, énonça-t-il dès qu'il fut rétabli. Je veux que tu ailles chez doña Sol sans être vu, que tu lui arraches le cœur de la poitrine et que tu me l'apportes.

Le regard d'Hernaldo exprimait des réserves, ce qui était compréhensible. Arracher le cœur d'une noble attirerait l'attention des autorités autrement que la mort de misérables comme le Gaucher ou ces deux gaupes. Les alguazils mettraient Madrid sens dessus dessous pour retrouver le coupable.

— Don Enrique, osa Hernaldo en tripotant nerveusement le tricorne entre ses doigts. Avec tout le respect que je vous dois, le risque que nous encou…

— Son cœur !!! hurla-t-il.

Hernaldo hocha la tête et tourna les talons, prêt à obéir. Enrique se servit un verre pour se donner contenance. La colère n'était pas bonne conseillère et cette vengeance impulsive ne ferait que le conduire à la défaite alors qu'il était sur le point d'obtenir la victoire définitive. Il retint Hernaldo et lui dit de ne rien faire jusqu'à ce qu'il l'ordonne.

— Si tu n'étais pas mon homme le plus proche, je t'écorcherais pour incompétence, gronda-t-il. Va-t'en.

Il resta avec son chagrin et sa colère, aussi seul qu'il l'avait été toute sa vie. Il s'approcha de la véranda, d'où il pouvait voir les montagnes verdoyantes du nord de Madrid, et, sans pouvoir se contenir, se mit à pleurer des larmes froides qui ne le consolaient en rien. Don Diego lui avait arraché son rêve de grandeur, l'amour d'Alba, mais il n'était pas responsable de sa mort. Derrière la mort d'Alba ne se cachait pas un caprice du duc, mais la main de doña Sol Montijos. Sa haine pour don Diego ne diminua pas, mais le vide de son âme lui semblait un abîme dans lequel il ne pouvait que sombrer. Les forces le quittèrent et il se laissa glisser au sol.

Il resta là, essayant de retrouver l'énergie de terminer ce qu'il avait commencé, faire payer don Diego et encore plus doña Sol parce qu'elle le poussait à se haïr lui-même. Car il venait de prendre conscience de quelque chose qu'il n'avait jamais voulu regarder en face : il était le principal coupable de la mort d'Alba. Pendant toutes ces années, il s'était comporté comme un lâche, abritant sa culpabilité dans la haine qu'il éprouvait pour son ennemi.

À cette pensée, l'amertume se cramponna à sa poitrine, l'empêchant de respirer ; il se recroquevilla par terre, versant des larmes amères sur le tapis. Une solitude sans nom libéra tous les démons noirs de son âme, et là, au cœur de sa douleur, s'installa une nostalgie lancinante pour les deux baisers qui l'avaient à la fois effrayé et avaient rempli son esprit de bonheur : celui que lui avait offert doña Mercedes, comme une mère, et celui que lui avait donné Alba, comme l'épouse aimante d'Enrique de Arcona qu'elle n'avait jamais été.

# 44

*Même jour, le 29 octobre 1721*

FRANCISCO SE RÉVEILLA enveloppé par les bras de Sol, son corps tiède contre le sien. Il se tourna pour lui caresser les seins et l'embrassa sur le front, comme si cela pouvait le libérer de ses soucis. Il savait désormais que ses jeux de pouvoir n'avaient été que cela, des jeux, car, lorsqu'il s'était trouvé dans un moment difficile, elle avait partagé son inquiétude et montré une sollicitude de tous les moments. C'était ainsi qu'il avait découvert que Sol s'était ancrée dans son cœur plus fortement qu'aucune autre femme ne l'avait jamais fait. Les jeux et la séduction avaient laissé place à quelque chose de plus élevé, de plus profond.

Ils étaient arrivés à Madrid la veille, malgré les supplications de Sol pour rester encore dans le domaine de Montejo et attendre que le scandale d'Alfredo se soit tassé. Mais Francisco tenait absolument à savoir ce qui se passait à la capitale et à Castamar. Peu après leur arrivée, Alfredo, qui avait dû poster un valet dans sa rue pour être prévenu de son retour, était venu en personne pour lui parler, ce qui avait donné lieu à un désagréable incident, car les portiers lui avaient interdit l'entrée et lui avaient demandé de partir. Francisco, après avoir ordonné qu'on renvoie tout pli provenant d'Alfredo, lui avait envoyé un mot :

*Il est inutile d'insister, Alfredo. Je ne veux pas te voir et cela ne servira qu'à nous faire encore plus de mal à tous les deux.*

Francisco posa doucement la tête de Sol sur l'oreiller pour ne pas la réveiller et elle soupira doucement sans ouvrir les yeux. Il se leva pour ouvrir son secrétaire, pensant y trouver le courrier des derniers jours. Bizarrement, il n'avait rien reçu durant le séjour chez Sol, pas même de pli de Diego ou d'Alfredo qui, il en était certain, insisterait malgré son absence de réponse. C'était encore plus étrange de ne pas trouver ici à Madrid au moins une carte de visite d'une connaissance comme il en recevait plusieurs par semaine. Il se dit que tout devait être calme à Castamar, et que peut-être don Enrique n'était pas à blâmer pour tous les malheurs survenus dernièrement. Après tout, Alfredo était le seul responsable de ses penchants contre nature. Peu de choses le dégoûtaient plus qu'un pédéraste, et l'idée même que son grand ami ait eu des liaisons avec des hommes le rendait malade.

Francisco enfila un peignoir et s'installa dans le petit salon attenant à sa chambre où il avait l'habitude de prendre son petit déjeuner. Son majordome l'accueillit avec un drôle de sourire qu'il ne sut déchiffrer et, lorsque les valets montèrent les plateaux du petit déjeuner, il décela aussi chez eux des regards fuyants.

— Y a-t-il quelque chose que je devrais savoir, Torres ? demanda-t-il à son majordome.

Ce dernier se figea et secoua la tête encore plus nerveusement.

— Mais enfin, Torres, parlez ! Il est clair qu'il se passe quelque chose.

— Je ne voudrais pas... Je ne saurais pas quoi vous dire, monsieur. Il n'y a rien que...

Francisco s'agaça, il avait assez de soucis sans avoir à gérer des questions domestiques.

— Bien. Alors laissez-moi prendre mon petit déjeuner en paix.

Les domestiques quittèrent la pièce comme s'ils avaient un devoir urgent à accomplir. Il entendit le grincement de la porte entre le couloir et la chambre. Sol se levait enfin. Il attendit qu'elle apparaisse en robe de chambre, mais elle ne le fit pas. Elle devait être en train de se pomponner, c'était une chose qu'il trouvait touchant chez elle, sa coquetterie extrême. Il se leva pour aller la surprendre lorsqu'il entendit une voix d'homme. Il s'approcha de la porte, perplexe.

— Nous devons nous dépêcher, madame, disait la voix masculine.

Par l'entrebâillement de la porte, il vit que Sol s'habillait à la hâte, aidée par son homme d'affaires Carlos Durán.

— J'ai tout préparé, madame, disait-il. J'ai mis tout ce que j'ai pu dans la huche.

Francisco faillit entrer pour demander des explications à Sol mais il s'arrêta à mi-geste en entendant la phrase suivante :

— Ils sont venus chez vous avec un mandat d'arrêt, dit Durán. Ils ne tarderont pas à découvrir que vous êtes ici et viendront vous chercher.

Sol avait-elle commis un crime grave ? Il pria pour qu'elle n'ait aucun rapport avec le secret d'Alfredo et qu'elle n'ait pas feint son amour. Caché derrière la porte, il la vit s'approcher de la fenêtre pour voir si on ne venait pas la chercher tandis que Durán ramassait sur la coiffeuse les bijoux qu'elle avait portés la veille.

Francisco poussa enfin la porte.

— Pour quel crime vas-tu être arrêtée ? demanda-t-il.

Durán recula d'un pas et Sol sursauta, puis bégaya quelque chose d'incompréhensible, une expression paniquée sur le visage. Francisco reposa la question. Durán, qui s'était mis à suer copieusement, porta la main dans son dos, comme s'il allait sortir une arme qu'il y aurait cachée.

— Je dois partir immédiatement, éluda Sol en avançant vers la porte du couloir.

Son secrétaire voulut lui emboîter le pas mais Francisco s'interposa entre eux et la sortie. Un silence pesant planait alors qu'ils se regardaient tour à tour.

— Tu ne sortiras pas d'ici tant que tu ne m'auras pas dit de quel crime tu es accusée, Sol, gronda-t-il.

Elle le regarda, le menton fièrement dressé mais la culpabilité peinte sur le visage.

— Francisco, laisse-moi partir. Ce n'est pas le moment de discuter.

— Je ne vois pas de meilleur moment, alors. Pour quelle raison es-tu recherchée, Sol ?

— Une dette de jeu.

Il ricana devant le mensonge éhonté et elle, impuissante, le gifla.

— Laisse-moi sortir maintenant, Francisco !

— Non, répondit-il calmement en surveillant Durán du coin de l'œil. Dis-moi pourquoi la justice te cherche ou c'est moi qui les appellerai.

Il put voir Durán glisser la main dans son habit et, avant qu'il ne puisse sortir l'arme, se jeta sur lui. Durán, visiblement peu expérimenté, ne sut l'esquiver et Francisco lui fit lâcher le pistolet d'un habile coup au poignet. L'arme s'envola vers le lit en même temps qu'il assenait un coup de pied dans le ventre de l'homme d'affaires, le faisant tomber à la renverse. Le petit homme, peu habitué à la violence, le regarda et leva les mains en une supplique muette.

— Laisse-le, lui ordonna la voix dure de Sol.

Francisco se tourna vers elle en posant encore la même question, mais il s'arrêta à mi-mot, car Sol pointait l'arme sur lui.

— Pousse-toi, Francisco, je ne te laisserai pas m'arrêter.

— Qu'est-ce que tu as fait, Sol ?

— Écarte-toi ou je tire.

Sol, déterminée et les yeux brillants, s'approcha et posa le canon sur son crâne. Sa voix devint désespérée :

— Écarte-toi, je te dis ! Tu ne vois pas que je ne veux pas te tuer !

Il ne bougea pas. Ce visage qu'il aimait tant exprimait une profonde amertume, des larmes débordaient de ces beaux yeux. Francisco secoua la tête, son regard chevillé au sien, entendit le sol craquer sous Durán qui se relevait en soufflant. Francisco tendit une main pour caresser la joue de Sol.

— Mon Dieu, Sol, murmura-t-il, qu'as-tu fait ?

Sol tremblait et la main qui tenait l'arme aussi, elle semblait déjà vaincue par ce qu'elle allait faire et ce qu'elle avait perdu. Confuse, elle chercha des mots qui ne voulurent pas venir. Puis elle cria de rage, de frustration. Enfin, elle lâcha :

— J'ai ordonné la mort de doña Alba de Montepardo.

Et juste en finissant ces mots glacés, elle dévia le canon et le déchargea sur son bras. Francisco sentit un éclair de douleur lui parcourir l'échine et se plia en deux. Lorsqu'il rouvrit les yeux, il observa la chambre vide, hébété.

La balle avait traversé son épaule d'avant en arrière, un froid glacial avait envahi son bras gauche et montait vers son cou. Il chercha à arrêter le saignement. La guerre lui avait appris certaines choses sur le corps humain et il savait que le sang rouge foncé s'écoulait toujours plus lentement que le sang rouge vif, qui circulait par les artères et semblait pressé de quitter le corps. Le sang qui tombait sur le plancher était sombre, mais il était abondant, il fallait faire venir un médecin au plus vite. Il appela à l'aide, mais ce n'est qu'au troisième cri que Torres, le majordome, arriva par le salon attenant et d'une voix de stentor rameuta les valets pour qu'ils l'aident à coucher le maître sur le lit. Il en envoya d'autres quérir son médecin et un chirurgien. Torres chercha la balle dans la chambre et trouva le projectile avec quelques fils de tissu autour logé dans l'un des pieds de la coiffeuse. Il marmonna qu'il avait eu de la chance et Francisco pria pour qu'aucun débris ne soit resté dans son corps.

Le temps commença à s'écouler lentement. Ses hommes se relayaient pour appuyer sur la plaie afin d'empêcher le sang de s'écouler, mais au bout d'un moment son bras lui parut de glace. Il mordait dans les draps pour distraire la douleur, craignant de se vider de son sang avant l'arrivée du médecin.

C'était navrant, de quitter monde avec l'âme tourmentée par tant de tribulations : la lettre d'Alfredo qui lui avait brisé le cœur, le scandale autour de son nom, et l'aveu atroce du meurtre d'Alba par Sol…

Le médecin et le chirurgien arrivèrent une heure plus tard. Ils lui firent inhaler de la teinture d'opium après l'avoir chauffée sur la lame d'un couteau. Aussitôt, la douleur s'envola et il se laissa glisser dans une somnolence délétère et lourde. Il ne savait pas s'il était en train de mourir ou si le chirurgien avait pu contenir l'hémorragie à temps ; il ne savait pas s'il avait cessé de respirer ou s'il dormait simplement. Il se sentait naviguer, divaguer ; il appela Alfredo et lui dit qu'il avait terriblement peur de la mort. Alfredo, assis à son chevet, prit sa main et l'apaisa en lui murmurant des mots de réconfort. Avant de perdre complètement conscience, il vit Leonor qui pleurait tout près de lui en disant combien elle l'aimait. Entre deux vertiges, il se souvint soudain d'une de ces délicieuses soirées à Castamar avec Diego, la belle Alba, Alfredo et sa conquête du soir, la veuve Cristina de Madrigales. Une mélancolie poignante s'empara de lui et il voulut capturer ce moment. Il navigua entre les rires d'Alfredo, les sourires d'Alba et ses commentaires pleins d'esprit, les gestes sobres de Diego et les caresses que doña Cristina lui avait prodiguées cette nuit-là. Ivre de nostalgie et de beauté, il se dit, que, comme dans une tragédie de Shakespeare, il allait mourir d'amour et par amour. Puis ses yeux se troublèrent et il ne ressentit plus rien.

*1er novembre 1721*

Malgré son apparence, la forte constitution de Gabriel lui avait permis de rester en vie. Après l'avoir sorti de cette cage infecte, on l'avait lavé avec l'eau de l'Alagón toute proche et le chirurgien de la compagnie, Martín Ojeda, avait soigné les plaies de son dos. C'était à peine si ce courageux Gabriel se plaignait, et quand il ouvrait piteusement les yeux, il ne pouvait qu'ébaucher un sourire. Diego lui prodigua des mots de réconfort et l'embrassa sur le front. Pour éviter que sa fureur de lion ne déborde, il prit son cheval et galopa loin du camp afin de hurler sa rage. Quatre jours étaient passés lorsqu'ils reprirent la route pour Madrid, où ils firent halte au palais de Leganitos. Une fois Gabriel baigné et le docteur Evaristo mandé chercher, Diego dépouilla le courrier qui s'était accumulé pendant son absence.

La première des lettres provenait du capitaine de la garde de Castamar, qui le prévenait que le marquis avait quitté le domaine quelques jours plus tôt. Il lut ensuite celle de don Luis de Mirabal, le président du Conseil de Castille, l'informant que la marquise de Villamar, doña Sol Montijos, s'était enfuie et qu'on était encore à sa recherche. À la fin dans un bref *post-scriptum*, il ajoutait :

*Comme tu as dit t'intéresser au docteur Armando Belmonte, je me suis renseigné à son sujet. Apparemment, don José de*

*Grimaldo possède des informations sur sa personne et m'a assuré qu'il t'écrirait. J'espère qu'il t'aidera dans tes recherches.*

Diego sourit. Parmi les nombreux plis, il y avait en effet une lettre du secrétaire d'État, M. de Grimaldo. Pendant la guerre, beaucoup de héros anonymes étaient morts, dans les deux armées. Il le savait bien, car il les avait vus mourir sur les champs de bataille, déchiquetés par les bombes. Cependant, le cas du docteur Belmonte avait été différent, car il n'était pas un médecin militaire, mais un civil réquisitionné par les autorités, probablement par le secrétaire de la guerre lui-même. Il avait donc dû œuvrer dans une zone relativement calme où on aurait installé un lieu pour les blessés. Diego ne comprenait pas comment il avait pu y trouver la mort. Il décacheta la lettre avec une certaine trépidation :

*Cher don Diego,*

*Je suis très heureux d'avoir de vos nouvelles par l'intermédiaire de don Luis. J'espère pouvoir répondre à vos questions sur le docteur Armando Belmonte, un homme à la réputation irréprochable et un médecin hors pair. De son vivant, je n'aurais confié ma santé à personne d'autre.*
*Vous vouliez connaître les circonstances de sa mort : le docteur est mort en héros, face à un détachement ennemi qui assaillait le camp hospitalier que je lui avais moi-même demandé de diriger. Il a laissé une veuve et deux filles, auxquelles j'ai transmis personnellement les condoléances de Sa Majesté ainsi que tout mon soutien. Le roi a voulu lui concéder une grâce honorifique à titre posthume, mais il fallait attendre la fin de la guerre. Lorsque la guerre a été finie, j'ai appris que sa veuve avait contacté le ministère pour requérir mon aide. Je lui ai alors écrit pour lui confirmer le souhait de Sa Majesté d'accorder au docteur des honneurs à titre posthume. C'est le frère de don Armando, don Julián Belmonte, qui m'a répondu, m'indiquant que sa belle-sœur et ses nièces étaient parties à l'étranger*

*et ne reviendraient pas, mais qu'il serait honoré d'accepter la gratification au nom de la famille.*

*Afin de remettre ces grâces aux héritiers directs, j'ai fait faire des recherches à Paris, sans succès et ai dû me résigner à abandonner l'entreprise. J'espère que ces maigres renseignements pourront vous servir.*

*Comme toujours, je vous dis encore que nous aimerions vous voir plus souvent à la cour, vous savez l'estime que vous portent Leurs Majestés auxquelles j'ajoute humblement la mienne. Je vous réitère aussi mes compliments pour les dernières festivités de Castamar. La nourriture était délicieuse.*

*Je vous fais mes adieux,*

*José de Grimaldo, secrétaire d'État*

Diego prit une profonde inspiration. Don José ignorait le service qu'il lui avait rendu en écrivant ces lignes. Il épouserait Clara quoi qu'il arrive, mais il voulait son bonheur avant tout, et à présent il pouvait espérer l'épouser sans qu'elle ne se trouve au centre d'un scandale majeur à la cour. Il n'avait pas encore dessiné un plan précis, mais cette lettre allait lui permettre de plaider le cas du docteur Belmonte devant le roi et il espérait que Sa Majesté lui accorderait comme grâce posthume un titre de noblesse pour ses héritières, même si l'anoblissement n'impliquait pas une pleine acceptation de la famille à la cour. Le passé de Clara et ses années comme servante pèseraient trop lourd, et il savait qu'elle serait rejetée d'emblée. Il lui fallait donc chercher d'autres moyens, et bien y réfléchir.

La seule chose dans cette affaire qui le chiffonnait était ce qu'il avait appris sur ce Julián Belmonte. Il pressentait quelque chose de louche et se jura que, d'outre-tombe et avec son aide, ce serait don Armando lui-même qui restaurerait le prestige de la famille Belmonte.

Sans plus tarder, il écrivit à sa mère pour la rassurer au sujet de Gabriel et lui annoncer leur arrivée le lendemain.

Ensuite il composa un court billet pour Clara, qu'il comptait donner au courrier pour Castamar, afin de lui donner la même nouvelle. Enfin, il rédigea quelques lignes à l'intention de Mlle Castro :

*Chère Amelia,*

*Quelques mots seulement pour vous dire que mon frère, pour lequel je sais que vous nourrissez de nobles sentiments, est déjà en sécurité dans notre maison de Leganitos, où nous sommes arrivés il y a quelques heures.*
*J'espère que ces lignes apaiseront votre inquiétude, mais j'écris aussi pour solliciter votre présence auprès de lui car je dois m'occuper d'affaires urgentes et je sais que personne ne veillera mieux sur mon frère que vous. Il a été cruellement torturé et se rétablit lentement. Je vous prie donc, s'il vous plaît, de venir vous installer un temps chez nous. Je sais que Gabriel, bien qu'inconscient à cause de la douleur qu'il endure, sera profondément reconnaissant de votre présence et de tous les soins que vous pourrez lui prodiguer. J'espère que les événements du passé, déjà oubliés pour nous, ne seront pas un obstacle pour vous, vous savez le soulagement qu'apporte une main secourable dans les moments de souffrance.*
*Au cas où toutefois ces raisons ne vous suffiraient pas, je me permets de vous révéler que mon frère désire votre compagnie plus que la mienne. Je peux vous l'assurer car dans son délire, il ne cesse de prononcer votre nom, et prend ma main comme s'il tenait plutôt la vôtre. Je compte sur votre discrétion pour garder ce secret jusqu'à ce que mon frère soit rétabli. Selon les médecins, cela prendra du temps, même s'il est hors de danger à présent.*
*En espérant vous savoir parmi nous bientôt, je vous salue,*

*Diego de Castamar*

Ces questions urgentes réglées, il se pencha sur le plan qu'il préparait pour en finir avec le marquis. Celui-ci ne serait pas jugé ou transporté à Valence ou à Cadix pour y être enchaîné à la rame à vie ; il ne serait pas condamné à être fouetté nuit après nuit par un Noir ou à ne plus jamais revoir l'Espagne, ni le soleil ni quoi que ce soit d'autre que le dos moite d'un galérien comme lui. Non, Diego ne renoncerait pas à la satisfaction de voir Enrique de Soto emmêlé dans les sales fils de son propre piège, il ne renoncerait pas à savourer son humiliation et sa douleur quand il comprendrait que c'est le duc de Castamar qui l'avait vaincu. Et il ne renoncerait pour rien au monde à avoir ses yeux dans les siens quand il lui arracherait la vie avec sa propre épée.

# 45

*2 novembre 1721*

Le froid sévissait sur les champs de Castamar, et à l'aube on voyait le givre scintiller sous les rayons hivernaux du premier soleil. Le silence du matin enveloppait Clara, qui, drapée dans des couvertures après un bain, contemplait l'allée de peupliers. Elle attendait avec impatience le retour de don Diego. Elle avait essayé de se maîtriser pendant son absence, mais parfois, dans la journée, elle cherchait une fenêtre pour guetter le parvis du palais, inquiète et tendue. C'était une obsession contre laquelle elle ne luttait pas car elle lui servait à maintenir à distance le souvenir de l'agression du marquis. Depuis l'affreux incident, elle ne pouvait plus supporter sa propre odeur et devait se laver et se frotter sans cesse. Le parfum de don Enrique s'accrochait à sa peau comme l'odeur d'une charogne dont on ne peut s'éloigner.

Il lui avait fallu quelques jours pour accepter que cette odeur n'était pas dans sa peau, mais gravée dans son esprit, et elle fit de son mieux pour cesser de se frotter comme une aliénée. Par ailleurs, elle feignait la normalité, et s'était remise au travail, préparant le déjeuner pour doña Mercedes qui ne sortait pas de sa désolation. Lorsque don Melquíades lui avait appris la véritable nature de don Enrique, elle avait d'abord refusé de le croire, ensuite elle avait éclaté en pleurs et, depuis, elle restait dans un état de prostration inquiétant.

Clara prépara quelques plats pour tenter de la ragaillardir, une fricassée de perdrix avec des clous de girofle, du poivre et de la cannelle ; un rôti de porc mariné au vin blanc et caramélisé ; sa meilleure *olla podrida* avec un mélange de jarret de bœuf et de volaille. Pour les desserts, car la duchesse avait la dent sucrée, elle avait préparé une *rosodoba*, avec des jaunes d'œufs, du lait, du sucre pilé très fin et une pincée de cannelle, du nougat aux amandes et, bien sûr, la crème anglaise qu'elle aimait tant.

Cela ne consola pas doña Mercedes car les jours passaient sans nouvelles de ses fils. Clara pouvait sentir aussi combien le désespoir s'installait dans le cœur des domestiques. La seule bonne chose avec cette ambiance maussade, c'était qu'elle qui avait englouti les supputations sur son éventuel mariage avec don Diego. La maisonnée s'était chargée d'une mélancolie grise, Simón Casona semblait épuisé et triste, don Melquíades donnait des ordres sans entrain, et même doña Úrsula était moins sévère. Depuis l'incident avec le marquis, il s'était établi entre la gouvernante et le majordome une cordialité froide sans la belligérance qu'elle leur connaissait.

Clara n'avait pas reparlé avec doña Úrsula de ce qui s'était passé dans le salon, mais étant donné que la gouvernante l'avait sauvée, elle estimait que la moindre des choses était de lui exprimer sa reconnaissance comme elle l'avait fait quelques jours auparavant avec don Melquíades. Ce dernier lui avait pris affectueusement les mains et lui avait dit qu'il n'aurait pas permis qu'il lui arrive malheur, même s'il n'avait pas été le majordome de Castamar. En revanche, lorsqu'elle voulut parler à doña Úrsula, celle-ci, derrière son bureau, l'avait interrompue de sa voix glaciale et lui avait assuré qu'elle aurait fait de même pour n'importe quel membre du service et qu'il n'y avait rien à en redire. Clara lui avait pris la main, et doña Úrsula avait eu un petit sursaut surpris.

— Je tiens quand même à vous remercier, avait insisté Clara.

— Eh bien, vous l'avez déjà fait, avait répliqué sèchement la gouvernante en retirant sa main. Vous pouvez disposer.

Depuis lors, doña Úrsula paraissait être dans une sorte de transe, comme si les changements survenus dans la maison la dépassaient. Peut-être croyait-elle que, si elle se laissait radoucir par l'affection, cela se retournerait contre elle. Mais n'était-ce pas le cas de tous ? songea Clara. Qui n'avait pas peur de l'amour ? S'il y avait un sentiment qui inspirait la peur dans toutes les âmes, c'était bien celui-là, et doña Úrsula, qui semblait ne jamais l'avoir connu, qui n'avait reçu du monde que punition et rigidité, se trouvait démunie face aux démonstrations d'affection. C'était peut-être aussi la raison de ses regards furtifs vers don Melquíades pendant les repas, que celui-ci faisait mine de ne pas remarquer mais qui lui donnaient le sourire.

Clara aurait pu jurer que la guerre entre eux était terminée, ou du moins qu'une trêve avait été établie. Le regard glacial de doña Úrsula était moins froid lorsqu'elle l'adressait au majordome, et lorsqu'ils se croisaient, leur ton était plus détendu.

Comme les jours passaient sans aucune nouvelle de don Diego, son inquiétude, de même que celle de doña Mercedes, augmentait. Elisa lui raconta que, chaque matin, en entrant dans sa chambre, elle la trouvait déjà debout devant la fenêtre, attendant le retour de don Diego et de don Gabriel. Clara, qui n'arrivait pas à dormir de la nuit, ne voulait même pas imaginer l'anxiété d'une mère qui craignait pour la vie de ses fils. Sa propre inquiétude l'avait poussée à faire comme la duchesse et c'était ainsi que, chaque matin, depuis ce petit salon, elle contemplait l'allée de peupliers en espérant découvrir le nuage de poussière qui annoncerait l'arrivée de don Diego ou d'un courrier.

Ce matin-là, elle y était, encore une fois, brossant ses cheveux encore mouillés du bain, alors que le soleil dardait au point du jour sous un ciel couvert.

— Mme Berenguer m'a dit que je vous trouverais ici, dit une voix qu'elle n'entendait pas souvent.

Derrière elle, la silhouette de doña Mercedes se détachait d'un coin plus sombre de la pièce. Clara se demanda comment la gouvernante savait qu'elle venait dans cette pièce de si bonne heure, avant de se rappeler que doña Úrsula savait toujours tout. Elle fit une révérence et, la tête baissée, rougit légèrement. Contrairement à ses habitudes et à celles des nobles envers le service, la duchesse s'était adressée à elle comme don Diego le faisait : en la vouvoyant.

Doña Mercedes frôla ses cheveux humides avec un sourire triste.

— Vous semblez partager le goût de l'eau avec mon fils, dit-elle.

Clara ne savait que répondre et se contenta de la fixer. La duchesse avait les yeux cernés de bistre et le visage marqué de qui n'a pas dormi depuis des jours. Pourtant, son expression paraissait plus détendue. La duchesse prit une inspiration avant de déclarer avec ses manières royales :

— Mon fils est amoureux de vous.

Clara rougit de plus belle.

— Et il est évident que vous l'êtes en retour.

Clara déglutit avec difficulté, sans pour autant oser dévier son regard de celui de la duchesse, qui semblait posséder le don divin de lire dans son âme.

— Vous avez un ange sur votre visage qui parle de votre bon cœur, reprit doña Mercedes, et une lueur dans vos pupilles qui montre une forte volonté.

Elle s'inclina légèrement pour la remercier du compliment.

— Je vous cherchais parce que j'ai reçu tard dans la nuit une lettre de mon fils.

Le pouls de Clara s'accéléra. S'il avait écrit, si on venait lui parler, à elle, c'était qu'il était en vie.

— À midi, vous le verrez arriver par cette allée que comme moi, vous n'avez cessé de surveiller ces derniers jours. Dieu merci, il vient avec son frère.

— Dieu soit loué ! s'écria-t-elle sans pouvoir contenir son émotion.

La vieille femme avait les yeux pleins de larmes et de regrets.

— Mon fils... mon fils Gabriel. Diego l'a sauvé avant qu'on ne l'emmène au Portugal pour le vendre comme esclave. On l'a... sauvagement torturé et... il ne va pas bien. C'est pourquoi Diego a préféré s'arrêter à Madrid.

Clara porta la main à sa bouche pour retenir un cri d'horreur.

— Mon fils m'aurait reniée s'il vous était arrivé quelque chose, déclara soudain doña Mercedes, la voix brisée, en la prenant dans ses bras. J'ai été la complice de ces abominations ! Je n'ai pas voulu croire mes enfants, ni don Alfredo, un des plus vieux amis de la famille. Tout cela parce que j'ai prêté l'oreille à quelqu'un qui n'était pas de mon sang.

Clara, interdite, lui rendit son étreinte.

— Vous ne devez pas vous reprocher les actes d'un barbare sans cœur. Le marquis a abusé de votre confiance, madame.

La duchesse se redressa avec un de ces gestes qui chez elle étaient à la fois théâtraux et naturels et reprit :

— Je dois aussi vous demander pardon, mademoiselle Belmonte. C'est moi qui vous ai fait courir un danger inutile en demandant à don Enrique de vous persuader de quitter Castamar pour le bien de la famille.

Clara se contenta de baisser la tête. Il était inévitable que sa condition de servante ait incité la duchesse à tenter de l'éloigner de son fils.

— Il n'y a rien à pardonner, madame. Vous avez été trompée et ignoriez tout des intentions de don Enrique, répondit-elle avec un certain aplomb. Par ailleurs, jamais je n'aurais la prétention d'avoir à vous accorder mon pardon. Surtout quand la source de vos agissements est l'amour maternel.

Il y eut un échange de regards, et Clara sentit une certaine agitation intérieure chez doña Mercedes.

— Mademoiselle Belmonte, j'espère que vous comprenez le réel danger que court mon fils s'il décide de vous demander en mariage.

Le silence de la pièce s'était endurci tandis que Clara choisissait ses mots :

— Avec tout le respect que je vous dois, madame, je ne peux rien dire à ce sujet. Si la question se pose… Si votre fils la pose, c'est à lui et à personne d'autre que je dois donner ma réponse. Je dirai seulement que peu de femmes honnêtes refuseraient la demande de votre fils, quand bien même il serait un homme sans moyens et sans titre.

— Je vois maintenant combien vous l'admirez, répondit doña Mercedes. Je veux que vous sachiez que je ne m'opposerai pas au bonheur de mon fils, même si cela signifie la destruction de ce nom de famille.

Clara, qui n'avait jamais imaginé dans ses rêves les plus fous qu'ils auraient l'approbation de la duchesse, voulut la remercier, mais doña Mercedes lui mit l'index sur les lèvres et la dévisagea longuement, ses yeux brillant dans les premières lueurs du jour. Puis elle lui prit le visage dans ses mains, comme s'il s'agissait d'une scène de théâtre répétée et parla d'une voix émue :

— Je voudrais que vous ne soyez jamais venue à Castamar, que vous n'ayez jamais cuisiné pour nous, que vous n'ayez jamais rencontré mon fils. J'aimerais que l'amour ne puisse exister qu'entre égaux, mademoiselle Belmonte. Tout serait parfait alors, plus simple, plus plaisant, moins compliqué. Mais Dieu ne veut pas d'un monde ennuyeux, conclut-elle en s'approchant de sa joue pour l'embrasser comme si elle était sa fille.

Puis elle se tourna vers la porte. Clara comprit que, par ce geste, doña Mercedes abandonnait la lutte contre son propre fils et ce mariage à ses yeux désastreux. Peut-être parce qu'elle n'avait pas dans son cœur la force de s'opposer à son fils, peut-être parce qu'elle l'avait vu souffrir pendant dix ans après la mort de doña Alba et qu'elle le préférait heureux avec une femme du peuple que malheureux. Déjà près de la porte, la duchesse déposa sur une console un petit pli et lui jeta un dernier regard.

— Ce billet est arrivé pour vous avec la lettre que j'ai reçue cette nuit.

Puis elle sortit d'un pas majestueux. Clara se précipita vers la missive et commença à la lire.

*Chère mademoiselle Belmonte,*

*Comme vous l'aurez deviné, de graves affaires m'ont retenu plus longtemps, mais j'espère que vous saurez m'excuser, car il s'agissait de la vie de mon frère bien-aimé. Je tiens cependant à vous faire savoir que j'entends toujours avoir avec vous la conversation que nous avons laissée en suspens et que, si vous voulez bien me l'accorder, nous aurons dès mon retour. Ne croyez pas que la distance ait pu entamer l'affection que je vous porte ni changer mes intentions envers vous. Comme je vous l'ai promis avant mon départ de Castamar, je ne vous quitterai jamais.*

*Par ailleurs, je dois traiter aussi d'une autre affaire qui concerne certains événements du passé qui ont été portés à mon attention et ont un rapport direct avec la mort de votre père.*

*J'arriverai à Castamar en compagnie de Mlle Castro et de mon frère, qui Dieu merci se porte mieux, quelques heures après que vous aurez lu ces lignes.*
*Avec mes adieux affectueux,*

*Diego de Castamar*

Son âme frémit en lisant ces nouvelles. Don Diego lui déclarait qu'il voulait l'épouser ! Il savait quelque chose sur le décès de son père ! Elle dut lire la lettre plusieurs fois, les yeux allant constamment du papier à l'allée, les mains tremblantes.

Elle retourna dans sa chambre en se demandant comment elle réagirait en le voyant, comment il allait se comporter, si elle pouvait aller à sa rencontre dès son arrivée ou s'il faudrait attendre le bon moment pour ne pas susciter trop de ragots. Elle tourna en rond dans sa chambre jusqu'à l'heure de descendre à la cuisine pour superviser les officiers préposés au service ce dimanche-là et, plus tard, comme la majorité des gens de la maison, elle se rendit à la messe de midi. Elle parvenait de mieux en mieux à supporter les espaces ouverts et décida de se passer de son bandeau à l'intérieur de la voiture. Pendant le sermon de don Antonio, elle ne cessait de regarder l'entrée de la chapelle au cas où don Diego apparaîtrait, et en rentrant dans une des voitures fermées que M. Ochando avait arrangées pour emmener les domestiques à l'église et les en ramener, elle continuait à se demander si don Diego serait au domaine quand ils arriveraient de la messe.

Ce fut don Melquíades, assis à côté d'elle, qui lui dit que le duc devait être de retour, car on apercevait une berline salon, une galère et plusieurs cavaliers. Elle fit de son mieux pour contenir ses émotions car elle savait qu'on l'observait, sauf peut-être doña Úrsula qui, assise en face d'elle, semblait prêter plus d'attention à don Melquíades. Dès que la calèche s'arrêta, elle ceignit son bandeau et, au bras du majordome, traversa la même cour qu'à son arrivée un an plus tôt. Lorsqu'elle entra dans la cuisine, le cœur battant à tout rompre, Moguer lui annonça que le duc l'attendait dans l'un des salons du premier étage.

Elle s'y rendit, les mains moites et le souffle court, laissant derrière elle les fourneaux et les regards interrogateurs, puis grimpa deux à deux les marches grinçantes. Avant de s'élancer dans le long couloir vers le salon de lecture où don Diego jouait du clavecin, elle s'arrêta pour reprendre son souffle et sa contenance. Elle tourna l'angle et se trouva sous l'enfilade de portraits majestueux des ancêtres de Castamar qui semblaient porter sur elle un regard désapprobateur. Elle ne s'arrêta que devant le dernier, où figuraient don Diego et doña Alba. Elle admira feu la duchesse, sa prestance, sa distinction, et soupira, le ventre serré, se demandant si elle serait à la hauteur de la plus haute aristocratie d'Espagne.

Quand Clara entra, don Diego déclara au domestique qu'il ne voulait être interrompu par personne. Clara attendait, les yeux rivés au sol, incapable soudain de bouger. Il était évident qu'il ne se souciait pas des qu'en-dira-t-on, car il l'avait appelée sans délai. Il semblait ne se soucier de rien d'autre que de la revoir, comme si la distance avait été une torture pour lui. Il s'approcha d'elle avec cette assurance qui enveloppait tous ses gestes et qui parfois la submergeait. Elle était si nerveuse qu'elle oublia de faire une révérence.

Avec un geste délicat, don Diego lui baisa les mains, et sans un mot, Clara laissa son parfum l'envahir. Elle vit que ses cheveux étaient encore humides après s'être toiletté pour être présentable devant elle, sans perruque, comme c'était son habitude.

— Mademoiselle Belmonte, dit-il en plongeant ses yeux dans les siens, je ne pense pas pouvoir retenir plus longtemps le désir de vous embrasser, aussi suis-je ici devant vous dans le seul but de vous supplier de me faire l'honneur de devenir ma femme. Je ne peux plus supporter l'idée que vous ne sachiez pas que je vous aime plus intensément que n'importe qui sur cette terre, et si vous voulez de moi, je serai pour vous le mari le plus dévoué ; je prendrai soin de vous, je vous protégerai, et je ne vous abandonnerai jamais.

Interdite, incapable de trouver ses mots, elle se contenta de poser une main sur sa joue. Il sourit en cherchant ses lèvres avec les siennes ; elle s'abandonna à ce baiser exquis. Plus rien ne pouvait lui arriver car les bras de Diego de Castamar l'entouraient, s'interposant entre elle et le monde. Les souvenirs douloureux du passé s'estompaient au loin, comme une caravane qui s'éloigne dans le brouillard. Le poids qu'elle avait supporté toutes ces années était devenu léger jusqu'à disparaître dans le bonheur de vivre cet instant dont elle avait à peine osé rêver.

Puis, lovée au creux de son cou, tout près de son oreille, elle murmura :

— Je suis à vous, monsieur, depuis longtemps.

*3 novembre 1721*

Depuis qu'elle l'avait retrouvé au palais de la rue Leganitos, avec le docteur Evaristo et d'autres éminents praticiens, Amelia n'avait pas quitté Gabriel. Avant même de le voir, elle avait vu sortir de la pièce deux valets qui repartaient avec des linges ensanglantés. Don Gabriel gisait sur le ventre, tout son dos étant une immense plaie et des points de suture s'étalant comme une mer de hachures noires jusqu'à ses fesses. Elle avait ressenti un mélange de pudeur et d'angoisse en le voyant dans cet état, les cheveux longs et défaits, avec une barbe de plusieurs jours. Sans faire cas de sa nudité, elle s'était assise près de lui, lui avait pris la main et était restée là toute la journée, scrutant ses blessures, attentive au moindre de ses mouvements.

Plus tard dans l'après-midi, don Gabriel s'était réveillé alors qu'elle-même s'était assoupie à son chevet et lui avait pressé la main doucement. D'émotion, elle n'avait d'abord rien pu dire. Il lui avait alors demandé ce qu'elle faisait là, alors qu'elle était censée être à Cadix. Se penchant sur lui, elle lui avait expliqué qu'elle était revenue à Madrid dès qu'elle avait appris sa disparition et qu'ensuite, c'était don Diego qui avait sollicité sa présence.

— Votre frère s'occupe de don Enrique et de ses hommes, murmura-t-elle. Quant… Je comprendrai si vous préférez que je parte…

Don Gabriel lui avait serré la main plus fort pour l'interrompre :

— Je ne souhaite nullement que vous partiez, malgré l'état déplorable dans lequel je me trouve devant vous… Je dois vous avouer quelque chose, mademoiselle Castro : pendant ma captivité, c'est votre souvenir qui m'a donné la force de supporter le martyre.

Elle n'avait pu répondre car le docteur Evaristo venait de s'annoncer à la porte de la chambre. Don Gabriel avait tenté de lui lâcher sa main, mais elle l'avait gardée dans la sienne et avait invité le docteur à entrer. Après son examen, le docteur avait quitté la pièce en disant qu'il laissait don Gabriel entre d'excellentes mains et qu'il ferait apporter le dîner au malade. Lorsque la porte s'était refermée, elle s'était penchée pour effleurer le lobe de son oreille.

— Je dois avouer que je n'ai pas cessé de penser à vous et à la façon peu aimable dont nous nous sommes quittés.

— Je n'aurais pas dû… vous juger, avait-il dit. J'ai laissé le dépit parler pour moi et… Je vous demande pardon, mademoiselle Castro.

— C'est moi qui ai été stupide, avait-elle répliqué, les yeux pleins de larmes. Je regretterai toujours de ne pas avoir dit la vérité à votre frère ce jour-là à Villacor. Vous avez le droit de me mépriser pour…

Il l'avait fait taire en embrassant le bout de ses doigts et elle s'était agenouillée, ses jupes autour d'elle comme la corolle d'une fleur, pour mettre son visage à hauteur du sien. Le visage collé au matelas, don Gabriel l'avait enveloppée d'un regard intense et avait demandé, tout bas :

— Embrassez-moi.

Elle avait penché la tête et posé tendrement ses lèvres sur sa bouche pendant un instant éternel, comme s'ils ne devaient plus jamais se séparer. La journée s'était passée entre tendresse et silences jusqu'à ce que don Diego arrive et les informe qu'ils partiraient à l'aube pour Castamar. Amelia, vaincue par la fatigue, avait été obligée de se retirer pour se reposer.

Après le petit déjeuner, ils avaient quitté Madrid pour atteindre Castamar dans la matinée. Plus de deux heures plus tard, doña Mercedes s'évanouissait à la vue du dos martyrisé de son fils et on dut lui apporter ses sels de pâmoison. Après ce moment où elle avait concentré toutes les attentions, comme il se devait, doña Mercedes s'était réjouie du retour d'Amelia à Castamar, car, disait-elle, elle ne pouvait plus supporter l'angoisse d'être seule dans ces grands salons. Amelia, dont la seule envie était de rejoindre don Gabriel, supportait courtoisement ses sollicitations, la consolait et surtout, l'écoutait parler pendant des heures. Elle parvenait toutefois à rendre visite à don Gabriel qui se montrait toujours vaillant et optimiste malgré la douleur qu'il endurait, mais par moments, elle avait l'impression d'avoir l'esprit coupé en deux. D'un côté, elle éprouvait pour lui un profond attachement et elle était fascinée par la couleur de sa peau qu'elle trouvait de plus en plus belle. D'autre part, elle se rendait compte que leur relation était vouée à l'échec et à la souffrance.

Après avoir appris que don Diego allait épouser Mlle Belmonte, elle et Gabriel le félicitèrent. À leur grande surprise, doña Mercedes ne s'opposait pas farouchement à cette union. Une fois seulement, alors qu'elle dégustait des tartelettes de chocolat à la crème avec elle dans le salon oriental, la duchesse regretta qu'il n'y ait pas une loi qui interdise aux enfants de se marier sans le consentement de leurs parents. Elle était certaine, dit-elle, qu'un roi suffisamment intelligent établirait une loi pragmatique pour empêcher les mariages inégaux. Don Diego, avant de partir pour Madrid à l'aube, les supplia de ne pas partager la nouvelle avec qui que ce soit jusqu'à ce que son plan pour restaurer le nom de la famille Belmonte ait porté ses fruits.

En effet, il semblait irréel à Amelia que la cour de Madrid tolère l'anoblissement d'une cuisinière. Cependant, don Diego était l'un des hommes les plus puissants et les plus influents du pays, et Mlle Belmonte était issue d'une famille irréprochable, son père un homme respecté et reconnu dans les plus hauts cercles de la cour.

Du point de vue d'Amelia, leur situation, bien que compliquée, n'était pas impossible comme la leur. Le scandale la poursuivait, de Cadix à Madrid, et don Gabriel ne pourrait jamais changer son teint sombre. Parfois, elle trouvait encore étrange de se souvenir de la façon dont elle avait embrassé ses lèvres ou touché sa main brune ; malgré son amour inconditionnel, un fossé marquait la distance entre les Noirs et les Blancs. Elle avait grandi en croyant qu'ils étaient une race inférieure incapable de jugement, des êtres nés pour être esclaves. À Cadix, à leur mort, certains seigneurs laissaient des lettres d'affranchissement en témoignage de leur affection pour eux. Beaucoup expliquaient que cette affection des maîtres pour leurs serviteurs était tout à fait normale, similaire à celle que l'on pouvait ressentir pour son chien ou son cheval. Cependant, ce qu'elle éprouvait pour don Gabriel ne ressemblait pas à ce qu'on pouvait sentir pour un animal. Elle l'aimait comme elle aurait pu aimer un honnête homme blanc, et cet amour avait renversé ses anciennes vues.

Elle était sûre qu'il l'aimait aussi, même s'il ne l'avait pas encore exprimé en paroles. Le problème auquel ils seraient inévitablement confrontés serait celui d'une société qui ne voudrait jamais accepter qu'ils s'aiment. Alors, jusqu'où pourraient-ils se résigner, jusqu'où pourraient-ils supporter d'être ensemble ? S'ils ne se mariaient pas, elle serait la concubine d'un Noir, ou il devrait se faire passer pour l'esclave d'une Blanche, et ils devraient vivre dans le péché et le plus grand déshonneur. Dans le mensonge. Si, en revanche, ils optaient pour le mariage, peut-être pourraient-ils trouver un ecclésiastique pour officier la messe, car rien dans le droit canonique n'empêchait ce type d'union selon l'aumônier, mais cela jetterait le discrédit sur Castamar, d'autant plus qu'il s'agissait d'une femme qui avait déjà connu d'autres hommes.

Quoi qu'il en fût, Gabriel n'était pas encore en état d'avoir une véritable conversation sur leur possible avenir. Cependant, en plus d'une occasion, il lui avait dit, la voix ferme et le regard droit, qu'il n'avait pas peur. Cette détermination sans faille, rassurante et attirante, lui confirmait qu'il était l'homme de sa vie et qu'elle n'en trouverait jamais un autre comme lui. Contrairement à son frère, Gabriel avait une sensibilité prononcée, moins sobre, qui correspondait mieux à sa nature enjouée. Elle savait aussi qu'il ne perdait jamais son calme et qu'il l'adorerait toujours. Elle en voulait pour preuve la façon dont il la contemplait quand ils étaient ensemble, à lire ou à jouer aux cartes, comme s'il ne pouvait penser à rien d'autre. N'importe quelle femme, songeait-elle, voudrait être ainsi adorée.

Le soir venu, il la fit appeler après le dîner pour qu'elle vienne lui rendre visite. Elle le retrouva encore une fois dans le lit, sur le ventre. Il sourit dès qu'il la vit et la pria de s'asseoir à côté de lui.

— Ma chère Amelia, dit-il en lui prenant la main, je voulais attendre d'être complètement rétabli, mais vous avoir auprès de moi me rend l'attente impossible. Je veux que vous deveniez ma femme, et je veux quitter Castamar à vos côtés.

*Même jour, le 3 novembre 1721*

Diego prit une inspiration et s'adossa au siège de sa berline. Il laissait derrière lui l'Alcazar et l'audience avec le roi et la reine, qu'il avait rencontrés avec don José de Grimaldo dans l'un des salons qui gardaient encore des souvenirs de l'époque des Habsbourg. Avec le concours du secrétaire d'État, il avait raconté aux monarques tout ce qu'il savait sur l'héroïsme du docteur Belmonte, un civil qui avait sauvé de nombreuses vies et donné la sienne en combattant pour son roi. Le couple royal, ému par cette histoire, avait ordonné au duc de faire venir Mlle Belmonte à l'Alcazar.

— Nous devons la rencontrer et montrer que nous sommes reconnaissants pour le sacrifice de son père, avait déclaré le roi. Quelle est, selon vous, la grâce appropriée en telle circonstance, cousin ?

— Sans aucun doute un titre, Votre Majesté, avait-il répondu. Il démontrera amplement votre générosité.

— Don José, qu'en pensez-vous, cela vous semble-t-il approprié ?

— Ce ne serait pas la première fois que vous concédez une telle grâce, Votre Majesté.

— C'est-à-dire, alors, si ma chère épouse y consent.

Isabel l'avait regardé en souriant de façon quelque peu malicieuse.

— Diego sait que je ne m'oppose jamais à ce qu'il me demande, avait-elle lâché en prenant un petit pain sucré.

Après avoir passé la moitié de la matinée avec eux – la reine Isabel ne souhaitait pas se séparer de lui, car elle disait que son époux était toujours déprimé –, il put s'entretenir seul avec don José, qui l'engagea à lui confier l'affaire car il tenait à corriger personnellement l'impardonnable oubli de l'État envers un si fidèle serviteur.

Il savait sans l'ombre d'un doute que le roi tiendrait parole. Afficher le patriotisme du docteur Belmonte était indispensable à son plan pour que le geste royal soit perçu comme une récompense bien méritée pour sa famille. Par chance, les médecins, ainsi que les licenciés des universités, étaient bien considérés par une partie de l'aristocratie. À présent, avec le couple royal comme champions d'une juste cause, les nobles madrilènes éprouveraient une sympathie immédiate pour Clara Belmonte ; ils verraient en elle une personne de confiance et un symbole de la souffrance de la guerre auquel il serait juste de répondre.

Après un cahot qui fit vaciller la berline, il se caressa le menton et se dit que maintenant venait la partie la plus difficile de son plan. Il se mettait en route vers son deuxième objectif. Elle aurait beau avoir un titre, l'acceptation à la cour d'une roturière anoblie était une autre paire de manches. Il lui fallait donc agir subtilement et faire accepter à Leurs Majestés une demande simple : que Clara Belmonte entre dans la suite des infants royaux, ce qui n'allait pas de soi, car les femmes de chambre de la reine ou des princes étaient d'origine noble. Cependant, avant d'avancer le moindre pion, il devait trouver quelques alliés, d'autres nobles prêts à le soutenir, sans lesquels son plan serait voué à l'échec. C'est pourquoi il alla à la rencontre de la comtesse veuve de Altamira, doña Ángela Foch de Aragón. Elle était la femme de chambre en chef du palais et gérait d'une main ferme tous les postes de la maison de la reine. Elle avait été l'une des plus proches amies d'Alba et l'une de celles qui avaient le plus pleuré sa perte. Chaque année, sans faute, au moment de l'anniversaire d'Alba, il lui rendait visite à l'Alcazar pour l'inviter personnellement à y assister avec son fils.

S'il pouvait obtenir son soutien, Clara entrerait plus facilement au service des infantes et son intégration à la cour serait réelle. Ce n'est qu'alors qu'il dirait à Leurs Majestés qu'il était profondément amoureux de Clara Belmonte, et qu'il ne trouverait jamais la paix ni le bonheur s'il ne pouvait l'épouser. Il savait que le roi, qui l'avait toujours encouragé à se remarier, comme il l'avait fait lui-même, ferait tout pour le voir revenir de temps en temps à la cour. Le cas de la reine Isabel était différent, car elle voudrait absolument rencontrer la jeune fille au préalable. Si le couple royal donnait son consentement, personne ne s'opposerait au mariage. Cette approbation, selon la coutume, se manifestait par l'octroi d'une dot. Lorsqu'une jeune femme de la suite royale recevait une proposition de mariage, elle obtenait généralement une grâce de Leurs Majestés afin de soutenir cette union. Cette grâce pouvait consister en une somme d'argent, un titre ou une position importante. Pour Diego, la grâce ne viendrait qu'affirmer que Clara faisait partie de son monde. Dès qu'il descendit du carrosse, la comtesse vint vers lui, les bras ouverts.

— Mon cher don Diego, quelle joie j'ai eu de recevoir votre carte annonçant votre visite !

— Doña Angela, dit-il en la prenant par la main. Je m'attendais à vous trouver à l'Alcazar.

— J'ai dû sortir, avec la permission de la reine, pour régler quelques affaires de famille.

— Je sais que je vous ai donné ma parole de vous rendre visite après Castamar, mais croyez-moi, j'ai une excuse.

— Pas de ça entre nous, don Diego. Vous êtes tout excusé.

— Mais laissez-moi, je vous prie, vous expliquer la raison de mon retard.

# 46

*5 novembre 1721*

ÚRSULA SE TROUVAIT EN TERRITOIRE INCONNU, ce qui la déconcertait et la terrifiait. De toute sa vie elle n'avait ressenti autant de peur que durant ces heures à fixer la porte de son bureau, craignant que don Melquíades ne la convoque à tout moment. Ses troupes, armes et bagages, avaient été vaincues. Dans sa guerre contre lui, la dernière victoire avait été éphémère et son objectif d'expulser la cuisinière s'était soldé par un échec cuisant.

Trois jours plus tôt, don Diego s'était adressé aux gens de maison pour annoncer que Mlle Belmonte, qui avait retrouvé son rang social, était désormais son invitée avec, bien entendu, l'accès aux cuisines. Malgré l'absence de fiançailles formelles, personne n'ignorait que le duc l'avait demandée en mariage. Beaucoup applaudirent, mais l'idée insupportait Úrsula, qui voulait entretenir le souvenir de doña Alba et fuyait lorsqu'elle rencontrait Mlle Belmonte.

Rien de cela ne faisait sens : treize mois plus tôt, cette fille n'était qu'une marmitonne qu'elle avait trouvée sous la pluie dans l'arrière-cour, et à présent elle était sur le point de devenir la maîtresse de Castamar. Son cœur saignait, elle ne pouvait voir dans cette cuisinière qu'une intruse, un être grotesque né de cette nouvelle ère où les ordres se mélangeaient, le roi lui-même la favorisait en anoblissant des hobereaux et en octroyant à des familles sans lignage des postes d'importance.

« Dieu du ciel, où va le monde. »

Bien à contrecœur, cependant, elle éprouvait pour Clara Belmonte une admiration certaine depuis qu'elle avait prononcé cette phrase qui restait gravée dans son âme : « Je ne pars pas sans vous », alors que cet animal de don Enrique voulait la violer. Une autre femme se serait enfuie, terrifiée, d'autant plus qu'elle le lui avait ordonné sans ambages. Úrsula aurait d'ailleurs compris, car elle connaissait bien la peur qu'on éprouve, elle l'avait subie trop longtemps avec son père, puis avec son mari. L'attitude de Clara Belmonte, ses yeux remplis de frayeur et de détermination à la fois, forçait son respect et la mettait face à un dilemme.

Mais comment ne pas être déstabilisée quand le monde marche sur la tête ? se demandait-elle. Peut-être devrait-elle quitter Castamar avant qu'on ne la fasse tourner chèvre ? Par-dessus le marché, selon le secrétaire Alfonso Corbo, don Diego avait l'intention de faire anoblir les Belmonte. Connaissant la ténacité du duc, sauf intervention divine, rien ni personne ne pourrait empêcher que Clara Belmonte ne devienne duchesse de Castamar, grande d'Espagne. D'ailleurs, à son grand dam, même doña Mercedes semblait l'avoir accepté sans rechigner. Il est vrai que la jeune femme possédait une aisance naturelle pour évoluer au sein de l'aristocratie.

Elle avait une fibre noble, comme elle l'avait démontré en venant la voir à son bureau avec don Melquíades pour lui demander que don Diego n'apprenne pas ce qui s'était passé avec le marquis. Bien d'autres dans sa position, en quête de renom et d'éclat, auraient voulu qu'un homme perde son âme en défendant leur honneur, pourtant Clara Belmonte avait fait montre d'une sincère inquiétude envers le maître, ce n'était évidemment pas une chasseuse de fortunes. Ce pacte de silence, souscrit par doña Mercedes, cherchait à éviter que don Diego, dans un transport de colère, ne provoque un duel qui pourrait lui coûter la vie. À cet effet aussi, Mlle Belmonte portait un mouchoir autour du cou pour dissimuler les marques que les griffes du marquis avaient laissées sur elle. Pourtant, à la lumière des découvertes sur la mort de doña Alba, la fuite de doña Sol, et la capture de don Gabriel, il allait être difficile d'empêcher le maître de ne pas partir à la recherche du marquis pour obtenir réparation.

Doña Mercedes et Mlle Belmonte avaient essayé de le convaincre de laisser cette canaille de don Enrique aux mains de la justice, mais don Diego, après les avoir écoutées calmement, avait déclaré que cet homme, après tant de crimes et d'insultes contre sa famille et sa personne, devait mourir de sa main. Ce pacte de silence, craignait Úrsula, pourrait devenir une arme à double tranchant si le marquis s'en servait pour déstabiliser le duc avant ce duel inévitable. Ainsi, puisque personne ne parvenait à convaincre le duc d'abandonner son projet, Úrsula avait demandé à parler à doña Mercedes, qui avait ensuite convoqué don Melquíades et Mlle Belmonte et, ensemble, ils avaient décidé de tout lui raconter.

— Mademoiselle Belmonte, si vous en êtes d'accord, puisque c'est vous que le marquis a attaquée, il serait logique que ce soit vous qui lui parliez, avait dit doña Mercedes.

Mlle Belmonte avait acquiescé.

— Je pense que doña Úrsula devrait m'accompagner, avait-elle ajouté en la regardant. C'est vous qui avez sauvé ma vertu. Je tiens à ce qu'il le sache.

La gouvernante avait refusé en arguant encore une fois que la sauver de ce monstre était le moins qu'une femme décente et chrétienne puisse faire. Tout comme doña Alba l'avait fait pour elle. Mais doña Mercedes avait insisté, et elle n'avait eu d'autre choix que d'accepter.

Plus tard dans la matinée, elles étaient allées rendre compte au duc de ce qui s'était passé tandis que don Melquíades et doña Mercedes attendaient dans le couloir, au cas où don Diego se laisserait emporter par son humeur belliqueuse et partirait sur-le-champ à la recherche du marquis. Úrsula avait écouté en silence la fiancée du maître raconter l'agression. Le visage de Son Excellence était devenu cramoisi.

— Qui a eu l'idée de te laisser le rencontrer seul ? avait-il grondé, fulminant.

— Cela n'importe pas, avait répondu Mlle Belmonte.

— J'exige de le savoir, bon sang !

La jeune femme avait tenu bon.

— C'est sans importance, vraiment.

Il avait tapé du poing sur la table et repoussé sa chaise en arrière d'un air impuissant.

— Dieu de Dieu ! Que faut-il faire dans cette maison pour se faire entendre ! Je veux le savoir !

Úrsula, fidèle à ses principes qui voulaient qu'un domestique se doive de faire primer le bien de la maison, même à ses dépens, était intervenue pour s'accuser. C'était elle, la seule à blâmer, avait-elle avoué. Don Diego l'avait clouée des yeux et, pour la première fois depuis longtemps, elle avait tremblé sous le regard d'un homme. Mais avant que le duc ait pu déchaîner ses foudres, la voix de doña Mercedes s'était élevée depuis la porte.

— C'est moi, avait-elle avoué. Madame Berenguer, je ne vous laisserai pas être le bouc émissaire quand c'est vous qui avez évité le pire.

Le duc, bouillonnant de colère, serrait si fort sa coupe de rossoli qu'on aurait dit qu'elle allait se briser.

— Si tu veux que je quitte Castamar, je le comprendrai, avait ajouté sa mère.

Le duc, les lèvres serrées comme s'il voulait éviter des propos qu'il pourrait regretter, avait quitté le bureau en claquant la porte et s'était isolé pendant toute la journée dans ses quartiers, refusant même de voir sa fiancée. Finalement, il avait quitté le domaine soudainement et sans prévenir.

Cela faisait un jour qu'il était parti. Úrsula apprit par doña Mercedes qu'il avait reçu une lettre de don Alfredo, l'informant que don Francisco avait été blessé par doña Sol, laquelle demeurait introuvable.

Le vœu dans tous les cœurs était que le duc ne se précipite pas vers une mort certaine. Toutefois, Úrsula savait qu'une fois l'accès de colère passé, le duc avait le sang-froid d'un stratège. Elle était bien plus turlupinée par le chamboulement de son monde, entre l'avancement social de Mlle Belmonte et ces sentiments que don Melquíades lui avait déclarés au milieu d'une bataille rangée.

Cet homme est fou, se disait-elle chaque fois qu'elle y repensait, ou alors, comment expliquer qu'il l'ait aimée en silence après le tort qu'elle lui avait causé. Lorsqu'il lui avait avoué sa flamme, elle avait dû fuir tellement elle était gênée et effrayée, mais son affolement s'était accru encore, lorsque don Melquíades était arrivé en brandissant une arme pour la sauver de ce scélérat de don Enrique. Alors qu'elle abhorrait le contact des hommes, elle s'était réfugiée dans ses bras et l'avait laissé la prendre par la taille. Et depuis, elle ne pouvait s'empêcher de songer constamment à cette chaleur confortable qu'elle avait ressentie si près de son corps. Non seulement il les avait sauvées de don Enrique, mais il avait lancé à ce prédateur quelque chose qui l'avait touchée : « Sachez aussi que si vous aviez commis un mal irréparable à l'une ou l'autre de ces deux femmes, je vous aurais mis moi-même cette balle dans la tête. » Il s'était élevé contre un homme terriblement dangereux non seulement pour l'honneur de Mlle Belmonte, mais aussi pour la défendre, elle. Jamais aucun homme auparavant ne lui avait offert protection, et elle n'en revenait pas.

Don Melquíades, l'homme qu'elle avait méprisé pendant des années, était devenu son champion, et à présent, submergée par ces sentiments inexplicables pour lui, il était devenu le plus grand danger qu'elle ait jamais affronté. L'efficacité avec laquelle il avait recommencé à diriger Castamar était impressionnante, comme aux premiers jours, quand il semblait qu'il avait le don d'ubiquité. L'image qu'elle avait de lui avait changé du tout au tout, même si elle refusait de l'accepter. Dans sa silhouette massive, elle ne voyait plus un ennemi mais un homme dont le regard exprimait un désir pur et une tendresse qui la faisaient fondre – elle avait même pensé à lui tenir la main. Son armure paraissait être partie en fumée mais le pire, le pire était que ses pensées devenaient incontrôlables. Elle désirait sa compagnie à tout moment. Sa présence était sur elle comme un philtre ensorcelant qui lui faisait croire qu'une autre vie était possible, une vie où elle ne serait pas sur le pied de guerre, où sa force ne serait pas constamment mise à l'épreuve, où elle ne serait plus dominée par son désir de victoire et sa hantise de la défaite. Mais elle avait si peur de tous ces possibles, si peur de redevenir une poupée de chiffon molle, qu'elle se persuadait encore et encore que ce n'était qu'un mirage.

Elle avait donc pris garde à limiter ses conversations avec lui à des questions domestiques ces derniers temps et y était parvenue jusqu'à ce qu'il la convoque dans son bureau. Tout de suite, Úrsula s'était sentie dépassée.

— Nous ne pouvons pas continuer comme ça, madame Berenguer, je vous supplie de vous exprimer d'une manière ou d'une autre sur la déclaration que je vous ai faite, avait-il dit sans préambule.

— Je n'ai pas besoin d'exprimer quoi que ce soit à ce sujet. Mon silence devrait vous suffire, monsieur Elquiza.

Il l'avait dévisagée d'un air éploré, comme si ces mots le blessaient plus que toutes ses avanies pendant leurs années de luttes intestines. Úrsula n'avait plus su que faire ou dire, mais à ce moment-là il s'était levé pour se placer face à elle et avait hoché la tête, comme résigné à voir sa déclaration d'amour mourir dans ce bureau.

— Je vous prie de comprendre que j'ai besoin de vous l'entendre dire, avait-il finalement déclaré. Je vous ai avoué mes sentiments franchement et je pense mériter au moins une réponse franche.

Ce courage qu'il avait à se livrer ainsi l'avait troublée.

— Puisque vous insistez, avait-elle concédé, sa voix vibrant plus qu'elle ne le voulait. Je ne vous aime pas et je ne vous aimerai jamais. Je ne pourrais pas vous aimer même si vous étiez le seul homme sur terre. De fait, je vous méprise profondément, comme je vous l'ai fait savoir en d'autres occasions.

Don Melquíades avait supporté avec une force formidable cette bordée qu'elle avait voulue d'une extrême violence pour qu'il n'ose plus jamais lui parler d'amour.

« Quelle brute, pardi. Quel entêtement. »

Don Melquíades, finalement, lui avait demandé pardon et promis que plus jamais il n'aborderait la question. Dans la foulée, tout en allant se rasseoir derrière son bureau, il lui avait annoncé que, en accord avec le duc, il avait été décidé qu'elle aurait le contrôle de l'intendance et du personnel de cuisine. Elle avait acquiescé en le remerciant, soulagée d'être revenue en terrain connu.

Quelque chose, pourtant, ne semblait plus d'aplomb, comme si, avec cette acceptation de ses cruelles paroles et donc de son rejet, il l'avait abandonnée. Le lendemain, ce sentiment de perte était si fort qu'elle ne put s'empêcher de faire semblant de le croiser par hasard dans les couloirs. Plus le temps passait, plus grandissait en elle le sentiment que ce silence l'enracinait dans le malheur qu'elle avait toujours connu et lui refusait la chance d'une vie différente. Ainsi, la veille, après le départ précipité de don Diego, elle n'avait pu éviter que ses yeux se tournent vers don Melquíades pendant le repas du service et, plus tard, incapable de modérer son désir de le voir, elle s'était faufilée dans les couloirs pour l'espionner pendant qu'il conversait avec le secrétaire. Bien à l'abri derrière la porte, elle avait pu le regarder sans contrainte et avait réalisé à quel point son regard avait changé. Cette constatation la laissa si perplexe qu'elle faillit être surprise par les deux hommes quand ils sortirent du petit salon. Elle espérait qu'ils ne l'avaient pas vue tourner l'angle du couloir à la sauvette comme une gamine.

Deux heures plus tard, comme si de rien n'était, don Melquíades était venu dans son bureau lui demander de voir si l'argenterie était propre comme s'il se devait ou s'il fallait prévoir de la brosser à la saie. Elle avait répondu machinalement qu'il faudrait la tremper dans de l'eau chaude avec du sel, du vinaigre, du citron et de la soude, mais lui, sans plus tergiverser, s'était penché vers elle en lui chuchotant :

— Je comprends ce que vous traversez. Nous devrions en reparler ce soir.

— Je ne sais de quoi vous parlez, don Melquíades, avait-elle répliqué, se cramponnant à la chaise pour ne pas montrer que ses mains tremblaient. Je vous ai dit tout ce que vous deviez entendre.

— Je ne pense pas, doña Úrsula.

Il repartit sans un mot et elle ouvrit la fenêtre pour que l'air froid l'apaise. Pourquoi insistait-il tant ? Elle ne pouvait plus se voiler la face, elle avait compris.

Dans son for intérieur, un bras de fer se jouait entre son désir profond de paix, de protection et de tendresse et l'impression que ce serait une capitulation. Elle se reprocha sa faiblesse et tança don Melquíades d'irresponsable, d'insupportable, d'idiot sans cervelle.

Pourtant, à la tombée de la nuit, elle tremblait à l'idée qu'il la convoque pour discuter. Se disant que parfois battre en retraite est aussi une victoire, elle décida de se retirer de bonne heure. Sa chambre était un territoire défendu pour don Melquíades sous peine de créer un scandale. Elle monta à la galerie des domestiques de première classe, et une fois sa porte fermée derrière elle, poussa un grand soupir soulagé. La nuit tombée, elle se dit que la journée était bel et bien finie et qu'il n'était pas venu. Elle enfila sa chemise de nuit et se mit au lit, les pieds glacés comme toujours, en songeant à ce qui se serait passé s'ils avaient vraiment eu cette conversation, ce qu'il aurait dit et ce qu'elle aurait fait, subjuguée par sa sincérité, mais elle repoussa ces pensées. Elle venait d'éteindre la lampe sur sa table de chevet lorsqu'on frappa à la porte. Son âme trembla. C'était lui !

« Cet homme est fou à lier, venir dans ma chambre au milieu de la nuit. »

Elle se leva, l'esprit guerrier retrouvé, et enfilant son peignoir, ouvrit la porte pour découvrir le visage serein de don Melquíades qui caressait sa moustache.

— Que voulez-vous ? fit-elle dans un murmure hostile. Allez-vous-en ! C'est la nuit et je dors !

— Me permettrez-vous d'entrer ? demanda-t-il d'un ton normal.

— Mais vous avez perdu le peu de jugeote qu'il vous restait ? Venir ici, à une heure pareille ? Me compromettre ? Dehors, malotru ! fit-elle en voulant fermer la porte.

Il mit le pied dans l'embrasure et entra dans la chambre. Abasourdie, elle leva un doigt menaçant pour lui signifier qu'elle ne permettrait aucune espèce d'intimidation de sa part et qu'elle n'avait rien à lui dire. Don Melquíades referma doucement la porte et la regarda longuement en silence, les yeux brillants.

— Dès que don Diego saura que vous êtes entré de force dans cette pièce, il vous chassera, grommela-t-elle alors qu'il avançait vers elle. Vous êtes fini, Melquíades Elquiza, demain sera votre dernier jour. Sortez tout de suite !

Il attendit qu'elle se calme, la scrutant avec une tendresse qu'on ne trouve que dans les yeux des enfants, puis, avec un soupir, il dit :

— Je vous aime.

Elle écarquilla les yeux, se mit à trembler de la tête aux pieds. Quand il fit un pas de plus, elle ne le repoussa pas, capable seulement d'espérer qu'il cesse de la regarder comme ça, comme s'il voyait son esprit blessé, son âme brisée après tant de coups. Puis il avança encore, elle recula et se retrouva ainsi le dos contre le mur. Il était tout près et elle répéta, dans un fil de voix, qu'il devait s'en aller. Lorsqu'il tendit la main pour effleurer ses lèvres du bout des doigts, elle le mordit. Fort. Il gémit un peu, mais ne les retira pas.

— Úrsula. Regarde-moi.

Elle obéit, et ne put s'empêcher de vouloir plonger dans son regard et de déposer les armes.

— Vous ne devriez pas m'aimer, murmura-t-elle. Je vous déteste.

— Alors, faites-moi renvoyer demain, lui dit-il d'une voix basse et tendre.

— Vous êtes un falot, un idiot ! Un imbécile… insupportable… Je… je vous déteste de tout mon cœur…

Avec une douceur infinie, il approcha son visage et l'embrassa. Úrsula s'écarta pour le gifler sans conviction. Il l'embrassa de nouveau, encore plus tendrement, et le regard brouillé, elle le gifla encore. Il la regarda et posa à nouveau ses lèvres sur ses joues.

— Pourquoi… pourquoi faites-vous cela ?

— Parce que je vous aimais depuis longtemps, que je vous aime et je ne cesserai jamais de vous aimer.

Elle le gifla à nouveau et lui, l'enlaçant par la taille, l'embrassa passionnément. Úrsula sentit les cheveux à la basse de son cou se dresser et, pour la première fois de sa vie, elle n'était pas dégoûtée par la bouche d'un homme sur elle. Elle comprit qu'enfoui au fond de son âme, se trouvait le désir d'être embrassée par amour, ce sentiment détestable et usé qu'elle avait toujours exécré et qui la rendait aussi honteusement humaine que ses semblables.

# 47

*6 et 7 novembre 1721*

Hernaldo descendait la rue Leganitos au pas sur son cheval sans faire cas des passants, bourgeois et garçons qui portaient toutes sortes de commissions. Il n'avait qu'une chose à l'esprit, et c'était l'espoir qu'il ne soit pas arrivé malheur à Adela. Il venait de passer les derniers jours chez don Enrique, à chercher comment retrouver doña Sol, et s'il n'y avait pas reçu le message de don Diego de Castamar, il serait encore dans cette demeure, sombre et triste comme l'humeur du marquis. Son maître, toujours enfermé dans un mutisme extrême, semblait affligé d'une mélancolie qui, si elle durait, le conduirait à la mort sans même que don Diego ne le transperce d'une balle. Mais ce qui lui occupait l'esprit à présent était une question bien différente. Il avait eu à choisir entre sa loyauté envers son maître et celle envers sa fille, un duel dont le résultat était couru d'avance. Le simple fait que la lettre lui ait été adressée nommément lui confirmait que ce qu'elle disait était absolument vrai :

*À Hernaldo de la Marca,*

*Aujourd'hui, deux de mes gardes se sont rendus chez vous pour demander à votre fille Adela de les suivre jusqu'à mon palais de la rue Leganitos, d'où je vous écris ces lignes.*
*Avant d'occasionner plus de malheur que vous n'en avez déjà causé, je vous prie de penser à l'avenir de votre fille et de ne pas la forcer à subir la honte publique d'être la fille d'un meurtrier.*
*Pour que vous compreniez clairement votre situation, sachez que vos crimes contre ma femme, ma famille et mes amis et moi sont déjà connus. Nous savons que Daniel Forrado et une prostituée appelée la Câline, entre autres, ont été assassinés par vous et que vous êtes également responsable de l'agression de Mlle Castro et de la capture de mon frère, don Gabriel de Castamar.*
*J'espère que vous ne choisirez pas à nouveau le mauvais chemin en informant don Enrique de cette note et que vous vous présenterez au plus vite chez moi à la rue Leganitos pour vous rendre à la justice. Si vous le faites, vous avez ma parole que l'avenir de votre fille ne sera pas compromis.*
*Dans l'attente de votre arrivée, je vous dis adieu,*

*Diego de Castamar, duc de Castamar*

Le sang d'Hernaldo s'était glacé et il avait connu une peur qu'il n'avait même pas ressentie au pire de la bataille. Le calme qui lui permettait d'égorger des pauvres malheureux lui avait fait défaut.

Quelque chose leur avait échappé, un détail.

Le Nègre était probablement en route pour les Amériques à présent. La Câline, Jacinta et le Gaucher étaient morts. La seule possibilité était que ce dernier ait laissé des preuves à quelqu'un qui, s'il mourait, devait les faire parvenir à don Diego. Mais il n'était pas très intelligent, n'avait personne en qui faire confiance et c'était à peine s'il savait écrire. Il ne semblait pas avoir un atout de ce genre dans la manche lorsqu'il l'avait laissé dans la basse-cour, le dos brisé en deux ; il s'en serait vanté au lieu de cracher amertume et rancœur. Seule doña Sol aurait pu dévoiler les détails de la mission que le marquis lui avait confiée et certains événements entourant la mort de l'épouse du duc, mais elle ne savait pas tout non plus. Et d'ailleurs, le duc ne la mentionnait pas dans sa note. Seul le Gaucher savait tout. Peu importait après tout, car don Diego était au courant de la conspiration. Ce qui l'étonnait, c'était qu'aucun corps de gardes, ni quelques magistrats ne soient venus les arrêter au domaine du marquis. Le duc, qui avait certainement l'influence nécessaire pour lancer la machine de la justice contre eux, avait choisi de démêler dans la plus grande discrétion la toile qu'ils avaient tissée autour de Castamar. D'ailleurs, d'après ce qu'il disait dans la lettre, il avait cru comprendre que le Nègre avait déjà été libéré.

À présent, il n'avait d'autre choix que la trahison. Il ne permettrait pas que la vie de sa fille soit ruinée. Si don Diego le voulait, il pouvait jeter le discrédit sur Adela d'un geste de la main dans tout le royaume d'Espagne, y compris les Amériques. La honte d'être née d'un père fouetté et pendu sur la place publique la suivrait où qu'elle aille, personne ne voudrait d'elle, ni comme servante ni comme épouse, et elle finirait putain. Avec sa propre mort, il détruisait le rêve de sa vie, le seul qu'il ait jamais eu, celui de voir sa fille prospérer. Non, il ne laisserait pas sa fille payer pour ses crimes. Lui, et personne d'autre, était à blâmer pour ses actes ignobles.

C'est pourquoi, sans donner d'explication, il avait pris un cheval dans les écuries de don Enrique et était parti sans tarder vers Madrid. Il était entré dans la capitale en fin d'après-midi par la porte du Conde, avait descendu au galop San Juan Bautista jusqu'à la fontaine de Leganitos et poursuivi par la rue del Almirante et la rue de la Flor pour déboucher sur le palais de don Diego, devant lequel il trouva un groupe de gardes qui vinrent prendre son cheval, le désarmer et l'escorter à l'intérieur. Hernaldo s'arrêta et fit un salut martial au lieutenant qui lui fit signe de le suivre. Ils franchirent le grand portail qui ouvrait sur le jardin et les écuries. Là, don Diego l'attendait, appuyé d'un air calme au bassin d'une fontaine, semblable à celle d'Orphée sur la place de la Provincia. Il tenait dans ses mains un canif avec lequel il découpait une pomme. Il approcha calmement sans même songer à tenter quoi que ce soit car les gardes qui l'entouraient étaient des soldats d'élite. Don Diego le regarda, soupesant sa démarche, son âge, sa force, comme le faisaient les soldats aguerris. Sans chercher à dissimuler son inquiétude, sans même le saluer, il lui demanda où était Adela. Le duc se leva et marcha vers lui en mâchant un bout de pomme.

— Écoute-moi, boucher, dit-il très calmement. Ne t'avise plus de confondre tes manières et les miennes.

Il savait que sa question l'avait offensé, car personne dans cette maison ne ferait de mal à Adela. Par l'aplomb dans sa dégaine, il devinait que le duc était certain de sa victoire, et qu'on ne l'avait fait venir que pour une chose : le souhait de don Diego d'obtenir justice.

— Je n'ai pas besoin de ta fille pour te forcer à faire quoi que ce soit, poursuivit-il. Je ne suis pas comme toi et ton maître, et si je l'ai fait venir ici, c'est pour sa sécurité. Si don Enrique, pour une raison quelconque, avait appris ta venue, il l'aurait capturée pour s'assurer de ton silence. Ta fille est une invitée de cette maison, ce que tu ne seras jamais.

— Je vous demande pardon, monsicur, dit Hernaldo, et je vous remercie de vos prévenances envers mon Adela. Si je peux faire quelque chose pour vous avant d'être emmené à la prison du tribunal, faites-le-moi savoir.

Don Diego vint se placer devant lui et lui dit qu'il pouvait quitter ce monde de deux façons :

— La première : tout le monde apprend que tu es un meurtrier, capable de tuer et mutiler des hommes et même des femmes. Ton infamie deviendra un fardeau insupportable pour ta fille. L'autre : tu commences ton voyage en enfer discrètement, sans exposition publique. Ce qui évitera à Adela de subir les conséquences de tes actes, et je veillerai aussi à ce que, si elle ne prend pas de mari, ou si celui qu'elle prend n'est pas aussi bon qu'il le devrait, elle trouve une bonne maison où elle pourra travailler comme institutrice.

— J'accepte la seconde de vos propositions, répondit Hernaldo sans hésiter, et je vous remercie de votre offre.

— Alors, entre faire tes adieux à ta fille, nous reprendrons cette conversation plus tard.

Hernaldo se rendit compte alors que ses jours étaient comptés, et son seul regret fut de ne pas savoir son moineau déjà marié.

Don Diego, avant de quitter la cour, s'arrêta :

— Dis-moi, quel était le motif de don Enrique pour s'acharner de la sorte contre moi ?

— Vous avez volé la victoire de la guerre au camp des Habsbourg qu'il défendait secrètement, et avec elle, sa chance de devenir grand d'Espagne. Mais peut-être aurait-il pu vous pardonner cela et accepter sa défaite si vous ne lui aviez pris celle qu'il aimait.

Don Diego fronça les sourcils en signe d'incompréhension. Son geste corroborait, comme Hernaldo l'avait toujours supposé, qu'il n'avait jamais rien su du lien qui avait existé entre sa femme et don Enrique, ni des prétentions de ce dernier à son égard.

— Doña Alba, monsieur, votre femme, dit-il en regardant le visage perplexe du duc. Quand vous vous êtes fiancés, il était sur le point de la demander en mariage. La mort de votre femme a plongé le marquis dans un tel désespoir qu'il a failli se suicider, et, si je ne me trompe pas, il pourrait encore le faire.

Don Diego se retourna sans plus lui adresser la parole, comme s'il souhaitait assimiler tous ces éléments en silence.

Hernaldo suivit un garde à l'étage supérieur jusqu'au fond d'un couloir, où une porte s'ouvrit avec un léger grincement. Il y retrouva sa fille, le visage et les yeux rougis de larmes. Dès que la porte se referma, Adela se leva, contourna la table ovale en acajou indien et s'arrêta devant lui, les bras le long du corps, abasourdie.

— On t'a tout raconté ? demanda Hernaldo.

Adela fondit sur lui en sanglotant et trempa sa chemise sale de ses pleurs. Il lui dit qu'elle était la meilleure chose qui lui soit jamais arrivée, que tout le reste n'avait été qu'une simple formalité et que tout le bonheur qu'il avait ressenti sur ce plancher de vaches, c'était elle qui le lui avait offert. Adela se blottit encore plus fort contre lui, comme lorsqu'elle était enfant et qu'elle avait peur la nuit.

— Il est temps pour toi de voler de tes propres ailes. J'ai déjà fait en sorte qu'après mon départ, tu puisses te débrouiller seule.

Elle fut incapable de prononcer un mot. Hernaldo l'enveloppa de ses bras comme s'il voulait la protéger pour toujours.

— Je n'ai été qu'un homme vil et misérable qui a eu la chance de t'avoir.

— Père, sanglota-t-elle, tremblant comme le petit oiseau qu'elle était. Père… Père !

Ils restèrent soudés dans une étreinte qu'Hernaldo grava dans sa mémoire, pour y penser lorsqu'on lui passerait la corde au cou et chasser la peur des fantômes qui l'attendaient de l'autre côté. Lorsque la porte se rouvrit, le soldat en lui se disposa à partir avec la sérénité de celui qui ne craint pas la mort et, après avoir embrassé encore une fois sa fille sur le front, lui dit tout bas de rassembler tout leur argent et de prendre la route de Valence pour aller voir la mer, comme elle l'avait toujours voulu. Elle se laissa tomber à genoux et enserra ses jambes pour l'empêcher de s'en aller.

— Tu dois me laisser partir, moineau, dit-il. Il est temps pour moi d'arrêter de tuer et pour toi d'être libérée de mon fardeau.

Adela le lâcha lentement, inconsolable, et il sortit, marchant derrière le garde qui le conduisit de nouveau à don Diego.

Quand il entra dans le long salon, le duc, assis au coin du feu, lui ordonna de s'asseoir en face de lui. Hernaldo le remercia à nouveau pour la façon dont il avait traité sa fille.

— Je pensais que tu étais un meurtrier comme le Gaucher, déclara le duc. Un autre homme sans morale qui ne sait pas ce qu'est l'amour.

— C'est peut-être la seule différence entre moi et le Gaucher, répondit-il. Je ne doute pas de votre parole et je sais que vous protégerez ma fille comme vous l'avez promis, alors je vous jure que tout ce qui doit être fait sera fait.

— Tu passeras la nuit ici, et à l'aube tu retourneras chez le marquis. Tu le persuaderas de se rendre le matin même dans une chênaie à la lisière de son domaine. Est-ce possible ?

Il acquiesça : il dirait au marquis que lui et ses hommes avaient capturé doña Sol Montijos, qu'il haïssait profondément. Don Diego semblait d'accord avec l'idée, bien qu'à la mention de la marquise, une ombre de contrariété traversât son visage. La harpie avait dû prendre ses jambes à son cou.

Il en conclut que don Diego avait choisi de ne pas faire intervenir la justice pour don Enrique. Il avait probablement l'intention de le tuer lui-même en duel. Malheureusement pour le marquis, il ne s'agirait pas d'un duel à l'arme à feu comme il l'avait pensé, mais à l'épée. Il se leva, fit au duc le salut qu'il aurait adressé à son capitaine et s'apprêta à partir, amer de savoir qu'il mourrait en traître. Mais avant de quitter la pièce, il demanda la permission de poser une question. Le duc le regarda.

— Comment avez-vous découvert tout ça ? demanda-t-il. C'est le Gaucher, n'est-ce pas ?

— Tu ne mérites pas de le savoir, répondit le duc, laconique. Tu n'as pas su choisir ton maître.

Il hocha la tête et partit. Toute sa vie, il avait servi les intérêts d'autres qui ne lui avaient apporté que la douleur et la mort. Peut-être aurait-il vécu une vie meilleure au service de quelqu'un comme le duc ; il aurait mené une vie plus tranquille en protégeant son domaine et ses chevaux contre les bandits. Il aurait eu sa fille pour tenir éloignée sa soif de mort et de sang, et il l'aurait vue grandir à Castamar auprès d'un maître qui ne lui aurait jamais demandé de commettre des actes abominables.

Ils le conduisirent dans une petite chambre de domestique qui ressemblait plutôt à un réduit, où l'attendaient un lit propre et un ragoût de fèves. On l'enferma à clé et il resta seul avec la lumière de la lune qui filtrait à travers la lucarne du plafond. Il se coucha, conscient que le voyage de sa vie touchait à sa fin. « Mourir n'est qu'une autre étape », se dit-il. Il ferma les yeux et, comme toujours, s'endormit aussitôt.

Quand on frappa à la porte pour le réveiller, le ciel était encore noir. Il se prépara pour ce qui serait sa dernière mission. Encore une vilenie, cette fois envers le seul homme qui l'ait jamais traité décemment.

Le voyage de retour à Soto de Navamedina leur prendrait environ deux heures. Avec les hommes qui l'escortaient, il remonta vers l'aval du Manzanares. Alors que le soleil se levait sur sa droite à l'horizon, il imaginait le visage de don Enrique lorsqu'il comprendrait que son homme le plus loyal l'avait mené dans un piège. Il allait rompre la seule chose qui lui restait : sa parole. Pourtant, il se souciait peu de la douleur que cela causerait au marquis, même s'il avait été un bon maître. Il partait en enfer, ce qu'un homme pouvait ressentir lui importait peu.

Le lieutenant du Corps des Gardes lui indiqua une chênaie près du ruisseau de Valdeurraca, à la lisière du domaine du marquis. C'était le cadre parfait pour un duel, loin des routes et des passants, près du ruisseau pour laver les blessures après. Il fit signe au lieutenant qu'il connaissait bien l'endroit et pénétra seul dans le domaine de Soto de Navamedina. Il prit l'allée qui menait au palais, un grand bloc de trois étages, et laissa le cheval dans les écuries, avec ce calme qui seyait bien à l'accomplissement d'une perfidie. Il demanda où se trouvait le maître, et un chambellan lui répondit qu'il était allé s'exercer au tir au fond du parc à l'arrière du palais. Il se laissa guider par le bruit des coups de feu. Lorsqu'il découvrit don Enrique, se préparant pour un duel qui n'aurait jamais lieu, il eut l'impression qu'on lui brûlait les entrailles à la chaux vive, car il n'avait plus rien en lui, ni honneur, ni parole, ni loyauté, seulement la pure formalité de trahir et de mourir.

*7 novembre 1721*

Enrique, avec son majordome, son armurier et deux de ses assistants, s'exerçait au tir sur l'écorce d'un châtaignier lorsqu'on l'informa de l'arrivée de son homme de main. Il sourit pour dissimuler le chagrin et l'amertume qui le dévoraient. C'est pourquoi il avait pensé que la meilleure chose à faire était de tirer ; imaginer faire exploser la tête de doña Sol le détendrait.

Il jeta un regard en coin à Hernaldo, qui s'approchait d'un pas grave avant de s'arrêter à quelques pieds, il lui fit signe de s'approcher. Son homme obéit calmement.

— Je ne t'ai pas vu hier soir, lui lança Enrique.

— J'étais sorti. Un de mes hommes m'a appelé car on avait une chance de prendre doña Sol vivante.

Il fixa ses pupilles brillantes, comme si cette déclaration lui avait rendu la vie.

— Vous l'avez eue ? Où est-elle ?

— Dans une clairière près de la maison, dans le bosquet de chênes où passe le ruisseau de Valdeurraca. J'ai préféré la faire garder là-bas pour qu'on ne puisse pas la relier à vous. C'est un endroit isolé et sûr, et je voulais éviter que les espions de don Diego nous voient l'amener ici.

Enrique fut pris d'une joie macabre et s'en alla, sans se soucier du reste. Doña Sol ne pouvait pas imaginer la douleur qu'elle allait subir avant de perdre la vie. Il savait que la satisfaction de la voir hurler, vexée, humiliée, avec ses ongles et ses mamelons arrachés, ne ferait qu'ajouter au gouffre sans fond de son âme, mais il s'en fichait. Il ordonna qu'on prépare sa monture et fit signe à Hernaldo de le suivre.

— Tu as péché par prudence. J'avais fait dégager les métayers et les berges des routes, mais c'est fait. On la laissera là-bas jusqu'à la tombée de la nuit, puis nous la ramènerons ici quand il fera nuit, dit-il, la voix vibrant de vengeance.

Ils galopèrent à bride abattue, franchirent la sortie du domaine, et continuèrent par les collines escarpées, jusqu'à retrouver le cours du ruisseau qu'ils suivirent vers le bosquet de chênes. Ils démontèrent pour s'enfoncer dans les fourrés jusqu'à approcher de la clairière. Ce fut alors qu'Enrique sentit que quelque chose n'allait pas. Il n'y avait personne dans cette clairière : pas d'hommes, pas de voiture, pas de doña Sol. Il regarda Hernaldo, attendant une explication, le geste tendu, mais son intuition savait déjà que le seul homme qu'il considérait comme un ami l'avait trahi.

— Je suis désolé, monsieur, confirma Hernaldo. Je sais que vous ne le méritez pas.

Enrique, stoïquement, laissa les gardes les encercler. Il fixa les yeux sur son homme et sourit tristement. Le sentiment de défaite qui assombrissait son visage devint humiliant lorsqu'il vit apparaître don Diego de Castamar. Il marchait avec la redingote déboutonnée, une épée de cour à la main. Hernaldo essaya de parler. Enrique leva la main et l'arrêta.

— Peu importe, Hernaldo, dit-il. Il est temps de mettre fin à cette tragédie. J'imagine que tu sais déjà tout et que, malheureusement, nous sommes à nouveau les vaincus. J'espère qu'Adela va bien.

Hernaldo hocha la tête avec un rictus contracté.

Enrique s'avança vers Diego de Castamar, qui, avec la rage d'un tigre dans le regard, jeta une rapière à ses pieds.

— Vous pouvez décider de la prendre ou de partir pour la prison de la Ville pour être jugé et pendu sur la place publique en vous pissant dessus, lança-t-il.

Enrique lui décocha un regard de mépris et se baissa pour ramasser l'épée. Il la dégaina. Don Diego, toujours aussi calme, s'approcha encore de quelque pas.

— J'ai des choses à vous dire avant que nous nous battions.

— Allez-y, répondit Enrique avec un sourire, comme si c'était un jeu courtisan. Personne ne vous en empêche.

— Mon frère est en sécurité, égrena le duc lentement. Mlle Castro et ma fiancée, Mlle Belmonte, sont également en sécurité, et votre homme vous a trahi.

— Je ne peux que vous féliciter de votre victoire, mon cher duc.

— Tout ce qui vous manque, c'est assez de courage pour accepter une vérité inéluctable.

— Peut-être est-ce parce que je vous déteste profondément, don Diego.

— Vous vous méprenez, don Enrique, répliqua le duc, les yeux pleins de rage. Acceptez une bonne fois pour toutes que la haine que vous éprouvez à mon égard n'est que le reflet de la haine que vous éprouvez pour vous-même, pour être le principal et unique coupable de la mort de ma femme, mon Alba.

À ces mots, Enrique ne sut garder son sourire de façade. Ces paroles de vérité l'avaient blessé plus fatalement que n'importe quel acier. Il s'était raconté des mensonges pendant toutes ces années pour survivre, abreuvant son âme creuse de haine envers les autres pour ne pas la diriger contre lui-même. Il avait couvert sa culpabilité de la mort d'Alba avec des vengeances et des intrigues. À présent, il ne pouvait plus fuir.

— Je ne peux nier la réalité, monsieur. C'est vous qu'elle aimait, vous qu'elle a épousé et moi qui ai causé sa mort. Y a-t-il un être plus pathétique que moi ?

Et disant cela, étourdi d'amertume, il se jeta contre la lame de don Diego, la sienne baissée. Ce dernier, sans hésitation, lui fendit la poitrine en deux en regardant la vie échapper de ses yeux.

— Vous ne sortirez pas indemne de ce duel, dit Enrique avec un ricanement sourd. Sachez que mon Alba et moi étions deux âmes sœurs, et que j'ai pu boire à ses lèvres quand vous étiez son mari.

Don Diego enfonça davantage l'épée qui lui transperçait le torse de part en part, et dit quelque chose qu'il n'entendit qu'à moitié, à propos de ses paroles mensongères. Il riait encore en tombant à genoux devant son ennemi. Il gémit de douleur une dernière fois quand le duc retira sa rapière et le poussa au sol avec sa botte. Sa vision se brouilla et, à travers le brouillard, il ne chercha plus qu'Alba, qu'il appela sans espoir et sans voix. Puis il se laissa emporter par une belle litanie qui lui rappela en rafale les moments vécus avec sa nourrice, lorsqu'ils jouaient aux cerceaux, avec Hernaldo, lorsqu'ils trinquaient ensemble autour d'un simple repas. Il se retrouva soudain plongé dans ces moments effilochés jusqu'à ce qu'Alba apparaisse, éternelle, à cheval ; assise les après-midi d'été sous les parasols et près des services à thé remplis de friandises ; allongée, alors que la guerre grondait dehors et qu'ils entrelaçaient leurs doigts en regardant les étoiles à la tombée de la nuit ; tandis qu'il regardait, envoûté, le zéphyr du sud caresser les cheveux de sa nuque, lors d'un de leurs voyages à la mer. Alba, Alba, et encore Alba. Il se revoyait à chacun de ces instants, toujours pendu à ses lèvres soyeuses, à l'éclat vif de ses pupilles, à sa voix suave. Il voyagea, au fur et à mesure que sa vie s'estompait, jusqu'à ce qu'il se fixe, en ce jour de printemps ensoleillé de l'Alcazar, au milieu de l'agitation de la collation, auprès de ce visage capable de renverser des empires. Il était allé chercher quelques *auroras* et alors qu'il revenait, elle n'avait pas cessé un instant de le regarder. Elle avait détourné le regard derrière l'éventail, et il lui avait souri en lui tendant la tasse.

— Vous me regardiez ?

Alors qu'il se noyait dans l'insondable mer de ses iris, elle avait acquiescé, les joues délicieusement rosies, et lui avait pris la main.

— Bien sûr, mon cher marquis. Il n'y a pas une femme à ce rafraîchissement qui ne souhaiterait vous épouser.

# QUATRIÈME PARTIE

## 23 février 1722 – 26 novembre 1722

# 48

*23 février 1722*

ALFREDO CONTEMPLAIT LA VASTE MER au-delà du beaupré. Pour ceux qui n'ont pas l'habitude de naviguer, les premiers jours à bord sont un calvaire et il avait passé la première semaine malade comme un chien. Peu à peu, cependant, il avait pu sortir sur le pont et marcher au milieu de l'équipage, leurs cris et leur sueur. Aujourd'hui, après huit semaines de voyage, il pouvait apprécier la beauté de la *Santa Clara* qui voguait vers le soleil couchant.

Près de quatre mois après que son penchant avait été exposé au grand jour, il ne regrettait plus le bannissement, ni même le scandale ; il était seulement triste de quitter l'Espagne sans avoir vu Francisco avant sa mort. Son ami, son frère, avait décidé de garder ses distances jusqu'à la fin, et après sa mort, son secrétaire lui avait remis une lettre qu'il avait dictée à son intention. Craignant que ses derniers mots puissent être des reproches pour le mensonge et le secret de toute une vie, le courage lui avait manqué et il ne l'avait pas ouverte.

Alors maintenant, tandis qu'il admirait le dos nu et luisant d'un jeune matelot qui lavait le pont et que le garçon lui souriait malicieusement çà et là ; tandis qu'il dansait avec le diable et le désir de caresser cette peau dorée et qu'il se disait qu'il était un pécheur sans salut, il tournait dans ses mains la missive de Francisco en essayant de décider s'il l'ouvrait ou la jetait à la mer sans la lire. La voix de Francisco pourrait l'accabler davantage et l'enfoncer dans sa coulpe. Ses obsèques, célébrées avec tous les honneurs dus à son titre, l'avaient fait pleurer amèrement pendant des jours. Il n'y avait pas eu tellement plus de monde à son enterrement qu'à celui de don Enrique, inhumé dans son panthéon sans témoins, et ces adieux solitaires l'avaient peiné, car peu de gens avaient été plus aimés à la cour que Francisco. Combien cela lui pesait que son propre péché ait fini par affecter son ami. Ce pour quoi il avait préféré rester à l'écart prudemment afin que son discrédit n'affecte pas les Marlango. Depuis que sa déviation était connue, aucun membre de l'aristocratie ne l'avait approché, à l'exception de Diego.

Le seul qui avait voulu le revoir était Ignacio, son ancien amant, mais, alors qu'il lui avait sauvé la vie en lui offrant la protection de son toit, Ignacio avait vite repris son habitude de larcins et ses serviteurs l'avaient mis à la porte. Peu de temps après, il apprenait qu'il avait reçu une terrible bastonnade à cause de ses dettes de jeu qui l'avait estropié à vie.

Après l'enterrement de Francisco, Alfredo avait quitté Madrid en catimini. Seul Diego l'avait reçu à Castamar, avec sa fiancée, Mlle Belmonte, sa mère et Mlle Castro. Il avait été touché par le soin qu'avait mis la future épouse de son ami à le faire se sentir bienvenu avec des mets exquis, des chaussons de poisson très fins, à la farce savoureuse, dans une croustillante pâte au vin blanc. Ils avaient également dégusté une dorade en cocotte sur un lit de pommes de terre boulangères, avec citron vert, poivre et persil, un repas qui avait délié les langues et les rires malgré l'absence de Francisco.

Il y avait aussi quelques bonnes nouvelles à célébrer. Diego venait d'apprendre que le roi allait accorder l'anoblissement à la famille Belmonte en reconnaissance de l'héroïsme de don Armando. Les malheurs de Clara avaient tant été commentés et évoqués à la cour ces derniers mois que la pitié comme sentiment était devenue un sujet de prédilection dans les causeries. Le couple royal, et avec lui toute la cour, était tombé sous son charme et on avait vu la reine Isabel, qui n'avait pas oublié les plats italiens qu'elle avait goûtés à Castamar, se promener seule avec Clara dans le jardin d'hiver. Diego avait fait le nécessaire pour que la mère de Clara, sa sœur et son mari viennent à Castamar depuis l'Italie et les Pays-Bas. À leur arrivée, ils avaient fait montre de la même politesse exquise qu'elle. Un mois plus tard, Sa Majesté, dans un acte très formel, accordait la baronnie de Pleamar à la famille Belmonte. La cour loua le geste royal et beaucoup de nobles, qui avaient goûté à Castamar la cuisine de Clara, réclamaient ses gâteaux, pâtisseries et tartelettes. Le plan de Diego avait été exécuté d'une main de maître et Alfredo était heureux pour lui.

Il avait vécu ce repas à Castamar et la soirée qui avait suivi comme un adieu à son pays et à tout ce qu'il avait connu. Diego, attristé par son départ, l'avait embrassé et lui avait promis de faire tout son possible pour obtenir son pardon afin qu'il puisse revenir en Espagne.

— Ne te tracasse pas, mon ami, avait-il répondu. Je dois d'abord parvenir à me pardonner d'avoir participé au déshonneur de Francisco et de t'avoir trompé pendant si longtemps. De plus, si je revenais, je devrais accepter certains devoirs comme me marier… À quoi cela me servirait-il de revenir pour vivre comme un déshérité dans mon propre pays ?

Diego avait affirmé qu'il aurait du mal à vivre si loin de lui, surtout après la mort de Francisco. « Vous me laissez si seul », avait-il dit. Il partageait ce sentiment. De plus, chaque fois qu'ils parlaient de leur ami, tous deux éprouvaient la même culpabilité de ne pas être arrivé à temps, de ne pas avoir suffisamment insisté, d'avoir laissé doña Sol s'échapper. Quand Diego avait débarqué chez Francisco, ce dernier était déjà dans les derniers instants de sa vie. Son majordome avait raconté à Diego que son maître, malgré ses longs moments sans connaissance, était conscient de tout ce qui s'était passé et que, en apprenant que c'était doña Sol qui l'avait diffamé, s'était contenté d'esquisser un sourire et avait demandé qu'on le laissât seul. Ensuite, il n'avait eu la force que de dicter la lettre à Alfredo avant de sombrer définitivement. Diego, resté avec lui jusqu'à son dernier souffle, était parti l'âme brisée, avec la détermination farouche de se battre en duel avec don Enrique et de retrouver doña Sol. Après avoir occis le premier de sa lame, Diego consacrait son temps et sa fortune à rechercher la seconde pour la ramener en Espagne. Alfredo estimait que c'était une cause perdue, car doña Sol, avec ses ressources, avait dû partir au Danemark, en Autriche ou peut-être en Angleterre, où elle saurait s'entourer d'amis puissants, ennemis de l'Espagne, qui la protégeraient. Il savait aussi que Diego n'en avait cure.

— Je sais que tu ne voudras pas m'écouter, lui avait-il dit, mais si tu ne trouves pas doña Sol rapidement, oublie-la. Tu seras bientôt marié à une femme de qualité, et si tu t'entêtes à vouloir la justice et que tu négliges ton épouse, tu créeras ton propre malheur.

Diego avait promis qu'il garderait ces mots à l'esprit. Alfredo avait quitté Castamar le cœur lourd, sachant qu'il ne reverrait probablement jamais son ami, et que, dans le meilleur des cas, ils pourraient maintenir leur amitié par une relation épistolaire simple et précieuse.

À présent, appuyé sur le bastingage, tandis que le jeune homme essuyait le pont avec le faubert en lui lançant ces regards en coin dans ce code secret des amants inversés, Alfredo se souvint de ses autres conquêtes. Il passa en revue chacun de leurs visages, reflétés maintenant dans ce jeune homme qui l'attirait dans l'abîme de sa propre faiblesse. Il ferma les yeux, conscient que le garçon levait la tête pour le tenter. Il avait envie de posséder son corps et son sourire juvénile, et s'en voulait de ne pas savoir contenir son désir. Il dessina du bout du doigt le cachet de la lettre de Francisco. Dans un élan rageur, il voulut se punir de son manque de courage et l'ouvrit, en espérant que les reproches de son ami lui éviteraient une rechute dans ses penchants et les affres qui les accompagnaient.

*Mon très Alfredo,*

*Je vais mourir à cause de ma fâcheuse habitude de mettre dans mon lit des femmes veuves et dangereuses. Tu m'as dit un jour que doña Sol pouvait être une bouchée trop grande pour moi, et tu avais raison.*
*Au bord de la mort, quand j'ai à peine la force de dicter ces mots, j'ai un besoin urgent de te parler, car ne pas le faire donnerait un sens différent à l'amitié que nous avons toujours eue l'un pour l'autre. Je ne nierai pas que ma déception a été profonde en apprenant ton vice contre nature, mais elle l'était surtout à cause de tes mensonges de toute une vie. Cependant, je comprends pourquoi tu l'as fait, ce vice honteux est néfaste et pernicieux et à ta place, j'aurais aussi été très soucieux qu'il reste secret, surtout parmi les miens. Malgré cette déception, je veux que tu saches que l'amitié, l'affection et l'admiration que j'ai ressenties pour toi tout au long de ma vie, et plus encore dans mes derniers moments, n'ont pas diminué d'un iota. Je veux que tu saches qu'il ne reste dans mon cœur que l'affection sincère de notre amitié, car les hommes, quand ils voient la mort proche, ne se soucient que de ceux qu'ils ont aimés, et toi, Alfredo, tu as été un véritable frère pour moi.*

*Sûrement, si je n'étais pas à l'article de la mort, je ne serais pas arrivé à cette conclusion et je t'aurais sans doute rejeté jusqu'à mes derniers jours, où je t'aurais dédié ces mêmes lignes, en essayant de rattraper un temps que je ne pourrais plus reprendre.*
*Comme il me reste peu de temps, je ne te dirai qu'une dernière chose, mon ami : essaie autant que possible d'accepter qui tu es, car il n'y a pas de pire calamité que de se haïr soi-même.*
*Comme tu le sais, j'ai vécu de la manière la plus licencieuse qui soit, recherchant le plaisir de la chair sans me soucier du lendemain. Aujourd'hui, alors que j'arrive à la fin, je me rends compte que ma folle recherche du plaisir immédiat m'a également empêché de trouver le véritable amour. Je te souhaite un sort meilleur.*
*Je te dis encore tout l'amour que j'ai pour toi et j'espère pouvoir veiller sur toi du ciel, où je t'attendrai, si le Seigneur dans sa bonté veut me garder parmi ses âmes les plus espiègles.*
*À jamais ton ami,*

*Francisco*

Alfredo se redressa et fixa les vagues festonnées d'écume. Puis il relut les dernières lignes, en larmes. Derrière lui, le jeune homme continuait à nettoyer à grandes eaux. Alfredo, songeant que son retour en Espagne était improbable, sauf peut-être pour y mourir, se sentit sale, faible, désespéré. Il était devenu un être pathétique et sans volonté qui se réfugiait dans la chair pour fuir son chagrin. Il se tourna vers la poupe, où des nuages menaçants couvraient le soleil à l'horizon. Francisco avait sûrement raison ; peut-être le moment était-il venu de laisser toute cette obscurité derrière lui, tout comme le navire naviguait vers l'ouest.

Les hommes, comme l'avait écrit son ami, n'ont une perspective claire sur la vie que lorsque la mort arrive, et c'était pour cela que son conseil était un atout précieux, une leçon à retenir. Il ne lui serait pas facile d'accepter sa nature inversée et ingouvernable, qu'il avait combattue toute sa vie sans jamais parvenir à la vaincre. Francisco ne l'exhortait pas à se battre contre son monstre, mais à se fondre avec lui, à l'accepter. Il devait accepter la condamnation de son âme et s'en remettre à la miséricorde divine, brasser, surnager entre sa foi et son vice jusqu'à ce que sa raison s'accorde avec la nature que Dieu, ou peut-être le diable, lui avait donnée.

Le bannissement lui offrirait une chance de commencer une vie dans laquelle il ne se détesterait pas autant, une vie dans laquelle son attitude envers lui-même serait différente. Il jeta un dernier coup d'œil à la lettre et ouvrit lentement la main. Le mot de son ami partit dans le vent. Il se sentit soulagé, comme si, en le laissant s'envoler, il laissait partir tout son passé. La feuille tomba dans la mer et fut engloutie par la houle. Il repartit alors vers sa cabine et le matelot le regarda en cherchant dans ses yeux la confirmation de son désir. Il sourit pour lui faire comprendre qu'il l'attendrait, et alors qu'il luttait pour ne pas se sentir faible et souillé, intérieurement quelque chose lui disait que ce chemin épineux à venir était son seul salut pour faire la paix avec lui-même.

*18 septembre 1722*

Sol finit la tasse de consommé de volaille de son petit déjeuner et s'approcha du balcon comme le faisaient les vieilles femmes qui regardent le lent passage du temps. Elle guettait la berline de son homme d'affaires qui lui avait annoncé dans une lettre qu'il arriverait dans les deux jours suivant la réception du courrier. Il avait des nouvelles de don Francisco et une lettre de lui.

Sol avait pu fuir vers l'Angleterre en prenant un bateau à La Corogne jusqu'au comté de Hertfordshire, près de Londres. Tout au long du voyage, elle n'avait cessé de penser à Francisco, au mal qu'elle lui avait fait. Ses remords ne l'avaient pas empêchée, après son installation à Woodhall Terrace, un manoir près de Hatfield, de faire connaissance avec l'aristocratie locale. Elle avait fait courir le bruit que ses médecins lui avaient proscrit les grosses chaleurs. La bonne société s'était réjouie d'accueillir cette Espagnole – une marquise, pas moins – qui échangeait le soleil l'Espagne contre le froid de l'Angleterre. Ce ne fut que plus tard, alors qu'elle pensait être bien établie en Angleterre, que des problèmes inattendus avaient surgi.

Cela commença au cours d'une soirée qu'elle donnait. Parmi les invités se trouvait un certain M. Thomas Hereby venu de Londres en compagnie d'une de ses connaissances. C'était Sir Robert Walpole, lord du Trésor, qui l'avait envoyé pour déterminer si elle était une espionne espagnole car, quelques années plus tôt, une conspiration contre le roi George, dans laquelle l'Espagne était impliquée, avait été déjouée. Sol, qui ignorait tout de l'affaire, avait craint que cette mauvaise coïncidence ne lui vaille la pendaison qu'elle avait réussi à éviter à Madrid. Cependant, elle était parvenue encore une fois à tourner la situation à son avantage. Après qu'elle eut raconté une certaine version de son histoire – en se plaçant comme la victime innocente du perfide marquis de Soto –, les Anglais s'étaient avisés qu'elle pourrait leur être utile, et l'avaient engagée pour qu'elle les renseigne sur les hommes influents à Madrid.

En mai, cinq mois après son arrivée, sa position en Angleterre était bien établie, et il était habituel que M. Hereby se rende chez elle pour recueillir des informations sur le roi Philippe et la cour. Dans le même temps, Sol avait déjà jeté son dévolu sur Sir Nicholas Hubbington, un riche châtelain veuf dont les seuls intérêts dans la vie étaient la chasse et les réunions mondaines.

Enfin, son notaire Carlos Durán – à qui elle était reconnaissante pour son aide précieuse dans sa fuite – était retourné en Espagne en secret pour récupérer le reste de sa fortune. Le plan était d'utiliser un prête-nom afin de vendre ses biens sans éveiller les soupçons. Pour ce faire, il allait organiser une vente aux enchères discrètes à laquelle il n'inviterait que quelques familles fortunées ayant un réel intérêt pour ses propriétés. Elle l'attendait depuis chaque jour avec l'angoisse d'une femme de marin par mauvais temps.

Pendant tous ces mois, malgré l'agitation de sa nouvelle vie, sa nostalgie n'avait cessé de grandir et souvent elle s'était entendue parler de l'Espagne plus qu'elle n'aurait dû le faire. Sir Arthur Wilbour, l'un des distingués gentilshommes du pays, alla jusqu'à lui dire que, si elle regrettait autant sa terre, elle devrait partir dès que possible, de peur de tomber malade. Elle avait ignoré son manque de délicatesse, mais la nostalgie n'avait fait que croître, creusée par ses regrets au sujet de Francisco. C'est ainsi qu'elle avait passé des semaines d'une humeur morose et des nuits d'insomnie en se souvenant de leurs moments de passion.

Parfois elle se laissait aller à rêver que peut-être, avec le temps, il lui pardonnerait, qu'il pourrait oublier qu'elle était responsable de la mort de doña Alba. Mais elle savait que ce n'était qu'un songe pour distraire la peur qui la tenaillait. Elle avait même l'impression que doña Alba revenait la hanter depuis l'au-delà.

En attendant Durán, elle sirota du thé noir acheté chez Fortnum & Mason à Piccadilly, breuvage dont elle était devenue aussi friande que le chocolat ou le malvoisie, songeant que l'Angleterre toujours venteuse et pluvieuse n'était pas un pays pour elle. Elle s'y sentait perdue, abandonnée à une vie qui ne lui appartenait pas et possédée par les fantômes qu'elle avait laissés derrière elle.

Enfin elle entendit les graviers crisser sous les roues d'une voiture et elle courut à la fenêtre. À sa grande surprise, ce n'était pas Carlos Durán qui en descendit, mais un homme menu au visage d'oiseau de mauvais augure. Elle comprit que les choses à Madrid ne s'étaient pas bien passées. Elle pria pour que Durán n'ait pas été capturé car alors il aurait tout avoué et don Diego saurait à l'heure qu'il était où elle se trouvait. Elle essuya la sueur de son front avec un fin mouchoir en batiste en tentant de faire bonne figure devant cet émissaire inconnu.

L'homme fit une petite inclination et lui tendit une lettre cachetée avec son propre sceau. Elle lui demanda où se trouvait son notaire, et il répondit qu'il ne savait pas de qui elle parlait et qu'on lui avait juste commandé de lui remettre cette lettre. Avec une angoisse grandissante, elle ouvrit le pli.

*À doña Sol Montijos,*

*Je sais que vous serez surprise de recevoir cette lettre, d'autant plus que vous avez dû en recevoir une autre au préalable vous annonçant mon arrivée. La moindre des choses que je vous dois après tant d'années à votre service, c'est une explication de mon absence : si je vous ai persuadée de m'autoriser à me rendre à Madrid pour liquider vos biens et recueillir votre fortune, c'était, non pas pour être une fois de plus votre plus dévoué serviteur mais pour me les approprier…*

Elle arrêta de lire, abasourdie. Baignée de sueurs froides, elle ne parvenait pas à donner un sens précis à ces lignes, seulement qu'elles annonçaient la mort de tous ses espoirs. Soudain elle hurla si fort que l'émissaire, effrayé, quitta la pièce sans attendre son reste. Elle se précipita dans sa chambre, saisie de la crainte que Durán ne l'ait déjà trahie avant de partir. Il ne lui avait laissé que deux sacs d'escudos dans le coffre. C'était tout ce qui lui restait de sa vie en Espagne après avoir semé son chemin de cadavres de maris, d'ennemis et d'amants. Elle commença à s'arracher les cheveux, les pommettes congestionnées, au bord de la déraison et, poussée par la colère, elle cribla son matelas de coups de coupe-papier, comme elle aurait voulu le faire avec Carlos Durán.

*Je tiens aussi à vous faire savoir que la vente de tous vos biens a eu lieu et vous serez heureuse de savoir qu'ils ont été acquis par des familles nobles. Je compte encaisser les bénéfices pour ma propre jouissance, mais je crains que cette liquidation de votre patrimoine n'attire l'attention des hommes de don Diego vers vous. J'espère que les amitiés que vous avez nouées en Angleterre vous aideront à vous en sortir, madame ; cependant, je vous ai laissé quelques réserves pour vous permettre de vivre dignement pendant quelques mois encore, le temps de vous trouver un protecteur.*
*Je suis peiné de la déception inévitable que mes agissements ne manqueront de vous causer, et je comprends les reproches que vous pourriez me faire, mais comme vous me l'avez dit il y a longtemps, la vie est trop courte pour les scrupules. Vous comprenez que, si je me trouve dans la position d'être capturé avant de quitter la péninsule, je devrais avouer où vous vous vous être réfugiée.*
*Enfin, je peux seulement vous dire que don Enrique de Arcona a été tué lors d'un duel avec le duc de Castamar, et que ses collaborateurs ont été pendus. Vous devez savoir aussi que vous êtes recherchée non seulement pour avoir commandité la mort de doña Alba, mais aussi pour le meurtre de don Francisco Marlango. Il semble que l'infection causée par la blessure l'ait emporté dans sa tombe quelques jours après notre départ.*

Elle relut la dernière phrase. Francisco était mort. Il était mort. Mort. Sans pouvoir se contenir, elle hurla jusqu'à avoir les poumons en feu. Les domestiques n'osaient pas entrer et elle se laissa tomber au sol, et ne voyait rien d'autre que le visage de Francisco se penchant sur elle pour l'embrasser. Elle se souvenait de son sourire, de ses yeux quand il descendait vers son ventre ; de son odeur lorsqu'il la prenait secrètement entre les draps ou les loges du Colisée ; elle se souvenait de ses mots enflammés et de son regard stupéfait lorsqu'elle lui avait tiré dessus ; elle se souvenait des silences de guerre partagés et des regards de complicité. Elle avait connu l'amour et l'avait tué. Complètement vaincue, sans personne vers qui se tourner elle sanglota jusqu'à l'épuisement.

Quand l'aube la réveilla, fatiguée de la vie, elle se leva et se dirigea vers le miroir. Les cheveux ébouriffés et le visage hagard, elle vit qu'elle avait vieilli de dix ans cette nuit-là. Elle ne pleura plus. Elle se rassit, consciente qu'elle ne serait plus qu'une coquille vide errant dans la vie comme un fantôme dans un cimetière. Avec des gestes posés, elle commença à se coiffer et à se maquiller le visage, jusqu'à reconstituer lentement son masque, celui qui lui avait permis de survivre toutes ces années. Ce vieux masque couvrirait encore pour un temps les apparences et les rides. Assez peut-être pour rebâtir un semblant de vie. Elle choisit avec soin ses atours. Elle ne comptait pas fuir de royaume en royaume, redoutant à chaque instant que les hommes de don Diego la trouvent et la ramènent en Espagne. Plutôt que de finir ses jours en prison ou de mourir sur la potence, elle préférait encore se noyer dans la mer houleuse de Brighton.

Elle se scruta dans le miroir une dernière fois avant de partir, les yeux fatigués, les joues creusées, le regard sans éclat. Le pire châtiment inventé par Dieu n'était pas la vieillesse, mais l'amour. C'était là la pire calamité de Sa création, car si, comme on le disait, l'amour vainc la mort, ses affres et chagrins seront aussi les compagnons de l'âme dans l'au-delà. Elle décida qu'elle ne devait plus jamais penser à Francisco Marlango, car ce serait sa perte : cela ne ferait que révéler le cadavre vivant qu'elle était devenue.

Le temps pour agir lui était compté. Ainsi, elle quitta la maison après avoir ordonné à son majordome de ranger le salon. Elle ajusta l'angle de sa coiffe et, affichant son meilleur sourire, s'assit dans sa calèche avec sa détermination implacable.

— À la maison de Sir Nicholas Hubbington, ordonna-t-elle au cocher.

# 49

*25 octobre 1722*

UNE BRISE FRAÎCHE soulevait les feuilles mortes et Gabriel les regardait virevolter pendant que les porteurs chargeaient les dernières affaires. Il réfléchissait à l'étrangeté de ces derniers temps. D'un côté, Castamar était revenu à la vie, et son frère Diego avec lui. Quelques mois après l'anoblissement des Belmonte, Clara et ses délices culinaires entraient au service des infantes et souvent de la reine elle-même, qui était aussi gourmet que gourmande. Diego avait tenté de ronger son frein, mais après trois mois, il n'avait pu garder ses sentiments pour lui et avait avoué au roi qu'il était follement amoureux de Mlle Belmonte et qu'il voulait en faire sa femme. Les monarques avaient donné leur accord. En septembre, leurs noces attirèrent à Castamar toute la noblesse de la couronne d'Espagne.

Pendant plus de cinq jours s'étaient succédé toutes sortes de divertissements et les invités ne savaient plus où donner de la tête, des pièces de théâtre aux parties de chasse, de concerts en bal, et chaque soir un feu d'artifice. La touche spéciale de la famille Belmonte n'avait pas manqué, car Clara et sa mère avaient inventé des recettes spécialement pour le couple royal et régalé tout le monde avec leurs délices. Le mariage de son frère avait été un tel événement que personne ne songea à regretter qu'on ne célèbre pas l'anniversaire de doña Alba et il fut établi que, dès lors, la fête de Castamar aurait lieu chaque 28 septembre.

Fini, le temps de la menace de don Enrique et des exactions de Hernaldo de la Marca, pendu dans la cour de la prison sans autres témoins que le bourreau et les gardiens. Diego avait même cessé de s'intéresser à doña Sol, car bien qu'elle ait été retrouvée en Angleterre, lorsque ses hommes étaient arrivés pour la capturer, elle était déjà en ménage avec un noblaillon du pays doté de bonnes relations dans la cour et dans l'armée. Ses envoyés avaient été arrêtés, accusés d'espionnage, et enfermés dans la prison de Marshalsea. Grâce à Dieu, la torture leur fut épargnée, mais ils durent endurer deux mois de captivité le temps que leur rançon soit réunie et payée. On les libéra à condition qu'ils ne remettent pas les pieds en Angleterre sous peine de mort. Après cela, Diego avait renoncé à essayer de ramener doña Sol, sachant qu'il devrait supporter pour le reste de sa vie le fait que la meurtrière d'Alba et Francisco était libre.

— Alfredo m'a dit de ne pas être obsédé par la vengeance, car je pourrais m'y perdre et oublier le bonheur que j'ai devant moi, avait-il confié à Gabriel en sirotant un verre de malvoisie.

Gabriel ne pouvait pas être plus heureux pour son frère, mais alors que la vie de Diego reprenait son cours et que Castamar retrouvait sa splendeur passée, il passait son temps à voler des moments en tête à tête avec Mlle Castro et attendait stoïquement qu'Amelia réponde à sa demande de l'épouser et de partir avec lui. Il comprenait ses hésitations et ses craintes, il n'y avait aucun doute que leur vie ensemble serait jonchée d'obstacles qui pourraient réduire leur amour en lambeaux et les enchaîner au malheur. Elle disait qu'il se leurrait en croyant qu'il leur suffirait de partir loin pour laisser derrière eux les problèmes liés à leur différence de couleur de peau alors que lui tentait de la convaincre qu'en dépit des difficultés qu'ils ne manqueraient pas de rencontrer, ils découvriraient au fil du temps que leur amour était plus fort et que tous leurs efforts en avaient valu la peine. Enfin, deux nuits plus tôt, Amelia, dont l'amour parvenait à rester à flot dans une mer d'indécision, était venue dans sa chambre vêtue d'une longue chemise de nuit en lin, cheveux lâchés et pieds nus.

— Nous ne devrions pas partager notre couche sans être mariés, avait-il dit.

Elle avait posé le bougeoir sur la table pour passer ses bras autour de lui pour lui murmurer à l'oreille :

— Fais-moi tienne sans penser à demain.

Il avait compris que cette visite nocturne était sa façon de lui annoncer qu'elle ne l'épouserait pas et n'entreprendrait pas avec lui un voyage vers l'incertitude. Alors il s'était abandonné à sa seule chance de connaître la passion avec elle. Il avait posé ses lèvres sur sa peau, s'imprégnant de son parfum, gravant chaque instant dans sa mémoire comme le plus grand des trésors. Lui, qui n'avait aucune expérience, fut heureux de s'en remettre à la sienne et elle sut lui apprendre le chemin du plaisir.

— Peux-tu imaginer comme il serait bon de partager notre lit chaque nuit ? demanda-t-il.

Amelia le regarda tristement, chamboulée par l'amour et l'embrassa sur les lèvres avant de se blottir contre lui. Ils ne dormirent pas, et se dirent au revoir avant que le reste de la maisonnée ne se réveille. Resté seul, il voulut croire encore qu'elle pouvait lui dire oui. Il passa le lendemain à vérifier que, après une semaine de préparatifs, tout était prêt pour son départ, en espérant la revoir le soir dans le jardin, comme ils étaient convenus.

Le moment était arrivé. Il leva les yeux, impatient, et eut le souffle coupé encore une fois en la voyant. Elle marchait la tête basse, un sourire forcé aux lèvres. Lorsqu'elle arriva, elle le salua poliment et il lui offrit son bras. Ils marchèrent entre les parterres dans un silence tendu. Il espérait qu'elle parle, elle, arrimée à lui, gardait les yeux rivés sur les feuilles ocre que sa robe traînait au passage. Son souffle était agité.

— Je ne peux pas te suivre où tu vas, dit-elle doucement.

Il continua à marcher dans un silence tumultueux et sombre.

— Pour l'amour du ciel, Gabriel, dis quelque chose, murmura-t-elle.

— Je n'ai rien à dire mais je respecte ta décision. Je sais que si la couleur de ma peau était différente, tu ne refuserais pas.

— Si tu étais blanc, tu n'aurais pas à partir ou à te cacher aux fêtes de ton frère, ni à faire en sorte qu'on ne nous voie pas ensemble, mais tu sais que ce n'est pas ce qui me fait refuser. C'est l'amour que j'ai pour toi qui me fait dire non, car je veux le préserver, et si je cède à la tentation maintenant, il ne restera bientôt plus rien de lui ni de nous. Où que j'aille, je serai une femme blanche et tu seras un Noir affranchi avec un dos marqué à vie.

Gabriel ne répondit pas, car il savait qu'elle avait raison, que la société verrait toujours en eux une aberration, un mélange malsain et pernicieux et que cela entraînerait des conséquences destructrices pour tous ceux qui les entouraient. Mais lui, ne pouvait plus rester dans la cage dorée que représentait Castamar. Il devait s'échapper et voyager vers les royaumes les plus lointains, là où il n'y avait pas de commerce d'hommes et où la couleur de sa peau n'était pas un fléau qui le ferait finir sous le fouet.

— Je ne sais pas si tu trouveras un lieu où vivre en paix, lui avait dit son frère. Soit le commerce d'hommes est autorisé, soit ce sont des peuples infidèles.

Il n'en avait cure, surtout si Amelia ne l'accompagnait pas. Sans elle, il ne chercherait rien, il ne ferait que voyager aux confins de l'Asie, au cœur de l'Afrique, vers les îles de l'Est. Il ouvrirait de nouvelles frontières pour fermer le cycle que son père, Abel de Castamar, avait commencé.

— Peut-être devrais-je être le brave noir de Flandre, avait-il répondu à son frère, faisant référence à la pièce qu'il avait lue à Villacor dans ce qui semblait être une autre vie.

Amelia se tenait devant lui et caressait son visage.

— Je suis venue à Castamar pour chercher un mari, dit-elle, et j'ai choisi le meilleur des hommes… Tu dois épouser une femme de ta race et, même si cela me paraît impossible aujourd'hui, je sais que je finirai par le faire, moi aussi.

— Tu ne me feras pas te haïr, répondit-il. Juste me rendre jaloux de cet homme que tu épouseras.

Il la serra dans ses bras et l'embrassa, sachant que ce baiser mouillé de larmes serait la dernière chose qu'il obtiendrait d'elle. Ils restèrent enlacés longtemps, comme deux silhouettes ciselées par Juan de Villanueva y Barbales. Elle sanglotait, tremblante, accrochée à lui comme si sa vie en dépendait. Gabriel sentit son cœur se briser lorsqu'elle s'écarta brusquement. La meilleure chose à faire, lui dit-elle, était de l'oublier. Puis elle lui tourna le dos et s'enfuit, et il ne put que murmurer son nom faiblement, comme une prière, comme une promesse.

Défait et seul, il s'assit sur l'un des bancs de granit autour de la fontaine où se tenaient Jason et les Argonautes, la toison d'or dans leurs mains. Il songea qu'il leur ressemblait, à ces héros voués à la tragédie, qui affrontent un défi impossible et meurent après l'avoir relevé. C'est ainsi qu'on aurait raconté ses amours avec Amelia. Il avait réussi à ravir son cœur mais n'avait pu la garder qu'une seule nuit auprès de lui.

Elle partit l'après-midi même, reprenant enfin ce voyage à Cadix entrepris un an auparavant. Ils ne reparlèrent plus ni ne se revirent, pour ne pas succomber à la tentation d'ajourner encore leur départ. Puisque les adieux étaient inévitables, ils avaient préféré que ce baiser sous le marronnier soit leur dernier.

Il quitta définitivement Castamar trois jours plus tard, avec une sacoche de victuailles préparées par sa belle-sœur, et dans le cœur, la tristesse inconsolable de sa mère et l'amour inébranlable de son frère. Il prit le chemin de Valence sur le meilleur cheval de leurs écuries et, une semaine plus tard, il embarquait vers le royaume de Naples, d'où il comptait rejoindre Le Caire, dominé par les Ottomans. La couleur de sa peau masquerait sa religion. Il n'avait d'autre prétention que de laisser la vie guider ses pas. Peut-être travaillerait-il, apprendrait-il la langue du désert ou même rechercherait-il ses racines africaines, peu importait pourvu qu'il parvienne à ne plus regretter Amelia et les moments éternels qu'ils avaient partagés.

Alors qu'il s'apprêtait à lire les *Nouvelles amoureuses* de María de Zayas qui avaient eu du succès un siècle plus tôt, il eut la certitude que le voyage qu'il avait commencé lui permettrait enfin de devenir l'homme qu'il avait toujours voulu être. Une pensée le traversa qui éclairait les temps à venir : « Rien dans l'avenir n'appartient aux hommes, sinon peut-être le sentiment que, lorsqu'il viendra, nous ne serons plus les mêmes. »

*2 novembre 1722*

Úrsula attacha la coiffe en dentelle qui retenait ses cheveux et, après s'être regardée dans le miroir, quitta sa chambre. Au cours de cette année, elle avait permis que son ennemi d'autrefois devienne plus qu'un amant. Bien sûr, elle avait refusé les demandes répétées de mariage de don Melquíades, qu'elle continuait à appeler ainsi pour garder les formes. Lui soutenait que le duc les autoriserait à se marier et qu'ils pourraient vivre dans l'une des fermes du domaine. Mais elle se sentait trop vieille pour ce genre de complication. En outre, bien qu'elle n'ait pas eu de nouvelles d'Elías depuis des années, elle était toujours mariée, et puis elle avait acquis une indépendance ; elle n'était pas prête à la perdre pour un mari.

— Ne pensez pas que tout ce qui brille est de l'or, don Melquíades, je ne vous ai pas encore dit que je vous aimais, comment voulez-vous parler de mariage ?

— Mais, doña Úrsula, vous ne voyez pas que nous vivons sous le même toit, dans le péché ? Si le duc l'apprenait…

— Le duc ne fera rien, disait-elle. Vous croyez que c'est un secret, alors qu'on vous voit rôder autour de ma chambre chaque nuit, comme une bête sauvage ? Allez, allez. J'ai à faire.

Il refusait de se plier à son avis et cherchait encore et encore des arguments pour la convaincre. Les domestiques savaient ce qui se passait entre eux et elle était même sûre que le duc était également au courant. Mais personne ne disait rien. Leurs manières de vieux couple marié étaient tellement ancrées dans Castamar que la nature de leur relation semblait aller de soi pour chacun.

Au cours de cette dernière année, en même temps que son humeur belliqueuse s'estompait, une affection intense pour le majordome avait grandi en elle, même si elle se serait plutôt laissé hacher menu que de le reconnaître en public. Son amour s'était déployé peu à peu, mais parfois, la peur de devenir trop vulnérable la reprenait et elle réagissait en s'attaquant à lui. Ce brave homme avait tout supporté avec patience. Malgré cela, don Melquíades, opiniâtre, tenait à ce qu'ils partagent leur couche chaque nuit, non pas pour le plaisir de la chair, mais pour dormir comme un vrai couple marié béni par l'Église et par Dieu. Elle était touchée par la tendresse que lui vouait cet homme si sérieux et si fort. Il était protecteur, travailleur, il avait un cœur d'or et veillait constamment à ce qu'elle se sente bien. Il l'admirait et l'adorait à parts égales. Et la nuit, tout aussi dévoué, il la faisait gémir et frémir et lui apprenait que partager le lit d'un homme pouvait être agréable.

Elle n'aurait jamais imaginé que cela soit possible après ce qu'elle avait vécu avec Elías, qui, même dans les premiers temps, ne pensait qu'à son plaisir. Don Melquíades, au contraire, explorait son corps avec passion et minutie à la recherche du geste qui la ferait soupirer. Au fil des nuits, elle s'était rendu compte qu'au-delà de ses qualités d'amant, elle s'était prise d'affection pour lui.

Elle en avait pris conscience une nuit où un cauchemar l'avait réveillée. Sa présence à ses côtés, ses bras puissants et ses mots de réconfort lui avaient apporté un sentiment de sécurité comme elle n'en avait jamais connu. Les mois passant, elle avait cessé de se soucier de l'équilibre des pouvoirs entre eux et elle en était même à se réjouir du bonheur que le duc avait trouvé avec doña Clara.

Le changement s'était produit grâce à la gentillesse de don Melquíades, à la façon dont il la traitait et à ses mots d'affection distillés sans compter. Lui, qui n'était pas dupe, avait remarqué ce changement, et lorsqu'ils se croisaient dans les escaliers, il lui frôlait les doigts discrètement, comme s'ils vivaient une seconde jeunesse. Elle avait aussi remarqué qu'une grande partie du personnel était plus aimable avec elle ; ils la saluaient plus affablement et discutaient avec elle de façon légère à propos de leurs problèmes et de leurs tâches. Simón Casona, quand il avait appris qu'elle apprenait à lire et à écrire à Beatriz Ulloa, avait même dit un jour au dîner que quelqu'un avait dû remplacer son âme. Elle avait répondu, glaciale :

— Je ne comprends pas la raison de ce commentaire. Il est parfaitement ordinaire qu'une gouvernante apprenne des choses à une domestique.

Tout le monde s'était tu et, une fois le repas terminé, le jardinier lui avait chuchoté quelques mots à l'oreille :

— Ordinaire, peut-être, mais c'est quand même surprenant, doña Úrsula : qui aurait cru que vous aviez bon cœur, après tout ?

— Assez de ces bêtises, avait-elle répliqué sans pouvoir réprimer un sourire. J'ai du travail à faire, et je suppose que vous aussi.

Et elle l'avait chassé d'un geste amusé pour rappeler à la nouvelle cuisinière, Federica Martín, qu'elles devaient revoir les comptes de la dépense plus tard dans la journée.

Aussi, lorsqu'elle repensait à la guerre qu'elle avait menée contre don Melquíades, elle comprenait qu'elle lui avait fait payer tout le mal que le monde lui avait fait. Et pourtant, parfois encore, lorsqu'elle voyait la nouvelle duchesse de Castamar dans les cuisines avec sa mère, ou se promenant bras dessus bras dessous avec don Diego, elle éprouvait un pincement au cœur. Le souvenir de doña Alba revenait et elle ne supportait pas de voir doña Clara occuper sa place. Elle se demandait même si elle n'était pas en train de trahir sa mémoire en restant dans le domaine. Et un jour, alors qu'elle se réveillait heureuse dans les bras de son homme, les choses lui étaient apparues sous un nouveau jour : si la vie lui avait donné à elle une seconde chance d'être heureuse, comment refuser la même chose à don Diego, son maître, un homme noble et bon qui l'avait protégée pendant toutes ces années ? Sa maîtresse bien-aimée ne reviendrait jamais, et cette femme pleine de vie était la garantie du bonheur de don Diego.

À cela s'ajoutait la conversation qu'elle avait eue avec doña Clara. Celle-ci, qui s'entêtait à passer du temps en cuisine malgré la présence de Federica Martín, l'avait appelée dans sa chambre quelques mois après le mariage. Elle avait craint que la nouvelle duchesse, malgré ses années de service, ne veuille la renvoyer. Elle n'avait jamais envisagé la possibilité de quitter Castamar sur la décision de quelqu'un d'autre, et s'était traitée d'idiote et de naïve pour ne pas avoir prévu que la jeune femme pourrait vouloir la remplacer, même si elle l'avait sauvée de don Enrique.

La duchesse lui avait dit de s'asseoir, mais elle, avec la fierté avec laquelle elle avait toujours affronté les problèmes, avait préféré rester debout.

— Je suis entrée dans cette maison voilà deux ans, avait déclaré doña Clara, le dos tourné, en regardant les jardins. Pendant tout ce temps, j'ai toujours pensé que votre rancune envers la vie était dirigée contre moi parce que, comme vous l'avez dit, je n'appartenais ni au monde des domestiques ni à celui du duc.

— Je n'ai pas changé d'avis à cet égard, madame, avait-elle répondu franchement. Il est aussi indéniable que vous êtes maintenant la duchesse de Castamar que vous êtes née fille de médecin.

— Vous avez raison sur les deux points, doña Úrsula. Cependant, permettez-moi au moins d'avoir cette conversation que vous ne m'avez pas permis d'avoir le jour où j'ai quitté Castamar.

— Vous êtes la duchesse de Castamar, je n'ai pas le choix, madame.

— Vous l'avez. Si vous ne souhaitez pas écouter ce que j'ai à vous dire, vous pouvez partir.

— Madame, l'avait-elle interrompue, anticipant ses paroles. Si ce que vous voulez c'est que je quitte mon poste, je comprendrai et je ne m'y opposerai pas. Je ne demanderai pas à don Diego ni à don Melquíades d'intercéder pour moi. Je vous demande seulement, comme je l'ai fait avec Son Excellence dans le passé, de me donner les meilleures références pour que je puisse trouver une bonne place ailleurs, dans une maison de qualité.

Puis elle s'était tue en attendant la réponse. Doña Clara, cependant, s'était approchée d'elle d'un air étonné.

— Vous avez bien tort de penser que je souhaite me passer de vos services, avait-elle dit en lui prenant la main. Si vous me permettez de terminer, doña Úrsula, la seule chose que je souhaite vous dire maintenant, comme à l'époque, c'est que malgré nos différences, je n'ai jamais cessé de vous admirer et de vous respecter.

Úrsula s'était figée, sans voix, et toutes ses défenses étaient tombées.

— J'ai appris de vous de nombreuses leçons : ne jamais baisser les bras, ne jamais abandonner, et savoir que tout ce à quoi on s'attelle peut être réalisé. Vous avez dirigé Castamar comme un majordome pendant neuf mois avec une diligence irréprochable, ce dont aucune servante d'Espagne ne peut se vanter.

— Je vous remercie de vos paroles, madame, avait-elle répondu d'une voix tremblante.

— J'espère que nous pourrons oublier les désaccords du temps où j'étais dans les cuisines car j'aurai besoin de toute votre aide.

Encore plus étonnée, elle avait perçu dans son ton une certaine confusion, comme si doña Clara était confrontée à quelque circonstance défavorable.

— Je… j'attends un enfant, avait-elle révélé soudain, et… je ne sais que faire. Je suis terrifiée. Je n'en ai parlé à personne, pas même à ma mère. Je ne savais pas vers qui me tourner.

Le matin fatidique où doña Alba lui avait annoncé qu'elle portait l'enfant de don Diego dans son ventre lui vint alors à l'esprit. Úrsula avait été saisie d'une peur terrible, persuadée que si elle ne réagissait pas favorablement à cet aveu, la tragédie qui avait secoué Castamar allait se répéter. Elle s'était ressaisie, comme toujours, en se rappelant qu'elle ne pouvait permettre que l'héritier de Castamar subisse un quelconque préjudice ; elle assumerait le rôle qui lui incombait : prendre soin de don Diego, de cet enfant à venir et de sa nouvelle épouse. Même si cette dernière ne pourrait jamais être à la hauteur de l'ancienne duchesse, c'était le moins qu'elle puisse faire pour doña Alba.

Si elle-même n'avait pas eu d'enfants, elle pouvait toutefois comprendre la terreur qu'une femme devait ressentir face aux problèmes de l'accouchement, où l'on pouvait perdre la vie. Elle avait soupiré, consciente que la bataille qu'elle menait contre cette fille venait de prendre fin. Elle allait devoir supporter ses intrusions dans la cuisine, même si son estomac se retournait à la vue de la maîtresse de Castamar aux fourneaux. Elle avait souri et pris sa main.

— Vous ne pouvez rien faire d'autre que laisser la nature suivre son cours, lui avait-elle assuré. Pour le reste, ne vous inquiétez de rien, Excellence, vous savez que vous pouvez compter sur moi.

Trois jours plus tard, don Diego exultait, son mauvais pressentiment était oublié, et doña Clara et sa mère – qui cuisinaient comme des anges, elle devait bien l'admettre – avaient préparé un banquet pour tous les gens de la maison. Depuis ce jour, quelque chose en Úrsula s'était réconcilié avec la vie.

À présent, alors qu'elle parcourait les couloirs de Castamar, surveillant de son œil exigeant le travail des bonnes et faisant tinter le trousseau de clés qui lui donnait le contrôle de la maison, elle sentait son esprit en paix. C'était comme si on lui avait accordé ce cadeau interdit et dangereux qui pouvait s'évaporer comme la rosée le temps d'un battement de cœur, ce cadeau dont elle n'avait jamais voulu reconnaître l'existence de crainte de subir ses malheurs : l'amour. Puis, en contemplant la silhouette trapue de don Melquíades qui donnait des ordres au bout de la galerie, elle ne put réprimer un sourire, consciente que ce cadeau céleste était le sien pour la première fois de sa vie, et qu'il s'appelait le bonheur.

# 50

*26 novembre 1722*

À CALIFOURCHON SUR DIEGO, qui lui embrassait tendrement les seins, Clara songea qu'elle aurait voulu rester enroulée autour de lui comme ça à jamais. Puis, elle chercha sa bouche goulûment, car elle ne pourrait plus l'avoir en lui jusqu'à la fin de la grossesse. Le docteur Evaristo lui avait formellement déconseillé les relations sous risque de fausse couche. Clara gémit, et ondula sur lui, flambant de désir comme souvent depuis que Diego lui avait fait découvrir les plaisirs de la chair.

Bien qu'ils aient des appartements séparés, ils n'avaient pas passé une seule nuit l'un sans l'autre depuis leurs noces. Elle aimait se réveiller à côté de lui et poser l'oreille sur son torse pour écouter son cœur battre comme un cheval au pas. Certains matins, elle décidait de le réveiller et, profitant de l'habitude que Diego avait prise de jouer avec ses cheveux et respirer leur parfum, Clara, lutine, déroulait ses mèches emmêlées sur son visage et le chatouillait jusqu'à le faire éternuer. Parfois, après avoir passé un long moment à embrasser sa peau, ils plongeaient dans la baignoire de marbre que Diego lui avait fait construire l'été précédent, une extravagance qui avait fait pousser des cris d'orfraie à doña Mercedes, persuadée qu'ils allaient attraper la mort.

— Tu ne peux pas imaginer à quel point je t'aime, disait maintenant Diego les mains rivées à ses hanches.

Elle se laissa emporter par le plaisir que lui donnaient ses caresses, haletante. Doucement, il se tourna et la renversa pour venir en elle. Clara lui dit qu'elle l'aimait, comme elle l'avait déjà fait tant de fois, et il lui sourit, les yeux pleins de désir, avant d'enfouir la tête dans son cou, puis entre ses seins. Elle se sentait adorée et protégée, désirée et vénérée. Elle s'offrit à la force de ses coups de reins, ses yeux dans les siens, ses ongles dans sa chair. Cela ne la dérangeait pas de ressentir du plaisir, même si certains médecins disaient que la jouissance au moment de la conception provoquait des fausses couches. Quelque chose d'aussi sublime ne pouvait venir que de l'immense beauté naturelle créée par Dieu, avait-elle pensé plus d'une fois dans ces moments de volupté. Diego chercha sa bouche pour que leurs respirations n'en fassent qu'une.

— Tu m'as redonné la vie, Clara, dit-il d'une voix rauque.

Ses mots et son ton lui coupèrent le souffle et elle se serra plus fort contre lui, les jambes serrées autour de sa taille. C'était comme si leur amour imprégnait la chaux des murs et la tapisserie avec la scène de chasse, la commode blanche et le miroir en argent, et le baldaquin sculpté qui les recouvrait. Ils se perdirent ainsi l'un dans l'autre jusqu'à ce qu'ils retombent, vaincus, leur corps et leurs sentiments emmêlés. Elle roula pour se caler contre son homme, et fut enveloppée par un calme suspendu dans le temps, bercée par le rythme de leurs respirations. Diego se tourna et, s'appuyant sur son coude, se redressa pour contempler sa nudité, ses doigts jouant sur sa peau. Elle l'attira pour l'embrasser encore. Il sourit, s'attendant peut-être naïvement à un mot doux.

— La première fois que je t'ai vu, j'ai pensé que tu étais un rustre, dit-elle en riant du changement que ses mots avaient provoqué dans son geste. Un de ces nobles fiers et insolents qui se comportent grossièrement avec les dames.

— C'est toi qui étais une jeune femme impolie à écouter les conversations des autres.

Clara rit, et le dévisagea ; son regard était si intense qu'elle oublia de respirer. Ils restèrent longtemps les yeux dans les yeux, comme le font les amoureux qui se découvrent.

Un peu plus tard, il lui proposa de sortir à cheval lorsqu'ils auraient mangé quelque chose. Depuis le début de l'année, son affliction s'améliorait peu à peu. Puis, le jour de l'arrivée de sa mère, elle avait traversé la cour en courant pour aller à sa rencontre complètement oublieuse de ses vertiges et du ciel ouvert. Depuis, elle avait pu sortir dans les grands espaces sans souffrir de malaise, remonter à cheval et faire de longues promenades dans les jardins. Parfois, M. Casona et son grand savoir botanique l'accompagnaient dans ses promenades. À tout cela s'ajoutait l'immense joie qui l'envahissait lorsque sa sœur Elvira et son mari Ramiro de la Riva leur rendaient visite. Jamais, depuis l'époque de son père, elle n'avait ressenti un tel bonheur.

— Je fais préparer les chevaux, alors ? demanda Diego.

— Avec plaisir, répondit-elle en embrassant ses lèvres. Ma mère vient cet après-midi et nous allons te cuisiner quelque chose de spécial.

Il lui fit un clin d'œil gourmand. Cela faisait partie du pacte silencieux qu'ils avaient signé en se mariant. Clara savait que n'importe quel mari, d'autant plus un grand d'Espagne, aurait essayé de l'empêcher de se retrouver dans les vapeurs d'ail, d'oignons, de rôtis et de fritures, mais elle n'aurait pu se marier sans être sûre que son mari comprenait son besoin. Avec Diego, cela allait de soi dès le départ. Il ne la forcerait jamais à quitter la cuisine, non seulement parce que son estomac était récompensé, mais également parce qu'il ne souhaitait que son bonheur total. Clara s'épanouissait toujours dans la cuisine et retrouvait avec plaisir les joies de la vie de la cour : explorer l'énorme bibliothèque de Castamar, aller au théâtre, choisir les pièces que jouerait sa propre chapelle de musique, commander toutes sortes de livres à M. Bernabé, visiter les travaux de San Ildefonso à l'invitation de Leurs Majestés…

Mais tout n'avait pas été un chemin de roses. Depuis son anoblissement, elle s'était retrouvée dans un monde étrange et étranger, où rien ne comptait sinon les relations sociales et la proximité au roi. La futilité des conversations des dames de la cour – la dernière mode venue de France ou le nombre de domestique – avait fini par ne plus l'intéresser. C'étaient des préoccupations insignifiantes à son goût, surtout quand tant de gens subsistaient à peine dans les campagnes et les villes du royaume. C'est pourquoi elle avait compris, en servant de camérière des infants royaux, que la meilleure chose à faire à la cour était de conserver un rôle discret et une certaine distance.

Diego avait proposé à la mère de Clara de rester vivre avec eux aussi longtemps qu'elle le souhaiterait afin de compenser la longue séparation qu'elles avaient subie. Clara avait été très touchée de cette offre de son mari toujours si prévenant. Sa mère était donc restée avec eux jusqu'à la fin de l'été et doña Mercedes, fière et protectrice comme un rempart, était devenue son guide dans le labyrinthe de la cour, lui présentant des personnes honorables et effrayant les opportunistes de l'acabit de l'oncle Julián.

Avant le mariage, Diego avait décidé d'inviter Julián Belmonte, qui, profiteur et hypocrite, se vantait d'être un proche parent de la future duchesse. Avec ses manières de tartuffe, il avait tenté de faire croire qu'il avait toujours eu à cœur le bien-être de la veuve de son frère et de ses filles, et s'était lamenté d'avoir perdu leur trace dans le chaos de l'après-guerre. Diego, qui l'attendait, avait ordonné à son homme d'affaires d'enquêter sur la succession des Belmonte. M. Graneros était bientôt apparu avec des nouvelles très encourageantes. Le maladroit oncle Julián n'avait pas imaginé un instant que sa visite allait se solder par un désastre pour lui.

Diego l'avait invité à faire un tour à cheval dans le domaine.

— J'ai l'intention de vous élever socialement pour que vous soyez au même niveau que le reste de la famille, avait-il lancé.

— Oh, Excellence, s'était exclamé l'oncle Julián, c'est une chose que je ne mérite pas.

— Bien sûr que si. D'ailleurs, je comprends très bien l'inquiétude que vous avez dû endurer sans nouvelles de la famille.

— Terrible. Je pensais que je... J'ai cru que je ne les reverrais jamais.

Diego lui avait servi son sourire le plus cordial.

— Cela étant, mon cher parent, vous n'aurez aucune objection à rendre à votre nièce Clara le majorat dont vous avez hérité à la mort de votre frère, car, comme elle est maintenant baronne de Pleamar, il lui revient de droit.

— Je vous demande pardon ? avait-il couiné en pâlissant.

— Ne connaissiez-vous pas cette clause du testament ? Elle stipule que tous les biens compris dans l'héritage passeraient en priorité à l'ascendant mâle le plus proche... sauf si le premier-né du défunt est anobli. Quand bien même il s'agirait d'une femme.

L'oncle Julián, qui s'était déjà imaginé au sein de la haute aristocratie, avait alors compris qu'il allait subir le sort auquel il avait condamné les femmes de sa famille.

— J'ignorais l'existence d'une telle clause, avait-il dit, terrifié, dans une tentative grossière de l'éviter. Je vais devoir relire le testament pour m'informer correctement.

Diego avait arrêté son cheval pour le regarder fixement.

— Douteriez-vous de ma parole ?

L'oncle Julián s'était mis à bafouiller, ne sachant quelle explication donner, et Diego s'était approché de lui.

— Écoutez-moi bien, mon oncle, avait-il dit, je surveillerai moi-même votre générosité envers votre nièce, de peur de devoir prendre des mesures d'un autre ordre. Croyez-moi, si je le fais, je parlerai de votre manque de compassion pour les filles et la veuve de votre frère, et je doute fort que vous puissiez dès lors gagner votre vie dans le royaume d'Espagne.

Après cela, le majorat était revenu à Clara, qui put enfin retourner dans la maison qu'elle aimait tant. Ils n'eurent plus de nouvelles de l'oncle Julián, si ce n'est que personne ne voulut de lui comme avocat et qu'il finit par s'exiler en France, plus pauvre que les rats.

À la fin de l'automne, après avoir laissé partir avec un pincement au cœur Elvira et son mari, la mère de Clara retourna dans leur maison de toujours. Doña Mercedes s'était également retirée et ne revenait qu'occasionnellement à Castamar, à la demande filiale.

Après une promenade sous un soleil pâle et un ciel clair, Clara se promenait dans les jardins en fredonnant un petit air et croisa M. Casona, qui poussait une brouette pleine de pots à rentrer pour l'hiver. Ils parlèrent du safran qui était en fleur et des pommes du verger.

Enfin, elle arriva à un petit bassin décoré de statues de marbre de René Frémin et d'une autre du sculpteur du roi, Jacques Bousseau. Là, elle s'assit et posa sa main sur son ventre, pensant à la vie qui se préparait en elle. Elle se revit arrivant à Castamar dans la paille, la peur et la pluie. Elle ferma les yeux, et cette Clara effrayée, sans famille et perdue au milieu de la brutalité du monde, commença à s'effacer au profit d'une vision plus douce : Clara plus âgée, avec ses enfants devenus grands, et Diego un peu chauve avec l'âge, lui caressant le visage et lui murmurant les mêmes mots d'amour qu'il lui disait maintenant. Elle savait que cette vision idyllique de l'avenir n'était qu'un mirage, et que si en deux ans elle était passée du statut de fille de cuisine à celle de duchesse de Castamar, tout pouvait alors arriver. Si elle avait appris quelque chose de son douloureux voyage dans la pauvreté, c'était que la vie est imprévisible.

Elle ramassa une feuille sèche et la jeta dans l'eau. Elle resta là quelques secondes et, avant de savoir si la feuille allait couler ou rester à flot, fit demi-tour et regagna le palais. À chaque pas qu'elle faisait dans cette direction, la peur des hasards de l'existence faisait place à une acceptation calme de l'inévitable, car sa vie à venir appartenait encore au domaine de l'imaginaire.

Arrivée dans la salle de lecture du premier étage, elle retrouva son mari installé dans un fauteuil, une lettre sur l'une des tables basses.

— Alfredo est arrivé en Floride, annonça-t-il, et il va très bien.

Elle acquiesça et se laissa tomber sur le tapis pour poser la tête sur les genoux de Diego et qu'il lui caresse les cheveux. Elle se laissa envahir par le sentiment de plénitude du moment, et elle souhaita de tout son cœur que ce bonheur ne puisse jamais lui être enlevé. Elle se vit reflétée dans la feuille qu'elle avait jetée dans l'étang, soumise au hasard de son parcours jusqu'à l'eau. Alors, ancrée devant cette immense et indéchiffrable énigme, elle comprit enfin que la vie oblige chaque âme à tenir le gouvernail de son propre navire, à lui faire prendre conscience que, sous cette mer houleuse qu'est l'existence, elle sera toujours condamnée à dériver.

# REMERCIEMENTS

La plupart des histoires qui me passionnent naissent d'une idée qui me semble puissante, une simple notion qui surgit en moi grâce à un personnage, un événement de son histoire qui, d'une manière ou d'une autre, m'emporte, me transporte et me remplit d'énergie pour commencer le voyage, un voyage dont j'ignore encore tout. Je ne prépare jamais les histoires, je les découvre simplement quand je m'installe dans ces limbes étranges où nous, écrivains, sommes guidés par une boussole. Cependant, *La Cuisinière de Castamar* est née d'une manière différente. L'idée n'est pas venue soudainement, comme cela m'arrive habituellement, mais a germé au fil des ans. J'ai toujours eu une prédilection particulière pour les histoires qui me transportent dans d'autres temps ou d'autres mondes. C'est peut-être la raison pour laquelle les romans de Jane Austen et leur représentation fidèle de la société de la fin du XVIII^e siècle, la relation épistolaire des *Liaisons dangereuses* de Choderlos de Laclos, ou encore les aventures de *Scaramouche* de Sabatini, ont été en quelque sorte à l'origine de l'idée germinale de ce roman dans les années 1990. Mais alors que ces influences me poussaient à raconter une histoire sur ce fond, c'était un désir que je mettais constamment en veilleuse, séduit par d'autre qui à ce moment-là m'attiraient davantage. Ce n'est qu'en 2008 que ce bouillonnement intérieur a commencé à prendre forme, en raison de deux événements distincts.

Le premier était la demande que ma mère m'avait répétée au fil des ans : « Fils, écris quelque chose pour moi. » Ce « pour moi » impliquait une histoire avec des personnages féminins auxquels elle pourrait s'identifier. En principe, je ne crois pas qu'il y ait une littérature pour les hommes ou les femmes, tout comme je ne crois pas qu'il y ait des histoires, des jouets ou des métiers pour les garçons ou les filles. Il n'y a que le récit, plus ou moins bien raconté, mais rien de plus. Nous, les humains, créons des étiquettes pour organiser notre réalité et, souvent, nous la modelons même pour qu'elle corresponde à nos étiquettes. C'est pourquoi je n'ai jamais pensé que ce roman était destiné uniquement aux femmes, mais aux lecteurs.

Le deuxième événement a été une conversation avec ma femme, une éblouissante érudite, qui m'a donné l'idée de cette cuisinière agoraphobe pour qui les limites de son monde étaient celles de sa cuisine. C'est alors que l'envie d'écrire cette histoire s'est nichée en moi, et au cours des années suivantes, les personnages et la trame du roman ont grandi dans ma tête. C'est en 2012 qu'il a commencé à prendre vie d'une manière inattendue.

En plein tournage de mon film, Rodolfo Sancho, l'un des comédiens les plus professionnels et talentueux que j'aie jamais rencontrés, m'a encouragé à écrire une série d'époque, avec un personnage féminin comme axe central. L'œuvre qui était en gestation depuis toutes ces années s'est alors emparée de moi. Je l'ai située dans l'Espagne du XVIIIe siècle, à l'époque de la guerre et de l'après-guerre de la Succession d'Espagne – un moment historique transcendantal pour l'Espagne et pour l'Europe. J'ai écrit six chapitres, préparé le synopsis pour la télévision… Cependant, lorsque je l'ai terminé, je me suis dit que je devais aller plus loin et écrire le roman, car les scenarii sont des œuvres qui attendent de devenir quelque chose de plus, des chrysalides qui attendent de devenir des papillons.

Parallèlement à ce désir, un événement s'est produit qui a déclenché définitivement l'écriture du roman. Grâce à ma très chère Rosa Moya, brillante éditrice, j'ai eu le privilège alors d'être représenté par la meilleure agente d'Espagne, celle en qui j'ai confiance pour ma carrière littéraire : Isabel Martí et son agence IMC. J'ai ainsi mis en attente le projet de série pour commencer à écrire ce roman. À partir de ce moment-là, le travail de documentation, de préparation et d'écriture de cette histoire était lancé. Lorsque je l'ai terminé, j'ai choisi de faire lire le premier manuscrit – plus de mille pages – à certaines personnes en qui j'avais confiance, parmi lesquelles bien sûr Pilar, ma femme, et ma mère. À toutes Noemí Múñez, Diego Rodeiro, Esteban Zabala, Flavia Castaño, Amelia Franquelo, Fermín Saldaña, Mercedes Alonso, Rosa Moya, María Ángeles Cantero, Víctor Medina : un grand merci pour leurs contributions.

Deux mois après que j'ai fini mon premier brouillon, Isabel l'a lu et m'a dit que nous devions chercher le meilleur éditeur et le meilleur rédacteur pour le projet… C'est alors que j'ai eu la grande chance que le roman captive Lola Gulias et Raquel Gisbert, de la maison d'édition Planeta. Elles ont soutenu hardiment le roman depuis le début et, sans elles, sa publication n'aurait pas eu lieu. S'il y a une chose que j'ai apprise d'elles, c'est la détermination de ne jamais abandonner. Comme les Romains dans les guerres puniques contre Carthage, elles refusent d'accepter que la guerre soit perdue d'avance, et lorsqu'elles croient qu'on peut améliorer quelque chose, elles poursuivent leur objectif avec une telle ténacité et un tel perfectionnisme que quiconque essaie de s'y opposer est déjà perdu. À toi aussi, Maya Granero, remarquable éditrice qui a réalisé ce dernier rapport et une magnifique édition, qui est également une partie inséparable de ce travail.

Enfin, le roman a été lu par Belén López Celada, la directrice de Planeta, que je dois remercier pour son implication, pour l'impulsion qu'elle a donnée à l'œuvre et pour les mots d'encouragement qu'elle m'a dédiés. Son enthousiasme a été fondamental.

Il me reste à remercier tous ceux qui ont travaillé sur ce roman, mais que je n'ai pas rencontrés directement, des lecteurs dans chacun des départements de Planeta qui ont fait de Castamar le livre que vous tenez maintenant entre vos mains.

Parce que, finalement, tout ce parcours se termine maintenant en toi, lecteur anonyme qui lis ces lignes. Si tu as souffert et tu as soupiré, si tu as été passionné et indigné, si tu as été ravi et bouleversé, contrarié et amoureux des personnages de ce livre, alors tu fais partie intégrante de l'histoire de cette œuvre et tu auras goûté un petit bout de tous ceux qui ont cru que sa publication en valait la peine.

Certifié PEFC

Ce produit est issu de forêts gérées durablement et de sources contrôlées.

PEFC

10-31-3068

pefc-france.org

**Cet ouvrage est composé de matériaux issus de forêts gérées durablement certifiées PEFC™.**

Le Programme de reconnaissance des certifications forestières (PEFC™) est le plus grand organisme mondial indépendant de contrôle pour une gestion durable des forêts. Pour en savoir plus, consultez le site www.pefc-france.org

Achevé d'imprimer en mai 2022
par CPI Bussière
à Saint-Amand-Montrond (18)
Dépôt légal : juin 2022
N° d'impression : 2064658
*Imprimé en France*